i

为了人与书的相遇

W. Somerset Maugham

Collected Short Stories

of

W. Somerset Maugham

Volume 4

绅士肖像

毛姆短篇小说全集 Ⅳ

［英］毛姆 著

陈以侃 译

广西师范大学出版社

·桂林·

目 录

序

Preface

我把其余那些发生在马来亚的故事放在了这最后一卷。写作时间都离“二战”还很远，应该让读者知晓，其中描绘的生活已经不复存在了。我刚去的时候，那些白人男子和他们太太过的日子，和之前大概二十五年几乎没有什么改变。每五年可以回一次英国，除此之外，每年还有寥寥几个礼拜的假期。要是住的地方气候太难熬，他们就在不远处找一个山上的驻地，那里有清新的空气；不管是不是政府派去的，总之有些地方一连好几个星期见不到另一个白人，他们就赶去新加坡见一见同类。若是驻地离海远一些，比如在婆罗洲岛的内陆，收到的《泰晤士报》都是六个星期之前的，新加坡的报纸也要运气好才能半个月之内读到。

有了飞机，什么都变了。即使是战前，能负担机票的人也可以趁着短假回国。报纸、杂志、周末画报，刚印出来已经到了手上。过去住在沙捞越[1]或是雪兰莪的人不做他想，心里清楚拿

1 Sarawak，位于马来半岛东婆罗洲岛上。后文“雪兰莪”（Selangor）位于马来半岛西部。

退休金之前，自己一辈子就在这里了；英格兰太遥远，即使隔了很久回去一趟，也一次比一次陌生；因为人生大半时间都花在这片土地上，他们真正的家和亲密的友伴，也都在这里。但通讯变得迅捷之后，这片土地却永远疏离了，它不再是个长久的家园，只是情势所迫，不得不在此暂居而已。与故国的纽带，从前不知不觉间会被松开，有时甚至是斩断，但现在却始终牢固。英格兰，可以说，就在前方拐角处。他们不再觉得自己被隔绝了，于是看待一切的方式也随之改变。

我写的这些国家，当时没有战乱。其中的某些民族，马来人、迪雅克人、中国人，或许对英国统治心中不平，但表面上我看不出来。英国人的统治给了他们公正，提供了医院和学校，也鼓励他们发展自己的工商业。这里的犯罪不比其他任何地方更多。一个手无寸铁的人可以从马来联邦[1]一头晃荡到另一头，完全不用担心自己的安全。唯一的问题就是橡胶的价格太低了。

另一点我也要提一下。这些故事中的人物大部分算是悲剧人物，但读者千万不要推断我写的情节在当地是司空见惯之事。那些工作的年头基本都在马来亚度过的公务员、种植园主、买卖人，他们都很平凡，也像大多数普通人一样对人生的境遇大致感到满足。他们领钱干自己该干的活，大致都很称职。他们和大部分夫妇一样，大致喜欢自己的配偶。他们过着日复一日、庸庸

1 Federated Malay States（1895—1946），英国在马来半岛的殖民政体之一，由半岛上四个接受英国保护的马来王朝所组成。

碌碌的生活，有时候为了换换心情，会去打猎，但惯例是一天工作结束之后，如果有对手就打一会儿网球，如果附近有俱乐部，日落时就去喝点小酒，打几盘桥牌。他们有自己的小争执、小妒忌、小调情、小喜庆；他们都是良善、体面的普通人。

我尊重甚至仰慕这样的人，但我写小说写的不是他们，我写那些个性中有些古怪的人，想象他们做出一些我能用来创作的事，我也会写那些因为意外陷入到怪异局面中的人，意外可能是内在的变化，可能是外在的变化，但我必须重申，这样的事是极为罕见的。

书袋

The Book-bag[1]

有些人看书是为了接受教诲，这值得表扬，有些人看书为了取乐，那也没有什么好苛责的，可还有少数人看书只是习惯使然，要我说，这就既不值得夸赞，也没有那么无辜了。我不幸就是那最后一种人。聊天久了我觉得无趣，各种游戏玩久了都会疲惫，我总听他们说，会思考的人总能从自己的想法中获得乐趣，但我自己的想法则时常枯竭。这时我就朝我的书飞奔而去，就像瘾君子冲向自己的烟枪。没什么可读的时候，“陆军海军商店”[2]的商品目录和布拉德肖火车时刻表[3]也是好的，其实这两种作品给了我很多美妙的阅读时光。有一段时间我出门必带一份二手书商的清单，读什么都不比读旧书广告更令人动心。当然了，

---

1 收录于 1933 年出版的短篇小说集《阿金》(*Ah King*)。

2 Army & Navy Stores，十九世纪创立，最初是一个帮助军人的协会，二十世纪三十年代变成公司，收购商铺，成了一个百货商店集团。

3 *Bradshaw's Guide*，印刷商乔治 · 布拉德肖（George Bradshaw）自 1839 年起发行的火车时刻表。

这样读书并不比沾染毒品更理直气壮；有些了不起的大读书人，总因为自己会看书就瞧不起不识字的人，我向来疑惑他们哪来的这份傲慢。你要把眼光放得多远，才敢说读一千本书就必定胜过犁一千亩地？我们不妨就承认，阅读对于我们只是一种戒不掉的瘾。断了阅读太久，那种挠心之感，那种焦虑和烦躁，还有一页印刷品出现在眼前时那声畅快的叹息，我们都太熟悉了。有些可怜人确实成了针管和杯盏的奴隶，但我们也不要觉得自己就高他们一等。

就像瘾君子出门必然备足了那些夺命的慰藉，我没有足够的读物也不会走远。书籍在我看来实在是必需品，有时候在火车上发现同行之人居然一本书都没带，我却要为他切切实实难受好一阵。如果在外盘桓太久，出类似的问题就非同小可了。我有过教训。曾经因为疾患在爪哇的山城里滞留三个月，随身带的书早就读完了，我又不会荷兰语，只好买了一些爪哇青少年学习德语、法语的材料。应该都是些聪明的学生，所以我二十五年之后重又读起了歌德那些呆板的戏剧、拉封丹的寓言，还有拉辛的悲剧。拉辛是个温柔而精准的作家，我无比佩服，但对于一个结肠炎的病患来说，一部接一部读他的剧本实在是太辛苦。从那之后，立下规矩，只要出门就找来最大的装换洗衣物的袋子，塞到几乎收不起袋口，备好各种场景、各种心境要看的书。那个袋子分量惊人，再身强体壮的搬运工也不堪其重，走得很趔趄。海关的官员看那个袋子极为可疑，我会诚恳地担保里面除了书什么都没有，他们又会惊惧地退开。不方便的地方也有，就是你一时间欲念起来，非读某本书不可，那它必定就在书袋最深处，不把所有书都倾倒在地板上你是拿不到的。但如果不是这样，或许我就永远听不到奥利芙·哈代的奇闻了。

我当时云游在马来亚，居无定所，如果有客栈或酒店，就住一两个礼拜，如果寄宿在种植园主或者地区长官的家里，不想把他们的客气当成理所应当，最多就住一两天。而此时我正好到了槟榔屿。小镇很怡人，有一家酒店我也向来住得惯，但如果不是长居，这里能做的事太少，时间走得就有些滞重了。一天早上我收到一封信，对方我也只是听过名字而已，叫马克·费瑟斯通；他在一个名为藤甲拉的地方，当时驻扎官正好告假，他是执行驻扎官。信上说，当地有一个苏丹，又马上要到"水节"，猜我大概会感兴趣，说如果愿意去他那里住几天，他会非常高兴。我发去电报，说乐意之至，第二天就搭火车去了藤甲拉。费瑟斯通在火车站接我，我目测该是三十五岁左右，又高又俊朗，脸长得刚硬、严厉，但眼睛好看。他留着一字胡，胡须看上去也很硬，眉毛浓密。乍一看，这更像是个军人，反倒不太像政府官员。他那身白色的细帆布衣服很精神，戴着白色的草帽，整套衣着在他身上透露着优雅。如此一个魁梧、健壮的男子，举手投足都很果决，却又带着些羞怯，似有些不相称。但我猜这是因为作家这一路怪人他平时很少往来，希望稍稍接触之后，能让他放松下来。

"你的东西[1]我那些仆人会帮你照看的，"他说，"我们直接去

1 原文为马来语：Barang。

俱乐部。把你钥匙给他们，回去之前他们就会帮你收拾好。”

我说我行李多，还是留在火车站好了，我只带几样特别需要的，他极力反对：

“完全没有关系，放在我那里更安全。行李总是留在身边更好。”

“那好吧。”

有个中国仆人就立在费瑟斯通手边，我把钥匙给了他，外加箱子和书袋的行李券。一辆车等在车站外面，我们坐了进去。

“你打桥牌吗？”费瑟斯通问。

“打的。”

“我还以为作家都不大打桥牌的。”

“他们确实不打，”我说，“作家普遍觉得打牌说明这人不够聪明。”

俱乐部就是一个木屋，朴素地立在那里，看着很顺眼；一个大阅览室、一间只有一张桌子的桌球房，还有小小一间牌室。我们到的时候俱乐部几乎是空的，只有一两个人在读英文周报，我们穿过房子到了网球场，有两片场地正有人打球。还有一些坐在外廊上，一边看着比赛，一边抽烟、喝着大杯饮料。费瑟斯通把我介绍给了其中一两位。光线越来越暗，很快选手就连球也看不清了。费瑟斯通问一个刚刚引荐给我的人，愿不愿意打一盘桥牌；他同意了。费瑟斯通转了一圈找第四个人，看到一位男士似乎坐得略有些远，之前没和大家多说话，但还是走了过去。他们聊了几句，一起走了过来，我们四人又一同进了牌室。那天的牌打得很高兴。临时凑起的牌友我并没有多留意，他们请我喝了酒，我也暂时成了俱乐部的会员，回请了他们。这里的酒分量都不大，四分之一杯的威士忌，我们打了两个小时的牌，谁也没有小气，但摄入的酒精并未过量。时间也晚了，大家同意接下来是最后一盘，我们把威士忌换成了苦琴酒。牌局结束，费瑟斯通让人来结账，彼此的输赢也都记下了。一个人说道：

“行了，我得走了。”

“回种植园？”费瑟斯通问道。

“对，”他点点头，又转向我，“你明天还过来吗？”

“希望如此。”

他走了出去。

“我要去找我太太了，准备回去吃饭。”另一个人说道。

“我们大概也要走了。”费瑟斯通说。

“我随时可以走。”我说道。

我们上了车，开往他的住处。路程有些长，黑暗中看不清外面有什么，但很快我意识到我们开在一条很陡的山路上。车停在驻扎官府邸门外。

这是一个寻常的傍晚，它给你的愉悦中不带一丝兴奋。这样的夜晚我经历过太多了，料到它不会在我记忆中留下任何痕迹。

我跟着费瑟斯通进了他的客厅。客厅也很舒适，但略显普通。有一张圈型扶手椅，盖着色彩艳丽的印花装饰布，墙上挂满装好镜框的相片；桌子上乱七八糟全是报纸、杂志和政府公文，还有烟斗，黄罐子里装的是纵切烟叶的卷烟，粉红罐子里是烟草。一排书架，上面书很多，堆得不太整齐，书籍上的污迹有些是因为潮湿，有些是白蚁的肆虐。费瑟斯通把我领到了我的房间，出去的时候问我：

“一会儿喝杯苦琴酒吧，给你十分钟够吗？”

“绰绰有余。”我说。

我洗了个澡，换好衣服下楼。费瑟斯通比我快，先到了，听到我下木楼梯的脚步声，已经在调酒。我们吃饭。我们聊天。他请我来是参加节庆的，那是后天的事，不过费瑟斯通说他已经安排好在那之前苏丹会接见我。

“那家伙还挺有意思，”他说，“还有那宫殿，不少人觉得挺好看的。”

吃完饭我们又聊了一小会儿，费瑟斯通放起了留声机，我们读了会儿从英国刚送来的最近的画报，然后就回房睡觉了。费瑟斯通来我房间确保我不缺什么东西。

“你应该没带着书吧？”他说。“我已经没书读了。”

“书？”我喊起来。

我指了指我的书袋，它直立在地板上，凸起的地方有些怪异，像喝醉了酒的驼背妖精。

“你这里面藏着的是书？我以为是脏衣服、行军床之类的。有什么书能借我吗？”

“你可以自己找。”

费瑟斯通的仆人已经把袋口解开了，但大概是被袋口展露的景象惊呆，就没有再去管它。我经验丰富，知道怎么取书。我把袋子放倒，抓住皮质的底部往后退，袋子就被抽离了，只留下一大堆书像条河一样泼在地上。费瑟斯通目瞪口呆。

“你难道真的带着这么多书旅行吗？天呐，你可真是轻装简行啊！”

他弯腰翻看封面，飞快地读着书名。这里什么书都有。诗歌、小说、哲学、研究和评论（他们说关于书的书最是没有意义，但至少读起来很畅快）、传记、历史；有些书是生病时候读的，有些书是你心思敏锐、想要鏖战一番时读的；有些书你多年来一直想读，但在家的日子过得匆忙，从来就没找出时间；有些书是海上读的，有些书适合坐着商船在狭窄的水道中迂回前行，有些则适合狂风骤雨，整个舱房都最好吱呀作响，而你要把自己塞好在上下铺之间才不会掉出来；有些书只凭借长度入选，因为有时候探险、考察走得不远，你不能带太多东西；还有些书是你其他书都读不进去的时候备用的。最后费瑟斯通选了一本最近才出的拜伦传记。

“啊，还有这书，”他说，“之前看过一篇关于它的书评。”

“听说写得非常好，”我回答，“我还没有读。”

“我能拿走吗？至少今晚够看了。”

“当然了，喜欢都可以拿。”

“啊，不用，这一本就够了。那好，晚安，早餐是在八点半。”

第二天早上下楼，他的仆人领班告诉我，费瑟斯通六点就去工作了，马上回来。等他的时候我浏览了一下他的书架。

“发现你关于桥牌的藏书很壮观啊。”一起坐下来吃早饭的时候我说道。

“是，只要有书出来我就买。很热衷。”

“昨天那位朋友牌打得不错。”

“哪个？哈代吗？”

“不知道名字，不是后来要去找他太太那位，另外一个。”

“是，那就是哈代了。这也是为什么我喊上了他。俱乐部他并不常来。”

“那我希望他今晚会来。”

“我可不抱太大期望，他的种植园在三十英里开外，为了一盘桥牌是有些太奔波了。”

“他结婚了吗？”

“没有。啊，应该说结了，但他妻子在英格兰。”

“这些大男人要独自生活在种植园里，确实是够孤单的。”

“他比很多人会好些，哈代本来就不太喜欢见人，要我说，他就是在伦敦也会一样孤单的。”

费瑟斯通说这句话的时候，语调在我听来突然有些异样，若真要形容，我只能说像百叶窗突然合上了一样。他似乎突然与我拉开了一段距离。就如同一个人夜里在街上走，有个窗户灯光明亮，他停下脚步，看到里面是个温馨的房间，忽然就有一只看不见的手拉下了窗帘。他平时说话都会目光坦荡地看着对方的眼睛，现在却故意不看我，脸上似乎可以辨认出痛苦的神色，刚刚有片刻间他的脸被什么拉扯了一下，就像神经痛一样，应该不只是我的臆想。我想不到该说什么，费瑟斯通也沉默了。我意识到他的想法已经从我以及我们刚刚的对话中撤离，到了一个我无从知晓的地方。又过了一会儿，他轻轻叹了口气，的确轻微，但确凿无疑，又似乎强行让自己打起精神。

“吃完早餐我就直接去办公室了，”他说，“你准备怎么打发时间啊？”

“哦，不用担心我，就到处闲逛吧。准备散步去镇子上看一看。”

“没有什么可看的东西。”

“那就更好了。景点我早就看厌了。”

只是我后来发现，费瑟斯通的外廊已足够我一上午身心愉悦了，在马来联邦走了很多地方，没有一处景致比这里望出去的更为迷人。驻扎官的宅子建在山顶，大花园修得用心，那些巨树让人觉得像是到了英国的公园里。这里有宽阔的草坪，一些又黑又瘦的泰米尔人在修剪，认真挥舞镰刀的动作很优美。再往山下去，就是茂密的雨林了，一直延伸到河岸。那是一条蜿蜒的大河，水流很急，从河对岸一直到视线可及之处，都是藤甲拉连绵的青山。眼前的草坪太精致了，英国风情浓到突兀，又连着狂野的雨林，这种对比给人愉悦，引人遐思。我只是闲坐、阅读、抽烟。我这一行有一个本分，就是对人有好奇心，我问自己，费瑟斯通日复一日面对着这样的景致生活，感受宁谧之中颤动着的深邃幽暗的力量，他会受到怎样的影响呢？这片风光的种种变化他都是熟悉的。清晨河上雾霭蒸腾，一切都罩上了厚厚的一层鬼气，中午时到处是光彩夺目，最后暮色偷偷从雨林中匍匐而出，像是军队小心地在一片陌生的土地上推进，但很快就吞没了绿色的草坪、一棵棵大树上的花和生怕被人忽略的肉桂，于是夜也就静默下来了。这样的情境既温柔，又带着一股阴森和险恶，自然会作用在他的心神和寂寞之上，我只疑惑，在他不自知的时候，是否已经被赋予了某种神秘的特质，于是平日的生活——一个能干的长官、运动家、好伙伴——是否有时在他看来就显得虚幻了呢？我对自己的胡思乱想也只是一笑，至少昨晚聊天时我没有听出来任何灵魂的骚动，只觉得他是个好相处的正派人。他在牛津上学，是伦敦一家高档俱乐部的会员，对社会阶层似乎非常看重。费瑟斯通是位绅士，人生至此，平时相处的英国人社会地位都不如他，这一点他或多或少是知觉的。餐厅里放着各式各样的银杯，显然他是个运动好手，网球和桌球都擅长，放假回国的时候会去打猎，他很费心地不让体重上涨，平时饮食控制得特别仔细。他聊了很多退休之后要做的事，热切地盼着乡间绅士的日子：在莱斯特郡找一幢小房子，养几条猎犬，还得有几个会打桥牌的邻居。他本就有一点自己的积蓄，到时还能拿到养老金。但此时此刻他工作还是很卖力的，不说成就傲人，至少事事都处置得当，我毫不怀疑他的长官对他都非常放心。这种规格的英国人我太熟悉了，引不起多少兴趣，就像一本写得用心、真诚的小说，行文也甚是精准，但就没有什么特别之处，你总觉得以前都读过，只是意兴阑珊地翻着书页，很清楚这个故事不会有什么意外，作者也营造不出让你心跳加速的段落。

但人类是不可捉摸的，谁要说他拿得准一个人能做出什么，做不出什么，那么他就是个傻子。

费瑟斯通下午带我去见了苏丹。接待我们的是他一个儿子，当了父亲的助手，是个脸上挂着微笑的羞涩的年轻人。上半身一件挺括的蓝西装，但腰间围着一条莎笼[1]，黄底白花的式样，脑袋上戴着一顶非斯帽[2]，鞋子是圆圆的美国风格。宫殿是照摩尔人的风格建的，像个过家家的玩具被放大了，又被刷成了明亮的黄色，据说是他们皇室的颜色。我们被领进了一个巨大的房间，配的家具是那些你会在英国海滨的寄宿舍里看到的，不过椅子上都铺了黄色的绸布。地板上是布鲁塞尔地毯[3]，墙上挂着不少相片，都是苏丹参加国家活动时的留影，镀金的相框显得特别奢华。房间摆了个柜子，里面收集着数不胜数的水果，每一个都是钩针编织品。这时苏丹进来了，身后跟着好几个随从。大概五十岁上下，矮胖，一件短袖束腰上衣，黄白相间的大格子，下半身穿的是裤子，但腰间又围了一条非常好看的黄色莎笼，头上戴着一顶白色的非斯帽。他那双英俊的眼睛又大又和气，请我们喝咖啡，吃很甜的蛋糕，抽方头雪茄。因为苏丹健谈，聊天也不吃力，他跟我说他从来没进过戏院，也没有打过牌，因为他的信仰很虔诚，而且他有四个妻子，二十四个孩子。他要把自己的时间平均

1 Sarong，马来人的民族服装，常用鲜艳印花料子裁制，不分男女。

2 Fez，或称土耳其帽，常见于地中海东岸，通常为红色并饰有长黑缨的圆筒形无边毡帽。

3 多指一种机制地毯，粗麻底层上的图案用彩色羊毛线拉成的小圈构成。

分配给四个妻子，因为这是最基本的伦理，但这似乎又是他人生通往幸福的唯一妨碍。他说跟这个妻子待一小时，好比一个月，跟另一个待一小时，又像五分钟。我说关于时间，爱因斯坦教授——该提他还是伯格森？——也发表过类似看法，而且他的那些理论世人都还没完全想明白。我们没坐多久就告辞了，苏丹送了我好几根马六甲白藤做的手杖，都精美极了。

晚上我们去了俱乐部，那天跟我们打过牌的其中一人，看我们进门就站了起来。

“准备好来一盘了吗？”他问。

“第四个人呢？”我问。

“啊，这儿有好几位就等着你喊他们打牌。”

“昨天跟我们一起打的那一位呢？”我已经忘了他的名字。

“哈代吗？他不在。”

“等他太浪费时间了。”费瑟斯通说。

“他极少到俱乐部来，昨晚看到他我都有些意外。”

他们说的话都极寻常，但说不上为什么，我总觉得古怪，好像这两人都很尴尬。哈代并没有给我留下什么印象，我甚至不记得他的长相，那不过就是凑起牌局的第四个人而已。我感觉他们对哈代有意见，但这也不关我的事，跟此时加入我们的这位朋友打牌也很好。和昨天相比，今天的气氛要欢快得多了，大家隔着桌子开了彼此不少玩笑，不时响起欢笑声，打出的牌也不如昨日认真。也不知是偶然有外人来打牌，第二天他们才更放松了一些，还是昨天因为哈代在场，那两个人才觉得局促。八点半牌局散了，我和费瑟斯通回他的宅子吃饭。

用过晚餐，我们懒懒地坐在扶手椅中，抽着方头雪茄。不知为什么我们的对话一直很滞涩，我试了很多话题，但没有一个能引起费瑟斯通的谈兴。我甚至开始认为他过去二十四小时已经把话都说完了。我也灰心地陷入沉默。寂静不断延伸，又出于我说不上来的缘由，我隐隐觉得这无声之中像是别有含义，只是我捕捉不到而已。我有些不太自在，那种感觉想必大家都有过，就是一个人坐在某个空房间里，但总觉得这里不止我一个人。很快我意识到费瑟斯通的目光一直落在我身上。我坐在一盏台灯边，他在暗处，所以费瑟斯通脸上表情的变化我看不到。他那双眼睛本就又大又亮，在冥暗中发出冷冷的光，就像靴子上新换的扣子会反光一样。我不知道他为什么要这样看我，我扫了他一眼，他的目光还是死死地定在我身上，但被我捕捉到了一丝笑意。

“你昨晚给我的那本书挺有意思。”他突然开口道。我不得不说他的嗓音在我听来并不自然，好像那几个字是从喉咙里被顶出来的。

“哦,《拜伦传》吗？”我随意答道。“你难道已经看完了？”

“看了不少，昨晚一直读到三点。”

“我听说这本传记水准很不错。只是我对拜伦也没有那么感兴趣，这个人有不少太过二流的东西，简直让人不舒服。”

“他和他姐姐的事，你觉得背后的真相如何？”

“阿古斯塔 · 李吗？不是特别了解。《阿斯塔蒂》[1] 我就没有读过。”

“你觉得他们是真的深爱对方吗？”

“应该是吧，她是拜伦唯一真正爱过的女子，这不是普遍接受的说法吗？”

“你能理解吗？”

“无法真正理解。我也不会为这样的事感到震惊，只是很不合常理。或许‘不合常理’这个词用得不好，只是我想不通其中的道理罢了。要让这样的事发生总得需要一种心境，可我无论如何都想象不出那是种怎样的状态。你知道，作者了解自己笔下的人物，就是靠这样的设身处地，用他们的心去感受。”

我知道这几句话也是说得不明不白，这是一种感触、一种下意识的心理活动、一种体验，这对于我是再熟悉不过的事情，只是从来都无法用语言准确表述。可我继续说道：

“当然他们只是同父异母，熟识杀死爱情是有道理的，那照理说熟识也不会让爱情发生。两个人若是青梅竹马的老相识，或者每日朝夕相对，我想象不出那个让爱情发生的火花要从哪里来。他们很可能因为喜欢彼此而走得越来越近，但喜欢和爱是完全相对的两种东西，在我看来，没有什么比喜欢离情爱更遥远。”

这时我勉强辨认出这位主人的脸上闪过一丝微笑，昏暗中

---

1 *Astarte*，指拜伦的诗剧《曼弗雷德》（*Manfred*），拜伦当年与同父异母的姐姐阿古斯塔 · 李（Augusta Leigh）传出丑闻，离开英国，创作了这部剧作，描写的是曼弗雷德因为与阿斯塔蒂的不伦之恋而内心饱受折磨。

只看得清脸的轮廓，本来他表情沉重，我甚至觉得有些阴郁。

“你只相信一见钟情吗？”

“大概是吧，但得加一条，就是很多人可能彼此碰到了二十回，却没有‘看见’对方。‘看见’有主动的一面，也有被动的一面。平日里见到的大多数人对我们都没有什么意义，所以我们从来不会调动自己去好好看他们，而只是承受他们留下的印象而已。”

“啊，但我们不也经常听说这样的事吗——一男一女认识了很多年，本来对方是死是活都无所谓的两个人，突然就跑去结了一个婚，这你又如何解释呢？”

“好吧，如果你非要这么蛮横地逼我讲逻辑，不能前后矛盾，我只好指出他们的爱是另外一种。说到底，人结婚不只是因为激情，甚至激情就不算是个好的理由。两个人结婚可能是因为孤单，可能因为他们是好朋友，可能只是为了利益和方便。刚才我的确说过喜欢是爱的天敌，但我并不否认没有爱的时候，喜欢是很好的替代品。很可能为了喜欢而结的婚是最幸福的婚姻。”

“你怎么看蒂姆·哈代这个人？”

他突然抛出这么一个问题让我有些意外，似乎跟我们此时的对话毫无关联。

“我都没有怎么看他，更谈不上什么看法了。他好像人挺好的。为什么这么问？”

“你觉得他跟其他人完全没什么两样吗？”

“是啊，他有什么特异之处吗？要是你早些问，我就会多观察他几下了。”

“他话很少，对吧？的确，要是对他一无所知，大概是不会多留意他的。”

我努力回想了一下哈代的模样。打牌的时候只有一点引起过我的注意，就是他的手很精致；当时我不经意间在想，这可不像是种植园主的手。至于种植园主为什么非要长一双特别的手我就没有费心多想了。哈代的手偏大，但长得很匀称，手指特别长，指甲的形状也颇为好看。这样一双手既有男子气概，却不同寻常地透露着细腻。这些我也只是偶然留意，没有多想；作家经年累月的习惯已成了某种本能，储存了某些印象，自己都未必知道。当然了，这些印象有时未必跟实情相符，比如你潜意识里记得一位女士，深色皮肤、膀大腰圆，还长着一对牛眼睛，但实际上她很瘦小，肤色也平平无奇。这种误差并不要紧，印象或许比冷冷的事实更接近真相。现在，想从我意识深处唤起那个男人的形象，弥漫着似是而非之感。他的脸刮得很干净，虽是椭圆脸，又非常的瘦，多年被热带阳光曝晒，棕褐色的皮肤下似乎依然显得苍白。他的五官是朦胧的，圆圆的下巴似乎透露着半分软弱，但这也不知是记忆还是我此刻的想象。棕色的头发开始变灰白，但还是很浓密，有一绺长头发不停从额前落下，他就习惯性地用手把头发捋回去。一双棕色的大眼睛，眼神和善，或许带着一丝忧伤，有一种慢慢化开的柔和，我想应该会有不少人喜欢的。

费瑟斯通停顿了一下之后继续道：

“这么多年之后在这里又重新见到蒂姆·哈代我也很意外，但在马来联邦就是这样，大家都漂泊不定，多年前在马来别的地方认识的人，突然又在新的落脚地见到了。最早认识蒂姆是在西步库附近，你去过那儿吗？”

“没有，西步库在哪里？”

“哦，在北边，靠近暹罗[1]。旅行是不用去的，跟马来其他所有地方都一样，但住着很舒服。有个很热闹的小俱乐部，里面的人都不错，校长、警局局长、医生、神父，还有政府派来的工程师，你也知道，就是常见的那些人。还有几个种植园主，三四个女人。我之前几乎没干过别的工作，到那里当了地方长官助理。蒂姆·哈代的种植园在二十五英里以外的地方。他跟自己的姐姐住在一起，姐弟俩有些钱，就把园子买下来了。那时候橡胶红火，他也赚了不少钱。我跟哈代很投缘，其实跟种植园主交往就是碰运气，有些家伙很好相处，只不过他们不算……”他在找一个听上去不那么势利的说法。“实话说，在国内的话，你应该平时很少会跟他们往来。但蒂姆和奥利芙跟我们属于同一个阶层，不知道你懂不懂我的意思。”

“奥利芙就是他姐姐？”

“是的，他们有一段不太幸福的过往，很小的时候，大概七八岁，父母就分开了，奥利芙跟了母亲，蒂姆跟着父亲。他们是西南部的人，蒂姆去了克里夫顿[2]上学，只在放假的时候回家。他父亲是个退役海军，住在福伊[3]。但奥利芙跟着母亲去了意大利，

1 Siam，泰国的旧称。

2 Clifton，位于布里斯托尔（英格兰西南部港市）的男子学校，创立于 1862 年。

3 Fowey，英国西南端康沃尔郡沿海小镇，距离布里斯托尔约一百五十英里。

在佛罗伦萨上的学，说一口无可挑剔的意大利语，法语也一样好。那些年蒂姆和奥利芙从来没有见过对方，但时常彼此写信。还是孩子的时候，他们非常亲近。那家人分开之前，具体情况当然无法确知，但据我了解，还是非常动荡的，各种吵闹争执，你也知道夫妻没法共同生活的时候是什么样，所以父母对他们干涉很少，姐弟俩只能靠自己。后来哈代太太去世了，奥利芙回英格兰父亲那里，当时她十八岁，蒂姆十七岁。一年之后战争爆发，蒂姆参了军，父亲五十多岁，在朴茨茅斯[1]找了一份工作。他们说老哈代生活不加节制，喝酒又凶，战争还没结束身体垮了，病了很久，没有救回来。他们那个家族非常古老，但传到这时凋零殆尽，姐弟俩似乎没有别的亲戚了，只是在多塞特郡[2]有一幢漂亮的老房子，在他们家传了很多代，但传到蒂姆这一代，始终没钱住进去，就一直外租着。那些照片我还有印象，就是一个绅士的宅邸，灰色的石墙，窗户上有窗棂，很气派，大门上刻着纹章。他们最宏伟的畅想便是赚到足够的钱，可以住进那个宅子。以前他们时常会聊起这个计划，言谈间就好像他们都不会结婚一样，就好像他们早就认定了会永远待在一起。这样说起来确实有意思，因为那时候他们还年轻得很。”

“那时候他们多大？”我问。

“他大概二十五六的样子，姐姐反正就大一岁。我刚到西步

---

1 Portsmouth，英格兰南部港市，海军基地。

2 Dorsetshire，位于英格兰西南。

库的时候他们对我真是太客气了，应该是刚见面就对我很有好感。你知道，跟其他大多数人相比，我们三个更相像一些。每次我们三个人待在一起的时候，我想他俩是开心的，因为本来他们不太受欢迎。”

“为什么不受欢迎？”我问。

“他们不是热络的人，你总觉得与其跟大家见面，他们更想姐弟俩独处。不知道你之前有没有留意，大家不喜欢这样的人，如果他们觉得你没有他们也可以过得很好，就会讨厌你。”

“做人真是麻烦，是吧？”我问。

“而且蒂姆的种植园是他自己的，不用听命于任何人，还有自己的收入，这也让其他种植园主心生怨愤。他们只能忍受自己那部老爷福特，而蒂姆那辆车才叫车。他们姐弟来俱乐部的时候非常和善，也会参加网球赛之类的活动，但你一直就有那种感觉，可以回家了，才是他们最开心的时候。他们也去别人家聚餐，一言一行都很得体，但很显然如果聚会取消的话他们也不会介意的。道理上你也很难怪他们。不知道你去过几个种植园主的家里，确实待着有些难受。很多粗制滥造的家具、银质的装饰品，还有虎皮。而且食物也难以下咽。而哈代家的那个木屋就像样多了，里面也没有什么奢华的东西，只是像个家的样子，让人舒服、放松。进了他们的客厅就像到了英格兰的乡间别墅。你会感觉这个屋子里每样东西对他们都有意义，已经陪伴了主人很久。待在那样的屋子的确是很开心的。哈代家的木屋就在他们种植园的中心，但正好建在一座小山的山顶，视线从橡胶林上方可以望见远处的海。奥利芙为自家的花园花了大心思，那真的是美不胜收；之前绝想不到美人蕉还能种成那样。那时候我经常在他们家里过周末。去海边只要开半个小时的车，我们就带着午餐去那边游泳；哈代还在那儿停着一条小帆船，可以扬帆出海。那些日子太畅快了，以前我从没想到还能这样尽情地玩乐。那片海滩风光很美，常给人一种如梦似幻的氛围。到了晚上我们玩纸牌接龙、下象棋，听留声机。饭菜也棒极了，跟我们平时吃的大不相同。奥利芙教会了厨师各种各样的意大利美食，像是通心粉、烩饭、土豆球之类的东西。我忍不住妒忌他们的生活，那么惬意和平静，他们有时会聊起，等这里的生活结束，最终回英格兰要做这些那些事情，我总提醒他们不要后悔。

"'我们在这里的确过得很开心。'奥利芙会这样说。

"她看蒂姆的方式有些特别，就是隔着她的长睫毛，不急不慢地将目光斜斜地扫向蒂姆，我一直觉得那个神态很可爱。

"这姐弟俩在自己家跟在外面很不一样。在那个木屋里，他们是如此的随和又热情，我只能说，跟所有人一样，我们都喜欢去那里做客。哈代姐弟也经常邀请客人过去，而且很有待客的天赋，他们能让你完全放松下来。那的确是个有幸福氛围的家，我想你能明白我的意思。他们姐弟是那么亲近，这是谁都能看得出来的；尽管大家喜欢说他们清高、自我中心，但也都被他们的姐弟情深所感动。有人说过，哈代姐弟比夫妻都更和睦；其实我们也都见过有些夫妻过得如何，所以自然而然会认为若是真要跟他们姐弟间的情谊相比，大多数婚姻都像是玩笑。蒂姆和奥利芙似乎经常同时冒出一样的想法。两人之间有些小笑话别人听不懂，但他们自己笑得像两个小孩。他们总是在取悦对方、互相体贴，而且又是那么开心、满足，说真的，跟他们稍微待久一些……怎么说呢，就是所谓的澡雪精神吧，我也不知道还能怎么形容。在那个木屋里住了几天，离开的时候你觉得自己吸收了他们的心平气和，他们朴素的欢乐，就好像你的灵魂被清凉的水洗过一般，有种奇妙的被净化了的感觉。”

听费瑟斯通如此动感情很不寻常。他穿的那件白色的外套时髦极了，准确的名称他们叫“冻屁股[1]”，看上去是那么讲究，胡须精心修剪过，浓密的鬈发也梳得仔细，于是这些浮夸的辞藻从他嘴里说出来，让人听着有些尴尬，但我意识到这的确是他心底的感受，只是表述起来没有那么娴熟。

“奥利芙·哈代是怎么样一个人？”我问道。

“我可以给你看，这里存了她很多快照。”

他站起来去书架上取了一本大相册，拿来递给我。这样的相册很常见，有的是看不出感情和意义的群体照，还有些是单人肖像照，也很少把主角拍得好看。照片里的人一般都穿着泳衣，或者短裤，或者网球服，表情时常是扭曲的，要么是因为阳光太耀眼，要么就是笑得太开心。哈代我认出来了，跟十年之后没什么变化，那绺头发还是掉落在额头上。看到快照，对他的记忆又清楚了些。照片里他就是一个有模有样的年轻人，体面又朝气

---

1 指英国当时流行的一种西服，借鉴欧洲大陆时尚，后摆很短。

蓬勃，表情中透露出一种迷人的敏锐和机警，那天面对面的时候我的确没有看出来。褪色的旧相片上，还是能辨认出他对生活的渴望，就在他的目光中闪动、跳跃。我大致看了几张他姐姐的相片。奥利芙穿泳衣的时候，看得出身材很好，健康却又苗条，腿又长又细。

"他们姐弟长得很像啊。"我说。

"是的，虽然奥利芙大了一岁，但看上去太像了，简直和双胞胎一样。一样的鹅蛋脸，一样的苍白皮肤，脸颊上一点血色也没有，眼睛也像，都是棕色的，水汪汪的都是柔和的光，非常讨喜，所以你会觉得他们不管做什么你都没法生气。还有他们那种不经意的优雅也如出一辙，所以不管穿什么，衣服再怎么邋遢，还是很有魅力。这一点上，蒂姆现在大概是不行了，但我最初认识他的时候的确如此。他们总让我想起《第十二夜》中的那对兄妹，你知道我说的是谁吧？"

"薇奥拉和西巴斯辛[1]。"

"哈代兄妹一直让我觉得他们不属于此刻，带着一种伊丽莎白时代的气息，我总油然生出一种特别的感觉，就是不知为何觉得他们特别浪漫，好像他们应该住在伊利里亚[2]，我想有这样的想法不只因为我那时太年轻。"

我又瞄了一眼其中一张相片。

---

1 莎士比亚戏剧《第十二夜》中的孪生兄妹因一场海难分离，主要情节是薇奥拉女扮男装，牵扯进一场复杂的三角恋，最后的结局与兄妹俩外表极其相像有关。

2 《第十二夜》发生的地点。

"这姑娘看上去比她弟弟有个性得多。"我评论道。

"的确如此，可能奥利芙称不上有多美，但她实在太有魅力了。她身上带着诗意，她的一举一动，她做的任何事，都带着一丝抒情诗的韵味，好像让她可以超越俗世的忧扰。她的神情如此真率，气质又如此独立和果敢，简直——我不知道该如何形容——简直让单纯的'美'显得那么寡淡无趣。"

"听你口气就好像爱上了她一样。"我打断道。

"我自然是爱上了她。我还以为你一下就能听出来。我爱她爱得神魂颠倒。"

"那是一见钟情吗？"我微笑道。

"是吧，我觉得应该是的，但我花了一个多月才意识到。当我突然醒悟对她是什么感觉——我不知该如何解释，就是一种天崩地裂，好像我生命的一切都被搅乱了——但我知道那就是爱，原来我一直爱着她。这不只是因为她的样子，虽然她的外表已经足够动人了，那苍白而又光滑的皮肤，头发掉落在额头上的样子，还有那双棕色的眼睛，眼神里的那种沉静的温柔，但我着迷的远不止这些；是你跟她待在一起的时候会觉得自己活得很好，就好像你终于可以放松了，可以随性而为，不用再装成别的什么人。你会觉得她不可能有坏心眼，你无法想象她会妒忌别人，或者出言刻薄。似乎那种慷慨是她灵魂中天生的。你可以跟她什么话都不说，就这样默默相处一个小时，然后觉得这一个小时过得真是开心。"

"这样的天赋很罕见。"我说。

“有她陪着，做什么事都很开心；不管你提出什么建议，她永远都愿意陪你去试一试。我从来没见过这么容易讨好的姑娘。你最后关头失约了，她不管怎么失望，还是不会抱怨，下回你们相见，她还像以往那样热情却又平静。”

“你为什么不娶她呢？”

费瑟斯通的方头雪茄抽完了；他把烟蒂扔掉，又缓缓点着了另一支。我等了许久他都没有回答。一个人若在事事讲求得体的环境里生活久了，像费瑟斯通这样把心里话全部倾吐给一个陌生人听，似乎是很不寻常的；但我不觉得奇怪，因为已经听得多了。他们住在地球最人迹罕至的地方，寂寞得要发狂，那些故事压在他们心头好多年，日间所思、夜间所梦，都是这些念头，碰到一个很可能此生不会再相见之人，把这些故事说出来，当然是巨大的解脱。我还有一种感觉，就是作家的身份能触发他们的倾诉欲，他们会觉得更容易袒露灵魂，因为那些事所引发的兴趣似乎不是作家本人的兴趣，而跟职业、创作有关。除此之外，我们也都明白，谈论自己总是愉快的。

之前的问题还在：“你为什么不娶她呢？”

“我如何不想啊？”费瑟斯通终于答道。“但我总迟疑不敢问她，虽然她一直对我那么友善，又那么好相处，我们也一直关系很好，但我总觉得她有一部分非常神秘。虽然她是个非常单纯的人，那么坦率和自然，但有一种印象是挥之不去的，就是她藏着一颗冷漠的内核，就好像在她内心深处，也未必藏着什么秘密，只是她不愿将灵魂示人，这世上没有谁能进到那个地方。不知道你能不能听懂。”

“应该懂了。”

“我想这跟她成长环境有关系。他们从不聊起他们的母亲，但从一些线索中我有这么个印象，就是她是那种容易紧张、容易激动的女人，毁了一家人的幸福不说，周围与他们有牵连的人也无一不为其所苦。我怀疑她们在佛罗伦萨的生活是乱七八糟的，奥利芙的平心静气如此迷人，却只是她长年的自我要求，生活中各种丢人的事情袭来，那种冷漠就是她建起的堡垒，全靠心力支撑，把那些讯息都挡在外面。话说回来，她的冷漠也让你欲罢不能，因为你会莫名感到兴奋，想到如果她也爱你，如果你们俩结婚了，就终于可以穿透那层阻隔，看到她灵魂深处藏着的那团神秘究竟是什么；若是她愿意为你展露这一层心事，你就觉得此生所有的渴望都圆满了。让你当神仙也不换的。你知道，我在这件事上很像蓝胡子的妻子，她对城堡里那间不得进入的密室也是同样心理[1]。每一个房间我都能随便进，但是只要最后那个房间是锁着的，我就永远不得安宁。”

这时我的目光被一只小小的棕色蜥蜴吸引过去，当地人叫“奇克茶克”，头很大，在室内活动，此时趴在墙壁的高处。这种小东西对人很友好，在屋子里见到还挺有趣。它正盯着一只苍蝇，自己一动不动。突然它扑向苍蝇，但猎物逃走了，它又落回

1　法国童话，蓝胡子不让妻子进入城堡中的某个房间，后来发现其中藏着他多位前妻的骸骨。

原处，好像是被拽回到那种诡秘的静止之中。

“另外还有一件事也让我犹豫。一旦我求婚，被她拒绝，她可能就不会让我像之前那样去他们家了，想到这样的情状我就无法承受。我太喜欢去做客了，只跟她待着就让我非常快乐，要是真的不能再去，我会非常痛苦。但你也知道，有时候你会不由自主地做出一些事情来。后来我的确开口了，但那次几乎是意外。有天晚上，我们吃过晚餐坐在外廊上，只有我和奥利芙，我握住了她的手。她立马把手抽走了。

“‘你这是干吗？’我问道。

“‘我不太喜欢别人碰到我。’她说。她把脸朝我转过来了一些，微笑道：‘是我冒犯了你吧？请千万不要介意，只是我的一点怪癖而已，刚才是下意识的。’

“‘我在想，你之前有没有意识到我真的非常喜欢你。’

“我想我那时候的确是笨拙得可怕，毕竟是我第一次求婚。”费瑟斯通发出的一个声响既称不上笑声，也不算是叹息。“事实上，也是我最后一次求婚。她沉默了一分钟，然后说道：

“‘我很高兴，但我恐怕不想让你继续说下去了。’

“‘为什么不呢？’我问。

“‘我永远不会离开蒂姆。’

“‘那他要是结婚了呢？’

“‘他永远不会结婚的。’

“已经到了这个地步，我想我还是得往下说。但我喉咙太干了，几乎发不出声音来；整个人都紧张得发抖。

“‘我真的很爱你，奥利芙。在这世上我最大的心愿就是让你成为我的妻子。’

“‘她的手温柔地放到了我的手臂上，就像花朵落地。’

“‘不行，亲爱的，我不能嫁给你。’她说。

“我沉默了，想说的话对我而言太难表达了。我的性格就很羞涩。她是个女孩。我真的没法告诉她跟一个丈夫共同生活和跟兄弟是不一样的。她是个正常、健康的女孩，一定会想生宝宝，硬生生地不让天性获得满足是没有道理的。太浪费青春了。但先开口的是她。

“‘我们别再聊这件事了吧，’她说，‘可以吗？我的确想到过一两回，你可能对我有些好感，蒂姆也注意到了，但我并不高兴，因为怕这样会毁了我们的友谊。我不想我们的友谊被毁，马克。我们真的很合得来，我们三个人，有过那么多开心的时光。往后的日子，我已经不知道要是没有你我们该怎么办。’

“‘这我也想到过。’我说。

“‘你觉得我们的友谊可以不要毁掉吗？’她问我。

“‘亲爱的，我也不想毁掉它啊，’我说，‘你也一定明白我有多爱到这里来。我之前在其他任何地方，都没有像这样开心过！’

“‘你生我的气吗？’

“‘我没有什么好生气的，你并没有做错什么，这只说明你并不爱我而已，要是你爱我的话，就根本不会在意什么蒂姆了。’

“‘你真的很体贴。’她说。

“她搂住我的脖子，轻轻在我脸颊上亲了一口。我有种感觉，那就是我们的关系在她看来就这样定下了，她把我认作了第二个弟弟。

“几周之后，蒂姆回了一趟英格兰。他们在多塞特的那幢房子，之前的租户要走，虽然后面马上就有人要住进去，他觉得最好还是亲自去把一些事情谈妥。另外种植园需要一些新机器，他想顺便去英国买了。他预期最多三个月之内就能回来，奥利芙也想好了不跟他一起回国，那边她没有任何熟人，实际上英格兰对她来说就是外国，她不介意独自留下，正好可以照看种植园。当然他们可以再派一个临时的人来代管，但这又是另一回事了。橡胶的行情在跌，万一有什么意外，自然是有主人在现场更好。我跟蒂姆保证我会照看他姐姐，反正一旦有事，她总是可以打电话喊我的。我的求婚什么都没改变，我们一如往常，就像什么都没发生。她有没有告诉蒂姆我不知道，如果说了，蒂姆也丝毫没有显露出来。当然我对奥利芙的爱一点也没有变，但再不提起了。说起来，我这人自控力还不错，也隐约明白，总之我是没有机会的。我希望到最后我的爱能转化成别的东西，我们能变成最好的朋友。也挺有意思，那份爱从来没真的变过，大概是我受的打击太大了，始终就没有恢复。

“奥利芙去槟榔屿送蒂姆，回来的时候我去车站接她，开车送她回家。蒂姆既然不在，我自然是不好再住木屋了，但周日会过去吃中饭，然后去海边，一起游泳。大家都很友好，纷纷请奥利芙过去暂住，但她不愿意。她没有离开过种植园，也没什么闲下来的时候。她读了很多书，从来不会觉得无聊，似乎非常乐意独处。她也请人来做客，但那只是出于客套，似乎理应如此，她不希望别人觉得她失礼。但招待客人是个费力的活儿，她告诉我，每次最后一个客人离开，她都要长舒一口气，终于又可以不受打扰地享受木屋中的孤寂了。这是个很有意思的姑娘，在这个年纪，她好像对派对之类的事完全不感兴趣，凭她的社会地位，本可以有很多类似的场合去玩乐。在心灵那个层面——我想你明白我的意思——她是完全自足的。也不知怎么大家似乎发现了我对奥利芙的感情，之前我还以为自己从没露出过痕迹，但时不时我就能收到暗示，好像大家都知道了。听他们说话，好像都认定奥利芙没有跟弟弟回国是因为我。有一位叫塞吉森太太的女士，她丈夫是个警察，真的问我什么时候能向我贺喜。当然我假装听不懂她在说什么，但别人都觉得我在糊弄他们。我忍不住觉得好笑，在奥利芙心里我是如此的无关紧要，她大概都忘了我曾经求过婚。我的确不能说她对我不好，其实她对任何人都是友善的；但跟我来往时，她随便得就像一个姐姐对她的弟弟那样。岁数上她比我大两三岁。每次见到我，她都开心极了，但她从来不会想到要刻意取悦我；跟我相处时她亲密得有时让我惊讶，但那都是无心的，你懂吗，就像从小熟识的两个人，不会想到要摆出别的什么架子来。甚至可以说她没有把我当成一个男人，就是一件旧大衣，因为穿着舒服、自在，想做什么就做什么，所以经常就随手套在身上。她对我的感情离‘爱’何止十万八千里，要是这一点我看不出来那真是疯了。

“有一天我去木屋，大概是蒂姆应该回来的三四周之前，看到她在家里哭。我吓了一跳，因为奥利芙一直是那么镇静的女子，我甚至从没见她为任何事着急过。

“‘嘿，这是怎么了？’我问。

“‘没什么。’

“‘别装了，亲爱的，’我说，‘你在哭什么？’

“她试图微笑。

“‘你观察力能别这么敏锐吗？’她说。‘我应该就是又犯傻了吧。刚收到蒂姆一封信，他说他要推迟回来。’

“‘啊，亲爱的，真遗憾，’我说，‘你肯定失望极了。’

“‘我都是数着日子过的，太想快点见到他了。’

“‘他有没有说为什么推迟了？’我问。

“‘没有，他说他在写信。我把电报拿给你看。’

“我看出来她非常紧张。那双宁静、平和的眼睛里全是担忧，微微皱着眉头。她去卧室里取电报，很快拿了过来。我读的时候能感觉她在焦躁地观察我。我记得大致是这样几句话：亲爱的，最终没办法七号上船。原谅我。正写长信。最真挚的爱。蒂姆。

“‘可能他要的机器还没法上船，他不愿意自己先回来。’我说。

“‘机器等下一班船有什么关系呢？不管怎么样都要在槟榔屿耽搁的。’

“‘可能是房子的事。’

“‘如果是房子的事，他干吗不说呢？他肯定知道我会多着急担心的。’

“‘他可能没想到，’我说，‘说到底，出门的人时常这样，有些事他会觉得理所当然大家都懂，不会想到没来的人其实不知道。’

她又微微一笑，但这次开心了一些。

“‘我想大概就是你说的这样。这的确有点像蒂姆，太马虎，太随便。恐怕我真的小题大做了，还是得耐心地等他那封信。’

“奥利芙是个很能自控的姑娘，我目睹着她集中心力让自己振作起来，眉宇间微微打着的结松开了，她又变成了平日里的自己，带着微笑，宁静而友善。平日里她也总是和气的，但那天她的温柔和煦实在太美好了，简直让人心碎。余下的时间里，我明白是奥利芙强行用理智把心里的那份不安压住了，才没让它占了上风；似乎她预感到了什么灾祸。邮件到达的前一天，我也跟她在一起，她的焦躁是看得出来的，但正因为她想方设法掩饰，才更让人怜惜。收邮件的日子我一向很忙，但我答应晚些时候会去种植园听消息。我正准备动身的时候哈代家的司机开着车来了，捎来了‘阿妈’[1]的一条消息，让我立刻去见他们的女主人。那个‘阿妈’是个正直的老太太，我给了她一点零花钱，关照她园子里一旦有事，得立刻让我知晓。我立马发动了自己的车，开到的时候发现那个‘阿妈’在台阶上等我。

“‘上午到了一封信。’她说。

“我让她不用多说，直接跑上了台阶。客厅是空着的。

“‘奥利芙。’我喊道。

1　一些东方国家中对女佣、保姆的称呼。

“进了走廊我突然听到一个声响，心头一凉。‘阿妈’跟在后面，帮我把奥利芙房间的门打开了。之前听到的正是奥利芙的哭声。我走了进去。她躺在床上，脸埋在枕头里，伴随着抽泣全身都在颤抖。我把手放到她肩膀上。

“‘奥利芙，怎么了？’我问。

“‘谁？’她尖叫了一声，突然站了起来，就好像被吓破了胆一样。然后她说道：‘啊，是你。’奥利芙站在我面前，头仰起，眼睛闭着，泪水不住地淌下来。这模样太可怕了。‘蒂姆结婚了。’她几乎有些喘不上气，痛苦得面孔都扭曲了。

“我必须承认在那一刻我感到一阵狂喜，就像小小的电流在心里骚动；因为我突然觉得自己有机会了，说不定这样她就愿意嫁给我了；我知道这真是自私到可怕，但你得明白，这消息对我来说也很出其不意，所以那样的念头一闪而过，之后我也被她的心碎击溃了，只看着她如此悲苦，我除了忧伤也想不到别的。我揽住她的腰。

“‘啊，亲爱的，真替你难过，’我说，‘别站在这儿了，我们去客厅坐下来，聊一聊这件事。我先给你倒些喝的。’

“我把她领进了客厅，她没有反抗，然后我们一起坐在沙发上。我让‘阿妈’把威士忌和苏打水瓶拿来，调了一杯很烈的‘司腾佳’[1]，让她喝了一点。我把她抱在怀里，让她的头枕在我肩

1 Stengah，马来语“一半”，指用等量威士忌和苏打水混合成的饮料，流行于二十世纪初东南亚英国殖民者之中。

上。我不管做什么她都无所谓，只有大颗大颗的泪珠不停从她可怜的面颊上滚落。

“‘他怎么可以这样？’她凄厉地问道。‘他怎么可以这样？’

“‘亲爱的，’我说，‘这样的事迟早要发生的。他是个年轻小伙子，你怎么能期待他永远单身呢？结婚是自然的事啊。’

“‘不是的，不是的，不是的。’她喘着气不住否认。

“我看到她手里紧紧攥着一张纸，应该就是蒂姆的信了。

“‘他说什么？’我问。

“她突然做了一个受惊吓的动作，把信死死按在胸口，就好像怕我抢去。

“‘他说他没有办法，说他只能如此。这是什么意思啊？’

“‘你也知道，蒂姆虽然性情和你不同，但一样迷人，而且他待人接物那么有魅力。我想他一定是疯狂地爱上了一个姑娘，那个姑娘也一样爱他吧。’

“‘他太软弱了。’她呻吟道。

“‘他们出发了吗？’我问。

“‘昨天上的船。他说他结婚不会改变任何事，真是疯了。以后我还怎么在这里住下去？’

“她歇斯底里地哭起来，一个往常如此冷静的姑娘，完全被自己的情绪击垮，看着实在叫人不忍心。以前我一直觉得她那种迷人的心平气和只是表象，其实内心的情绪可以非常激荡。但看她伤心到如此失控，我也崩溃了，只是抱着她，亲吻她，吻她的眼睛，吻她湿润的脸颊，吻她的头发。我想她并不清楚我在做什么，我也只是被她的伤心感染了，几乎是无意识地想要安抚她。

“‘我以后该怎么办啊？’她哭嚎着。

“‘你可以嫁给我啊。’我说。

“她想要从我怀中抽离，但我没有放开。

“‘不管怎样，这总是一个解决办法。’我说。

“‘我怎么可能嫁给你？’她边哭边问道。‘我比你老了那么多岁。’

“‘别胡扯了，就两三岁，你觉得我在乎吗？’

“‘不行的，不行的。’

“‘为什么不行？’我问。

“‘我不爱你。’她说。

“‘这有什么关系？我爱你。’

我也不知道我当时说了些什么。我告诉她，我会努力让她幸福的。我说她愿意付出多少都可以，我绝不会多要。我就这样不停地说啊，说啊。我想让她看到现实和利弊。我觉得她是以后不想继续住在这里了，也不想跟蒂姆住在一起，我说我很快会被派到其他地区，以为这一点会打动她。她也不否认我们的确非常谈得来。过了一会儿，她好像开始平静下来了，我意识到她在听我说话了，我甚至能隐约感觉出来，她知道自己正躺在我怀里，而且知道这样她会好受些。我让她又抿了一口威士忌，给了她一支烟。到后来我想我不如就半开玩笑地往下说吧。

“‘你知道吗，我这人真的不差。’我说。‘要是遇上别人大概还不如我呢。’

“‘你不了解我，’她说，‘你对我其实一无所知。’

“‘我可以学。’我说。

“她微微笑了笑。

“‘你真的是个好人，马克。’她说。

“‘答应我吧，奥利芙。’我乞求道。

“她深深叹了一口气，盯着地板看了很久。她一动不动，我只感受着双臂间柔软的身体，等待着她的回答。我紧张坏了，那几分钟仿佛没有尽头。

“‘那好吧。’她终于说道，就好像我的祈求和她的回复之间根本没有耽搁一样。

“我激动得根本没有话说，但想去吻她嘴唇的时候，她把脸转开了，不让我吻她。我的意思是最好马上结婚，但她坚决不同意。她一定要先等蒂姆回来。你知道有时候你看一个人的心思看得那么清楚，比听到他们亲口说出来还确信无疑；我看得很明白，她只是不能真的相信蒂姆的那封信，她依旧痛苦地留存着那么一点希望，希望这一切都是误会，蒂姆其实并没有结婚。这让我心头一阵刺痛，但我是如此的爱她，自然只能默默承受。我太迷恋奥利芙了，什么条件都能接受。她甚至不许我告诉任何人我们订婚了，要我发誓蒂姆回来之前什么都不要说。她说想到要被人贺喜之类的就受不了。她甚至不让我公开蒂姆的婚讯，而且极为坚决，我当时有这样一种印象，就是她觉得消息一旦散播开，就会带上一些确定无疑的意味，而她受不了那样的‘无疑’。

“但这件事却由不得她掌控，消息在东方往往传得很诡异。

奥利芙刚收到信的时候想必‘阿妈’就在不远处，我不知道奥利芙说了些什么被她听去了；不管怎样，哈代家的司机告诉了塞吉森夫妇，我一到俱乐部就被塞吉森太太堵住了。

“‘听说蒂姆·哈代结婚了。’她说。

“‘是吗？’我答道，不愿把话说死。

“她看我面无表情，微微一笑，说这是她的‘阿妈’告诉她的，然后她就打了个电话给奥利芙，问她是不是真的。奥利芙的回答有点古怪，也没有完全证实这件事，只说她收到了蒂姆的一封信，信上说他结婚了。

“‘这姑娘挺怪的，’塞吉森太太说，‘我说想听细节，她说她也没有什么细节；我说，“听到消息你一定开心坏了吧？”她就没声音了。’

“‘奥利芙跟蒂姆的感情很深，塞吉森太太，’我说，‘结婚的消息那么突然，她自然有些心慌，因为她对新娘一无所知，会替弟弟紧张。’

“‘那你们两个什么时候结婚？’她冷不防地这样问我。

“‘这问题也太尴尬了！’我说，想靠笑声搪塞过去。

“她看我的时候眼神很锐利。

“‘你敢以你的名誉发誓你们两个还没订婚吗？’

“我不想存心撒谎，也不想告诉她这不关她的事，可我又跟奥利芙保证过，蒂姆回来之前不会吐露一个字，只好找些模棱两可的话。

“‘塞吉森太太，’我说，‘要是真有什么消息的话，我向你

保证，你绝对是第一个知情者，目前，我只能说，我最大的心愿就是能娶到奥利芙。'

"'蒂姆结婚了我觉得很好，'她说道，'我也希望你和奥利芙能赶快结婚。他们在山上过的日子是有问题的，那姐弟俩跟外人的往来太少，心思全放在彼此身上，这怎么行？'

"我差不多每天都去见奥利芙，感觉到她不想跟我太亲热，但到的时候、走的时候能亲她一下，我也满足了。她对我依然非常和善，也很体贴，我知道见到我她是很开心的，我必须离开时她也不舍。以前的奥利芙时常会陷入沉默，但那段时间不太一样，自从认识她以来，我还没听她说过这么多的话。不过她很少聊到未来，也从来不提蒂姆和他的妻子，而是说了很多她的母亲和她在佛罗伦萨的生活。她那段人生很怪异、很孤单，大多数时间只能见到仆人和家庭女教师，而据我推测，她的母亲应该恋情不断，在一个个身份朦胧的意大利伯爵和俄罗斯亲王间辗转。我想她到十四岁的时候，大概对成人世界已经无所不晓了，这样的女孩会不落俗套是很自然的：十八岁之前根本就没有人教给她什么叫规矩，因为在那个世界里根本就没有规矩可言。慢慢地，奥利芙似乎心里又沉静下来，或许她开始适应了蒂姆已经结婚这件事，这个解释本该是合理的，但我没法不注意到她面色多么苍白，神色又是多么疲惫。我心里拿定了主意，蒂姆一到，我就要催她立马跟我结婚。我想要放个短假很容易，只要申请就可以了，假期结束，我觉得我也有办法被调到别的岗位上去。奥利芙需要一个新的环境，呼吸一些新鲜的空气。

“蒂姆的船哪天会到，这我们自然早就知晓了，但关键就在于要是船靠岸太迟，他就赶不上当天的火车；于是我写了一封信给 P & O[1] 的代理人，让他一有确切消息就马上发电报给我。后来就收到电报了，我立马拿去给奥利芙，发现蒂姆也给她发了电报。船到得很早，蒂姆会坐上通宵的火车，第二天早上八点到这里，但这班火车晚点一到六个小时都是正常的。我还带了塞吉森太太的邀请给奥利芙，随我一同回镇子上去，她可以在塞吉森家过夜，这样就离车站很近，不用等火车的消息再着急赶过去。

“我大大地松了一口气，感觉这个打击拖了这么久，奥利芙大概不会再有多少感觉了。之前她真的是把自己给急坏了，物极必反，现在必然会有个反向的心理，或许她会因此对弟媳多些好感。我想不出什么道理他们三人不能好好相处。但我惊讶的是奥利芙居然说她不去车站接人了。

“‘他们会很失望的。’我说。

“‘我更愿意在这里等着。’她答道，微微一笑。‘不用跟我争辩，马克，我已经想好了。’

“‘我已经叫人做了早餐，在我家吃。’我说。

“‘那也好，你去接人，带去你家吃早餐，然后再回来。当然我会派一辆车过去。’

“‘可你要是不在，我想他们肯定就不吃早餐了。’我说。

---

1 Peninsular and Oriental (Steamship Company)，（英国）半岛和东方轮船公司，又称铁行轮船公司或大英轮船公司，成立于 1837 年。

“‘啊，不会的，火车如果整点到，下车之前他们不会想到要吃早餐，到时一定很饿。开车过来路也不短，一定得先吃点东西。’

“我很困惑，她一直那么急切地盼着蒂姆回来，现在却要我们去开开心心地吃顿早餐，而她自己一个人在这里等，这实在有些奇怪。或许是因为她紧张，终于要见到那个把自己逼走的陌生女子了，她想尽可能地拖延；但这也没什么道理，早一个小时晚一个小时能有多大区别呢？不过我知道女人的心思很奇怪，而且奥利芙似乎也没有心情听我的劝。

“‘你们出发前打个电话来，我就知道什么时候等你们了。’

“‘行吧，’我说，‘但你知道我没法跟他们一起过来，明天又是我去拿笃[1]的日子。’

“这个镇子我每个礼拜要去一次，路途遥远，中间还要摆渡过河，很费时，所以回来一般都很晚。那里有几个欧洲人，还有一个俱乐部，往常我都去那里待一会儿，打打招呼，看是不是有什么事情需要处理。

“‘另外，’我补充道，‘蒂姆带着妻子第一次回家，应该也不希望我在这儿碍眼。但如果你们想请我吃晚饭，我还是很愿意来的。’

“奥利芙微笑着说：

“‘我想我已经没有资格发邀请了，你说呢？你得问新娘吧。’

1　Lahad，即 Lahad Datu，又称拉哈达图，马来西亚东海岸港口。

“她这句话说得如此轻巧，我的心情也随着跳动了一下，感觉她终于决心要接受生活中的这些变化了，更重要的是她正开开心心地接受它们。平时我都八点左右离开，回去吃饭，那天她让我留下一起晚餐。她非常体贴，我甚至感受到了一些柔情蜜意，几周以来都没有那么开心过；我也从来没有像那天晚上爱她爱得那么难以自拔。晚餐时喝了几杯苦琴酒，其实我一直都知道自己能让奥利芙笑起来，那天晚上表现应该也不错。之前那么沉重的愁怨压着她，我感觉她终于抛下了。所以那天晚上最后发生的事，我也没有太往心里去。

“‘你不觉得在一个独身的未婚女子家待得太晚了吗？’她说。

“她的语调虽然平和，但听得出很高兴，所以我不假思索地答道：

“‘啊，亲爱的，你不要骗自己了，你哪里还有这样的好名声。我这一个月每晚都来，你不会以为西步库还有哪位女士不知道吧？大家普遍都认定，就算我们还没结婚，那也早该结了。你不觉得也是时候公开我们订婚的消息了？’

“‘哦，马克，你别把我们订婚的事太当真了。’她说。

“我哈哈一笑。

“‘那你觉得我该把它当什么？这本来就是真的啊。’

“她微微摇了摇头。

“‘不是的，那天我太伤心了，太绝望了，你又那么温柔，我心里难受得说不出那个“不”字，就答应你了。但我后来又冷静了下来。不要觉得我是故意要伤害你；是我犯了错，我很自

责。请你一定要原谅我。’

“‘啊，亲爱的，你在胡说些什么，我没那么惹你讨厌吧？’

“她平静地看着我，眼神也没有丝毫躲闪，我甚至在她眼睛深处发现了一丝笑意。

“‘我没法嫁给你，我没法嫁给任何人。我太荒唐了，居然有一时片刻觉得有这样的可能。’

“我没有立刻答话，她当时的状态很怪异，我想还是不要坚持得好。

“‘恐怕我也不能用蛮力拖你去教堂吧。’我说。我伸出手，她也伸手让我握着，我抱住了她，她没有挣开。还跟往常一样，她没有抗拒我亲了一下她的脸颊。

“第二天一早，难得有一回火车居然是准点到的，我看着它进站。蒂姆的车厢从我面前经过时他朝我挥手，我走过去的时候他已经跳下车来，伸手扶他的太太。他热情地握住我的手。

“‘奥利芙呢？’他朝站台上扫了一眼，问道。‘这是萨利。’

“我跟萨利握了手，一边解释为什么奥利芙没来。

“‘这真是太早了点，是不是？’哈代太太说。

“我把安排说了，让他们先去我家用一点早餐，然后再开车回去。

“‘要是能洗个澡就好了。’哈代太太说。

“‘悉听尊便。’我说。

“她长得确实漂亮极了，亮眼的金色头发，巨大的蓝眼睛，鼻子长得小巧可爱，但鼻梁很挺，她的皮肤完全就是玫瑰和牛奶的色泽，找不出一点瑕疵。当然略带些歌舞团的气质，或许会让人觉得浮华，但她的确把这种风格演绎得很迷人。我们开车到了家，她和蒂姆都洗了一个澡，蒂姆还刮了胡子；跟蒂姆独处的时间不过两三分钟，他问我奥利芙听说他结婚是什么反应，我说对她打击很大。

“‘这也是我担心的，’他说，皱了下眉头，短短地叹了口气，‘可我没有办法。’

“我不太明白他的意思；这时候哈代太太过来了，勾住了丈夫的手臂，而蒂姆握住妻子的手，温柔地捏了一下。他看妻子的眼神里有种愉快，怜爱中又带着几分玩笑，似乎他自己也没把这份感情看得很认真，但又很享受拥有这样的妻子，觉得妻子的美貌是他的光荣。而萨利真的是很动人的。她完全不害羞，和我认识不足十分钟，就不让我称呼她为‘哈代太太’，一定要喊她萨利。她人很机敏，理解力很强；当然，第一次到东方，还在激动之中，见到什么都很兴奋。很显然她爱蒂姆爱得神魂颠倒，眼睛从来没离开过丈夫，每个字都听得很仔细。我们那顿早餐吃得很开心，然后就道别了。他们上了自己的车回家，我则坐着我的车去拿笃。我答应他们从拿笃回来直接去他们的种植园，去他们那里顺路，先回家倒反而远了，所以我带上了一身干净衣服。萨利直率、活泼、天真，我想奥利芙没有理由讨厌她；她是如此年轻，不大可能超过十九岁，而那样无与伦比的美貌奥利芙见了也一定心生欢喜。白天能有这样一个正当的理由离开，我还挺高兴，他们三人该好好聚一聚，但从拿笃出发的时候，我有个感觉就是他们见到我都会很高兴的。快要开到木屋的时候我按了两三下喇叭，以为有人会出来迎我。人影子都没见到一个，周围也漆黑一片，我很意外。怎么一点声音都没有呢？我想不明白。他们不可能不在家啊。好奇怪，我心里这样想着。等了片刻之后，我下车往台阶上走。走到最上面的时候绊到什么，我骂了一声，低头看是什么，踢到的时候觉得像是个人。我听到一声尖叫，发现这就是那个'阿妈'；我伸手碰她的时候，她蜷缩着往后躲，然后放声大哭起来。

"'这到底是怎么了？'我喊道，这时我感觉到有人抓住我的手臂，听到一个声音：'老爷，老爷。'我转头一看，在黑暗中认出是蒂姆的仆人领班。他惊恐得喘不上气，话说得零零碎碎的，但他说的事太可怕了，让人难以启齿。我把他推开，快步跑进屋子。客厅里是暗的，我打开灯，最先看到的是萨利抱腿坐在扶手椅中。我突然出现吓了她一跳，尖叫起来。我几乎说不出话，问她是不是真的。她说是的，我觉得屋子开始旋转，只能坐下。之前蒂姆和萨利的车沿着门前那条路开上来，快到的时候蒂姆按了几下喇叭，听见主人回归，'阿妈'和几个仆人快步迎了出来，就在这时他们听到一声枪响，跑到奥利芙的房间，就发现她倒在梳妆镜前，地上一大摊鲜血。她用蒂姆的手枪自杀了。

"'她死了吗？'我问。

"'没有，他们喊来了医生，蒂姆送她去了医院。'

"我几乎不知道自己在做什么，甚至没有告诉萨利我要去哪。我站起来，跌跌撞撞走出门口，爬上了车，告诉司机拼了命地往医院开。我冲了进去。我问她在哪儿。他们想要拦住，都被我推开了。我知道私人病房在什么地方。有人拖住我的手臂，也被我甩开。我好像听到有人说医生之前给过指示，谁都不能进那个病房。我管不了那些。有个勤杂工守在门口，抬起手臂要阻拦我。我骂了几句，让他滚开。我那时应该大闹了一场吧，总之已经神志不清了；这时病房的门打开，医生出来了。

"'谁这么吵？'他说。'哦，是你。你要干吗？'

"'她死了吗？'我问。

"'没死，但没有意识；她一直就没醒过。应该只剩一两个小时了吧。'

"'我要见她。'

"'不可以。'

"'我是她未婚夫。'

"'你是她未婚夫？'他问得很大声，即使在那样的情境之下，我也能意识到他看我的眼神很怪异。'那就更不能让你进去了。'

"我不知道他这话什么意思。我的脑子已经被吓得动不了了。

"'你肯定有办法救她的吧！'我喊道。

"他摇摇头。

"'要是你真见到她，你会后悔的。'他说。

"'我被这话吓住了，只知道瞪着医生，在这沉默中我听到一个男人激烈的哭声。

"'那是谁？'我问。

“‘她弟弟。’

“这时我感到有一只手放到了我的手臂上，回头一看，发现是塞吉森太太。

“‘这个可怜的孩子，’她说，‘真替你感到难过。’

“‘她到底为什么要这样啊？’我呻吟道。

“‘别待在这儿了，亲爱的，’塞吉森太太说道，‘你在这里帮不上忙。’

“‘不行，我必须留在这儿。’我说。

“‘那这样吧，你去我办公室坐一会儿。’医生说。

“我整个人是支离破碎的，任由塞吉森太太把我带到医生自己的房间去了。她让我坐下。我还是没法让自己相信这是真的，觉得这是一场噩梦，我总该醒来了吧。也不知道我们在那儿坐了多久。三小时。四小时。终于医生进来了。

“‘都结束了。’他说。

“这时我再也控制不住自己，开始大哭。我不在乎他们会怎么看我，我太痛苦了。

“第二天我们就给奥利芙下葬了。

“塞吉森太太陪着我回来，在我家坐了一会儿。她想让我跟她一起去俱乐部，我觉得我的状态去不了。她的好意我能感觉到，但我还是想一个人待着。塞吉森太太走了之后，我试着读了一会儿书，但那些字的意思我完全读不出来；觉得自己的心死了。仆人进来，打开了灯。我的头疼得快要裂开。之后他又进来说有一位女士想要见我。我问是谁。他说他不认识，但应该是普塔坦[1]那位老爷的新婚妻子。我想不出她来找我做什么，起身走到门口。仆人说得没错，的确是萨利。我请她进来，注意到她面色白得一点生气也没有。的确可怜，这个年纪的姑娘经历这些太可怕了，对于一个新娘来说，回家的旅程这样结束也真是悲惨。她坐了下来，非常紧张。我说了些寻常该说的话，想让她放松一些。但那双蓝色的大眼睛一直在盯着我，里面全是惊恐，倒让我被看得有些不自在。她突然打断我道：

"'这里除了你我谁都不认识，'她说，'只能来找你，请你帮我离开这里。'

"我听得懵了。

"'我怎么听不明白你的话？'我说。

"'我希望你不要问我任何问题，只要送我走就行。立刻就走。我要回英格兰！'

"'可蒂姆现在这样，你不能抛下他啊，'我说，'亲爱的，你还是得振作一些，我知道这一切对你来说太可怕了，但你要想一想蒂姆，如果你爱他的话至少应该努力减轻一些他的痛苦。'

"'啊，你不懂，'她吼道，'我没法跟你说。太可怕了。求你帮帮我。如果今晚有火车走的话，你让我坐上那列火车吧。只要能到槟榔屿我就能坐上船。这个地方我绝不可能再多待一晚。我会疯的。'

"我完全困惑了。

---

1 Putatan，位于今天马来西亚婆罗洲岛东北部的沙巴（Sabah）。

“‘蒂姆知道吗？’我问她。

“‘昨晚之后我就没见过他，宁可死，我也永远不会再跟他见面。’

“我想要再争取一点时间。

“‘但你什么都没带怎么走呢？行李准备好了吗？’

“‘那有什么关系？’她不耐烦地喊道。‘回程这一路需要的东西我都有了。’

“‘你有钱吗？’

“‘足够了。今晚到底有没有火车？’

“‘有的，’我说，‘应该午夜一过会到。’

“‘谢天谢地，你能帮我安排吗？还有，我能不能留在这里，等到去坐火车？’

“‘你太为难我了，’我说，‘我现在不知道怎么做才是对的。你知道吗，你现在要走的这一步后果很严重。’

“‘我知道的那些事，要是你也知道的话，就会明白没有其他的路可走。’

“‘这会成为这里的一个惊天的大丑闻，天知道大家会怎么说。你这样做，有没有想过蒂姆会怎样？’我既是担心，也是替自己不平。‘我是真的不想多管闲事。我知道的太少，你要我帮你一定得给我足够的理由。你一定得告诉我发生了什么。’

“‘我没法说，只能告诉你我什么都知道了。’

“她双手捂住脸，全身发抖，然后她又像是有意晃了一下，仿佛面前出现了什么恐怖的景象。

“‘他怎么敢娶我呢，这真是太令人发指了。’

“她说话的声音越来越尖利，我怕她也会歇斯底里地发作起来，本来如玩偶般可爱的脸庞写满了恐惧，眼睛始终瞪着，好像再也合不上了。

“‘你已经不爱他了吗？’我问。

“‘这件事之后，还可能吗？’

“‘要是我拒绝帮你，你准备怎么办？’我问。

“‘这里应该有神职人员吧，或者医生，你总不会拒绝把我送到他们那里去。’

“‘你是怎么到这儿的？’

“‘仆人领班开车送我的，他不知从哪里找了一辆车。’

“‘蒂姆知道你走了吗？’

“‘我留了一封信给他。’

“‘他会知道你到这里来了。’

“‘他不会想拦我的，这点我可以跟你担保——他不敢。我警告你，你也别想拦我，要我再在这儿待一夜我肯定会疯的。’

“我叹了一口气，不管怎样，她的确也到了决定自己去留的年纪。”

作为记下这一切的人，我已经很久没有说话了。

“你知道她指的是什么吗？”我问费瑟斯通。

他看了我很久，眼神沧桑。

“她指的只能是一件事。的确难以启齿。是啊，我怎么会不知道呢？这样就什么都能解释了。可怜的奥利芙，多好的一个姑娘。我面前站着的这个金发姑娘长得很可爱，我知道自己没有道理，但我看着她满是恐惧的双眼，心里只觉得憎恶。我恨她。有好一会儿我没有说话，然后告诉她，我会照她的意思做的。她甚至都没有表示感谢。我想，她知道我那时对她心里是什么感觉。到了晚餐的钟点，她听我的劝吃了一些东西，然后说火车还要一段时间，问有没有房间可以让她躺下休息一会儿。我把她带到备用的房间，没有再去管她，走出来坐在客厅等着。天呐，我没想到时间还能走得这么慢。我还以为十二点钟再也不会来了。我给车站打电话，得知火车要接近两点才到。午夜的时候她回到客厅，我们沉默地坐了一个半小时，因为没有什么能说的话。然后我带她去了火车站，送她上了车。"

"后来真有一场大丑闻闹得很不堪吗？"

费瑟斯通皱了皱眉头。

"我不知道。我先是申请了一个短假，之后被派去了另一个岗位。我听说蒂姆卖了种植园，又在别的地方买了一个，但我不知道新的那个在哪里。发现他在这里的时候我也吓了一跳。"

费瑟斯通站了起来，走到桌边给自己倒了一杯威士忌苏打。静默中我听见青蛙沙哑的叫声连成一片单调的合唱。突然听到了"热鸟[1]"的鸣叫，似乎落脚在了屋子边的某棵树上。都是下行的半音音阶，最初是三个音符，然后是五个，然后是四个。你会不

1 Fever bird，所指不详；似为"脑热鸟"（Brain-fever bird），一种产于印度的杜鹃，常久鸣不休。

由自主地仔细听那个音阶，数有几个音符，就因为你不知道每次会有几个音，对你的精神就一直是种折磨。

“真想杀了这鸟，”费瑟斯通说，“我今晚又不用睡了。”

法国乔

French Joe[1]

是一个叫巴特莱特船长的人跟我提起他的。到过星期四岛[2]的人大概不多，它在托雷斯海峡，因为是库克船长在星期四发现的，于是就这么叫了。我之所以会去，就因为他们在悉尼跟我说，这是上帝在地球上创造的最后一块地方；还说那里什么可看的东西都没有，我倒很可能被人割了喉咙。我坐一条航线灵活的日本货轮从悉尼到了这儿，他们又用一条小船把我送上了岸。上岸在半夜，码头上连个鬼影都没有。水手们把我的行李往地上一放，其中一个告诉我，往左手边走去，马上就会看到一个二层楼，那就是酒店了。他们的船走了，只剩我一个人。把行李丢在这儿我很不安心，但更不能在码头上过夜，总不好就睡在这些硬石头上，于是我背了一个包朝左手边走去。路上一点光也没有，

1 首次发表于1926年，收录于1936年出版的短篇小说集《四海为家之人》（*Cosmopolitans*）。篇名中的“Joe”也泛指男子，或姓名不详的人，所以篇名也可译作“法国佬”；此篇中的“乔”是对“约瑟夫”的缩写。

2 Thursday Island，澳大利亚东北部托雷斯海峡（Torres Strait）中的岛港。

跟他们说的距离相比，我好像已经多走了好几百码，还怕自己没有走对路。不过我终于隐约看到了一个算是像模像样的楼房，大概就是酒店了。窗口都没有光，但我眼睛基本适应了黑暗，找到了门在哪里。我划了一根火柴，还是没有找到门铃。于是我敲了敲门，没有应答；用手杖全力敲了几下，这时头顶一扇窗开了，一个女人的声音问我要干吗。

“我刚从‘鹿丸’号下来，”我说，“能给我一个房间吗？”

“我下来。”

我又等了一会儿，开门的是个穿红色法兰绒睡袍的女人，一缕缕黑色的长发披在肩头，手里拿着一盏煤油灯。她略有些发胖，眼睛很亮，鼻子红得有些不太正常，跟我打招呼很热络，让我进门。然后她把我领到楼上，给我看了一个房间。

“你先坐，”她说，“没说两句话我就把床铺好了。要喝点什么吗？稍微来点威士忌对你有好处，反正我是这么觉得。这个钟点你肯定不要洗漱了，明天一早我拿条毛巾过来。”

铺床的时候她问我是谁，到星期四岛上来做什么。她看得出我不是海员——二十年来这里住过多少水手——但猜不出能有什么事把我带到这里。我不是海关派来视察的吧？她听说悉尼要派个人来的。我问她是不是有海员住在这里。是啊，有一个，巴特莱特船长，问我认不认识他。那可真是个怪人，头上一根头发都不剩了，但他喝起酒来，啧啧，要我当心。好了，床已经铺好了，她说我肯定倒头就睡着了，只还有一件事要说，那就是床单是新洗的。她把剩下的一小截蜡烛点着，跟我道了晚安。

巴特莱特确实不同寻常，但此刻我要讲的事情与他关系不大；第二天的餐桌上我就和他认识了（顺便一提，在星期四岛上喝了那么多回海龟汤，离岛的时候我已经不觉得这是什么佳肴了），聊天的时候我提到我会说法语，他就建议我去见一见法国乔。

“让那老家伙说几句家乡话他一定高兴——你知道吗，他今年九十三了。”

过去两年他一直住在医院里，不是因为生病，而是因为又老又穷，所以我是去医院拜访他的。他躺在床里，个子本来不大，又因为岁数枯瘪了下去，那身法兰绒睡袍太宽松了，不过他的眼神依旧很有活力，短短的白色胡须，浓密的黑色睫毛。能跟我说法语他很开心，他是科西嘉人，很明显有家乡小岛的口音，但因为跟说英文的人一起生活了这么多年，母语用起来已经很不精准了。他经常把英文单词当成法文来用，硬加后缀给它们做动词变位。他说话很快，动作幅度很大，声音大多数时候听起来清楚有力，但时不时地又会突然微弱到听不见，好像是从地底下发出的，那种被掩起来的空洞的声响让我不寒而栗。说实话，他即使就在我眼前，也不像属于这个世界。他本名叫约瑟夫·德·保利，有贵族血统，绅士阶层。我们在鲍斯韦尔的《约翰逊传》里面一直读到的那个保利将军[1]，跟他是同一个家族的，不过他对自

1 Pasquala Paoli（1725—1807），科西嘉人，曾领导科西嘉的独立斗争，1769 年法国入侵科西嘉后，逃亡英国，在约翰逊的社交圈里很受欢迎。

己那位鼎鼎大名的先人似乎没有什么兴趣。

“我们家族出的将军实在太多了，”他说，“你当然也知道，那个拿破仑 · 波拿巴就是我的一个亲戚。没有，我从来没读过鲍斯韦尔。书我是从来不看的，我一直在生活。”

他是 1851 年加入法军的，那可是七十五年之前，想来真是可怕。后来作为炮兵中尉（“跟我那个表亲波拿巴一样。”他说），他在克里米亚战争打过俄罗斯人，作为一名上尉 1870 年打过普鲁士人。他指给我看，光秃秃的脑门上有一道疤，就是被一个长枪骑兵刺的，然后他又用一个夸张的动作演示他怎么把剑扎进那个德国佬的身体，实在扎得太狠，拔都拔不出来。骑兵倒下去的时候身上还留着他的剑。之后帝国消亡，他成为了共产主义者，跟梯也尔[1]先生的政府军足足抗争了六个星期。对我来说，梯也尔就是个若隐若现的人物，但法国乔说起这位死了已经足足有半个世纪的人，那种不共戴天之感实在很震撼，甚至有些滑稽。他的脏话很多都是东方人爱用的意象，反反复复砸向那个平庸的政客，嗓音有时变成了一种尖利的嚎叫。法国乔当时被判了要在新喀里多尼亚[2]关五年。

“他们应该枪毙我的，”他说，“但他们不敢，这些没用的混蛋。”

然后就是开往地球另一头的漫长旅程，提起那艘帆船他又

---

1 Louis Adolphe Thiers（1797—1877），法兰西第三共和国总统（1871—1893）、历史学家，属于保守派，多次镇压起义。

2 New Caledonia，西南太平洋群岛，1853 年成为法国殖民地。

火冒三丈，说他是个政治犯，居然如此羞辱他，把他和下贱的普通罪犯关在一起。船在墨尔本停了一下，其中一个官员是科西嘉老乡，帮他跳了船。他一路游上了岸，听取了他朋友的建议，直接找到了警察局。没有人听得懂他在说什么，但他们找来了一个翻译，还在滴水的身份证件也查验过了，告诉他只要不踏上法国船，就没事。

“自由！”他朝我喊道。“自由！”

接下来是一系列各式各样的奇遇。他当过厨子，教过法语，扫过大街，在金矿里当过矿工，他当过流浪汉，挨过饿，最后终于到了新几内亚，这里是他最不可思议的一段经历。不知不觉走到了原始的岛屿深处，那里还有食人族，又是成百上千次孤注一掷、死里逃生之后，他成了一个原始部落的国王。

“你看看我，我的朋友，”他说，“我现在是躺在病床上，受人同情，遭人可怜，但那时候，我视线所及之处全都属于我。的确，能说这样一句话真的不寻常：我曾经是个国王。”

但最后他还是撞上了英国人，君权也被剥夺了。他逃离那个国家，生活又从头开始。显然这是个很有能耐的人，终于又让他在星期四岛拥有了一队采珍珠的四角帆帆船。似乎年迈之时他终于抵达了人生的港湾，接下来，可以在宁静、富足之中度过一个甚至备受尊敬的晚年了。但一次飓风毁了他的船，他破产了，之后再也没有恢复过来。他太老了，重新再来一回是不可能了，只能尽力养活自己，活得很是风雨飘摇，到最后，落魄的他接受了医院的好意和照料。

“你为什么没有回法国或者科西嘉岛呢？二十五年前他们就特赦了共产主义者。”

“五十年过去了，法国和科西嘉对我来说又有什么意义呢？我的一个表亲抢走了我的土地。我们科西嘉人从不遗忘，从不原谅。要是回去的话，我肯定要杀了他；他也是好几个孩子的父亲。”

“法国乔是个好玩的老头。”医院的护士站在床尾，微笑着说。

“不管怎么说，你这一辈子很了不起了。”我说。

“完全不是，完全不是。我的人生是可怕的人生，不管朝哪里跨一步都是不幸，你现在看看我：一个腐坏的人，除了地下哪里都不该去了。感谢上帝，没有给我一个孩子继承这个诅咒。”

“乔，怎么了，你不是不信上帝吗？”护士说。

“的确不信，我是个怀疑论者。上升到某个层面，我从来看不出万事万物有什么精心设计的目的。如果宇宙是构想出来的，那这个构想它的家伙只能是个丧心病狂的白痴。”他耸了耸肩。“不管怎样，我在这个肮脏的世界上留下的时间也不多了，马上可以亲眼去看看到底是怎么回事。”

护士告诉我探望时间差不多了，我握了握老人的手，跟他道别，问他有没有什么可以帮他做的事。

“我什么都不需要，”他说，“只想快点死。”他那双黑色的眼睛闪了一下。“不过这会儿要是你能给我弄包烟的话，我会很感激的。”

德国哈里

German Harry[1]

我那时正在星期四岛，非常想去新几内亚，但唯一的办法是找一条采珍珠的船，看谁愿意把我送到阿拉弗拉海[2]的另一头。那个时候正好当地采珠业很萧条，好多精巧的小帆船就停在码头。我认识了一个无事可做的船长（往返马老奇[3]用不了他一个月），跟他讨论了一下计划，做了些安排。他雇了四个托雷斯海峡的岛民当船员（那艘船不过十九吨），我们去当地商店几乎把他们的罐头食品买空了。出海前一两天，一个人找到我，他名下有几条采珠船，但跟我说的是让我半路去“投石机岛”停一下，给一个隐居在那里的人捎一袋面粉、一袋米和几本杂志。

我耳朵一下就竖起来了。这位遁世之人好像在那个遥远的小岛上独居了三十年，好心人会每每找机会给他送去这些补给。据他自己说是个丹麦人，但托雷斯海峡的岛民都叫他“德国哈

1 首次发表于 1924 年，收录于 1936 年出版的短篇小说集《四海为家之人》。

2 Arafura，位于澳大利亚和印度尼西亚之间。

3 Merauke，新几内亚岛南部，阿拉弗拉海沿岸；距星期四岛约三百公里。

里”。这个人的故事要追溯起来可就远了。三十年前，他是个能干的水手，但他们的船在这片凶险的海域中出了事，他们驾着两艘小船最终漂到了“投石机”这个荒岛上。因为离所有航道都很远，直到三年之后，才有一条船发现了这些幸存者。那是一条二桅纵帆船，天气所迫，偏离航线，上岛避风雨，当年失事时有十六人，此时只剩五个。风雨过后，船长带了四个人上船，最终把他们送到了悉尼。德国哈里不愿跟他们走。他说三年间看到同类做了太过可怖的事情，希望以后再不用跟他们一起生活。其他的没有多说。他要一个人留在那个孤岛的决心太坚定了，半丝犹疑都没有，之后也不时有机会可以离开，但他都没有走。

一个奇怪的人，一个奇怪的故事。我们的船开在那片阴郁的海面上，他的事情我也越听越多。托雷斯海峡布满了小岛，晚上我们就在某个小岛的背风处泊船歇息。最近他们在“投石机岛”边上发现了新的海域可以采珍珠，到了秋天，就时不时给德国哈里带去各种生活必需品，像报纸、面粉、米和肉罐头，他的日子可以算是颇为舒坦了。岛上有一条捕鲸小艇，以前他还去钓鱼，但现在力气不够，船对他来说已经太大、太重了。但那个岛周围的暗礁上有大量的珍珠贝，他就收集起来跟采珠人换烟草，有时候找到了一颗像样的珍珠还能换不少钱。有的人相信他有一大盒上乘的珍珠，被他藏好了。打仗的时候没有采珠船来给他送东西，有好几年他一个人都没见到。在他眼里，或许就像来了一场可怕的大瘟疫，把人类全杀光了，只有他活了下来。战争结束后，有人问过他这些年怎么想的。

“我就觉得发生了什么事。”他说。

火柴用光了，他怕火熄掉，就只一小段一小段地睡觉，从早到晚添木材。补给吃完了，就靠鸡、鱼和椰子活了下来。偶尔还能吃上海龟。

每年的最后四个月，岛边总有两三条采珠船在干活，一天工作结束，天黑划到岛上陪一陪德国哈里也是常有的。他们都想灌醉他，问出来那三年里到底发生了什么；为什么两船十六人到了岛上，最后只剩五个？他从来没吐露过一个字。不管有没有喝醉酒，一碰这个问题，他就沉默了，如果别人还是非要问下去，他会生气走掉。

我记不清我们在海上走了四天还是五天，终于见到了这个遁世者的小王国。之前天气恶劣，我们只能在某个岛上避了两天。“投石机”是个地势很低的小岛，方圆一英里，长满了椰树，比海平面高出不多。它周围全是暗礁，所以只能从一个方位靠近，而且那圈环礁根本没有开口，我们的四角帆帆船只能在离岛一英里的地方下锚，把要送的补给搬到一个小划艇上。即使在环礁以内，浪依然很大，海员都划得很辛苦。我看到一个被树木遮掩的小屋，就是德国哈里住的地方了，我们驶近的时候他缓缓踱到岸边。我们大声问好，但他没有应声。他七十多岁，头发掉得差不多了，脸瘦得刀削斧凿一般，银白色的胡子，走路时那种摇摆的姿态一看就知道是个海员。皮肤因为太阳晒多了，蓝色的眼珠看上去颜色就格外浅，眼睛周围都是皱纹，让人觉得他多年来都在没日没夜搜索空旷的海面。他穿了那种有背带的工装裤，里面是件汗衫，虽然打了补丁，但看上去很干净。他直接领我们去了他的屋子，瓦楞铁的屋顶，就一间房，里面一张床，几个他自己做的粗糙的凳子，一张桌子，还有各种日常的器皿。屋前有棵树，树下是一张桌子和一条板凳；屋后是他的鸡圈。

你确实没法说他见到我们很高兴。我们带去的礼物他收得心安理得，没有感谢，只嘟囔了几句他还需要这个那个却没有给他带去。他很沉默，很阴郁。我们带去的时事消息他没有兴趣，唯一关心的就是他的这个小岛，说这是“我的疗养胜地”，觉得这是他的私产，很怕别人眼红，比如他就担心这里繁茂的椰子树会引来一些有魄力的商人。他对我尤为疑心，好奇我到这片海上来有什么企图，但所谓好奇也是阴沉沉的好奇。他说话磕磕绊绊的，很多时候与其说是跟我们聊天，其实是跟他自己，有时候听他喃喃自语，你就感觉他好像并不知道这里有其他人一样，让人背脊有些发凉。但我的船长告诉他有个跟他岁数相仿的老人过世了，这个人他认识很多年，德国哈里显然有些震动：

“老查理死了……太糟糕了。老查理死了。”

他一遍遍重复着这句话。我问他平时看不看书。

“很少。”他冷漠地答道。

他关心的似乎只有食物、他的狗、他的鸡。如果书上说的都是真的，那他跟自然、跟大海有如此长久的交流，应该从中获取了很多精微的奥秘。但他没有。他是个野人。这只是一个狭隘、无知、坏脾气的海员而已。我看着那张满是皱纹、苍老和猜忌的脸，想知道那到底是怎样可怕的三年，才让他心甘情愿这样自我囚禁了一生。我很想看透那双淡蓝色的眼睛，后面藏着怎样的秘密，他准备就这样带进坟墓。突然间，我已经可以想见最后的结局。某天一个采珠人会登上这座岛，而德国哈里并没有到岸边沉默又多疑地迎接他。那个人走进小屋，会看到床上残存的身体，它曾经的主人已经无法辨认。或许他还会掘地三尺地找那些珍珠，有多少个探险者对此念念不忘。但我想他一定不会找着的：德国哈里会确保没有人能发现他的宝贝，而那一大堆珍珠也会在它们的隐藏处开始腐烂。然后采珠人会爬进他的小划艇，而这里又会成为一个灭绝人迹的荒岛。

四个荷兰人

The Four Dutchmen[1]

新加坡的范多思酒店远远称不上豪华，房间昏暗，蚊帐都打了补丁，浴室跟房间是分开的，在外面排成一排，每一间都又潮又难闻。但范多思有自己的格调。新加坡有另外一批人，一看就知道是上层人士，可能是周游世界的旅游者，可能是政府官员和他们的妻子，可能是有钱的商人，他们会在欧罗巴大酒店[2]办午餐会、打高尔夫、参加舞会、穿时髦的衣服；但住在范多思酒店的人不一样，他们可能是货船的船长，这一单正好在新加坡结束；可能是矿场的工程师，最近没活儿可干；也可能是正好放假的种植园主；在我眼里，他们比之前那群人更带着浪漫的气息。范多思有一个桌球室，桌布磨得都快见到台板，大船的轮机长和保险公司的职员会在这里打斯诺克。餐厅面积很大、装潢很少，

1 首次发表于 1928 年，收录于短篇小说集《四海为家之人》。

2 1857 年由法国人卡斯特林（J. Casteleyns）创立，多次改建、迁址、易主，在世纪之交是新加坡最好的酒店之一，1932 年倒闭。

很多时候都是安静的。荷兰家庭去苏门答腊[1]的时候会先在这里吃一顿饱饭，一家人往往彼此间半句话都不说；而做生意的单身男子从巴达维亚[2]到这里出差，也吃得很丰盛，一边吃一边专心读他们的报纸。每周有两天，范多思的餐厅会供应印尼抓饭[3]，住在新加坡的人当中有几位很喜欢吃，就会到这里来用午餐。照理说，范多思酒店应该是个看着会让人伤感的地方，但它偏巧不会；它的古色古香是一种淡淡的气息，像是某件奇特的半被遗忘的事物，消解了那种凄凉。它还有可怜的一小片花园，正对着街道，你可以坐在树荫里喝凉啤酒。那是个拥挤、忙碌的城市，汽车轰鸣而过，黄包车络绎不绝，耳朵里始终有车的铃声和拉车苦力啪嗒啪嗒的脚步声，但坐在那个花园仿佛就坐在荷兰某个僻静的角落。我住范多思已经是第三回了。最早知道它是一个荷兰船长介绍的，那艘不定线的货轮"乌得勒支"号，载我从新几内亚岛的马老奇到望加锡[4]。这一程走了大半个月，因为它要在马来群岛的很多地方停靠：阿鲁群岛、卡伊群岛、班达乃拉群岛、安汶岛[5]，还有些地方名字我都忘记了，有时候停一两个小时，有时候停一整天，就为了装卸货物。那是个迷人、单调却又有趣的旅

1 Sumatra，印度尼西亚西部。

2 Batavia，印度尼西亚首都雅加达的旧称。

3 Rijstafel，字面意思为"米饭桌子"，据说是荷兰殖民时期发展出来的印尼饭食，大致是在米饭上配以大量当地菜肴，多时可达十数种。

4 Macassar，或译孟加锡；印度尼西亚苏拉威西岛西南岸港市乌戎潘当的旧称。

5 原文为 Aru、Kei、Banda-Neira、Amboina，都属于现在印度尼西亚东北部的马鲁古群岛，旧称摩鹿加群岛。

程。每次我们一下锚，就有代理人坐着汽艇到船上来，一般还带着荷兰驻扎官，我们就一起坐到甲板的天篷之下，等着船长喊来啤酒。有人带着岛上的新闻，有人用世界新闻交换。我们送来了报纸和邮件。要是停得够久，驻扎官就会请我们去吃饭。我们把船交给二副，全都下到那艘汽艇上（船长、大副、轮机长、押运员和我），一同登岸。那一晚往往都很愉快。这些小岛彼此都很相像，却颇能引我遐想，或许只因为我知道此生大概再不会相见了。这让它们有种迷离的虚幻之感，每次驶离这样一个小岛，它隐入海天交接处，我要很费劲地调动我的想象力，才能说服自己这些岛屿没有在我回望它们的最后一眼中就此消失。

但说到船长、大副、轮机长和押运员，则没有一点迷离、神秘和奇幻了。他们有种让人叹服的实实在在。这是我见过的最胖的四个人。一开始我总分不清他们谁是谁，虽然押运员确实是黑头发而其他三个是金发，他们还是太过相似了。这四个人都很魁梧，红彤彤的大圆脸，刮得很干净，胖胖的胳膊，胖胖的腿，胖胖的肚子。每次上岸他们都会把短上衣[1]的纽扣扣起来，硕大的双下巴就会卡在领口，很像会随时窒息。但其他时候他们一般都会把外套袒开。他们都很爱出汗，不停会用印花的大手绢抹他们油光光的脸，用棕榈叶做的扇子拼命给自己扇风。

午餐时如果能见到他们是种享受，他们的胃口太大了，每

1　原文 stengah-shifter，当时荷兰殖民者在南亚经常穿着的白色短上衣，式样像中山装，但常有铜制的双排纽扣。

天都要吃印尼抓饭，而且每个人都像是在较劲，要把加菜叠得比别人高。而且他们喜欢吃辣，口味也重。

“在这个国家，只要味道一淡，什么都没法吃。”船长说。

“在这个国家要提起精神没有别的办法，只有放开了吃。”大副说。

他们太要好了，四个人之间毫无嫌隙，在一起就像小孩，彼此间的恶作剧荒唐得不得了。每个人要讲的笑话其他三个早背熟了，所以每次熟悉的开头一出来，讲的人就先爆发出狂笑，根本讲不下去，他的笑是胖子那种浑身发颤的笑，然后其他三个也跟着笑起来。他们会在椅子里翻来转去，脸越来越红，越来越热，直到船长喊人拿来啤酒，四个人都已经上气不接下气，但很开心，浑然不觉间一口把自己那瓶酒喝完。他们跑这条商船已经五年了，不久之前有人说可以给大副一条自己的船，但他拒绝了。他不想抛下自己的同伴。这四个人心里都想好了，只要有一个人退休，他们就全都退休。

“一群好朋友，一条好船，东西好吃，啤酒好喝，一个脑子没坏的人还会想要别的东西吗？”

一开始他们并不怎么理睬我。虽然船上可以安排五六个乘客，但一般都是空着的，而且要有也基本都是他们认识的人。我他们是第一回见，而且还是个外国人。平日里的那些玩乐，他们已经非常满意，不想被任何人扰乱。不过这四个人都很喜欢打桥牌，有时候大副或者轮机长职责所在，要去做事情，没法上牌桌，他们就不太介意我加入了。他们没过多久就发现，只要三缺一找我，我都会帮忙。四个人的牌风也跟他们本人一样不可思议。首先输赢极小，一百分换五分钱——他们说他们爱的是桥牌这个游戏本身，不是赢朋友的钱。而这个游戏在他们这里确实好玩！人人都疯狂地想当庄家，所以每一局基本都至少有人喊出小满贯[1]。他们这里的规矩是这样：只要可以偷看到别人的牌，你一定不能错过机会；要是你觉得藏牌[2]不会被抓包，你可以明目张胆告诉队友没关系；然后你们都狂笑不止，直到胖脸蛋上淌下眼泪。有时候你的对家非要压过你的叫牌，因为他有五张直到Q的黑桃，已经喊出了大满贯，而你有七张小方片，信心十足一定能打出满贯，又叫了“再加倍”，其实手上一墩稳赢的牌都没有。他们一下输了两三千分，对手笑得桌上的酒杯都被震得雀跃不止。

他们的荷兰名字太复杂了，我从来记不得，但这样只用职位指代这四个无名氏，就像古早意大利喜剧中的傻老头[3]、丑角[4]、潘趣乃乐[5]一样，更添了他们的离奇可笑。每次见到四个人凑在

---

1 出牌前，庄家通过叫牌承诺要赢多少墩，叫得越高难度越大，如果能完成，赢得也就越多。因为一共是十三墩，如果承诺要拿下全部十三墩就是“大满贯”，十二墩是“小满贯”。（后文中提到“加倍”，即另一方认为庄家一队无法完成定约，提出奖罚翻倍，而庄家可以“再加倍”。）

2 指牌手在能够跟牌时却打出另一花色的牌，是犯规的打法。

3 Pantaloon，发源于古代意大利喜剧中供取笑的老丑角。

4 Harlequin，意大利、英国等戏剧或哑剧中剃光头、戴面具、身穿杂色衣服、手持木剑的喜剧角色。

5 Punchinello，意大利传统木偶剧中的矮胖驼背滑稽主角，潘趣（Punch）的原型。

一起，你就想笑；他们一同出现总能引得陌生人侧目，我想他们自己也觉得很好玩，总吹嘘他们是马来群岛最有名的四个荷兰人。在我看来，他们最好笑的一面很可能是他们正经的时候。有时候夜深了，他们不再费事穿着制服，其中一个两个就套了件睡衣，下身围着莎笼，躺在我旁边的甲板椅上，他们会变得多愁善感。轮机长马上要退休了，盘算的是娶一个上次回国认识的寡妇，然后去须德海[1]的海滩小镇上找一个红砖房子，跟妻子安度晚年。而船长对当地女子没有多少抵抗力，他的英语本来就口音很重，在跟我描述当地姑娘如何让他沉迷时，几乎就听不清他在说什么。迟早他会在爪哇[2]的山陵间买一幢房子，娶一个可爱的爪哇姑娘。她们那么瘦小、那么温柔，绝对不会烦你，船长会给她穿丝绸莎笼，给她脖子上戴金链子，手臂上套金镯子。而大副会笑他：

“真是蠢想法。太蠢了。她会把你所有朋友都勾搭一遍，接着勾搭每个男仆，没有她不会勾搭的。还有，老兄，等你退休了，你需要的不是一个老婆，是个护士。”

“你说我？”船长喊起来。“我到八十都要讨老婆！”上次船停在望加锡的时候，他认识了一个女孩，这回入港，他已经坐立不安了。大副耸了耸他的胖肩，拿船长没办法的样子。船长时常被这个那个轻佻女子迷得神魂颠倒，不过他的痴情往往延续不

1 原文 Zuyder Zee，或作 Zuider Zee，位于荷兰西北部，原为北海的一个海湾，1932年后被堤坝拦截，同北海分开，内部相当大一部分已改造为圩田。

2 Java，印度尼西亚南部。

到他们抵达下一个港口，所以大副也时常要出马收拾烂摊子。这次大概也一样。

“这老家伙心脏太油腻，一天比一天糟糕，但只要我在这儿照顾他，坏不了事。他的钱都被他糟蹋光了，确实有点可惜，可只要他还有钱能糟蹋，去拦他干吗呢？”

大副灵魂中是个哲学家。

在望加锡我要下船了，跟四个胖朋友道别。

“下次再找我们坐船，”他们说，“明年再来，或者后年，反正我们一直就在这儿，很容易找。”

那是很多个月份之前的事了，之后我穿越的奇邦异土不止一个两个。我去了巴厘岛、爪哇和苏门答腊，我去了柬埔寨和安南[1]；此刻，就像回家一样，我又坐在了范多思酒店的花园里。大清早十分凉爽，我吃完早饭正在翻看过期的《海峡时报》，离上次见到报纸已经过去很久，想看看世界上发生了什么。没什么大事。突然一个标题吸引了我的目光：《“乌得勒支”号惨剧。押运员和大副。无罪》。飞快地扫了一眼那段报道，我立马坐正了。“乌得勒支”号正是四个胖荷兰人的船，押运员和轮机长似乎因为谋杀罪上了法庭。这肯定不是我那两个胖子朋友吧？文中给了姓名，但我并不知道他们叫什么。开庭是在巴达维亚，报道只有一段，没提什么细节，只宣称法官听过了控诉和辩护，宣布无罪。我大为震惊。要说我认识的那两个人会杀人，那也太不可思

---

1 Annam，越南东部一个地区的旧称。

议了。在那篇报道中找不出死者是谁，我去翻看再往前的几期，也什么都没找到。

我站了起来，去跟酒店经理打听。他是个好脾气的荷兰人，英语也不错。我给他看了那段报道，说：

“我之前坐过这艘船，在上面待了将近一个月。报道里说的肯定不是我认识的那两个人吧，我认识的那两个胖得不得了。”

“啊，没错，”他说，“那是荷属马来群岛中最胖的四个胖子了，到哪儿都很受欢迎。那件事太可怕了，所有人都为之震惊。而且他们还是好朋友，其中每一个我都熟，都是再好不过的大好人。”

“可到底发生了什么？”

他把事情告诉了我，惊恐中我提了不少问题，他也努力解答。但其中有好些情况我想知道，他并不了解。整件事都很混乱，都让人难以相信。真实经过只能靠揣测、假想。这时有人喊经理有事，我又回到了花园。天很快热起来，我上楼回了房间。不知为何，我整个人都像是垮了。

听来的事情如下：一次出海，船长带上了一个马来姑娘，他跟这个姑娘来往多时了，我在想，是不是我在船上时他急着相见的那位。另外三个都反对这姑娘跟来——带一个女子在船上干吗呢？什么事都会变得没劲的。但船长非带上她不可。我想其他三个人对这姑娘感到的是某种嫉妒。那一次出海他们没有以往那么开心了。想打桥牌的时候，船长在舱房里跟那个女孩卿卿我我；到了港口，船长总觉得上岸够久了，急着回船上。他对那个女孩真是如痴如狂。四个人昏天黑地的快活时光也就此终结。大副比另外两人更为怨怼，因为他和船长曾是不分你我的好兄弟，从荷兰出来就一直在一条船上干活。就船长这回好色忘友的议题，他们两人话也越说越重。很快这四个老朋友除了航海职责所需，彼此间不说话了，四个胖子间如此长久的情谊也到了终点。这还不算糟。船上的低级船员越发感觉到有坏事要发生，气氛中全是不安、紧张。有一晚，整船人都被枪声吓醒，又听到了那个马来姑娘的尖叫。押运员和轮机长匆忙从床铺上爬起，找到了大副舱房门口站着的船长，手里举着一把左轮手枪。进去之后，就看到大副已经死了，那女孩蜷缩在门后面。船长抓奸在床，杀了大副。他是如何发现的似乎没人知晓，也不清楚这次通奸背后的缘由：到底是大副勾引女孩去他的舱房，想要报复船长，还是女孩知道大副一直怀恨在心，想借投怀送抱来安抚他？这个秘密大概永不会被揭开了。十数种解释在我脑海中闪过。轮机长和押运员站在舱房里，被眼前的情状吓得惊魂未定之时，又传来一声枪响。他们当时就知道发生了什么，沿舱梯跑了上去。船长回到舱房，朝自己脑门开了一枪。然后，故事愈发阴暗、难解。第二天一早，谁都找不到那个马来姑娘，暂时接管船务的二副把这个情况报告给了押运员，押运员说："大概是跳船了吧。算她聪明。垃圾自己扔掉，大好事。"但有一个执勤的水手说，就在天亮之前，他看到押运员和轮机长搬了一大包东西上甲板，差不多就是一个当地女子的尺寸，看了看有没有被人发现，然后把包裹从船舷抛了下去。船上的人都在传，这两人为了给朋友报仇，去舱房里找到那个姑娘，掐死之后扔到了海里。船在望加锡靠岸，他俩被逮捕，押送到巴达维亚受审。证据太单薄，他们被判无罪。但整个马来群岛都知道发生了什么，押运员和轮机长处决了荡妇，因为她害死了两个他们珍惜的人。

四个荷兰大胖子，他们好玩而出名的友谊到这里就讲完了。

天涯海角

The Back of Beyond[1]

乔治·穆恩正坐在他的办公室里。工作上该办的事都办了，还留在这里是因为他还没有去俱乐部的心力。马上就要到午餐的时间了，酒吧里会有不少人。其中有几个会请他喝酒。他无法面对这种热情。其中一些人他已经认识三十年了，向来觉得他们很无趣，大体上甚至可以说厌烦，但今天见他们是最后一面，确实心里有些刺痛。今晚他们会为他办一个告别宴，所有人都会来，他们还要送他一套银制的茶具，他根本就不想要。有些人还会发言，歌颂他在殖民地的贡献，表达对他离去的遗憾，祝愿他健康，可以好好享受这份应得的清闲。他也会说些得体的话应答。发言他也准备了一份，准备回顾一下马来联邦这么多年来的变化，最早他是一个青涩的年轻官员，刚到新加坡，转眼就到了今

1 收录于 1933 年出版的短篇小说集《阿金》。原文篇名最早似见于沃尔特·斯科特 1816 年的小说《古董商》(*Antiquary*)，可能是作者从苏格兰或爱尔兰方言中借用的表达，形容一个真实或想象出来的无比遥远的地方。

天。他会说在廷邦碑拉[1]当驻扎官是他的荣幸，任期之内，感谢大家的信任与配合，然后为这个国家勾勒一幅美好的蓝图，而廷邦碑拉会尤其美好。他会提醒到场的人，当年他见过那个穷苦不堪的小村子，只有几家中国人的店铺，现在他留下的是一个兴旺的城镇，有跑着电车的石板路、砖石建筑、富庶的中国人聚居区，还有一个豪华程度仅次于新加坡的俱乐部。他们会唱起《他是个好小伙》[2]和《友谊地久天长》,会跳舞,会有不少年轻人喝醉。马来人已经给他开过欢送会了，中国人也给他办了一个总也吃不完的酒席。明天在车站会有一大群人来送行，然后这一切就结束了。他在想，这些人往后会如何谈起他。马来人和中国人会说他太严厉，但又承认他很公正。种植园园主一直不怎么喜欢他，他们总说驻扎官不讲道理，因为不允许他们对自己的劳工动用强硬的手段。他手下的人则害怕他，因为他要求太高，对懒惰和无能容忍度很低。他对自己就很严苛，觉得没有道理纵容别人。他们觉得他不近人情。确实，他里里外外没有一点可亲可近之感。即使到了俱乐部，他还是丢不开自己的官方身份，下流的段子他不会笑，既不嘲弄别人，也不会被嘲弄。每次他一进去，连他自己都感觉到有一片阴云盖过来，而跟他打桥牌（他一般每天从六点打到八点）对大家来说也只为了面子，不是为了高兴。有别的桌

---

1 Timbang Belud，据约翰·怀特海1987年作品《重估毛姆》（*Maugham: A Reappraisal*），是毛姆虚构的地点；后文出现的廷邦巴图（Timbang Batu）应指同一地点。

2 流行民间歌谣，一般在喜庆的场合为一位男子而唱。

可能都是年轻人，随着时间推移，他们越来越欢闹，他就注意到不少人会往他这里瞟，有时候年长一些的会员甚至会去低声让那些人不要那么喧嚷。乔治·穆恩微微叹了一口气。从官方角度看，他的政治生涯自然是成功的，曾是马来联邦历史上最年轻的驻扎官，因为成绩卓著，还被授予了一枚圣米迦勒及圣乔治勋章；但从人情的角度，或许就很难说成功了。他赢得了尊敬，大家佩服他的能力、勤勉和可靠，但他不糊涂，很明白自己不讨人喜欢。没有人会为他的离去而伤怀。几个月之后大家就会忘了他。

他笑了笑，但没有多少笑意。他也不是个多愁善感的人。他享受过自己的权威，想到在他治下没有人敢松懈、马虎，给他一种朴质的满足。想到大家不爱他但怕他，也不能说全然就是件让他懊丧的事。他把自己的人生看作是高等数学里的一道题目，解题必须尽心竭力，但算出来什么结果是没有任何现实意义的。那个答案的好处只在它的精妙和美感中。但就跟所有纯粹的美一样，它不引导你去任何地方。他的未来是空白。今年他五十五岁，精力充沛，自己觉得头脑的敏捷一点也没衰颓，而且见过的人和经历过的事都那么丰富，往后却只能在英国的某个乡镇或者里维埃拉比较便宜的区域住下来，跟老太太打桥牌，跟退休的上校打高尔夫。放假的时候他见过一些旧上级，注意到处境的变化让他们多么难以适应。退休前他们期待自由，想象清闲的各种妙用——都不过是海市蜃楼。从驻扎官的高堂广厦到泯然众人是不愉快的；习惯了五六个中国仆人换成只有两个女仆是不方便的；最关键是之前你总被微妙地恭维着，一句褒奖能让人开心，一个皱眉能让各式各样的人无地自容，突然意识到自己已经一文不值，总归有些难受。

乔治·穆恩前方桌子上有一个烟盒，他伸长了手去取烟，注意到手背上全是小小的皱纹，干瘪的手指太瘦了。这是一只老人的手，他厌恶地皱了皱眉头。办公室里有一面中国镜子，很久之前买的，不准备带走了。他站起来去照镜子，里面映出一张消瘦的黄脸，都是皱纹，抿紧的嘴唇，稀疏的白发，灰色的疲惫的眼睛。穆恩身材算是高的，很瘦，肩膀也窄，但他站姿非常挺拔。他保持了打马球的习惯，而且网球水准现在依然高过大多数年轻人。跟他说话的时候，他的目光就定在你脸上，听得很仔细，只是他的表情从来不变，你完全猜不出他听了你的话是什么感觉，或许他自己都未曾意识到这多么叫人心慌。他也很少露出笑容。

一个勤杂工送进来一张便条，上面写着一个名字。乔治·穆恩看了一眼，让递条子的人带访客进来。他又坐回自己的位置，冷眼看着房门，等着汤姆·萨福睿，但穆恩不知道他是为什么来的。大概是晚上饯行的事情。汤姆·萨福睿是筹备委员会的负责人，听说的时候穆恩还觉得挺有趣，因为过去一年他跟萨福睿之间的交涉远远称不上融洽。萨福睿是个庄园主，手下的一个泰米尔工头投诉他人身伤害。那个泰米尔人确实大大地冒犯了萨福睿，就被狠狠地抽打了一顿。乔治·穆恩明白事出有因，那个工头的确太放肆，但对于庄园主擅代律法、动用私刑，他一向是板起脸来反对的，庭审之后，他判决萨福睿必须交一笔罚款。法庭起立散场，为了体现这件事已经过去，他邀请萨福睿一起用午餐；但萨福睿觉得自己没来由地遭到了羞辱，唐突地拒绝了，之后也不愿在社交场合跟驻扎官有任何往来。乔治·穆恩也不是好敷衍的人，有时会随意地跟萨福睿说几句话，萨福睿还是会应答，但他坚决不跟驻扎官打桥牌或者网球。萨福睿的橡胶园是当地最大的一个，乔治·穆恩带着讥嘲问自己，萨福睿安排了晚宴，还为了布置会场筹款，忙碌中他究竟觉得这是驻扎官应得的体面，还是因为驻扎官要走了，这个多愁善感的庄园主觉得要摆出大度的样子来。乔治·穆恩的幽默感是很古板的，但想到汤姆·萨福睿也是晚上重要的发言者，就觉得好玩，因为发言的人肯定要展开说一说这位驻扎官可钦可佩在哪里，然后对这一无可弥补的损失代表社群表达遗憾。

汤姆·萨福睿被领了进来。驻扎官站起跟来客握手，微微一笑。

“你好，请坐，要不要抽支烟？”

“你好。”

萨福睿坐到驻扎官示意的那张椅子里，而穆恩则等着对方表明来意。他感觉到对方有局促。萨福睿人长得高大结实，还有些胖，红脸蛋加双下巴，黑色鬈发，蓝眼珠。本该是个很英武的形象，壮如牛马，只是明显他对自己太好了，酒喝得多，吃得也太贪心。不过他做生意是好手，干活刻苦，把自己的庄园经营得井井有条。在社群中他也很受欢迎，大家都觉得这是个好人。他对钱很看得开，谁有麻烦了总愿意出手相助。驻扎官突然想到，萨福睿来是想在晚宴之前消除两人间的分歧。穆恩揣测一个人会因为怎样的情绪而想到要做这样一件事，照这位驻扎官的性子，却感到了一点点鄙夷，虽然这种鄙夷很微弱也很和善。他是没有敌人的，因为任何单个的人对他来说都太无关紧要了，恨也恨不起来，但他觉得假如自己认准了敌人，肯定会憎恶到最后。

“恐怕你今天早上看到我会有些意外，最后一天嘛，我也知道你大概很忙的。”

穆恩没有接话，对方又继续说道：

“我来是因为有件尴尬的事情。就是我和我太太今天晚上没法来参加宴会了，我们去年发生了一些不愉快，所以我想我应该来告诉你，这跟那件事完全没有关系。我还是觉得你对我不太公平，倒不是介意那笔钱，就是觉得受到了羞辱，但过去的都过去了。你马上就走了，我不想你觉得我还记恨着你。”

“这我早就知道了，给我准备的这些饯行活动，听说主要就是你在组织，”驻扎官礼貌地回道，“很遗憾你今晚来不了。”

“我也很遗憾，是因为诺比·克拉克的死，”萨福睿迟疑了一下，“我和我的太太都非常难过。”

“的确是件伤心事，他是你的好朋友，是不是？”

“他是我在殖民地最好的朋友。”

汤姆·萨福睿的眼睛里有泪光。胖子都好容易动感情，乔治·穆恩想道。

“这样的话，你自然是没有心思参加晚上的活动了，我听起来像是会非常闹腾的，”他温厚地说道，“他去世时的情况你了解到了吗？”

“只有报纸上说的那些。”

“他离开这儿的时候看不出有什么问题。”

“据我所知，他这辈子从来就没有病过。”

“可能是心脏吧。他多大岁数？”

“跟我一样，三十八。”

“这可太年轻了。”

诺比 · 克拉克也是个庄园主，他的庄园就在萨福睿的隔壁。乔治 · 穆恩喜欢这个人。克拉克的长相只能算是丑陋的，浅棕色的头发，高高的颧骨，太阳穴的地方陷了下去，深深的眼窝里是一双浅色的大眼睛，再加一张大嘴。但他笑起来很有魅力，举止中透露出一种自在；他讲话好玩，很会讲故事。他性情马虎，不计小节，大家都觉得很好亲近。他玩各种游戏也是好手，脑子很聪明。乔治 · 穆恩工作之后见过不少这样的人，都没有什么个性，只是眼前的过客而已。两周之前，他放假回英国，驻扎官知道临行前最后一晚，萨福睿家还给他办了场盛大的宴会派对。克拉克结婚了，他太太自然同行。

“我很同情那位妻子，”乔治 · 穆恩说，“这个打击实在太大了。他是海葬的是吗？”

“是的，报纸上是这么说的。”

消息是前一天晚上传到廷邦碑拉的，新加坡的报纸一般是六点钟到，也是大家去俱乐部的时间，很多人会先等着看两眼报纸，再开始打桥牌和桌球。突然一个人喊起来：

“不会吧，你们看到了吗？诺比死了。”

“哪个诺比？不可能是诺比·克拉克吧？”

报纸有一栏是发布民间消息的，有一个段落只有三行：

> 史达、莫斯利先生公司收到电报，告知他们廷邦巴图的哈罗德·克拉克先生在回国的路途上突然去世，并葬入海中。

有人走过来从说话者手里夺过报纸，难以置信地自己读那则消息，另一个人在他肩头看。正好也在看报纸的人也翻到那一页，读这不寻常的三行字。

“我的天啊。”一个人喊道。

“怎么会的，运气太差了。”另一个人说。

“他走的时候身子比谁都棒啊。”

惊愕带着寒意在这些热闹、快活、随性的男人间穿过，每个人都在片刻间意识到自己也终有一死。后来进俱乐部的人本来着急想见自己的朋友，而且兴致高昂地期待着六点钟的那杯酒，但撞上的是如此悲哀的消息。

“天呐，听说了吗？可怜的诺比·克拉克死了。”

“不会吧，这也太可怕了！”

“太倒霉了吧！”

“太倒霉了。”

“多好一个人。”

“没有比他好的了。”

“正巧在报纸里读到，我真是吓了一大跳。”

“肯定会被吓到啊。”

有人拿了报纸去台球室传消息。当时他们正在打让球赛，争夺“威尔士亲王杯”——那位尊贵的人物来过廷邦碑拉，当时把这个奖杯赠予了这家俱乐部。汤姆·萨福睿正在和一个叫道格拉斯的人较量，而驻扎官上一轮刚被淘汰，和其他十几个人坐在旁边看比赛。只听见记分员单调的报分。进来的人等着萨福睿脱杆了才喊他。

“汤姆，我说，诺比死了。”

“诺比？不可能。”

那个人把报纸递给了他，三四个人围过来一起看。

“我的天！”

一时间众人都惊得沉默了，只有报纸在传递。亲眼见到白纸黑字之前，似乎谁也不肯相信这件事。

“啊，真替你难受。”

“这对他妻子来说真是太糟了，”汤姆·萨福睿说，“她马上要生孩子，我那个可怜的太太要担心的。”

“怎么会的，他才走了半个月啊。”

“他那时候好好的。”

“生龙活虎的。”

萨福睿胖胖的红脸塌了下来，他走到一张桌边，抓起自己的酒杯，灌了一大口。

“我说，汤姆，”他的对手说道，“要不要今天就算了？”

“那可不行，”萨福睿的目光找到了记分牌，看到自己领先着，“不行，球还是得打完。然后我就回家告诉维奥丽特。”

道格拉斯举杆得了十四分。汤姆·萨福睿有一杆简单的“自落”球可打[1]，没有成功，但也没有给道格拉斯留下机会。道格拉斯没有得分，萨福睿上台，一杆平日十拿九稳的球也失误了。他皱了皱眉，知道好几位朋友在他身上下了重注，不想辜负他们。道格拉斯拿了二十二分。萨福睿干掉了杯中酒，他强行想要让自己集中注意力，用的那股劲头周围同情的观众都看在眼里。他一杆打了十八分，然后尝试了一个“长詹妮”只偏了一点点，台下的人一起给他鼓掌。他信心起来了，上分很快；道格拉斯也状态不错，比赛竟越打越扣人心弦。刚刚萨福睿分神的几分钟里，对手把分数赶了上来，现在谁输谁赢还真不好说。

“红点[2]，两百三十五，”那个马来人用他短促的英文发音报着分，听上去怪里怪气的，“白球，两百二十八。点色击球。”

道格拉斯拿了八分，萨福睿是“白球”，打到了二百四十，而且留下的台面是两颗目标球分别在球台两头，道格拉斯一个球都没打到，所以又给萨福睿加了一分。

---

1 他们打的是 English Billiards，常见的译法是“英式比列”，曾在英国殖民地非常流行。台上有六个球袋、一颗红球，以及两位选手一人一颗白色母球，可以用白球碰撞红球后落袋（“自落”）或先后碰到桌面上另两颗球等方式得分，一般一次成功击球可得两到三分，得分后可继续击打，直到不得分（“脱杆”）由对手上台。后文的“长詹妮”（long Jenny）指的是碰到目标球后母球自落角袋。

2 “英式比列”中，两颗母球均为白球，但其中一颗上有红点（或黑点）以作区分。

“红点，两百三十五分，”记分员念道，“白球，两百四十一。白球击球。”

萨福睿接连三杆借到了红球，都很精妙，结束了比赛。

“赢得漂亮。”旁观的人喊起来。

“恭喜了，老兄。”道格拉斯说。

“服务生，”萨福睿喊道，“问一下这几位先生想喝点什么。啊，可怜的老诺比。”

他重重地叹了一口气。酒端上来之后，萨福睿签了单子，然后就说他该走了。而球桌上已经有另外两个人在打。

萨福睿出去之后，门一关上，就有人说：“刚刚他打成那样可真是有运动精神。”

“是，多坚强。”

“有一会儿我还以为他动作都变形了。”

“后来振作起来了，打得真让人叫好。他知道有很多人赌他赢，不想让支持他的人失望。”

“出了那样的事，心理冲击肯定很大。”

“他们是非常要好的朋友，不知道是因为什么死的。”

“好球，先生。”

乔治·穆恩想起那一晚，觉得有些奇怪。汤姆·萨福睿听到朋友死讯的时候，心志那么强悍，现在却似乎承受不住了。或许就像打仗的时候，被击中的士兵往往要隔一段时间才会意识到，萨福睿是有时间细想之后，才感受到哈罗德·克拉克的死对他打击多大。但驻扎官心里却有另一种揣测，若是由着萨福睿的性子，他大概还是会和往日里一样，跟朋友混在一起，赢取同情，但他的太太观念更传统，觉得他们在悲痛之中，应该避开喜庆的场合，否则很不合规矩、礼仪。维奥丽特·萨福睿比丈夫小三四岁，是个体面的小妇人，长得不算漂亮，但衣着大方，看在眼里让人觉得舒服。她既有淑女的举止，但又没有架子，很好相处。和萨福睿还没闹翻的时候，驻扎官偶尔会去他们家吃饭，跟女主人只聊过一些很寻常的事，觉得她只让人觉得惬意，但并不有趣。最近就很少见到她了。难得碰到，她总是友善地朝穆恩笑笑，偶尔穆恩也会回一两句客套话。在社群中，他因为工作关系认识了五六个这样的女士，每次总要花些力气回想，才确认这是萨福睿家的夫人。

萨福睿要说的事情照理也说完了，驻扎官不明白他为什么没有起身告辞，反而古怪地瘫坐在椅子中，就好像他的骨骼不愿再继续支撑他，而他这一身分量不小的皮肉似乎马上就要把他压垮了。他只呆愣愣看着和驻扎官中间隔着的这张桌子，最后深深地叹了口气。

“这种事你一定不能太往心里去了，萨福睿，”乔治·穆恩说，“你知道在东方生活有种种不测，失去自己喜欢的人是我们都必须接受的事情。”

萨福睿的目光缓缓从桌面移上来，跟乔治·穆恩四目相对，两人都没有眨眼。乔治·穆恩喜欢和人对视，或许是因为他感觉只要能这样控制住别人的目光，就能控制住那双眼睛的主人。没过一会儿，萨福睿的蓝色眼睛里涌上来两颗泪珠，又缓缓地从他脸颊上滚落。他的神色中有一种诡异的困惑，像是被什么吓着了。是死亡吗？不是，是在他心里比死亡更可怕的东西。他像是连抗争都不敢了，那种畏缩的样子让人想到一条莫名被打的小狗。

“不是那个原因，”他支支吾吾地说，“那件事我能承受。”

乔治·穆恩没有回应，只是冷冷地平视着面前这个高大、强壮的男人，等待着。他发现自己完全没有一丝情感的投入，竟有些享受这种冷漠。萨福睿烦躁地扫了一眼桌上的文件。

“恐怕我已经耽误你太多时间了。”

“不会，我现在没有别的事情要做。”

萨福睿看向窗外，肩膀微微有些发颤。他好像还在犹豫。

“不知道能不能让你给些建议。”他终于说道。

“当然了，”驻扎官说，带着似有若无的微笑，“给建议本来就是我的职责之一。”

“这纯粹是我私人的事情。”

“你可以放心，你向我吐露的任何秘密绝不会流传出去。”

“我不是这个意思，你自然是不会的，只是我自己难以启齿罢了，而且之后再见到你也会很尴尬。不过你明天就走了，让我好开口一些，不知道你明不明白我的意思。”

“很明白。”

萨福睿开始谈了，低沉的声音带着愠怒，仿佛觉得羞耻，而且组织词句也很局促，显然是一个平日里不讲究语言的人。他有时会倒回去重新讲一遍已经说过的话，有时会自相矛盾，有时一个句子拉得太长、太复杂了，他就突然抛弃了它，因为不知道该如何收尾。乔治·穆恩静静地听着，抽着烟，表情凝固得像面具，只有伸手去烟盒拿烟的时候，他的目光才离开萨福睿的脸，然后用之前抽剩的烟点着新的一根。穆恩耳朵在听，眼前上演着种植园主日复一日的单调生活，就像是背景一样。就像一段精心设计的突兀旋律，它是要加一些轻柔的弦乐伴奏，才显得那么出乎意料。

因为橡胶价格太低，只能尽力缩减开支，汤姆·萨福睿的庄园纵然占地辽阔，景气时候可以雇人干的活，现在都要亲自完成了。天没亮他就起来，去橡胶林苦力们集合的地方。刚刚有点光亮看得清字，他就开始点名，听应答在名字边打钩，给不同的小组派不同的活：有的采橡胶，有的除草，有的清理沟渠。萨福睿则回去吃一顿夯实的早餐，点着烟斗，再出发去检视苦力的住宿区。有玩耍的小孩，有爬来爬去的婴孩。泰米尔妇人在路边煮饭，她们深色的皮肤因为抹了植物油而发亮。这些女子一般都随便披着红色的棉布衣服，戴着金色的头饰。其中也有几个好看的姑娘，身姿挺拔，五官清秀，长着一双精巧的小手；但萨福睿看她们只觉得厌恶。之后他就要开始例行巡视了。他的庄园打理得好，一排排整齐的树，像是到了德国童话的森林中，有让人迷醉的肃穆感。地上是厚厚的落叶。巡视基本上都有一个泰米尔工头跟着，这样的人一般头发盘成发髻，赤脚，穿莎笼和巴汝[1]，戴一

1 Baju，无袖短上衣，和莎笼一样是当地特色服装。

枚显富的戒指。萨福睿走路也不惜力，碰到沟渠就一跃而过，很快就汗如雨下了。他检查树上的收胶装置，如果正好碰到苦力在干活，就查验他们割胶切开的树皮，如果太厚就破口大骂，扣半天的工钱。一棵树如果不能继续采胶，他会让工头把采集的杯子以及固定杯子的铁丝收走。那些除草的苦力都是分小组干活的。

中午的时候，萨福睿会回到木屋，喝一口温啤酒，因为家里没有冰块。他会脱下巡视时穿的法兰绒衬衣、厚重的靴子和袜子，刮胡子、洗澡，然后换上莎笼和巴汝吃午饭。午睡半个小时起来，他就去自己的办公室工作到五点，用过下午茶之后去俱乐部。俱乐部待到八点，他会起身回木屋，吃晚饭，饭后半小时就睡觉了。

昨晚一打完比赛他就回家了。以前克拉克夫妇还在的时候，萨福睿和妻子每天下午都会在俱乐部碰头，但诺比他们回国之后，维奥丽特就来得少了，所以那天也没在他身边。维奥丽特说俱乐部的人都不是很有意思，说的话她全都听得要耳朵起茧。她又不打桥牌，只坐在旁边等萨福睿打也很无聊。她跟汤姆说她一个人留在家里不要紧的，本来就有很多事情可做。

那天维奥丽特一看丈夫回来得那么早，马上猜到他是回来通报赢了桌球比赛。他每次获得这样小小的胜利都跟孩子一般得意。妻子最了解丈夫是怎样一个善良、单纯的人，知道他赢球开心不只为自己，也因为他觉得妻子也会为之高兴。这么急急忙忙回家，是为了第一时间跟妻子汇报，实在是很可爱的。

“比赛打得如何呀？”丈夫踩着笨重的步子走进客厅时，她问道。

“我赢了。”

“轻取对手？”

“也不算，本该更轻松些的，我之前有些领先优势，突然状态没了，怎么打都没有。道格拉斯打球什么样你也知道，没有花哨的技术，但很稳定，然后他就追上来了。这时我跟自己说，要是我不振作一点就要被修理了。之后我有两个球运气还可以，总之吧，最后赢了七分。”

“那不是太棒了？这样的话你肯定能夺得那个奖杯了，是不是？”

“还有三场球要打呢，要是能进半决赛的话，我确实是有机会的。”

维奥丽特微笑着，她很急切地要表现出她对这个桌球赛非常在意，就像丈夫期待的那样。

“你今天状态全无那一段有什么原因吗？”

萨福睿的脸塌了下来。

“这就是我为什么一打完就回来了，我本来应该弃赛的，只是对那些支持我的人太不公平了。维奥丽特，我不知道该怎么跟你说。”

她困惑地审视了丈夫一眼。

“怎么了，出了什么事？有坏消息吗？”

“烂消息。诺比死了。”

她瞪了丈夫足足有一分钟，而那张精致的友善的脸，因为惊恐突然苍老了很多。一开始她似乎听不懂丈夫的话。

“你刚刚这话到底什么意思？”

“报纸上已经报道了，他死在船上，然后被葬在海里。”

突然维奥丽特发出尖利的一声惊呼，栽倒在地板上。她就这样昏迷了过去。

“维奥丽特！”萨福睿也喊起来，一下跪倒在地，把妻子的脑袋抱起在怀里。“来人！来人！”

一个仆人听见主人喊声里的惊恐，也吓坏了，急忙冲进来，萨福睿吼着让他拿白兰地过来。萨福睿强行往维奥丽特的唇间灌了一点点酒，她睁开眼睛，但想起了怎么回事，又看她眼睛的光伴着痛苦渐渐暗下去。她的脸全拧在了一起，就像一个孩子马上要嚎啕大哭时的样子。萨福睿把妻子抱起来，放到沙发上。维奥丽特把脸转开了。

“啊，汤姆，这不是真的，不可能的。”

“恐怕真的是这样。”

“不会的，不会的，不会的。”

她嚎啕大哭起来，那样激烈的哭声让人太不忍心了。萨福睿不知道该怎么办，他跪在旁边，试图安抚妻子。他想要把她抱进怀里，但维奥丽特突然把他推开了。

“不要碰我！”她这句话吼得太严厉，把萨福睿吓住了。

他站起来。

“尽量别太伤心了，亲爱的，”他说，“我知道这噩耗来得太突然。没有比他更好的人了。”

她把脸埋进靠枕中，哭得绝望，整个身子都抑制不住随着抽搐起来，萨福睿看得心如刀绞。妻子已经精神崩溃了。他把手温柔地放在她肩头。

“亲爱的，不要伤心过头了，对你身体不好的。”

她把丈夫的手抖落，喊道：

“求你了不要烦我。啊，哈尔，哈尔。”萨福睿还从来没听妻子这样喊过刚去世的这位朋友。当然他名字的确就叫哈罗德[1]，但所有人都叫他诺比。“我该怎么办呢？”她哭嚎着。“我承受不了的，我承受不了的。”

萨福睿略微有些不耐烦了。悲痛到这个地步似乎有些过头，平时维奥丽特没有这样情绪化的，萨福睿觉得大概又是这该死的气候，女人住久了会紧张，像绷紧的弦一样碰不得。维奥丽特已经有四年没有回国了。此时她已经翻了个身，躺在沙发边缘，几乎要摔下来，终于看到了她的脸，因为极度的苦痛嘴张开着，眼睛怔怔地望着前方，泪水不住地淌下来。她显然是悲伤得要发狂了。

“再喝点白兰地吧，”他说，“尽量振作一点，亲爱的。你这个样子也帮不到诺比了。”

维奥丽特很突然地站了起来，把丈夫推开，朝他恶狠狠地瞪了一眼。

“走开，汤姆，我不需要你的同情，我只想一个人待着。”

她快步走到一张扶手椅，重重地坐下，头往后一抛，可怜

1　哈尔（Hal）是哈罗德（Harold）常见的缩略昵称。

的面孔除了脸色苍白之外，因为内心的痛苦显得有些狰狞。

“这不公平，”她呻吟道，“我现在要怎么办呢？天呐，我真希望我也死了。”

“维奥丽特。”

萨福睿的声音因为痛苦而微微有些发颤，他几乎也要哭了。维奥丽特烦躁地跺了跺脚。

“走开，我跟你说了走开。”

他惊呆了，瞪着妻子突然倒抽一口凉气，一个冷战穿过他魁梧的身躯。他朝妻子跨出一步，停了下来，但眼神没有离开过那张痛苦的苍白的脸。萨福睿的姿态仿佛是在那张脸上看到了什么可怕的东西。然后他一低头，默默走了出去。他们屋后有一间小小的客厅，平时不太用，他进去找了张椅子，也重重地坐下。他在思考。没过多久，开饭的锣声响起；他还没有洗澡。他瞧了一眼自己的双手，懒得去洗了。萨福睿慢慢踱进餐厅，让仆人去告诉维奥丽特晚餐已经准备好。仆人回来说，女主人一点也不想吃。

“行吧，把我的端上来。”萨福睿说。

他让人给维奥丽特送去一碟汤，一片烤面包；鱼肉上来的时候，他舀了一点在盘子上，也让仆人送去。仆人转眼间就带着那些菜回来了。

“夫人说她不要吃。”他说。

萨福睿一人吃完了晚餐，食物一道一道都是惯例，他的好胃口也是习惯使然。他还喝了一瓶啤酒。吃饭之后仆人端来一杯咖啡，他自己点了一支方头雪茄。萨福睿一动不动坐着，直到把雪茄抽完——他在思考。终于他站起来，回到那个宽敞的外廊上，这是他们经常坐着休息的地方。维奥丽特依然蜷缩在那张椅子里，跟萨福睿之前走开时一样。她的眼睛本来是闭着的，听见他来的时候睁开了。萨福睿拎过来一张轻便的椅子，坐在她跟前。

“诺比跟你到底是什么关系，维奥丽特？”他说。

她微微一惊，把眼睛转开了，但没有说话。

“我不太明白，为什么你听到他的死讯会伤痛欲绝成这样？”

“这件事太让人震惊了。”

“当然震惊，但听到朋友的死就这样崩溃，还是奇怪的。”

“我不懂你什么意思。”她说。

这几个字她几乎说不清楚，萨福睿看到她的嘴唇在颤抖。

“我从来没听过你叫他哈尔，他太太都喊他诺比。”

她不说话，眼神里满溢着悲痛，只盯着某个空洞的地方。

“看着我，维奥丽特。”

她的头转过来了一些，无神的目光对着丈夫。

“他是不是你的情人？”

她闭上眼睛，泪水从眼睑下涌出，嘴唇扭曲得诡异。

“你难道没有任何话要说吗？”

她摇摇头。

“维奥丽特，你得回答我的问题。”

“我现在没有精神来答复你，”她呻吟道，“你怎么能这么残忍呢？”

“恐怕我此刻的确没有多少同情心，这个事情必须现在说清楚。你要不要喝口水？”

“我什么都不要。”

“那就回答我的问题。”

“你不可以问这样的问题，这是在侮辱我。”

“像你这样的女人，听到一个熟人死了，会这样立刻昏厥，然后醒过来哭成那样，你要我相信这是正常的？这么说吧，任何人就算是唯一的孩子死了，也不会这样伤心。收到你母亲去世的消息，当然你也哭了，任何人都哭的，我知道你难受至极，但你会到我身边来寻求安慰，还说要是没有我，不知道该怎么办。”

“可这实在太突然了。”

“你母亲的死讯也一样突然。”

“我一向很喜欢诺比，这也正常吧。”

“很喜欢是多喜欢呢？喜欢到一听他死了，你都不知道也不在乎自己说了些什么？你为什么说这不公平？为什么你会说：‘我现在要怎么办呢？’”

她深深地叹了口气，把脸转开，就像一只绵羊在躲避屠夫的手。

“你不可以完全把我当傻子，维奥丽特。我这样说吧，要是你们俩之间没有什么，你不可能听到这个消息就完全垮了。”

“既然你这么想，何必还要用这些问题来折磨我。”

“亲爱的，这样左右搪塞有什么用呢？难道我们就这样磨下去吗？你觉得此刻我是什么感觉？”

说这句话的时候，她看了看丈夫。她之前沉浸在自己的痛苦中，完全没有想到萨福睿，也顾不上别人的痛苦。

“我太累了。”她叹息道。

萨福睿探过身去粗暴地抓住了妻子的手腕。

“说话！”他吼道。

“你抓疼我了。”

“那我呢？你有没有想过我也会疼？你怎么能忍心这样折磨我？”

他放开妻子的手臂，腾地站了起来，走到房间另一头又走了回来。好像这样动了一下突然扰起了他的怒火，他抓住妻子的肩膀，把她从椅子里提了起来剧烈地摇晃。

“你不说实话我就杀了你。”他喊道。

“杀了我才好。”她说。

“他是你情人吗？”

“是的。”

“你这贱货。”

他一只手依然抓住妻子的肩膀，让她无法动弹，另一只宽大的手掌远远抡过来，一次次扇在妻子脸上，每次都使尽全力。她被打得浑身发颤，但没有躲闪，也没有呼喊。他只是一次又一次地挥动手掌。突然，他感觉妻子奇怪地没了生气，松开了手，失去意识的维奥丽特瘫倒在地板上。他吓坏了，弯腰拍了拍妻子，喊她名字，但妻子没有动。他把妻子抱起来，放回到她刚刚坐着的椅子上。之前维奥丽特昏倒时让人拿来的白兰地还在，他去拿过来想要强行灌进妻子的喉咙里。她呛了一下，酒全从下巴流到脖子里。萨福睿的手劲可想而知，妻子本来苍白的脸，现在一侧已经全是乌青。维奥丽特轻轻叹了口气，睁开眼睛。萨福睿扶着妻子的头，把杯子举到她唇边，她抿了一小口纯白兰地。萨福睿看着妻子的眼神里满是悔恨和焦躁。

“对不起，维奥丽特，我没有想要这样。真是太可耻了，我竟然不堪到会对女人动手。”

虽然她浑身无力，脸也很疼，但双唇之间却闪过一丝笑意。可怜的汤姆。这些话的确像是他会说出来的。他的心思就是这样。要是你问他，男人为什么就不能打女人呢？他会觉得这样的疑问已经荒谬绝伦了。而萨福睿看到那个憔悴的浅笑，还觉得是因为妻子的刚硬。他想的是：我的天呐，这真是个勇敢的女子。“要强”这样的词已经完全不足以概括她了。

“给我一支烟。”她说。

他从烟盒里取出一支，放到她嘴里。打火机他打了好几次都没用，就是点不着。

“不如用火柴吧？”她说。

有一瞬间她忘记了撕心裂肺的哀痛，突然觉得现在的场面略微有些好笑。萨福睿从桌上拿了火柴盒，举着火柴给她点烟。第一口烟吸上来，维奥丽特感觉到一种无尽的释然。

“我刚刚干的事情，维奥丽特，你不知道我有多后悔，”他说，“我真为自己感到恶心，不知道怎么了，像着了魔一样。”

“哦，没事，是正常反应。你也喝一杯吧，会好很多。”

萨福睿没有说话，两个肩膀塌下来，就好像真有沉重的东西压在他背上一样。他给自己倒了白兰地加苏打，坐了下来，还是没有说话。维奥丽特看着烟升起在空中画着蓝色的弧线。

“你接下来准备怎么办？”她终于问道。

他疲惫地做了个绝望的手势。

“我们明天再说，今晚你已经没办法再讨论这件事了。这根烟抽完你赶紧去睡觉吧。”

“你已经知道这么多了。不如就全告诉你吧。”

“现在不是时候，维奥丽特。”

“就是现在。”

她开始陈述。萨福睿能听到那些字词，但却听不明白它们的意思。他此时脑海里只有这样的感觉：满怀爱意地造好一幢房子，以为余生就在这里度过，但也不知为了什么，拆迁工人带着镐和重锤来了，一间一间地拆，直到一个美好的居所成了一堆瓦砾。这件事最可叹的，就在于那拆迁工人居然是诺比·克拉克。当年来马来联邦他们坐的是同一班船，最初是在同一个种植园里干活。当地都把年轻的种植园主叫旋木雀[1]，新加坡的街上，就凭那顶双层阔边毡帽和袖口处卷起来的卡其外套，你一眼就能认出他们。他们是瞪大了眼睛四处闲逛的稚嫩青年，精明的中国人随便一唬，他们就买了好多伯明翰出的一钱不值的小玩意，再寄回英国，以为是东方的珍奇。他们坐在廉价酒店的休息室里，一杯

1 原文 creeper，似与南亚一种常见的鸟有关，这种鸟每天活动时间很长，但只是沿着树上下攀爬。

杯无以计数地喝着“司腾佳”，晚上看场电影，出来坐黄包车去中国区结束一晚的欢愉。汤姆和诺比是形影不离的。汤姆身强力壮、简单、老实、干活卖力气；诺比眼窝很深、脸颊深陷，一张大嘴长得有趣，一举一动都有些笨拙，却有种难以言说的魅力。他们之间，总是诺比讲笑话，汤姆负责笑。先结婚的是汤姆，放假回国的时候遇到了维奥丽特。父亲当医生死在战争中，她没有离开父亲住的地方，就在不远的一户人家里当家庭女教师。汤姆爱上她是因为看她孤零零一个人在世上，放眼望去今后人生只剩日复一日的无聊。汤姆一结婚，落单的诺比常不知该干什么好，于是他也结了婚。不过娶的是一个跟着亲戚到东方来过冬的姑娘。在伊妮德·克拉克年轻的时候，完全体现了金发女子可以如何好看，现在你正面看她，脸依然是好看，但皮肤已经没了曾经光洁的样子，而且她的下巴太不起眼，所以从侧面看会让你想到绵羊。她眼睛是中国瓷器那种青蓝色，亚麻色的头发很漂亮，不过是直头发，因为在这样湿热的气候里波浪没法保持。尽管才二十六岁，已经带着疲惫的神色。结婚一年之后她生过一个孩子，但两岁时夭折了。正是这个悲剧之后，汤姆·萨福睿想办法替诺比拿下了那个种植园，就在他自己园子的隔壁。两人又续上了当年的友情，非常开心，而他们的妻子之前没有什么来往，也成了好朋友。她们开始穿一样的连衣裙，开派对的时候把仆人和餐具借来借去。他们四人每天都见面，去哪里都同行；汤姆·萨福睿觉得这真是棒极了。

说来也奇怪，就这样亲密无间地相处了三年，维奥丽特和诺比·克拉克才相爱了。爱是如何来临的两人都没注意。他们的确喜欢跟对方待在一起，但以为这不过是萍水相逢的两个人，享受那份漫不经心的友情而已，丝毫没有怀疑过还有别的意思。见面时他们并没有感受到格外的欢欣，只是平和与自在而已。如果有一天恰好没有见面，他们确实会觉得无聊到浑身不自在。这似乎也不是什么奇怪的事。他们一起玩游戏，一起跳舞，彼此打趣。他们豁然领悟两人间的感情，似乎纯粹只是意外。那天去俱乐部跳舞，回来开的是萨福睿的车。克拉克的庄园更近一些，所以会先开到他们的木屋把他们夫妇放下。维奥丽特和诺比坐在后排。诺比虽然喝了不少酒，但并没有喝醉，两人的手不小心碰到，他抓住她的手，没有松开。两人没有说话。他们都很累。突然香槟给人的兴奋在他身体里消散，诺比完全清醒了。他们在那一瞬间明白了彼此间疯狂的爱意，在就在那一刻，他们意识到在这之前，自己这一生还没有真正爱过。到了克拉克家汤姆说：

“你坐到我旁边来吧，维奥丽特。”

“我累得都动不了了。”她说。

她双腿完全没了力气，就好像永远都没法站起来了。

第二天遇到，两人谁都没有提到昨晚发生的事，但他们又都明白不可能回头了。相处时，他们的举止和往常并无不同，一连几个星期都是这样，但在他们的感受中，一切又都不一样了。血肉之躯终于抵御不住，他们成了情人。可肉身的联结似乎是他们之间最无关紧要的一部分，而且考虑到他们的生活方式，亲密的机会也的确很少。但每天能彼此相见就够了，即使是在人来人往中相见，一个眼神，一个指间的碰触，让他们确信彼此的爱，这比什么都重要。性这件事本身不过是他们灵魂交合的印证罢了。

他们极少提起汤姆和伊妮德。有时候一起笑笑那两人的小缺陷，也从来不带恶意。他们只是很少想起另外那两个人，若真能多想一想，或许他们也会奇怪，每天时时刻刻见到的人，怎么就能完全不放在心上了。自己的丈夫或妻子变成了生活中谁都不会注意到的例行公事，像刮胡子、穿衣服或一日三餐。他们对汤姆和伊妮德依旧带着温情，甚至劳心费力去讨好他们，就像照顾一个卧床的病患，因为他们自己太幸福了，所以满怀着善意想施舍给那些没有他们这么幸运的人。他们没有顾虑，因为心思全被对方占据，羞耻、悔恨根本就沾染不上。长久以来愉悦却庸常的日子被美好点燃了。

但这时发生了一个让他们惊惶失措的变化。汤姆效力的那家公司开始跟英属北婆罗洲[1]方面谈判，要买下大片的橡胶园，请汤姆去管理。接受邀请有种种好处，工资更高，而且因为会有不少助手，他也不用像现在这么辛苦。萨福睿是很愿意去的。克拉克和萨福睿本来都要放假，两对夫妇之前就计划好了一同回国，甚至船票都定了。现在一切都要重新计议。汤姆得留在这边至少一年。等克拉克夫妇回来，萨福睿他们就已经在婆罗洲安顿好了。维奥丽特和诺比没有纠结多久，因为除此之外他们别无选

1　大致为今天马来西亚的“沙巴”，位于婆罗洲岛东北部。

择——之前纵然有种种妨碍，但只要确信能每日相见，他们愿意就这样生活下去，感觉前头还有无穷的时间，被爱恋渲染的未来也蕴藏着无尽的幸福。但若要两人分开，那就片刻也无法承受。他们做了决定，要私奔。他们突然发现，很快就可以朝夕相对、永不分离了，那这一天到来之前的每一天都是被剥夺的时间。他们的爱又突然换了模样，它变成了熊熊的情欲之火，完全吞噬他们留给别人的感情。汤姆和伊妮德将会承受怎样的痛楚，他们已经不在乎了。这的确不幸，却也无法避免。他们小心地制订计划。诺比会假装出差去新加坡，而维奥丽特会告诉汤姆要去朋友的庄园里住一个礼拜，那个庄园自然是往新加坡方向的，到时再跟诺比汇合。他们会一起去爪哇，从那里坐船去悉尼。诺比会在悉尼找一份生计。当维奥丽特告诉汤姆，麦肯齐夫妇请她去住几天的时候，他很开心。

“那太好了，我觉得你是该散散心，亲爱的，”他说，“我总觉得你最近好像生病了一样。”

他温柔地抚了抚妻子的面颊，这个动作像是在她心上戳了一刀。

“你一直都对我那么好，汤姆。”她说着这句话，眼里突然全是泪水。

“对你好那是最起码的，你是全世界最好的女人。”

“过去八年你跟我在一起开心吗？”

“别提有多开心了。”

“好吧，那我也不是什么都没给你，对不对？这些开心永远都是属于你的。”

她告诉自己：丈夫这样的人，他很快会释怀的；他很会发现女人的好，重获了自由身之后，过不了多久又能找到他想要结婚的对象。和新的妻子在一起，也会跟和她在一起一样开心。或许他可以娶伊妮德。诺比的这位太太是那种什么事都要靠别人的女子，让维奥丽特多少有些厌烦，而且她也不觉得伊妮德这样的心性能深爱另一个人。伊妮德自然会觉得被羞辱，但她不会心碎。只是现在木已成舟，什么都定下了，她开始有顾虑。自责开始纠缠她。她希望能有什么法子让另外那两个人不要如此痛苦。她犹豫了。

“我们在这里过得多开心啊，汤姆，”她说，“抛弃这眼前的一切，以后谁都说不好会怎样，是不是不明智啊？”

“我的宝贝，这是千载难逢的机会，而且钱比在这儿多出不少呢。”

“也不能只看钱，还是要过得开心，不是吗？”

“这我明白，但谁说我们在北婆罗洲不能也这样开心啊？而且我们也没的选，我不是老板，那些管事的人要我去，我就只能去，这是没办法的。”

她叹了口气，对于她来说，这也是没有办法的事情。她耸了耸肩。她讨厌给别人带去痛苦，但有些事你是不由自主的。汤姆对她来说，就像是出海时一个很客气的同行客，要为他牺牲自己的人生吗？这也太荒唐了。

克拉克夫妇本来定在两周之后启程回英国，这也决定了他们私奔的日子。日期一天天逼近，维奥丽特焦躁又兴奋。她期待着一旦能登上那艘船，就能重获平静，而前方一定是恒久的幸福，这种期待中的喜悦简直让她胸口隐隐作痛。

她开始收拾行李，那个所谓要接待她的朋友家里经常会宴请宾客，她也以此为借口带上了很多东西。第二天就要出发了。这是早上十一点，汤姆还在巡视他的庄园。一个仆人到她房间来通报，说克拉克夫人来了，这时候她已经听到了伊妮德在喊她。她立刻合上行李箱，走到外廊上。伊妮德冲过来双手搂住她的脖子，激动地亲吻她，这让维奥丽特有点不知所措，她看到伊妮德平时很苍白的脸颊此刻满是红光，眼神也特别明亮。伊妮德突然哭了起来。

"到底出了什么事，亲爱的？"维奥丽特喊道。

有一瞬间她还以为伊妮德全都知道了，可面前这个人洋溢着喜悦，看不出嫉妒和愤怒。

"我刚见过哈罗医生，"她说，"之前我什么都没说，因为过去也有两三次是我猜错了，但这一回医生说是真的。"

一股寒意刺穿了维奥丽特的心。

"我没怎么听懂？你不会是有了……？"

她看着伊妮德，伊妮德点点头。

"是的，医生确信无疑。他觉得我至少已经有三个月了，天呐，我要开心疯了。"

她又扑进维奥丽特怀里，呜呜哭起来。

"啊，亲爱的，别这样。"

维奥丽特感觉自己脸色一定死一般的苍白，而且如果不是强提着那股气，她肯定已经昏倒了。

“诺比知道了吗？”

“没有，我还什么都没说。之前让他特别失望过。以前那个小孩离开的时候，他真的伤心透了。他一直那么想让我再有一个孩子。”

维奥丽特逼自己说那些应该说的话，可伊妮德也并不在听。她只想把自己的希望和害怕，那些身体变化，还有和医生的面谈，一股脑全告诉维奥丽特。她不停地说。

“你准备什么时候告诉诺比？”维奥丽特终于问道。“等他一回来就说吗？”

“啊，不行，他每次巡查回来都又饿又累，我准备等到今天晚上吃完晚饭。”

维奥丽特正要摆出厌烦的姿态，但忍住了，她知道伊妮德是在挑选时间让宣布能隆重一些，但说到底，这也再正常不过了。不过反而便宜了维奥丽特，让她有机会先见到诺比。伊妮德一走，她马上给诺比打了一个电话。她知道诺比回家之前总会去办公室转一下，所以就留言让他回电话过来。唯一担心的就是汤姆可能会先回到家，但也只能冒险了。过一会儿电话响了，汤姆还没回来。

“哈尔？”

“是我。”

“你能不能三点去木屋？”

“好的，出了什么事吗？”

“见了面我会告诉你的，不要担心。”

她挂了电话。所谓木屋只是诺比橡胶园里的一个小棚屋，她走去那里不难，两人有时会在那里见面。苦力干活的时候时不时会经过，没有隐私可言，但如果只是聊上几分钟，这个地点很合适，也没有人会说三道四。三点钟的时候伊妮德一般在休息，汤姆会在办公室工作。

维奥丽特走到的时候，诺比已经等在那里了。他一惊，说道：“维奥丽特，你脸色怎么这么白？”

她照礼仪伸手给诺比，棚屋周围，说不准哪里就有一双眼睛在看，所以他们在这里从来没有任何见不得人的举动。

“伊妮德早上来见我，她今晚有事要告诉你，我觉得应该提前让你知道。她怀孕了。”

“维奥丽特！”

他惊恐地看着她。她开始哭。之前他们从没有聊起他和他妻子、她和她丈夫之间的关系，之所以不聊，是因为对他们两人来说，这个话题都是难以启齿的。维奥丽特明白自己的私人生活是怎样的，她会满足自己的丈夫，但因为其中没有快乐，就觉得它无关紧要，这是一种男人不太能理解的漠然；但她又不知为何相信在哈尔家里，情况是不一样的。诺比此刻凭直觉就感受到了，维奥丽特今天知道的事情，伤她很深。男人试图为自己找借口。

“亲爱的，有时候我控制不住自己。”

她无声地哭着，诺比看着她，眼神中都是煎熬。

“我知道这听起来很糟糕，”他说，“但我能怎么办呢？我也没有理由……”

维奥丽特打断了他。

“我不是怪你。这是必然的结果。之所以我心里痛得要命，也只是我自己太笨了。”

“亲爱的！”

“我们应该两年前就一起走的，居然以为可以一直这样下去，我们都疯了。”

“你确定伊妮德没有搞错吗？三四年前，她也以为自己有了。”

“哦，她很确信，这次不会错。她太高兴了。她说你一直那么渴望有个小孩。”

“这实在是太出乎意料了，我到现在还不觉得这是真的。”

她看着他。他烦乱的目光落在满是落叶的土地上。她微笑了一下。

“可怜的哈尔，”她深深叹了口气，“事已至此，也没有办法了，我们之间结束了。”

“你什么意思？”他喊道。

“啊，我的天，现在你肯定不能抛弃她了吧，是不是？之前是没关系的。她会难受，但终究会过去。现在不一样了。对于女人来说，这段日子本来就不好过，她会有几个月感觉像病了一样。她需要关爱，需要人照顾，抛下她一个人去承受这些太可怕了。我们不能这样没人性。”

“你的意思难道是要我陪她回英国？”

她沉痛地点了点头。

“你正好要走是好事，我们不用每天看到对方，会容易一些。”

“但我现在没你是活不下去的。”

“啊，不会，你可以的，你必须活下去。我就可以。我要承受的比你更多些，因为我是留下来的那个，到时我就什么都没有了。”

“维奥丽特，这样不行的。”

“亲爱的，现在争辩已经没意义了。她告诉我的那一刻，我就很清楚这意味着什么。这也是为什么我要先见你一面。我怕你听到之后太受惊吓，把所有事情都交代出来。你知道我爱你胜过这世上的一切。但她没有伤害过我，现在我不能把你从她身边带走。对于我们两个来说，都运气太糟了，但事实就是如此，我无论如何做不出那么邪恶的事情。”

“我现在真希望自己死了才好。”他呻吟道。

“那样做对她一点好处也没有，对我也是。”她微笑道。

“那再往后呢？难道我们要把余生都放弃掉吗？”

“恐怕是这样。听上去很悲惨，亲爱的，但我想这迟早会过去的。人是什么事都能过去的。”

她看了眼手表。

“我该回去了，汤姆马上就要到家。反正我们五点又都会在俱乐部见到了。”

“汤姆和我本来说好要打网球的，”他可怜巴巴地看着她，“哦，维奥丽特，我真的太难过了。”

“我知道。我也一样。但这样说来说去也不会让我们更好受。”

她还是伸手道别，但克拉克把她抱进怀里吻她。挣脱开之后，维奥丽特发现自己脸颊上全是他的泪水。可她太绝望了，所以哭不出来。

十天之后，克拉克夫妇的船开走了。

汤姆·萨福睿很不容易地把故事讲了出来，乔治·穆恩也一直认真在听，但他又习惯什么事都冷眼旁观，所以一边听，一边只是想到，这些把日子过得如此单调的庸人，居然生命里也激荡着这样的悲剧。维奥丽特·萨福睿，一个这么体面娴静的女子，平时只看到她坐在俱乐部里读画报，跟朋友喝着柠檬汁闲聊，谁能想得到她会为了这么普通的一个男人肝肠寸断？乔治·穆恩记起诺比临行前最后一晚还在俱乐部见过。那天他兴致很高，因为要回家了，朋友们都羡慕他，有刚从英国回来的人叮嘱他无论如何不要错过天篷剧院[1]的最新演出。一个个酒瓶都很快见了底。萨福睿家给克拉克夫妇办的饯行宴没有邀请驻扎官，但他完全可以想见当时的情形，欢呼声、谈笑声，其乐融融，饭后留声机响起，大家跳舞。他在想维奥丽特和克拉克跳舞的时候心里是什么感觉，带着满腔的绝望假装兴高采烈，体会他们那时的心境让驻扎官的脑海里荡漾起别样的忧伤。

1　Pavilion，应指位于皮卡迪利广场东北侧的歌舞剧场，始建于 1859 年。

乔治·穆恩头脑里还有另外一块地方，却在回忆自己的过往。没有几个人知道那段故事。说起来，那都是二十五年之前了。

“那你接下来准备怎么办，萨福睿？”他问。

“我来就是想听听你的意见，接下去该怎么办。现在诺比死了，我不知道离婚之后维奥丽特会怎么样。我在想是不是该让她提出跟我离婚。”

“哦？你想要离婚吗？”

“我只能离婚了。”

乔治·穆恩又点了一支烟，默默看了片刻那一缕烟绕向空中。

“你知不知道我也结过婚？”

“是，好像听说过。你太太去世了，是吗？”

“不是，我跟她离婚了。我有一个儿子，今年二十七岁了，在新西兰当农场主。上次放假回国我见到我前妻了，正好在剧院碰到，一开始我们两个都没有认出来。后来她跟我说话，我也请她去柏凯丽[1]吃了一顿饭。”

乔治·穆恩忍不住呵呵笑了两声。那天他一个人去看戏，演的是一场音乐喜剧。坐下之后，发现旁边是一个肤色黝黑的女胖子，好像哪里见过，但戏正好开场，他也没有再去多想。第一幕结束，旁边的女人朝他看看，两眼放光地问道：

“你好啊，乔治？”

---

1 Berkeley，1972 年易址前位于皮卡迪利街与伯克利街拐角，1897 正式更名为“柏凯丽酒店”，二十世纪一直是伦敦重要的社交、用餐地点。

这是他前妻。她的作风向来是很放得开的，热情友善，这个场面对她根本没有什么尴尬。

“我们好久没见了。”她说。

“很久了。”

“你最近过得如何呀？”

“哦，还行吧。”

“据说你成了驻扎官，现在还在那边吧？”

“是，但不幸的是马上要退休了。”

“为什么呀，你看着身体很好。”

“到了必须退休的岁数，我应该已经是个不中用的老头了。”

“你还能这样瘦真是好福气，我看着很可怕，是不是？”

“你看上去总之不像是个日渐憔悴的人。”

“我知道，我很结实，而且一天比一天结实。我热爱食物，真的是控制不住，奶油啊、面包啊、土豆啊，对我诱惑太大了。”

乔治·穆恩笑起来，不是因为前妻说的话，而是他自己的心情。过去很多年，有时候他的确想过两个人会偶遇，但他没有想到见面时会演变成这样的对话。散场的时候，前妻微笑着跟他道别，他说：

“你愿不愿意哪天跟我吃顿中午饭？”

“随便哪天都可以。”

他们约好了日期，又如期相见了。他知道她后来又结了婚，穆恩当初跟她离婚就是因为她改嫁的这个男人，从穿着打扮来说，她生活还是很宽裕的。他们喝了杯鸡尾酒，主菜前的冷盘她吃得已经胃口大开。她最起码五十多了，但精神状态非常年青，身上有种欢快和随性，听话反应很快，也很爱聊，而且像很多放弃自控的胖女人一样，她热情的笑声很有感染力。若不是他知道前妻的家庭为印度殖民政府效力整整一个世纪，还会以为这是个歌舞团出身的女人。她看起来并不俗艳，但性情里那种张扬让人想到舞台。她一点也不觉得尴尬。

“你后来就没再结婚是吧？”她问道。

“是的。”

“可惜了，第一次失败未必第二次就不能成功啊。”

“看来我是没有必要问你后来开不开心了。”

“我没有什么好抱怨的，大概是我天生就是开心的人吧。吉姆也一直对我很好，他退休了，你知道吗，我们就住到乡下去了，而且我也很爱贝蒂。”

“贝蒂是谁？”

“哦，是我女儿。两年前结了婚，我现在随时可能就变成外婆了。”

“这话又让我们老了几岁。”

她哈哈一笑。

“贝蒂今年二十二岁。乔治，你请我吃午饭真的很好，说到底，之前的事过去了那么久，要是还放不下也太想不开了。”

“简直愚蠢。”

“我们在一起不合适，好就好在我们及时发现了，没有太迟。当然我做了傻事，但我那时候太年轻了。你后来过得开心吗？”

“我想可以说我过得算是成功的。”

“啊，挺好，大概你能获取的开心也就是这样了。”

穆恩微笑了一下，是认可前妻的敏锐。她随口就把这段过往摆到了一边，聊起了其他事情。当时法庭把他们的儿子判给了穆恩，但穆恩没法照料他，就把小孩让给了母亲。那个男孩十八岁的时候移民了，现在也结了婚。穆恩和儿子并无交流，他意识到如果两人在街上遇到，他是认不出儿子的。穆恩不是个假模假式的人，不会假装很把儿子放在心上，但他们还是聊起了他，聊了没多久又转到了演员和戏剧那些话题上。

“好了，”她终于说道，“我有事得赶紧走了。这顿午餐非常美妙，乔治，见到你也很开心，非常感谢。”

他把前妻送上出租车，摘了帽子，一个人沿着皮卡迪利大街往前走。他依然觉得这是个让人开心的女人，但想到曾那么疯狂地爱着她，自己也忍不住笑了笑。现在他跟汤姆·萨福睿说话嘴角也带着笑意。

“我跟我前妻结婚的时候，她长得真是很漂亮的。麻烦也就来了。不过话说回来，要不是因为她的长相我也不会娶她。那些人都像苍蝇围着蜜罐一样缠着她。我们三天两头大吵。后来终于被我逮到。自然就离了婚。”

“自然的。”

“是啊，但我后来明白，当年那么做真是蠢到家了，”他探身向前继续说道，“亲爱的萨福睿，我现在很清楚，要是我没那么糊涂的话，就应该假装看不见。她会安定下来的，做一个很好的妻子。”

那天坐在前妻对面，看着她快活、自在、好脾气的样子，他几乎惊悚地意识到，自己当年无法接受的事情，似乎是那样的无关紧要。他很想把这种惊悚解释给萨福睿听，但未必说得清。

“可一个男人的尊严总不能不管吧。”

“尊严这种东西就见鬼去吧，要管的是过得幸不幸福。妻子跟别的男人上了同一张床真的跟尊严有关系吗？你跟我都不是十字军骑士，也不是什么西班牙大公。我那时候是喜欢我的妻子的。我能说我没有过其他女人吗？不能。而她能给我一些其他人给不了的东西。这些东西是我在这个世界上最需要的，因为不能独占，就要扔掉吗？我那时真是太傻了。”

“这样的话居然会从你的嘴里说出来，我真是想不到。”

萨福睿那张忧愁的胖脸上明显都是尴尬，乔治·穆恩浅浅地笑了笑。

“那是因为除了我，还没有人跟你说过最直白的真相。”

“你难道真的要告诉我，回到当年，你不会离婚吗？”

“或许回到二十七岁，我还是会像当年一样傻。但如果我能带着今天的想法回去，又发现了妻子对我不忠，我告诉你我会怎么做——就跟你昨晚干的一样：我会狠狠揍她一顿，然后就当这件事过去了。”

“你是要我原谅维奥丽特吗？”

驻扎官缓缓摇了摇头，微笑道：

“不是。你已经原谅她了。我的建议只不过是：不要割你自己的鼻子来报复你自己的脸[1]。”

萨福睿一脸忧愁地看了驻扎官一眼。自己心里本有些感受，似乎太有悖人情常理了，一直被他排除在意识之外，但眼前这个一板一眼到冰冷的人居然完全能看透，不禁让他有些惊慌。

“前前后后的其他情况你不了解，”他说，“诺比和我几乎就像兄弟一样。他这份生计就是我给他找的，他现在生活中的一切都多亏了我。而要不是我，维奥丽特还在当她的家庭女教师，恐怕要当一辈子。我当时觉得这样太荒废生命了，忍不住替她难过。不知道你懂不懂我的意思，我一开始注意到她也只是同情而已。你对他们全心全意地好，他们却毫无必要地做出这种龌龊事来伤害你，是不是太过分了？太不懂得感恩了吧？”

“啊，天呐，我们是不能期待感恩的。谁也没有权利期待这个东西。说到底，你做好事，是因为做了你自己开心；这可能是世界上最纯粹的快乐，还要期待别人来谢你就真的要求太高了。如果被感谢了，也好，就像是股票分红之后，还有额外的酬金，确实很高兴，但你千万不要把它看作是你应得的。”

萨福睿皱起了眉头，他脑子里全乱了。乔治·穆恩的这些说法太怪异了，他听得半懂不懂，而且这些事他以前觉得根本就不

1 英文俗语，指为了出气不惜伤害自己。

会有第二种说法的。不管怎样，总有忍无可忍的时候吧？要是你还有对错之分，总不能太卑微了吧？自尊难道可以完全不顾吗？奇怪就奇怪在乔治·穆恩说的那些理由听起来都挺有道理的，你确实可以这样想，做出一些——唉，真是见鬼，他说的那些事，要是真做得出，谁又非要反着来呢？但话又说回来，乔治·穆恩这人本来就怪，没有人真的懂他。

“萨福睿，诺比·克拉克已经死了，你没法再妒忌他了。除了你、我，还有你的妻子，这件事完全就没人知道，而我明天就要走了。你何不让过去的事情就过去呢？”

“那维奥丽特只会鄙视我的。”

乔治·穆恩微笑起来，在那张肃穆、苛刻的脸上，没想到这个笑容有种特别的温柔。

“我对她了解实在不多，但一直觉得她是个很好的女人。没想到她就这样可恶吗？”

萨福睿一惊，脸红到了脖子根。

“不是的，她像天使那般善良，可恶的是我，居然这样猜忌她。”他突然声音哑了，抽泣了几下。“天知道我只想做对的事。”

“‘对的事’就是选择宽厚。”

萨福睿用双手捂住了脸，抑制不住身体里激烈的情绪。

“好像就我一直在付出、付出，该死的谁为我做过什么？我的心碎了，没关系，我还得装作没事。”他用手背一抹眼睛，深深叹了口气。“我会原谅她的。”

驻扎官好像想到了什么，看了看萨福睿。

“如果我是你，不会把原谅她这件事搞得太隆重，”他说，“你得轻手轻脚地做才行，因为你也有很多事要她原谅。”

“因为打了她吗，你是说？我知道，那个真的太糟糕了。”

“完全不是，这一顿打让她受益匪浅。我不是说这个。你要做的事情是非常大度的，老兄，你知道，要让人原谅你的大度，你可得说话行事滴水不漏才行。但还好女人很少在意那些要紧的事，给她们的恩惠她们忘得很快。当然了，要不是这样你怎么跟她们一起生活呢？”

萨福睿张大了嘴看着驻扎官。

“说真的，穆恩，你真是个怪人，”他说，“有时候你无情得像枚钉子，然后听你聊天大家又觉得你还有点儿人情味，觉得可能误会你了，原来你也有恻隐之心，可马上你下一句话又让别人哑口无言。我想这就是他们所谓的犬儒吧。”

“这件事我还没有细想过，”乔治·穆恩微笑道，“如果犬儒是正视人间的真相，发现它不好接受的时候不去厌恶它，或者看到人性是怎样的就承认它，如果它很荒唐，就笑一笑，如果可悲，也不要过度悲伤，如果这些都是犬儒的话，那大概我的确是一个犬儒主义者。人性大多数时候是既荒唐又可悲的，但如果能在生活中学会容忍，那你就会发现，其中可以笑的时候大大多过需要你哭的时候。”

汤姆·萨福睿离开办公室之后，驻扎官小心地点着了午餐前的最后一支烟。调解愤怒的丈夫和犯错的妻子对他也是新鲜的工作，完成之后隐隐让他得意。他还在琢磨着人性，萧瑟的笑意盘桓在他苍白的薄嘴唇间。海岸边某些地方有溪流干涸留下的河床，他时常饶有兴致地在那种地方看"跳强尼"[1]。有时候可以大大小小一下看见好几百条，小的不过两英寸，其中几条大胖子可以像你的脚板那么长。它们生活在土中，身体的颜色跟泥土一模一样，本来就蹲在那儿，睁着一双大圆眼睛看着你，突然就一窜把自己埋进小土穴中。它们拍打脚蹼在泥土表面飞驰真是一幕奇景。土里埋藏着无数这样的生物，好像这一片泥地神秘地有了生命，给你一种来自远古的恐惧，想到它们曾经是这个星球上唯一的居民，但可能更庞大和可怕得多，于是你似乎感到一阵彻骨的寒意。而"跳强尼"有些诡谲，但也有些好玩，会让你想到人类。站在那里花半个小时观察它们蹦跳嬉戏很能让人放松。

乔治·穆恩从钩子上取下自己的草帽，走进了阳光中，觉得生活待他不薄。

1 Jumping Johnnies，跳鱼，属于弹涂鱼族，一种形态似蝾螈的两栖生物。

半岛与东方

P & O[1]

哈姆林夫人慵懒地躺在甲板椅上，看乘客一个一个从舷梯上船。船是昨天夜里到的新加坡，天蒙蒙亮就开始装货，起货机的吱呀声没有停过，但这种无止无休的嘈杂她的耳朵倒是适应了。中饭是去欧罗巴大酒店吃的，因为无事可做，她雇了辆黄包车在城里热闹、拥挤的街上穿梭。新加坡是很多种人的麇集之地。马来人虽然土生土长，但不适应城里的生活，街上见得少；满眼都是灵活、警觉、勤快的中国人；黑皮肤的泰米尔人赤着脚悄无声息地走过，像这片陌生土地上的匆匆过客；而油滑的孟加拉人在这个场景中倒是很自在，一副阔绰的样子；卑躬屈膝的狡猾的日本人永远那么紧迫，像是赶不及要去完成什么秘密的任务；英国人戴着他们的草帽，穿着他们的白色帆布裤子，要么汽车开得飞快，要么悠然自得坐在黄包车里，脸上总做出一副无忧

1 首次出版于 1923 年，收录于 1926 年出版的短篇小说集《木麻黄树》（*The Casuarina Tree*）。

无虑的神情——面对着熙熙攘攘的各色人种，统治者用漫不经心的微笑昭示权威。哈姆林夫人现在觉得又热又疲惫，只等着开船穿过印度洋。

哈姆林夫人身材高大，手也不小，看到医生和林塞尔夫人上船来的时候，她挥了挥她的大手；从横滨出来，她就一直在这艘船上，带着一种尖刻的趣味看着那两人亲密起来。林塞尔先生是个海军军官，之前替东京的英国大使馆做事，医生对自己的妻子殷勤备至，他却无所谓的样子，让哈姆林夫人有些好奇。舷梯口又上来两个男人，哈姆林夫人闲来无事，根据姿态猜他们有没有结婚。在她不远处是好几个男人凑在一起，坐在藤椅上，不停地招呼甲板服务生点酒水，从卡其布西服和宽边的双层毡帽看，应该是种植园主。这些人看上去是在给其中一个送行，说话大声，笑起来也大声，大概是男人喝醉了就都会蠢得好笑吧，但哈姆林夫人猜不出哪一个会成为她的旅伴。快到发船的时间了，上船的人越来越多，这时杰弗森先生器宇轩昂地从舷梯踱过来。他是个领事，现在放假回国，从上海上船之后立马开始设法讨哈姆林夫人开心。但眼下任何跟调情沾边的事情她都没有兴致。想到这次不得不回英国的缘由，她又皱了皱眉头。圣诞节是要在一片汪洋上度过了，但凡还有点在乎她死活的人，此刻都在千万里之外，一瞬间她的心又抽痛了一下；本来那件事她下决心不要去想它的，但烦人的地方就在这里，头脑再不情愿，也挡不住那些念头不停冲进来。

警示铃声大作，身边那群男人纷纷起身。

“好啦，再不滚下船就要被带走了。”其中一个说道。

他们朝舷梯走去，握手道别的时候，哈姆林夫人才看明白他们来送的是哪一个。她目光在那个人身上停了一会儿，但找不出什么有意思的地方，也真的是没有别的可看，她才又观察了两眼。这是个大个子，高出六英尺不少，身形宽阔；一件皱巴巴的卡其布西服，头上的帽子也是又塌又破旧。朋友们虽然已经走到了码头上，还在远远喊着，开他玩笑，船上的人声音非常雄浑有力，哈姆林夫人听出了很浓重的爱尔兰土音。

林塞尔太太去了下层，医生过来坐在哈姆林夫人边上，彼此讲了当天都去哪里开了眼界。铃声又响了起来，没过一会儿船就驶离了船坞。爱尔兰人最后跟朋友挥手告别，朝自己先前那张椅子走去，他的报纸、杂志还放在那里。走过时向医生点了点头。

“那人你认识吗？”哈姆林夫人问。

“午餐前在俱乐部，有人介绍我们认识的，他叫加拉格尔，是个种植园主。”

刚刚还是港口的喧闹，临别的嘈杂和忙乱，大家格外享受此时船上的沉寂。“半岛与东方”航运公司的驳船点是在一个僻静的小湾之中，景色清幽，他们缓缓驶过被绿植覆盖的石壁，开到了真正的港口中，这里停泊着各国的船只，客运班轮、拖船、驳船和那些没有固定航线的货船，数量和种类都很是壮观。隔着防波堤，你还可以看到当地的中国式帆船，桅杆立得又多又密，像是一片没有枝叶的树林，每根树干都是笔挺的。在柔和的暮色中，这个场面微微透着一股神秘，好像这些船只全都停下了自己要做的事，等待着某个意义非凡的时刻。

哈姆林夫人的睡眠很浅，总喜欢刚破晓时就去甲板上。看着最后的星光被太阳的光亮一点点吞噬，好像能抚慰她躁乱的心绪，而且在那个钟点，海面如同一大块玻璃，那种凝定之感好像在告诉你，人世的哀愁根本无关紧要。光线是黯淡的，风中的那一丝寒意让人舒畅。但第二天早上，哈姆林夫人走到上层甲板的尽头时，她发现有人已经先到了——是加拉格尔先生。他正看着苏门答腊扁扁的海岸，像是被阳光从黑暗的海中用法术唤起。哈姆林夫人见人先是一惊，又有些不快，正要转身走的时候，加拉格尔已经看到了她，点了点头。

“起得挺早，”他说，“抽烟吗？”

他还穿着睡衣和拖鞋，但从外套口袋里掏出烟盒，递了一支给哈姆林夫人。她迟疑了一下。她身上也不过是睡衣外面罩着的晨衣，头发也太乱了，套了个蕾丝的小帽子；她知道自己模样一定很可怕，但她有好些理由去折磨自己的灵魂。

“四十岁的女人恐怕没有资格再介意自己的形象了。”她微笑道，就好像对方一定很清楚她此刻在意的是什么。她接过烟，说道：“你起得也很早啊。”

“我是管种植园的，每天必须五点起来，太多年了，我还不知道往后要怎么戒掉这个习惯。”

“你要还是这样的话，到家里会很不讨人喜欢的。”

没了帽子的阴影，他的脸可以看得更清楚一些了。肯定算不上英俊，但至少看着是顺眼的。他的五官年轻时一定不差，现在自然是因为太胖，没那么清秀了。皮肤晒红了，还有些浮肿。黑色的眼睛很喜气，而且肯定是四十五岁朝上的人，头发还是又黑又浓密；整个人一副孔武有力的样子。说到底，他就是一个平常的底层百姓，笨重、粗鄙，也只是今日甲板上正好撞到了，否则哈姆林夫人绝不会特意去找这样的人聊天。

“你回国是放假吗？”她硬着头皮问了一句。

“不是，回国之后这边就再也不来了。”

那双黑色的眼睛一闪。加拉格尔是个健谈的人，哈姆林夫人回到下层房间洗澡之前，已经听他讲了不少自己的事情了。他在马来联邦待了二十五年，最近十年在雪兰莪管着一个橡胶园。从他的庄园出去，最起码得走一百英里，才能找到所谓的文明世界。生活自然是寂寞的，但钱是赚到了。之前橡胶业爆发的时候，他就捞了一大笔，而且你看他这么随性的样子，投资却很精明，用存的钱买了不少政府发行的债券。现在橡胶萧条了，他很乐意退休。

“你是从爱尔兰哪个地方来的？”哈姆林夫人问。

“戈尔韦[1]。”

哈姆林夫人曾经开车穿过爱尔兰，隐约记得有这么一个忧愁又像是压着怒气的小镇，有很多石头大房子，面朝着哀伤的海；似乎是仓库，但都废弃了，眼看着要倾颓。她还记得当时的某种感触，那是一种绿意和软软的雨点，是一种静默和坦然。加

1　Galway，爱尔兰共西部的一个郡，西临大西洋。

拉格尔先生就是要在这样的地方度过余生吗？他谈起将来有种孩童般的急切。那个世界是由灰色和阴影堆叠成的，而眼前的这位种植园主是如此的生机勃勃，这种不相协调让哈姆林夫人有了探究的兴致。

“你家人住在那里吗？”她问。

“我没有家人，爸妈都死了，就我所知，在这世上我一个亲人都没了。”

他全都打算好了，这些计划他做了二十五年，今天终于不用只跟自己说了，这让他很开心。他要买一栋房子，还要有一辆自己的汽车。他会养马。射猎他不太感兴趣了，到马来联邦最初几年，他射杀了不少大型猎物，早没了那时的狂热。他自己住在森林里太久，想不明白住在那里的野兽为什么非要去杀，但他还想骑马追猎。

“你觉得我是不是太胖了？”他问。

哈姆林夫人微笑着上下打量他，说道：

“你这体重得有一吨吧？”

他哈哈一笑。爱尔兰的马是世界上最好的马，而且他一直锻炼，身体很好。光是管一个橡胶园就不知道每天要走多少路，而且他也打了很多网球。在爱尔兰他马上就会瘦下来的。然后他就会找个老婆。哈姆林夫人沉默地看着海面，日出在上面染了一层温柔的颜色。她叹了口气。

“把自己扎下的根全都拔起那么容易吗？有没有你抛不下的人？在这里生活了这么久，不管你有多么期待回家，但真到了这个时候我想心里总会痛一下吧？”

“我走得很高兴。受够了。不管是这个国家还是那里面的任何一个人，我都不想再见了。”

又有一两个乘客到了甲板上来散步，哈姆林夫人想起自己几乎衣不蔽体，匆匆下去了。

接下来一两天她没怎么见到加拉格尔先生，后者大部分时间都在吸烟室里。因为科伦坡那边罢工，船不会停靠，所以大家都安心地享受起了正式穿越印度洋的旅程。他们玩了甲板上常玩的游戏，他们交换着关于其他乘客的闲言碎语，他们还花了不少心思调情。马上要到圣诞节，大家还多了件要操心的事，因为有人提议圣诞日船上应该办一场化装舞会，女士们就纷纷开始做衣服。头等舱的乘客还开了个会，讨论舞会要不要请二等舱的乘客，虽然天气闷热，没有妨碍大家议事的热情。女士们都说二等舱的乘客即使来了也只会觉得不自在，圣诞日可以想见他们都会喝过头，难免闹出些不开心的事情来。所有发言的人都反复强调，他（或她）的脑子里根本就没有阶级这回事，谁也不会势利到真觉得头等舱、二等舱的乘客有什么差别，但硬把人放到一个错的地方并不是善意，对于二等舱的客人来说，他们在自己的船舱里开自己的派对会更开心。另一方面，谁也不想怠慢了谁，而现如今你确实没法再讲那么多高下之分了（这是回答一位女士的话——她丈夫在中国传教——她说自己坐了三十五年 P & O 的船，从来没听说过二等舱的乘客被邀请到头等舱的交谊厅里跳舞），尽管他们可能无法尽兴，但或许还是想来呢？因为快要投票，加拉格尔先生是不情不愿被人从牌桌边拖来的，那个领事问他怎么看。他这次回国还带着一个人，之前是他雇了在种植园里干活的，现在就在二等舱里。他巨大的身躯本来陷在沙发里，这时站了起来：

“其他的事我不懂，只能说这么两句：我带着的那个人是之前替我管机械的，可靠得不得了，既然我能参加你们的派对，他也没啥不行的。但他来不了，因为圣诞节我会好好灌他，到了六点，他什么地方都去不了，就配给扔到床上去。”

领事杰弗森先生笑得很勉强，因为他的官职，这次会议大家选他来主持，他希望与会者不要把议题当儿戏。他常说一件事如果值得做，那就值得做好。

“从你的意见中，我是否可以这样总结，”他不无尖刻地说，“此次会议所探讨的议题在你看来似乎无关紧要？”

“我觉得这就像补锅匠骂娘——根本就不是个事儿[1]。”加拉格尔说道，还是那种闪动的明亮眼神。

哈姆林夫人哈哈一笑。最后他们策划出了这样一个计谋：邀请二等舱的客人参加舞会，但偷偷去找船长，向他指出不批准二等舱乘客进入头等舱交谊厅是多么必要。就在开会那天傍晚，哈姆林夫人换上了晚餐的衣服，正好和加拉格尔先生一起到了甲板上。

“正好还有时间来杯鸡尾酒，哈姆林夫人。”他开心地说道。

1　原文 tinker’s curse，英文俚语，指不断要接触滚烫金属的工匠，骂人不足为奇。

“我还真的想来一杯，实话说，我得喝点酒让我开心一点。”

“怎么了？”他微笑着问。

哈姆林夫人觉得他的微笑很有魅力，但不想真的回答这个问题。

“那天早上跟你说过，”她开开心心地说，“我四十了。”

他们进了休息厅，爱尔兰人给她点了一杯干马天尼，自己要了一杯苦琴酒。他在东方住了太久，喝不惯其他任何东西了。

“你在打嗝啊。”哈姆林夫人说。

“是，打了一下午了，”他好像事不关己地说道，“还挺有意思，正好是我们看不见陆地的时候，我就开始打嗝了。”

“应该吃过饭就好了。”

他们喝了酒，铃第二次响，两人走进餐厅。

告别的时候，加拉格尔问：“你不打桥牌吗？”

“不打。”

接下去两三天，哈姆林夫人又没有见到这个爱尔兰人，但她自己满腹心事，并没注意。每次一拿起针线活，那些念头都全挤了进来，想拿本小说把它们哄走，它们又坚定地堵在她和书页之间。本来想着，船离不开心的地方越远，心里的煎熬也会慢慢减轻，但事与愿违，一天天地离英格兰越近，她心里却越难受。一想到往后凄凉空洞的日子，她就觉得分外消沉，而疲惫的心神只要从这让她畏缩的未来转开，她又开始回想那个她才刚逃离的生活。

她结婚二十年了，待在一起这么久，她当然不期待丈夫还疯狂地爱着她，她也没有疯狂地爱着丈夫；但他们是懂得彼此的好朋友。跟大多数婚姻相比，很多人会说他们的婚姻是成功的。突然她发现丈夫又恋爱了。如果只是调情她是能容忍的，这样的事之前也有过一些，她还取笑过他；哈姆林先生也不介意，甚至觉得是种恭维，而那些冲动不过是浮光掠影，让夫妻俩都觉得只是好笑。但这次不同了。他这次爱得昏天黑地，像个十八岁的小伙子。而她丈夫已经五十二了。这太荒唐了。这太不体面了。而且他这次恋爱谈得已经失去了理智，到了无所顾忌的地步；等到她不得不认清这个可恶的真相，横滨的外国人圈子里已经无人不知。一开始哈姆林夫人的愤怒中多半是震惊，因为他似乎是最不可能犯这种浑的男人，稍微回过神来，她觉得如果对方是个年轻姑娘倒情有可原，或许还能原谅他。中年男人对初入社交圈的姑娘都没有什么抵抗力，而且在东方生活了二十年，她知道五十岁是男人一个危险的年纪。但她丈夫一点借口都没有。他爱上了一个比她还老八岁的女人。这太不正常了，也让她这位原配显得如此荒唐可笑。多萝西 · 拉科姆都快五十了。他认识这个女人已经十八年，因为拉科姆先生跟她丈夫一样，都是横滨的丝绸商贩。这么多年，他们每周都要见到彼此三四回，有次正好一起回英格兰，他们还同住了一幢海滨度假屋。但之前什么事都没有！至少一年之前，他们两个不过就是会互相开开玩笑的朋友。太不可思议了。当然多萝西是个很有气度的女子，身材也好，或许有些丰腴过头了，但依然是好看的；她有一双张扬的黑眼睛、鲜红的嘴唇、漂亮的头发——但这些都是很多年前的事了。她四十八了！四十八！

哈姆林夫人立马去找丈夫对质，一开始他发誓妻子的指控中没有一个字是真的，这时她掏出了证据；他发了一会儿脾气，最终承认了那件他没法否认的事。然后他说了一句让人震惊的话：

“你有什么可在乎的呢？”

她气疯了，愤怒地嘲弄、羞辱他，她在满心的苦涩中找到不少伤人的话，滔滔不绝说了很久。哈姆林先生只是静静听着。

“我们结婚二十年，我这个丈夫当得不坏。很长时间以来，我们就只是朋友了。我很喜欢你，这一点丝毫没有改变。我给多萝西的东西绝对没有一样是从你这里拿走的。”

“可你对我哪里不满意呢？”

“没有，没有男人可以奢望一个更好的妻子。”

“你怎么可以一边说着这样的话，一边对我做出那么残忍的事？”

“我不想对你残忍，只是控制不住我自己。”

“可你到底爱上了她哪一点？”

“这我怎么说得上来？你也知道我并不想让这样的事情发生吧？”

“你就不能抵抗一下吗？”

“我抵抗过了。我想我们都努力抵抗过了。”

“你说这话听上去就像二十岁，可你不是啊，你们都是中年人了。她比我还老八岁。所有人看我都像在看一个傻子。”

他没有回话。她也弄不清自己心里翻涌的是什么情绪，掐住她脖子的是妒忌吗？是愤怒？抑或只是受伤的自尊。

“我不会听任这件事继续的，如果只涉及你和她，我会马上跟你离婚，但这还关系到她的丈夫，还有那几个孩子。我的天，你有没有想过她如果生的不是儿子，而是几个女孩，她现在可能已经当了外婆了？”

“很可能是这样。”

“我们没生孩子真是老天开眼！”

他温柔地伸出一只手，似乎想安抚她，但她无比厌恶地闪开了。

“你让我成了朋友间的笑柄，为了我们所有人着想，我不愿意把事闹大，但有一个条件：你们两人之间的事必须完全停止，立刻停止，而且永不再发生。”

他低头把玩着桌上一件日本的小工艺品，看得出心里在盘算。

“我会把你的意思转达给多萝西。”他终于答道。

她朝丈夫微微一欠身，没有说话，从他身前走过，出了房间。她太生气了，顾不得自己是不是有点太戏剧化。

她等着丈夫来汇报跟多萝西·拉科姆会面的结果，但他之后就再没有提起这回事。他平静、客气，话特别少；最后只能她自己开口问了。

“你是不是忘记了那天我跟你说的事？”她冷冰冰地问道。

“没有忘，我跟多萝西聊过了，她想让我转达，对你造成了这么大的痛苦她无比抱歉。她很想来见你，但怕你不想见她。”

“你们商量的结果如何？”

他犹豫了一下，虽然非常郑重，但声音还是有些发抖："给一些我们无法履行的承诺恐怕是没有意义的。"

"那这件事不用再讨论了。"她答道。

"我想，我得先跟你说一声，如果你提起离婚诉讼，我们是会应诉的，你到时会发现不可能有足够的证据，会败诉的。"

"我没有想过要做这样的事，我会先回国，找个律师咨询一下。现在这种事处理起来也不麻烦，然后就要请你高抬贵手了。据我所知，你可以直接给我自由，不用把多萝西·拉科姆牵扯进来。"

他叹了一口气。

"真的是弄得一团糟了，是不是？我不希望你跟我离婚，但当然了，我会尽我所能满足你的愿望。"

"见鬼了，那你觉得我该怎么办？"她的怒气又上来了，说话很大声。"难道你觉得我就该一动不动，忍受大家的嘲笑吗？"

"我真的万分抱歉，把你逼到这么难堪的境地中，"他看着妻子，眼睛里都是烦乱的心绪，"我很确定我们都没想过要萌生什么爱意。我们都很清楚自己的岁数，就像你说的，多萝西足够当一个祖母了，而我是个秃顶、发胖的五十二岁男人。你二十岁的时候爱上一个人，会觉得爱是永恒的，但人到五十岁，不管是关于人生还是关于爱情，你都已经见过太多，知道太多了，你知道它转瞬即逝。"他的声音很低沉，带着惋惜，就像他眼前已经能看到秋的哀伤，看到萧萧落叶。他郑重地看着她，说道："可在这样的年纪，你又觉得不能随便丢弃幸福的机会，因为这是某种诡异的命运赏赐给你的。五年之内它肯定就结束了，或许是六个月。生命确实是个枯燥、灰暗的东西，幸福太稀罕了，再往后又是无边的死寂。”

她丈夫是个一板一眼、很实际的人，这些话里所展露的性情是哈姆林夫人从来没有见识过的，只让她痛得不是滋味。他好像突然之间获得了一种哀伤而悲情的性格，作为妻子，她甚至从来不知道他有这样的倾向。过去二十年的共同生活，对这个男人毫无影响力，在那种决心面前，她是无助的。她除了离开没有别的办法，之前放狠话，说回英国离婚很容易，现在她满心愤恨地必须把它完成。

阳光太烈了，光滑的海面像玻璃一样反射着光线，像生活一样空洞又充满敌意，完全容不下她。广阔的海面上，他们的船孤零零地开着，这种孤独已经有三天没有别的船只来侵扰了。有时飞鱼会匆匆从水中蹿出，冲破这层平滑，但眨眼间又归于沉寂。热量实在太过逼人，即使是精力最为旺盛的乘客也暂停了甲板游戏，这个时间点上（刚用过午餐），没有回房舱休息的人，也一般就躺在甲板椅上。林塞尔慢慢走到她旁边，坐了下来。

“你太太呢？”哈姆林夫人问道。

“哦，不清楚，就在附近吧。”

他的事不关己让哈姆林夫人恼火。他难道真的没注意到他妻子和那个医生打得火热吗？而不久之前，他一定是在意的。这两人订婚的时候，林塞尔夫人还在上学，而他最多也只是刚刚长成个青年，当时他们一定是神气的、迷人的一对，而他们的青春和彼此的爱也一定是感人的。现在呢，只过了这么几年，他们就厌倦了，这简直叫人心碎。她丈夫怎么说来着？

“回国之后你大概会住在伦敦吧？”林塞尔懒洋洋地问道，只为了找句话说。

“应该是吧。”哈姆林夫人回道。

想到自己根本没有地方可去，而且她往后住在哪里这世上已经没有一个人在意，她还是不太能接受。一些念头彼此牵扯，让她居然想到了加拉格尔。她妒忌爱尔兰人那么急切地重回故土，他描绘自己想要住的房子，想要娶的妻子，那种生机勃勃的想象力既让她有些想笑，但也很被触动。她曾在私下里告诉过横滨的几个朋友，她一定会离婚，她们就安慰她，说她一定会再结婚的。但这种生活让她失望了一次，不想再涉足第二回了，而且大多数男人跟一个四十岁的女人提婚事，总有顾虑。加拉格尔先生就想要一个丰满的年轻姑娘。

“加拉格尔先生去哪儿了，”她问身边这个唯唯诺诺的男人，“我这两天都没见到他。”

“没人跟你说吗？他病了。”

“好可怜，他怎么了？”

“打嗝。”

哈姆林夫人笑了起来。

“打嗝不算病吧？”

“那个外科医生还挺担心，他什么方法都试过了，但打嗝就是不停。”

“这么古怪。”

之后她就忘了这么一回事，可第二天碰巧遇到医生，她问加拉格尔先生怎么样，没料到医生那张有些稚气的开心的脸突然阴沉了起来，露出困惑的神色。

“这个可怜的家伙，我担心他的问题很严重。”

“就打嗝吗？”她惊讶地喊了起来。

可只听“打嗝”这两个字，就很难认真起来。

“你看，他没法咽下食物，也没法睡觉，整个人已经累得不行了。我也试了所有我能想到的办法，”他犹豫了一下，说道，“我真的得尽快止住它，否则，我不敢说之后会怎样。”

哈姆林夫人完全被吓住了。

“可他那么强壮，生命力那么旺盛。”

“你应该去看看他现在的样子。”

“他会介意我去看他吗？”

“跟着我一起去吧。”

加拉格尔已经从自己的房舱被移到了船上的医护室，走近的时候他们听到一下响亮的嗝声。或许是因为这声音让人想到醉酒呕吐，听上去总有点滑稽。但加拉格尔的样子确实让哈姆林夫人吓了一跳。他像是掉了好些肉，皮肤松了，皱皱地垂在脖子边，脸上虽然多年来被晒得很黑，但还是看得出底下没有血色。之前全是欢笑的双眼，此时充满了憔悴和痛苦。他庞大的身躯因为打嗝不住颤抖，现在这声音听上去可一点也不滑稽了，哈姆林夫人说不出为什么，觉得它格外阴森可怕。她进去的时候加拉格尔微笑起来。

“很抱歉看到你这样。”她说。

“你信我，我不会死在打嗝上的，”他气喘吁吁地说，“我一定会踏上‘爱林’[1]绿色的海岸。”

有个男人本来坐在加拉格尔的床边，他们进屋的时候他站了起来。

“这位是普莱斯先生，”医生说，“他负责加拉格尔先生庄园里的所有机械。”

哈姆林夫人朝他点了点头。他们讨论圣诞派对要不要请二等舱客人的时候，加拉格尔提到的人就是他了。他个子很小，但很结实，脸上有种让人看了喜欢的张狂，显得很是自信。

“要回国了高兴吗？”哈姆林夫人问道。

“怎么能不高兴，夫人。”他答道。

只听这几个字，哈姆林夫人就知道他是个伦敦穷苦人家出来的，而他那种无忧无虑、好脾气、明事理的性格，哈姆林夫人之前也熟悉，心里对他多了几分亲切感。

“你不是爱尔兰人啊？”她微笑道。

“我可不是，小姐，土生土长伦敦人，不瞒你说，我可真想赶快再见见那个地方。”

哈姆林夫人从来不觉得别人称呼她为“小姐”是种冒犯。

“行，先生，我先走了。”他跟加拉格尔说道，作势要抬抬帽子道别，但他并没有戴帽子。

---

1 Erin，带古意或诗意的爱尔兰别称。

哈姆林夫人问病人有什么需要她帮忙的，过了没多久也退了出来，只留医生在那里照看。那个小个子伦敦佬在门外等她。

“我能稍微跟你说两句话吗，小姐？”他问。

“当然。”

医护室在船的尾部，他们靠着栏杆，下面的甲板上是些下了工的东印度水手和服务员，正倚着舱口盖在休息。

“我不知道该从哪儿说起，”普莱斯支支吾吾起来，那张表情生动的脸突然奇怪地变得很严肃，“我跟着加拉格尔先生四年了，给你七个礼拜天[1]你也找不着比他更好的人。”

他又迟疑起来。

“直接说吧，我觉得这样下去不行。”

“什么不行？”

“你真要问我的话，我觉得他完蛋了，但医生不懂。我跟他说了，他根本不信我。”

“你不要太着急了，普莱斯先生。这医生确实挺年轻的，但我觉得他是个聪明人，而且你也知道，没有人会死在打嗝上，我确信加拉格尔先生过两天就好了。”

“你知道他什么时候变成这样的吗？就在我们刚刚看不到陆地的时候。她说过的，加拉格尔先生根本别想见到自己的老家。”

哈姆林夫人转过来，正对着他；她比普莱斯高了足足三英寸。

“你在说什么啊？”

1 英文俗语，指七周，泛指很长时间。

“我很确定，这是他中了那个人的咒，你懂吗？吃药根本一点用都没有。我了解那些马来女人，你们什么都不懂。”

哈姆林夫人先是着实吃了一惊，而也因为这一惊，她耸了耸肩，哈哈一笑。

“哈，普莱斯先生，这太瞎扯了。”

“我跟医生说的时候，他也是这句话。但你听好了，他活不到我们下回见着陆地了。”

面前这人说得太认真了，哈姆林夫人隐隐有些不安，虽然不肯相信，但还是不由自主地想问下去：

“为什么有人要给加拉格尔先生下咒呢？”

“唉，跟一位夫人说起来就尴尬了。”

“没事，请说。”

普莱斯突然变得如此局促，要是换了别的时候，哈姆林夫人一定忍不住觉得好笑。

“加拉格尔先生一直都住在乡下地方，你懂吧，当然很寂寞了，你也知道男人是什么样的，小姐。”

“我结婚都二十年了。”她微笑着答道。

“请您原谅，夫人。实际情况就是，有个马来姑娘一直跟他住在一起。十一二年吧，我也不知道多久了。好了，他打定了主意要回老家，不回马来了，那姑娘什么都没说，她就坐在那儿。加拉格尔先生还以为她会闹个没完的，但完全没有。当然，他替那姑娘都打点好了，给了她一幢小房子，还有一笔钱，每个月她可以拿到多少多少。这个我真要替加拉格尔先生说一句，他心眼绝对是好的，而且那姑娘也知道他不可能一辈子待在那儿。她没哭，啥也没有。他打包好自己的东西，派人送走的时候，她就坐在那儿，看着他们走了。把家具卖给那些中国佬的时候，她也没说一句。其实她要什么，加拉格尔先生都会给她的。等到他真要赶去坐船了，你知道吗，她还是坐在木屋的台阶上，完全不说话。他想跟她道个别，谁都会的对吧？你能信吗，那女人坐在那儿甚至动都没动。'你不跟我说声再见吗？'他问。那姑娘脸上突然出来一种特别怪异的表情。你猜她说什么？她说：'你去。'她们那些当地人说话挺好玩的，跟我们不一样。'你去，'她说，'可我告诉你，你永远到不了你自己的国家。当大地陷入海洋，死亡会降临到你的头上，跟你同行的人重新见到陆地之前，死亡会把你带走。'当时可真的把我吓得不轻。"

"加拉格尔先生说了什么吗？"哈姆林夫人问道。

"啊，这嘛，你也知道他是怎样的人，就哈哈笑了笑，说：'这姑娘，总是这么开朗、活泼。'跳上车，我们就走了。"

哈姆林夫人完全可以想见当时的景象。充沛的阳光，橡胶园的路上格外明亮，园子里是精心修剪、仔细布局的绿树，汽车穿过它们的寂静。先是一点点绕上山，下山要穿过似乎交缠在一起的雨林。司机一定是个莽撞的马来人，载着两个白人乘客车速飞快，他们会经过那些掩映在椰树林中的马来屋子，都像一个个不爱说话的隐士，立在离路很远的地方；他们还会穿过热闹的村子，集市上挤满了皮肤黝黑的矮小居民，全都裹着鲜艳的莎笼。日暮时他们就到了那个干干净净的现代城镇，有俱乐部，有高尔夫球场，有办得很妥帖的客栈；这里有白人，有火车站，他们就要从这里搭火车去新加坡。而那个女人就一直坐在木屋的台阶上，身后的屋子就此空了，等着下一任园主被派过来；她看着那条路上汽车的尾气，看着车越开越快，直到消失在夜的阴影中。

“她是怎么样一个女人？”哈姆林夫人问道。

“说实话，在我眼里，那些马来女人都差不多，”普莱斯回答，“当然了，她现在岁数也不小了，你知道的，那些当地人，一下子就胖得吓人了。”

“胖？”

说来真是荒唐，这个念头在此时却让哈姆林夫人满是惆怅。

“加拉格尔先生从不会亏待自己的，你懂我意思吧？”

想到肥胖，哈姆林夫人马上恢复了理智。她气自己居然刚刚有那么一会儿开始接受这个伦敦佬的假想了。

“这都是无稽之谈，普莱斯先生。胖女人是没法给几千英里之外的人下咒的，实际上她们自己的生活就已经足够艰难了。”

“哈哈，小姐，你尽管开玩笑好了，但你记着我的话，我们要是不能尽快想出办法，老板就完蛋了。药是救不了他的，至少白人的药肯定没用。”

“振作一点，普莱斯先生，别胡思乱想了。那位胖女士对加拉格尔先生根本就没有深仇大恨，照这种事情在东方的惯例，他对这位女士也算得上仁至义尽了。为什么她要害他呢？”

“我们哪知道她们怎么想的。你看，他跟当地人共同生活了二十年，你觉得他知道她那颗黑暗的心里在盘算什么吗？他知道才怪！”

普莱斯的说法太夸张了，但哈姆林夫人笑不出来，因为她没法不被对方的急切所触动。而且说到人心，她最该明白，皮肤不管是黄的、白的还是棕色的，你都不知道他们心里在想什么。

“可就算她生加拉格尔先生的气，甚至憎恨他，想要杀了他，她又能有什么办法？”奇怪的是，哈姆林夫人现在问的这些问题更像是她下意识在劝自己，不用担心这样的事。“没有哪种毒药是六七天之后才发作的。”

“我从来没说这是毒药。”

“抱歉，普莱斯先生，”她微笑道，“如果你要我相信这是一种什么巫术，那真的是不可能的。”

“你在东方生活过吗？”

“前前后后加起来二十年了。”

“好吧，或许你敢说他们干得出什么，干不出什么，至少我是不敢的。”他握紧拳头突然愤怒地捶了一下栏杆，似乎使了很大力气。“我受够了这个该死的国家。太让我心慌了，真的是心慌。我们根本不是对手，我是说我们这些白人，这就是个事实。如果您能见谅的话，我要去喝上两口，我心里乱得不行。”

他突兀地点了下头，转身就走了。他穿着一身破旧的卡其布衣服，身材矮小、结实，走路却拖着脚步，哈姆林夫人看着他从升降口的扶梯走下去，又穿过船腰处的甲板，钻进了二等舱的餐厅。她不明白为什么刚刚的对话让她隐隐有些不安。挥之不去的画面是那个有了一点岁数的胖女人，围着莎笼，套着一件彩色的短衫，戴着各种金饰物，坐在木屋的台阶上看着那条空荡荡的路。她厚重的面孔上化了妆，那双大眼睛里没有泪水，也没有表情。两个坐在车里的人就像放假了正要回家的学生，在清晨明亮的天空之下，加拉格尔的那声叹息是种释然，他的心绪抑制不住要飞扬起来。未来也如同一条洒满阳光的大道，在一个林木葱茏的开阔平原上蜿蜒前行。

那天晚些时候，哈姆林夫人问医生他的病人怎么样了，医生摇摇头。

“我已经一筹莫展，彻底没用了，”他难过地皱着眉头，“碰到这样的病例真是太倒霉了，要是在国内就够糟的，何况在船上……”

他是个爱丁堡人，最近才通过了考试，这次出来游历是正式行医之前的假期。他觉得自己很委屈，本来想好好放松一下，但碰到这么神秘的病症，他担心得几乎夜不能寐。他经验自然是不足，但所有可能的方法都试过了，他总觉得船上的乘客都觉得他是个什么都不懂的蠢货，这让他非常烦躁。

“你有没有听过普莱斯先生的想法？”哈姆林夫人问道。

“我从来没听过这么胡说八道的，我也告诉了船长，他一听火冒三丈，说不要传出去，怕吓到其他乘客。”

“我绝对一声都不吭。”

医生的眼神突然锐利起来，看着她问道：

“你应该也认可这是纯粹的瞎扯吧？”

“当然，”她抬眼望出去，周围都是静悄悄的海水，闪着油腻的蓝光，又补了一句，“我在东方住了好多年了，常发生奇怪的事。”

“这事越来越让人心烦了。”医生说道。

离他们不远的地方，有两个日本人在甲板上玩套铁环的游戏，他们穿着网球衫、白色长裤、硬麻布的鞋子，一身考究、干净的样子，非常像欧洲人，甚至计分的时候喊的是英文，但看着他们让哈姆林夫人不知为何一时间有种心神不宁的感觉。因为他们披上这层表象未免也太容易了一些，就透露出一种险恶。她的心也慌起来了。

没有人确切知道消息是怎么传开的，但很快船上的乘客都听说了加拉格尔被施了法术。坐在甲板躺椅上的女士们，手里忙活着圣诞化装舞会要穿的服饰，低声传着这个消息；吸烟室的男人们，端着鸡尾酒议论不休。很多客人都在东方生活多年，从记忆深处翻出了不少难以解释的古怪事情。当然了，真以为加拉格尔中了什么恶毒的咒语太荒唐了，这种东西不存在的，可哪件和哪件事情确实发生过，而且也没有人能说出个为什么。医生已经承认他想不出加拉格尔病症的根源，从生理学上解释打嗝自然容易，但为何突然在他身上这么可怕地发作，医生不明白。他隐隐觉得大家都在怪他，也给自己辩护：

“不是啊，这种病例可能行医一辈子都不会碰到的，”他说，“真是太倒霉了。”

他用无线电跟附近的船只通讯，不时会收到各方传来的治疗方案。

“他们说的我都试过了，”他愤懑地说道，“那艘日本船的医生建议我们用肾上腺素。真是见了鬼了，他让我在印度洋中央去哪找肾上腺素？”

船在一片阒然无人迹的海面飞驰，却正从四面八方接到无形的讯息，这意象倒确实非比寻常。这艘船在这一刻似乎既孤立无助，又成了世界的中心。医护室里的病人被无情地折磨着，身体不住地抽搐，挣扎地大口喘息。而乘客慢慢意识到航线转了，听说船长拿了主意，要在亚丁[1]靠岸。加拉格尔会在那儿上岸，送到医院去，有些治疗在船上是不可能实现的。轮机长接到指令，尽量把发动机用到极限。这是艘老船，提速之后明显能觉察出它的震动更强烈。乘客之前已经习惯了发动机的噪音和颤动，新的变化是种新的刺激，扰乱了所有人的心绪；大家没法再把它忽略了，它就敲打在感官之上，好像化作了每个人都要担惊受怕的事。可面前的大海依然不见其他船只的踪影，乘客们就感觉像在穿越一个空荡荡的世界。船上气氛变了，而这种不自在又都不愿明说，于是就像传染病一样，大家都明显变得更为焦躁，之前可以忽略的小事，现在往往会引发争执。杰弗森先生还在讲他那些俗套的笑话，但没人再礼貌地回以微笑了。林塞尔夫妇吵了一架，他们很晚还在甲板上走来走去，大家听得到妻子压低了嗓门，一直在狠狠责备丈夫。吸烟室某天晚上还因为桥牌大打出手，之后的和解是靠酒精的帮忙。大家几乎从不说起加拉格尔，

1　也门港市，在阿拉伯半岛南端，临亚丁湾。

但加拉格尔也几乎时时刻刻在他们的头脑中。医生说病人最多还能撑三四天，大家就查航线图，唇枪舌剑，辩论怎么才能最快到亚丁。上岸之后加拉格尔会怎样不关他们的事，但谁也不希望他死在船上。

哈姆林夫人每天都去看加拉格尔。就像热带春雨刚停的时候，绿草就在你眼前长起来，而哈姆林夫人眼睁睁看着这个爱尔兰人一点点垮下去。他的皮肤都已经松弛地挂在骨架上，本来的双下巴成了火鸡喉咙下方那个皱巴巴的肉垂。他的双颊陷了下去。现在你可以看出他的体格有多高大，隔着被子他的骨架就好像史前巨人留下的化石。很多时候他都因为吗啡模糊了意识，闭着眼睛躺在那里，但痉挛依然可怕地晃动他的身躯，而偶尔睁开眼睛，你会发现他双眼大得异乎寻常；从瘦骨嶙峋的眼窝深处，那双眼睛蒙眬地望着你，满是困惑和烦扰。不过，他有时也从吗啡的恍惚中醒来，认出了哈姆林夫人，很英勇地做出微笑的表情。

“你觉得怎么样，加拉格尔先生？”她问。

“还行，还行，现在热得头昏脑涨的，过一段凉快下来我就没事了。天呐，我真期待在大西洋里泡一泡，要是能给我好好游场泳，让我干什么都行。好想感受戈尔韦灰色的海水冷冷地拍在我胸口。”

这时他又打了一下嗝，从头顶到脚底整个人晃了一晃。这两天都是普莱斯先生和船上的女服务员轮流照料他。小个子伦敦佬的脸上已经没了那种放肆的快乐，一直都很阴沉。

“昨天船长找我去了，”他跟哈姆林夫人独处时说道，“好好训了我一通。”

“为什么呢？”

“他说他不能接受巫术啊这些乱七八糟的东西，说客人都被吓到了，我最好管住自己的嘴巴，否则他要给我好看。可这不关我的事啊，除了你和医生之外，我跟谁都没提过半个字。”

“可船上都传遍了。”

“我知道。你以为只有我觉得是这么回事吗？所有那些东印度水手，还有那些中国人，老板怎么了他们全清楚得很。他们懂的可比我们多多了，是吧？他们都知道这不是真的病。”

哈姆林夫人不说话了，她从几个“阿妈”的话里知道，船上除了白人，所有人都相信这是妖法，是加拉格尔留在遥远雪兰莪的那个女人要杀了他。他们全都认定，只要见到阿拉伯半岛光秃秃的石岸，加拉格尔的灵魂就会离身体而去。

“船长说要是再听到我弄这些鬼把戏，接下去的航程就把我关在我的船舱里。”普莱斯突然说道，皱着眉头，脸上堆起愤懑的表情。

“你说的鬼把戏是什么？”

他严厉地盯着哈姆林夫人看了一会儿，就好像对船长的怒火这时移到了她的头上。

“医生知道的法子他全他妈试过了，而且还满世界发了电报，有用吗？你告诉我那都有用吗？他没看到吗，床上那人就要死了？现在要救他只有一个办法。”

“什么意思？”

“正要杀死他的是法术，当然只能靠法术救他。啊，你不用跟我说不可能，我自己亲眼见过，”他越说越大声，带着怒气，嗓音也变得尖利起来，“当时他们就是找了一个‘帕万’，也就是我们所谓的巫师，他做了点什么小法术，我就看一个人从所谓的鬼门关给拖了回来，亲眼见的，绝对不骗你。”

哈姆林夫人没有说话，普莱斯仔细地观察着她的反应。

“船上的东印度水手里面有个巫师，就跟我们在马来联邦里那种‘帕万’一样。他说他愿意救人。就是还得找一个活的动物，比如公鸡就行。”

“你们要活的动物干吗？”哈姆林夫人微微皱眉问道。

伦敦佬突然起了一点疑心，看着她说：

“你要是信我，还是不要知道的好。但实话跟你说，为了救老板，我一定得什么都试过才行。就算船长听说了要把我关在房舱里，那就让他关好了。”

这时候林塞尔夫人走了过来，普莱斯又做了个古典的告辞手势，走开了。林塞尔夫人为圣诞化装舞会做的衣服差不多了，想让哈姆林夫人试穿一下，走下扶梯的时候，她担心地说起加拉格尔先生可能会死在圣诞日上。要真是这样，他们肯定没法再开舞会了。她跟医生说过，要是发生这样的事，她就再也不跟医生说话了，医生信誓旦旦，说他不管怎样都要保证病人熬过圣诞。

“这对他也好。”林塞尔夫人说。

“对谁好？”哈姆林夫人问。

“可怜的加拉格尔先生啊，自然没有人愿意死在圣诞日吧？”

“这我就真不知道了。”哈姆林夫人说。

那一晚，她睡着了一会儿，但哭着醒了过来；居然睡着了还哭让她很是懊丧，就好像肉身的脆弱降服了她，碾碎了她的意志，让她无力对抗内心里自然生出的哀伤。那场如此深重改变她生活的灾难，她在脑海中反复审视它的每一个细节，已经太多次了；她重播自己跟丈夫的对话，后悔当时要是说了这样一句话就好了，或者怪自己怎么说了另外那句。如果只能更改一件事，她全心地希望自己不知道丈夫一时的情迷，那种舒舒服服的无知挺好的。她也问自己，自己到底有没有做对，或许收起自己的尊严，对这个讨厌的真相视而不见，是更明智的做法？她不是一个幼稚的女人，很清楚自己割舍丈夫，其实丢掉的东西远远不止他的爱；她丢了安逸的大宅子、稳定的地位、宽裕的生活，还有整个社交圈那些有头有脸的支撑。她认识很多跟丈夫分开的妻子，收入微薄，过得总有些可疑，她很明白朋友转眼间就会嫌她们麻烦了。而且她还很寂寞。她寂寞得就像这艘船，费力地在无人的海面上匆匆赶路，她寂寞得就像快要死在船上医护室里的那个没有朋友的男人。哈姆林夫人知道自己已经想得太多，很难再放空心思睡着了。房舱里又太热，她看了一眼时间，大概四点多，四点半不到；还有两个要死不活的小时要捱，才能天亮，才能心里稍微安稳些。

她套上一身晨衣，走上甲板，空中虽然没有云，但看不见一颗星星，夜色一片肃穆。这艘老船在黑暗中全力前进，只觉得一路都在摇摆、喘着粗气，周围的寂静有些瘆人。整个甲板上也像被世界抛弃了，哈姆林夫人赤着脚、摸索着缓缓向前走。

眼前太黑了，什么都看不到，终于走到散步甲板的尽头，她靠在栏杆上。突然她吓了一跳，眼睛已经定在了下层甲板上，因为她发现了一个晃动的光亮。她小心地探出身去，那是一小团火焰，只看得见一点光，是因为有一圈赤裸上身的男人猫着腰把它围住了。那圈人边上，似乎有个穿着睡衣的低矮结实的身形，她其实没有真的看清，大半是猜的；其余的是当地人，只有这个是欧洲人。他自然是普莱斯了，而哈姆林夫人也立刻猜出底下是一场驱魔仪式，正施展某种暗黑的法术。她竖起耳朵，但只听到一个低沉的声音喃喃念着一些诡秘的文字。她的身子开始发抖。她知道这些人的注意力一定都在他们自己的事情上，不会想到旁边还有人在看，但她依旧一动也不敢动。突然黑夜的寂静就像丝帛被猛地扯破，响起一声鸡鸣。哈姆林夫人吓得几乎要尖叫。普莱斯先生为了救自己的主人和伙伴，要把这只鸡献祭给东方那些怪异的神。那个低沉的声音还在不为所动地继续着。突然在那个神秘的圈子里发生了什么，她看不到，只听见公鸡发出咯咯咯的声音，像是愤怒中带着恐惧，然后又是一声无法描述的诡异声响——那个巫师割开了公鸡的喉咙；接下来一点声音都没有了，他们像是还在做些什么动作，她也看不清，又过了一会儿，像是有人在把火焰踩灭。那些朦朦胧胧的人形消失在暗夜中，一切又都归于沉寂。她又听见了发动机规律的搏动。

哈姆林夫人还是站着没动，心里有种说不出的惶恐，过了一会儿她才沿着甲板慢慢朝前走。她找到一张甲板椅，在上面躺下，身体依然还在颤抖。刚刚下面发生了什么，她只能猜测。不知道这样躺了多久，终于觉得黎明快来了。白天还没到，但已经不是夜晚。天空依然是暗的，但她已经能辨认出船边的栏杆；然后就看到有一个人朝她走来。是一个穿睡衣的男人。

“是谁？”她紧张地喊了一声。

“只是我，医生。”传来一个友善的声音。

“啊！天还没亮你到这儿来做什么？”

“之前一直陪着加拉格尔，”他在哈姆林夫人旁边坐下来，点了一支烟，“我给他打了一针，剂量很大的镇静剂，现在他安静了。”

“刚刚病情很严重吗？”

“我还以为他又要昏迷过去了，一直在看着他，突然他腾地一惊，从床里坐起来，开始说马来语。当然了，我什么都没听懂，他就不停地重复着一个词。”

“或许是个名字，一个女人的名字。”

“他想从床上起来，这家伙，就是到了这个地步力气还这么大。我的天，真是跟他扭打了好一阵。我是怕他想要跳海。他好像觉得有谁在喊他。”

“那是什么时候的事？”哈姆林太太一字一顿地问道。

“四点到四点半之间。怎么了？”

“没什么。”

她一阵颤栗。

稍微晚些时候，船上的早晨还是照往日的惯例，慢慢有了生气。哈姆林夫人在甲板上遇到了普莱斯，他匆匆问了一声好，就往前走去，还敏锐地躲避了哈姆林夫人的视线。他看上去又疲惫又焦躁。哈姆林夫人又想到了那个胖女人，背后是撤空的木屋，她还是坐在台阶上，浓密的黑头发里别着金色的饰物，看着门前那条路，穿过排列整齐的一排排橡胶树。

天气热得可怕。她现在知道为什么夜里会这么黑了。此刻的天也已经不再是蓝天，而是一种呆滞的、均匀的白；天空平整得甚至显不出云的形状来；就好像热量已经凝成一个盖子，高高地罩了下来。一点风也没有，海面和天空一样褪掉了所有颜色，光滑、闪耀得好比染匠罐子里的颜料。乘客都无精打采的，在甲板上随便一走就气喘吁吁，额头上不住地冒出豆大的汗珠。他们说话都很小声。有一种诡秘和不安弥漫在船上，现在所有人连笑一下的兴致都没有了，他们心里渐渐升起一股憎恶：他们都活得好好的，但身边居然有人要死了，而且他的命不久矣（说到底关他们什么事呢？）居然能如此神秘地影响他们，这不能不让人气愤。大家心里都有一个念头，但没人敢说；吸烟室里一个种植园主喝着金司令，终于恶狠狠地把它说了出来：

"要是他迟早要断气，那就抓紧把这事儿了结了。我想到就心里发毛。"

那一天漫长得没有尽头。终于到了吃晚饭的时候，哈姆林夫人满心的感激。不管怎样，总算熬过了这么多个钟点。她跟医生同桌。

"我们什么时候到亚丁？"她问。

“明天肯定到了，船长说早上五六点钟能见到陆地。”

她瞪了医生一眼，医生也跟她对视了片刻，然后垂下目光，脸红了起来。他想起了那个坐在木屋台阶上的胖女人，她说过加拉格尔先生再也见不到陆地了。哈姆林夫人心想，这个最讲事实、不信歪理邪说的医生，是不是也终于动摇了。他皱了皱眉，然后又抬眼看着哈姆林夫人，就好像在有意让自己别胡思乱想，说道：

“把这个病人交给亚丁的医院，至少可以这样说，我是没什么遗憾的。”

第二天是平安夜。哈姆林夫人又睡得不是很安稳，但醒来的时候天边已经亮起来了。从舷窗看出去，天空一片清澈的银光，那团雾蒙蒙的热气夜里都化开了，这个早晨分外明亮。她心情轻快了一些，走上甲板，一直走到船尾。最后一颗流连的星辰还在靠近地平线的地方淡淡地闪动，海面上也颤着微光，像是微风无心地伸出手指在拨弄它。阳光柔和得如梦似幻，纤弱得好像早春发芽的枝条，又晶莹剔透得让人想到山间潺潺的溪流。她望向东方玫瑰色的日出，看到医生朝她走来。他穿着制服，一定是整宿没睡，整个人都很邋遢，走路时塌着肩膀，好像累得要瘫倒。她立刻知道加拉格尔已经死了。医生走近时，哈姆林夫人看到他在哭。他看上去还那么年轻，让哈姆林夫人一时间对他满是关切。她握着医生的手，说道：

“你这可怜的家伙，一定累坏了吧。”

“我尽力了，”他说，“我是那么想救他。”

他的声音在发抖，哈姆林夫人发现他都要发狂了。

“他什么时候走的？”她问。

医生闭起眼睛，试图让自己平静一些，可嘴唇还在颤抖。

“几分钟之前。”

哈姆林夫人叹了口气，想不到能说什么。她的目光游弋在平静的海面上，海水没有时间和感情，在船的周围无限延伸，就像人类的哀愁。突然她的目光定住了，因为前方的地平线上出现了一个庞然大物，像是耸立着的厚重的云朵，可它的轮廓又太清晰了，不可能是云。她拍了拍医生的手臂。

“那是什么？”

医生望了一眼，她看到医生晒黑的皮肤之下脸色变得苍白。

“陆地。”

哈姆林夫人又想起了那个马来胖女人，沉默地坐在加拉格尔木屋的台阶上。船上的事她都知道吗？

日头高高挂在天顶，加拉格尔下葬了。头等舱、二等舱的乘客，白人乘务员、欧洲官员，大家都到了，有的站在下层甲板，有的就站在舱口盖上。传教士主持了葬礼：

“人皆由母亲所生，匆匆一世，满是困苦。如花开半日，如暗影疾遁，从不作停留。”[1]

普莱斯低头看着甲板，眉头紧锁，咬紧牙关，他并不在哀悼，因为心里燃烧着愤怒。医生和领事并肩站着，领事的脸上是

---

1 出自《公祷书》(*Book of Common Prayer*)，或译作《普通祷文书》。

官员的痛心，拿捏得恰到好处，而医生已经刮干净了胡须，挺括的制服也是新洗好的，镶缀着金色的穗带，但依然脸色苍白、满面烦扰。哈姆林夫人的目光又从医生移到了林塞尔夫人身上，她正紧紧靠着丈夫哭泣，而林塞尔先生也体贴地握着妻子的手。在哀悼之中这个女子太过心慌意乱，只依着直觉寻到了丈夫的支持和保护。接下来，哈姆林夫人一阵战栗，低头盯着甲板的接缝处，因为她不想看到接下来发生的事。悼词中断了，有人忙乱了一会儿。一个官员下了一声命令。传教士的祷文又响起：

“上天眷顾，收去亲爱弟兄离身之魂魄，亦顺天意，送其躯壳入海深处，任其腐朽，待波涛间交出逝者，即得重生。”[1]

哈姆林夫人感到脸颊上淌过滚烫的泪水。然后是沉闷的落水声。传教士的声音还在继续。

葬礼结束，乘客散了；二等舱的客人回去了自己的地方，接着有铃声召唤他们用午餐。头等舱的客人还在散步甲板上漫无目的地闲逛。男人多数去了吸烟室，想靠威士忌苏打和金司令让自己振奋些。而领事在餐厅的门口贴了一张告示，召集大家开会。大部分人都约略想到了议题是什么，在指定的时间纷纷到场。他们比过去一周的任何时候都高兴一些，若不是规矩和场合让他们必须有些收敛，聊天时应该还会比现在开心不少。领事戴着单片眼镜，宣布他召集大家来是为了讨论第二天的化装舞会。他很明白大家对加拉格尔先生都寄托了最深切的哀思，而且他本

1　出自《公祷书》。

来也是想提议，大家共同给逝者的亲属写一封唁函，但船上的事务长检查过了加拉格尔先生的文书，完全找不到任何可以联系的亲戚、朋友。加拉格尔先生生前似乎活得挺孤单的。同时领事也冒昧地向医生致以最真挚的同情，他很确信医生已经在有限的条件下拼尽全力了。

“同意！同意！”乘客们赞同道。

这段时间对大家来说都非常艰难，领事继续说道，某些人可能会觉得为了尊重逝者，应该把化装舞会推到除夕夜。但是，他开诚布公地告诉大家，这不是他的观点，而且他完全相信，加拉格尔先生本人也不希望为了他这样。当然，还是要尊重多数人的意愿。医生站了起来，感谢了领事，也感谢了最近大家那些温暖的话，最近一段时间对他当然也很艰难，但船长托他明确向大家转达，大家应该忘掉其他事情，圣诞日的庆祝活动应该正常进行。医生还向与会者透露，船长觉得最近大家都陷到了一种阴郁的气氛中，好好开心一下对所有人都有益无害。传教士的妻子站起来发言，提醒大家不能只想着自己；“庆祝委员会”已经安排了给孩子们的圣诞树，头等舱的晚宴结束之后，他们期待着所有人都会装扮起来，否则孩子们会非常失望的；她说没有人比她对逝者更加尊重，她也很能理解很多人在这样哀伤的事件之后没有心情跳舞，她自己的心情也非常沉重，但只觉得陷在这样的感受里对所有人都没有好处，只是自私而已。她希望这些人能多为孩子们着想。这些话打动了其他乘客。这么多天以来，整艘船都被森森然的恐怖所笼罩着，他们想走出来，他们还活着，想活得开心一些；但不表现出足够的哀悼，他们又隐隐觉得于德行有亏。可如果能顺了心意又造福他人，就完全是另一回事了。领事宣布举手投票时，除了哈姆林夫人和一位患了风湿的老太太，所有人都急切地举起了手。

“赞成票赢了，”领事说，“我也冒昧地恭喜大家，通过这次讨论达成了一个明智的决议。”

正要散会的时候，有一个种植园主站了起来，说想提个建议。他问大家有没有想过，在目前的情况下，不妨请二等舱的乘客也一起加入？毕竟他们也都参加了葬礼。传教士噌地站起来支持这个提议。过去几天发生的变故团结了所有人，他说，面对死亡，所有人都是平等的。领事自然也回应了新的呼声。他说这个问题之前一次会议已经讨论过了，大家最后得出的结论是二等舱乘客开自己的派对会更开心，但此一时彼一时，他目前明确感觉到他们应该反转之前的决定。

“说得好，说得好。”乘客们赞成道。

民主情绪在会场内激荡，大家用欢呼声通过新的决议。散场的时候，所有人都轻松了，心头全是喷薄而出的慷慨和友善。吸烟室里每个人都在请别人喝酒。

就这样，第二天傍晚哈姆林夫人穿上了她的舞会服装。对于即将到来的喜庆场面，她一点心情也没有，有一时半刻也想过装病，但她知道没有人会信的，也怕大家觉得她太做作。她今天要扮成卡门，还是抵不住那份虚荣，把自己尽量弄得好看了一些；她描了睫毛，抹了腮红。这身装扮也很配她，宴会的号声一响，哈姆林夫人走进交谊厅，周围的惊呼声是对她的恭维。领事（永远都是个幽默家）穿成了一个芭蕾舞女，引得众人开心地大喊大叫。传教士和他的妻子还是有些局促，但对自己满族人的打扮很满意，也很有气派地走来走去。林塞尔夫人是一个科伦芭茵[1]，尽力展现了自己好看的双腿。她丈夫是个阿拉伯酋长，医生是个马来苏丹。

之前他们还募集了一些钱，给晚宴备了不少香槟，那顿饭吃得欢天喜地。船运公司提供了拉响之后有礼包的小爆竹，里面掉出很多形状各异的纸帽子，大家纷纷戴上，那种可以拉开、挂起的饰带都被他们朝朋友扔来扔去，小气球也被他们从房间一头拍到另一头。宾客们大笑、大叫，非常开心，谁都看得出来派对大获成功。晚餐一结束，大家立马去了交谊厅，蜡烛都点起来了，圣诞树就立在那里，孩子被领进来的时候开心地尖叫，还收了礼物。接着舞会开始了。甲板上一块区域辟作舞池，二等舱的客人都很害羞，站在舞池外围，偶尔也会跟自己人跳几下。

“我很高兴请了他们，”领事跟哈姆林夫人跳舞的时候说道，“民主我是非常支持的，而且他们也很理智，都只跟自己人交流。”

但哈姆林夫人注意到普莱斯没有来，过了一会儿正好有个机会，她就问一个二等舱的客人普莱斯在哪里。

“醉得什么都不知道了，”对方答道，“下午把他放到床上，后来被我们锁在舱房里。”

1　Columbine，意大利传统喜剧和哑剧中丑角的情人。

领事非说下一支舞哈姆林夫人也得跟他跳；今晚他比平日里更自以为风趣幽默。哈姆林夫人听着这支业余乐队、领事的笑话，眼前是舞池里的喜悦，她突然觉得再也无法忍受了。不知道为什么，这艘船载着欢乐穿过黑夜，穿过寂寥的海面，让她心里突然生出巨大的恐惧。领事松开手之后，她就悄悄退开，趁没有人注意，从扶梯上了放救生艇的上层甲板。这里一切都在黑暗中。她知道有个角落没有人会经过，轻轻地走了过去。这时她隐约听到一些笑声，正巧瞥见某个隐蔽的角落里是科伦芭茵和马来苏丹。林塞尔夫人又重拾起了被死亡打断的暧昧。

一个寂寞的可怜人本来是他们之一，如此怪异地死了，但大家忘却他的速度却只能形容为“狠狠抛在脑后”。对加拉格尔他们没有什么同情，可能只有些憎恶，先前就是他让客人们如此心神不宁。他们如饥似渴地扑向生活。他们讲笑话，他们调情，他们传递着八卦。哈姆林夫人想起领事之前提到过，加拉格尔的文书中一封信都没有，找不出一个可以通知死讯的朋友，她不明白为什么这一点似乎悲情得让她难以承受。一个人竟可以这样孤寂地从这世上经过，简直有些神秘。她想起加拉格尔在新加坡上船时的样子，那么健壮、那么有活力，也只不过是几天之前，而她还听过他那么自以为是的计划，更让哈姆林夫人怅惋到难以纾解。葬礼上的祷词让她心里全是敬畏：“人皆由母亲所生，匆匆一世，满是困苦。如花开半日，……”加拉格尔年复一年地计划着未来，他是那么想要好好生活，未来的生活也有那么多值得他期待的东西，正当他伸出手去——啊，真是太可怜了，让世上其他一切困苦显得那么无关紧要。无法忽略的只有死亡和死亡的种种不可知。哈姆林夫人倚着栏杆，望向星空。为什么大家要让自己不快乐呢？心爱的人死了，确实可以为之一哭，死亡永远都是可怕的，但其余的呢？那么痛苦、那么怨恨、那么虚荣和苛责，都值得吗？她又想到了自己的丈夫，和丈夫那么奇怪就爱上了的女人。他也说过我们活着快乐的时光太短暂，归于死寂的时间太长。她认真想了好久，突然，就像雷电劈开夏夜的黑暗一般，她发现了一件事，让她讶异得发抖：她发现自己心里已经没了对丈夫的怒气和对情敌的妒忌。一个念头在她意识的边缘远远升起，就像清晨的阳光在她灵魂中填满了温柔和明亮的欢喜。那个陌生的爱尔兰人的死是场悲剧，但从这场悲剧中她欣喜若狂地汲取了勇气，要毫无保留地做个了结。她心跳加速，等不及地要将这个想法付诸实践。她被一种自我牺牲的激情所支配。

音乐停了，舞会已经结束，大多数客人应该回房休息了，剩下的几个去了吸烟室。她下到自己的舱房，一路上谁也没有碰到。她拿出自己的便笺本，给丈夫写信：

亲爱的：

今天是圣诞节，我想告诉你我心里全是对你们两人的善意。之前我太傻了，很不讲道理。我想如果我们在乎一个人，就应该允许他们用自己的方式幸福，而正因为我们在乎着另一个人，所以也不能因此剥夺自己的幸福。我想让你知道，如此出乎意料进入你生命的这些喜悦，我完全不再恨它们了。我也不再忌妒，不再心痛，不再想要惩罚谁了。不要觉得我会难受或孤单。如果你觉得需要我，就来找我，我会高高兴兴地欢迎你，不带责备和怨心。这么多年来你给我的幸福和温馨，我满怀感激，作为回报，我想要表达自己的爱意，但绝不因此强求什么，我也希望这种爱完全是无私的。想起我时，不要怪我，请幸福，幸福，幸福。

她署了名之后用信封封好，虽然要到塞得港[1]信才会被收去，她还是想现在就把它塞进邮箱。寄出之后，她换下了舞会的衣服，看着镜子里的自己。她的双眼在发光，腮红之下面色也那么有光泽。未来不再悲怆了，而是被一种平和的希望照亮。她钻进被窝，立刻就开始了一场无梦的酣眠。

1 Port Said，埃及北部港市。

插曲

Episode[1]

那一晚依然是个小聚会，因为我们的女主人喜欢大家聊在一起；餐桌边从来不会多过八个位置，一般就只有六个人，餐后去客厅，椅子也摆得讲究，就怕两个人缩到角落里私下聊起来，毁了气氛，在这里是不可能的。到了之后发现每个人我都认识，心下一喜。除了女主人，还有两位有趣、优雅的女客人，此外就是把我算在里面一共三位男士，其中一个是我朋友内德·普莱斯顿。我们的女主人还有一个规矩，绝不同时邀请夫妻，因为只要同时出现，就会让对方束手束脚，无法尽兴，若有哪对伉俪不愿被拆散，他们就都不用来了。不过，这里的酒菜都是上乘的，聊的天也几乎每一回都很有意思，一般我们收到邀请都会到场。有时候这位女主人也受到非议，说她给丈夫的邀请比给妻子的邀请更多，她就会为自己辩护，说她也很无奈，男人结婚的概率就是比女人要高。

1 收录于 1947 年出版的短篇小说集《环境的产物》（*Creatures of Circumstance*）。

内德·普莱斯顿是个苏格兰人，性格随和，喜欢热闹，天生会讲故事，因为说话不是一般的啰唆，有时候故事会讲太长，但往往讲得跌宕起伏，大家都乐意听到底。内德没有结婚，平时开销不大，小小的收入够用了，说到这一点也算是他的运气，他患有慢性肺结核，这种病虽不会一下置你于死地，但可以好多年让你没法好好挣钱。时不时地他会病重两三个星期下不了床，但好了也就好了，又见他如往日一般兴高采烈，也如往日一般夸夸其谈。我常怀疑要住到高级的疗养院去他的钱不够，不过以他的性格脾气，恐怕捱不住那样的生活。内德太爱俗世的乐趣了。身体好的时候他家里待不住的，午饭在外面，晚饭在外面，而且会抽着烟斗坐到很晚不回家，喝好多威士忌。要是他当时甘心过一种病人的生活，或许现在还活着，但他不是那样的人——谁又忍心怪他呢？一天晚上派对回来就大咳血，死时才五十五岁；很可能回家路上他还沾沾自喜地以为，那一晚大家兴致盎然又全靠的是他。

他的活力像很多肺痨病人一样，接近头脑发热，最怕空闲下来，总是在找可以投入精力的事业。具体他从哪里听来的我倒也不知道，但总之沃姆沃德丛林监狱[1]缺了几个探监工作者[2]，他一下兴致盎然，就去了内政部找负责监狱的官员，递了申请。这工作没有工资，虽然有不少人因为同情或是好奇，愿意投身

1 Wormwood Scrubs，位于西伦敦，1875年启用的男子监狱。

2 Prison visitor，主要职责是听取囚犯意见，帮助他解决困难和振作精神。

其中，但很容易厌倦，或者发现太耗费时间，可他们往往照管着一批囚犯的困难、利益和未来，一旦撒手不管，往往就留下好大的烂摊子。内政部那批人于是就小心起来，忌惮那些可能坚持不下去的申请者，会仔细调查履历、个性，也从其他各个方面评判他适不适合。之后还会有一个试用期，从暗处观察，只要感觉不对，就礼貌地表达感谢，并告诉他此处不再需要他继续辛劳了。可内德·普莱斯顿的面试官纵然如此严厉和敏锐，依然认可他从各个方面考察都足堪信赖，而他也从一开始就和典狱长、狱卒和囚犯分外投契。内德是个完全没有阶级观念的人，所以囚犯不管社会地位如何，跟他接触都会觉得自在。内德不会说教，甚至不太提什么是非对错；他自己一生中不但没有犯过罪，也没有做过一件害人的事，但他似乎并不看重囚犯们的罪行，就好像跟他自己的肺结核一样，是必须忍耐的烦扰，但反复讨论也不会让它好起来。

沃姆沃德丛林监狱关的都是初犯，整个建筑都散发着阴森的凉意，像个禁地。内德带我去过一次，门特地为我们打开，我当时就起了鸡皮疙瘩。进去了之后穿过几个大厅，见到一些囚犯在干活。

“见到朋友的话要假装没看见，”内德告诉我，“他们讨厌被认出来。”

“你是觉得我很有可能在这见到朋友吗？”我冷冷地说。

“这种事从来说不准的，如果说你有哪个朋友开太多空头支票，触碰了法律，或者在公园里被逮到有伤风化，我也不大会惊讶。可要是我告诉你，我有多少回在这里碰到宴会上结识的人，你一定难以置信。”

内德的职责之一是囚犯初入囹圄之时，帮他们挺过开始几天艰难的时光。经过了庭审、判刑，他们的精神非常脆弱；基本程序办完之后，要经历一个进入监狱的过程，从脱衣服到洗澡，从体检到讯问，从换上囚服到被领进牢房，最后关上牢门，他们往往都会崩溃。有些会哭得歇斯底里，有些吃不下，有些睡不着，内德的任务就是让他们振作一些，而他那副轻描淡写的腔调，再加上自然而然的热心，往往有神奇的效果。如果他们担心自己的妻小，内德会帮着去探望，如果这家人太穷困，他还会接济。囚犯的一大苦恼，就是觉得自己被隔绝了，再没有资格关心大家关心的事，所以内德会带去一些新闻。他还会记下报纸的体育版面，转告给他们重要跑马赛的结果，或者拳击冠军最近一场有没有打败对手。犯人未来要如何，他会出谋划策，真到了快出狱的时候，会帮他们物色合适的工作，劝说雇主给个机会，让他们改过自新。

没有人对罪犯不感兴趣，聚会只要有内德在，聊天或早或晚都要转到这个话题上。那天晚餐用完，我们在客厅里端着酒杯，坐得很舒服。

“最近‘丛林’里有没有好玩的案子，内德？”我问道。

“没有，没啥好玩的。”

他说话的声音又高、又哑，笑起来是很喧闹的。现在他就突然发出这样的笑声。

“今天去见了一个女的，太有意思了。这姑娘的丈夫是个入室盗窃犯，警察盯上他很久了，但直到最近才把他关了进去。他动手之前都会和妻子设计好不在场证据，曾经被逮捕了三四次，上了法庭之后警方就是没办法戳破那个不在场证明，只好一次次把他放了。不久前他又被警察带走，但心里一点都不慌，他和妻子做的这份不在场证明滴水不漏，肯定又是无罪释放。他的妻子进了证人席，但完全让他莫名其妙的是妻子没有给出那个不在场证明，他就被判刑了。我去监狱里看他，牢狱生涯的愁闷还在其次，他主要心思都在困惑为什么妻子没有照计划给证据。他让我去见她，问到底怎么回事。所以啊，我就去了，你猜那姑娘说了什么？她说：‘先生，是这样的：那个不在场证明做得太漂亮了，我不忍心就这么浪费它。’”

自然我们都笑了起来。讲故事的人喜欢一群能欣赏他的观众，而内德·普莱斯顿是不介意在舞台中心多待一会儿的。他又讲了两三个小故事，一般这些故事都有一个他很乐于向我们灌输的中心思想：英格兰在完全民主之前，有所谓的下层人，但在那个阶层，却能找到更多的激情，更多的浪漫，更多的不计后果，相比之下，富足阶层就无趣得多，这群人有钱、有闲，大概也受过更好的教育，但瞻前顾后，非常懦弱，过于循规蹈矩。

“干活的那些人读书少，”他说，“他们也不大会表达自己，你就以为他们没有想象力。这就大错特错了。他们的想象力瑰丽极了。或许他是个五大三粗的莽汉，你就以为他没有紧张、胆怯的时候，那你就又错了，他心里脆弱得很。”

然后他跟我们讲了另外一个故事，我用自己的话尽量把它复述得到位些。

弗雷德·梅森是个英俊的小伙子，身材高大、匀称，五官俊美，眼睛是蓝色的，笑起来很友善，让人看着舒服，但之所以他走在街上路人会纷纷转头盯着他看，在于他那头浓艳的红发，不但茂密，而且卷曲得也很夸张；可以说是赏心悦目的景观了。或许正是头发给他添了几分性感，他的阳刚之气像某种会让你眩晕的香水。他的眉毛也浓密，颜色只比头发略淡一点，一般红头发的人皮肤都很可怕，但弗雷德很幸运，他的皮肤像细腻的橄榄。因为年轻有活力，总是在微笑或者大笑，再加上无所顾忌的眼神，每次笑起来神色都很诱人。他二十二岁，好像只因为活在这世上就很开心，让你见了也不自禁地舒畅。这样的长相，最关键是那种让人心烦意乱的男子气，不用说，女人都喜欢他。他很有魅力、很温柔，也很有激情，只是实在太过花心。他也不是真的无情或无耻，其实本性纯良，但每回对哪位女士有了掠影浮光的心动，他都会让对方知道，自己想要的不过是开心一下，要他保持专一是不可能的。

弗雷德是个邮递员，负责的区域在布里克斯顿[1]。那是伦敦人口密度很高的一块地方，有个古怪的名声，说这里的罪犯也是伦敦郊区之中最多的，因为河对面往这边开的电车整夜不停，你在

1 Brixton，位于伦敦南部。

“西伦敦”[1] 偷了抢了一户人家，很方便就能回到自己在布里克斯顿的住处。弗雷德喜欢他的工作。布里克斯顿交叉着无数街道，街边排满了一幢幢小房子，里面住着的人很多就在附近上班，但也有职员、售货员、各种技术工人，每天一早要赶到河对岸去。弗雷德身体健朗，走街串巷送信对他是很愉快的事。有时候是个包裹，要亲手递交，有时候是挂号信，需要签字，那他还有机会见到不同的人。他爱跟人打交道，分配了新的线路，干不了多久那里的人就都认识他了。后来他岗位换了一下，要去一个个红色邮筒把信都取出来，送去当地的主邮局。有时候一圈邮筒都收好，邮包是很重的，但弗雷德自诩身强体壮，邮包的分量只让他觉得有趣。

有一天在一条比较富庶的街上，都是半独立的别墅，他刚掏空了一个邮筒，收拢了袋子，一个姑娘跑了过来。

“邮递员，”她喊道，“能不能再收下这封信，很急，我得这一波就把信寄出去。”

弗雷德朝她友善地笑了笑。

“从来不介意为女士效劳。”他说着把袋子放下来，打开袋口。

“本不该麻烦你的，只是确实很着急。”她说着把手里的信递给了弗雷德。

“写给谁的——男人？”他微笑道。

“不关你的事。”

---

1 West End，王宫、议会、政府各部门所在地，也聚集着商店、剧院和高级住宅。

“行行行，真了不起。但信我一句，这家伙不行的，你不要相信他。”

“你太大胆了。”她说。

“她们都这么说。”

他摘下帽子，用手顺了顺头顶那一大把红色的鬈发。那女孩看了深吸了一口气。

“你在哪里烫的头发？”她咯咯一笑问道。

“哪天有空我带你去。”

他俯视着那个女孩，眼里带着笑意；女孩觉得这人有些不一样，让她胸腹之间有种特别的反应。

“好了，我得走了，”他说，“要是我再不赶紧干活，天知道这国家会变成什么样。”

“我可没拦你。”她平静地说。

“这就是你会后悔的地方了。”他答道。

弗雷德使了一个眼神，那女子心里七上八下的，自觉脸红到了耳根。她转身回了屋子。弗雷德留意了一下，是和邮筒隔着四扇门的那一家。他往前走还得经过，抬头看了一眼，发现网眼布的窗帘动了一下，知道那女子在看，心里很得意。接下来几天他每次路过都会观察那栋屋子，但再也没有发现过那个姑娘。有天下午，弗雷德正要走进那条街，正巧撞见她。

“你好啊。”他停下来打招呼。

“你好。”

她一脸通红。

“最近没见着你呀。”

“那你也没有错过什么。”

“这一点我跟你想得不一样。”

这姑娘比记忆中还好看些，黑头发、黑眼睛，颇为高挑纤瘦，身材不错，白皙的皮肤，雪白的牙齿。

“找天晚上跟我去看场电影怎么样？”

“你还真是不客气啊。”

“这样效果好。”他又露出那种魅力四射的不羁的笑容。

她忍不住笑起来。

“在我这儿可没什么效果。”

“就跟我去吧，人就年轻一次。”

弗雷德身上有种很迷人的气质，那女孩就是没法生硬地回绝他。

“我确实没办法，家里人不会让我跟一个不认识的男人出去的。实不相瞒，家里就我一个孩子，他们可操心了。再者说，我连你叫什么都不知道。”

“这有什么，告诉你不就行了吗？弗雷德。弗雷德·梅森。你不能跟他们说你跟你的女朋友去看电影吗？”

此时她心里的感受之前从来没有过，都分不清是痛还是愉悦，只是很奇怪地有些喘不上气。

“应该可以吧。”

他们定了日子，定了时间和地点。她到的时候弗雷德已经到了，两人进了电影院，电影开始之后，他伸手搂住她的腰，没有说什么话，她双眼还是盯着银幕，也二话不说把弗雷德的手挪开了。他握住她的手，她把手抽走。弗雷德很惊讶，女孩一般都不会这样。如果进电影院不是搂搂抱抱的话，他不知道为什么还要买票进来。散场后弗雷德陪她回家，她说了自己的名字，叫格雷丝·卡特，她爸爸在布里克斯顿大街开了一家自己的店卖布，招了四个店员。

“一定赚了不少钱吧。”弗雷德说。

“反正没听到他抱怨。”

格雷西[1]在伦敦大学读书，拿到学位之后准备去当教师。

“不是有大生意要你继承吗，当什么老师啊？”

“爸爸想让我离那家店越远越好——他让我受了那么好的教育，肯定不会让我去帮他的。他想让我过得更好，不知道你明白我的意思吗？”

她父亲最开始是替人跑腿的，之后成了一个布商的助手，就靠努力、诚实、聪明，现在拥有了一份火红的小生意。自己成功了之后，就对独女有了宏伟的期待。他不想让格雷西跟卖布扯上一点关系，希望她嫁一个医生、律师之类的专业人士，或者最起码能嫁给“城里”的人。之后他就打算卖掉自己的生意退休，而格雷西会过上高贵的生活。

快要拐进他们家那条街的时候，格雷西伸出手来，说道：

“你最好还是不要送到门口了。”

1　Gracie，格雷丝（Grace）较亲近的称法。

“道别你不亲我一下吗？”

“我不会的。”

“为什么呢？”

“因为我不想。”

“你下次还会跟我去看电影的吧？”

“我想还是不去了。”

“唉，别这样啊。”

他的声音里有种温暖的急切，格雷西听得腿都有些发软。

“要是我答应的话，你会不会守规矩？”他点头。“保证吗？”

“苍天在上。”

走开之后，弗雷德挠了挠头。奇怪的姑娘。他还从来没见过这样的女子，确实是层次更高些，毫无疑问。她说话的声音让你欲罢不能，既温暖又柔和。他努力想了想那像什么，就像从她嘴里出来的字词在亲吻你。这话听起来挺蠢的，确实像胡说八道，但他就有那样的感觉。

之后他们每周会去看一到两场电影，再过一段时间，她允许弗雷德揽住她的腰或是握住她的手，但从来没有超出过这个限度。

“你之前被男人亲过吗？”弗雷德有次问她。

“从来没有过，”她简单答道，“我妈的说法很滑稽，她说你不能让一个男人失了对你的尊重。”

“格雷西，要是能让我亲你一下，用这世上任何东西来换都行。”

“别说傻话。”

“只亲一下都不行吗？”她摇摇头。“为什么呢？”

“因为我太喜欢你了。”她说这句话的时候嗓音沙哑，说完就快步走开了。

这话让他措手不及，他从来没有像渴求她一样渴求过一个女子。之前他就整天想她，期待着和她相见的夜晚，他人生中还从来没有这样期待过任何事。刚才这句话彻底俘虏了他。这是他第一次怀疑自己。她在任何方面都优越太多，不说别的，她爸爸日进斗金，她又那么有学问，但他自己只是个邮递员。他们约好了下周五再见，他焦躁得坐立难安，总觉得她会不来。他在头脑中反复播放着她说过的话：或许那意味着她已经打定主意要抛弃他了。周五等着她的时候，他太紧张了，看到她终于沿街走来，他几乎因为释然而落泪。那一晚他既没有搂腰，也没有牵手，送她回家的时候一句话都没有说。

“你今晚话很少，弗雷德，”她终于问道，“你怎么了？”

他又走了几步才接话。

“我不愿意告诉你。”

她突然停下脚步，抬头看着他，脸上露出恐惧。

“不管是什么，都告诉我吧。”她的声音在颤抖。

“我完蛋了，完全控制不住自己，心里全是你，整天稀里糊涂的。之前我完全不知道什么是爱，直到我爱上了你。”

“啊，就这件事吗？你吓死了我。我还以为你要告诉我，你马上要结婚了。”

“什么？你把我当成什么人了？我要娶的人是你。”

“是吗，那谁在拦你呢，笨蛋？”

“格雷西！你是说真的吗？”

他张开双臂抱紧她，这回完完全全吻在她嘴唇上。她没有抗拒，也回吻他；他感觉到她的激情一点也不比自己淡薄。

他们的计划是格雷西先告诉父母她订婚了，到了周日弗雷德就上家里来，让他们见一见。星期六布店打烊很晚，卡特先生回家的时候已经累坏了，所以直到星期天吃过午饭她才说了这件事。乔治·卡特身材不高，很结实，精力充沛，脸色红润，生意越做越大，人也开始有些发福；头发快掉没了，但灰白色的一字胡还在不服帖地生长着。他和一些苦出身的老板一样，有奴隶主的做派，总想用最少的钱从店员身上压榨出最多的活儿。他眼尖心细，什么都瞒不住他，谁也不敢在他面前胡闹、犯傻；卡特先生又是个讲道理的人，待人甚至可以说很和善，所以员工都不讨厌他。卡特太太是位体面的妇人，话不太多，面容很亲切，依然看得出年轻时美貌。他们都已经五十出头了，也是因为结婚晚。当时他们“离家”走到一起，要差不多十年之后才正式成了夫妻。

听了格雷西准备好的话，他们很是惊讶，但还是挺高兴的。

“你这个偷偷摸摸的小鬼头，”父亲说，“你看，我从来都没疑心过你跟谁走得近了。好吧，这反正也是迟早的事。他叫什么名字？”

“弗雷德·梅森。”

“你在大学里认识的？”

“不是，你们应该在这附近见过他的，他是个邮递员，一直会来把邮筒里的信收走。”

“哦，格雷西，”卡特太太喊了起来，“你一定是在开玩笑吧，我们让你上了那么好的学，怎么可能嫁给邮递员这样的平头百姓呢。”

有一时半刻卡特先生说不出话来，他的脸还从没有憋得像现在这么红过。

“我的女儿啊，你妈说得没错，”他突然喊起来，“你怎么能这么糟蹋自己呢？哎呀，这简直荒唐。”

“我没有糟蹋自己，你们见过他就知道了。”

卡特太太哭了起来。

“没想到我们家会落到这种田地，太丢人了，我以后再也抬不起头了。”

“妈，你别说这样的话，他是个很出色的年轻人，工作也是一份正经的工作。”

“你什么都不懂。”她唉声叹气道。

“你们怎么认识的？”卡特先生打断她们问道。“他家庭什么样？”

“他爸爸是邮局的司机，开那种运送邮件的货车。”格雷西答得语气强硬。

“工人阶级。”

“是啊，那又怎样，他爸爸在邮局工作了二十四年，所有人都很敬重他。”

卡特太太咬着手绢的一角。

“格雷西，我想让你知道一些事，你爸和我结婚之前，我是替人做家事的，他之前不让我告诉你，就怕你会以我为耻。这也是为什么我们订婚那么多年都没结婚，我跟着的那位夫人说，如果我一直陪她到最后，就会留一些东西给我。”

“我就是靠那笔钱起步的，”卡特先生接过话头，“要不是那笔钱，我绝不可能有今天。我可以大大方方跟你说，你妈妈是世上最好的妻子。”

“我没有正经上过学，”卡特太太继续说道，“但我从来都不甘心。这辈子最骄傲的时刻，就是你爸说我们能请得起一个女仆了，还告诉我：‘总有一天除了女仆，你还会有个厨子给你做饭。’他没有骗我，可你现在要回到我过去的生活，我之前觉得你无论如何要嫁一位绅士的。”

她又哭起来。格雷西很爱自己的父母，不忍心看他们这样难过。

“对不起，妈妈，我知道你会失望，但我也没有办法，这是真话，我太爱他了，全心地爱着他。你们见到他的时候我敢肯定你们也会喜欢他的。下午我们约好了去空地上散步，之后我能带他来吃晚饭吗？”

卡特太太发愁地看了丈夫一眼；卡特先生叹了一口气。

“我本是不想见他的，这点不说你也知道，但我想现在也只能先瞧瞧这人了。”

晚餐的氛围比预想的好。弗雷德并不害羞，他跟格雷西的父母聊起天来，就好像他们认识了好几十年。或许有些事情他之前没经历过，比如吃饭时旁边有可供差遣的女仆，餐厅里都是实打实的红木家具，之后去客厅小坐会对着一架大钢琴，但弗雷德没有露出什么局促的样子。他走了之后，卡特夫妇在卧室里讨论起来。

“确实是个英俊的小伙子，这点你没法否认。”她说。

“长得好有什么用。你觉得他是看上我们女儿有钱吗？”

“要说你在什么地方预备了不大不小一笔钱，这他肯定清楚，但他爱着格雷西也是一定的。”

“是吗，你从哪里看出来的？”

“什么？你没有留意他看女儿的眼神吗？”

“好吧，不管怎么样，这还不错。”

后来，卡特夫妇还是按下了他们的反对，但有一个条件，结婚必须等格雷西拿到学位之后。这样至少拖延了一年，父母两人都隐隐保留了一点希望，或许女儿到时会改变心意。之后他们就经常见到弗雷德了；他每个星期天都跟卡特夫妇一起过。慢慢地，这对父母也开始对他生出不少好感。弗雷德太随和，太热情，干什么都那么有兴致，最关键的，他显然爱格雷西爱得死心塌地；先是卡特夫人也被他的魅力迷倒，没过多久，甚至卡特先生都愿意承认这小伙子确实人还不错。弗雷德和格雷西很幸福。她每天去伦敦上课，学习很用功，晚上相聚则更是无比甜蜜。弗雷德给了格雷西一枚很不寒酸的订婚戒指，还经常带她去西区吃饭、看剧。星期天若是天气好，他就开车带她去乡间游玩，说车是朋友借他的。格雷西还问过弗雷德在她身上花了这么多钱，要不要紧，弗雷德哈哈一笑，说有人给了他一条内部消息，他在一匹冷门赛马身上赚了好大一笔钱。他们想象结婚之后会拥有怎样的一间小公寓，到时装修起来会多么有意思，这个话题一聊起来就没完没了。他们从没像现在这样深爱着对方。

然后就是灾难降临。弗雷德收信的时候从中偷钱被逮捕了。很多人觉得汇款麻烦，就偷懒把钞票塞在信封里，往往很容易就看出来。弗雷德上庭承认了罪行，被判两年苦役。开庭时格雷西也在。直到最后一刻，她还期待着弗雷德能证明自己的清白。未婚夫供认自己有罪，对她是五雷轰顶。法庭不允许两人相见，弗雷德直接从被告席进了运送囚犯的车。格雷西回到家，把自己反锁在卧室里，扑倒在床上大哭。等卡特先生从店里下班回到家，格雷西的母亲走到女儿房间的门口。

“格雷西，你下楼来，”她说，“你父亲有话跟你说。”

格雷西起身，下楼，她连眼泪都懒得擦。

“报纸看了吗？”他说，伸着手把《晚间新闻》递给格雷西。

她没有说话。

“好了，你的这位年轻朋友已经完了。”他语气严厉地继续说道。

弗雷德逮捕时，格雷西的父母也很震惊，但女儿太伤心了，那么相信一切都是误会，他们不忍心要她从此跟弗雷德断绝关系。但现在必须要把话说清楚了。

“原来，吃饭和看戏的钱是这么来的；还有那部车。之前我就觉得奇怪，星期天正是该用车的时候，他那位朋友却总是愿意把车借给他。是租的吧？”

“大概吧，”她痛苦地应答着，“他说什么我就信了。”

“我只能说，姑娘，这回算是你运气好，侥幸逃脱。”

“他做这些，也不过是想让我高兴。我在家里习惯了各种好东西，他是不想让我觉得跟他在一起就要吃苦。”

“你不是要替他开脱吧。他就是一个小偷，还有什么好说的。”

“我不在乎。”格雷西气冲冲地说道。

“不在乎？这是什么意思？”

“就是字面意思。我会等他的，等他一出来我就会嫁给她。”

卡特太太发出一声惊呼。

“格雷西，你可千万不能做这样的事，”她喊道，“那得多丢人现眼你想过吗？你不管你的父母了吗？我们一直都是昂首挺胸做人的。他是个小偷，偷过一次，一辈子都是小偷。”

“不要再叫他小偷了，”格雷西吼道，愤怒地跺着脚，“他做的那些事，都是因为爱我。我不在乎他是不是小偷，我比过去任何时候都更爱他。你根本不知道什么是爱，你等了十年才跟爸爸结婚，就因为这样一个老太太才会给你一笔钱。你觉得这是爱吗？”

“你别把你妈扯进来。”卡特先生也扯起了嗓子。这时他想到一件事，锐利地扫了女儿一眼。“你是不是不嫁给那小子不行了？”

格雷西涨红了脸，说道：

“不是。我们之间根本就没有那样的事。而且也不是因为我，而是因为他太爱我了，不想做任何可能会后悔的事情。”

他们在乡间度过的那些夏夜，躺在田野中拥吻，她的欲望也和弗雷德一样强烈。她知道弗雷德多么想要拥有她，已经准备好了放弃抵抗。但每次到了最危急的关头弗雷德会跳起来，说：

“行了，我们还是走走吧。”

然后他会把她也拖起来。她知道他心里怎么想的，他是想要把它留在结婚之后。这份爱让他发现，自己居然会有这样柔情似水的一面，其实他也想不明白，只觉得要是在结婚前拥有了她，什么都会变味的。而她因为猜出了他的心思，也更加爱他了。

“我不知道你是中了什么邪，”卡特太太哀叹道，“之前你一直都那么乖巧，从来没让我们操心过。”

“行了，孩子他妈，”卡特先生发狠了，“这件事不用再啰唆了，我现在就把话放在这儿。你必须放弃这个人，听到没有？我以后也得见人，要是你觉得我会允许一个犯人当我女婿，你就别做梦了。这些乱七八糟的事情我受够了。你现在就得给我保证，以后不再跟他有任何来往。”

“你现在还觉得我会放弃他吗？到底要我说多少遍，他一出来我就会嫁给他。”

“那行，那这个家里就没有你了，现在就给我滚出去。再也不要回来。”

“孩子他爸！”卡特太太喊道。

“闭嘴。”

“再好不过。”格雷西说。

“哦，是吗？你觉得你能活得下去？”

“我难道不能工作吗？我去‘佩恩和铂金斯’求职的话，他们会很乐意雇佣我的。”

“啊，格雷西，你可不能去商场上班，这太丢人了。”卡特太太说。

“你能不能闭嘴，孩子他妈，”卡特先生已经气得不知道该说什么了，“你还想去上班？你这辈子除了在大学里弄的那些蠢东西，干过一点活儿吗？都是你妈的好主意，让你上了这么多的学，等你去店里上班可真能派得上大用场！你也尝尝这个滋味，一站就是几个小时，对着那些纯粹来找茬的老婆娘毕恭毕敬，她们觉得给你添的麻烦越多，越显得她们高人一等。等你被女经理大骂不够精神、不够麻利的时候，我看你能高兴到几时。行，去吧，嫁给你那个囚犯去吧。你也应该知道到时是你养他吧？带着他的那个污点，有人会给他工作吗？滚，给我滚！”

他气过了头，腾地跌坐进椅子里，一个劲地喘气。卡特太太吓坏了，赶紧倒了一杯水，让丈夫喝了几口。格雷西悄悄出了房间。

第二天父亲去上班，母亲出门买东西，格雷西走了，行李只装了随身一个小提箱。“佩恩和铂金斯”是布里克斯顿大街的一家大型百货商店，格雷西容貌端正，举止优雅，很顺利就被聘用了，派到女士内衣的柜台。最初几天她借宿在“基督教女青年会”，然后跟一个女同事合租了一个房间。

弗雷德被关进大牢的那天晚上，内德·普莱斯顿就去见他了。犯人精神垮了，但只是因为想到格雷西。对自己的偷盗罪行他其实看得很轻。

“我不能亏待了她，你说是不是？她家里人觉得我配不上她，我就想给他们看看，我也不差。到了西区，我总不能带她去酒吧里吃个三明治，配半杯苦啤酒吧？你想啊，她之前就没去过酒吧，我‘只能’带她去餐厅。那些人既然蠢到会把钱塞在信封里，要我说，这是他们咎由自取。”

但他还是有些害怕，担心格雷西不这么想。

“我得知道她接下去准备怎么办，要是她现在甩了我——对我来说，一切都完蛋了，你懂吗？我一定能找到办法自行了断的，我对天发誓我一定会的。”

他把自己跟格雷西的爱情故事原原本本地给内德讲了一遍。

“要是我愿意，我早就可以占有她了，多少次都可以。我的确想，她也想，这我清楚。但我很尊重她，你明白吧？她跟其他姑娘不一样。我跟你说，这真的是千里挑一的女孩。”

他滔滔不绝地说着；时而发火，时而痛哭。语言如同浑浊的巨浪，从他身体里涌出，只有一件事清清楚楚地浮现出来，那是满怀激情、接近痴狂的爱。内德承诺他一定会去见那姑娘。

“告诉她我爱她，跟她说，我干的那些事不为别的，就因为她不管要什么我都想给她最好的；还有，跟她说，没有她我活不下去。”

内德·普莱斯顿一有空就去了卡特家，他跟开门的女仆说他找格雷西，女仆说她已经不住在这里了。然后内德问能不能见卡特太太。

“我去看下她在不在。”

他把自己的名片递给了女仆，卡片一角刻着他俱乐部的名字，内德心想卡特夫人或许会因为看得起这家俱乐部，愿意见他一面。女仆把他留在门口，但稍待片刻之后让他进了屋子。他被带到了一个古板的客厅，显然很少使用。卡特太太让内德等了很久，进来的时候用指尖捏着那张名片；之所以花了这么久才出现，内德猜想是她觉得应该换一身衣服，现在这条黑色绸裙显然是隆重场合才穿的。内德提了自己跟沃姆沃德丛林监狱的关系，还说了自己正接触一个叫弗雷德·梅森的人。这个名字一出口，卡特太太的态度立马不一样了，满是敌意。

“不要跟我提这个人，”她高声呵斥道，“这个人就是个小偷。给我们带来了多少麻烦。应该判他五年的，一点不多。”

“他给你们造成的麻烦我很抱歉，”内德温和地说道，“要是您愿意再多说两句，或许我可以帮忙解除一些困扰。”

内德·普莱斯顿还是很会跟人打交道的，也可能卡特太太因为他是位绅士，对他另眼相看。“真有派头。”她很可能在心里这样嘀咕过一句。不管如何，她很快就一五一十地把事情全告诉了内德，越说越难过，还哭了起来。

“她就这样走了，不要我们了。离家出走——我想不通她怎么忍心这样对我们。天知道我们有多爱她，我们在这世上唯一的牵挂，能做的我们都为她做了。她爸爸让她滚出家门，不是真心的，只怪这姑娘太固执了。她爸也是一时性急，这老头向来都容易着急的，发现女儿走了之后，他的害怕和担心一点不比我少。你知道她走了之后去了哪儿、干了些什么吗？她去‘佩恩和铂金斯’找了个工作。这可是她爸爸最受不了的地方；一天到晚压价格，照我先生的说法，这是不公平竞争。想到我们的格雷西跟一大帮售货员混在一起——唉，真是太丢人了。”

内德在心里记下了那家店的名字，之前他还一直没把握能不能从卡特太太那里要到格雷西的地址。

“她走了之后你见过她吗？”内德问。

“当然见过了，我知道‘佩恩和铂金斯’见了这么出挑的女孩，肯定二话不说就录用她了。果然，在女士内衣的柜台看到了她。我就等在外面，等他们打烊，然后跟她说上了话。我让她回家，说父亲愿意让过去的事情都过去。你猜这姑娘说什么？她说回家可以，但有一个条件，要我们再不说弗雷德的一句坏话，而且要我们同意弗雷德一放出来就让他们结婚。我没办法，自然就转告给她爸爸了。我还没见过卡特先生那么生气，简直就像是要昏厥过去，他说宁可看女儿死在他跟前，也不会同意她嫁给那个囚犯。”

卡特太太又大哭起来，内德·普莱斯顿一找到机会就告辞了。他去了百货商店，走到女士内衣的柜台，问哪位是格雷丝·卡特。有人指了一下，内德走了过去。

“能跟你说几句话吗？是弗雷德·梅森让我来的。”

她的面色突然变得煞白，似乎有一时半刻说不出话来。

“请跟我来。”

她把内德领到一条走廊，全是消毒剂的味道，似乎前面就是厕所。周围没了其他人。她满眼焦虑地瞪着他。

“他让我转达他的爱意。他很担心，怕你太难过。他还让我来问你一件事，其实就问你是不是要甩了他。”

“我要甩了他？”她眼睛里一下都是泪光，但脸上却是欣喜若狂的神情。“告诉他，只要他还爱着我，对我来说其他什么都不重要。告诉他，我会等他，就算十年二十年我也一样会等。告诉他，我数着日子等他出来，到时我们就结婚。”

因为怕那个女经理，她只能离开一两分钟；她尽可能地把这两分钟塞满了心里的情话，让内德带给弗雷德·梅森。内德到“丛林”已经接近六点。囚犯五点半下工，弗雷德才刚刚放下手里干活的工具。内德进他牢房的时候，他重重地跌坐在床板上，就好像他焦虑到怕自己马上会腿软跌倒。但内德把消息带到，他大大地舒了一口气。他沉默了一会儿，好像怕自己说错话。

“你进来的那一刻我就知道你见过她了，我闻得出她的味道。”

他努力吸气的样子就好像她的体香在他鼻孔里是如此浓烈，而他的脸也盖上了浓浓的一层欲望，五官都霎时间模糊了。

“你知道吗，我当时太尴尬了，只能把眼睛转开看别的地方，”内德·普莱斯顿说到这里又发出那种粗哑、刺耳的大笑，“他脸上那赤裸裸地真就是性爱啊。”

弗雷德干活卖力，不惹麻烦，是囚犯中的典范。内德给他推荐过书，他会从图书馆里借出来，但也就止于借出来。

“我不知怎么的就读不下去，”他说，“一翻开书我就想到格雷西。你知道，她随随便便亲你一口的时候——啊，那就很甜蜜了——可当她真的亲你的时候，我的天，那真是妙不可言。”

监狱准许格雷西一个月探监一次，但他们见面总是隔着玻璃，在一个狱卒的注视之下，这样的见面是如此痛苦，几次之后两人都认同还是不要探监了。一年过去，因为弗雷德表现良好，减刑是一定的，所以六个月之后他应该就可以出狱了。格雷西把工资里能省的每一分钱都省下了，弗雷德自由的日子越来越近，她忙着为他准备好一个家。租的房子是一幢楼房里的两个房间，家具是靠分期付款。一个房间自然用作卧室，另一个是客厅加厨房。之前屋子里就有个老式的大炉灶，要生火，她让人搬走，换了个煤气灶。她想要家里什么都是新的、干净的，要配得上一种安逸的、舒适的生活。她费尽心力把那两个小房间变得亮堂又精致。要做到这些，平日生活最基本的开销几乎都被她砍光了，她变得很瘦、气色也很差。内德就怀疑她一直在挨饿，每次去看她都带一盒巧克力或者一块蛋糕，至少能填一点肚子。他会把格雷西为房子做的事报告给牢房里那个人，格雷西要他保证每一件新买的东西都要准确地描述给弗雷德听。内德于是就在两人间传递着消息，说柔情蜜意太轻了，简直一条条都是炽烈的情欲。他相信弗雷德之后会堂堂正正地生活，帮他在某家公司找了一个门口保安的工作；那家公司在伦敦拥有好多家连锁餐厅。工资本来就不错，帮客人打车或者从停车场取车，还能额外赚不少小费。说好的是他一出监狱就可以去上班。格雷西也做了一些必要准备，到时他们要结婚也不必再等。弗雷德十八个月的牢狱生涯眼看就要结束，格雷西激动地难以自持。

真是不巧，内德 · 普莱斯顿的病向来反反复复，这回又发作了，有三个星期没法去监狱。他心里很过意不去，觉得像是抛弃了那些囚犯，所以下得了病床之后马上赶去了“丛林”。狱卒主管跟他说，梅森一直在找他。

“我觉得你最好现在就去瞧瞧他，不知道这家伙怎么回事，你不在的这段时间，他总是不太对劲。”

离弗雷德释放的日子只剩半个月了。内德·普莱斯顿进了他的牢房。

“啊，弗雷德，最近怎么样？”他问。“很抱歉最近没能来看你，我生病了，所以也没能去见格雷西，她最近肯定心慌意乱的。”

“我正好要让你去找她一下。”

他的态度是如此简慢，内德大吃一惊；以往弗雷德总是那么客气、讨喜，只要稍微欠缺一些，就好像变了个人。

“我当然愿意了。”

“我想要你告诉她我不会娶她了。”

内德惊呆了，他瞪着弗雷德看了好一会儿，脑中一片空白。

“你到底什么意思？”

“就是我说的这个意思。”

“你不能现在这个时候辜负格雷西，她已经被赶出家门，这么久了一直在工作，就为了给你准备好一个家。结婚需要的证书什么都办好了。”

“我不在乎，我不会娶她。”

“可是为什么啊？为什么？为什么？”

内德已经无言以对。弗雷德·梅森沉默了一会儿，他的脸阴沉沉的像憋着火。

“我可以告诉你，我日日夜夜想她想了十八个月，现在一想到她就觉得恶心。”

内德·普莱斯顿的故事说到这里，女主人和其他客人哄堂大笑。显然这笑声大大出乎他的预料。之后大家又随便聊了一会儿，聚会没多久就散了。内德和我同路，我们一起走在皮卡迪利大街上，有好一阵都没有说话。

“我注意到刚刚大家笑的时候你没笑。”他突然说道。

“我没觉得好笑。”

“你怎么看这件事。”

“这么说吧，我懂他的意思。想象是个奇怪的东西，它会枯竭的；这样一刻不停地想念着一个人，大概他把格雷西能给他的所有感触都耗尽了，而且我想他说的就是实情，他可能想格雷西真的想到恶心了。柠檬汁都已经挤干净了，除了扔掉果皮还能怎样？”

“我也不觉得好笑，这也是为什么我没有把剩下的部分说出来。一开始我无法接受，还以为是一时间情绪失控之类的，就接连两三天都去见他，跟他争辩了很久，我真的是使出了全力。我还以为他见了格雷西就好了，但他甚至不肯见那姑娘，说不想见到她那副讨厌的样子。我说不动他，最后只能去告诉了格雷西。”

我们又默默走了一段。

“我们还是在那个刺鼻的可怕走廊里见面，她一眼就明白出事了，脸上白得吓人。她不是那种喜怒形于色的女孩，那张脸上有种优雅甚至高贵的气质。非常沉静。我说的时候她的嘴唇抖了抖，有好一会儿没有说话。她开口的时候语气很平静，就好像——怎么说呢，就好像她刚好没赶上一班公车，只能等下一班了。就好像这只是有些烦人，你明白吗，但没有什么好大惊小怪的。她说：‘那我除了把头塞进烤箱里也没有别的办法了。’

“结果她真的就这么干了。”

风筝

The Kite[1]

我也知道这故事很古怪，白纸黑字写下来，不是因为想通了其中的道理，而是隐隐期待着，写完了之后能将它看得再清楚些，或者有读者比我更懂得人心的复杂，可以给我一个解释。当然，弗洛伊德提出的一些理论似乎是适用的，这也是我最初的念头。我的确读了不少弗洛伊德的作品，也读了一些他的追随者的著述，想着要写这个故事，最近我又翻阅了“现代丛书”中他重要文字的选集。读弗洛伊德很辛苦，因为他是个无趣又啰唆的作家；有时候，他号称自己如何如何首创了一种理论，但语气太过峻厉，像是对浮名太过执着，又透露出一种对同一领域其他学者的嫉妒，似乎没有科学家的风度。但我相信他本人是个和善的老头。大家都知道，作家和作品之间，往往差别是很大的。作品或许尖刻、严厉、凶悍，而作家可能如此温和，对一只大鹅都不愿

1　收录于 1947 年出版的短篇小说集《环境的产物》。

恶语相向[1]。不过这些话只是闲扯，我只想说，重读弗洛伊德对我心中所想之事毫无助益，除了把事件如实陈述，我就不再赘言了。

首先要说明，这不是发生在我身上的事，里面提到的人我也一个都不认识。这是某天晚上，我的一个朋友内德·普莱斯顿告诉我的。他不知该如何处置这件事，原以为我能提些有用的建议，现在当然知道是白费了唇舌。之前也讲过一个跟内德·普莱斯顿有关的故事[2]，当时觉得读者应该对他有所了解，已经介绍过这个人，现在只稍作提醒，我的这位朋友是沃姆沃德丛林监狱的探监工作者。他工作极为认真，把犯人的麻烦当成他自己的麻烦。那天我们在皇家慨馥酒店[3]那个屋顶不高的长厅里，装潢很浮夸，看着却让人心生喜悦，以前画家们很喜欢画这家酒店，现在只剩这个餐厅还保存着它以前的样子。我们正喝着咖啡，喝着酒，而内德心知肚明地违抗着医嘱，抽着长长的上乘哈瓦那雪茄。

“最近在‘丛林’那儿接手了一个家伙，很有意思，”他说着停顿了一下，“真是想破脑袋也不知道该怎么办了。”

“他犯了什么事？”

“他抛弃了他的妻子，法庭判了赡养费，规定他每个星期要拿出多少钱，而他说什么都不肯出。我劝他劝得脸都发紫了；说

1 英文俗语，指一个人极为羞怯、腼腆。

2 即本集中的《插曲》（“Episode”）。

3 Café Royal，1865 年在伦敦摄政街开张，一直是广受伦敦和世界名流青睐的重要地点。

他这是为了气自己的脸割自己的鼻子。他说他宁可关一辈子，也不会给他前妻一分钱。我说，你也不能让她饿死吧；他只反问：‘为什么不能？’他非常守规矩，从来不惹麻烦，干活也很卖力，而且看上去过得还挺如意的；只想到前妻在外面活不下去，他就高兴得不得了。”

“他为什么这么恨他前妻？”

“前妻毁了他的风筝。”

我喊了出来：“她干了什么？”

“你没听错，她毁了他的风筝。这人说他到死都不会原谅她。”

“他一定精神有问题吧。”

“没有问题，他极其理智，非常聪明，为人处事也很正派。”

这个人的名字叫赫伯特·桑博利，他母亲是个非常讲究的贵妇人，不允许别人称呼他的儿子为“赫伯”和“伯蒂”[1]；就像她永远不会称呼自己的丈夫为“萨姆”[2]，只能是“塞缪尔”。桑博利夫人的叫名是“比阿特丽斯”，桑博利先生跟她订婚之后，铤而走险喊了未婚妻一声“比依”[3]，他立刻明白自己干了什么。

桑博利夫人说：“洗礼时给我起的名字是‘比阿特丽斯’，活到现在我都叫‘比阿特丽斯’，对你，对那些我最亲近的人，我都永远会是‘比阿特丽斯’。”

她是个瘦小的女子，但那种瘦却显得很有力道、精神充沛；

---

1 “赫伯”（Herb）和“伯蒂”（Bertie）都是“赫伯特”（Herbert）的亲切叫法。

2 Sam，“塞缪尔”（Samuel）的亲切叫法。

3 Bea，“比阿特丽斯”（Beatrice）的亲切叫法。

她面色灰黄，五官端正，线条明晰，小眼睛目光很锐利。她在这个岁数，头发黑得有些可疑，向来是照着维多利亚女王那些公主的样式梳得一丝不苟。当年，一到可以盘起头发的年纪，她就等不及地梳成这样的发型，后来也从没觉得需要改变。尽管不太可能，但如果她真的用了什么办法维持住了最初的发色，那这就是她唯一像个俗人的时候了，除此之外，她不但不碰腮红、口红，而且这辈子还没有让粉扑沾过她的鼻子。她只穿黑裙，面料是上好的面料，但式样跟潮流无关，始终让人（裁缝是一个出家门走几步就到的小个儿妇人）剪裁成方便但又很得体的样子。桑博利夫人身上唯一的装饰品是一根细细的金链子，挂着一个小小的金十字架。

塞缪尔 · 桑博利的个子也很小，跟妻子一样瘦削；不过他浅棕色的头发已经非常稀疏，就只能一边留很长，仔细地梳到脑袋另一边，盖住中间一大块光秃秃的头皮。一双淡蓝色的眼睛，面色苍白。桑博利先生在一家律师事务所上班，一路从勤杂员做到现在这个很体面的职位。老板称呼他为桑博利先生，有时候会让他去见几个不重要的客户。塞缪尔 · 桑博利每天早上坐同一班火车去城里，每天晚上坐同一班火车回郊区的家，如此已经二十四年；当然周日和每年两周的海滨度假除外。他穿得也不马虎，上班就是一条低调的灰裤子、黑大衣、圆顶礼帽；回家之后会换拖鞋，和另一件黑大衣，主要是太旧太亮了，已经不好再穿到办公室去；到了周日，夫妇俩去教堂，他会换一身晨礼服搭配自己的圆顶礼帽。一方面，他是尊重安息日，另一方面，他也借此表达自己看不起那些无法无天之辈，周日只知道去骑自行车，或只是在街上闲逛，就等着酒吧开门营业。原则上，桑博利家是禁酒的，但到了星期天，因为桑博利先生平时中饭吃得太俭省，一般只有一个司康饼、一点黄油加一杯牛奶，比阿特丽斯会给丈夫备上一顿大餐，里面有烤牛肉和约克郡布丁[1]，为了养生她还乐意给丈夫喝杯啤酒。当然屋子里存酒是不可能的，所以桑博利先生得在早上礼拜之后，偷偷拿着酒壶去不远处一个酒馆里打一夸脱啤酒；但独自饮酒桑博利先生也是断然不肯的，所以，桑博利夫人像是只为了不显得过于特立独行，也会陪着喝一杯。

赫伯特是主赐给他们的唯一一个孩子，可以确定的是，这并非因为他们小心防范，只是天意如此。夫妇对儿子非常宠爱。赫伯特襁褓中就长得漂亮，后来也一直是个好看的小孩。桑博利夫人对他自是精心培养，教他如何在桌旁人要坐挺，手肘不能搁到桌上，教他一个小绅士该如何使用刀叉。她还教儿子，举杯喝茶的时候，要伸出小指，儿子问这是为什么，母亲说：

“别管为什么，喝茶就是这样喝；否则别人以为你什么都不懂。”

到了一定年纪，赫伯特要去上学了。桑博利夫人很担心，因为之前她还从来没有准许儿子到街头跟别的小孩一起玩耍过。

“邪恶的交流会腐蚀品行[2]，”她说，“我从来都不跟别人来往，今后也不会。”

---

1 类似面包，周围松脆，可以蘸肉汁。（周日吃烤肉配约克郡布丁，再加烤土豆、蔬菜等，是英国一种传统正餐。）

2 出自《圣经·哥林多前书》。

虽然他们结婚之后一直就住在同一个地方，但桑博利夫人始终跟邻居小心地保持着距离。

“在伦敦，你从来都不知道打交道的是怎样的人，”她说，“前因后果一件接一件，你还没弄清怎么回事，发现已经跟很多乱七八糟的人搅和在一起，甩都甩不掉了。”

她想到儿子要去郡立学校接触很多粗野的小孩，就满心厌恶。她告诉儿子：

“听好了，赫伯特，你学妈妈，自顾自就好，除非不得已，不要跟他们有任何往来。”

但赫伯特在学校很顺利，他很聪明，学业上又用功，向来是优等生。大家发现他在数字上很有天分。

“如果真是这样，”塞缪尔·桑博利说，“那他当个会计就最好不过了，好会计不愁找不到好工作。”

赫伯特的前程就这样定下来了。他越长越高。

“我说，赫伯特，”他母亲说道，“你很快跟你爸爸一样高了。”

毕业的时候，他比父亲高两英寸；终于不再长个儿的时候，赫伯特的身高是五尺十英寸[1]。

“这个身高正好，没有太高，也不算太矮。”

赫伯特长得也很耐看，端正的五官和黑头发像母亲，但遗传了父亲的蓝眼睛，虽然皮肤也没有血色，但干干净净的，很光滑。有一家会计事务所每年两次会到塞缪尔·桑博利的公司做账，

---

1 约等于一米七八。

塞缪尔就把儿子送进了那个事务所，赫伯特二十一的时候已经每个礼拜带回给母亲不少收入了。比阿特丽斯每周给儿子三个二先令六便士硬币，作为午餐费，再给他十先令零花钱，其余的存进了储蓄银行，天有不测风云，总得防范着。

赫伯特二十一岁生日的那个晚上，桑博利夫妇上床睡觉的时候——我补充一句，桑博利夫人是从不上床睡觉的，她只“就寝”，而桑博利先生没他妻子那么优雅，时常会说：“我去贝德福德[1]啦。”——桑博利夫人说道：

“有些人不知道自己的运气有多好；感谢上帝，我是知道的。没有哪家的儿子比得过我们赫伯特。几乎从来不生病，一秒钟也没让我担心过。这就说明只要你按照对的方法教养孩子，他就能为家庭争光。他居然已经二十一了，我简直无法相信。”

“是啊，大概我们还没回过神，他就要离开我们结婚去了。”

“他干吗要结婚？”桑博利夫人问得很凶。“这个家他待得不开心吗？塞缪尔，我跟你说，你别往他脑袋里塞那些笨想法，否则我纵然万般地不愿意，也要好好跟你分辩分辩了。居然说结婚！我儿子没有那么糊涂。他知道什么样的日子才是好日子。他没那么糊涂，赫伯特没那么糊涂。”

桑博利先生不说话了，他早就懂得，跟比阿特丽斯还嘴是自找麻烦。

---

1 Me for Bedford，贝德福德是英国一个地名，而“ford”是英文里常见的地名后缀，这句无聊的俏皮话大致可理解为“我去床镇 / 床村啦”。

“一个男人还不清楚自己的想法，就着急结婚，这我是绝不能认同的，”她继续说道，“而男人不到三十、三十五，是不可能知道自己想什么的。”

“今天的礼物他还挺满意的。”桑博利先生想转变话题。

“他自然应该满意。”桑博利夫人的气还没有消。

赫伯特收到的确实都是漂亮的礼物。父亲给了他一块银质腕表，指针是夜里也能看得到的那种；母亲送了他一只风筝。这可不是桑博利夫人送给儿子的第一只风筝。赫伯特收到母亲的第一只风筝才七岁，当时的情况是这样：离他们住处不远有一大片公用的空地，周六下午如果天气好，桑博利夫人会带丈夫和儿子去那里散步。她说桑博利先生在那个气闷的办公室关了一个礼拜，呼吸一点新鲜空气对他有好处。每次去，空地上都有好多人，但桑博利夫人是不会跟他们接触的，总是远远躲开。

“看那些个风筝，妈妈。”有一次赫伯特突然这样说道。

当时有一阵舒爽的风吹过，几只风筝有大有小，乘着风在空中划过。

“那些风筝，赫伯特，没有‘个’[1]。”桑博利夫人说道。

“想去看风筝是怎么放起来的吗？”桑博利先生问道。

“好啊，爸爸。”

空地中央有个微微隆起的小丘，他们走近时看到一些少男少女还有几个大人从坡上跑下来，想让风筝受风飞起。有时候，

1　赫伯特说 Look at them kites，是不规范的英语，他母亲纠正为 those kites。

没有吃住气流，风筝会掉到地上，有时候你会看到风载着风筝越飞越高，它的主人就在底下不停地放线。赫伯特看得入了迷。

“妈妈，能给我一个风筝吗？”他喊道。

他当时已经明白，想要什么东西应该先问他母亲。

“你要风筝干吗？”她问。

“风筝是用来放的啊，妈妈。”

“你这么伶牙俐齿，不怕咬到舌头。”她说。

桑博利夫妇在孩子头顶交换了一个眼神，都微微笑起来。小家伙长大了，居然会想到要一个风筝。

“要是你表现好，每天早上不用我说就好好刷牙，那到了圣诞节，圣诞老人说不定就会送你一个风筝啦。”

圣诞很快就到了，圣诞老人果然给赫伯特送来了他的第一只风筝。一开始他掌控风筝还不高明，桑博利先生得自己从小土坡上跑下来，替儿子先把风筝放起来。那个风筝很小，但赫伯特看着它在风中飘移，感受着线拽着自己的手指，他高兴坏了。周六下午父亲从城里下班回家，刚一进门他就开始催父母带他去空地。他学得很快，桑博利夫妇就站在小土丘的最高处，满心骄傲地看着儿子往下跑，让风筝被风吹起，一边松着手中的线。赫伯特对风筝越发痴迷，随着年龄增长，母亲给他买的风筝越来越大。他对风向、风速的判断也越发老道，有些技巧你没见过赫伯特的风筝是绝对想不到的。空地有不少放风筝的人，不只小孩。桑博利夫人再如何排斥他人，很快他们一家都和那些三教九流的人聊起天来，因为共同的爱好比什么都更能帮助沟通。他们会比较各自的风筝，吹嘘自己的那只有多厉害。赫伯特这时已经是个十六岁的小伙子，偶尔会挑战别的放风筝的人；较量时，他就操纵自己的风筝到对手的上风处，让风筝线在风中靠上别人的线，猛地一扯，就只见敌方立马往下坠落。不过这都是后话。赫伯特还远没到这种境界时，桑博利先生被孩子的热情感染，经常要求能让他玩一把。他会穿着他的条纹裤、黑大衣，戴着圆顶礼帽，从小山丘上跑下来，场面想必颇为滑稽。桑博利夫人则不慌不忙地一路小跑，跟着他们，等到风筝正式飞起来，她也会从丈夫手里接过风筝线，看它飞升。每周六的下午成了一家人最期待的时光，桑博利先生和赫伯特早上要赶火车去城里上班，出门都会看天，判断是不是放风筝的好日子。最好是风向凌乱的大风天气，这样他们就可以练习各种技术。从星期天到星期五，每天晚上他们都会聊风筝；他们看不起那些比自己小的风筝，又妒忌那些比他们大的。评论起其他放风筝的人，分析他们的技术，父子俩不但容易激动，而且满嘴的鄙夷，就像拳击手或足球运动员在讨论他们的死对头。他们的野心是要拥有最大的风筝，让它飞得比所有人都高。赫伯特很早就不用普通的绳子了，二十一岁生日那天父母给了他一只七英尺[1]长的风筝，就换成钢琴的琴弦绕在线轮上。但赫伯特还是不满足，他不知从哪里听来有人发明了一个盒子式的风筝，一下子就很感兴趣，坚信自己也能发明一个类似的东西，而且他稍微懂一些美术，就开始设计起来。他照着自己的

1　约等于两米一三。

图纸造了一个小型风筝，有一个下午去试了试，没有成功。他是个倔强的年轻人，不会随便认输。这个风筝哪里不对，要靠他自己纠正。

这时不幸发生了。赫伯特晚饭之后开始出门。桑博利夫人生气，桑博利先生就跟她讲道理：再怎么样，儿子也二十二岁了，整天待在家里一定气闷，要是他想出去散个步、看个电影，不是什么坏事。赫伯特恋爱了。某个周六，他们下午又在空地上玩得很尽兴，到了晚餐桌上，如晴空中的一个霹雳，赫伯特突然说道：

"妈妈，明天我请了一位年轻女士来用下午茶，没关系吧？"

"你干了啥？"桑博利夫人片刻间也顾不得语法了[1]。

"你没听错，妈妈。"

"那我能不能问一声，她是谁，你是怎么认识她的？"

"她的名字叫贝文，贝蒂·贝文。最早是一个周六下午我在电影院碰到她的，那天正好下雨。算是意外吧，她坐在我旁边，包掉在地上，我捡起来之后她谢了我，很自然地我们就聊了起来。"

"你是在告诉我，你居然被这么俗套的伎俩给骗了吗？居然告诉我是因为包掉了！"

"妈妈，你误会了，他是个好姑娘，而且受了很好的教育。"

"那这都是什么时候的事？"

---

1 原文"you done what？"，是不符合语法规范的口语。

“大概三个月之前。”

“你三个月前就认识她了，明天才叫人家来用下午茶吗？”

“当然这不是我第二次见她。认识她的那场电影之后，我请她周二晚上再跟我一起看场电影。她说她不确定，或许会来，或许不来。不过她还是来了。”

“她当然会来。你若问我，我当时就可以告诉你。”

“之后我们一直每周去看两次电影。”

“所以你就是因为这个才出门这么勤快吧？”

“是的，不过，妈妈，你不用勉强接待她，要是你不想她来喝下午茶，我就说你头痛，带她去别的地方。”

“你妈妈自然是愿意她来喝下午茶的，”桑博利先生说道，“是吧，亲爱的？你妈妈只是受不了陌生人。这类人她向来是不喜欢的。”

“我不和外人来往，”桑博利夫人郁郁地说道，“她做什么工作的？”

“她在城里一个打字公司上班，住在家里——如果那算是个‘家’的话——是这样，她妈妈去世了，父亲又结了一次婚，生了三个孩子，而她跟继母关系不好。她说，她继母整天就是唠叨唠叨唠叨。”

桑博利夫人的下午茶很有格调。客厅里有张小桌子他们本来是不用的，堆满了乱糟糟的小摆件，她清空了之后铺了张台布，拿出一套也从来没用过的茶具和一个镀银茶壶，她做了司康饼，烤了一个蛋糕，切好抹了黄油的薄面包片。

“我想让她看看，我们也是有身份的人家。”她跟她的塞缪尔说道。

赫伯特去接贝文小姐，桑博利先生在门口候着，怕儿子直接把人带去餐厅，因为他们家吃饭、闲坐一般都是在餐厅。赫伯特领着姑娘走进客厅，瞥见茶桌有些吃惊。

“妈妈，这是贝蒂。”他说。

“这位应该就是贝文小姐了。”桑博利夫人说。

“是的，但就叫我贝蒂吧，好不好？”

“初次见面，这样称呼恐怕早了一些，”桑博利夫人优雅地笑了笑，“请坐吧，贝文小姐。”

有一点很奇怪，但或许又根本不奇怪：贝蒂·贝文的长相一定跟桑博利夫人年轻时非常相像。她脸上的线条也一样清晰，小眼睛一样有神，不过她嘴唇涂得鲜红，脸颊上是淡淡的腮红，黑色短发被烫卷了。这些妆容桑博利夫人一下全看在眼里，不管是那身漂亮的人造丝连衣裙，还是鞋跟高得夸张的高跟鞋，和头上那顶轻佻的帽子，桑博利夫人很清楚它们都值多少钱。贝蒂的裙摆很短，露出大段肉色的丝袜。这些妆容和服饰桑博利夫人很不认可，所以立刻讨厌起这个姑娘来，但她早打定主意要表现出大户人家的气派，没有人比她更明白一个贵妇该说什么做什么。所以一开始气氛还算融洽。她给大家倒好茶，让赫伯特拿一杯给他这位女性朋友。

“塞缪尔，亲爱的，问贝文小姐需要黄油面包还是司康饼。”

“两样都来一点，”塞缪尔还是大大咧咧的样子，端着两盘点心走过来，“我就喜欢看人吃东西吃得香。”

贝蒂战战兢兢搁了一块黄油面包和一块司康饼在小托盘边缘，桑博利夫人则亲切地聊着天气。看到贝蒂越来越不自在，她很满意。然后她切了一大块蛋糕，非要贝蒂试试，贝蒂尝了一口，放到托盘上去的时候蛋糕掉在了地上。

“啊，对不起。”贝蒂捡起蛋糕。

“完全没有关系，我再给你切一块。”桑博利夫人说。

“哦，没事，我不讲究的，地板看着很干净。”

“我也希望是干净的，”桑博利夫人的微笑很尖刻，“但掉到地上的蛋糕，我怎么可能让你再吃。赫伯特，你把它拿过来，我再给贝文小姐切一点。”

“我不要了，桑博利夫人，真的不需要了。”

“你不喜欢我的蛋糕我可太遗憾了，这是特别为你做的。”她也咬了一口。“我觉得味道不差啊。”

“不是不喜欢，桑博利夫人，这蛋糕做得太好了，只是我现在不饿。”

给她倒茶的时候贝蒂也说不用了，桑博利夫人注意到她大为释然地把杯子放到了桌上。“大概他们都习惯在厨房吃饭。”桑博利夫人心想道。这时赫伯特点了一支烟。

“给我也来一支，赫伯，”贝蒂说，“我现在真的太缺一支烟了。”

桑博利夫人一向认为女孩不该抽烟，但也只是微微动了下眉毛。

“我们更愿意大家叫他赫伯特，贝文小姐。”她说。

贝蒂并不笨，她自然看出来这位夫人正想尽办法让她尴尬，这时她找到了机会报复。

“我知道，”她说，“他跟我说他叫赫伯特的时候，我差点笑出来。居然有人会取这样的名字，在我听来真像个笑话。”

“我很遗憾你不喜欢我儿子受洗时给他的这个名字。我觉得这个名字很好，不过这的确要看是什么阶层的人。”

赫伯特出手搭救。

“在公司里他们都叫我伯蒂，妈妈。”

“那我只能说，你同事之中平头百姓太多了。”

桑博利夫人渐渐沉默，神色端庄，如果说客厅里谈话还在继续，主要也是桑博利先生和赫伯特在说话。桑博利夫人发现贝蒂确实感到被冒犯了，这点还是让她略微有些得意。她还注意到女孩想走，但不知道如何开口。她肯定是不会帮忙的。最后还是赫伯特主持了局面。

“行了，贝蒂，我觉得这里差不多了，”他说，“我陪你走回去。”

“已经要走了吗？”桑博利夫人说，已经站了起来，“我真是觉得今天下午大家都很愉快。”

年轻人离开之后，桑博利先生试探着说了一句：“姑娘长得挺好看。”

“好看你个头。那么厚的口红、腮红。你相信我，要是她不烫头发，再洗个脸，肯定大不一样。下等人，这就是她的阶层，一钱不值的下等人。”

一个小时之后赫伯特回来了，他很生气。

“我得跟你说，妈妈，你那么对待一个可怜的姑娘是什么意思？我真的为你觉得羞耻。”

“不要这样跟你母亲说话，赫伯特，”她的火气也上来了，“你本就不该带这样一个女人进我家门。这个姑娘，这就是个下等人。”

桑博利夫人生气的时候，不但语法变得松松垮垮的，还往往会丢了她的 H[1]。赫伯特就像是没听见他母亲的话。

“她说她从小到大还没有受过这样的羞辱。我费了好大的劲安抚她。”

“也好，我可以直截了当地告诉你，这里她是不可能再来了。”

“这是你以为。我和她订婚了，你乐不乐意都没用。”

桑博利夫人倒吸一口凉气。

“你说你干了什么？”

“没错，我订婚了。这件事我打算了很久，今天晚上她那么生气，我也替她难受，就提了那个问题，跟你说，我真是费了好大的劲才让她答应。”

“你这个蠢货，”桑博利夫人吼道，“你这个蠢货。”

接下来场面惨烈，桑博利夫人和她的儿子吵得声嘶力竭，可怜的塞缪尔试图干预，母子俩都粗暴地让他闭嘴。最后赫伯特夺门而出，又直接出了家门，桑博利夫人气得大哭起来。

第二天没有人提起前一天的事。桑博利夫人生硬地客气着，

1　桑博利夫人用了口语化的强调句式；而英文中有教养的口音不会省略 H 的气声。

赫伯特则阴着脸不说话。晚餐之后赫伯特出去了。星期六他跟父母说他有约，不能跟他们去空地了。

“我们应该也不会缺你一个就不成了吧。”桑博利夫人板着脸说道。

他们往年都会去海边度假半个月，马上又要到那个时候了。之前目的地他们都选在赫恩湾[1]，因为桑博利夫人说去那里的人都比较上档次，而且他们住的地方也好多年没换过了。一天晚上，赫伯特用他最随意的语气说道：

“对了，妈妈，你最好给他们写封信，说今年我的屋子就不要留了。贝蒂和我要结婚，我们想去绍森德[2]度蜜月。”

屋子里霎时间一片死寂。

“有点儿太突然了吧，是不是，赫伯特？”桑博利先生尴尬地说。

“事情是这样，贝蒂上班的地方在裁员，她现在没工作，所以我们就觉得还是尽快结婚吧。我们已经定了达布尼街上一个两居室的房子，准备用我储蓄银行里的钱装修。”

桑博利夫人没有说话，瘦削的脸颊上苍白得一点生气也没有，只看到泪珠滚了下来。

“行了，妈妈，干吗伤心成这样，”赫伯特说，“男人总得结婚的，要是爸爸不娶你，我也不会在这儿了啊，对不对？”

1 Herne Bay，度假海湾，位于英国肯特郡。

2 Southend，英格兰东南部港市，海滨度假胜地。

桑博利夫人恼火地抹掉泪水。

“不是你爸爸娶我，是我要嫁给你爸爸。我知道他是个可靠的人，体面的人。我知道他会是个好丈夫、好父亲。他也从来没有让我后悔过，你爸爸当然也没有后悔，是不是，塞缪尔？[1]”

“那还用问，比阿特丽斯？”他立刻应道。

“其实，熟悉了之后你会喜欢贝蒂的。她是个好姑娘，真的。我相信你们会发现彼此身上有很多共同点。你不能连机会都不给她啊，妈妈？”

“除非我死了，否则她绝不可能踏进这个家门。”

“这太荒唐了，妈妈。要是你能冷静一点，是吧，一切都可以跟以前一样啊，我是说，每周六下午，我们还是会一起去放风筝。只是这次正好有事，我也没办法。是这样，贝蒂还不懂放风筝好玩在哪里，但她会慢慢明白的；而且我们结婚了之后就不会像今天这样了，我的意思是，我可以来陪你和爸爸放风筝，这都很合情合理。”

“那是你以为。好吧，让我来告诉你，如果你跟那个女人结了婚，就别想再放我的风筝了。那个风筝从来都不是你的，是我从家用的钱里出的，你要明白，那是我的风筝。”

“行吧，随便你。反正贝蒂觉得那就是小孩的玩意儿，说我这个岁数放风筝应该觉得丢人。”

---

1 作者此处用了不少拼写方式指出桑博利夫人又露出了较低阶层的人会省掉 H 的发音方式。

他起身，又一次愤怒地冲出了家门。半个月之后他跟贝蒂结了婚。桑博利夫人拒绝出席婚礼，也不准许她丈夫去。他们跟往年一样去度假，然后回家，也回到了往日的生活习惯中。星期六下午，夫妇俩会去空地，放他们那只巨大的风筝。桑博利夫人从来不提儿子，她打定主意绝不会原谅他。但桑博利先生跟儿子坐同一班火车，有时会遇到，如果坐在同一个车厢里，就会稍微聊上一会儿。有天早上桑博利先生抬头看了看天。

“是放风筝的好天气。”他说。

“你和妈妈还放风筝吗？”

“你说呢？她现在技术都不比我差了。你应该来看看她是怎么把裙摆夹起来跑下山坡。实话跟你说，我从来不知道她还有这一面。岂止跑起来，她简直跑得比我都快。”

“你在逗我吧，爸爸！”

“我不明白你为什么不自己买个风筝，赫伯特。你从小都对它那么着迷。”

“这还用你提醒吗？我也提过一次，但你知道女人什么样子，贝蒂说：‘别装小孩。’唉，我真是不懂了。当然我也不想买个小孩的风筝，而那些大风筝可不便宜。我们开始装修的时候，贝蒂说挑最好的，长期算起来更省钱，所以我们就去那种分期付款的店，每个月结了账，再加房租，我剩下的钱勉强够我们用度。他们都说养两个人不比养一个人费钱，照我的经验可不是这样。”

“她不上班吗？”

“对啊，她说她上班上了那么多年，现在结婚了就不想那么拼了，而且家里也总要有人打扫，有人做饭的。”

这样过了半年，又一个星期六的下午，桑博利夫妇还是照例去了空地，突然桑博利夫人跟丈夫说：

“塞缪尔，你看到了吗？”

“要是你指的是赫伯特，我也看见了。我没提是觉得你知道了也不过就是恼火。”

“不要跟他说话，假装没见到他。”

赫伯特跟旁边那些看热闹的人站在一起，也没有要跟父母说话的意思，但桑博利夫人一定注意到了，儿子的眼神就没离开过他们飞在空中的风筝，这正是赫伯特之前经常用的那只。晚了之后风有点凉，桑博利夫妇就回家了。桑博利夫人的脸上全是恶意，显得很有精神。

“不知道下个周六他会不会来？”塞缪尔说。

“要不是我觉得打赌不对，塞缪尔，我就跟你赌六便士他会来的。我一直在等。”

“你一直在等？”

“我从一开始就知道，风筝他是铁定放不下的。”

她猜得没错。接下来的那个周六，还有往后每个周六，只要天气合适，赫伯特就会出现在空地上。他们之间没有交流。赫伯特只是站在那边看上一会儿，然后缓缓走掉。这样过了好几周，桑博利夫妇给他准备了一个惊喜。他们有一天没有带那只他一直看到的大风筝，换成了一只小的、像盒子一样的风筝，就是照着儿子当年的设计做出来的。赫伯特看到其他放风筝的人对它都很感兴趣，围了过来，而桑博利夫人一个劲地在说着什么。塞缪尔第一回跑下土丘的时候风筝没有起来，很可怜地扑腾到地上去了。赫伯特攥紧拳头，咬牙切齿，看这只风筝失败他万般难受。桑博利先生又上到土坡顶上，第二次盒子风筝乘着风飞了起来。周围的看客甚至欢呼起来。过了一会，桑博利先生收回风筝，拿着它往土坡走，桑博利夫人则走向自己的儿子。

“想要试一下吗，赫伯特？”

他一时忘了呼吸。

“好的，妈妈，我试一下。”

“这个做得不大，因为他们说，这和老式的风筝不一样，一开始你得先找到窍门。但大风筝的规格我们都定好了，他们说熟悉了之后，只要找一个风好的日子，它可以飞两英里高。”

桑博利先生走了过来。

“塞缪尔，赫伯特想要试一下这个风筝。”

桑博利先生把风筝递给他，笑得很开心，赫伯特让母亲帮他拿着帽子。然后他从坡上飞奔而下，风筝恰到好处地被风托住，看着它飞升，赫伯特难以抑制心里的激动。看着这么一只黑色的小东西这么美好地飞翔，确实让人开心，但赫伯特心里记挂的是那只父母正找人制作的大风筝。他们肯定要失败的。妈妈说那东西能飞两英里高，天呐！

“回家来喝杯茶吧，赫伯特，”桑博利夫人说，“他们正要做的那个大风筝，我们给你看下设计，或许你还能提些建议。”

赫伯特犹豫了一下，之前跟贝蒂说他只是出来散步，松一下筋骨，她不知道他每周都来空地，现在一定在家里等着他。但诱惑实在难以抵御。

“去喝杯茶也好。”他说。

喝完茶之后，他们一起看新风筝的图纸。这个风筝好大，有些装置赫伯特见都没见过，做出来一定很贵。

“你们自己肯定放不起来的。”他说。

“努力试一试总无妨。”

“一开始我可以帮忙的，除非你们觉得完全不需要。”他问得很心虚。

“这主意或许不坏。”桑博利夫人说。

赫伯特回到家已经很晚了，他自己也没想到会这么晚，贝蒂很是气愤。

“你到底跑哪里去了，赫伯？我还以为你死了呢。不说别的，饭菜早就凉了啊。”

“碰到几个朋友，聊过头了。”

贝蒂扫了他一眼，没有说话，一直都生着闷气。

晚饭之后赫伯特提议去看电影，贝蒂拒绝了。

“你要是想看就去，”她说，“我没心情。”

接下来的那个星期六，赫伯特又去了空地，母亲还是把风筝让给他放。新的风筝也预订了，三周之后就能拿到。没过一会儿他母亲对他说：

“伊丽莎白来了。”

“贝蒂？”

“来监视你的。”

赫伯特受的惊吓确实不小，但装出一副勇猛的样子。

“让她监视，我无所谓。”

但他还是有点紧张，没有答应跟父母回去喝下午茶，直接回家了。贝蒂在等着他。

“所以跟你聊天的朋友就是这两位啊。你老是星期六下午出去散步，我疑心很久了，突然我想到了。放风筝，你啊你，你可是个成年人啊。要我说的话，真丢死人了。”

“你说什么我根本不在乎。我喜欢，你不喜欢那就给我忍着。”

“我不会忍着的，跟你说明白了吧，我不会就这么让你在外面丢人现眼。”

“我从很小的时候开始就每个周六都会去放风筝，我愿意放到什么时候就放到什么时候。”

“是那个老虔婆，她就是处心积虑要把你从我身边拉走。我看穿了她。不要忘了她是怎么对我的，你要是个男人以后就不要再跟她说话。”

“我不允许你把这种词用在她身上，她是我的母亲，见她不管多勤快都是我的权利。”

这一架吵了好几个小时；贝蒂对着丈夫尖叫，赫伯特朝着妻子怒吼。他们之前也有意见不合的时候，因为两人都脾气耿直，但向来是小矛盾，这回是他俩第一次真的翻脸。第二天两人没有说话，接下来的一周也是如此，虽然表面上和解了，但心里的怨愤依然还在。巧的是接下来两个周六都是瓢泼大雨。贝蒂看见雨势，暗自笑了笑，而赫伯特表面上什么反应也没有，看不出失望。吵架的记忆渐渐模糊了，他们的家就两个房间，睡在同一张床上，除了默契地淡忘分歧，也没有别的法子。贝蒂对她的赫伯加倍体贴，心里琢磨着，现在丈夫已经知道她嘴上厉害，不是随便就能糊弄的，应该明白事理了。赫伯特算得上是个好丈夫，至少钱这方面很慷慨，人也靠得住。给她一点时间，一定能把他管教好。

不过，半个月之后，天放晴了。

桑博利先生和儿子早上等火车，在站台上遇到，父亲说："看起来，明天是放风筝的好日子。新风筝到了。"

"已经到了？"

"你妈妈说，依照我们的心意，自然是希望你能来帮忙的，但谁也不能在夫妻之间制造矛盾，要是你害怕贝蒂，我是说，怕她大闹一场，你最好还是不要过来了。我们在空地上认识了一个小伙子，他对这风筝也狂热得很，说只要有人放得起来，他就一定可以。"

赫伯特一下子妒火中烧。

"你们不准让任何陌生人碰我们的风筝。我肯定会来的。"

"总之，你好好考虑一下，赫伯特，要是你不能来我们完全可以理解。"

"我会来的。"赫伯特说。

第二天他从城里一回到家，就把上班的穿戴换了宽松的衣裤，套了件旧的外套。贝蒂进了卧室。

“你在干吗？”

“换衣服。”他兴高采烈地答道。赫伯特已经兴奋到顾不上守什么秘密了：“他们有只新的风筝到了，我要去把它放起来。”

“不会的，你去不了，”她说，“我不会让你去的。”

“别犯傻了，贝蒂。我是肯定要去的，你要明白，你要是看不惯可以怎么办，我不都跟你说过了吗？”

“我不会让你去的，这事没商量。”

她关上门，咬紧牙关站在门前，眼神炽烈。但她个子很小，而赫伯特是个又高又壮的男人。他抓住妻子的左右手臂，把她推到一边，但贝蒂恨恨地踹他胫骨。

“你是想让我给你一记耳光吗？”

“你要是出了门就别回来了。”她吼道。

赫伯特把她整个抱了起来，虽然贝蒂不停在挣扎，双脚踢个不停，还是被扔到了床上。然后赫伯特就出门了。

之前那个小的盒子风筝在空地上出现，固然引发了些许骚动，但和这回相比，简直不算什么。但新的风筝不好把控，虽然他们跑得气喘吁吁，不少同好还热情地出谋划策，赫伯特就是没法把它放起来。

“没关系，”他说，“我们很快会找到窍门的。没别的，就是今天风不太对。”

他跟着父母回家用了点下午茶，还是像以前一样讨论风筝，迟迟没有回自己家，因为他知道贝蒂会闹成什么样，但是等到桑博利夫人进厨房去准备晚餐，他也只能往回走了。贝蒂正在看报纸。抬头看他。

“你的东西都装好了。”

“我的什么？”

“你没听错。我说过，你要是出去就不要回家，之前忘了你还有东西在这儿。都打包好了，在卧室里。”

赫伯特讶异地看了妻子两眼。她继续假装看起了报纸。赫伯特很想揍她一顿。

“行吧，随便你。”他说。

他走进卧室。衣服都装进了一个行李箱，还有一个棕色的纸包裹，是贝蒂把剩下的乱七八糟的东西全裹在了一起。赫伯特一手拎起行李箱，另一手拿着包裹，一言不发地穿过客厅，走出大门。他走到母亲的家门前，按了门铃。开门的是他母亲。

“我回家了，妈妈。”他说。

“你回来了啊，赫伯特。房间帮你准备好了。把东西放下，先进来吧，我们正好要开饭。”他们走进餐厅。“塞缪尔，赫伯特回来了。快点出去买一夸脱啤酒回来。”

不仅仅是在晚餐桌上，赫伯特整晚都在给父母讲他和贝蒂间的问题出在哪里。

“我说啊，赫伯特，你这样走掉最好，”儿子讲完之后桑博利夫人评论道，“我早告诉过你了，她做不了你的妻子。层次不够，下等人，而你从小一直过的是优越的生活。”

赫伯特发现他喜欢睡在自己的床里，他活到现在只在这张床上才舒坦；他也喜欢周日早上不刮胡子，不洗漱，下楼时早餐已经准备好了，一边吃一边读着《世界新闻》。

“我们上午不去教堂了，”桑博利夫人说，“你也一定心烦意乱的，赫伯特，我们今天就放松放松。”

接下来的一周，他们聊了很多风筝，也聊了很多贝蒂，讨论接下来她会干什么。

“她会想办法让你回去的。”桑博利夫人说。

“那她想得可太好了。”赫伯特说。

“你肯定得给她日常开销吧。”父亲说。

“为什么要给她？”桑博利夫人喊道。“赫伯特是被她骗了才娶她的，给了她一个家，现在却被这个女人赶出来了。”

“正常的钱我会给的，只要她别来烦我。”

赫伯特过得一天比一天舒服，实际上他甚至感觉自己从来没离开过这个家，回来住就像一只小狗回到自己的狗窝；有母亲给他洗刷衣服、修补袜子真是太好了；母亲给他做他吃惯了的、最喜欢的食物；贝蒂做饭就是东拼西凑，一开始还挺有趣，就像每天在野餐，但这种东西男人很难吃得尽兴，而且母亲的观念是新鲜食物总比罐头里的好，这一点也是赫伯特始终介意的。他现在看见罐装三文鱼就反胃。除此之外，地方大一些，可以四下走动，也肯定好过挤在两个小房间里，其中一个还得当成厨房。

“离开这个家是我犯过最大的错误，妈妈。”赫伯特有次这样跟母亲说道。

“我知道，赫伯特，但你现在回来了，而且再也不用走了。”

他发工资是在周五，那天晚餐刚吃完，门铃响了。

"是她。"三人异口同声地说。

赫伯特脸色煞白，母亲瞥了他一眼。

"你不用管，"她说，"我去见她。"

桑博利夫人把门打开，贝蒂踏在门槛上；她本来要硬闯的，被桑博利夫人拦住了。

"我要见赫伯。"

"你见不了，他不在家。"

"他在的，我看他和他爸爸进了屋子，就没再出来。"

"好吧，他不想见你，要是你再胡闹，我就报警。"

"我要我这星期的生活费。"

"赫伯特对你来说，从来就只是个拿钱的地方，"桑博利夫人打开自己的钱包，"给你三十五先令。"

"三十五先令？每个礼拜的房租就要十二先令。"

"你只能拿三十五先令，再多不可能。他在这里吃住也得付钱啊，不是吗？"

"那家具的分期付款也要钱啊。"

"等要付钱的时候再说。这钱你到底要还是不要？"

贝蒂被唬住了，心里乱糟糟的非常沮丧，站在那里不知道该怎么办。桑博利夫人把钱塞进她手里，砰地把门在她眼前关上了。

她回到餐厅，说："把她打发了。"

门铃又响起来，而且是反复响个不停，但屋里的人没有理睬，没过多久安静下来，他们猜想贝蒂应该走了。

第二天天气明朗，风速刚刚好，赫伯特失败了两三次之后，已经找到操控大风筝的窍门。他不断放出金属丝，盒子风筝在空中扶摇直上。

“看呀，已经最起码有一英里高了。”他兴奋地跟母亲说道，此刻的愉悦是前所未有的。

又好几周过去。他们一同商量着写好一封信，让赫伯特寄给贝蒂，说只要她不骚扰赫伯特，也不打扰赫伯特的家人，每周六上午就会收到邮局转去的三十五先令，而且每到还款日，赫伯特也会去结清家具的分期款项。虽然桑博利夫人极力反对，但桑博利先生难得跟妻子意见相左，他和儿子都认为不这样做违背良知。赫伯特现在已经熟悉了新的风筝，可以表演一些让人叹为观止的技巧。他也不屑于再跟其他放风筝的人比试，因为没有人跟他在同一水平线上。每周六的下午都是他闪耀的时刻，周围这么多放风筝的人都没有他这样的好福气，他知道这些人都在妒忌他，赫伯特享受这种妒忌，也陶醉于旁观者的欢呼和崇拜。有一天晚上从车站跟父亲一起往家里走，贝蒂就埋伏在路上。

“好呀，赫伯。”她说。

“好呀。”

“桑博利先生，我有些话想私下跟我丈夫聊一聊。”

“你要跟我说的话，没有我父亲不能听的。”赫伯特阴沉沉地说。

贝蒂愣了愣。桑博利先生很尴尬，不知道应不应该走开。

“那好吧，”贝蒂说，“我想让你回家，赫伯。那天晚上帮你打包行李，我不是真的想让你走，只是吓吓你的。我当时气坏了，现在很后悔。这样太傻了，为了一只风筝闹成这样。”

“反正我是不会回去的，你要明白。你把我赶出来是你为我做过的最好的事情。”

贝蒂的脸颊上泪珠一颗颗滚下来。

“可是我爱你，赫伯。如果你非要放你那些蠢风筝，那你就去放吧，我不介意了，只要你能回来。”

“多谢你了，但这还不足以让我回去。我知道我想过的是什么样的日子，婚姻生活我已经过够了，一辈子都不想再试。走吧，爸爸。”

他们快步走了，贝蒂没有试图再追上来。接下来的周日他们去了教堂。桑博利家有个棚屋是存放煤块的，他们把风筝也都收在这里，从教堂回来吃过午餐，赫伯特又忍不住去棚屋看风筝——他太喜爱这只新的风筝了，时不时就要来亲近一下。一转眼他又跑了回来，脸色苍白，手里握着一把斧子。

“她把风筝毁了。用这个劈的。”

桑博利夫妇也惊恐地大喊，急忙朝棚屋跑去。赫伯特说的果然没错，那只新的昂贵的风筝，散落一地，有人用斧子残暴地劈了一通，风筝的木制结构支离破碎，那个绕线轮也被砍成无数碎片。

“她一定是趁我们在教堂的时候干的。不用说了，一定是候着我们出门的。”

“可她是怎么进来的呢？”桑博利先生问。

“我有两把钥匙，回家的时候发现其中一把不见了，但没有多想。”

“你也没法下结论就一定是她干的，空地上有几个家伙一直都觉得自己很了不起，这种事他们未必干不出来。”

“没关系，我们很快就能知道了，”赫伯特说，“我去一趟，当面问她，要真是她干的，我就杀了她。”

他的怒气实在骇人，桑博利夫人都害怕了。

“杀了人，然后偿命吗？不行，赫伯特，我不让你去。让你爸爸去一趟，等他回来我们再决定下一步。”

“这样好，赫伯特，让我去。”

要说服赫伯特费了些工夫，但最后去的还是桑博利先生；半个小时之后他回来了。

“确实是她干的，她直接就认了，而且还很自豪。她具体用的字词我就不重复了，还真挺吓人的，大致的意思，就是她妒忌那只风筝，她说赫伯特爱那只风筝胜过爱她，所以就把风筝毁了。要是她觉得有必要再干一次，一定也不会犹豫。”

“她运气好，这些话不是对着我说的。否则我一定拧断她的脖子，就算被吊死，我也无所谓。行，反正她别想再从我这儿拿走一分钱，绝不可能。”

“她会告你的。”父亲说。

“让她告。”

“这一期的家具费下星期要交了，”赫伯特夫人轻声说，“换了是我，是不会付的。”

“那他们就会把家具搬走，”塞缪尔说，“所有他之前付的钱也打水漂了。”

“那又怎么样？”她说。“赫伯特又不缺这点钱。现在总算彻底甩掉那个女人了，他回到了我们身边，这才是关键。”

“我压根儿就不在乎这点钱，”赫伯特说，“我已经可以想见他们来搬家具的时候她的那张脸了。这些东西对她很重要，她真的在意，尤其是那架钢琴，当宝贝一样。”

接下来的那个周五，赫伯特没有付那一周的生活费，贝蒂还写信来，转达家具公司的话，说要是某天之前没有付清那一期的款项，他们会来把家具收走。赫伯特给他们回了一封信，说自己状况有变，不会继续支付分期账单，他们可以自行决定何时前来移走家具。贝蒂只得去车站堵他，赫伯特不睬她，贝蒂就一路跟着一路高声咒骂。晚上贝蒂会去桑博利家无休无止地按门铃，屋里的人都觉得快要被逼疯了，桑博利父母想尽办法，才拦住儿子没冲出去打人。有一次贝蒂扔石头砸破了客厅的窗户。她还在明信片上写满痛斥赫伯特的污言秽语，寄到他的公司去。后来她终于去了当地的治安法庭，投诉丈夫抛弃了她，而且没有负担她的生活费用。赫伯特被传唤。双方各执一词，法官大概也觉得这个案子滑稽，但没有明说。他试着让夫妻俩和解，但赫伯特断然不肯回妻子身边。法官下令他必须每周给贝蒂二十五先令，赫伯特说他不会付的。

“那你就准备坐牢。”法官说。“下一个案子。”

可赫伯特说到做到。贝蒂再次投诉，他又一次被带到法庭上，法官问他为什么不服从判决。

“她毁了我的风筝，我说我不会再给钱，那决计是不会再给的。要是你想关我，那我就去坐牢。”

法官这回严厉多了。

“你这个年轻人太愚蠢了，”他说，“我再给你一周时间，把拖欠的生活费补上，要是我再听到你乱来，就到牢房里想清楚了再出来。”

赫伯特没有付钱，这也是为什么我的朋友内德 · 普莱斯顿知道了这样一个人，然后我听到了这样一个故事。

“你怎么看？”故事讲完之后，内德问道。“你知道吗，贝蒂不是个坏姑娘，我见过她几回，除了妒忌赫伯特的风筝，妒忌到发疯，她身上没有别的毛病；而赫伯特也绝对不是傻子，实际上他比多数人要聪明。你觉得放风筝到底有什么魔力，让这傻瓜变得这么疯狂。”

“我不知道。”我回答，又想了好一会儿。“你知道，我对放风筝是一无所知的。或许是他看着风筝直冲云霄，似乎能随着心意让风为己所用，就让他觉得自己有掌控自然的力量。在他头顶翱翔的风筝，飞得那么高、那么自由，或许在某种奇特的心理中，他觉得自己就是那种风筝，逃离了生活的单调。不管怎么隐约、朦胧，风筝代表了自由和冒险。你也明白，这样的梦幻是种病毒，人只要被感染，所有皇家医生和手术师都治不好他的。不过这些想法也都很虚幻，要我说也是无稽之谈。人这种动物心理太复杂，我是不太懂的，有人比我懂得多得多，你最好还是拿这个难题去问问他们吧。”

五十岁的女人

A Woman of Fifty[1]

我有一个教授朋友叫怀曼·霍尔特，在美国中西部一所规模不大的大学里教英语文学。听说我要去附近一座城市演讲（所谓的“附近”是参照美利坚的幅员辽阔说的），他写信问我能不能到他的班里做一个讲座。他还提议我在他家里住几天，好带我去周边的乡野转一转。我接受了邀请，但告诉他因为行程的关系，我最多只能住两个晚上。他在火车站接我，开车到了他家，喝了一杯之后一起步行到了校园。到了那个礼堂，我着实吓了一跳，之前还以为充其量就是跟二十个学生闲聊，但礼堂里都是人，我却没有准备什么正式的演讲。尤其是看到几个中年甚至上了年纪的人，大概是学校的老师，我更为忐忑，怕他们觉得我说的东西太肤浅。但事已至此，也没有别的办法，先是怀曼介绍了我，这样的开场我知道无论如何都会让听众失望的，但总之就上台讲了起来。把要说的话说完，又尽力答了几个问题，我跟怀曼一起退

1　收录于 1947 年出版的短篇小说集《环境的产物》。

到演讲舞台后面的一个小休息室里。

好几个人也进来了，说了些这样的场合最寻常的恭维，我也照规矩客气地应对着。我正口干舌燥想喝杯酒，一位女士进来要跟我握手。

“再次见到你太高兴了，”她说，“我们上次见面真的是好多好多年之前了。”

我很肯定之前从没见过这个人，费力地从我累到僵硬的嘴唇间挤出一个笑容，热情地握了握她的手，心里不停琢磨这到底是谁。我那位教授朋友一定是从我表情里看出我在回想，说道：

“格林太太的丈夫是学校的老师，她自己也开了一门课，关于文艺复兴和意大利文学。”

“是吗？”我说。“有意思。”

我完全没有因此想起什么。

“怀曼有没有跟你提过，明天晚上是在我们家里聚餐？”

“太好了。”我说。

“并不是什么聚会，只有我丈夫，他的弟弟，还有我们的弟媳。我猜，这么多年过去，佛罗伦萨一定很不一样了吧。”

“佛罗伦萨？”我心里这样问着。“佛罗伦萨？”

看起来，我就是在那里认识她的。现在这位女士大概五十岁，灰白的头发做了大波浪，但并不惹眼，发型也很简单。她微微有些发福，穿戴虽然体面，但并不太考究，那条裙子应该就是某个大商场在当地分店卖的成品衣。一双大大的浅蓝色的眼睛，脸上没有什么血色，既没有抹腮红，口红也涂得很克制。这应该是个很和善的妇人，举止之中透露出某种母性，有种心满意足的宁谧，让我很愿意亲近。佛罗伦萨我是经常去的，大概是其中某次跟她匆匆见过，她或许只去过那么一回，所以当时见面给她留下的印象自然要比我深一些。必须承认，我对大学教师的家属所知不多，若说我对一个教授的妻子有任何预期，那应该正好就是这样；她一生中应该过得都不宽裕，但做了不少朴素、有益的事，却又波澜不惊，全是小小的聚会、小小的争执、小小的蜚短流长，有种乏味的忙碌，佛罗伦萨之行激动人心，让她久久难忘，这也很好理解了。

回怀曼家的路上他跟我说：

“你会喜欢贾斯帕·格林的，这人很聪明。”

“他是什么课的教授？”

“他不是教授，是个讲师，但是个非常出色的学者。他是格林太太的第二任丈夫了，之前一位是意大利人。”

“哦？”这和我本来的假想实在不太吻合。“她之前叫什么名字？”

“这我就完全不知道了。我想之前的婚姻肯定不算美满，”怀曼呵呵笑了两声，“这是我自己推断的，因为只要在意大利待过的人，不管时间长短，总会有一两样东西表露出来，但她家里一样都没有；我总以为该有张长餐桌啊，一两个陈年的箱子啊，墙上挂着的刺绣斗篷啊。”

我也笑起来，那些糟糕的东西我见识过不少，是很多去过意大利的人会买的，比如木制的烫金蜡烛架、威尼斯的镜子，还有坐着极不舒服的高背椅。你去古董商的店里，满眼的旧玩意，它们放在其中确实不难看，但买了带到其他的国家去，就十有八九要叫人失望后悔了。首先它们往往不是真的古董，就算是真的，也会显得尴尬，和周围的环境格格不入。

“劳拉有钱，”怀曼继续说道，“他们结婚的时候，在芝加哥的房子，从地窖到阁楼，都是劳拉装修的。那简直像是个展览用的样板房；粗鄙可怕装修风格的集大成之作。每次进他们客厅，我都忍不住赞叹女主人的品位，每一处装饰、每一件摆设都挑得那么准，绝对都是你去大西洋城[1]在他们每个二流酒店的蜜月套房里会找到的东西。”

要解读怀曼这些话中的讽刺意味，我得先说明，他家客厅里全是镀铬和玻璃的表面，到处是质地粗糙的现代织物，风格张扬的立体主义[2]地毯，墙上是毕加索和巴利乔夫[3]画作的复制品。不过，那一天他给我吃的晚餐倒是很美味。我们聊起各种共同关心的话题，一晚上都谈得很愉快，结束时还喝了两瓶啤酒。我睡觉的那张床在一个现代到张牙舞爪的房间里，我上床看了一会儿书，关灯收拾心情准备睡觉。

“劳拉？”我问自己。“她原来叫劳拉什么呢？”

1　Atlantic City，美国新泽西州东南部城市。

2　Cubism，二十世纪初期毕加索等人在巴黎首创的视觉艺术风格，放弃透视法，用几何形状同时表达多个视角和维度。

3　Pavel Tchelitchew（1898—1957），原文作 Tchelicheff，俄罗斯出生的超现实主义画家、舞美设计师，最有名的是用几何图形刻画人的头部。

我努力回想，清点我在佛罗伦萨认识的所有人，希望能联想起我是在何时何地遇到格林太太的。既然要一起吃饭，我想回忆起一两件细节，证明我没有忘记她。人一旦被忘记，都觉得受到侮辱，我想大概是我们或多或少总觉得自己不是无足轻重的，总觉得会给交往过的人留下印象。我已经蒙蒙眬眬睡着，可眼看着就要落入酣睡的极乐中，大概是潜意识终于从奋力回想的重负中解脱，变得活泼起来，突然睡意全无，因为我想起劳拉·格林是谁了。难怪我想不起她，因为上回见到这个女子已经是二十五年前的事；当时我在佛罗伦萨待了一个月，只不过偶然碰到过她几回。

那时"一战"刚结束。她的未婚夫在战争中阵亡了，劳拉和她母亲设法到了法国，去墓碑前凭吊。他们都是旧金山人。伤心的事情办完，母女俩就来了意大利，准备在佛罗伦萨过一个冬天。那时候城里聚居了一大群英国人和美国人。我认识几个美国朋友，其中有一对是哈丁上校和他的妻子，他的这个上校头衔是因为在红十字会里位高权重。他们夫妻在博洛尼亚街的别墅很漂亮，请我去住。上午我一般都在观光，到中午的时候去托纳波尼路的多尼咖啡馆[1]见朋友，一起喝杯鸡尾酒。所有你认识的美国人、英国人，还有在那个圈子经常见到的意大利人，都会在多尼咖啡馆碰头，整个佛罗伦萨的八卦，都可以在那里听到。平日里

1 托纳波尼路（Via Tornabuoni）是佛罗伦萨著名的购物街，被誉为"佛罗伦萨的会客厅"；多尼咖啡馆（Gran Caffé Doney）是这条街上的著名咖啡馆，十九世纪末开张，1986 年停业。

基本都有一场午餐会，要么放在某家餐厅，要么就在离市中心一两英里的某幢别墅里，一般都有个非常漂亮的花园。有人送了我一张“佛罗伦萨俱乐部”的卡，下午我就和查理·哈丁去那里打桥牌，或者玩一种用到三十二张牌的扑克，常玩得惊心动魄。到了夜里则会有一场宴会，可能还是要打桥牌，经常还有人跳舞。虽然见到的永远是那几张面孔，但总算人数够多，而且各式各样的都有，很少让人觉得乏味。每个人都或多或少关心文艺，在佛罗伦萨当然也理应如此，所以日子过得确实很闲，但也不全然浅薄、空洞。

劳拉的父亲已经过世了，她和母亲住在供膳食的家庭旅馆中，不过那算是佛罗伦萨很高档的一家了。从她们母女的开销看，还是很宽裕的。来佛罗伦萨的时候，她们就带着一些介绍信，很快就认识了不少朋友。大家都同情劳拉的这段经历，很愿意在力所能及处帮助她们，而劳拉和她母亲本身也都很好相处，所以没过多久，她们自己就赢得了足够好感。母女俩也很好客，经常在那些餐厅里办午餐会，通心粉自然要吃，炸肉片[1]是少不了的，喝的是基安蒂酒[2]。在这个大都会的社交圈里，克莱顿夫人或许是有些迷茫的，大家一本正经或兴高采烈聊的事情，她都觉得陌生，但劳拉马上投身其中，像她本来就在这样的氛围中长大。她雇了一位意大利女士教她意大利语，很快就跟着老师读起

1 Scaloppini，特色意大利菜，用牛肉、鸡肉做成薄片，配以佐料煎炸。

2 Chianti，基安蒂是佛罗伦萨附近的一个葡萄酒产区，经典基安蒂酒是意大利最高档的葡萄酒之一。

了《地狱篇》[1]；那些关于文艺复兴艺术和佛罗伦萨历史的书，她读得如饥似渴；有时候在乌菲齐[2]或者某个教堂里，我会遇见她，手里一本“贝德克尔”[3]，认真地研究着那里的艺术作品。

我当时已经四十好几，她才二十四五岁，所以虽然时常遇到，但也只是客套的熟人，算不得亲近。她绝对称不上漂亮，却有种不寻常的好看。一张鹅蛋脸，一双明亮的蓝眼睛，乌黑的头发只是很简单地从中间分开，朝两边梳，盖过耳朵扎成发髻，垂在脖子后面。她皮肤很好，天生面色红润；五官长得纵然不差，也没有哪里可以大加赞赏的；小小的牙齿很白，很齐整。劳拉最值得称耀的是她举手投足间那种随意的优雅，所以他们说她舞技“出神入化”时，我一点也不惊讶。她身材也不错，虽然照那时的风尚看，还略嫌饱满了些；她的样子既像一些晚近意大利画家在圣坛背壁上画的圣母，又隐隐带着一丝情欲，我想这种奇异的组合正是她的魅力所在。至少这一点让她对不少意大利人很有吸引力，他们一般上午会去多尼咖啡馆，少数几个也会被邀请到那些英国人、美国人的别墅，参加午餐会或者晚宴。面对求爱的年轻男子，她似乎非常老练——不管对他们多么可爱、优雅、和善，那些男人总无法真正接近她。很快劳拉就明白他们要找的是

---

1 *Inferno*，但丁所作《神曲》的第一部。

2 Uffizzi，佛罗伦萨的艺术博物馆，藏有世界上最精美的意大利文艺复兴时期的绘画。“Uffizzi”本意“办公室”，十六世纪末建造时本用于行政、法律机构；1769 年作为博物馆开放。

3 Baedecker，应指十九世纪德国出版商贝德克尔（Karl Baedeker）发行的旅行指南。

一个会继承财富的美国姑娘，好帮他们重振家业，于是她会很得体地让他们知晓，其实她没有什么钱，我一向非常欣赏她在这样的交流中那种带着笑意的羞涩。那些男士会轻轻叹一口气，把注意力转向更有希望的猎物，多尼这个好地方，这样的女子总是不缺的。他们还是会和劳拉跳舞，甚至为了不让技艺生疏，还会跟她调情，不过他们向往的很快不再是婚姻了。

不过有一个年轻人始终没有放弃。因为他经常在俱乐部打扑克，所以我对他也略有了解。扑克我打得不多，因为从来赢不了，脾气大一些的外国人有时会说意大利人都是串通的，专为了坑我们钱，但也有可能是这种牌局他们更熟一些罢了。劳拉的追求者叫蒂托·迪桑皮特罗，他打牌的勇猛有时甚至不计后果，输掉的数目经常难以负担。（我这里说的不是他的真名，因为他的真名在佛罗伦萨的历史上是非常响亮的。）他长得很英俊，不高也不矮，一双精致的黑眼睛，浓密的黑发向后梳，发油抹得很亮，皮肤是橄榄色，面相是古典美男子的面相。他没有什么钱，也没有什么确切的生计，但似乎并不妨碍他寻欢作乐，而且他穿得也总是很漂亮。没有人知道他住在哪里，或许租了个房间，或者就住在某个亲戚的阁楼中。祖上的辉煌家产只剩佛罗伦萨城外三十英里的那座“五百时期”[1]的庄园，我从来没有见过，但听说美得让人叹为观止，一个荒废的大花园里立着柏树和槲树，花

1 意大利人用“五百”（Cinquecento）指代1500年至1599年，是文艺复兴高度发达的一个时期。

坛、露台和人造洞穴的边缘都被杂草掩埋，雕像也都倾颓了。蒂托的父亲是个伯爵，就鳏居在庄园里，他还有一个小葡萄园，自己做了葡萄酒卖掉，还会卖自家园中橄榄树榨的橄榄油，这就是他的生活来源。他几乎从来不到佛罗伦萨，所以我没有见过他，但查理·哈丁跟他还算熟悉。

“他完美展示了一个托斯卡纳的老派贵族是什么样的，”他说，“年轻的时候他做过外交，有见识，又通人情。那种风度实在太迷人了，听他说一句你好，简直像是受了一份恩惠。他也很会聊天。身上自然是一个铜板都翻不出来的，继承来的一点点财产他都挥霍在赌场和女人身上了，但他承受穷困也那么有气派，就好像钱这种东西根本配不上他的关心。”

“他大概什么岁数？”我问。

“要我说，五十左右，但依然是我这辈子见过最帅的男人。”

“哦？”

“贝西，你来形容一下。他第一回来这里的时候还跟贝西调过情，后来进展到什么地步我就不清楚了。”

“别说傻话，查理。”哈丁太太笑了起来。

哈丁太太此时给丈夫使的眼色我见过，一个女人结婚多年之后依然对丈夫颇为满意，才会有这样的神情。

“女人都觉得他很有魅力，这一点他自己也知道，”贝西说道，“他跟你聊天的时候，你就觉得好像全世界就只有你这个女人了，当然会觉得得意。但这在他眼里只是一个游戏，女人要是当真那也确实蠢到家了。但他是真的很帅，又高又瘦，举止潇洒。那双黑色的大眼睛，眼神是流动的，像是少年的眼睛。头发已经雪白，但依旧很浓密，跟他那古铜色的年轻的脸庞互相映衬，简直摄人心魄。他有种沧桑的神色，好像受尽了磨难，但同时又似乎透露着他是如此不凡，你很难想象那种浪漫的感觉。”

“他那双流水般的大黑眼睛还盯着一个翻身的机会，”查理·哈丁冷冷地说道，“他绝不会让蒂托娶一个像劳拉这么穷的姑娘。”

“她自己就每年有五千美金，”贝西说，“等她母亲走了，她的收入还能翻倍。”

“她母亲还能再活三十年，再者说，养一个丈夫、一个公公、两三个孩子，还有重建一座庄园，五千一年经花吗？那个庄园已经破败到一件像样的家具都找不出来了。”

“我看那孩子爱劳拉爱得死去活来的。”

“蒂托今年多大了？”我问。

“二十六。”

又过了几天，查理回来吃饭。那天难得，午饭没有别的客人，他告诉我在托纳波尼路碰到了克莱顿夫人，说她那天下午要和劳拉还有蒂托一起开车去见他父亲，还要看一下那个庄园。

“你觉得这是什么意思？”贝西问。

“要我猜，一定是蒂托带劳拉去给老头审核一下，如果通过的话就要求婚了吧。”

“他会通过吗？”

“绝无可能。”

但查理猜错了。参观了房子之后，两位女士被领着在花园里散步。也不知怎么回事，克莱顿夫人突然发现自己走在一个小巷里，身边只剩下了老伯爵。她不会说意大利语，但伯爵曾在伦敦的使馆里当过一段时间随员，所以英文勉强够用。

“克莱顿夫人，您的女儿很迷人，”他说，“难怪我的蒂托爱上了她。”

克莱顿夫人不是笨蛋，蒂托带她们来这个世代相传的庄园，她大致也猜到了是什么心思。

“意大利年轻人都容易头脑发热，劳拉不是个糊涂的姑娘，不会把他们的关切太当真的。”

“我还期盼着她对我这孩子有些动心呢。”

“跟她跳舞的还有几个年轻人，我看不出劳拉对谁特别偏爱，”克莱顿夫人的回答多少显得有些冷漠，“我想我应该告诉您，我女儿的收入是很有限的，在我死之前，也不会增加了。”

“我也坦率地告诉您，在这世上，我除了这幢房子和它周围的几英亩土地，一无所有。我儿子如果娶一个身无分文的女孩，的确生活很难维系。但他不是一个为了发财搜捕结婚对象的男人，他爱您的女儿。”

伯爵不只气度高贵，他也知道如何打动人心，克莱顿夫人也感觉到了，态度缓和了一些。

“你说的其实也无关紧要，在美国，我们大人不安排小孩的婚事。要是蒂托想娶我女儿，让他自己去问，如果劳拉想嫁的话，大概就会答应的吧。”

“要是我没有大大地误会，我儿子此刻应该就在求婚。我全心地希望他能成功。”

他们继续漫步向前，很快就看到两个年轻人朝他们走来，手拉着手。刚刚发生了什么不难猜想。蒂托亲吻了克莱顿夫人的手，和父亲的两侧脸颊。

“克莱顿夫人，爸爸，劳拉已经同意成为我的妻子。”

订婚的消息在佛罗伦萨的社交圈里引起不小震动，当时办了好几个派对，恭喜这对年轻人。明显看得出蒂托很爱劳拉，但劳拉有多爱蒂托就颇难揣度了。蒂托那么英俊，人又活力四射，还那么深情，很有可能劳拉也是爱他的，但她又是那种不显露感情的姑娘，还是原来的样子：平和、亲切、正经、友好，是个很好的聊天对象。我也想过，劳拉接受蒂托的求婚，其中多少是因为他那个了不起的姓氏，带着那么多久远的联想，又有多少是因为看到了那幢美好的房子，周围可爱的风景，还有那个浪漫的花园。

“不管如何，至少对男方来说，是爱的结合了，”我们讨论的时候贝西 · 哈丁评论道，“克莱顿夫人跟我说，不管是蒂托还是他爸爸，丝毫没表露出他们关心劳拉有多少钱。”

“我赌一百万美金，他们早打听好了劳拉有多少钱，一分一厘都不差，而且算好了换成里拉有多少。”哈丁说罢还哼了一声。

“你这老头太可怕了，亲爱的。”她说。

哈丁又哼了一声。

我没过几天就离开了佛罗伦萨。婚礼办在哈丁家里，来了好多人，享用他们准备的食物，喝他们的酒。蒂托和新娘在卢佳诺街找了一个公寓，老伯爵又回了他在山里的那座孤独的庄园。我再去佛罗伦萨已经是三年之后，而且只能待一个礼拜。那次还是住在哈丁家里，问起一些旧友，想起了劳拉和她母亲。

“克莱顿夫人回旧金山了，”贝西说，“劳拉和蒂托跟伯爵一起住在庄园里。他们过得很幸福。”

“生孩子了吗？”

“没有。”

“往下讲啊。”哈丁说道。

贝西瞪了丈夫一眼。

“这么多年了，从来想不通，我是怎么跟一个我这么讨厌的男人生活在一起的，”她说，“他们夫妻放弃了卢佳诺街的那套公寓。劳拉花了好多钱整饬庄园，之前连个卫生间都没有，她还装上了中央供暖，又买了好多家具，总算像个能住人的地方了；然后，蒂托打扑克输了不大不小一笔钱，也是可怜的劳拉填上的。”

“他不是有工作吗？”

“不算什么正经工作，后来也没干了。”

“贝西的意思是，他被解雇了。”哈丁补充道。

“反正，长话短说，他们想着住在庄园更省钱，劳拉也觉得这样蒂托就不会做荒唐事了。她自己很爱那个花园，打理得美极了。蒂托把她当女神一样，老伯爵也很喜欢儿媳。所以，结局还是皆大欢喜的。”

“那可能有件事还得说，那就是蒂托上周四来了，”哈丁说，“打牌打得像个疯子，我不知道他最后输了多少钱。”

“查理，你真是的。可他不是答应过劳拉再不赌钱了吗？”

“赌徒做的这种承诺怎么可能守得住。这次也会跟上回一模一样。他会痛哭流涕，说自己怎么爱她，说这笔欠债事关荣誉，要是还不上他只能一枪毙了自己。然后劳拉就会跟之前一样替他还钱了。”

“他就是性情太软了，可怜的蒂托，除此之外你挑不出他有什么毛病。跟大多数意大利丈夫不一样，他绝对忠于自己的爱人，而且一点坏心思都没有。”她朝哈丁看了一眼，似乎带着一点故作沉痛的意思，说道：“我也没见过有哪个男人是完美的丈夫。”

“你最好赶快开始物色起来了，亲爱的，否则就太晚了。”他微笑地跟妻子逗趣。

告别哈丁夫妇之后，我回了伦敦，跟查理·哈丁有书信交流，但并不规律。大概一年之后，我收到了他一封信。跟往常一样，告诉我上次来信之后他做了些什么，提到他去了一次蒙特卡蒂尼[1]，享受那里的温泉浴场，还跟贝西去罗马见了一些朋友。他还提起那些我在佛罗伦萨认识的人，谁谁谁买了一幅贝利尼[2]，哪家的太太去美国跟丈夫离了婚。接着他写道：“想必你也听到迪桑

1 Montecatini，意大利中部小镇，温泉旅游胜地。

2 贾科坡·贝利尼（Jacopo Bellini，1400—1470）和他的两个儿子（Gentile Bellini 和 Giovanni Bellini）都是文艺复兴时期威尼斯画派的重要画家。此处所指不详。

皮特罗家的事了。我们都很震动，一天到晚都在聊他们。劳拉这个可怜的姑娘非常伤心，而且她马上就要生孩子了。警察也不体谅，反复在问她问题。自然的，我们把她带到这里来照顾了。蒂托下个月受审。”

我全然不知道他指的是什么事，所以立刻回信问他。哈丁的回信很长，讲的事情非常可怕。我尽量简单地把残忍的事实陈述出来，不添加多余的细节。下面的内容一部分是哈丁的那封信，还有一部分是我两年之后又去哈丁家他跟贝西当面告诉我的。

伯爵和劳拉相处，从一开始就很融洽；看到父亲和妻子一下成了亲密的好朋友，蒂托也很高兴。他对父亲的爱不亚于对自己的新婚妻子。父亲来佛罗伦萨多了起来，这也让蒂托很开心。那个公寓有个备用的房间，有时候父亲会住上两三晚。伯爵会跟劳拉一起去古董店挑拣可以放进庄园的东西，一起跟老板讨价还价。那幢大房子里本来只见大理石地板和空旷的房间，让人感觉极是凄凉，在古董店里伯爵不仅懂行，言谈也进退有度，一件一件家具和摆设放进去，很快庄园就像是一个温馨的住处了。劳拉热爱园艺，和伯爵花了很多时间规划、设计，再监督工人重塑花园昔日的荣光，那种久远的美几乎让人心生敬意。

蒂托经济上遭遇难关，他们只能放弃佛罗伦萨的那个公寓，劳拉倒看得很淡，她那时候已经厌倦了佛罗伦萨的社交圈，能住到丈夫祖传的豪宅里，她没有什么不开心的。

但蒂托喜欢城里的生活，日后只能远远待在庄园里让他黯然，可他又不好抱怨，要不是自己干的蠢事，本不需要这样削减开支。好在汽车没有卖掉，趁父亲和劳拉忙得难以分心，他就可以开远路去找乐子，其实他们未必不知蒂托时不时会去佛罗伦萨的俱乐部小赌几把，但也乐于睁一眼闭一眼了。一年过去。这时候，他有种挥之不去的朦胧感觉，总觉得哪里不对，但也说不清缘由。一个不自在的地方是劳拉似乎不像最初那样喜欢他了，再者，有时候父亲好像对他颇不耐烦。父亲和劳拉之间总有很多话说，但蒂托一直觉得自己被排挤在谈天的边缘，就好像他只是个小孩，大人在说一些大人的事，他就该安安静静坐着不要出声。他很多时候都意识到自己出现时，父亲和劳拉并不欢迎他，没他的话两人会更自在。蒂托了解父亲的过往，知道他有怎样的名声，但心里升起的怀疑是那样可怕，他立马就会消灭这种想法。可有时候，他确实捕捉到父亲和劳拉间的眼神交流，让他惊惶，父亲眼里是温柔的占有欲，妻子的眼里是一种情欲上的心满意足。他若是在另两人之间看到这样的眼神，必定会认为他们就是情人。但他不能也不愿相信父亲和劳拉间有什么，确实，挑动女子的芳心是伯爵的本能，他那种不可思议的吸引力，劳拉也很有可能为之所动，但这是两个他深爱的人，想象他们之间有那样罪恶的，几乎是乱伦的关系，只是片刻的想象也让蒂托难以承受。有一点他很肯定，就是劳拉只以为自己的感受是正常的，是一个婚姻美满的年轻妻子对公公正常的爱，但即便如此，他还是觉得她不应该再与父亲天天待在一起了，提出他们应该住回佛罗伦萨。劳拉和伯爵都对这个提议大为震惊，说这是不可能的事。劳拉说她砸了这么多钱在庄园上，把它改造得这么宜居，不可能再搬进城里一个凄惨的公寓，再说也负担不起。夫妻俩吵了起来，蒂托越来越激动。劳拉说了一句什么话，在他听来，是劳拉在抱怨她之所以搬到庄园来住，还不是为了让丈夫免受诱惑。又要提起他在牌桌上输掉的钱，让蒂托非常恼火。

“你总用你的钱来羞辱我，”他的语气非常激烈，“我没那么笨，我要是为了钱才结婚，找的肯定不会是像你这么穷的女人。”

劳拉脸色煞白，朝伯爵望了一眼。

“你没有权利跟劳拉这样说话，”他说，“像个没教养的无赖。”

“我在跟我的妻子说话，谁也管不着。”

“你错了，只要在我的屋子里，你必须尊重你的妻子，这是她的权利，也是你的义务。”

“需要你教我如何待人的时候，父亲，我会通知你的。”

“你太没有规矩了，蒂托。我请你离开这个房间。”

伯爵看上去非常严厉，又格外尊贵，蒂托虽然怒火中烧，依然有些害怕。他噌地站起来，冲出房间，重重地甩上了门。他开车去了佛罗伦萨，那天赢了不少钱（情场失意，赌场得意），庆祝赢钱喝酒还喝过了头，直到第二天上午才回到庄园。劳拉又成了她最平和、友善的样子，不过他父亲倒有些冷冷的。谁都没有提起前一晚的事情。不过自那以后，情况更糟了。蒂托整日阴沉着脸，时常发脾气，伯爵对他多有挑剔，两人就交换些尖利的言辞。劳拉并不介入，但有次父子俩吵得格外凶恶，蒂托感觉事后劳拉一定去说情了，因为自此他再也无法惹恼父亲，就好像他只是个任性的小孩，只能多些耐心和包容。他认定劳拉和父亲一定勾结了起来，这种疑心根本无法遏制。劳拉还一如她往日那般善解人意，跟蒂托说，他在乡下待久了一定非常枯燥，让他可以多去佛罗伦萨见见朋友，这自然让蒂托的疑心变本加厉。

他很快下了结论，认定劳拉这套说辞只可能是为了让他多出门。他开始监视父亲和劳拉。知道两人在某个房间，他会突然进门，以为会看到某些暧昧的姿势，或跟踪他们到花园里某个隔绝的角落。他们聊的始终是无关痛痒的小事，听不出有什么忧扰。劳拉见到他出现，也笑得很舒心。这种猜疑太折磨人了，但他就是指认不出到底哪里不对。他开始喝酒，变得神经质，非常容易生气。想证明他们越界，他没有证据，一点证据都没有，可又骨子里深信不疑，这两人一定用了什么方法把他蒙蔽了，那一定是非常惊人、非常恶心的手段。他日以继夜地琢磨这件事，觉得自己都要疯了。心里那团痛楚的暗火快要把他整个人焚烧殆尽。有次去佛罗伦萨，他买了一把手枪，那件事他心里早没了疑问，只要拿到证据，他一定把那两人都杀了。

我不知道最后的灾祸是如何引发的。从审讯记录中，我们只知道蒂托那一晚实在承受不住煎熬，冲到父亲房间里去开诚布公地对峙。伯爵讽刺他、笑话他，两人猛烈地争执，蒂托掏出手枪，开枪把伯爵打死了。然后他颓然倒在父亲尸体上，哭得歇斯底里。枪声反复响了好几下，劳拉来了，仆人也蜂拥而至。蒂托跳起来，抓起手枪，后来听他自己说是想自杀，但他太犹豫，其他人手脚太快，把枪夺走了。他们报了警。蒂托在监狱基本都在哭，他不吃东西，只能强行喂他；他告诉审问他的地方法官，杀人是因为父亲与他妻子私通。劳拉不知被讯问了多少遍，发誓和伯爵之间只有天然的亲情，再无其他。对佛罗伦萨的民众来说，这起谋杀确实太惊悚了。意大利人都确信劳拉有问题，但她的英国、美国朋友，都无法相信她做得出蒂托指控她的罪行。他们到处跟人说蒂托太神经质，醋意攻心，失去了理智，而且在这方面太蠢笨，自己妻子那种美国人的松弛，却被他当成了罪恶的情欲。蒂托的指控表面上看也确实荒唐。卡洛·迪桑皮特罗比劳拉年长快三十岁，已经是个满头白发的老人；丈夫这么年轻、英俊，又这么爱她，谁能想象这个女子会和公公生出什么感情呢？

劳拉跟法官和蒂托的辩护律师见面，哈丁也在场。那些律师决定以蒂托精神错乱为由来申辩。辩护方找来的专家检查了之后认为他精神确实不正常，控方找来的专家检查之后认为他精神正常。有一个事实证明他的罪行是有预谋的：他三个月之前就买了那把手枪。后来又发现他欠债累累，债主们都在逼他；他没有别的出路，唯有卖掉庄园才有可能送走债主，而父亲一死庄园就归蒂托所有了。意大利没有死刑，但有预谋的杀人犯会被终身单独囚禁。开庭的日子就要到了，那些律师又来找劳拉，说现在只剩一个办法才能救蒂托，那就是劳拉在法庭里承认和伯爵有私情。劳拉脸上霎时惨白。哈丁拼了命地反对，说他们根本没有资格在这里要求劳拉去做伪证，毁了自己的名声，救那个不成器的赌棍和醉鬼，最初嫁给他已经是大不幸了。劳拉沉默了一会儿。

“好吧，”她终于说到，“既然只有这样才能救他，我可以。”

哈丁想要劝阻，但劳拉心意已决。

“如果蒂托要在牢房里一个人度过余生，我心里也永远不会安宁的。”

接下来的事情是这样：开庭之后，她被传唤到法庭上，宣誓之后陈述公公和她保持了一年多的情人关系，法官宣布蒂托精神失常，送去了精神病院。劳拉本想判决出来立马离开佛罗伦萨，但意大利开庭之前的程序太繁琐，这时候她已经快要生产。哈丁夫妇无论如何请她临盆前留在他们家。孩子生下来了，是个男孩，但只活了二十四小时。她往后的打算是先回旧金山，找到工作之前先住在母亲那里。之前蒂托的挥霍和她在庄园上花的钱，再加上后来打官司的开销，她确实处境艰难。

这些事大部分是哈丁告诉我的；不过有一天他去了俱乐部，我和贝西两个人喝茶，又聊起了这桩悲剧，贝西说：

“你知道吗，查理并没有把全部情况都告诉你，因为有些事他也不知道。是我一直没跟他说。男人有些时候是很奇怪的，比女人更容易受惊吓。”

我耸了耸眉毛，没有接话。

“劳拉临走前我们聊了一次，她情绪很糟，我以为是为夭折的宝宝伤心 。我想说些宽慰她的话。‘孩子没了你也要想开些，’我说，‘考虑种种因素，或许这也不算最坏。’‘为什么？’她说。‘你想啊，这可怜的小孩有一个杀人犯父亲，以后的日子怎么过。’她朝我看了一会儿，往日里那种平静的神色里也总带着一丝不寻常，那天也是一样。你猜她接下来说了句什么。”

“完全猜不到。”我说。

“她说：‘你为什么认为他父亲是一个杀人犯呢？’”

“我只觉得血气上涌，脸一定红得跟雄火鸡一样了。我几乎无法相信自己听到了什么。‘劳拉，你在暗示什么啊？’我问。‘你也去了法庭，’她说，‘我不是说么，卡洛是我情人。’”

贝西瞪着我，那时她想必也这么瞪着劳拉。

“然后你怎么说的？”我问。

“我还能说什么？什么都没说。我倒也未必就真的是被吓坏了，只是觉得很困惑。劳拉看着我，不管你信不信，我很肯定她眼神中调皮地闪了一下。我觉得自己蠢透了。”

“可怜的贝西。”我微笑着说。

可怜的贝西，此刻我想起那段奇异的往事，又这样自言自语了一句。她和查理离世也好多年了，他们的死夺走了我在世间两个真挚的朋友。然后我就睡着了，第二天怀曼·霍尔特载我在路上开了很久。

格林家的餐会定在七点，我们正好准时到了。既然忆起了劳拉是谁，我自然无比好奇地想要再次见到她。进了客厅，怀曼确实没有夸张，这是把平平无奇演绎到了极致。确实住在里面没有哪里不舒服，但却也找不到一丝主人的个性，这套房子简直像是原封不动邮购来的。它的毫无生趣堪比一间政府的办公室。经过介绍，我先是见过了男主人贾斯帕·格林，又认识了他的弟弟埃默里和埃默里的太太范妮。贾斯帕·格林身材魁梧，有些发福，满月似的圆脸，一头乌黑的蓬松头发又粗硬、又杂乱，惹人注目。他戴着一副塑胶镜框的大眼镜。我吃惊的是他的岁数，太年轻了，最多三十出头，所以要比劳拉小二十岁左右。他的弟弟埃默里是个作曲家，在纽约一个学校里教音乐，大概二十七八岁的样子。他的妻子是个漂亮的年轻演员，目前暂时没有工作。贾斯帕 · 格林调了几杯鸡尾酒，除了苦艾酒加多了那么一点点，已经很过得去了；然后我们坐到了餐桌边。吃饭的时候，大家聊得很开心，甚至有些喧闹。贾斯帕和他弟弟说话都很大声，而他们三个（两兄弟和弟媳）都非常健谈。他们互相打趣，讲了很多笑话，也笑了不少；他们聊了艺术、文学、音乐，还有戏剧。我和怀曼有机会的时候就插两句话，虽然这样的机会很罕有；劳拉甚至不找这样的机会。她坐在桌子一头，一派宁静祥和，听着这些不经过大脑的胡话，嘴角是宽厚的微笑，显得乐在其中——要提醒的是，那些不是愚蠢的胡话，他们说的东西都很聪明又时髦，但依然是胡话。劳拉的态度里透露出一种母性，奇怪的是却让我想起阳光下一只毛皮锃亮的腊肠犬[1]，它静静地躺在那里，看着周围她自己那窝活蹦乱跳的小狗，目光慵懒却又警觉。我当时在想，这些关于艺术的闲扯在劳拉听来，跟她记忆里那些鲜血和情爱相比，也太空洞了，只是不知这样的比较会不会在她心头闪过？或者，她记忆里也早没了那些事情？时间毕竟久远，可能只像一场噩梦了。或许这些平庸的装潢是她努力遗忘的一种方式，而身处在这些年轻人中间是对她心灵的一种放松。或许贾斯帕那

1　德国种小猎狗，身长、腿短，适于追逐獾、狐等。

种聪明的愚蠢让她觉得舒服。经历了那样撕心裂肺的惨剧，乏味至少没有意外，正是她想要的。

怀曼是伊丽莎白时期戏剧的权威，可能因为这一点，大家聊着聊着转到了这个领域。之前我就发现贾斯帕·格林喜欢在各种话题上颁布律法，现在他做了如下论述：

“我们现在的戏剧全完蛋了，因为我们的戏剧家不敢去处理激烈的情绪，而写悲剧没有这样的主题是不行的，”他说话声音很洪亮，“十六世纪，他们材料丰富，各种夸张的情节和凶残的主题都很适用，于是他们就写出了伟大的剧本。那我们这些剧作家要到哪里去找主题呢？我们盎格鲁—撒克逊人骨子里太淡漠、太逆来顺受了，这样提供的素材剧作家就算用了也写不好，所以他们很悲惨，只能整天去写一些上流社会是怎么聊天的，实在无关痛痒。”

我又在想，这些话劳拉会怎么看，但我很小心地避免与她眼神交汇。这些人如果要听，劳拉就有一个故事可讲，里面是不伦之恋、妒忌和弑父，足以给一个莎士比亚的继任者发挥了，但如果他真的要用，写到结尾处，我想他肯定觉得有必要再往台上横一具尸体。而劳拉的那段故事，只论我所知晓的结局，固然是出乎意料，不但略嫌怪诞阴森了，却又悲凉地未脱常理。现实生活总是这样草草收场[1]。我也思考过，她何必如此费力地要和我这个旧相识重新往来，当然，她没有什么道理会推断出我知道那么

1 此处直译应作：“现实生活更多时候以爆炸的巨响了结，而不是一声呜咽。”借用了艾略特《空心人》（*The Hollow Men*）的结尾：“世界就这样结束 / 不是一声爆炸的巨响（a bang）而是一声呜咽（a whimper）。”

多，或者她凭直觉就相信我不会出卖她，而这种直觉就很正确，又或者我即使说出来了她也无所谓。她静静地听着三个年轻人兴奋的唠叨，我时不时偷偷看她友善、亲切的面容，但什么也读解不出。若非我确知有那么一段历史，必然要打赌这位女士一生波澜不惊，从来没受过什么不祥之事的侵扰。

那一晚就那样结束了，我的故事也讲完了；但怀曼和我回到他家之后还发生一件小事，我把它记一下只是为了有趣。我们打算睡觉前喝瓶啤酒，就到厨房去取。门廊里的时钟响了十一下，这时电话响了。怀曼接完电话回来，低声咯咯咯地笑个不停。

“什么那么好笑？”我问。

“是我一个学生。学校是不许他们十点半之后打电话给老师的，但他太心神不宁了，问我罪恶是如何来到世间的。”

“你解答了吗？”

“我跟他说，圣托马斯·阿奎那[1]也为了一模一样的问题心神不宁，所以他不管如何焦躁，这件事还是得靠自己琢磨。我说等他找到了答案一定要打电话告诉我，不管多晚——就算凌晨两点也不要紧。”

“我想你可以有很多个长夜不用担心会接到他的电话了。”我说。

“不瞒你，我自己也有这个感觉。”他微笑道。

---

1 St. Thomas Aquinas（1224/1225—1274），中世纪意大利神学家和经院哲学家。“罪恶问题”是神学中的重要命题，托马斯·阿奎那的解决方案大致是不把罪恶看成实在的力量，而只认为它是善的缺失。

梅休

Mayhew[1]

大多数人活着是被环境左右的，他们被命运抛到各种境遇之中，接受这些安排不只是无可奈何，有些甚至是欣然慨然的。他们就像在轨道上心满意足前行的电车，若是见到一辆廉价的小轿车在车流里钻进钻出，或是趾高气昂地穿过空旷的田野，他们眼里倒能流露出不少鄙夷。我尊重循规蹈矩的人，他们是好公民、好丈夫、好父亲，再者说，纳税这件事也总得有人来做。他们只是没法让我觉得兴奋。我着迷的是另一类人，他们把人生攥在自己手里，捏成什么样子全依着自己的喜好。凭良心讲这样的人的确不多。或许自由意志并不存在，但不管如何，自由意志的假象我们都有；在十字路口我们总觉得往左往右是可以选的，要说整个宇宙历史嬗递至此，早帮我们选定了转身的方向，确实不太像我们的切身感受。

我还没有碰到过比梅休更有趣的人。他是底特律一个律师，

1　首次发表于 1924 年，收录于 1936 年出版的短篇小说集《四海为家之人》。

能力不凡，事业很成功。三十五岁的时候，他的律师行规模和利润都颇为可观，至少不用再为钱发愁，而且拥有一个辉煌的职业生涯对他来说，也是近在眼前的事。他思维敏捷，品行端正，又很有魅力。不管是政治上还是经济上，想不出什么理由他不能成为当地一位举足轻重的人物。有一天晚上在俱乐部里，他的那群朋友已经颇有些醉态了（倒也未必是坏事），其中一个刚从意大利回来，提起他在卡普里岛[1]见过的一幢房子，在一片对着那不勒斯湾的山坡上，有一个满是绿荫的大花园。在那个朋友嘴里，这整个地中海最美的小岛真是美不胜收。

"听上去不错，"梅休说，"那个房子能买吗？"

"在意大利没有东西是不能买的。"

"给他们发份电报，开个价。"

"你见了鬼的要一幢卡普里岛的房子有什么用？"

"住啊。"梅休说。

他喊人要了一张电报表格，填好、发出。几个小时之后回复收到，对方接受了报价。

梅休是个实事求是的人，他也承认自己若不是喝醉了，不可能这样乱来，但酒醒了之后他并不后悔。他本身性格里就不是一个冲动或者感情用事的人，他真诚、踏实，只要看出一条路线并不明智，是不会因为说了大话而硬往前走的。但他拿定了主意，这回就按自己说的来。对财富他并不看重，也存了足够的

1 Capri，意大利南部岛屿，位于那不勒斯湾南部人海口附近。

钱，不会在意大利活不下去。他觉得自己的人生不该只是调停无关紧要之人那些鸡毛蒜皮的小争执。他并没有确切的计划，只觉得此刻的人生已经给不了他更多东西，想要走开而已。想必他的朋友们都觉得他疯了，其中一些肯定还想方设法劝阻过。他只是打理好了自己的事情，包装好他的家具，出发了。

卡普里岛浴在一片深蓝之中，但它自己只是个荒凉的石岛，轮廓线条峻厉，不过那些葡萄园的绿色中带着笑意，给整个岛添了一种柔和、自在的优雅。这是一个友善、遥远、潇洒的小岛。梅休选择在这个美妙的岛上就此住下，对我来说还是很奇怪的，因为他是我认识的人当中，对“美”最为淡漠的一个。我不知道他去卡普里找寻的是什么。幸福，自由，或只是悠闲？但我知道他找到了什么。在这个感官愉悦可以如此铺张的地方，他过的完全是一种精神的生活。这个岛屿处处让人想到历史，空中一直弥漫着皇帝提比略[1]的神秘往事。他的窗户对着那不勒斯湾，看得到维苏威火山的庄严山形在变换的光线中变换色彩，梅休只在自己窗前就可以看到成百上千个地方，让他怀想那些久远的罗马人和希腊人。“过去”开始缠绕他的心神；梅休之前从来没有出过国，所有第一次看见的事和物都触发他的遐想，灵魂里那种创造力躁动起来。他是个精力旺盛的人，很快下定决心要写一部史书。开始他花了一些时间找寻主题，最后定在罗马帝国的第二个

1 Tiberius（公元前 42—公元 37），军功显赫，五十六岁继承岳父奥古斯都帝位，公元 27 年移居卡普里岛，日趋暴虐，卧病在床时被禁卫军杀死。

百年。大家对这个历史时期知之甚少，在梅休看来当时的问题很可以拿来与他身处的时代相比照。

他开始收藏相关书籍，不久就建起了一个庞大的书库。因为是科班出身的资深律师，所以阅读速度很快。他沉浸到了研究中去。本来他晚上习惯去广场边的小酒馆，或者其他类似的地方，跟一些画家、作家之类的文艺人混在一起，很快他就退出了，因为那些研究对他的吸引力要迫切得多。之前他还习惯在柔和的海水中游泳，或者去怡人的葡萄园散很久的步，但因为舍不得时间，这些活动也一点一点被废弃。梅休现在的用功程度是他在底特律时都从来没有过的。一般是中午开工，一路工作到深夜，直到凌晨从卡普里到那不勒斯的轮船鸣响汽笛，通知他已经是早上五点，该睡觉了。选定的主题在他眼前打开，越来越宽阔，分量越来越重，在梅休的想象中，他的成果会把他跟古往今来那些最伟大的历史学家并列。一年年过去，见到他跟活人打交道的时候越来越难得。除了下棋或者辩论——他喜欢跟别人拼斗脑力，能让他走出家门的诱惑很少。现在他已经非常博学了，不只是在历史这个领域，也读了很多哲学、科学，而且他是个高明的谈话者，思维敏捷、逻辑清晰、言辞犀利。但他又很和善，是个放松、有趣的人，虽然为了胜利而开心是人之常情，但也不会过于张扬让对方难受。

刚到小岛上的时候，他是个魁梧的人，肌肉发达，有浓密的黑发和黑色的胡须，整个人看上去非常有力；可慢慢地他的皮肤变得苍白，泛出蜡黄，身体也变得消瘦、虚弱。很少有比他更讲逻辑的人了，但梅休又有这样古怪的矛盾：作为一个坚定甚至激进的唯物主义者，他鄙视自己的身体，把它看成一个可恶的工具，要强迫它接受精神的差遣。不管是生病还是倦怠袭来，他都没有停止工作。前后十四年，他不懈地苦读，摘下了不知几千条笔记，又分门别类整理得非常细致。要写的主题已完全在他掌控之中，他也准备好要动笔了。他坐下来，开始写作。他死了。

多年来，这具身躯被他这位唯物主义的主人如此侮慢，终于报了仇。

积累起的如渊似海的学问永远丢失了。他曾以为自己的名字会被摆在吉本[1]和蒙森[2]旁边，这样的野心自然是落空了，但这种期待并不可耻。他的人生被几位朋友珍藏在心里，只可惜时移世易，他们也在一个个离去，不管在梅休生前还是身后，世界都不知道有这样一个人。

但在我看来，他的人生是成功的，它的结构是美好且完整的。他做了自己想做的事，在望得见目标的时候死了，他再不用去了解目标达成的苦涩。

---

1 Edward Gibbon（1737—1794），英国历史学家，《罗马帝国衰亡史》作者。

2 Theodor Mommsen（1817—1903），德国历史学家，著有《罗马史》《拉丁铭文集成》《罗马国家法》等，获1902年诺贝尔文学奖。

吃忘忧果的人

The Lotus Eater[1]

很多人都是任凭生活摆布的，少有例外，当然怨言也时而听到，有人觉得自己方枘圆凿，被塞错了地方，若是当年的遭际略作改动，他们早就可以大展身手，不是今日的光景了，但绝大多数人还是接受了自己的命运，即使不算平心静气地接受，也至少懂得抗争的无益。他们就像有轨电车，线路永远是一样的，去了回来，去了回来，直到有一天去不动了，就被当成废铁卖掉。那些把人生走向掌握在自己手中的勇士是不多见的，遇上了值得多看几眼。

这也是为什么我期待见到汤马斯·威尔逊。他干了件很有意思、很勇敢的事。当然实验没有结束，谁也没法说它就是成功

---

1 首次发表于 1935 年，收录于 1940 年出版的短篇小说集《换汤不换药》（*The Mixture as Before*）。典出《奥德赛》，奥德修斯在北非发现的一个部落食“Lotus”而忘忧，奥德修斯的同伴食用之后，忘记家乡与亲人，乐不思归；对于这种植物是否真实、具体所指争议很多，一说为北非的“枣莲”（ziziphus lotus），中文较为常见的字面译法为“莲”，此处意译为“忘忧果”。

的，但至少从大家的叙述中我觉得他肯定有不寻常的地方，很想认识他。他们告诉我威尔逊不爱说话，但我总以为只要足够耐心，言语得当，应该可以说服他向我吐露心声。我想听他亲口说出实际的情形。大家都喜欢夸张，喜欢浪漫的加工，他们要我相信的那则故事太奇异了，我做好了失望的准备。

而最初见到他时，这种感受更强烈了。那个八月我都住在一个朋友的别墅里，有一天正在广场上，快到日落的时候，不管是当地的岛民，还是外来游客，都会在傍晚的凉爽中跟朋友聚在一起聊天。那里有个临那不勒斯湾的大露台，太阳缓缓落入海面时，伊斯基亚岛[1]的轮廓就凸现在一团夺目的光焰中。如此美景是世间罕有的。我和那个接待我的朋友一起站在露台欣赏，只听他说道：

"看，那个就是威尔逊。"

"在哪？"

"就背对着我们坐在矮墙上的那位。穿着一件蓝色的衬衫。"

从背影看只是很平常的一个人，一个小小的脑袋，灰白头发剪得很短，略显稀疏。

"要是他能转过来就好了。"我说。

"马上就要转过来了。"

"请他来莫佳诺[2]喝一杯吧。"

---

1 Ischia，意大利南部岛屿，位于第勒尼安海加埃塔湾与那不勒斯湾之间。

2 Morgano's，莫佳诺是卡普里岛上的著名家族，经营咖啡馆、餐厅和酒店等有一百多年的历史。

“好啊。”

动人心魄的美很快消散了，太阳像个橘子一样，没入酒红色的海水中。我们转过来靠在围栏上，看着人们来来往往。大家都聊得兴起，喧闹之中的喜悦听得人格外舒畅。教堂的钟似乎有了裂纹，但此时响起，回荡在广场上的钟声却依然悦耳。卡普里的这个广场，从港口走上来的小路正好对着高高的钟楼，而再往上走一些台阶，就是教堂，这个布景简直像是为多尼采蒂[1]的歌剧设计的，周围人群说话声此起彼伏，你觉得他们随时都要变成一个歌艺撼人的合唱队。那场景美妙得虚幻起来。

我太沉醉了，没有注意到威尔逊已经下了矮墙，正朝我们的方向走来。经过我们的时候，我那个朋友喊住了他。

“好啊，威尔逊，这两天都没看到你去游泳。”

“老地方有些无聊了，这两天在另外一边游。”

然后我的朋友把我介绍给了威尔逊，他礼貌地跟我握手，但也只是礼貌而已；很多陌生人来卡普里住上几天、几个星期，来来去去的匆匆过客他自然是见得多了；我的朋友请他跟我们一起喝杯酒。

“我正好要去吃晚饭。”他说。

“晚饭再晚一些不行吗？”我问。

“应该可以吧。”他微笑道。

1 Gaetano Donizetti（1797—1848），十九世纪初意大利最著名的歌剧作曲家之一，一生完成近七十部歌剧、一百五十余首圣乐作品、数百首歌曲。

虽然他的牙齿长得不好，但笑容温柔、和善，很有魅力。他穿着一件蓝色的棉布衬衫，一条薄薄的灰色帆布裤，裤管很皱了，也不太干净，脚上一双很旧的帆布平底鞋。这一身穿戴很有当地风情，也适合此时的天气，但跟他的样貌却全不搭调。他有一张皱纹纵横的长脸，晒得很黑，薄嘴唇，一双灰色的小眼睛靠得很近，其他五官也很细巧，总觉得太紧凑了一些。他灰白色的头发是仔细梳过的。这张脸绝对说不上难看，威尔逊年轻的时候大概还是个俊小伙儿，但现在看上去太肃穆了。那件领口打开的蓝衬衫和灰色的帆布裤，穿在他身上就像是别人的衣服，就好像他的船出了事，身上只剩睡衣，于是就有好心人给他找了几件勉强合身的旧衣服。但即使穿了这套漫不经心的衣服，他看上去还是像一个保险公司办事处的经理，本来是该穿黑色外套和芝麻呢的裤子，再加白色的假领和一根低调的领带。我觉得更合理的情境该是我丢了一块手表，找他领保险金，他会客客气气地向我提很多问题，而我却十分局促，因为在他的客气背后，显然带着一个判断，就是像我这样索保的人，不是白痴就是无赖。

说定之后，我们就穿过广场，沿着一条下坡路到了莫佳诺酒店。我们坐在花园里，耳边传来的聊天声有俄语、德语、意大利语、英语。我们点了酒。老板娘卢西娅女士摇摇摆摆地走来，用她低沉却甜美的声音跟我们寒暄了几句。当年那么多艺术家都忍不住给她画了那么多拙劣的肖像，虽然人至中年又发了福，但三十年前她无与伦比的美依然还看得出几分。她的那双大眼睛是赫拉[1]的眼睛，眼波依然流动，而她的微笑也亲切而优雅。我们三人交换了些流言蜚语，因为卡普里岛上永远不缺丑闻给人聊天提供话题，但我们没有说到什么真正有意思的事，没过多久威尔逊就起身告辞了。又过了一会儿，我跟那位朋友一起走回他的别墅用晚餐，路上他问我和威尔逊接触之后有什么感想。

“没什么感想，”我说，“我觉得你跟我讲的那个故事里没一个字是真的。”

“为什么呢？”

“他不是干得出那种事情的人。”

“一个人能干出什么样的事，谁又能知道？”

“要我说，他就是个什么怪癖都没有的生意人，手上一堆金边证券让他吃穿不愁，于是就退休到了这里；而你的那个故事就是卡普里特色的无中生有。”

“随便你怎么想吧。”我的朋友说道。

我们那时候习惯去一个叫作“提比略浴场”的海滩游泳，先是雇一辆马车沿大路走，到了一个地方就下车穿过柠檬树林和果园，听着嘈杂的知了声，空气里热烘烘的全是阳光的味道，到了某个悬崖的顶上，有一条很陡峭的小路弯弯曲曲通向大海。一两天之后，正要下坡时我那个朋友说道：

“哦，威尔逊又到这儿来了。”

这个游泳的地方只有一个遗憾，就是海滩不是沙子，而是

1 Hera，希腊诸神的王后，宙斯的姊妹和妻子。

砂石，我们咔嚓咔嚓走过去，威尔逊看到了，站着朝我们挥手。他嘴里叼着一支烟斗，身上只穿了一条泳裤，皮肤是深褐色的，虽然瘦，但不虚弱，跟他脸上的皱纹和灰白的头发一对比，甚至显出一些青春活力。刚刚一路走来很是燥热，我们匆忙脱了衣服，扎进海水中。这里的海，离岸六英尺就有三十英尺深了，但清澈得依然能见到海底。海水温暖，却让人舒畅、提神。

我上岸的时候，威尔逊趴在一条毯子上，正在看书。我点了一支烟走过去坐在他旁边。

“游得尽兴吗？”他问。

他把烟斗当书签，合起书放在旁边的卵石上。显然他想要聊天。

“很舒服，”我说，“要游泳的话，没有比这里更好的地方了。”

“大家都以为这里是提比略的浴场，”他挥手指向一堆倾颓的砖墙，一半在水中，一半在水下，“都是胡说，这里不过就是他的一处别墅，你知道吗？”

我确实知道，但要是别人想告诉你一些事情，还是让他们说出来比较好；别人要不吝赐教的时候，只要你能少计较几分，他们往往也能平白多几分对你的好意。威尔逊呵呵一笑。

“提比略这老家伙，确实挺有意思。他们现在都说过去那些关于他的故事一个字都不能信，想想还挺可惜的。”

他开始给我介绍提比略。说实话，我也读了苏埃托尼乌斯[1]，

---

1 Suetonius（69？—150），罗马传记作家，作品包括《名人传》，现今人们所知有关古罗马著名作家的生平几乎全出自该书；《诸恺撒生平》记录最初十一位皇帝和当时的罗马社会，也是非常重要的史料。

也读了一些关于罗马帝国早期的史书，所以他讲的事情在我听来没有一件是特别新鲜的，但我也发现他读过不少书，就指出他的博学。

“啊，没什么，我在这儿住下来之后，自然就有些兴趣，而且我读书的时间很充裕。一旦你住到了这种地方，处处发人幽思，好像能让历史显得如此真切，你感觉自己也活在了一个史书描绘的时代里。”

我应该在这里提一句，那年是 1913 年，世界还是个放松、自在的世界，没有人能想象会有什么事可以真正扰乱这种宁静祥和。

“你在这儿多久了？”

“十五年。”他往平静的蓝色海面上扫了一眼，薄嘴唇间浮现一个淡淡的笑容，温柔得诡异。“我第一眼就爱上了这个地方，你大概也听过那个传说中的德国人吧？坐着那不勒斯的船到这里来只是吃午餐，看了一眼‘蓝洞’[1]，结果就在这儿待了四十年。我倒也没有那样，虽然结果差不多，不过我是住不了四十年的，就二十五年，怎么说呢，聊胜于无吧。”

我等着他继续说下去，因为听他最后几句话，似乎那个奇怪的故事也不全然是胡编乱造了，但这时候我那个朋友正好上岸，滴着水走过来，吹嘘自己今天游了一英里，我们的对话也就转到其他话题上去了。

1　卡普里著名景点，天然海蚀洞，阳光从洞口照进来，经海水反射，洞内一片如梦似幻的蓝色。

之后我又见了威尔逊几次，要么是在广场，要么是在海滩；他总是很亲切、礼貌，而且总是很乐意聊天，我发现他不仅对这个岛屿每一寸都了如指掌，对不远处的大陆也是如此；各种主题他都读了不少书，特别擅长罗马史，懂得很多。他似乎欠缺一些想象力，也不比寻常人更聪明。他喜欢笑，喜欢简单的笑话，但也不会笑得忘乎所以。这就是一个很普通的人。那天在海滩上第一次私下聊天，虽然短暂，但里面那几句突兀的话我一直都记着，只是后来他甚至都没有再靠近过那个话题。有一天我们从海滩回来，在广场下了马车，让车夫五点来接我们去阿纳卡普里[1]，我们准备去爬索拉罗山[2]，在我们喜欢的一个酒馆里吃饭，然后在月光中下山。因为那一晚是月圆，夜色一定很美。我们从海滩回来也载上了威尔逊，这样他就不用在暑气中风尘仆仆地走这一程了；和朋友跟车夫约定时，威尔逊也站在旁边，我想只是出于礼貌，问他晚上愿不愿意一起去。

“这算是我办的派对。”我说。

“非常乐意。”他说。

快到五点，我那个朋友觉得不太舒服，说他大概水里待得太久，再上山下山太吃力了。于是只剩我和威尔逊两人，登了山，欣赏了空阔的景致，到那个小旅店时暮色四垂，我们又热又饿，口渴难耐。之前已经订好了晚餐，安东尼奥是个出色的厨

1　Anacapri，卡普里岛上海拔略高的小村落。

2　Monte Solaro，海拔 589 米，山顶是卡普里岛最高点。

师，食物很美味，红酒也是他自己葡萄园酿的，口味如此柔和，就像喝水一样，吃着通心粉的时候已经把第一瓶喝完了。等到第二瓶下肚，我们觉得人生中已经没有什么不称心如意的事。那个小花园里，头顶的葡萄架结满了葡萄，空气温柔得叫人沉醉。夜晚非常寂静，周围没有其他人。女服务员送来了贝尔培斯奶酪[1]和一盘无花果，我点了咖啡和“女巫”，这是意大利最好的利口酒。威尔逊不愿抽雪茄，点着了他的烟斗。

“回程之前时间还很多，”他说，“月亮最起码还有一个小时才会从那个山头上来。”

“不管上不上来，”我轻巧地说，“我们都有足够的时间，卡普里的一大乐趣，就是从来都不用匆忙。”

“空闲，”他说，“怎么就没人明白呢？空闲才是最值钱的宝贝。但他们太笨了，甚至不知道这才是追求的目标。工作算什么？他们只是为了工作而工作。他们没有那样的头脑，不明白工作唯一的目的就是获取空闲。”

红酒时常有这样的功效，会让人享受自己的高谈阔论。威尔逊的这几句话并不假，但谁也不能夸它们是什么新鲜的见解。我没有接话，只划了一根火柴点着了我的雪茄。

“我第一次来卡普里的时候也是满月，”他若有所思地说道，“和今晚简直像同一个月亮。”

1　Bel paese，名字源于一本叫作《美丽国家》（*Il Bel Paese*）的书，指意大利，发明于 1906 年，一种半软奶酪。

“或许真的是同一个。”我微笑道。

他也笑起来，花园里唯一的照明是我们头顶上一盏油灯，吃饭确实看不太清，但很适合交心。

“我不是那个意思，我是说，那就像昨天一样。已经十五年过去了，但我回想时，却总觉得是上个月的事。我之前没有到过意大利，那回是夏天我来度假，从马赛坐船到了那不勒斯，就到处观光，庞贝啊，帕埃斯图姆[1]啊，几个地方，然后来这里待了一个礼拜。我一看就喜欢上了，我是说我都没上岸，就在船上看着它一点点向我靠近。然后乘客们都下到几艘小艇里面，靠上码头，很多人叽叽喳喳围上来要帮你搬行李，还有酒店拉生意的，码头周围看到那些破败的屋子，之后就是去酒店那条路，在露台上吃的那顿饭——我总之就是被这一切击中了。真的是这样。被迷得神魂颠倒。之前只听过卡普里红酒，但从来没喝过，那天肯定也有点喝多了。人都走光了之后，我还是坐在露台上，看着月亮照着大海，看着维苏威火山升起一缕红烟。现在我当然知道了，那天喝的见了鬼的哪是什么卡普里红酒，就是墨汁[2]，可那时候还觉得挺好喝的。那天的醉不是因为酒，是因为卡普里的形状，因为码头上嘈杂的人群，因为海上的月光，还有酒店花园里的夹竹桃。之前我没见过这种树。”

这一段话很长，他说得口渴，拿起酒杯却发现是空的。我

---

1 Paestum，意大利南部古城，公元前六世纪由希腊移民所建，公元九世纪废弃；最有名的景观是三座多里斯式神庙和城墙。

2 俗语，指低劣的红酒。

问他是不是再来一杯“女巫”。

“这酒让人喝出毛病来，我们再来瓶红酒吧，不掺什么乱七八糟的东西，就是纯粹的葡萄汁，喝了一点害处都没有。”

我又叫了一瓶红酒，酒上来之后把两人的杯子都倒满了，他喝了一大口，酣畅地叹了口气，继续说道：

“第二天我发现了我们去游泳的那个地方，心想，这里游泳还真是不错。之后就在岛上闲逛。运气也好，在提比略桥那边有个庆典被我撞见，有一幅圣母的画像，神父、门徒提着香炉，一大群人兴奋地围着，欢声笑语，其中不少都穿着庆礼的服装。那里有个英国人，我问他这是什么庆典，他说：‘哦，这是圣母升天节，至少这里的天主教会是这么说的，不过那只是他们的小把戏，其实是维纳斯的节日，算是异教，懂吗？阿弗洛狄忒[1]从水中升起之类的。’他的这些话给了我一种奇怪的感觉，好像回到了很久远的过去，不知道你明不明白我的意思。后来又有一天晚上，我在月光下看到了那些‘奇岩’[2]。如果我命里就只该当个银行经理的话，它就不该让我散那一次步。”

“你真的是个银行经理吗？”我问。

我的确猜错了，但错得不算离谱。

---

1 维纳斯是罗马神话中爱与美之神，掌管性爱、生育和欲望，在希腊神话中对应的人物就是阿弗洛狄忒。

2 Faraglioni，又称卡普里奇岩，是那不勒斯湾中耸出水面的三座石峰。（后文中威尔逊提到“两块巨石”，因为其中一座较低矮，甚至从岛上的某些角度只能看到两座石峰。）

“约克城市银行在克劳福德街有家支行，我在那里当经理；上班方便，因为我就住在亨顿街[1]，从出家门到进办公室是三十七分钟。”

他抽了几口烟斗，又重新点上。

“那天是我假期的最后一晚，周一一早必须到银行上班。当我看着那两块立在水中的大石头，它们上方的圆月，还有抓乌贼的渔夫在海里那些星星点点的光芒，一切都那么平静，那么美，我就问自己，啊，说到底，我到底为什么要回去？又没有人真的没我不行。我妻子四年前因为支气管炎死了，小孩跟她外婆生活。那是个老糊涂，孩子也是瞎带，小孩血中毒要截肢，截掉了一条腿，但还是没能救下来，可怜的小东西。”

“好悲惨。”

“的确，我那时太痛苦了——当然了，那孩子一直没跟我一起生活，否则更难过——不过那也算是不幸中的大幸，一个姑娘家，只剩一条腿以后也是受罪。我也很为我妻子伤心，我们是很合得来的，虽然要是接着往下过，不知道会怎样，她是那种很介意别人怎么想的女人。她也不喜欢旅行，她想象中的假期就该是伊斯特本[2]那样的吧。你知道吗，我是到她去世之后，才第一次穿过英吉利海峡。”

“但你应该还有别的亲戚吧？”

1　伦敦近郊的一条街道，与前文的克劳福德街相距约三英里。

2　Eastbourne，英格兰东南海岸的度假地，离伦敦约七十英里。

“一个都没有，我是独子，我父亲有个兄弟，但我出生之前就去了澳大利亚。这个世界上，要不跟人来往自顾自活着，大概没有人比我更容易了吧。我想不出为什么我不能想干吗就干吗。那时候我三十四岁。”

他之前跟我说在这个岛上住了十五年，这样算来他现在四十九岁，正好也是我猜的年纪。

“我从十七岁开始就工作了，展望未来除了日复一日干一模一样的事情，什么都没有，就等着退休领养老金。我问我自己，这值得吗？把这些都扔了，余生就在这里度过，有什么不好呢？这是我见过最美的地方。但我有个根深蒂固的金融头脑，小心谨慎是本能。‘不行，’我跟自己说，‘我不能头脑发热，说好了明天要回的，不能食言，到时再好好想想，或许回到伦敦想法又都不一样了。’我太蠢了，是不是？结果又浪费了一年。”

“所以你并没有改变想法？”

“当然没有，上班的时候我一直都想到在这里游泳，在山上散步，想到葡萄园、月亮和海，还有那个广场，想到每天工作一结束，每个人都到广场上来晃一晃，聊聊天。但我还纠结在一件事情上，就是我总觉得不像大家一样干活是不对的。然后我读了一个马里昂 · 克劳福德[1]写的一本书，算是历史书吧，里面有个

1 Francis M. Crawford（1854—1909），美国小说家，长期在意大利生活，很多以意大利为背景的虚构以及非虚构历史作品最为有名。威尔逊提到的书是《南方的统治者：西西里、卡拉布里亚、马耳他》（*The rulers of the South: Sicily, Calabria, Malta*）；希巴利斯（Sybaris）和克罗托纳（Crotona）是意大利南端沿海的两个古城。

关于希巴利斯和克罗托纳的故事，那是两个城市，希巴利斯的人就是享受生活，克罗托纳的人刻苦耐劳，后来，克罗托纳的人冲过来把希巴利斯的人杀光了，又过了一段时间，从其他地方又跑来一群家伙，把克罗托纳人杀光了。希巴利斯什么东西都没留下，而克罗托纳只留下一根柱子。于是我不再纠结了。”

“怎么说？”

“到最后都一样，不是吗？你现在回过头去看，那些笨蛋现在在哪儿啊？”

我没有接话，他继续说道：

“钱是个问题。银行的话，要工龄满三十年他们才发养老金，要是不到三十年就退休，他们只给你一个补贴。要是把房子卖了，加上我存下的一点钱，再加那笔补贴，买一份能供养我下半生的年金保险还是不太够。要是你放弃一切就为了生活愉悦，但却没有足够的收入让生活愉悦起来，不也很蠢吗？我想要一个属于自己的小屋子，一个照顾我的仆人，钱至少够我买烟草、时不时买两本书，吃得稍微好一些，还得存一点钱应急。我心里很清楚需要多少钱，算出来发现我所有财产去买年金保险，最多只能领二十五年。”

“你那时三十五岁？”

“是，所以只能保障我到六十岁。话说回来，谁也不敢说自己一定就活得过六十岁，很多人五十几岁就死了，而且六十岁的人，他也已经享受过了人生最好的时候。”

“另一方面，也没有人能保证他六十岁就一定会死。”我说。

“啊，那可不好说，要看他自己了，不是吗？”

“换了是我，应该会在银行待到可以领养老金。”

“到时我就四十七了，也不是说四十七就老到没法享受这里的生活，我现在就超过了那个岁数，但快乐跟之前任何一年相比都丝毫未减，但如果来得太晚，很多年轻人的快乐就体会不到了。你知道，五十岁的人可以过得跟三十岁一样开心，但他们的开心是不同的。选择了这样的完美人生，我希望自己有足够的兴致和精力不让它浪费。二十五年对我来说够久了，而且为了二十五年的快乐，好像也值得付出一些巨大的代价去换。我拿定主意等上一年，于是就等了一年，然后我交了辞职信，收到补贴之后立马去买了年金保险，就往这里来了。”

“二十五年的保险？”

“对。”

“你后悔过吗？”

“从来没有，而且我所收获的早就超出了我的付出，更何况还可以这样过十年。你觉不觉得，有了这样二十五年完美无瑕的幸福，也该心满意足地谢幕了？”

“或许吧。”

到时他会干什么并没有具体说，但意思很明白了；这一版人生故事和我朋友讲的非常接近，但从威尔逊的嘴里说出，听上去很不一样。他身上找不出一点不同寻常的地方，看着那张干净、严肃的脸，没有人会觉得他能干出什么离经叛道之事。我没法说他做错了。这套人生安排再古怪，那也是他自己的生命，我看不出来为什么他不能照着自己的意思去使用它。可纵然如此，我还是抑制不住背脊上的一阵寒意。

“觉得凉了？”他微笑道。“不如开始往回走吧，月亮现在应该已经上来了。”

我们告别之前，威尔逊问我愿不愿意改天去他家看一下；两三天之后，我问清楚了他住在哪里，就散步去看他。那是个葡萄园里的农舍，离镇子很远，看得见大海。门边一棵巨大的夹竹桃，正在花事鼎盛的时候。屋子里只有两个房间，加一个小小的厨房，外面加个了棚顶，下面放木柴。卧室的陈设简单得像僧房，但客厅还算舒服，有股好闻的烟草的气味，还有两张他从英国带来的大扶手椅、一张卷盖式书桌、一架竖式钢琴，和好几个堆满书的书架。墙上挂着几幅装裱好的雕版印刷品，都是乔治·费德里科·沃茨[1]和莱顿爵士[2]的画作。威尔逊告诉我，这个房子属于葡萄园，葡萄园主就住在山坡上再高一些的地方，园主的妻子每天来做饭、打扫房间。这个房子他第一次来卡普里就看中了，回来之后长租下来，之后就一直住在这里。看到钢琴和上面摊开的琴谱，我问他要不要弹一曲。

“不瞒你说，我琴技不行的，但我又一直很喜欢音乐，乱敲一阵就很高兴。”

---

1 George Frederic Watts（1817—1904），英国画家、雕塑家，描绘人物居多，擅长以象征主义手法创作寓言式的作品。

2 Frederick Leighton（1830—1896），英国学院派画家、皇家美术院院长，作品《其马布埃的圣母》被维多利亚女王收购，封为男爵。

他坐下来弹了贝多芬奏鸣曲的一个乐章，确实弹得不好；我看了看他的乐谱，有舒曼、舒伯特、贝多芬、巴赫、肖邦。餐桌上有一沓油腻的纸牌，我问他平时玩不玩接龙。

“可玩了不少。”

我想象他过去十五年的日常，一方面是从我这段时间与他的交往，另一方面也是听了一些人的描述，应该和实际情况颇为贴近。那的确是对谁都毫无妨碍的人生。他游泳；他散很远的步；对这个岛屿的美，虽然已经如此熟悉，他似乎依然时时会被打动；他弹钢琴、玩接龙；他看书。如果有派对邀请他，他也不拒绝，虽然在聚会中不太有趣，却也大方得体。别人忽略他，他也不以为意。他不讨厌与人往来，但总带着一点冷漠，不会亲近起来。他过得很俭省，但又足够舒适。他从来没赊过一分钱。我猜想他也是一个不会为男女之事操心的人，或许更年轻一些的时候，某些被岛上氛围迷倒的旅客曾跟他有过几段露水情缘，但即便在情缘中，我也很确定，他的情感依然不会失控。我想他最在意的就是自己精神的自由，不允许它被任何事情左右。唯一能让他忘我的是自然的美，他的欢愉来自一些简单和天然的东西，而这些东西，生活不曾对任何人吝啬。你或许会说，这样的生活未免太把自己的享受当回事了。确实如此。确实没有人因为他的生活而获益，但他也没有妨碍任何人。他唯一的诉求就是自得其乐，看上去他也成功了。很少人知道该往哪里去寻找幸福，找到的人就更少了。我不太确定威尔逊是个笨蛋还是智者；但至少有一点是肯定的，那就是他知道自己想要的是什么。可这个人怪就怪在他是如此的平庸，若不是我知道他十年之后会做的事，恐怕以后再也不会想起他来。除非是意外染上重病提前了结，十年后的某一天，他会主动告别这个他深爱的世界。我也怀疑正是这个时时刻刻隐现在他头脑中的想法，让他带着一种别样的狂热享受生活的每一个片段。

有一点必须补充，否则对威尔逊太不公平，那就是他完全不是一个喜欢谈论自己的人。之前他应该只对接待我的那位朋友吐露过心声。之所以也跟我讲了那段往事，我想是因为他猜出这些情况我已经都知道了，而且那一晚他喝了不少红酒。

在卡普里的假期结束，我就离开了。第二年，战争爆发，我也经历了一些事，人生的轨迹大大地转了一个方向，再去卡普里已经是十三年之后。我的那位朋友回卡普里也有一段时间了，但不如当初那么阔绰，新的住处已经空不出给我的房间；所以我就住到了酒店里。他来码头接我，我们一起吃饭，我问他到底搬到哪里去了。

“你知道的，”他说，“就是威尔逊住过的那个小房子，我加了一个房间，现在改得很像模像样了。”

因为有几件别的事费神，我已经很多年完全忘记了威尔逊这个人；但此刻带着一丝震动我又想起来了。我认识他时他展望的那个十年肯定早已用完。

“他有没有像自己说的那样自杀？”

“这说来就很悲凉了。”

威尔逊的计划本没有什么大问题，只有一个漏洞我想他是很难预料的。在这个幽远的角落过了二十五年完美的日子，没有任何事扰乱他心里的平和，他从来没有想到自己的性格会渐渐变得疲软。人的意志是要靠克服障碍去锻炼的，如果它从来不曾受阻，如果一个人只把自己的渴望放在唾手可得的东西之中，那么他的意志就会慢慢变得无力。如果你永远都走在平地上，那么用来攀登的肌肉就会萎缩。这些都不是什么创见，但道理就是如此。威尔逊的年金终结之后，他没有那份果决跨出最后一步；过了这么长久宁静、愉快的生活，这结局本来是他答应好的代价。根据我那位朋友所说，后来又和其他人聊起过，在我看来他缺的不是勇气，他只是拿不定主意，一天天地拖了下去。

在岛上住了这么久，而且结账又从来没有拖延过，他发现自己赊起账来很容易；而且以前也没借过钱，他轻松就能找到几个愿意借给他几笔小钱的人。房东的妻子叫阿桑塔，也是平时帮她做家务的人，房租准时交付了这么多年，迟了几个月阿桑塔也不会多说什么。他跟人说自己有个去世的亲戚留下了一笔钱，但最近囊中羞涩是因为继承的法律程序太繁复。没有人怀疑他。用这些伎俩他撑了一年多。然后，当地的生意人就不肯给他赊账了，也没有人再借给他钱，房东警告，若是某某日期之前再不填上欠款，就得搬出屋子。

截止日前一天，他进了自己的小卧室，关上门窗，拉上窗帘，点燃了一个木炭烤盆。第二天阿桑塔来做早餐的时候，发现他已经失去知觉，但依然还活着。这屋子漏风严重，虽然威尔逊想了些办法封堵，但做得并不彻底；尽管山穷水尽，他似乎还是在最后一刻动摇了。不管是因为一氧化碳中毒，还是因为这其中所受的惊吓，总之威尔逊受了些损伤。他并没有疯，至少不足以关到疯人院里，但显然头脑出了问题。

“我去看他，”我的朋友说，“想让他多聊聊天，但他就一直奇怪地盯着我看，好像想不起是在哪里见过我。他躺在床上，样子也很惨，下巴上灰白的胡须总归也有一周没刮了，但除了那个奇怪的眼神，又看不出哪里不正常。”

“眼神怎么奇怪？”

“我也不知道具体该怎么形容。是一种困惑。用个荒唐的比方，就好像你往天上扔了一颗石子，它却没有落下来……”

“那确实挺让人困惑的。”我微笑道。

“是啊，他就是那样的表情。”

大家都想不出该拿威尔逊怎么办。他没有钱，也没有办法挣钱。财产一件件都卖了，但离补上欠款都差得远。他是英国人，意大利政府不愿意接管他；那不勒斯的英国领事也没有资金。当然送回英国是不难的，但没人知道到了英国之后又该如何。阿桑塔说威尔逊是个好的雇主，也是个好的租户，只要有钱从来不拖欠房租；她和丈夫住的那个木屋里，可以给威尔逊一个睡觉的地方，做饭也可以多做一点。这个方案他们跟威尔逊说了，也难以确认威尔逊有没有听懂。阿桑塔去医院接他，他一言不发地跟着走。他似乎已经没了自己的想法。就这样，阿桑塔已经养了他两年。

“说实话，他过得很难，”我朋友说，“他们给他临时做了个快散架的床，给了他几条毯子，但那里连窗都没有，冬天寒刺骨，夏天又像个烤炉。而且食物也很粗劣，你也知道这些农民平时都吃什么，通心粉只有周日能吃，不到什么大日子是没有肉的。”

“他平时都干些什么呢？”

“就在山里瞎逛，我去找过他几回，但没用，他一见你过来就跑得像只野兔。阿桑塔有时候会下山来跟我聊几句，我也会塞给她一点点钱，让她去给威尔逊买点烟草，但天知道威尔逊有没有收到。”

“他们对他还好吗？”我问。

“我知道阿桑塔对他是不错的，就像照顾一个孩子。但恐怕她丈夫对他不是很好，总抱怨家里多了笔开销。至于虐待他之类的事，我想是不会的，但应该言辞上会有些伤人吧，也会让他去干些提水、清理牛棚之类的杂活。”

“听上去很糟糕。”我说。

“说到底，这个结果并不意外，他算是自作自受。”

“说得大些，谁的人生不是自作自受呢？”我说。“但那依然叫人唏嘘。”

两三天之后我和那个朋友在散步，走到橄榄树林里的一条小径上。

“那是威尔逊，”朋友突然说道，“别朝那边看，只会吓跑他。我们只管往前走吧。”

我没有停，一直低头看路，但余光瞥见一个人躲在树后。我们走近的时候他没有动，但能感觉到他正在观察我们。我们刚一走过，就听到一阵窸窸窣窣的声音。威尔逊就像一只被追捕的动物一样，逃离危险了。这是我最后一次见到他。

他去年死了。那样的日子他熬了六年。有天早上，有人发现他平静地躺在山坡上，像是死在了睡梦里。从他躺着的那个地方，能看到海面耸起的两块巨石，就是他们所谓的“奇岩”。前一天是月圆之夜，威尔逊一定是去看它们在月光下的样子了。那片景色太美了，或许威尔逊就是因此而死的。

萨尔瓦托雷

Salvatore[1]

不知道我可不可以做到。

刚认识萨尔瓦托雷的时候，他还只有十五岁，脸长得不好看，但挺可爱，嘴唇总像在笑，眼神里没有忧愁。那时候他上午会在沙滩上随便找个地方躺着，身上离一丝不挂也差不多了，褐色的身体瘦得像根杆子。他动起来洋溢着优雅，时不时就往海中跃去，他们这些从小打鱼的孩子，游泳的姿势看似粗笨，却不费力。除了星期天，他从不穿鞋，所以脚底板非常坚实，就靠这一双脚他从水里爬上全是棱角的岩石，然后按捺不住欢喜，高喊一声又跳进深水中。他父亲是个渔民，有一片自己的葡萄园。萨尔瓦托雷还有两个弟弟，他要像保姆一样照看他们，每次他们游得太远，萨尔瓦托雷会喊他们回来，到了中午，还要督促他们穿好衣服，一起沿着铺满葡萄藤的炙热山坡，上山去吃那顿简朴的午饭。

1　首次发表于 1925 年，收录于短篇小说集《四海为家之人》。

但这些南方的孩子长得快，没过多久，他就疯狂地爱上了一个家住“大港口”[1]的可爱姑娘。她的双眼如林中的水塘，举手投足间让你以为她的父亲就是恺撒。他俩订婚了，但要等萨尔瓦托雷服兵役回来再结婚。他之前从来没离开过这个岛，此刻他要出发去当维托里奥·埃马努埃莱三世国王[2]海军中的一个水手，哭得像个孩子。他之前自由自在，甚至不用羡慕天上的飞鸟，现在每步行动都要听人指挥，实在很难；更难的是跟陌生人住在一艘战舰上，而不是葡萄藤下的那间小白屋；上了岸之后，走在喧嚷和冷漠的城市里，他甚至不敢穿过那些拥挤的街道，因为他习惯的是静谧的小径，是山和海。之前每个傍晚，他都会望一望伊斯基亚岛（在夕阳中像仙境），推测明天的天气，或者是日出时总会看到那座珍珠色的维苏威火山，我想他之前从来不会觉得这座岛和这座山跟他有什么关系，但它们不在眼前时，他朦朦胧胧地意识到，伊斯基亚岛、维苏威火山就跟手足一样，是他身体的一部分。思乡之情太难熬了，可其中最难熬的还是对挚爱的思念，占满他年轻的澎湃的心。他给姑娘写长信笔迹是孩童般幼稚的字体，还满纸拼写错误，说的都是他如何一刻不停地想她，如何渴望回家。他被派到过很多地方，去过斯佩齐亚[3]，去过威尼斯，

---

1 Grande Marina，位于卡普里岛北部，岛上最大的港口。

2 Victor Emmanuel Ⅲ（1869—1947），意大利末代国王，法西斯掌权后成为墨索里尼的傀儡，“二战”后逊位，流亡海外。

3 Spezzia，位于意大利西北部，靠近热那亚湾，距离卡普里六百多英里。

去过巴里[1]，最后被派往中国。在中国他染了一种奇怪的病，在医院里待了好几个月。他一声不吭地承受病痛，像一条不明所以的坚忍的狗。后来他得知自己得的是风湿的一种，无法继续服役，心情一下飞扬起来，因为这就意味着他可以回家了；医生说他之后身体很难复原，萨尔瓦托雷不但没有挂怀，可能连听都没有听进去。可以回到那座魂牵梦萦的小岛，回到那个守候着他的姑娘身边，别的还有什么可在乎的？

他从那不勒斯坐汽轮到了岛边，跳上一条划桨的小船，朝岸边驶去，他看见父亲和母亲站在码头上等他，还有两个弟弟，都有大人的样子了。他朝家人挥手，眼睛在等候的人群里搜索那个姑娘。她不在。几步跳上台阶之后，跟众人亲吻了好一会儿，这些都是性情中人，彼此打招呼的时候都忍不住流了一些眼泪。他问那个姑娘在哪。母亲说她不知道，他们有两三个礼拜没有见到她了。那天晚上，月色落在平静的海面上，远方忽闪着那不勒斯的光，他下山朝"大港口"走去。到了姑娘的家门口，她就和她母亲坐在门槛上。因为太久未见，他还有点羞涩，问姑娘有没有收到那封信，信里说的是他马上就要回家了。是，信他们收到了，而且，岛上有个年轻人跟他们说，他生病了。对，所以他回来了；运气还真不错，是吧？啊，可他们还听说，他身体不可能复原了。那些医生就喜欢说胡话，现在他既然已经回来了，一定能恢复的。她们沉默了半晌，母亲推了女儿一下。那个姑娘有

---

1 Bari，位于意大利南部，靠近亚得里亚海，距离卡普里岛二百多英里。

她那个民族的直白，没有用什么委婉的说法，告诉萨尔瓦托雷她不能嫁给一个身体不好的人，他很可能再也没法像男人一样干活了。他们已经做出了决定，是她父母和她一起做的决定，不管怎样，她父亲反正不会同意的。

萨尔瓦托雷回家的时候，明白其实家人早就知道了。那个姑娘的父亲已经来过，知会了他们的决定，但萨尔瓦托雷的家人没有勇气直接告诉他。他靠在母亲的胸口哭。他太伤心了，但没有怪那个姑娘。一个渔民的生活是很艰难的，没有体力和耐力不行。他很清楚，一个女孩很难把人生托付给一个或许没法养活她的男人。他的微笑里满是悲伤，他的眼神像一只被打趴下的小狗，但萨尔瓦托雷没有抱怨，对于这个他如此深爱的女子，他没有说过一句严厉的话。几个月之后，他生活已经规律起来，帮着父亲打鱼、照管葡萄园，有一天母亲说村子有个姑娘愿意嫁给他。那个姑娘叫阿桑塔。

“她可难看得跟个鬼一样。”他说。

阿桑塔岁数比他大一些，二十四五的样子，而且之前订过婚，未婚夫服役的时候战死在非洲。她存了一点钱，要是跟萨尔瓦托雷结了婚，她可以买一条船给他，而且当时正巧有个葡萄园没有人租，他们可以租下来。母亲说，阿桑塔在一个节日庆典上见过萨尔瓦托雷，生了情愫。萨尔瓦托雷微笑着说他要考虑一下，他的笑一直都那么温柔。接下来的那个周日，他换上了一身挺括的黑色衣服去参加“大弥撒”，其实他还是穿平日里那些破旧的便服要帅气得多。到了他们堂区的教堂，他故意选了一个位子，可以看清楚阿桑塔。回来之后，他跟母亲说，他同意了这桩婚事。

长话短说，他们结了婚，住在一幢石灰刷白的屋子里，周围就是他们那个漂亮的葡萄园。萨尔瓦托雷现在已经是魁梧的大个子，身板很阔，但笑容依然和少年时一样，那么纯真，眼神中也依旧全是信任和善意。而且我还从来没见过举止那么优雅的人。阿桑塔长得显老，脸色总有点阴沉沉的，五官透露出某种强硬，但她人很好心，而且不容易糊弄。每次萨尔瓦托雷表现出男人气概，摆出一家之主的样子，她会露出那种一往情深的微笑，常让我觉得好玩；萨尔瓦托雷的温柔也还是能打动她，和最初一样。但她受不了那个抛弃了萨尔瓦托雷的女人，不管丈夫怎么微笑着跟她解释，对那个人阿桑塔只有尖利的言辞。很快，这对夫妻也有了孩子。

生活确实不容易。到了打鱼的季节，他每天晚上要和他的一个兄弟驾船去渔场，路程就有六七英里，他要通宵捕乌贼，因为这是最好卖钱的。然后又要长途跋涉回来，赶在早上去那不勒斯的船出发前把前一晚捕获的成果卖掉。打鱼季之外，他天一亮就开始在葡萄园里干活，直到被热量逼得只能休息，等稍微凉快一点，又开工直到日落。很多时候因为风湿，他什么也干不了，就在海滩上找地方躺着抽烟，不管四肢疼得有多厉害，他碰到谁都能说几句让对方高兴的话。有些来游泳的外国人看到他，说这些意大利渔民真的都是懒虫。

有时候，他会带孩子来给他们洗澡，两个都是男孩，大的三岁，小的还不到两岁。他们赤身裸体懒懒地躺在水边，萨尔瓦托雷则站在一块大石头上，捧着小孩放下去，让他们浸一浸水。哥哥很坚毅，弟弟则放声大哭。萨尔瓦托雷的手掌太大了，让人想起两条羊腿，而且因为常年劳作，皮肤非常粗糙，但他捧着孩子洗澡的时候，动作那么轻柔，替孩子擦干时又那么细致，我毫不夸张，就像他手里不是小孩，而是一朵花。他会用掌心托起赤裸的孩子，不自禁微微笑起来，因为他们看上去那么小，而他的笑声就像天使的笑声，他眼睛里的纯真跟他的孩子一样。

最开始的时候，我说我不确定自己能否做到，现在我必须公布那个所谓的目标。我想给一个普通的渔民画一幅肖像，看我能不能在这几页纸的跨度中不让你觉得无趣，而这个渔民可以说是一无所有的，只有一种最罕见、最珍贵和可爱的特质。天知道为什么他就这样奇怪地、出乎意料地拥有了这种特质；我只知道，这种特质会自内而外地放射出一种光芒，好在他对此全然没有刻意或自得，否则这种特质实在会让凡夫俗子难以承受。要是你还没有猜出这种特质是什么，那我就说出来吧。善良，只是善良。

洗衣盆

The Wash-tub[1]

波西塔诺[2]铺展在一片陡峭的山坡上，一堆凌乱的白色屋子，经过几百年日光的冲刷，连屋顶的瓦都显得苍白。像这样避世的意大利小镇不少，高高地踞在石壁上，迷人之处往往一眼就能看明白，但波西塔诺又不太一样。它有典雅的老街，一折一折地爬上山坡，它有一些巴洛克风格的房子，涂料很好看，但历经沧桑，直到最近依然是那不勒斯贵族会来小住的宅邸，为的是那种贫寒而高贵的气派。这里确实好看得有些铺张了，一到冬天，两三家朴素的旅店就被画家挤满，男画家、女画家都有，画法各异，但都在每日的辛勤耕耘中表述波西塔诺的风光引发的心灵激荡。有些画得呕心沥血，把眯着眼搜寻到的每一扇窗、每一片瓦都复制到了画布上，诚恳劳作获得的满足自然是有的，这样的画家展示他们的作品时，会谦逊地说："不管如何，这画是真诚

1　最初发表于 1919 年，收录于 1936 年出版的短篇小说集《四海为家之人》。

2　Positano，意大利南部小村，临地中海。

的。”有些就更粗犷和潇洒了，只见他们用调色刀挑起一块颜料，癫狂地攻击了一阵画布之后，说道：“你看，我其实只是想把我的性情带到作品中。”他们还会双眼半闭不闭地怯生生念道：“这真的很有我的风格，你不觉得吗？”还有些画排列了各种球体、正方体，看着非常好玩，而画家本人则庄重地告诉你：“我眼中就是这样！”很多这种风格的画家都是硬汉的做派，惜字如金。

可波西塔诺完全面朝南方，你夏天来的话很可能就会独享它。旅店里干净、凉爽，往往还有一个露台，头顶挂满了藤蔓，晚上你可以坐在这里欣赏清冷的星光如何撒满海面。下坡到海边，码头上有一家小酒馆，你可以在一道拱门下吃腌凤尾鱼和火腿，吃通心粉和刚捕到的鲻鱼，喝冰凉的红酒。那不勒斯的汽轮每天来一次，送一些邮件过来，于是海滩上（因为没有港口，所有乘客都是坐小船上岸的）每天也有半小时的热闹。

有一年八月，我在卡普里岛住得厌了，决定去波西塔诺待几天，于是就雇了一条渔船，让他把我载过去。半路我还让船家在一个阴凉的小湾停了停，游了一会儿泳，吃了午餐，睡了一会儿，到波西塔诺的时候天都暗了。我朝山上走，两个行李包由两个粗壮的意大利妇女顶在头上，到了旅店之后，却惊讶地发现我不是唯一的客人。服务生叫吉塞佩，是我的老朋友了，每年到了这个季节，他身兼数职，是这个酒店的跑腿、擦鞋匠、行李工、房间的清洁员，甚至还是厨师。他告诉我，有个美国人在这里已经住了三个月。

“他是画家还是作家什么的吗？”我问。

“不是的，先生[1]，他是位绅士。”

我听了只觉得有些奇怪。那个时节没有外国人会来波西塔诺的，除了德国“候鸟运动”[2]那些人，背上一个帆布包，永远是热腾腾、脏兮兮的样子，而且他们基本都只住一晚。我很难想象谁愿意在这里待三个月，除非是在躲避什么。今年早些时候，伦敦有个权势不小的金融家被发现弄虚作假，他的出逃让整个社交圈都兴奋了一阵，我想到这个神秘的住客或许就是他，不禁觉得很有意思。这个人我也略有来往，我相信他突然见到我也不会有什么慌乱的。

我正准备出门往山下去的时候，吉塞佩跟我说，“您去海滩应该就能见到那位先生了，他一直都在那边吃饭。”

至少我到的时候，他肯定不在。我问店里的人晚餐有什么可吃的，先喝起了一杯“美国佬”[3]，没有真正的鸡尾酒，喝这个差强人意。没过几分钟，一个男人走了进来，一定就是跟我住同一家旅店的那个客人，我一瞬间还有些失望，因为他不是那个潜逃的金融家。他岁数不小了，身材高挑，脸颊消瘦、俊朗，在地中海待了一个夏天，皮肤是古铜色的。他穿一件很挺括的米黄色丝绸西服，甚至可以说是时髦的装扮，没有戴帽子，灰白色的头

1 “先生”为意大利语。本篇中仿宋体字，原文皆为意大利语。

2 Wandervogel，德语，指德国十九世纪末兴起的运动，年轻人为了抵抗工业化投身于户外活动和乡土文化。

3 Americano，一种鸡尾酒，含金巴利和苦艾酒，原名叫“米兰 - 都灵”，和配方中两种酒的产地有关，后来意大利人发现美国人特别喜欢这种酒，慢慢改了名称。

发剪得很短，但依然浓密。举手投足间很松弛，很优雅。拱门下有五六张桌子，有当地人在打牌或者玩多米诺骨牌，他扫了一圈之后发现了我，眼神中泛起的笑意很亲切，朝我这边走来。

“听说你刚刚到旅店。吉塞佩说，既然他不能下来为我们引见，提议让我自己来介绍自己，希望你不要介意。跟一个完全不相识的人吃饭会不会太无聊？”

“当然不会。请坐。”

女服务员正在给我摆餐具，他转过去用漂亮的意大利语跟她说，我会跟他一起用餐，然后又看了一眼我的“美国佬”。

“我让他们在这里给我备了一点点琴酒、法国苦艾酒，如果你愿意的话，我给你调一杯干马丁尼怎么样？”

“我已经等不及了。”

“算是能衬托出当地景致的一点点异国情调。”

他的这杯鸡尾酒果然不坏，晚餐上来，我们吃起火腿和凤尾鱼时胃口大开。招待我的这位先生有种和煦的幽默感，听他流畅的言谈是件很惬意的事。

“我话太多了，请你见谅，”没聊多久，他这样说道，“这是我三个月来第一次讲英语，我想你在波西塔诺也不会停留太久，我是准备好好跟你多说几句话的。”

“在波西塔诺能待三个月真是够久了。”

“我租了一条船，我会去游泳、钓鱼。看了不少书。我这边有很多书，如果有哪一本你想要借去看，我会很高兴的。”

“待读的书我大概不缺，不过我也很想看看你那边有什么。

看别人的藏书总是很有意思的。”

他机敏地扫了我一眼，眼神中有别样的光芒。

“从藏书中可以知道主人不少事情。”他低声说道。

吃完晚餐之后我们接着聊了下去。这位陌生人读了很多书，感兴趣的话题范围很广。他聊起绘画时如此渊博，我还以为这可能是个艺术评论家或者买卖艺术品的经纪人。接着我又听出他似乎正在读苏埃托尼乌斯，于是猜他应该是个大学教授。我问他叫什么名字。

“巴纳比。”他答道。

“这个名字最近可是大出风头啊。”

“哦，怎么会呢？”

“你没有听说过一位很有名的巴纳比夫人吗？她是你的同胞。”

“确实，最近的报纸里经常看到她的名字。你认识她吗？”

“还挺熟悉的。刚过去的这个社交季，她办的派对是排场最大的，只要她请我，我就会去。没有人会拒绝的。这真是个不同寻常的女人，她社交季来伦敦就是抢风头，果然成功了——岂止成功，简直所向披靡。”

“她好像非常有钱？”

“据我所知，家里有金山银山吧，但她成功不是因为有钱。很多美国来的女士都很有钱，巴纳比夫人到达今天的地位，纯粹靠的是她无可抵御的性格。她从来都不掩饰自己是谁，天生就是社交明星，说什么大家都觉得有意思。想必她的来历你也知道一些？”

我的这位朋友微笑了一下，说道：

“巴纳比夫人或许在伦敦是炙手可热的的大明星，但在美国，至少据我所知，她还很不可思议地没有人认识。”

我心里笑了笑，没有显露在脸上。巴纳比夫人那种放肆的幽默感，那种带着强烈泥土气息的直率，再加上她生机勃勃的精彩过往，我完全可以想象面前这个气度不凡、涵养深厚的先生会被这个神奇的女子吓到。

“那我就跟你介绍一下这位女士。她丈夫似乎是个铁血的硬汉；巴纳比夫人说他身材非常魁梧，可以一拳把一头幼年的公牛打翻在地。在亚利桑那，大家都知道他叫‘一枪迈克’。”

“好厉害的名字，为什么这么叫呢？”

“其实就是多年前他开一枪打死了两个人。她说即使是今天，落基山脉以西，也没有人的枪法比她丈夫更厉害。他目前是个矿主，但也养过牛、走私过枪支，天知道年轻的时候还干过些什么。”

“看来完全是个西部硬汉的派头。”我们这位教授说道，我听上去好像话语中带着一点刻薄。

“我想象中就是一个无法无天的人吧，巴纳比夫人讲她丈夫的故事大家都爱听极了。当然所有人都求她，让巴纳比先生也去伦敦，但她说那个人离不开那种空旷的感觉。就前两年，他找到了一块油田，现在已经钱多得根本花不完。这一定是个很有意思的人吧。我自己就听过，她在餐桌上聊起曾经他们夫妻是如何同甘共苦的，整桌的人都听入迷了。这位头发灰白的女士绝对称不上漂亮，但穿着很精致，带着让人叹为观止的珍珠，这时你再听她讲她如何给矿工洗衣服，给整个营地的人做饭，会有一种奇异的快感。你们美国女人的适应能力太了不起了。你可以看到巴纳比夫人就坐在餐桌一头，那么自如地应对着世袭的皇亲国戚、大使、内阁部长、这个公爵那个公爵，要如何想象不过几年之前，她还在为七十个矿工煮菜。”

“她识字吗？”

“那些请柬应该是秘书写的，但她绝不是个无知的女人。她跟我说过，营地里那些男人都睡觉之后，她规定自己每天要读一个小时的书。”

“真是难得！”

“但‘一枪迈克’只是近来才学会怎么写自己的名字，因为他突然发现需要签支票了。”

我们一起走上山，回房之前约定第二天见面，带上午餐，划船到我这位朋友发现的一个小海湾去。第二天我们一起游泳、看书、吃饭、打盹、聊天，过得十分惬意，晚上还一起用了晚餐。第二天在露台上吃过早饭，我提醒巴纳比，他答应过要让我看他有哪些书。

“这就去看吧。”

我跟着到了他的卧室，吉塞佩正在给他铺床。我第一眼看到的就是一个华丽的相框，相框里正是那个鼎鼎大名的巴纳比夫人。我的这位朋友也看到了，突然气得面色苍白。

“吉塞佩你这个蠢货，为什么要把那张照片从衣柜里拿出来？该死的，你觉得我干吗要把它收在我看不见的地方？”

“我不知道，先生，这也是为什么我把它放回到先生的桌子上了。我还以为您愿意看您的夫人呢。”

我大为震惊。

“我说的那位巴纳比夫人就是你妻子？”我喊道。

“是的。”

“天呐，那你是‘一枪迈克’吗？”

“你看像吗？”

我哈哈笑起来。

“我只能说你一点不像。”

我瞄了一眼他的手，他凄惨地笑了笑，把手伸过来。

“确实没有，先生，我没有赤手空拳打倒过一头小牛。”

一时半刻间我们没有说话，只是看着彼此。

“她永远不会原谅我的，”他抱怨道，“她想让我用个假名字，我不肯，她就非常生气，说这样不安全。我说在波西塔诺躲三个月已经够糟了，要是再用别人的名字还不如死了算了。”他迟疑了半晌。“现在我的死活全凭你发落了，这个秘密很离奇地被你撞见，现在除了相信你会很仁慈地替我保密，我什么都做不了。”

“我一个字都不会吐露的，但说实话我自己也迷糊极了，这到底是怎么回事？”

“我本职工作是个医生，过去三十年我们夫妻都生活在宾夕法尼亚。或许你觉得我是个粗人，但我想斗胆说一句，巴纳比夫人是我认识的最有文化修养的女人之一。后来她一个表亲死了，留给她一大笔钱——这的确不假——我的妻子非常非常有钱。她向来爱读英国小说，最大的愿望就是在伦敦过一个社交季，请客人吃饭、参加派对，做所有那些她在书里读到的气派的事情。虽然这个计划对我并没有什么吸引力，但反正是她自己的钱，她能实现心愿我还是挺高兴的。我们四月份坐船来，年轻的赫里福德公爵和公爵夫人正好也在船上。”

“我知道，最早就是他们隆重推出了巴纳比夫人。他们夫妇对你妻子简直如痴如狂，给她宣传时简直像一整个公关团队。”

“我们船刚出海的时候我还病着，发了红疹，不能出房舱，巴纳比夫人就只能自己顾自己了。她的那张甲板椅正好在公爵夫人旁边，偶然听到公爵夫人的一句话，让她明白了之前有个误会，英国贵族或许对我们社会中有头有脸的人并没有什么兴趣。我妻子是个脑子很快的人，给我打了这样的一个比方：要是你的祖先在大宪章署过名，那或许刚刚认识的那个人告诉你他爷爷是卖黄鼠狼的，或者另一个人的爷爷是经营渡轮的，你根本就不会留下什么印象。我的妻子也很有幽默感，跟公爵夫人聊起天的时候，转述了一个西部小故事，只为了让故事更有趣些，讲的时候假装这件事就发生在她自己身上。这故事大受欢迎，公爵夫人求她再讲一个，我妻子就更放开了一些。二十四小时之后，公爵和公爵夫人已经对她言听计从。得空的时候，她还会跑下来，到我的舱房报告她推进到什么程度了。我当时太天真，觉得好玩极了，再加上我本来也无事可做，就让图书室送了几本布雷特·哈特[1]过来，我替巴纳比夫人备好了一些很能打动听众的小细节。”

我拍了一下脑门，喊起来：

“我们说过她跟布雷特·哈特比都毫不逊色。”

“我那时还想象，等船一靠岸，我一现身，她的那些朋友会多么讶异，而我虽然想得很开心，后来发现只是一厢情愿。快到南安普顿的前一天，巴纳比夫人告诉我赫里福德夫妇已经帮她安排了很多场派对，迫不及待要把她介绍给伦敦各式各样的大人物。这是千载难逢的机会，当然我一旦出现，一切都毁了。她承认因为情势所迫，在描述我的时候与我本人实际情况略有出入，虽然我没想到自己已经变身成了‘一枪迈克’，但也敏锐地猜出她应该忘记跟人提起我也在船上。所以，长话短说，她要我去巴黎待上一两个礼拜，好让她在伦敦先站稳脚跟。我倒是无所谓，与其去梅费尔参加派对，我更愿意在索邦大学干点活儿，所以让她继续往南安普顿去，自己在瑟堡[2]下了船。在巴黎待了十天之后，她飞过来看我，跟我说她受到的欢迎超出了之前最不切实际的想象：比任何一部小说里还美妙十倍；但我如果出现，一切都会烟消云散。那行吧，我说，我就待在巴黎。她觉得不行，她说我待得太近了，可能遇到认识的人，她就没有一刻心里会是安宁的。我提了维也纳、罗马，那些也都不行，最后我就到了这儿，罪犯一样躲了三个月，像是熬了很多年。”

1　Bret Harte（1836—1902），美国作家，乡土派小说创始人之一。

2　Cherbourg，法国西北部港市。

“难道你从来没有左右开弓击毙过两个赌徒吗？左手一个，右手一个？”

“先生，我这辈子还从没开过枪。”

“那墨西哥人强攻你木屋那一回呢，你妻子帮你装子弹，你一个人守了三天，等到了联邦军来救你？”

巴纳比先生笑得很苦。

“这一段我还没听过，不觉得太粗糙了吗？”

“粗糙？简直跟西部片一样精彩。”

“允许我大胆推断一下，我妻子很有可能也就是从西部片里得到的灵感。”

“还有那个洗衣盆。洗矿工衣服什么的。你是没听到她讲这一段的时候我们都笑成什么样了。说白了，她就是坐着一个洗衣盆漂进了伦敦的社交圈。”

我自己也笑了起来。

“她真是把我们都耍得团团转。”我说。

“我请你留意，这里最倒霉的笨蛋应该就是我了。”巴纳比先生说道。

“她是个了不起的女人，你应该感到骄傲才是。我一直说她是妙趣横生的无价之宝。她发现每个英国人都有一颗爱幻想的心，于是就完全满足了我们的需求。我是无论如何也不会去揭穿她的。”

“先生，你自然是不用操心。伦敦收获了一个美妙的派对女主人，但我已经觉得自己快要丢掉一个很不错的妻子了。”

“可‘一枪迈克’只能留在空旷的大西部。亲爱的巴纳比先生，现在你别无选择，只能继续消失。”

“多谢你的指点。”

他的回答里我似乎听出了不少怨气。

有良知的人

A Man with a Conscience[1]

圣劳伦杜马罗尼[2]地方不大，但是很整洁，很漂亮，井井有条，这里的市政大厅和法院放到很多法国小镇都会让当地人引以为豪的。街道宽阔，路两边的大树让人感激地投下树荫。这里的房子都像是刚刷过一遍涂料，很多掩映在小小的花园里。花园都好看，有棕榈树和凤凰木，美人蕉炫耀着明艳的色彩，变叶木果然花样繁多，紫色和红色的九重葛开到难管难收，仿佛一场暴乱，而木槿花漫不经心地挥洒着自己的美，那种无所谓的感觉简直有些做作。法属圭亚那有一大片流放地，而圣劳伦杜马罗尼是中心，在码头下船，不出一百码就是牢房营地的大门。而那些热带花园中悦目的小屋都是监狱管理者的住宅，街道之所以整洁漂亮，是因为不缺罪犯打扫。有一天我跟一个不太相熟的朋友走在其中一条街上，遇到一个年轻人握着一把锄头站在路边，他戴着

---

1 最初发表于 1939 年，收录于 1940 年出版的短篇小说集《换汤不换药》。

2 St Laurent de Maroni，即“马罗尼河畔的圣劳伦”（Saint-Laurent-du-Maroni），法属圭亚那西北部河港，北临大西洋。

圆草帽，穿着囚犯那身粉红条纹加白条纹的制服，什么都没干。

“你怎么在偷懒？”跟我同行的人问道。

那个年轻人鄙夷地耸了耸肩。

“看到那簇草了没有，”他回答，“我有二十年的时间去把它铲掉。”

这里分布着好些个牢房营地，圣劳伦杜马罗尼这个小镇就在它们中心，其实没有这些营地，也就没有小镇。镇上的营生基本也是靠监狱活着，比如店铺大多是中国人开的，顾客就是狱卒、医生，还有无数跟罪犯流放相关的官员。街道少见人影，一向安静。可能在你面前走过一个夹着公文包的人，其实是正替政府做事的罪犯；另一个罪犯拎着个篮子，可能在某户人家里当仆人。有时候你碰到一小群囚犯，就一个狱卒领着，可能正从监狱来，或者回营地去，散漫地走着，也没有什么安全措施。监狱大门从早到晚开着，囚犯出入都很随便。镇子上你看到那些不穿囚服的人，很有可能已经出狱，但判决里规定他还要在流放地待若干年，又找不到工作，上顿不知下顿，或许正用朗姆酒把自己灌死，这种酒虽然便宜，但酒劲不小，当地人叫“塔菲亚”[1]。

圣劳伦杜马罗尼有一家酒店，我吃饭基本就在这里。常客的脸我很快都看熟了，他们只坐自己的那张小桌子，一言不发地吃完饭就走。管酒店的是个黑人女子，跟她住在一起的男人曾经是个囚犯，现在是酒店唯一的服务员。这片殖民地的总督住在卡

1 Tafia，可能来自法语“ratafia”（甜酒、果酒）。

宴[1]，来之前告诉我，这里有个木屋是他的，我可以随便用，所以晚上我就睡在那里。有个阿拉伯老头照看着这个木屋，是个虔诚的伊斯兰教徒，白天每隔一段时间就能听见他的祷告声。监狱长派给我另外一个囚犯，说可以帮我铺床叠被、打扫房间，还能帮我跑腿。这两个人都是被判了终身徒刑的杀人犯，但监狱长说我可以完全信任这两个人。他们的确都是光明磊落的大好人，我什么东西都不用藏，但我也不瞒读者，每天晚上睡觉之前，我都会把门锁好，把遮阳板插上，毫无疑问是犯傻，但我睡得更安心。

我是带着介绍信来的，流放地的总督和圣劳伦杜马罗尼营地的监狱长都尽心为我效劳，让我此次行程不只轻松惬意，还收获颇丰。这里不会把我的所见所闻都一一记录下来，我不是记者，法国人给自己的罪犯设计了这样一套体系，我也没有义务攻击它或为它辩护。更何况这个体系已经被判了死刑，很快罪犯就不会被遣送到法属圭亚那，不用再罹患那些天气引起的疾病，也不用在满是烟瘴的雨林中劳作，不用再承受无名的羞辱，不用再失去希望，颓败，消亡。但我只想说，我的确没有见到肉体上的暴行，不过罪犯刑期终结时，我也没有发现政府有任何措施把他们塑造成有用的公民。他们精神上的安康被完全忽略了。本可以开设一些课程提升他们的文化程度，组织一些体育活动让心情得以排遣，但这样的事我完全没有听说。我发现这里没有图书馆，囚犯一天劳苦之后，连看看书的机会都找不到。这样的生存状况

1　Cayenne，或译开云，法属圭亚那首府。

只有性情最坚韧的囚犯才能挺过去，这样的粗暴可以把绝大多数人摧残到只剩麻木与绝望。

这些都不关我的事。为了无力减轻的痛苦而折磨自己，多半是虚荣在作祟。我要做的是讲一个故事。我也很明白，人性，即便可知的那些部分，也无法尽知；能确定的只有一点，那就是它永远都为你备好了一份出其不意。第一次到牢房营地，我只觉得迷惑、讶异、恐惧，但这些最初的冲击过去之后，我的想法又转向那些我感兴趣的问题，觉得不妨探究一番。首先应该告知读者，圣劳伦杜马罗尼的囚犯之中，四分之三是因为谋杀到这里来的。这并非官方的数字，我无意中提升了比重也有可能，但每一个囚犯都有一本小册子，里面记着他的罪行、他的判决、他遭过的刑罚，或者政府觉得有必要记上一笔的讯息；我翻阅了大量这样的小册子，才有了上面的估算。我想到在这里见过的那些人，可能在店铺里忙碌，可能在宿舍的外廊上休息，可能在街上散步，但如果是在英格兰，他们之中很多、很多人都已经被处决了，这一点确实给我很大震动。我发现他们都很愿聊起把自己发配至此的那些罪行，我有自己关心的重点，花了大半天的时间钻研了激情犯罪这件事，我想知道一个男人到底为什么会杀他的妻子或女友。之前我总觉得只用妒忌或者名誉受损不能完全说明问题。他们给了我一些不同寻常的解答，其中一条在我听来还很幽默，那是一个木匠店里的工人，他切开了妻子的喉咙，我问他为什么要这么做，他耸了耸肩说："Manque d' entente。"他的口吻是如此随便，只能把这句话如此翻译：我们合不来。我忍不住要指出，若是男人普遍把这样的体会当成杀妻的充分理由，我们女性同胞的死亡率恐怕会触目惊心。我给很多犯人提了很多问题，得出了一个结论：这些罪行背后往往都关乎经济；他们杀死妻子或情人不止出于妒忌，不只因为对方出轨、不忠，也因为这件事对他们的钱包有所影响。女人投向别的伴侣有时会造成经济损失，说到底这才让某些男人将生死置之度外，或者，他自已缺少资金满足其他欲望，受害者是他独自占有某笔财富的障碍，才让他动了杀心。我的论断不是说男人从不会因为爱被践踏或名誉受损而杀死他的女人，而只是在这些特定的案例中，我给出我的感悟，作为一点点体察人性的边角料，要从其中提取什么普遍规则就太不自量力了。

还有一天我花在良知这个课题上。道德家试图说服我们，人类决定如何行事之时，良知是最强大的因素之一。现如今因为理智和同情，地狱的火焰已经沦为可恶的谣言，很多仁人志士开始推举良知，觉得这才是引导人类走上正途的最要紧的护卫。而莎士比亚说，它让我们都成了懦夫。小说家和剧作家都给我们描述过恶人遭受的种种心痛，良心被谴责时的那种煎熬，那些随之而来的不眠之夜，都被写得如此活灵活现；在他们笔下，因为良知，生活中的所有乐趣都被荼毒，生命变得如此不堪忍受，败露和惩罚倒成了让人感激的解脱了。我经常怀疑这样的状况有几分是真的。道德家是带着私心的人，他们必须要从故事里得出教育意义。他们以为一件事只要说得多了，大家就会相信；当他们觉得什么东西更可取、更合心意时，往往就容易堂而皇之地宣扬它本来就是如此。听他们说，罪恶的报应是死亡，但我们都明白其实未必。像剧作家和小说家这样的虚构作者，一旦握有什么好用的主题，往往用起来就不会在意是否与现实生活相符。有些关于人性的陈述算是成了众所周知之事，大家都觉得是不言自明的。就像多少代的画家都把阴影画成黑的，直到印象派终于抛开了预设，画出他们所看到的阴影，我们才发现原来它们是有颜色的。有时候我会产生这样的想法：良知是一个人道德感高度发达时才表现出的一种心态，只有大仁大义之人才容易受它感召，而这样的人本就不大会干出什么需要深深自责的恶行。大家一般都认可，谋杀是滔天大罪，在各式各样的罪人中间，杀人犯是最该良心不安的。据说，被杀之人会阴魂不散地纠缠在他可怕的噩梦中，而对暴行的记忆则在漫漫白日让他饱受煎熬。我一直想探究实际情况是不是真的如此，这次机会自然不能错过。如果真发现了懊悔和愁苦，我可以放弃自己的揣测，但跟我聊天的那些人里根本就没有那样的情绪。有些说回到当时，他们还是会那样做。他们不知道自己一个个都像是决定论的信奉者，总之在他们看来，那些行为不受他们控制，是命里注定的。有几个似乎觉得犯下罪行的那个人跟他自己没什么关系。

“年轻的时候人都挺傻的。”他们说的时候还带着轻描淡写的手势，或者给你一个自惭形秽的微笑。

还有一些人会说要是他们知道要承受这样的惩罚，当时就收手了。而对于那个被凶残剥夺生命的人，我发现罪犯之中没有一个感到遗憾，对于死者，他们的冷漠就跟例行公事之中要杀的一头猪那样。那岂止不是悲悯，更多的是一种愤怒，因为要不是那个被杀的人，他们也不会被囚禁到这片遥远的土地上。只有其中一个囚犯，我能从他心里察觉某种可以称之为良知的东西，他的故事太不寻常了，值得从头讲一遍。在这个案例中，照我的理解，犯罪的动机就是懊悔。他们囚犯的号码都会印在那件粉白相间的囚服胸口，我留意过，现在想不起来了。他的名字我从来都不知道，他没有说，我也不想问。这里我们把他叫作让·夏尔万。

我第一次见到他是监狱长第一次陪我去营地的时候。我们走到的那个院子周围不是惩戒用的牢房，而是一些单人间，留给表现良好的囚犯，他们可以申请。对于那些觉得牢房里人挤人实在恶心的囚犯来说，这些房间是很抢手的。我去的时候大多数都空着，因为住在这里的人一般都有工作。让·夏尔万则在他的房间里面，门开着，看得到他在一张小桌子上写着什么。监狱长喊了一声，他就走了出来，我往牢房里看，里面有一张固定的吊床，罩着一个泛黄的蚊帐，旁边摆着一张小桌子，上面有他的各式物件，一把刮胡子时用的修面刷、刀片、梳子和两三本破旧的书。墙上贴着一些照片，上面的人都很尊贵的样子，还有一些画报上剪下的图片。之前他干活的时候，床就是座椅，面前的桌子上堆满纸张，看上去像是财务报表。夏尔万又高又瘦，身形挺拔，长相英俊，黑色的眼睛很亮，五官线条清晰，带着刚强之气。他出来的时候，最引人注目的就是那头深棕色的长发，带着自然卷很漂亮。这就已经让他和别的囚犯不同了。他们的头发都被剃得很短，而且手艺太糟糕，一个个头都沟壑分明，让人一下子就显得很邪恶。监狱长跟他交代了一些正事，正要走的时候亲切地补了一句。

“我看你头发已经长得很好了。”

让·夏尔万脸红起来，微微一笑。他的笑是少年的笑，颇为动人。

“现在还不太对劲，恐怕还要再留一段时间。”

监狱长让他回牢房，我们也走了。

“这家伙人很不错，”他说，“现在帮着财务部干点活，被批准可以留头发，他高兴坏了。”

“他是怎么到这里的？”

“杀了他妻子。不过只被判了六年。这人脑子聪明，也能干活，他没事的。本来家室就很显赫，受过非常好的教育。”

之后我就没有再想起让·夏尔万，但碰巧第二天在路上碰到了他迎面走来，手臂下面夹着一个黑色的公文包，要不是身上的囚服，再加上一个丑陋的圆草帽盖住了他一头漂亮的头发，你会以为这就是一个年轻律师正赶去法庭。他不慌不忙迈着大步，那种轻松的气度，简直可以称之为潇洒。他认出了我，脱帽跟我打招呼。我也停了下来，为了找句话说，问他这是要上哪儿去。他说从总督的办公室送一些文件去银行。他的脸上有种坦率让人看着舒服，眼睛确实长得好看，闪耀着善良的光。我想他真的是血气方刚，所以不管身处什么地位，周围又是怎样的环境，生活都不只可以忍受，甚至可以享受。你若是当时见到他，或许以为这就是个无忧无虑的年轻人。

“我听说你明天要去圣让。”他说。

“对，好像要天一亮就动身。”

圣让也是个牢房营，离圣劳伦十七公里，关的都是惯犯，一般都是屡次坐牢之后终于被判流放。他们大多是小偷小摸之人、造假者，还有大大小小的诈骗犯，诸如此类，圣劳伦的囚犯一般罪行要严重得多，所以看不起圣让的人。

“去看看应该是挺有意思的，”让·夏尔万说，笑得还是那么真诚、迷人，“但你放皮夹的口袋一定得扣好了，只要给他们机会，你身上的衬衫也能被偷走。圣让那边藏污纳垢，全是混蛋！”

那天下午，我等白天的暑气差不多散去了，坐到我卧室前面的外廊上看书，而且百叶帘也放了下来，不算很热。我那位阿拉伯老头赤脚走上台阶，用磕磕绊绊的法语告诉我监狱长派人来找我。

“带他过来。”我说。

没过一会儿那人就到了，结果是让·夏尔万。监狱长让他捎一条消息给我，关于明天去圣让的事。话带到之后，我请他坐下来跟我一起抽根烟。他戴了块便宜的腕表，抬手看了一眼。

“我正好还多出几分钟，很乐意陪你坐一会儿。”他坐下来，点着了我递过去的烟。他朝我看看，微笑的时候目光柔和。“你知道吗，判刑之后，这是第一回有人请我坐下。”他深深地吸了一口烟。“埃及的。我已经三年没抽过埃及烟了。”

这里的囚犯要抽烟的话，可以买蓝色方形包装的烟草，自己卷烟，只是那种烟草口感非常辛辣、粗糙。他们帮你干活不能收钱，但你可以送他们烟草，所以我已经买好了很多包以备不时之需。

“觉得味道怎么样？”

“人是什么东西都能适应的，不瞒你说，我的舌头已经完全被污染了，还是更喜欢我们这儿能抽到的烟。”

“我给你拿两包。”

我进自己房间取烟草，回来的时候发现他在看我放在桌上的书。

“你喜欢看书？”我问。

“很喜欢，在这里我最痛苦的应该就是没有书看吧，能弄到的几本我只能一遍一遍地反复读。”

我自己也算个书痴，任何匮乏都不像缺书那样难以忍受。

“我的书袋里有几本是法文书，我有空就找出来，如果你能什么时候再过来一趟，喜欢的话可以拿走。”

我的这份礼物也不全是乐于助人；我很想能有机会再跟他聊一次天。

“我到时得先拿给监狱长检查，他必须先确认里面没有什么能腐化我思想品质的内容，才会放行。不过他心地挺好，应该不会为难我的。”

他说这几句话的时候微笑中带着一点狡猾，我想我们那位好心而勤勉的监狱长已经被他摸透，很清楚该怎么去讨好。但要说用点社交手腕让自己的日子尽量好过些，确实不能怪他，甚至只能说他聪明。

“监狱长对你评价很高。”

“他是个好人，帮了我很多，我非常感激他。我之前就是做会计的，他就把我派到财务部门了。我喜欢数字，处理数字给我一种很强烈的快感，觉得它们有生命，现在我就每天跟数字打交道，感觉好像回到了之前的生活。”

“有一间自己的牢房也很开心吧？”

“天差地远。跟五十个大男人——都是人间的渣滓——被赶在一起，没有片刻独处的时间，真是太可怕了。这是最糟糕的。之前我家在勒阿弗尔[1]，那是一个小公寓，当然也不起眼，但总算是一间自己的屋子，每天白天都有一个女仆来帮忙。我们过的是很体面的日子。所以跟其他大多数人相比，我要难十倍，他们没见识过好日子，体验过的也就是污秽、杂乱、肮脏。”

我提起牢房是希望他聊一聊跟大家住在一起时的生活。从晚上五点到早上五点他们就被关在一间大牢房里，这十二个小时里是没人管的；他们告诉我，狱卒若是这段时间里想进去，那是要冒生命危险的。八点之后就没有灯了，但他们用沙丁鱼罐子、破布和一点点油做出油灯来，光线虽暗但能看得出打的什么牌。这些人赌博赌得很凶，不止为了好玩，身上都偷藏了一些钱，真有输赢；毕竟都是肆无忌惮、不讲情面的人，自然会起激烈的争执。解决争执的途径是用刀。早上牢房一开，发现有人死了是常事，但不管怎么威逼利诱，没有人会供出凶手。还有些让·夏尔

1　Le Havre，法国北部港市。

万告诉我的事我没有办法转述。他说有个年轻人是跟他一起从法国出来的，坐的是同一条船，两人还成了朋友。那个年轻人长得好看；有一天他去找监狱长问可不可以一个人住，监狱长问他为什么，他说了原因。监狱长翻了翻记录，告诉他现在单人间都满了，但只要空出来就可以给他。第二天牢房打开，那个青年死在吊床上，肚子被割开了，连胸骨都看得到。

“这些家伙都是凶残的畜生，可能刚到的时候还不是那样，但除非出现奇迹，所有人到最后都一样凶残。”

让·夏尔万看了一眼手表，站起身，但先是走出几步，然后转过来对着我露出他很有魅力的微笑，说道：

“我得走了，你要送我的书我先谢过，如果监狱长批准我就来拿。”

在圭亚那，你是不会跟犯人握手的，一个人若是多个心眼，跟你道别的时候会特意保持距离，让你不可能伸手；另一方面，习惯使然，他也可能不小心伸出手来，所以也要排除这种被你拒绝的可能。天知道我是根本不介意和让·夏尔万握手的，但他这么用心地避免我尴尬，让我心头有些刺痛。

我留在圣劳伦的这段时间里，又见过夏尔万两次。他把自己的故事告诉了我。而我这里会用自己的话重讲一遍，一是他两次分别讲了一些事我要重新拼凑起来，二来，他没有讲的，我会用想象补充完整。想象应该没有把我带偏，这大概就像一排五个字母的单词，每个词他都只给我三个字母，但很可能大多数单词我都猜对了。

让·夏尔万出生、长大都在勒阿弗尔，那是一个重要的港口城市，他父亲在海关有份不错的差事。上完学之后，让·夏尔万去服了兵役，回来后找了个工作。在法国，那些所谓发家致富的机会，很多年轻人都会看出其中的凶险，宁可要一份体面的衣食无忧。夏尔万就是这样，他天生对数字敏感，很轻松就在一家大型出口公司的财会部门找到了职位。他不用再担心自己的未来了，从今往后都能有一笔收入让他安逸地生活，虽然谈不上奢华，但和他所身处的阶层是相称的。他工作勤勉，行事端正。跟那一代许多法国青年人一样，他也很会运动，夏天游泳、打网球，冬天骑车，每周有两晚都会去体育馆待几个小时，保持身材。不管是童年、青春期还是青年时期，他身边总有一个同龄人，为了讲这个故事方便，我们就叫他亨利·雷纳尔，也是一个海关职员的儿子。让和亨利一起上学，一起运动，一起备考，因为两家人关系也很好，他们还会一起度假；最初跟女孩谈恋爱两个人也是一起，在当地的网球赛里是双打的搭档，还一起参了军。他们从来不吵架，有彼此陪伴是他们最开心的时候。谁也拆不散他们。退伍开始找工作，他们也决定进同一家公司，但这回不太容易，夏尔万努力想让自己那家出口公司也能雇佣亨利，但没有成功，直到一年之后，亨利才找到工作。可那时候勒阿弗尔跟其他所有地方一样，十分萧条，几个月之后，亨利发现自己又成了无业游民。

亨利是个很放松的青年人，享受着自己的闲暇，跳舞、游泳、打网球，否则他也不会结识了一个刚住到勒阿弗尔来的姑娘。女孩的父亲是殖民地军队的一个上尉，去世之后母亲带着女儿回到勒阿弗尔，这是母亲长大的地方。玛丽–路易这一年十八岁，那十八年基本都是在东京[1]度过的，给了她某种异国风情，很多一辈子没离开过法国的男青年非常着迷，一开始是亨利，然后是让，都爱上了她。这或许并不意外，可依然算是命运在捉弄人。玛丽–路易是独女，从小教养得很好，母亲除了养老金之外，自己也有积蓄，显然这样的姑娘要追求只能以婚姻为目的。亨利那时候日常开销还全靠父亲支持，他若是向莫里斯夫人（也就是玛丽–路易的母亲）求娶她女儿，完全没有可能成功；但他又整日闲暇，和玛丽–路易相处的机会是夏尔万不能比的。莫里斯夫人算是个常年的病患，所以玛丽–路易和与她年龄、阶层相仿的法国姑娘相比较，管制要少很多。她知道亨利和让都爱着她，两个男生她都喜欢，也享受他们的殷勤，但旁人始终看不出她是否爱上了其中哪一个，也无法分辨两人之中她更倾向谁。她很明白亨利此时的状况是没办法娶她的。

“她长什么样？”我问让·夏尔万。

“她个子很瘦小，但身形挺好看的，灰色的大眼睛，白皮肤，鼠灰色的头发，她整个人就像只小老鼠。谈不上什么美貌，但有旧时女子娴静的气质，也是一种好看，而且总有种惹人欢喜的感觉。这是个很好相处的姑娘，单纯，不做作，你自然而然会觉得她很可靠，谁能娶她是福气。”

---

1 Tonkin，越南北部一个地区。

让和亨利彼此间没有秘密，让坦白自己也爱上了玛丽–路易，但先认识她的是亨利，两人之间心照不宣，让不能此时再横插一脚。后来，女孩终于做出了选择。有一天亨利在让的公司外面等他下班，说玛丽–路易已经答应嫁给他了，计划是先找工作，一有了着落，亨利的父亲就会去找女孩的母亲，正式提出这桩婚事。这对夏尔万的打击不小，亨利是性情中人，自然忘乎所以地聊起了未来的打算，夏尔万要跟着他高兴、激动、期待，的确不太容易；但两人间的感情太深了，夏尔万心里生不出怨恨，他知道亨利是多么可爱的一个人，玛丽–路易这样选择顺理成章。这是他献祭在友谊这座圣坛前的爱情，夏尔万竭尽心力想让自己真诚地接受这个结果。

"她为什么没有选你？"我问。

"亨利太有活力了。只要一见他，你就知道这是你认识的最开心、最好玩的男孩，那种兴致高昂是能感染人的，有他陪伴你一定不会无聊。"

"有劲的人。"我微笑道。

"而且有种神奇的魅力。"

"他长得好看吗？"

"不算很好看，他比我矮，虽然是精瘦，但还是显得有些纤弱；不过他有一张和气的、亲切的脸。"让·夏尔万还是那么怡人地笑了笑。"我说我比亨利好看，真不是因为虚荣。"

但亨利并没有找到工作，他父亲养着他游手好闲也看不下去了，写信给每一个他能想到的人，包括法国各地的亲戚、朋友，问他们有没有工作机会给亨利，不管多卑微的都可以。后来他终于收到一封信，是里昂的一个表亲寄来的，说他的公司要招一个人派去柬埔寨的百囊奔[1]，他们在那里有个分公司，需要人手购办当地丝绸。如果亨利愿意的话，那个亲戚可以替他拿下这个差事。

跟所有法国家长一样，亨利的父母不希望儿子久居外国，但现在也没有办法了，虽然报酬微薄，但他们还是一致决定，亨利必须得去。亨利自己也并不抗拒。柬埔寨离东京不远，玛丽–路易一定适应那里的生活，亨利老是听她聊起过去，总觉得她很愿意旧地重游。但他万万想不到，玛丽–路易说这世上没有任何理由能劝动她回东方去。首先，母亲的身体显然越来越弱，她不可能抛下老人不管，二来，终于在法国安定下来，她决心再不离开这片土地。她很体谅亨利的难处，但心意决绝。他也没有别的出路，父亲无论如何不许他拒绝这份工作，所以亨利真的无计可施，只能去柬埔寨了。夏尔万很不愿见到朋友远行，但听亨利说起这个转折，他就意识到命运待他不薄，心底藏满欢呼雀跃。亨利没有五年是回不来的，如果不是办事不力，还很有可能长久地定居在东方，没有了阻碍，夏尔万毫不怀疑用不了多久玛丽–路易就会同意嫁给他。他在勒阿弗尔社会地位稳固，向来受人尊重，经济条件也不差，玛丽–路易照顾母亲也方便，这一切都会是说服她的好理由，更何况，她本来就很喜欢夏尔万，没有迷人

1　Phnom Penh，即金边，柬埔寨首都。

的亨利在她身边蛊惑人心，这种喜欢没有理由不能转化成爱情。生活一下子变了样。痛苦了几个月之后，他终于又开心起来，虽然只能说给自己听，但他也给未来制订了宏伟的计划。他再也不用压制对玛丽-路易的爱了。

突然他的希望被砸了个粉碎。勒阿弗尔有家船运公司突然空出一个位置来，亨利立马递了一份求职申请，看上去很可能会被接受。公司里的一个朋友说已经是板上钉钉的事了。这样一来，万事大吉，这家船运公司是那种保守的老派企业，都知道一旦进了那扇门，你一辈子都是他们的员工了。让·夏尔万感到绝望，最糟糕的是他还要把这份痛苦掩藏得很好。有一天他自己公司的领导找他。

故事说到这里夏尔万停了下来，眼神中都是烦扰。

“接下来要告诉你的事情，我从来没有跟第二个人说过。我是个讲原则的人，不喜欢骗人，但我这辈子的确干过一件会对我名声有损的事情。”

我想提醒读者，让·夏尔万此刻正穿着那件粉红色和白色条纹相间的囚服，胸口印着他的编号，他是因为杀死自己的妻子而被流放至此的。

“我想不出来那个主管找我会有什么事，进了他的办公室，他坐在办公桌后面，用锐利的目光打量了我一下。

“‘我有一个极为重要的问题想问你，’他说，‘希望你不要外传，当然，你的回答我也一样会保密。’

“我没有接话，他继续说道：

“‘你在我们这里工作的时间也不短了，我一向是很满意的，假以时日，你很可能会升到公司很高的位置上去，我对你绝对有信心。’

“‘谢谢你，先生，’我说，‘我会一直努力不辜负你的信任。’

“‘手头上要问的事情是这样，恩泰尔先生有意聘用亨利·雷纳尔进他的公司。他对员工的品格非常苛刻，尤其这一次的聘用，决不能疏忽。因为亨利·雷纳尔之后要负责给公司的船员分发工资，经手几十几百万的法郎。我知道亨利·雷纳尔是你的挚友，你们两家人也向来亲密，但现在我相信你不会糟蹋自己的名誉，请告诉我恩泰尔先生雇佣这位年轻人是否明智。’

“我立刻就明白了这问题意味着什么。如果亨利得到了这份工作，他会留下来，和玛丽–路易结婚，如果他得不到这份工作，他会去柬埔寨，娶玛丽–路易的人就是我。我向你发誓，回答问题的人不是我，是有人换上了我的衣服，用我的声音在说话，我嘴巴里出来的那些字跟我完全没有关系。

“‘主管先生[1]，’我说，‘我活到现在，亨利一直都是我最好的朋友，我们从来没有分开超过一个礼拜。我们一起上学，有了零花钱就一起花，后来到了谈恋爱的年纪，我们也分享情人；之后又一起参军。’

“‘我都知道。你比世界上任何人都了解他，这也是为什么我会问你这些问题。’

1　“主管先生”为法语。本篇中仿宋体字，原文皆为法语。

“‘您这样问我很不公平，主管先生。你这是在让我背叛朋友，我做不到；我不会回答您的问题。’

“主管意味深长地笑了笑，他时常高估自己，以为他很聪明。

“‘你答得很好，证明了你的人品，我想知道的也都在其中了。’然后他和善地笑了笑。那时我应该脸色苍白，说不定还在发抖。‘不要慌，青年人，你现在情绪复杂，我能理解。生活中有时候就会面临这样的选择，一边是诚实，一边是忠诚，当然了，该怎么选没什么好犹豫的，但依然会痛苦。我不会忘记你今天的表现，也代恩泰尔先生感谢你。’

“我退了出来，第二天，亨利收到一封信，说公司暂时不需要他效劳了，一个月之后他登船去了远东。”

六个月之后让·夏尔万和玛丽–路易结婚了，本来或许还没有这么快，但莫里斯夫人病情加重，知道自己余下日子不多，她很想看到女儿安定下来。让给亨利去了一封信，把实际情况陈述了一番，亨利的回信很体贴，还恭喜了好朋友。他让夏尔万放心，不用为了他内疚自责，离开法国的时候他就知道自己不可能成为玛丽–路易的丈夫了，很高兴娶她的人是夏尔万。他在百囊奔可以找到排遣心情的办法。读这封信，似乎写信的人心情很不错。从一开始，让就宽慰自己亨利这个人性情飘移不定，很快就会忘了玛丽–路易，而手上的这封信似乎说明他已经不把这件事放在心上了。他并没有给亨利造成什么不可愈合的伤害，这证明了他当时的决断是对的。可要是他失去了玛丽–路易，肯定活不下去；对于他，这是生死攸关的大事。

最初的一年，让和玛丽-路易无比幸福。莫里斯夫人去世了，玛丽-路易继承了几十万法郎；但经济萧条，汇率动荡，他们决定先不生孩子，等财务状况明朗一些再说。玛丽-路易很能干，勤俭持家，又能让丈夫感受到温情和体贴，简直无可挑剔；她是个平和的女子，结婚之前，夏尔万觉得这点很迷人，但随着时间推移，他慢慢意识到平和只是因为她缺乏激情而已，平和之下并没有藏着什么深度。夏尔万之前就觉得她像一只小老鼠，现在觉得那种遮遮掩掩的缄默也像老鼠；她总对一些鸡毛蒜皮的小事非常认真，让人难以理解，又常为了一些根本不重要的事情忙得没完没了。她有一堆要关心的事，于是那颗精明的脑袋里就放不下别的爱好了。有时候会拿来一本小说读个开头，但很少能花力气把它读完。夏尔万不得不在心里承认，妻子是个颇为无趣的人，或许为了她干了那件龌龊的事并不值得，这个难受的想法一旦出现，慢慢就让他焦躁起来了。他开始想念亨利。夏尔万也试图宽慰自己，做了的事覆水难收，说那段话的人也并不是他自己，但还是无法平息良心的刺痛。他现在多希望主管问他的时候他不是那样回答的。

然后发生了一件很糟糕的事。亨利感染伤寒死了。这对夏尔万来说，是个骇人的打击；玛丽-路易也为之震惊，她去探望亨利的父母，好好地劝慰了一番，但她胃口并没有变差，睡眠也一如往日那般香甜。这种淡然惹恼了夏尔万。

“可怜的家伙，他一直都是那么开心的人，”玛丽-路易说，

“死的时候他心里一定难受极了。可他为什么要去呢？我早就跟他说，那边气候很差，这一点我特别清楚，我父亲就死在那糟糕的天气上了。”

夏尔万觉得是自己亲手杀了亨利。要是他把亨利的好——还有谁比他夏尔万更清楚呢？——全告诉了主管，亨利会拿到那份工作，现在就还好好活在这世上。

“我永远也没法原谅我自己，”他想道，“我永远也不会再快乐了。我真是太蠢了，太无耻了！”

他为亨利哭泣，玛丽-路易想方设法地安慰他。这真的是个善良的女子，也很爱自己的丈夫。

“你不能太往心里去了。说到底，他这一走就是五年，会变得完全不同，你们之间旧日的感觉也找不回来的，会像两个陌生人一样。这样的事情我见过太多了。他回来的时候，你会非常开心，很乐于见到他，但不出半个小时你就会发现，你们两个根本没有什么可聊的。”

“恐怕就是你说的这样吧。”他叹息道。

“他太糊涂了，本来就不会有什么大的作为。你是心志坚定、头脑清楚、思维缜密的人，这些他从来就没有。”

夏尔万知道妻子在想什么。要是当年她跟着亨利去了印度支那现在会是怎样的境况？一个二十一岁的寡妇，除了她那二十万法郎什么都没有了。这次逃得很侥幸，她庆幸自己当年选得聪明。夏尔万收入很不错，这样的丈夫是会让妻子得意的。但夏尔万被悔恨折磨着。之前的痛苦跟此时此刻相比，已经不算什么。想到自己的阴险狡诈，比什么东西咬啮着五脏六腑还要疼痛。有时候正在工作的时候，那种感觉突然袭来，像揪住了他的心弦一阵撕扯。那种煎熬太需要释放了，他要动用全部的心力，才忍住没有给玛丽-路易交代自己的所做所为。但妻子会是什么反应他料想得到，她不会震惊的，她会觉得这个小伎俩还挺巧妙，甚至暗暗有些自得，丈夫为了她干得出这么无耻的事。玛丽-路易帮不了他。他开始讨厌自己的妻子，若不是为了她，自己就不会做出那件卑鄙的事情，而她值得吗？这不过就是再寻常不过的只会精打细算的女人。

“我太蠢了。”他不断重复道。

既然看出妻子奇蠢无比，他甚至不再觉得玛丽-路易好看。当然这不是玛丽-路易的错，他背叛朋友也不能怪在玛丽-路易的头上；于是他逼自己要像开始时一样对妻子温存体贴。他对玛丽-路易言听计从，不管妻子说出什么愿望，只要他做得到，都会满足。他努力同情妻子，包容妻子，告诉自己，妻子纵然没什么格局，但以她自己的标准来评判，她当然是个好妻子，做事井井有条，很会省钱，不管是举止、衣着、容貌，都让一个体面的年轻丈夫觉得脸上有光。这些都不假，但亨利依然是因为她而死的，夏尔万因此而厌恶她。妻子的无趣常让他绝望。虽然他没有抱怨，虽然他始终和善、亲切，对妻子很是宠爱，但其实很多时刻都差点动手要杀了她。不过这件事真的发生的时候，几乎是无意之间 。那是亨利死后第十个月，他妹妹订婚，雷纳尔先生和太太给女儿办了一场派对。夏尔万这十个月来几乎没有见过他们，不太想去。但玛丽–路易说夏尔万是亨利最好的朋友，是一定要去的，这是他们家的大喜事，缺席就太失礼了。她对社交礼仪是很上心的。

"除此之外，你心情低落很久了，也可以散散心，难得高兴一下对你有好处。到时肯定会有香槟的吧？雷纳尔太太不喜欢花钱，但这样的场合她也只能牺牲一下了。"

玛丽–路易想到雷纳尔太太扯开钱袋时候多么痛心，偷偷笑了几声。

派对很热闹，但夏尔万发现他们用亨利的老房间给女客人放披肩、男客人放外套，感到一阵恶心。主人备好了很多香槟，夏尔万很痛苦，不停地喝酒，想淹没心里的悔恨。亨利的笑声在他耳朵里太清晰了，眼前全是亨利回眸时明亮的眼神和眼神里的随性。他们到家的时候已经凌晨三点，这一天是周日，夏尔万不用上班，所以他们起得很晚。接下来的经过我让夏尔万自己来说。

"醒过来的时候我头很疼，玛丽–路易不在床上。她正坐在梳妆台前梳头发。我一向很注意身体，习惯每天早上都要锻炼。那天早上我想省掉算了，但一晚上喝了那么多香槟，我觉得还是得运动一下。下了床之后我拿起我的体操棒[1]，挥舞起来。我们那个卧室很大，床和梳妆台隔得很远，空间是足够的。我做的就是平日里的那套动作。最近玛丽–路易改了发型，开始把头发剪得

1　Indian club，瓶状的金属棒或木棒，专门用来锻炼臂力。

很短，真是丑得叫人恶心。从脑袋后面看，就像个男孩，脖子上有短短的发茬，让我胃里难受。她把梳子放下，开始搽粉，突然呵呵一笑，笑声里都是恶意。

"'你笑什么？'我问。

"'雷纳尔太太那条裙子还是我们婚礼上她穿的，染了之后改了改，但瞒不了我，放到哪儿我都认得出来。'

"这句话说得太蠢了，让我一下子怒不可遏，举起体操棒用全力击中了她的后脑勺。好像她的脑壳都被我打破了，两天之后死在医院里，一直就没恢复意识。"

他停顿了一下。我递给他一支烟，自己也点了一支。

"没救回来也好，反正之后我们也不可能再一起生活了，而且这件事要解释也很麻烦。"

"确实麻烦。"

"警察逮捕了我，起诉我谋杀。当然我号称这是意外，那根棒子从我手里飞了出去，但法医报告对我不利。他们证明玛丽-路易受的伤不可能是意外，只能是一次残暴的蓄意伤人。幸运的是他们找不到动机。公诉方想说我是前一天晚上发现有人对我妻子格外殷勤，因为吃醋而起了争执，但他们提到的那个人说他根本就没有任何动作会引起我的注意，而且派对上其他人也说我们离开的时候无比融洽。他们在梳妆台上发现一张裁缝铺的账单，还没结清，暗示这是不和的缘由，但我证明了玛丽-路易买衣服都用的是自己的钱，所以我们不可能因为这个吵起来。有几个证人出来说我一直对玛丽-路易很好，大家也基本都认为我们是一对恩爱的夫妻；他们对我的品格也评价很高，我的领导对我赞不绝口。法庭上我的应对自始至终非常冷静，有那么一时半刻我甚至觉得他们会判我无罪。但最后我还是被判了六年。但我并不后悔，自从那一天起，包括在牢房里等待审判的那段时间，也包括我到了这里之后，我不再为亨利而煎熬了。要是我相信有鬼魂，应该会认定是玛丽–路易的死让亨利的鬼魂安息了。不管如何，我的良知不再纠缠我，想到那时我受的折磨，可以跟你保证，之后所承受的一切都是值得的，我觉得我又可以抬起头面对世界了。”

我知道这是个很离奇的故事；我大致算是个现实主义作家，写的故事也力求以假乱真。我向来都很小心地避开那些怪诞的情节，也一样很注意不去用随心所欲的写法；如果这个故事是我虚构的，肯定会把它写得更真一些，若不是亲耳听到，我自己也很难相信。我不知道让·夏尔万说的是不是实情，但他最后一次来看我时留下的最后几句话，却很不像是在胡编乱造。我问他未来有什么打算，他回答：

“在法国有几个朋友一直都在帮我，判刑的时候很多人都觉得那是一次极其严重的司法不公，我那个公司的主管坚信我是冤枉的；我有可能会被减刑。但即使不减，我也确信能在六年结束的时候回到法国。你也知道，我在这里还是做了不少事。接管账目的时候，那真是一团糟，但现在已经被我理得清清楚楚了。之前一直有些资金流失，我相信只要放手让我去干，一定可以解决这个问题。监狱长欣赏我，我确定他会想尽一切办法帮我的。最晚最晚，回到法国的时候我也不过三十出头。”

“但到时会不会找工作不太容易。”

“像我这样一个聪明的会计，再加上人也正直、勤勉，不可能找不到工作的。当然勒阿弗尔是没法住了，但之前公司的主管在里尔、里昂和马赛都有生意上的伙伴，他答应会帮我的。其实，想到未来，我只觉得信心满满。我会找个地方安定下来，而且只要经济状况也稳定了，就会结婚。经历了这么多事，我需要一个家。”

我的这个屋子，四面都有外廊，为的就是不管哪个方向有一点风都能吹到，此刻，我们就坐在北侧外廊的一角，我把一面百叶帘拉了起来，看得见一片天空，旁边孤零零一棵椰树，绿色的树叶在蓝天的映衬下显得格外鲜明，这幅画面很像热带游轮的广告。让·夏尔万的目光在远方搜索，像是能看到未来。

“不过，下次我再结婚，”他若有所思地说道，“我不会再为爱结婚了，我一定是为了钱。”

有官职的人

An Official Position[1]

他中等个头，肩膀很宽，人一看就非常结实，到了他这个岁数——五十岁，不长点肉是不好看的，但他并不胖。当地太阳太毒辣，气候也对身体不好，但没有影响他红润的气色。他血管里流的是健康的好血。棕色的头发很茂密，只在太阳穴的地方微微有些银白色；对自己的头发，还有那两小撇金色的胡须，他是很自豪的，每天都小心地梳理。他那双蓝眼睛里经常带着一抹喜乐的光芒。看着他，你会猜测生活待这个男人不薄，他的容貌就是好心人的样子，旺盛的精力之中也有一副好体魄散发的热量，都让你暗暗产生信任之感。过去的荷兰绘画中，经常有那些吃穿不愁、面色红润的中产市民，旁边是他们粉红脸蛋的妻子，这些人显然是勤奋打拼赚了不少钱，又享受了财富带给他们的好东西——他就很像荷兰画里的这种人。但其实他妻子死了。他叫路易·勒米尔，编号68763。他正在法属圭亚那重要的罪犯流放地

1　首次发表于1937年，收录于1940年出版的短篇小说集《换汤不换药》。

圣劳伦杜马罗尼服刑，刑期十二年，罪名是杀妻。一方面因为他在家乡里昂当过警察，另一方面是他品行正直，所以在这里还担任了一个官职。当时有两百人报名，结果他被选中，成了行刑人。

这也是为什么他被批准可以精心打理出那么漂亮的胡须，而其他罪犯都是不能留胡子的。在某种意义上，胡须就是他官职的标志。他可以穿自己的衣服也是同样道理。普通罪犯的制服是粉色加白色条纹的睡衣，圆草帽，靴子很笨重——木鞋底、皮质的靴筒。路易·勒米尔赤脚穿帆布平底鞋、蓝色的棉布裤子、卡其布衬衫，衬衫领口打开，展示阳刚的胸毛。你有时会在向公众开放的花园里见到勒米尔，他散着步，慈祥地看着在那里玩耍的黑人孩子、混血孩子，你会觉得他就是一个备受尊敬的小店老板，正享受自己一两个小时的清闲。他还有自己的房子，这不仅是他这个职位的特权，也是出于需要，要是他也住在拘禁罪犯的那片营地里，没两天就会被干掉——某个清晨大家会发现他已经被开膛破肚了。他的房子确实不大，就是单间的木屋，靠着外墙加了个棚顶当厨房，但屋子周围是个小花园，木栅栏也很坚固，而花园里种着香蕉、木瓜，以及这种气候里活得下来的蔬菜。花园面朝大海，外面还有一圈椰树林。环境确实迷人。而且离牢房也只有四分之一英里，领口粮比较方便。他的食物都是一个助手帮他去拿的，也跟他住在一起。这是一个又高又瘦、不太协调的家伙，两颊凹陷得像两个洞，深深的眼窝里，一双眼睛瞪得很大。他因为奸杀被判了终身监禁。这人没有什么头脑，但没有犯事之前是个厨师，虽然材料只有他们自己种的蔬菜，调味品只有勒米尔从中国人的杂货铺买的那些，他做出来的汤、土豆、白菜却意想不到的好吃，此外就是永恒的牛肉了，三百六十五天的牛肉，都是监狱厨房供应的。也是出于这个考虑，之前那个助手不行了之后，路易·勒米尔坚决向管理层要了这个人。说到之前那个助手，是很荒唐的，勒米尔想到就忍不住带着同情要笑两声，那个人突然开始质疑死刑，后来得了神经衰弱，已经住到关精神病人的圣约瑟夫岛[1]上去了。

他现在这个助手这两天正好生病了，发高烧，像是救不活的样子，只能送到医院去。路易·勒米尔很遗憾，再要找一个这样好的厨师不容易了。更倒霉的是偏偏病在这个时候，因为明天就有活儿要干。要处决的是六个囚犯，两个阿尔及尔人、一个波兰人、一个从大陆过来的西班牙人，只有两个是法国人。他们搭档越狱，沿河而上，过去十二个月里干了很多偷窃、强奸、杀人的勾当，整个殖民地都为之胆寒，很多人甚至不敢迈出他们的庄园。重新被逮到之后，这些人自然被判了死刑，但这个判决还要殖民地的总督确认，而公文终于收到了。像这样的活儿一个人是不够的，更何况前期准备就很麻烦；最烦心的是好巧不巧偏偏是这回他要带上一个经验不足的助手。监狱长派给他的是一个看守。看守其实也一样是罪犯，但因为表现良好拿到了这样的职位，不跟其他囚犯住在一起。在其他那些囚犯眼里，看守就是站

---

1 Ile St Joseph，大西洋上靠近法属圭亚那的一个小岛，占地二十公顷。

在当权者那一边的，看他们很不顺眼。路易 · 勒米尔做事兢兢业业，他很怕第二天会出什么岔子，于是跟临时助手约好了今天下午在放断头台的地方碰头，跟他详细解释原理，演示明天需要他做什么。

断头台不用的时候，就放在监狱的一个小房间里，但不用进监狱，外面有个门可以打开。勒米尔在约定时间缓缓踱到那里，发现对方已经到了。这是一个四肢很粗壮的男人，长相也很粗犷，身上跟囚犯一样是粉色和白色的条纹衫，但作为看守，他戴一顶毡帽，而不是普通的草帽。

“你是怎么被送到这儿来的？”

对方耸了耸肩。

“我杀了个农夫和他老婆。”

“唔，判了多久？”

“终身。”

这家伙看着像个心狠手辣的莽汉，但一个人到底怎样是很难说的，勒米尔亲眼见过一个魁梧凶悍的狱卒看到处决时昏了过去。他担心自己的助手在重要的时刻承受不住。勒米尔友善地笑了笑，用大拇指戳了戳那扇门，说道：

“这次的活儿不一样，他们一共六个，都是恶人，赶紧清理掉才好。”

“哦，没事的，我在这个地方见过的事情多了，什么都吓不到我。对我来说，这跟杀只鸡没什么差别。”

路易 · 勒米尔打开门锁走了进去，助手跟在他身后。那个房间不比一间牢房大多少，断头台放在里面似乎占了好多地方。看着就阴森，带着邪气。路易 · 勒米尔听到背后倒抽凉气的声音，回头看到那个看守盯着刑具，眼里全是恐惧。这里所有的囚犯都时不时要染上钩虫病，再加上发烧，所以看守的脸本就是土灰色的，但现在那种苍白简直惊悚。行刑官好心地微笑道：

“还是挺吓人的吧？你之前见过吗？”

“从来没有。”

路易 · 勒米尔低沉地笑了两声。

“你要是见过，恐怕今天也不会站在这里了。怎么被你躲掉的呢？”

“干那件事的时候，我都快饿死了，我去讨吃的，他们放狗咬我。我已经被判了死刑。我的律师跑了趟巴黎，结果总统给我减刑了。”

“活着总比死了强，这一点是肯定的。”路易 · 勒米尔说道，眼睛里还是闪着那种和蔼。

勒米尔一直把他那架断头台保持在最完美的状态。木头用的是当地一种硬木材，有点像红木，被擦得锃亮；上面有些地方是铜制的，勒米尔的要求是它们必须干净、闪亮得跟游艇上的铜制部件一样，这是他很引以为傲的一点。而那把闸刀上的寒光就跟刚出厂时一样。检查每个部件都运转无误是必需的，但给他的助手展示它们如何运转也很重要。每次闸刀落下，助手需要爬一个小梯子重新把绳子系好，这是他当天职责的一部分。

勒米尔开始做那些必要的讲解时，流露出的得意是一个出色的工匠对自己手艺了如指掌的那种得意。指出这台设备是如何的巧妙给他一种平静的快感。罪犯先被绑到一个支架上，然后会发动一个简单的机关，把支架往前并且往下一推，正好把他的脖子送到闸刀下方。这位认真的指导员还带来了一根香蕉梗，大概有五英尺长，看守一开始不明白是派什么用场的。现在他懂了。香蕉梗的直径和韧性都跟人的脖子差不多，就提供了很好的材料，不仅可以用来给新手展示机器如何工作，也用来确保它是正常工作的。路易 · 勒米尔把香蕉梗放到正确位置上，放下闸刀，它落下的时候速度惊人，而且伴随着一声巨响。从犯人被绑好在那个支架上到他身首异处，只需要三十秒钟。他的头颅会落到一个篮子里，行刑官会提着耳朵把它拎出来，展示给旁边那些专门来督视行刑的人，同时念出庄严的一句话：

"Au nom du peuple français justice est faite. 以法国人民的名义，正义得到了声张。"

然后他会把那颗头颅重新扔回到篮子里。而明天因为有六个人，尸体的躯干要从架子上解下来，跟头一起放到担架上，然后再带上另一个人。处决的顺序按照罪行轻重，最轻的那个最先，这样他就不用看到自己同伴恐怖的死状了。

"我们要当心，头和身体不能搞错，"路易 · 勒米尔说话还是用他那轻快的语调，"否则他们死而复生的时候就要场面大乱了。"

他让闸刀落了两三次，就为了确保助手已经弄清楚了该如何把它重新绑好，然后又从一个他保存清洁工具的架子上把它们取下来，让看守再把铜制的零件擦一遍。虽然上面看不到任何污迹，但最后擦拭一遍总归更亮一些。他靠着墙，悠闲地抽着烟。

一切都准备妥当之后，路易·勒米尔让助手先回去了，午夜再碰头。到时他们要把断头台从这个房间移到监狱的院子里。重新架好这个机器并没有那么简单，但因为天亮就是行刑之时，所以必须提前一小时准备停当。他缓缓朝自己的小屋走，下午将尽，一个劳作小组回牢房，正好遇到了。他们低声交谈，勒米尔猜到了应该是在说他，有些人就低着头，两三个恨恨地瞪了他几眼，还有一个朝地上啐了一口吐沫。路易·勒米尔嘴上还叼着一根烟屁股，看着他们觉得好笑。这些人看他时候那种憎恶，或许是带着恐惧的憎恶，他完全不放在心上。他们之中没有一个愿意跟他说话，勒米尔是无所谓的，甚至想到他们几乎每一个都想拿把刀捅他肚子，他还觉得有些好玩。对这些人，他只有无尽的鄙夷。他可以保护好自己，说起动刀子，他的技术不会输给他们任何一个人，比力气也是一样。罪犯们都知道第二天有人要被处决，一般行刑日之前他们都有点抑郁和紧张，干起活来也压着火，比平时安静，而狱卒也要更警惕才行。

“等事情一过他们就没这么紧张了。”路易·勒米尔进自己小院的时候想道。

往屋子走的时候，他的狗叫了起来。纵然勒米尔再勇敢，听到这阵骚动声还是高兴的。助手病了，屋里只剩他一个人，有这两条凶残的杂种犬看家护院总不是坏事。它们一整晚都会在椰树林里巡逻，要是有谁躲在那儿，它们一定会发出警报。

而要是有陌生人胆敢靠得太近，行刑官也很确信这两条狗会直接扑向它们的喉咙。他的前任要是有这样的护卫，也不会落得那样的下场了。

勒米尔之前的行刑官只干了差不多两年，突然有一天就不见了。领导们都觉得他是跑了；因为大家都知道他存了点小钱，很可能跟哪只帆船的船长谈好了条件，被带去了巴西。他当时情绪已经崩溃，找了两三回监狱长说担心自己会没命。他认定那些罪犯要杀他。监狱长很确信他怕得没什么根据，就没有多加理睬，等这人找不到了，监狱长得出的结论是他吓坏了，宁可冒着被抓回来重新进牢房的风险，也觉得那些罪犯为了报仇的刀锋更可怕，最终还是决定逃跑。

大约三周之后，有一个狱卒管着一个劳作队在树林里干活，注意到某棵树边聚集了一大群秃鹫。那是当地特别的秃鹫品种，叫“乌鲁布斯”，是形貌非常恐怖的大黑鸟，它们就盘旋在圣劳伦的集市上空，在那个城镇整洁的街道间从一棵树笨重地窜到另一棵树，捡那些释放出来的罪犯扔掉的腐肉，虽然那些人自己也吃不太饱。如果它们飞进了监狱的院子，是为了提醒里面的犯人：如果他们要越狱钻进森林里，十有八九会被这些恐怖的生物吃到只剩干干净净一副骨架。狱卒那天看到有一大群黑秃鹫在那里争抢、嘶叫，觉得一定有什么异常。他报告之后，监狱长派了一队人去查看。他们发现一个人吊在树上，切断绳子放下来一看，正是那个行刑官。对外放出的消息是他自杀了，但他背后插着一把刀，囚犯们都知道他是先被捅了，还没断气的时候被带到森林里被吊死的。

路易·勒米尔不担心这样的事情会发生在他身上。他知道自己的前任是怎么中招的：出手的并不是囚犯。根据法国的法律，一个人被判了苦役，刑满的时候他不能走，刑期是多少年他就要在那个殖民地再待多少年。他是自由人，但只能住在派给他的住处，不能走远。有些情况之下，要求没有那么死板，如果他还能卖力干活，往往能勉强填饱肚子，但长年的牢狱生活之下，这些人往往没有动力了，再加上热病、钩虫病之类的，很多人体力全无，根本承受不了重活或者长时间的劳作。所以这些人走出监狱，大部分只能靠乞讨、偷窃或者是给囚犯偷送烟草和钞票为生，大船靠岸每个月两三回，他们也会去帮着装货、卸货。路易·勒米尔的前任就是遭殃在这样一个前犯人的妻子手上。她是个黑人，年轻、貌美，人不高但身材有致，眼神魅惑。那个计谋就想得很周全。行刑官是个血气方刚的魁梧汉子，很有激情。她故意出现在他出现的地方，逮住他欣赏的目光，回了一个风情万种的眼神。一两天之后两人又在公园里相遇，他不敢跟那个女子说话（这里不管男人、女人、小孩，谁都不敢被人看到跟行刑官交谈），但他眨了眨眼之后，看到那个女子朝他笑了。一天傍晚他在自己家外面碰到她正穿过那片椰树林，周围没有人，两人就聊了起来，但也只说了几句话，因为她显然非常害怕被人看到。不过之后她又到了椰树林。那个女人步步小心，直到行刑官放下戒备；她懂得如何挑逗情欲；她会让行刑官送她小礼物，终于，行刑官报出一个价格，对他们两人都是不小的数目，她答应在某个月黑之夜到那个院子里去找他。那天刚到了一艘船，她丈夫会一直干活干到天亮。开门之后，她迟疑着不肯进来，就好像到了最后的时刻她又迟疑起来了，就在他跨出门去想拉她进门的时候，一把刀狠狠插进他的背脊，直接把他捅倒在地。

“这个蠢货，”路易·勒米尔喃喃道，“他这是咎由自取。男人的虚荣真的是永恒的，那么可疑的套路都看不出来。”

而说到现在的这位行刑官，女人对他来说，已经是过去的事情了。正是因为女人他才到了这个地方，落入这样的境地——至少是因为其中一个女人。而且到了他这个人生阶段，激情已经消退了。男人过了一定岁数，如果不糊涂，应该把注意力转到其他事情上去。他钓鱼一直很厉害。过去在法国老家，在不幸发生之前，只要一下班，他立马带着鱼竿鱼线去罗讷河[1]。现在他钓鱼的工夫也不少。每天早上太阳还没太烫的时候，他会坐到自己最喜欢的一块石头上，至少能钓到监狱长家里的餐桌上不缺鱼。监狱长的妻子知道什么东西值多少钱，一般看到他拿去的鱼都杀价杀得很凶，但勒米尔觉得这很正常；监狱长的妻子明白不管她出多少，勒米尔也只能收下，所以只按最低限度给就可以了，再多拿出一分钱也是犯傻。但不管怎样他还是能赚些小钱，可以用来买些烟草和朗姆酒这样的琐碎东西。但今天晚上他要给自己钓两条鱼。他从厨房里取了鱼饵，拿了鱼竿，到他那块大石头上安安稳稳坐下了。吃鱼最好还是自己钓，现在他已经很清楚哪些鱼

---

1 Rhone，发源于瑞士南部，流经法国东南部，注入地中海。

好吃，哪些又太老，没有味道，钓上来也只好再扔回到海里。其中有一种鱼，如果能用真正的橄榄油煎一煎，鲜美堪比鲻鱼。今天他坐了不过五分钟，浮子猛地一颤，收线一看，居然就真的这么灵验，刚刚想到的这种鱼就挣扎在他的鱼钩上。他把鱼取下，在石头上砸晕，放好，然后更换鱼饵。有四条这样的鱼晚餐就不错了，不能奢求更多，今天还有一晚上的辛苦，必须要吃得好一些。而且明天早上也没空钓鱼。首先断头台得拆开，搬回到储藏室里，清洁工作就很不轻松。这个活儿确实太血腥，上次他一条裤子完全被血浸透，实在没办法，只能扔掉。黄铜要擦拭干净，刀要重新磨快。他不是一个干活干一半的人，等这些工作全部完成，他估计肚子要咕咕叫了。还不如现在多费些功夫，多钓几条鱼放在阴凉的地方，明天可以吃一顿丰盛的早餐。一杯咖啡、两个鸡蛋，再来一点烤鱼，想想就挺满足了。吃完他可以好好睡上一觉。一整晚连坐的工夫都没有，又要替一个没经验的助手操心，再加上把这乱七八糟的场面清理干净，谁敢说这一场好觉不是他应得的？

海湾气势广阔地铺展在路易·勒米尔的眼前，远处有个绿树荫荫的小岛。这个下午宁谧得醉人，渔夫懒洋洋地看着水面上的浮子，一片平和飘落在心间。他思忖道，真要细想的话，他的人生可以比现在糟很多，有些人——他指的是那些就挤在几百码之外的罪犯——太想念法国了，忧伤得都发了疯；但勒米尔是有点哲学头脑的，只要能钓鱼他就心满意足了，他眼睛里的浮子是漂在南半球的海面上还是罗讷河上，真有什么区别吗？他也想起了过去。之前的妻子是个不可理喻的女人，杀了她并不后悔。娶她也从来不是他的本意。她是个做衣服的，他之所以看上了她就因为她一直穿得很精致、很时髦。她看上去就是一个体面的淑女，要是觉得一个警察配不上自己，勒米尔一点也不会意外。但勒米尔自有他的特别之处。很快她就让他了解，她不是个势利的人，而他依照寻常路数跟她求爱的时候，也发现了她并不古板。这让他宽心不少，因为他不是那种觉得遭到抵抗能让征服更添风味的男人。带她出去吃饭的时候，他喜欢被人看见他和这样的女子在一起。她聊天时很聪明，而且省钱，她知道去哪里可以花最少的钱又吃到好东西。这样的关系是人人称羡的，而且他本就是壮年男子的脾性，自然也有正常的七情六欲，能用这么小的花销解决了这方面的问题尤其让他高兴。当她找到他说有了小孩，似乎结婚就是最合情合理的选择。他工资不错，而且也到了安定下来的年纪。他时常厌烦在餐厅里吃饭，过的就像是种寄宿生活，他期待能有自己的家，吃自家厨房端出来的菜。后来呢，发现怀孕是搞错了，但路易 · 勒米尔心地善良，并不拿这件事挤兑阿黛尔。可就像很多男人一样，他发现情人成了妻子之后，就是另外一个女人。她似乎认为周日下午他就应该带她去散步，而不是去钓鱼，还有下班之后不回家去咖啡馆也似乎是这个妻子无法忍受的习惯。他常去的那家咖啡馆时常有别的钓鱼爱好者，他可以遇到投契的人。晚上没事的时候，坐在那里喝上一两杯啤酒，打一两圈牌消磨时间，他觉得比回家跟妻子面对面坐着要开心多了。她开始闹。他虽然天生是个爱交际、爱谈笑的人，但脾气也不小。

里昂有一群爱滋事的顽劣分子，不拿出一点强硬的姿态，有时候真对付不了他们。当妻子开始故意惹恼他的时候，他从来就没想过还有别的处理办法：他让妻子知道他手上多么有劲。如果是个还懂些事理的女人，应该吸取教训了，可惜他这位妻子不是。他发现需要运用惩戒手段的场合越来越多，而妻子就靠呼天抢地的尖叫来报复，还要告诉邻居（他们住在一幢大房子五层楼的两室公寓里）他是怎样一个禽兽。她告诉那些人他总有一天肯定会杀了她。但还有比路易·勒米尔心地更善良的男人吗？妻子抱怨他把钱都花在了咖啡馆里，还说他把钱挥霍在其他女人身上，可你要知道，在他那个位置，时不时就是会有各种机会送上门，而跟所有男人一样，他只是没有错过那些机会而已。在钱这件事上，他也很放松，不会介意给一圈朋友的酒水买单，如果一个姑娘待他不错，又正好缺一顶新帽子、一双新丝袜，他也不是那种会拒绝的男人。但不管多少钱，只要不是花在妻子身上，那个女人都觉得是从她口袋里偷走的；她要他解释每一分钱花在了哪里，而他还是那么开开心心地说自己把钱从窗口丢出去了，真把她气坏了。妻子的话越说越尖刻，而且声音也越来越刺耳。平日里，对丈夫她总像是裹着一团怒气，只要开口总让人非常难受。他们过着一种猫狗之间的日子[1]。路易·勒米尔那时常跟朋友描述妻子是怎样一个泼妇，说他每天要后悔十遍自己娶了她，有时候还会补上一句，要是再没有一场大流感把她干掉，他真要自己动手了。

1　英文习语：指整日无休止的恶斗、争吵不休。

这些话本来只是玩笑，但正是这些话，再加上她三天两头跟邻居说她会被丈夫谋杀，勒米尔才会被送到圣劳伦杜马罗尼来的，否则他可能在法国的监狱里待上三四年就够了。最后那场戏发生在一个燥热的夏夜，那天他也难得的心情不畅。当时有一场罢工，闹事者有些暴力行径，警察不得已逮捕了不少人，而逮捕时自然不是你情我愿的。路易·勒米尔下巴上狠狠挨了一下，当然他的警棍也没闲着。把那些逮住的闹事者送到警局又是一场累活，让人汗流浃背。下班之后他回家只是想把制服换掉，然后去咖啡馆喝杯啤酒，再开开心心打会儿牌。他的下巴真的很疼。他妻子就挑了那天问他要钱，他说没有，妻子就大闹起来。他去咖啡馆的钱倒是从来不缺，但家里一点吃的东西都没有，他却说没钱，她就是真饿死他肯定也无所谓吧？他让她闭嘴，然后两人就吵了起来。她拦到家门前，赌咒说他不把钱留下就别想出门。他叫她让开，朝前跨了一步。她突然拔出他的警枪，警告丈夫要是再向前一步她就开枪；这是他之前脱下警服的时候她拿去的。动刀动枪的罪犯他经手太多了，那句威胁还没说到一半，他已经扑了过去，夺走了手枪。她一边尖叫一边朝他脸上打去，正好打在他下巴最疼的地方。既是怒火攻心，也疼得要疯了，他开了两枪，她就倒在了地板上。他站定瞪着妻子看了一会儿，他有些眩晕。这个女人看着好像已经死了。他最初的反应是无法形容的解脱。他听了一会儿，似乎没有人听到枪响，邻居应该是都出门了。这算是一点小运气，让他有时间按照自己的方式完成他必须要做的事。他换回了制服，出门，锁门，把钥匙放进口袋；然后他去自己熟悉的咖啡馆喝了一杯啤酒，前后停了五分钟，接着就回到了自己不久前走出的警察局。因为那天的动荡，局长还没有走，路易·勒米尔走进他的办公室，讲了刚刚发生的事。他在牢房里过了一晚，隔壁就关着那些他最近抓来的罢工者。即使在这样的悲剧时刻他还是体会到了其中的讽刺意味。

路易·勒米尔经常要去法庭提供警方证词，一个人只要惹了麻烦，他的朋友会多么急切地提供任何可以伤害他的讯息，这样的情况他见得多了。很多时候，全靠嫌疑人最亲密朋友的证词，判决才成立，以前他想到这一点，每每觉得好玩。但即使经验这样丰富，他自己在被告席听到的证词还是大大出乎他的意料。从那个他去了那么多回的小咖啡馆店主，到那些多年来跟他一起钓鱼、一起打牌、一起喝酒的人，他们似乎珍藏着他吐出过的每一个字，每次他抱怨自己的妻子，有时说要让她付出代价那些半开玩笑的威胁，这些人全都记下了。他很清楚他说出那些话的时候，这些人跟他一样，并没有当真。在警局上班时常有机会施舍一些小恩小惠，那些人需要帮忙的时候，他从来不曾犹豫，而且他花钱也从来不小气，但听他们在证人席中说的话，会觉得翻出任何一条微不足道的细节，只要能置他于死地，都给这些人无上的满足。

如果只从庭审中认识他，你会觉得这是个坏人，他放荡、脾气暴躁、爱挥霍、懒散、腐败，但他知道自己完全不是这样的。他不过是个好心肠又随和的普通人，要是你不去干涉他，他也绝对不来打扰你。确实，他喜欢打打牌，喜欢啤酒，你也确实可以说他喜欢漂亮姑娘，但这又怎么样呢？他看着那些陪审员，心想要是把他们所有的过错、所有轻率的话，以及干的所有蠢事都摆到台面上来，这些人有哪个比他更高尚？对于最后的判罚，这么多年的劳役，勒米尔并无怨言。他本就是个执法者，犯了罪理应受到惩罚。但他不是个罪犯，他是一起不幸意外的受害者。

到了圣劳伦杜马罗尼，在监狱营地里穿上了粉红和白色条纹的囚服，再戴上那头丑陋的草帽，他依然记得自己是个警察，现在必须朝夕相处的这些罪犯向来是他的天敌。他鄙视这些人，讨厌这些人，尽量少跟他们往来。而且他也不怕他们，因为他太了解这些人了。跟其他所有囚犯一样，他藏着一把小刀，也显示过他很愿意动用这个武器。他不想妨碍任何人，但也不会让任何人来侵犯他。

里昂警局的局长之前挺器重他，在警务上他一直是模范警察，而且跟着每个囚犯的档案上，也说了他不少好话。他知道监狱里管事的人喜欢不惹事的囚犯，他会兴高采烈地接受安排，干活勤快。他于是接到了一份闲差，又被分到了一个单人间，就不用忍受宿舍里那种恶心的人挤人了。他跟狱卒们都关系不错，这些人大多不讨厌，而且知道了勒米尔之前是警察，就不太把他当成犯人，更多地把他当成了同事。监狱长信任他，很快他又成了监狱某位领导的仆人。除了睡在监狱里，他完全就是个自由人。每天他就送主人的小孩去学校，放学接他们回来，给他们做玩具。他陪着女主人去集市，背回她买的食品杂货。女主人跟他家长里短可以聊很久，他们一家人都喜欢他，喜欢他的风趣，还有他和善的笑容。而他也很卖力、可靠。生活重新又过得下去了。

不过三年之后，他的主人被派去了卡宴。这对勒米尔是个沉重打击。但正好那时行刑官的职位空了出来，他又争取到了。于是他又重新成了替国家办事的人。他是个官员。不管住得多么简朴，那是他自己的房子；他不用再穿囚服了；他可以留头发和胡子。那些囚犯看他的眼睛里全是憎恶和鄙夷，他完全不在意，他也是这么看他们的。人渣。当他从篮子里提起那颗头颅，捏着他的耳朵念出这些庄严的字：Au nom du peuple français justice est faite，他真觉得自己代表了共和国。他就是法律和秩序的象征。面对这一大群丧心病狂的罪犯，他是社会的守护者。

每次处决他都能拿一百法郎，再加上送鱼到监狱长家里，夫人给的那些钱，他给自己买过不少让生活更惬意的好东西，有些甚至可算是奢侈品了。此刻他坐在那块大石头上，周围是薄暮的静谧，他开始考虑明天赚到的钱能怎么用。偶尔浮子有动静，有时候的确是好鱼上钩，他就收线，把鱼从鱼钩上取下，换上新的鱼饵，但这些动作都是下意识的，他的思路并不受打扰。六百法郎，可不是一笔小钱，可他几乎想不出来能怎么花。在那个小屋子，想要的东西全都买好了，食品和杂货他备了不少，本来就不是个酒徒，朗姆酒已经买多了。钓鱼工具也不需要，衣服也够穿。这笔钱拿来只有一个去处，就是把它存好。勒米尔之前找了棵木瓜树，他相当可观的存款就埋在树根下。他想到，要是阿黛尔知道他真的开始存钱了，眼睛该瞪得多大。对她那个贪得无厌的灵魂，这算是祭奠了。他一点一点把钱存起来是为了刑满释放做准备。对于囚犯来说，那会是一个艰难的时刻。头顶有瓦、到点有饭的日子过了那么久，释放之后还要在殖民地待这么多年，只能自谋生路。他们都说过一样的话：惩罚真正开始在刑满之日。他们找不到工作，雇主不信任他们，工头不会雇他们，因为监狱方会派囚犯出来干活，他们报的价格根本没有人能抢得过。这些刑满释放的人就睡在露天，睡在集市上，填肚子一般都愿意去"救世军"[1]。但要从"救世军"拿吃的得干活，也不轻松，而且还要被迫听他们布道。有些人又犯下暴力罪，只为了能回去监狱住个安心。路易·勒米尔一定不能让自己陷入那样的境地。他打算存够了资金，一定要自己当老板；首先他应该可以申请到在卡宴定居，或许就在那里开一个酒吧。一开始大家可能忌讳他当过行刑官，不愿进来，但只要店里能提供好酒，他们终究会忘掉这些偏见，再加上他待人接物那么喜庆，又有很多维护秩序的经验，应该开酒吧是很有机会的。卡宴时不时会有外面的人经过，他们也会出于好奇去他的酒吧，回去之后毕竟可以当作谈资，跟朋友说他们在卡宴喝过最好的一杯朗姆潘趣酒[2]是一个行刑官调的。话说回来，离刑满还有好多年，要是他现在真需要什么东西，当然可以去买。但他又费力在头脑中搜索了一番，没有，这世上好像真没有他想要的东西了。他有点惊讶。眼神也从浮子上飘散开去。海湾静得不可思议，因为落日，水面上色彩绚烂，天

1 世界基督教慈善组织，1865 年由威廉·布思创建，最初目的是为伦敦的穷人提供食物和住处，后成为半军事化的组织，在全球提供救助和服务。

2 Rum punch，有各种调法，大致是朗姆酒加各种果汁。

空中已经有一个孤星在闪烁。有一个突然出现的念头给了他一种奇异的感受。

“如果这世上再没有你想要的东西，这一定就是幸福了吧。”他抚了抚自己漂亮的胡须，蓝色的眼睛透出温柔的光。“这没有什么好反驳的，我就是一个幸福的人，而之前我居然从来都没有意识到。”

这个想法太出乎意料了，他不知道该如何面对。一下子当然不太好接受，但如果你有一颗讲逻辑的头脑，这件事就跟一条欧几里得的定律一样明显。

“幸福，这就是我的生活状态。有几个人能说这样的话？谁能想到我是在圣劳伦杜马罗尼这样的地方，生平第一次觉得自己是个幸福的人？”

太阳快要落下，钓的鱼足够今天的晚餐和明天的早餐了，他收起鱼线，把鱼装起，往家里走去。他的院子离海边不过几步路。火很快就点着了，没过多久，四条小鱼就开始在锅里欢快地滋滋作响。橄榄油勒米尔一向很挑剔，最好的那一种并不便宜，但一分价钱一分货。监狱发的面包还不错，他用煎鱼剩下的油又煎了两片面包。食物的香味钻进鼻子里让他很是满足。行刑官点了一盏灯，洗了一根自己院子里种的莴笋，拌了一盆沙拉。他一直觉得这世上没人沙拉比他拌得更好吃。他喝了一杯朗姆酒，晚餐吃得很香。他也扔了些零碎食物给两条躺在他脚边的杂种狗。因为天生爱干净，而且明天早上回来吃早餐的时候也不想看到家里一团糟，吃完他先洗了碗，洗完之后他放两条狗出了院子，让它们去椰树林里转转。提着灯他回到屋子里，舒舒服服地坐进躺椅中，点着的这根雪茄是从旁边荷兰殖民地走私来的，勒米尔开始安心读起最近一次送来的法国报纸。肚子填饱，心上又没有挂碍，他没法不觉得生活虽然有种种缺憾，但还是很值得过的。之前突然发现自己是个幸福的人，那种有趣的讶异太震撼了，现在依然没有散去。你会想到那么多人追求了一辈子的幸福，居然就被他这样找到了，多少有些难以置信。但事实就摆在眼前，躲都躲不开。一个人如果拥有了所有他想要的东西，他就是幸福的；他拥有了所有他想要的东西，所以，他是幸福的。又有一个念头冒出来，他不禁笑出声。

“无可否认，我的幸福生活全是拜阿黛尔所赐。”

阿黛尔啊阿黛尔，多么可恶的一个女人！

又过了一会儿，他决定还是先打个盹；把闹钟调到了十二点缺一刻，躺进床里没过几分钟就酣睡过去了。他睡得很沉，没有梦来打扰他，闹钟响的时候还把他吓了一跳，但片刻之间就想起来自己这个闹钟为什么而设的。他打了个哈欠，伸了个懒腰。

“唉，没办法，得去干活了，什么工作都有不如意的地方。”

从蚊帐里钻出来，他把油灯点着。为了提神他洗了手和脸，又怕夜里风太凉，喝了一杯朗姆酒。一时间又想起那个没经验的助手，勒米尔考虑要不要在小酒瓶里给他装一点朗姆酒带去。

“到时他心理扛不住，那可就好看了。”

要一下处决六个人的确是运气不好。要是只有一个，助手是不是首次上阵就关系不大了，但如果有五个还在等着，出了什么差错会很尴尬。他耸了耸肩。也只能尽力而为了。他拿起梳子梳理了一下自己蓬乱的头发，仔细地梳了梳自己精致的胡须。他点了一支烟。他穿过院子，走到围着院落的坚实的栅栏，把门锁打开，出去之后再把门锁上。天上没有月亮。他吹了声口哨，但狗没有出现，让他有些惊讶。他又吹了一下。这两个小畜生，一定是抓了只老鼠，抢了起来，到时得好好揍一顿；吹了口哨就要出现，这一点一定得让它们记住。他开始朝监狱方向走去。椰树林里很暗，他还真希望那两条狗在自己身边；但一共也才五十码的路，很快就会走到空旷的地方了。监狱长家的灯还亮着，让勒米尔定了定心。他笑了一下，因为猜到那么晚还不关灯是什么意思：天亮时要处决犯人，监狱长睡不着。处决仪式的前夜，不管是监狱里的犯人还是出来了的人，都会有种焦虑和不适，看来监狱长也一样。的确这种时候暴乱的可能更大，狱卒们巡视的时候都要瞪大了眼睛，看到可疑的动作随时准备拔枪。

路易·勒米尔又吹了次口哨，但狗还是没有跑来。他不明白了，心下多了一点忐忑。他平时走路习惯走得很慢，甚至会带着些摇摇摆摆，但现在他加快了步伐。他把烟从嘴里吐掉，因为他突然想到烟头的火光会暴露他的行踪，太大意了。突然他绊到了什么东西，整个人顿时定在了那里。勒米尔是个勇敢的人，有铁一般的意志，但突然害怕得反胃。他踢到的东西软软的，体积还不小，一下就明白了是什么。他穿的是帆布软底鞋，小心地碰触着地上的那个东西。没错，他猜得是对的，这是他的其中一条狗。已经死了。他退了一步，拔出自己的刀。喊是没用的，最近的屋子就是监狱长家，穿过椰树林，他家就在那片空地对面。但他们不会听见他的呼喊，就算听到了也不会有任何行动。圣劳伦杜马罗尼这个地方，谁也不会只因为听到外面有人求救，就半夜冲出家门。第二天就算发现已经刑满释放的人死在那里，那也不是什么天大的损失。路易·勒米尔一瞬间就推断出刚刚发生了什么。

他的思路转得很快。在他睡觉的时候，那些人先杀了他的狗。一定是吃过晚餐把它们放出院子时候下的手。一定是扔出来几块有毒的肉，这两只小畜生立马就扑上去了。这一只死得离屋子不远，那是因为它想爬回家再死。路易·勒米尔奋力观察四周，但什么也看不到。那天夜里一点光都没有，即使一码之外的椰子树，他也几乎辨认不出。第一个念头是冲回自己的屋子。一旦能关起房门，过会儿监狱的人等他不来，就会派人来找。但他又知道自己是跑不回去的。那些杀了狗的人就躲在黑暗中，他拿着钥匙忙乱找锁孔的时候，一把刀就会插进他的背脊。他仔细地听。一点声音都没有。但他感觉到了他们就在附近，就藏在树的后面，准备杀他。这些人会像杀那两条狗一样杀了他。他会像条狗一样死掉。对方肯定不止一个人。他了解这些人，最起码有三四个，可能更多，他们是在私人家里干活的囚犯，可以不按时回监狱，在外面待到很晚，或者是那些出来了但快要饿死的人，反正什么都没了，已经绝望到无所谓了。片刻间他不知道该怎么办。他不敢跑，因为这是从他家到空旷地的必经之路，对方很可能拉了根绳子绊他，而一旦摔倒他就完蛋了。椰树林种得不算密，但在里面他即便看不清敌人，敌人也很难发现他。跨过狗的尸体，他猛地奔入林中。背靠着树，他盘算接下来该怎么办。周围的寂静实在可怕。突然他听到有人低声说了句什么，那种恐怖难以言表。然后又是死一般的寂静。他觉得自己一定得往前走，但双脚似乎是生了根一样。黑暗中似乎有眼睛在盯着他，勒米尔觉得自己就像在大白天一样清晰可见。然后从另一个方向又响起轻轻的一声咳嗽，他这一惊几乎要忍不住尖叫起来。勒米尔终于意识到他已经被包围了。这些强盗和杀人犯不会对他手下留情的。他想起了之前那个行刑官，他的前任，被他们抬进森林里的时候还没有死，眼睛都被挖出来了，就挂在那里任由秃鹫吞噬。他的膝盖开始发抖。当时太蠢了，居然接了这份工作！本可以选安稳一些的职位，没有风险就好。但现在去想这个太迟了。他振作起来。要活着逃出这个椰树林已经没有可能，这一点他已经明白；他想确保自己死得干脆些。他握刀的手又紧了紧。最糟糕的就是他根本听不到任何声音，也看不见人，但却知道他们埋伏在四周，准备出击。有一瞬间他冒出一个疯狂的念头，就是把刀扔出去，朝他们喊自己已经没有武器，他们可以放心地来杀他了。但他了解这些人，他们是不会满足于只让他死的。突然满腔的愤恨让他激动起来，他可不是那种会向一群罪犯投降的窝囊废。他是个正直的人，国家的官员，他有责任保护自己。他不能在这里躲一晚上，最好还是速战速决。可他背后的那棵树似乎能给他某种保护，让他无法行动。他瞪着前方的树干，可它突然动了起来，他惊恐地发现原来那是一个人。这下他终于拿定了主意，费了很大的劲开始朝前走去。他的脚步很慢，很小心。他什么都听不到，什么都看不见。但他知道自己前进的时候，他们也在前进，就好像他身边跟着无形的保镖。他觉得自己仿佛听见了他们赤脚踩在地上的声音。恐惧从他心里消失了。他尽量贴着树往前走，让他们很难从身后发起攻击；勒米尔胸口突然喷薄出一股希望，因为他想到这些人也不敢出手，他们都认识他，这些人都清楚他是怎样一个人，那个最先冲上来的人很可能收场时肚子上也插着他手里这把刀。前面只有三十码，一旦到了开阔的地方，看得见周围的情况，他是可以一战的。再往前几码，他就要冲了。这时的变化吓得他魂飞魄散，完全无法动弹。突然有光照过来，在这浓稠的黑暗中这样的光亮是很可怕的。那是一个手电筒。他下意识跑到一棵树边，背靠树干。他看不见拿手电筒的是谁，对着那道光他像瞎子一般。他没有出声，把刀子放低，因为他知道这些人要攻击的话会先对准他的腹部，要是有人扑过来，他已经想好如何反击了。纵使送命，对方也得付出代价。那道光就一直照在他脸上，半分钟过去了，但勒米尔却觉得过了千百万年。他觉得自己就快要分辨出那些人的脸，突然一个字打破了这恐怖的寂静：

“扔。”

一把刀同时破空而出，扎在他胸口，他抬起手的瞬间，有人冲过来，刀子一挥，就割开了他的肚子。手电筒关掉了。路易·勒米尔呻吟一声，倒在地上，那声呻吟中是极度的痛楚。五六个人从黑暗中聚拢过来，站在他身边。摔倒的时候胸口的那把刀也掉了出来，就横在旁边。手电筒又是一闪，他们看到了刀在哪里，其中一个人捡起刀，迅捷地一抹，勒米尔的脖子也被完全割开了。

“Au nom du peuple français justice est faite.”他说。

他们隐入黑暗中，椰树林里只剩死亡无边的静默。

冬季游轮

Winter Cruise[1]

“弗里德里希·韦伯”号在海地靠岸之前，埃德曼船长对里德小姐并不十分了解。她是在普利茅斯上船的，但在那之前他已经接待了好几个客人，法国人、比利时人、海地人，好几个过去都坐过他的船。里德小姐被安排在了轮机长那一张桌子上。“弗里德里希·韦伯”号是一艘货轮，常规路线是从汉堡开往哥伦比亚的一个沿海城市卡塔赫纳，中间可能会在西印度群岛中的几个岛屿作短暂停留。它从德国运出磷酸盐和水泥，带回咖啡和木材，但只要有货物给了足够的运费，船主韦伯兄弟并不介意让它偏离航线。“弗里德里希·韦伯”号可以运牛，运驴子，运土豆，什么都可以，只要能挣的是光明正大的钱。它也接待客人。上层甲板有六个舱房，下层还有六个，条件不算豪华，但伙食不错，虽然简单，但分量很足，而且收费便宜，里德小姐买了往返票，九个星期的行程，才四十五英镑。这一路不仅可以见到很多名胜

1　首次发表于 1943 年，收录于 1947 年出版的短篇小说集《环境的产物》。

古迹，还能获取很多知识，滋养她的头脑，这都是里德小姐出门时所期待的。

旅行社的人提醒过她，船到海地太子港之前，她的舱房里还会有个室友。里德小姐不介意，她喜欢有人陪伴，当船上的服务员告诉她这位同伴叫勃兰夫人时，她立马想到正好可以练习一下已经生疏的法语。但看到勃兰夫人乌黑的皮肤时，她还是略有些慌张，但马上又告诉自己，生活哪有事事顺心的，都得接受，这世界也得靠各式各样的人才能运转起来。里德小姐不怕风浪，这也不奇怪，她的祖父就是个海军军官，但除了开头几日天气有些暴躁，后来就好了，没过多久，她已经认识了所有的同行者。她很会交朋友，这也是为什么她做生意那么成功。在英国西部一个著名的景点，她开了一间茶室，对每个客人都是笑脸相迎，说很多漂亮的客气话，而到了冬天，茶室照例歇业，过去四年她都会找一条游轮出去转转。她说，你可以见到很多有趣的人，而且总能学到东西。必须承认，跟前一年在地中海的那条游轮相比，“弗里德里希 · 韦伯”号上的客人层次不算高，但里德小姐不是个势利的人，就算其中几个的餐桌礼仪的确吓到了她，她还是决心要多看事情好的一面，尽可能地享受这段旅程。她非常爱看书，上船之后发现图书室里有菲利普 · 奥本海默[1]、艾德佳 · 华莱士[2]、阿加莎 · 克里斯蒂，她高兴极了，但船上有这么多人可以聊

1 Phillip Oppenheim（1866—1946），英国畅销作家，作品以悬疑小说为主。

2 Edgar Wallace（1875—1932），英国小说家，写过一百七十五部小说，有一种说法是他发明了现代“惊险小说”，以情节复杂、高潮又极为紧张刺激著称。

天，她根本就没有工夫读小说，想好等到了海地，客人都走了，再去图书室不迟。

“归根结底，”她说，“人性比文学更重要。”

里德小姐一直有个好名声，就是很会聊天，船开了那么多天，只要她在桌边就不会冷场，她自己想来都很得意。她懂得如何让人加入对话，每次一个话题似乎聊到头了，她总有一句话能让它复活，或者是嘴边总准备好了别的话头，随时可以开启新的对话。里德小姐就住在普利茅斯，她从普利茅斯上船的时候，一位普莱斯小姐来送她，她的这位朋友是坎普顿教区已故牧师的女儿，时常对她说：

“你知道吗，维尼希雅，你的头脑就像男人的头脑，从来没有不知道该说什么的时候。”

“啊，我想如果你对所有人都感兴趣，那所有人也会对你感兴趣，”里德小姐谦虚地回答道，“功夫不负有心人，为了提高，对我来说没有太辛苦这一说，狄更斯就把刻苦称为一种天赋。”

里德小姐其实不叫维尼希雅，她叫爱丽丝，但她不喜欢这个本名，还是小姑娘的时候就用起了富有诗意的“维尼希雅”，她觉得跟自己的性情要相称得多了。

里德小姐跟同行的乘客有过很多场精彩纷呈的对话，最终在太子港靠岸的时候，他们一个个全都走了，她真的非常遗憾。“弗里德里希 · 韦伯”号在这里停留了两天，里德小姐去参观了城镇和居民的生活状况。重新起航时她是船上唯一的乘客。他们沿着岛屿的海岸线停靠了很多的港口，不停地卸货、装货。

中午坐下吃饭的时候，船长热情地说道："里德小姐，船上只有您一位女士了，身边这么多男人希望不会让您太尴尬。"

她被安排在船长的右手边，桌边还坐着大副、轮机长和医生。

"船长，我是个见过世面的女人。我一向认为，女士只要足够淑女，男士也会足够绅士。"

"我们都是海上的粗汉，夫人，你对我们不要期待过高。"

"善良的心胜过王子的冠冕，单纯的信仰胜过诺曼的血液。[1]"里德小姐答道。

船长身材不高，但很粗壮，头发全剃光了，一张红红的脸上胡茬也刮得很干净。他穿一件白色的短外套，但除了吃饭的时候，领口的扣子都打开着，露出浓密的胸毛。他是个开朗的人，只要说话就是大喊。里德小姐一直觉得他是个怪人，但因为自己是最放松、最开得起玩笑的女人，所以不会介意船长的不拘小节。而餐桌上的对话是要她来掌控的。船一路开来的时候，她就学习了不少关于海地的知识，船停靠的两天中她又多懂了不少，可她又知道男人喜欢说，不喜欢听，于是就给他们提了几个问题，虽然答案她早就知道了；但奇怪的是那些男人都答不上来。最后只好由她来费心讲解一番。船上的人把午饭称为"Mittag Essen"[2]，腔调很好玩，而今天的"Mittag Essen"结束之前，里德

---

1 出自丁尼生（Lord Alfred Tennyson，1809—1892）的诗作《克拉拉·维利·德·维利小姐》（*Lady Clara Vere de Vere*）。诺曼血统在 1066 年的"诺曼征服"之后，很长时间是英格兰的贵族血统。

2 德语：午饭。

小姐已经给他们传授了很多有趣的知识，包括海地的历史和经济状况，这个国家面对的问题和对它未来的展望。她说话慢条斯理，口音高雅，用的词汇非常丰富。

夜幕落下时，他们在一个小港下锚，要装三百袋的咖啡豆。销售员到了船上，船长留他吃晚饭，还点了鸡尾酒。服务员上酒的时候，里德小姐款款走进餐厅，姿态从容、优雅、自信。她常说你可以从走路的姿态中一眼看出一个人是不是淑女。船长向那个销售员介绍了里德小姐，她坐了下来。

“你们这些男士都在喝什么？”她问。

“鸡尾酒，你要来一杯吗，里德小姐？”

“来一杯也无妨。”

她把那杯酒喝完之后，船长迟疑地又问了一句她要不要再来一杯。

“再来一杯？好吧，不扫你们的兴。”

这个销售员的肤色，说是黑人没那么黑，但还是比大多数人黑了不少，他父亲曾经是海地派去德国皇室的公使，他自己在柏林住过很多年，德语说得很好，也正是因为这一点在德国的船运公司找到了这个职位。里德小姐也是出于这方面的考虑，在晚餐桌上跟大家讲了她那次沿莱茵河而下的旅程。晚餐之后她跟销售员、船长、医生和大副找了张桌子喝啤酒。里德小姐给了自己一个任务，就是要让销售员放开了聊天。他们正在往船上装咖啡，里德小姐据此推断出销售员一定对锡兰如何种茶叶很感兴趣，没错，她曾经就坐游轮去过锡兰；而这位先生的父亲曾是外交官，那毫无疑问他肯定关心英格兰的皇室。里德小姐这一晚过得很愉快。像她这样的女子不可能会跟朋友们说自己到了睡觉的钟点，但最后跟大家告辞去休息时，她在心里感叹：

“毫无疑问，在旅行中学习是最好的。”

孤身一人跟这么多位男士相处确实是独特的经历。回家之后他们听了会笑成什么样！他们会说这样的事只会发生在维尼希雅身上。船长在甲板上唱歌，她听到船长雄厚的嗓音就微笑起来。德国人都很有音乐天赋。船长跨着短腿走来走去的样子很有趣，用瓦格纳的曲调唱自己胡编的词。现在他唱的是《汤豪瑟》[1]（关于长庚星那美妙的一段），但里德小姐不通德语，也猜不出他填了什么词。这样倒也不是坏事。

“啊，女人真是太烦人，要是她再烦下去我肯定不让她活命。”接着他唱起了《齐格弗里德》[2]里比较好战的那个调子：“她太烦人，她太烦人，她太烦人，我要把她往海里扔。”

说烦人，里德小姐也确实够烦人的。她烦得让人无可奈何，烦得让人叹为观止，烦得让人痛不欲生。她的声音没有起伏变化，而且打断她是没有用的，她会从头说起。对于讯息她有无止境的渴求，任何一句随口说出的话，只要在桌上飘过，就一定会

---

1 *Tannhaäser*，瓦格纳根据德国民间传说创作的歌剧，关于中世纪诗人歌手汤豪瑟。此句括号中指的是第三幕一首咏叹调里所唱的”我美好的长庚星”（O du mein holder Abendstern）。

2 *Siegried*，瓦格纳《尼伯龙根的指环》第三部，讲齐格弗里德战胜巨蟒、夺得指环、救出女武神布伦希德的故事。

被她逮住，提出成百上千个问题。她很会做梦，做了梦就巨细靡遗地要讲给别人听，冗长到没人能受得了。任何话题，她都找得到一些无趣的话来说。不管聊到哪里，她都备好了一句不言自明之理。每次她都能击中那个最庸常不过的观点，就像榔头瞄准了墙上的钉子。她跃入那套最显而易见的说辞，就像马戏团的小丑跳进那个圆环。听众的沉寂无法使她窘迫——这些可怜的男人们离家万里，听不见那些小脚丫啪嗒啪嗒踩过地板，更何况临近圣诞，心情低落太好理解了；于是她加倍努力，想要引他们说话，逗他们高兴。不给他们这些枯燥的生活带去一些喜乐，她是不会罢休的。最难受的地方也就在这里——里德小姐是好心。她不只是自己乐在其中，她的目标是让所有人都能尽兴。她很喜欢船上的这些同伴，也毫不怀疑船上的同伴也一样喜欢她。为了气氛活跃，贡献自己的一份力量她觉得是理所当然，而且她觉得自己成功了，油然而生一种纯真的快乐。她讲了不少她那位朋友普莱斯小姐的事情，还反复提起普莱斯小姐跟她说过的一句话：维尼希雅，有你陪着就没有片刻是无聊的。船长职责所在，不能对客人无礼，不管他有多想让里德小姐闭上那张愚蠢的嘴，他是不能这样说的，而且船长心里明白，就算没有这样的束缚，他也不忍心那样伤人。里德小姐的健谈如滔滔洪流，无法遏止，那里面像是有种大自然无可抵御的神力。有一次，他们万般无奈之下开始说德语，立刻被里德小姐阻止。

“我可不许你们说我听不懂的话，你们很幸运，有我心无旁骛地陪着聊天，你们应该抓住机会，好好练习英文才是。”

“我们在聊一些专业的事情，里德小姐，你听着会很无聊的。”船长说。

“我从来都不会觉得无聊，这也是为什么我从来不会让别人觉得无聊——希望这样说你们不会觉得我有那么一丁点自负。我喜欢知识，任何事都能引起我的兴趣，有些讯息说不准什么时候就用得上了。”

医生淡淡地一笑，说道：

“船长是因为不好意思才那样说的，我们说德语其实是因为刚刚他讲的故事不适合给未婚女士听到。”

“我的确未婚，但我也是个见过世面的女人，我可不会要求水手们个个都是圣人。船长，在我面前你不用介意，什么都可以说，我不会大惊失色的。你刚刚要讲的故事我就很愿意听。”

医生六十上下的年纪，稀疏的白头发，留着白色的胡子，一双蓝色的小眼睛倒是很明亮。他话很少，不是个和善的人，不管里德小姐怎么引他说话，他都一声不吭。但这可不是个会随便放弃的女人，有天早晨船在开着，里德小姐上甲板发现医生正坐在那里看书，她拖了一张椅子过去，坐在医生旁边。

“你很喜欢看书吗，医生？”她兴高采烈地问。

“对。”

“我也喜欢。你们德国人都有音乐细胞，你应该也是吧？”

“我喜欢音乐。”

“我也是。第一次见到你的时候，我就觉得你是个很有思想的人。”医生扫了里德小姐一眼，紧闭嘴唇，继续看书。里德小姐一点也没灰心。

“话说回来，看书是随时可以看的，如果要在一本好书和一场好的谈话之间选择，我永远会选谈话，你是这样吗？”

“不是。”

“真有意思。快跟我说说为什么？”

“我说不出缘由来。”

“这真是很奇怪的，你说呢？但我一直觉得人性就是很奇怪。真的，我对人特别感兴趣。我一直喜欢医生，他们太了解人性了，但我也知道一些事，说出来连你也会吃惊的。像我这样开茶室的，见识过很多人，当然你得睁大了眼睛才行。”

医生站了起来。

“里德小姐，只能请您见谅，我必须去看一个病人了。”

“不管怎样我已经成功破冰了，”医生走开时里德小姐这样想道，“我觉得他只是还有点害羞。”

可一两天之后医生觉得很不舒服，他有个病根没除，时不时就要发作，但他也习惯了，从不跟人说起；一般这种时候他就希望别人不要打扰他。医生的舱房太小，又不通风，他就到甲板上找了一张躺椅，闭目躺着。里德小姐每天早晚都要来回散步半个小时，锻炼身体，医生心想，他只要假装睡着了，里德小姐应该不会来打扰他。可里德小姐经过那张躺椅五六回之后，在他面前停了下来，站着没动。医生虽然没有睁开眼睛，但知道里德小姐正看着他。

“有什么我能帮你的吗，医生？”她问。

医生吃了一惊。

“怎么了，需要帮什么？”

他瞥了里德小姐一眼，发现对方眼神中极其担忧。“你看上去病得不轻。”她说。

“我现在很难受。”

“我知道，看得出来。我们总不能就看你这样不管吧？”

“没事，很快就好了。”

她犹豫了一下，走开了，但没过多久她又走了回来。

“你什么垫子都没有，看上去太不舒服了。我有一个旅行时必带的枕头，给你拿过来了，我只把它塞到你头后面就好。”

那一刻他病得无力抗议，里德小姐轻轻地抬起他的头，把柔软的枕头放到了脑后。这一下他真的觉得舒服了很多。她摸了摸医生的额头，那只手温柔带着凉意。

“好可怜，”她说，“你们医生是什么样的我很了解，完全不知道该如何照顾自己。”

里德小姐走开了，但转眼间又拖着一张椅子回来，手里还有一个包。医生看见了之后痛苦地抽搐了一下。

“现在呢，我不让你聊天，只坐在你旁边织绒线。我一直都这么觉得，不舒服的时候旁边有人会感觉好一些。”

她坐下来，从包里取出一条织了一半的围巾，编结针飞快地动了起来，一直都没有说话。奇怪的是，医生觉得她的陪伴真的是种慰藉。之前船上没有一个人发现他生病了，他觉得有些孤单，虽然这是个无趣至极的人，但她的关心却让医生感激。看她静静地干活，医生的不适纾解了一些，很快就睡着了。醒过来的时候，里德小姐依然在干活，朝医生微微一笑，但没有说话。医生的病痛已经不见了，他舒服了很多。

那天下午他很晚才到餐厅，看到船长正和大副汉斯·克劳斯喝啤酒。

“请坐，医生，”船长说道，“我们正在开战前会议，你知道明天就是‘希尔维斯特之夜’了。”

“当然。”

“希尔维斯特之夜”，也就是除夕，对德国人是很重要的，他们都很期待，甚至从德国出发时就带好了圣诞树。

“今天午饭的时候里德小姐的话比平时更多，汉斯和我决定不采取措施是不行了。”

“上午她一言不发地跟我坐了两个小时，我想她是要把浪费的时间补回来。”

“离家这么远，家人都不在身边，这本来就够糟了，我们能做的也就是苦中作乐而已。除夕我们想过得开心些，但要是没有对付里德小姐的办法，我们一点机会也没有。”

“只要她在，我们是不可能开心的，”大副说，“除夕会被她毁掉，这是百分之一百的事情。”

“那你们想出了什么摆脱她的法子？看来只能把她扔下海了？”医生微笑道。“这老女人心眼不坏；她缺的其实只是一个情人罢了。”

“她都这个岁数了！”汉斯·克劳斯喊道。

“到了这个岁数尤其如此。那种放纵的啰唆，那种对讯息的渴求，那无数个问题，那种无趣感，还有她那副开了口就停不了的样子，都是她未经男女之事的身体在大声疾呼。有了情人，她也就有了平和的心境，那些躁动的神经会放松下来。人生中至少有那么一个小时，她算真正活着了，她整个生命所亟需的那种满足会深入她的语言中枢——然后我们就清静了。”

听医生说话，你总有些吃不准他是认真的，还是在寻你开心。不过船长的眼神确实调皮地闪动起来。

“那好，医生，我对你的诊断是非常信任的，你所提出的疗法也显然值得一试，考虑到你是单身，自然也应该由你出马实施这个治疗方案。”

“抱歉，船长，我们这一行有这一行的操守，船上有病人我必须开出药方，但亲自给病人服药不是我的职责。另外，我已经六十岁了。”

“而我是个孩子都已成人的已婚男子，”船长说，“又老又胖还有哮喘，指望我完成这个任务是不太可能的。命运把我塑造成了一个丈夫和父亲，当不了情人。”

“这种事情，年轻是至关重要的，长得好看也占便宜。”医生郑重地说道。

船长的拳头在桌上砰地捶了一下。

“你想到的是汉斯，很有道理，这件事情只能让汉斯来做了。”

大副立刻站了起来。

“我？绝对不可能。”

“汉斯，你又高，又帅，壮得跟头狮子一样，勇猛，年轻。我们还要在海上走二十三天才到汉堡，在这样的危急时刻，你不会抛下你的可怜船长不管吧？也不会让你这位好朋友医生失望吧？”

“不是，船长，这对我要求太高了。我结婚还不到一年，很爱我的妻子，日夜盼着早些回到汉堡。她对我的思念跟我不相上下。我不会对她不忠，更何况是跟里德小姐。”

“里德小姐也没那么糟啊。”医生说。

“有些人甚至会说她长得不错。”船长说。

确实，你如果逐一观察里德小姐的五官，她确实长得并不难看。她那张长脸是有些蠢，此话不假，但那双棕色的眼睛很大，睫毛浓密，棕色的头发剪短了，烫卷之后正好盖住脖子，还挺好看。她的皮肤也不坏，而且不胖不瘦。照今日的标准说，她本就不算老，如果她告诉你她今年四十岁，也是很容易相信的。只有一条指责她逃不掉，那就是她太乏味了。

“还有要命的二十三天啊，难道真要我被那个女人的废话活活烦死吗？难道我还要回答她那些毫无意义的问题，听她那些愚蠢的评论，这样熬过这要命的二十三天吗？我岁数大了，除夕这个欢庆的日子我等了很久，难道要我眼睁睁看着它被毁掉，就因为我不得不跟一个要把人逼疯的老处女共度吗？这一切本可以避免，但没有人愿意拿出一点绅士风度，一点点人情味，给一个寂寞的女人一点生命的光辉。我还是把船撞沉算了。”

“不是还有无线电操作员吗？”汉斯说。

船长突然扯着嗓子喊起来：

“汉斯，让科伦的一万处子为你复生，为你降福[1]，服务员，去告诉无线电操作员我找他。”

无线电操作员走进沙龙，很神气地并腿立正，原先坐着的三人没有说话，只是朝着他看。操作员局促起来，怕自己做错了什么事，马上要被痛骂一顿。他中等偏高的个头，宽肩、窄臀，消瘦、挺拔，被晒黑的皮肤很光滑，就像从来没用过剃刀一样，一双大眼睛蓝得惊人，一头金发又长又密，简直可以看作年轻条顿男子的完美样本。他是如此的健康，如此的精力充沛、活力四射，虽然站得并不近，你也感觉到一种生命的光彩照过来。

“真的是雅利安人没错了，”船长说道，“小伙子，你今年几岁？”

“二十一，船长。”

“结婚了吗？”

“没有，船长。”

“那订婚了吗？”

无线电操作员呵呵一笑，那种少年感非常动人。

“没有，船长。”

“我们船上有一位女乘客你知道吧？”

“知道，船长。”

---

1 传说公元四世纪匈奴在德国科隆杀害女童，最初的数目是十一人，几经转述，后来变成了一万一千人。

“你们认识了吗？”

“甲板上遇到的时候我会跟她问好。”

船长开始摆出他最一本正经的派头，平时总带着些顽皮的眼神变得严厉，那个浑厚、圆润的嗓音中加入了一点吼声。

“我们这艘是货船，运送的都是贵重的货物，但也要力所能及地多接待一些客人，公司急于想发展这方面的业务。我的方针就是要竭尽所能地让乘客在航程中更舒适、更开心。里德小姐需要一个情人。医生和我经过讨论，觉得你各个方面都满足里德小姐的要求。”

“我吗，船长？”

无线电操作员面色通红，咯咯笑了起来，但看到面前三个人都一脸的郑重，马上收起了笑意。

“但她的岁数足够当我妈了。”

“在你这个岁数，这一点完全不用考虑。她出身无比高贵，跟英格兰所有最上流的家族都关系紧密。如果她是德国人，最起码也是个女伯爵。选中你来完成这个任务，职责重大，你应该为赢得这项殊荣而心存感激。另外，你的英文讲得结结巴巴的，这也是你提高英文的绝佳机会。”

“这倒是，”操作员说道，“我知道我练习得太少了。”

“人生之中很少有这样的机会，能把享受生活和增长学识结合在一起，你该为自己的好运气而感到庆幸。”

“船长，如果允许提问的话，我想知道为什么里德小姐需要一个情人呢？”

“据说是英格兰的一个古老的传统，地位尊贵的未婚女士每年到了这个时候，必须投入一个情人的怀抱中。公司非常重视，强调里德小姐必须受到跟她在英国船只上同样的待遇，她有非常广阔的贵族人脉，我们可以预见，只要满足了她的需求，她就会说服很多她的朋友也来乘坐我们公司的游轮了。”

“船长，我只能请求您不要分配给我这个任务。”

“我不是在请求你办这件事，这是命令。今天晚上十一点，你必须出现在里德小姐的舱房里。”

“那我去了要做什么呢？”

“做什么？”船长呵斥道。“做什么？做你自然会做的事。”

他摆摆手示意操作员可以走了，后者还是立正、敬礼，走了出去。

“我们再喝杯啤酒吧。”船长说道。

那天晚上里德小姐状态正佳，她滔滔不绝，她轻松俏皮，她文辞典雅，没有一句老生常谈躲得过她，也没有一句陈词滥调被她压抑在了心里。她用愚蠢的问题轰炸他们。船长奋力压抑怒火，脸越来越红，他觉得自己无法再这样恭敬下去，要是医生的疗法不起作用，总有一天他会失控，不只向里德小姐流露出自己的真实想法，而且会把心里最难听的话全朝她砸去。

“这份工作大概是保不住的，”他想道，“但未必就不值得。”

第二天里德小姐进来的时候他们已经在餐桌边坐好了。

“‘希尔维斯特之夜’就在明日。”她兴高采烈地说道，这的确就很像她会说的话。她又问道：“啊，你们一早上都忙了些什么呀？”

其实他们每天干的事都完全一样，里德小姐也早已了解得一清二楚，所以这问题就非常让人生气。船长的心一沉，恨恨地朝医生念了两句，是船长此刻对他医术的评价。

“注意了，请不要说德语，”里德小姐语调活泼地说道，“你们知道我早就规定过了，还有船长，你刚刚是瞪了我们这位可怜的医生一眼吗？这可是圣诞啊，所有人都该和和气气的。想到明晚我就兴奋，圣诞树上会有蜡烛吗？”

“自然有的。”

“好不让人激动！我一直都觉得没有蜡烛的圣诞树就不叫圣诞树。哦，你们知道吗，我昨晚碰到了一件很有趣的事情，完全想不明白是怎么回事。”

大家都是一惊，停下来仔细地观察里德小姐。这是前所未有的情形：他们迫切想听她接下来要说什么。

“真的，”她还是用她那一成不变的语调说道，好像每句话都很讲究的样子，“昨晚我正要上床睡觉，突然敲门声响起来。‘是谁啊？’我问道。‘是无线电操作员。’我听到门外的回答。‘有什么事吗？’我问。‘我能跟你说几句话吗？’他说。”

他们听得非常入神。“‘那好，等我穿上睡衣，’我说，‘就给你开门。’于是我就穿上了睡衣，打开了门。那个无线电操作员说：‘抱歉，小姐，但你想发一封电报吗？’对啊，我真觉得挺滑稽的，他这个点来问我是不是要发电报，我就对着他笑了起来，不知道这样说你们懂不懂，我就是会觉得这样的事情很好笑，但我也不想让他难堪，就说：‘谢谢你，但我似乎并不想发电报呀。’他站在那里，样子好玩极了，似乎是很尴尬，于是我又说：‘但还是谢谢你来问我，晚安，愿你做个好梦。’然后就把门关上了。”

“那个该死的蠢货。”船长吼了一声。

“他太年轻了，里德小姐，”医生插话道，“他是热情过了头，以我推测，他大概以为你需要给朋友送新年祝福，想给你一点特别的折扣。”

“哦，我完全不介意，旅途之中我就喜欢这些稀奇古怪的小意外，好好笑一笑就过去了。”

午餐结束，里德小姐一走，船长就派人喊来了无线电操作员。

“你这个蠢货，你脑袋里到底装的是什么，怎么会夜里去问里德小姐要不要发电报？”

“船长，你让我做自然会做的事，我是个无线电操作员，我想最自然的就是问要不要发电报了，其他我想不到能说什么。”

“我真是见了鬼了，”船长吼道，“齐格弗里德看见布伦希德躺在石头上，喊了那声：‘这可不是个男人！[1]’”（船长唱出了这句话，很满意自己的歌声，又重复了几遍。）“等女神醒过来的时候，齐格弗里德有没有问她想不想发电报？是不是她应该

1　原文为德语，齐格弗里德刚从大火中把布伦希德救出，移除女武神胸铠时发出了这声惊呼。这是瓦格纳“指环”系列中极其难得的喜剧段落，也是考验歌剧演员的名句。

发份电报通知自己的爸爸，长眠之后他的女儿终于坐起来了，清醒了？”

“我绝对没有要冒犯您的意思，但我只想指出，布伦希德是齐格弗里德的姑妈，但里德小姐和我根本不认识啊。”

“他根本就没有想到这是他的姑妈，他只知道眼前是个美丽又无助的女子，而且显然来自一个高贵的家庭，于是就做了任何一个绅士都会做的事。你很年轻，很英俊，从头到脚每一寸都是雅利安人，整个德国的荣耀都要看你了。”

“好的，船长，我会尽力。”

那天晚上里德小姐的舱房里又响起了敲门声。

“是谁？”

“无线电操作员，里德小姐，我有一份电报要交给你。”

“给我的吗？”她有些讶异，但立马想到，可能是之前在海地下船的乘客给她发来了新年祝福。“大家都太暖心了。”她想道。“我已经睡下了，放在门口就好。”

“需要回复，有十个字已经替您提前支付了。”

那这就不可能是新年祝福了。她的心跳都停住了，只剩下一个可能：她的店失火，已经被烧没了。里德小姐从床上跳了下来。

“从门下塞进来，我写了回复再塞还给你。”

信从门下出现，停在地毯上，着实透露着一股不祥的气息。里德小姐一把将它抓起，撕开信封。那些字朦朦胧胧的，她一时间又找不到自己的眼镜。信上这样说：

“新年快乐。句号。愿所有人都平安喜乐。句号。你很美。句号。我爱你。句号。我必须跟你说说话。句号。签名：无线电操作员。”

里德小姐从头到尾读了两遍。然后缓缓摘下眼镜，藏在一条围巾下面。她打开了门。

“进来吧。”她说。

第二天就是除夕。高级船员在餐桌边坐下的时候都喜气洋洋的，但喜悦中也带着一丝多愁善感。乘务员用热带藤蔓装点了餐厅，用来代替冬青和槲寄生，圣诞树立在一张桌子上，树上放好了蜡烛，就等着晚餐时间点起来。大家都坐好了，里德小姐才进来，跟她打招呼的时候，她也没有应答，只是微微点头。屋里的人都看着她，觉得奇怪。里德小姐用餐时胃口不差，但什么话都没有说。她的沉默实在诡异，到最后船长忍不住问道：

“您今天很安静啊，里德小姐。”

“我在思考。”她回道。

“您是否愿意把您的想法分享给我们呢，里德小姐？”医生活泼地问道。

她冷冷地看了医生一眼，神色中甚至可以说有些傲慢。

“这些想法我只想留给我自己，医生。那些肉末土豆泥我还想再来一点，今天胃口确实不错。”

晚餐在一片美妙的静谧中结束了。船长长舒了一口气，吃饭的时间就该用来吃饭，不是用来闲扯的。散场时他走到医生跟前，握紧他的手说道：

“一定发生了什么事，医生。”

“确实，她成了个完全不一样的女人。”

“可这样的情形能维持多久呢？”

“我们也只能尽量乐观一些了。”

晚上的庆祝活动，里德小姐穿了一身极为低调的黑裙，胸口绣着玫瑰，脖子上一串长长的仿玉珠的项链。灯光调暗，圣诞树上的蜡烛点起，氛围有点像在教堂里。低级别的员工今天也在餐厅里用晚餐，穿着白色的制服非常神气。香槟是公司请大家喝的，晚餐之后还上了五月酒[1]。彩炮被拉响。留声机里播放起《德意志，德意志，高于一切》[2]《老海德堡》[3]和《友谊地久天长》[4]，很多人都跟着唱起来，他们都放开嗓子吼着旋律，而船长的声音凌驾于众人之上，连里德小姐也加入其中，她的女低音颇为悦耳。医生注意到里德小姐的眼神不时停留在无线电操作员的身上，从那眼神中医生似乎读出了一种惶惑。

“那个小伙子的确很英俊，是不是？”医生问。

里德小姐转过来，冷冷地看着医生。

“哪个？”

---

1 原文 Maibowle，传统德国饮料，葡萄酒配香车叶草和水果等。

2 *Deutschland, Deutschland uber Alles*，德国国歌《德意志之歌》歌词原文的第一段第一句，但官方版国歌的歌词只从第三段开始。

3 *Alt Heidelberg*，指《可爱的老海德堡》（*Alt-Heidelberg, du feine*），歌词写于 1854 年，后成为一首传播广泛的学生歌曲。

4 *Auld Lang Syne*，苏格兰民歌，歌词为罗伯特 · 彭斯所作。

"无线电操作员，我注意到你似乎一直在看他。"

"哪个是无线电操作员？"

"女人真是太会作伪了。"医生喃喃跟自己念了一句，但带着微笑答道："他就坐在轮机长的旁边。"

"啊，没错，我认出来了。你知道吗，我从来都不觉得男人的长相有什么要紧，我更在意他们的头脑而不是面孔。"

"原来如此。"医生说。

他们都有些醉了，包括里德小姐，但她依然不失气度，尤其告别时仪态分外优雅。

"我今晚过得非常愉快，在一艘德国货轮上的除夕会是我永久的回忆，今晚很有趣，是前所未有的一份经历。"

她稳稳地走向门外，这绝对算是一场大胜，因为一整晚都是不管男人喝多少，她也喝了多少。

第二天大家都有些倦怠，船长、大副、医生和轮机长下来用餐时，他们发现里德小姐已经坐在了餐桌边。在每个人的餐位上都放着一个小小的包裹，用粉红色的绸带扎好，上面写着：新年快乐。他们都疑惑地看了看里德小姐。

"你们都非常照顾我，所以我就想着，送你们一份小礼物。太子港可选的东西不多，所以你们的期望值也不要太高。"

船长是两个欧石南根做的烟斗，医生是半打丝绸手帕，大副是一个雪茄盒，轮机长是两条领带。用餐之后，里德小姐回舱房休息，这些人看了看彼此，有些不自在。大副摆弄着里德小姐送他的雪茄盒。

“我有一点替自己害臊。”他终于说道。

船长刚才一直心事沉沉，显然也是有些尴尬。

“我有点觉得我们不该跟她开那个玩笑，这女人真的心地善良，她自己养活自己，不是个富人，这些礼物大概花了她一百马克。本来随她去就好了，我还真有一丝后悔。”

医生耸了耸肩。

“你们希望让她不要出声，我满足了你们的愿望。”

“说到底，再听她啰唆三个星期我们也不会少块肉。”大副说。

“我还是觉得她有些不对劲，”船长加了一句，“她的沉默之中有种要出事的感觉。”

刚刚里德小姐跟大家一起用餐的时候，全程几乎一句话都没说，而且也好像没有在听其他人说了什么。

“医生，你不觉得应该去问她一声，有没有什么不舒服的？”船长提议道。

“她肯定没什么不舒服，吃得像头狼一样，要是你真的想问，还不如去问无线电操作员。”

“可能你还不太了解我，医生，我是一个很拘谨的人。”

“那我就是慈悲为怀的大善人了。”

在剩下的旅程中，这些男人对里德小姐的关爱，简直到了宠溺的程度，就好像这是个久病初愈的人，而且刚刚从生死关头挺过来。虽然她胃口一直极好，但他们还是用各种新式菜肴来引诱她。医生点了一瓶红酒，非要跟里德小姐分着喝。他们陪她玩多米诺牌，陪她下棋，聊天时故意引她说话。可虽然对他们的殷勤里德小姐始终礼貌回应，有一点已确定无疑，就是她不愿意跟这些人打交道，带着几乎像是鄙夷和不屑的态度；他们的确很努力在取悦里德小姐，但你几乎想说，里德小姐只觉得他们的行径不过是些有趣的胡闹。除非被问到什么，她很少主动说话，平日就读些侦探小说，坐在甲板上看星星。她过着一种与旁人无涉的生活。

旅程终于快结束了，穿过英吉利海峡的时候天空灰蒙蒙的，没有什么风；终于他们看到了陆地。里德小姐的行李已经整理好。两点钟，船在普利茅斯靠岸，船长、大副和医生都来跟她道别。

"啊，里德小姐，"船长还是他那副欢快的样子，"少了你我们很难过，但你能回家了，应该很开心吧？"

"你们都对我很好，对我非常好，我不知道我做了什么，值得你们这样对我。跟你们在一起我很开心，会一直记得你们的。"

她声音有些颤动，试着微笑，但嘴唇也在颤抖，接着泪水从她脸颊滚落。船长脸色变得通红，很尴尬地笑了笑。

"我能吻你一下吗，里德小姐？"

他比里德小姐矮半个头，女士弯腰，他深深地吻了一下被泪水打湿的脸颊，又吻了另外一侧。里德小姐转向大副和医生，他们两人也吻了她。

"我这个老女人又在发傻了，"她说，"你们都那么好。"

她擦干泪水，缓缓地从升降口扶梯走了下去，她的姿态还是那么优雅，简直有些夸张。船长的眼睛里也是湿润的。里德小姐走到码头时抬头看了一眼，朝甲板上的一个人挥了挥手。

“她在跟谁挥手？”船长说。

“无线电操作员。”

普莱斯小姐等在码头上迎接她，两人过了海关，送走了里德小姐的大件行李，她们去了普莱斯小姐住的地方，提前用了下午茶。里德小姐的火车要到五点才开，普莱斯小姐有很多话要跟好朋友说。

“你才刚回来，我这样说个不停真是太不好了，我一直都很期待听你说说这次旅行。”

“恐怕这回没有什么好跟你介绍的。”

“我可不信，你这次旅行很成功吧？”

“极其成功，我很满意。”

“跟那么多德国人待在一起你不介意？”

“当然了，他们跟英国人是有些不一样，你必须适应他们的一些行事方式。有时候他们做的一些事——怎么说呢，总之英国人是不会做的。但我一直觉得，人就是要顺其自然。”

“你指的是什么样的事情？”

里德小姐平静地看着自己的朋友。她蠢笨的长脸上全然是平和的神色，眼神中还有很不寻常的调皮的一闪，但普莱斯小姐完全没有注意到。

“说起来，真的都是些无关紧要的事情。只是些奇怪的让人预想不到的小事，但又很让人舒心。毫无疑问，旅行中真能学到一些奇妙的东西。”

梅宝

Mabel[1]

那时我正在缅甸的蒲甘[2]，坐了一艘去曼德勒的汽轮。离曼德勒还有一两天的航程，那艘船晚上靠在一个河边的小村落，我决定下船上岸。船长跟我说，村子里有个很不错的小俱乐部，我直接去就可以，不用见外，他们习惯了汽轮的乘客突然造访，俱乐部的秘书人也友善；我甚至有可能打上一局桥牌。反正闲来无事，码头有辆牛车等着，我就坐着往俱乐部去了。俱乐部的外廊上坐着一个男人，问我要喝威士忌苏打还是苦琴酒，听他语气，是不可能有人什么都不想喝的。我选了分量更大的那种，坐了下来。他是个高个子，很瘦，皮肤晒成古铜色，留着大大的一字胡，下半身卡其短裤，上半身也是卡其布的衬衫。我们聊了一会

1　作为短篇小说首次收录于1951年出版的三卷本《毛姆短篇小说全集》（*The Complete Short Stories of W. Somerset Maugham*）；曾出现在1930年出版的游记《客厅里的绅士》（*Gentleman in the Parlour*）中。

2　Pagan，缅甸中部，伊洛瓦底江中游东岸，佛教圣地。后文曼德勒（Mandalay）位于其东北方，缅甸王国最后的都城，佛教圣地。

儿，但一直没有问他的名字，这时有个人从外面进来，自我介绍就是俱乐部的秘书，而他喊我身边的这个人乔治。

“有你太太的消息吗？”他问乔治。

乔治眼睛亮起来。

“有，这班邮轮上有她几封信，她最近可高兴坏了。”

“她有没有让你不要太着急了？”

乔治轻轻笑了一声，也不知是不是我听错了，笑声里似乎带着一点哭腔？

“信里确实写了，但这事说起来容易。我当然明白她需要放个假，我也很开心她能有这个假期，但对一个男人来说也太不容易了。”他转过来对我说道：“你不知道，这是我第一次跟我太太分开，没了她，我就像只迷了路的狗。”

“你们结婚多久了？”

“五分钟。”

俱乐部的秘书哈哈大笑。

“别说傻话乔治，你结婚都已经八年了。”我们又聊了一会儿，乔治看了眼手表，说他要去换晚餐的衣服，走了。秘书看着他隐入夜色之中，表情像是在笑话他，但显然并无恶意。

“现在就他一个人留在这里，我们尽量什么事都喊上他，”他跟我说道，“太太回国之后，乔治伤心极了。”

“他太太要是知道丈夫如此深情，一定很开心。”

“梅宝这女人了不起。”

他喊来服务员，又点了些酒。这个地方太好客，从来不问你还要不要酒，直接当成理所当然之事。然后秘书靠在他的长椅上，点了一支方头雪茄，跟我讲了乔治和梅宝的故事。

他们是乔治回国休假时订婚的，他又得回缅甸，定好了梅宝六个月之后来会合。但困阻一件接着一件；梅宝的父亲去世，战争爆发，乔治派到了一个新的辖区，那里不适合白人女士生活，所以梅宝最终动身时，七年过去了。乔治把婚礼都打点好了，梅宝抵达当天就是成婚的日子。他去仰光接她。轮船抵埠的那天早上，他租了一辆车开到港口，在码头上走来走去。

突然，他全无预兆地害怕起来。上次见梅宝已经是七年之前了，他已经忘了梅宝长什么样子，这完全就是个陌生人。他觉得肚子里有个铅块直往下坠，膝盖开始发软。他要放弃了。他只能告诉梅宝，他很抱歉，但是没办法娶她了——他是真的做不到。可你怎么跟一个姑娘说呢？她可是跟你订婚七年，然后漂洋过海六千英里来嫁给你的。他也不敢说。乔治心里这时全是无望化作的无畏。码头上有艘去新加坡的船正要离岸，他匆匆留了一封信给梅宝，跳上了船，除了身上的衣服，什么行李都没有。

梅宝收到的信大致是这样写的：

最亲爱的梅宝，

突然有事把我调走，不知何时能回。我想你直接先回英格兰是最合理的方案。我之后的安排很难预料。爱你的乔治。

但他到了新加坡的时候有一封电报在等着他。

非常理解。不用担心。爱你。梅宝。

恐惧使人敏锐。

“天呐，我觉得她一定跟过来了。”他对自己说道。

他发了一封电报去了仰光的船务代理行，果不其然，此刻正往新加坡来的乘客名单里，就有梅宝的名字。事态紧迫，刻不容缓。他跳上一列开往曼谷的火车。但他并不安心，要查出他去曼谷太容易了，梅宝可以就学他坐火车跟来就行。还好，第二天有一艘不定线的法国商船要去西贡。他上了船。到西贡他就安全了；梅宝绝对想不到他去了那里，就算想到，可到了这个地步，她总应该揣测出他的意思了。从曼谷到西贡是五天的航船，那条船又脏又挤，非常难受。到了之后他很高兴，喊了一辆黄包车去酒店。在来客登记簿里刚写下名字，一封电报立刻递到了他手中。上面就两个词：爱你。梅宝。这足以让乔治全身冒出冷汗。

“下一班去香港的船是什么时候？”他问。

接下来是动真格的逃亡了。他坐船到了香港，但不敢多留，马上去了马尼拉，马尼拉太危险，他立马赶往上海，上海让人心神不宁，每次去酒店他都觉得像是冲进梅宝的怀抱中。不行，上海留不得。只有一个办法了——去横滨。在横滨的“格兰德大酒店[1]”，有一封电报等着他：

在马尼拉正好错过真是遗憾。爱你。梅宝。

他赶紧研究航运信息，真可谓火烧眉毛。她现在到了哪里？乔治折回上海，这次他直接去了俱乐部，问他的电报在哪里。电报递过来：

马上就到。爱你。梅宝。

别急，别急，他可没那么容易逮到。他已经盘算好了。扬子江很长，而且这时候水位落得很快，他差不多正好赶上最后一班去重庆的轮船，之后再去要么坐帆船，否则就要等明年春天了。女子孤身一人走这段路根本就不可能。他到了汉口，从汉口到了宜昌，在宜昌换船，经过无数急流险滩，到了重庆。但他已经吓坏了，必须万无一失：有个地方叫成都，是四川的省会，大概四百英里远。去那里只能走陆路，而且一路都是土匪强盗。但到了那里就不用怕了。

乔治召集了一些轿夫和苦力上路了。终于远远望见那座中国孤城的城墙，他大大松了一口气。在那些城墙上，可以在落日

1 Grand Hotel，正对横滨港口，开业于 1873 年，代表了日本当时最奢华的西方生活方式。

时看到西藏的雪山。

总算可以休息了——梅宝绝不可能再找到他。当地的领事正好是个朋友，于是乔治就住在领事的府邸中。他享受着一幢奢华的大宅子，满亚洲殚精竭虑地奔逃之后，他也享受着这份闲适，最重要的，这份安心真是妙不可言。一个个星期慵懒地过去了。

一天早上，乔治和领事都在院子里，中国人拿来了一些精巧玩意给他们鉴赏。突然大门口传来很响的敲门声，门房把门打开，四个苦力抬着轿子进门，走进院子，才把轿子放下。梅宝走出来，一副干干净净、清爽利落的样子，她应该过去半个月都在赶路，但全身上下一点痕迹都没有。乔治吓得呆了，面色苍白如纸。梅宝走到他跟前。

“你好啊，乔治，我刚才好担心又正好错过你。”

“你，你好，梅宝。”他声音在发抖。

他不知道该说什么。他往上下左右看：梅宝堵在他通往大门的方向上。梅宝看着他，蓝色的双眼中是笑意。

“你一点都没变，”她说，“男人七年之间可能一落千丈的，我还担心你会变胖、秃顶，紧张坏了。要是等了这么多年，见了面却发现真的没法嫁给你，那不是很可怕吗？”

她转向主人。

“你就是领事吗？”她问。

“我是。”

“挺好的。我只要再泡个澡，就可以嫁给他了。”

她果然嫁给了乔治。

马斯特森

Masterson[1]

离开科伦坡[2]的时候，我根本没有想过要去景栋[3]，但船上碰到一个人，他说他在景栋待了五年。他说那里有个重要的集市，五天办一次，五六个国家和五六十个部落的人都会聚过来。当地那种塔的华丽是阴森森的华丽，他说那种遥远会解放汲汲以求的灵魂，让它们不再焦躁。他说全世界任何地方让他选，他也会选择住在景栋。我问他，那个地方能给他什么，他说，心满意足。这是一个身材高挑、皮肤黝黑的男子，在人迹罕至的地方住久了的人，往往气质里有种漠然，他就是这样。这样的人跟众人相处总有些不自在。在船上的吸烟室，或是在俱乐部的酒吧里，他们或许也跟大家相谈甚欢，跟别人一样讲故事、说笑话，甚至乐意陈述他们过往一些不寻常的经历，但总像是还保留着什么。他们

1 作为短篇小说首次收录于 1951 年出版的三卷本《毛姆短篇小说全集》，曾出现在 1930 年出版的游记《客厅里的绅士》中。

2 Colombo，斯里兰卡首都。

3 Kengtung，原文作 Keng Tung，缅甸东部城市，或译肯东。

的另一重人生是不会放在大家面前的，有时候，他们会有一种几乎是朝自己心里看的眼神，告诉你只有那个隐藏的人生对他们才有意义。另一些时候，他们的眼神分明在说，他们因为命运不济或害怕太特立独行，一时间被逼入社交圈，其实心里分外疲惫。那些时刻，他们似乎就在渴望回到他们喜欢的那个地方，在那种单调和孤寂中重新与他们发现的真实世界独处。

船上的这次偶遇，与其说是他说服了我，倒不如说是这次偶遇的氛围，让我决定要横穿掸邦[1]。现在我正要启程，从上缅甸[2]的一个铁道尽头到暹罗另一个铁道尽头，大概在六百到七百英里之间，下火车之后我可以从那里再到曼谷。好心人把一切都想到了，只想让我这次远行能轻松些，英国派在东枝[3]的长官还发了电报给我，说已经备好了骡子和矮种马，就等我到达。在仰光我购置了折叠椅、桌子、滤壶、油灯，还有不少说不上来的东西，似乎都是必要的。先从曼德勒上火车到大济[4]，预备从那里雇一辆车送我去东枝。我在曼德勒的俱乐部里认识了一个人，他住在大济，邀请我出发前去他那里吃一顿早中饭（缅甸人巧妙地把早餐和中饭合成了一顿）。他名叫马斯特森，三十出头，一张亲切的脸，鬈曲的黑发中混杂了少许灰白色，一双俊朗的黑眼睛。

1 Shan States，缅甸邦名，位于缅甸东北部。

2 Upper Burma，指现今缅甸的中部和北部，与“下缅甸”相对，它们的分界主要因为十九世纪在不同的英缅战争中先后成为英国殖民地。

3 Taunggyi，掸邦的首府。

4 Thazi，位于缅甸中部，曼德勒以南约一百五十公里。

他说话有种无可比拟的音乐感，而且非常缓慢，我也不知道为什么，会让你信任这个声音的主人。你总觉得，一个人如果说什么话都要花这么久，而且世界居然有这样的空闲来听他把话说完，那么这个人自然有不凡的品质，让大家对他保有好感。他把人类的和气视作理所当然，我只能揣测，他自己想必也是很好相处的。他很有幽默感，自然不属于犀利、敏捷那一派，但言语中的讽刺意味让人觉得舒服；这种柔和的讽刺是用常理去审视生活的意外，于是看得见它们中荒诞的成分。因为生意，他一年中大部分时间都在缅甸到处跑，渐渐成了一个收藏家。他告诉我，他把所有闲钱都花在了缅甸的各种小玩意上，之所以邀请我吃饭，最主要的也是想让我看看他的收藏。

大清早火车就到了，之前他就跟我说好，他早上得去办公室，不能来接我，而我也得先去城里办一两件事；早中饭是在十点钟，他让我办完事立马先去他家里。

“就当自己家，”他说，“想喝什么就跟男用人说。办公室的事情一结束我就回来。”

我问到哪里有车行，找了一个车主，他有一部非常老旧的福特。我跟他商量了一个价格，让他把我和我的行李送到东枝。我关照我的马德拉斯[1]仆人，把所有能塞的行李都塞进车里，塞不下的就绑在脚踏板上，自己朝马斯特森的家走去。那是个精致的小木屋，周围是高高的树，树荫洒在门前的马路上，天气不

1 Madras，印度东南部港市。

错，那个屋子在清晨的阳光中动人又温馨。我走上台阶的时候，马斯特森在招呼我。

“我的活儿干完了，比预想的早。早中饭上桌之前，应该有时间给你看看我收藏的东西了。你喝什么？不过我大概只能给你威士忌苏打。”

“现在喝这个是不是太早了？”

“确实，不过我这里有个规矩，不先喝一杯谁都不能跨过这个门槛。”

“那我也只能从命了。”

他喊了仆人，很快一个身材修长的缅甸人就端来了细颈瓶、苏打水瓶和几个杯子。虽然还很早，但阳光已经很盛，百叶窗都拉上了。光线很惬意，毕竟路上太热，走进来只感觉凉快。房间里的布置也很舒服，有几张藤椅，墙上是英格兰景致的水彩画。这些画略显老派和拘谨，我猜应该是我们的主人有位未出嫁的老姑母，在她年轻时画的。有两幅描绘的是同一座教堂，我并不认识，两三幅是同一个玫瑰花园，还有一幅画里是一幢乔治王朝风格的宅子。我的目光在那幅画上停了不过一秒，他就开口道：

“那是我们在切尔滕纳姆[1]的房子。”

“啊，你就是那里的人？”

接下来就要说到他的收藏了。房间里摆满了佛像，还有很多佛祖的门徒，有铜制的，也有木刻的；还有各种形状的盒子、

---

1 Cheltenham，英格兰西南部城市。

不同种类的器皿、五花八门的小玩意，虽然数量实在太大了，还好陈列者品位不俗，所以放眼看去还是很悦目的。有些东西着实很漂亮。向我展示的时候，他显然颇为自豪，指出这样、那样东西是如何得来的，还有他是如何听说了某件藏品，如何找出它在哪里，又动用了如何难以置信的狡猾心思，才诱得那个很不情愿的藏家把它让了出来。讲到他哪次捡了个大便宜，他那双和善的眼睛会放光，讲到某个铜盘，他痛骂那个小贩宁可把东西收回去也不肯接受他合情合理的价格，这时他的眼睛里又会闪过一丝冷冽。四下里我还看到摆了些花，很多住在东方的单身汉，他们的房子都有一股凄凉之意，但马斯特森这里没有。

“这个地方被你布置得很舒服。”我说。

他朝房间各处扫了一眼。

“之前还行，现在就一般了。”

我没有明白他这话什么意思。然后他拿给我看一个镶金的长方形木头盒子，上面有玻璃马赛克做装饰。这种风格我在曼德勒的宫殿里见过，但这个木盒上的工艺比我之前看过的都要更精细，这样的工艺再加上如宝石般的多彩多姿，确实让我想起意大利文艺复兴时期的那种繁复的华美。

“他们说这东西有两百年的历史了，”他说，“而且像这样的工艺也已经失传很久。”

这件古董显然是帝王家打造的，你不禁会想它曾派过什么用场，沾了谁的手泽。确实是难得的宝贝。

“打开是什么样的？”我问。

“哦，没什么，只是上了一层漆而已。”

他把盒子打开，我看到里面放了三四张照片，都带着相框。

“啊，我都不记得放在这里了。”他说。

他轻柔悦耳的嗓音里突然有些怪异，我瞥了他一眼：马斯特森的皮肤早被晒成了古铜色，但依然看得出脸上一片绯红。他正要关上盒子，但又改了主意，取出其中一张相片给我看。

“有些缅甸女孩，年轻的时候还是很可爱的，你说呢？”他问道。

照片里是一个年轻姑娘，拘谨地站着，背景是照相馆里传统的背景，一座塔，一簇棕榈树。她挑了自己最好的衣服，头发上别了一朵花。你可以看到她被拍照时显然有些局促，但唇齿间依然颤动着羞涩的笑意，那双庄重的大眼睛里也有调皮的光亮。她个子很小，又很瘦弱。

“好迷人的一个小姑娘。”我说。

马斯特森又拿出另一张相片，那女孩坐着，旁边站着一个小男孩，战战兢兢扶着她膝盖，而这女孩臂弯里还抱着一个婴儿。小男孩直视前方，一脸惊惧，对面有一台机器和一个头裹在黑布里的男人，他不知道这是要做什么。

“这都是她的孩子？”我问。

“也是我的。”马斯特森说。

那时候仆人进来说，早午餐已经准备好了。我们走进餐厅，坐了下来。

“我不知道他们给你准备了什么。自从我那姑娘走了之后，家里全都乱套了。”

他那张诚恳的红脸露出一丝愠怒，我不知道该怎么回这句话。

“我太饿了，吃什么都好。”我试着回了一句。

他没有评论，接着就是一盆薄粥摆到了我们前面。我自己加了一点牛奶和糖。马斯特森吃了一两勺，就把自己的盘子推开了。

“妈的，要是没看到那两张照片就好了，”他说，“我本意就是把它们藏在我看不到的地方。”

我不想过多打探别人的私事，他若是不想说，我自然不会强求，可我也不愿表现得太过冷漠，把他想说的话也堵回去。我听过一些人的故事，我很确定讲述者再没有跟第二个人说过，那可能是在山林中一个寂寞的驻地，可能是在一幢古板的豪宅里，或者是在一个热闹的中国城镇中。我只是一个萍水相逢之人，之前没有见过，往后也不会再见，在他乏味的人生中，我是瞬间的过客，就像一个多年没有挠到的痒处，让他忍不住要袒露灵魂。只用这样的一个夜晚（桌上或许是两瓶苏打水、一瓶威士忌，我们坐在乙炔灯的光圈之外，坐在充满敌意、无可名状的黑暗中），我对他的了解胜过与他相处十年。如果你对人性感兴趣，这是旅行的最大乐趣之一。起身道别的时候（你可能第二天要起早），有时候他们会说：

“听了这么多不着边际的话，恐怕你要无聊死了。我有半年没有说过这么多话了，但把这些事情说出来我舒畅不少。”

仆人把盛粥的盆子收走了，给我们一人上了一块淡色的烤鱼。是冷的。

“这鱼太难吃了，对吧？”马斯特森说。“除了鲑鱼，我讨厌所有的河鱼，没办法，只能把它整个浇上伍斯特沙司[1]了。”

他果然放开了浇了很多沙司，然后把瓶子递给我。

“她管家真的没话说，我那姑娘；她在的时候，我就觉得我吃住都像只斗鸡[2]。要是哪个厨师敢把这种垃圾端上来，一刻钟之内她就让这个蠢货走人。”

他朝我微微一笑，我发现这笑容中都是柔情蜜意，让他的神色格外温和。

“跟她分开，我跟你说，真的很痛苦。”

显然他有话想说，我毫不迟疑地为他做好铺垫。

“你们吵架了吗？”

“没有，那个算不上吵架。她跟我过了五年，我们小小的拌嘴都没有。没有比她脾气更好的小姑娘了，似乎没有什么事能惹到她，快活得像只蟋蟀[3]。你只要看她，她没有一次不还给你一个笑容的。她一直都那么开心。而且她也的确没有理由不开心，因为我一直对她非常好。”

“我也觉得一定是这样的。”我应道。

“她是这里的女主人，要什么我都给她。要是我没有对她那么恭敬，或许她也不会走了。”

---

1 Worcester sauce，味近辣酱油。

2 固定表达，指生活得非常舒适。

3 固定表达，形容非常活泼、愉快。

"'你永远猜不出女人的心思'，这样的话太没有新意了，你不要逼我这样说。"

他瞥了我一眼，显然是抗议，眼神里又微微闪过一丝笑意，带着一点羞涩。

"我跟你说一说她吧，你会不会觉得无聊透顶？"

"当然不会。"

"好吧，就是有一天我在街上看到她，立刻就心动了。照片给你看过，但和她本人比，差得太远了。我这样说一个缅甸姑娘或许有点蠢，可她真的像一颗玫瑰花蕾，你要知道那不是英国玫瑰，就像我刚给你看的那个盒子上的玻璃玫瑰，跟真花不是一回事，她也完全不像那些英国的玫瑰，更像东方花园里的玫瑰，带着一点奇异，那种属于东方的韵致。我不知道该怎么描述才能让你明白。"

"我觉得我已经听懂了。"我微笑道。

"遇见她两三回之后，我调查出来她家住在哪里，就让我的仆人去问她的情况，回来之后他告诉我，她父母说如果能谈得妥，愿意让他们女儿过来。我无意讨价还价，所以事情马上就定下来了。她家里还为这件事开了个派对庆祝，之后她就住了进来。当然，所有事情上，我对她就跟妻子一样，让她管这个家。我跟那些仆人说，他们都得听那姑娘的命令，要是她对任何一个仆人有怨言，马上他就走人。你知道，有些家伙让自己的姑娘跟仆人住在一起，只要出个远门，那些女人就要受苦了。要我说，这是很恶劣的做法。既然你要这个姑娘跟你住，至少你得保证让她过得开心些。

“她这个女主人当得特别好，把我高兴坏了。房子一尘不染，还帮我省了不少钱，因为她不会让那些仆人再讹诈我。我还教她打桥牌，她后来打得一手好牌，绝对不骗你。”

“她喜欢住在这儿吗？”

“岂止喜欢。有客人来的时候，我想就算把她换成一个女公爵也不能招待得更好了。你知道吗，这些缅甸人举止真的很优雅。我的客人有时候是政府官员，有的是旅途中停留的士兵，有时候看到她那么镇定自若地应对那些人，真让我觉得好玩。如果一些年轻的下级军人不好意思，她可以很快让这些人放松下来。她从来不勉强别人，也不凸显自己，只是出现在需要她的地方，尽力让一切都井井有条，让所有人都高兴。我还要跟你说，从仰光到八莫[1]，没有谁调鸡尾酒的手艺比她更高超。以前大家都说我运气很好。”

“我也只能说你运气的确不错。”我说。

咖喱上来了，我往自己盘子里盛了很多米饭，要了一点鸡肉，又从十几个小碟子里选了些我想要的佐料。咖喱的味道不错。

“然后她就生了孩子，三年生了三个，其中一个六周夭折了。给你看的照片上是活下来的两个。两个小东西长得有点怪，是不是？你喜欢小孩吗？”

“喜欢，我对刚出生的婴儿有种奇怪的热情，强烈得几乎超

1　Bhamo，缅甸北部城市，旧称新街。（仰光在缅甸南端，这句话指整个缅甸上下。）

出人伦常理。”

“我觉得我这人不太喜欢孩子，甚至对自己的孩子都没什么感觉。我一直在想，这是不是就表明我是个混蛋。”

“我觉得不是这样的，在我看来，很多人假装对小孩有热情，其实是摆出那种姿态来迎合风气。我有个理念，父母不要让小孩负担太多的爱，其实对他们更好。”

“然后我那姑娘就要我娶她，意思是用英国法律认可的方式。我把它当玩笑听，没明白她怎么会有这么荒唐的想法。我以为只是心血来潮，就买了一条金手链给她，让她不要再烦我。可她不是心血来潮，是认真的，我就告诉她这不可能。但你也知道女人什么样，一旦下定决心要拿到某样东西，绝不让你有片刻安宁。她有各种办法，哄骗、斗气、哭，博取我的同情心，还会在我醉醺醺的时候跟我讨一个承诺，她密切关注我什么时候动情，有次她病了的时候我差点中招。要我说，她对我的关注，比炒股的人看股市还警觉。我心里明白，表面上她不管多放松，多心无旁骛地在干什么事情，其实始终在候着我那个不加防备的时刻，到时她就会扑上来，让我松口。”

马斯特森又那样缓缓地、狡黠地朝我笑了笑。

“全世界的女人恐怕都是差不多的。”他说。

“意料之中。”我说。

“有件事我从来没明白，逼你做了一件你不想做的事，为什么女人会觉得这是有意义的呢？她宁可你违背意愿做那件事，也觉得好过什么都不做，我想不出来这有什么值得满足的。”

“胜利的满足，把男人说服，就算违背他的意愿，就算他的想法可能并没有变，女人是无所谓的。她征服了那个男人，她证明了自己的力量。”

马斯特森耸了耸肩，喝了一杯茶。

“她是这样说的，说我迟早会娶一个英国姑娘，然后就会把她赶出去。我说我没想过要结婚。她说她心里清楚得很。而且，就算我不结婚，也总有一天要退休，回英格兰，到时候她去哪里。整整一年都是这样过的，但我坚持住了。然后她说要是不结婚，她就会带着孩子们走。我说这种话说出来太傻了。她说她要是现在离开我，还能嫁一个缅甸人，再过几年就没人会要她了。她开始打包她的东西。我以为只是吓唬我，就反过来吓唬她，说：‘行，你想走可以，但要是出了门你就别想再回来了。’我以为她是不可能放弃这样一个宅子的，而且会放弃我给她的礼物，还有各种额外的好处，她要回家的话，她家可穷得咣当响。可她依旧收拾着行李。不过对我，她还是那么温柔，始终开开心心的，带着笑；有朋友来过夜，她也和以往一样友善，还跟我们打桥牌打到凌晨两点。我不可能相信她真的会走，但还是心里害怕。我非常喜欢她，她真的是个好姑娘。”

“可你要是这么喜欢她，为什么死活不肯娶她呢？之前不是过得非常美满吗？”

“我这就告诉你为什么。一旦我跟她结婚，我就要一辈子待在缅甸了。总有一天我要退休的，我想那时候能回家，住在我的老房子里。我不想被埋在这儿，我想埋在英国教堂的墓地里。在这里我没什么不开心的，但我不想在这里待到死，我做不到。我需要英格兰。有时候，这里炙热的阳光，还有这些艳丽的色彩，让我觉得恶心。我需要灰色的天空，需要雨点轻柔地洒下来，需要田野的气味。回去之后我就是一个滑稽的胖老头，就算有钱能打猎，也没有那样的体力了，但我可以钓鱼。我不想射老虎，我想射兔子。而且我还可以在一个正经的高尔夫球场上打球。我知道我很难合群了，我们这些一辈子在外面的人，回去都会那样，但我就在家附近的俱乐部里瞎混，就跟那些在印度待过、跟我一样退休的英国人聊天。我希望我的脚底能感受英国乡镇的灰色的人行道，我想去跟屠户吵架，抱怨他昨天送来的牛排太老了，我也想去二手书店随便翻书。我想在街上遇到那些从小看我长大的人，听他们说'你好哇'。我也想要在屋子后面有一个带围墙的花园，我要在里面种玫瑰花。我想这些事情在你听来一定非常单调、土气、无趣，但像我这样的人，世世代代就是过这样的日子，我也想要这样过。你可以说，这是我的一个梦，但我只剩这个梦了，在这世界上，它是最重要的东西，我不能放弃它。"

他停顿了一下，看着我的眼睛问道：

"你觉得我蠢到家了吧？"

"不会。"

"某天早上，她来找我，说她要走了。东西都装上了板车，可我还觉得她不会真走的。然后她把两个孩子放到一辆黄包车上，过来跟我道别。她开始哭。天呐，到那个时候我崩溃了，问她是不是真的要走，她说除非我娶她，否则就真的要走了。我摇了摇头。只差那么一点点我就妥协了。大概我那时也在哭。这时候她嚎啕哭了几声，跑了出去。我是喝了半个平底杯的威士忌，才镇静了一些。”

“这是多久前的事？”

“四个月之前。一开始我以为她会回来的，然后心想她一定是不肯先做出让步，觉得太丢人，所以派了一个仆人去告诉她，如果她愿意回来，我会接受她的。但她拒绝了。这个屋子没有她真是空得可怕，一开始我以为我会习惯的，可不知怎么的，它始终就是这么空。我本来不知道她对我这么重要，就好像藤蔓一样，早把我的心缠住了。”

“如果你答应娶她的话，我想她是肯回来的吧。”

“啊，那是，她跟我仆人就是这么说的。有时候我也问自己，为了一个梦幻，牺牲当下的幸福，值得吗？那真的只是个梦幻啊，对吧？说来的确好笑，有一样东西是我始终不舍得放弃的，就是我曾经熟悉的一条小道，两边都是高高的泥堆，头顶是从路边伸过来的山毛榉树枝。那儿有一股阴冷的泥土的味道，始终萦绕在我鼻孔里，散不掉。我不怪她，甚至觉得她了不起。之前我完全不知道她性格这样强硬。有时候我真的非常想听她的算了。”他迟疑了一会儿，又说道：“我想，或许吧，如果我感觉到她爱我的话，我是会妥协的。可她当然是不爱我的，这些跟白人住在一起的姑娘从来都不会爱上白人。我想她不讨厌我，但也仅此而已。要是换了你，你会怎么办？”

“啊，朋友，这种事我怎么好说呢？你会有一天忘了那个梦吗？”

“不可能。”

这时候，那个仆人进来，说我那个马德拉斯用人和福特车到了门口。马斯特森看了一眼手表。

“你该走了是吧？我也得回我的办公室了。我这些家事大概你听得很无聊吧。”

“一点都不无聊。”我说。

我们握了握手，我戴上草帽，车开动了，马斯特森挥手向我道别。

九月公主

Princess September[1]

最初，暹罗国王生了两个女儿，叫她们日与夜。然后他又生了两个女儿，便把之前两个的名字也一起改了，用季节命名，称她们为春、夏、秋、冬。斗转星移，又多了三个女儿，他就用一周七天命名她们。可等到第八个女儿降生，国王不知道该怎么办了，直到他突然想起一年有十二个月。王后说这也就十二个名字，每次都要记新的，把她脑子都弄乱了；但国王思维缜密，最讲逻辑，事情一旦想好了，他自己都劝不回。于是他女儿的名字又成了一月、二月、三月（当然是暹罗语的叫法），直到最小的那个叫八月，后来又生了一个，自然就是九月了。

“现在又只剩十月、十一月、十二月了，”王后说道，“用完了之后，又得重新开始。”

“不会的，”国王说，“因为我觉得对于任何一个男人来说，十二个女儿都足够了，等到我们那个可爱的十二月降生之后，尽

1 首次发表于 1922 年，收录于 1930 年出版的游记《客厅里的绅士》。

管于心不忍，我也只能割下你的脑袋。”

他说出这句话痛哭流涕，因为他对这个王后的喜爱是无以复加的。当然王后也很不安，因为她知道国王一旦割下了她的脑袋，会多么伤心。除此之外，毕竟割头对她来说也不是什么好玩的事情。但说来也巧，国王和王后都白担心了一场，九月是他们最后一个女儿。王后在那之后只生儿子，他们是用字母表命名的，这一方面也无需多虑，因为目前她只生到了J。

但暹罗国王的女儿们因为名字总被改掉，心里积起的怨愤再也无法散去，尤其是最大的那几个，名字也改得比妹妹们频繁，于是怨愤积得更多，更难散去。但九月从小到大只被叫过九月（当然了，她那些心里怨愤的姐姐还给过她很多别的称谓），性情就很温顺，人见人爱。

暹罗国王有个习惯我觉得值得欧洲借鉴。一到国王生日，他不收礼，反而送礼，而且似乎还送得很开心，因为经常听到他说太遗憾自己只能出生在一天，所以一年也就过一次生日。但这样送得久了，先是把暹罗各城市市长们献上的结婚贺礼连带那些效忠誓词送光了，最后他那些式样过时的王冠也都成了生日礼物。有一年过生日，一时间找不到可送的东西，他给了自己每一个女儿一只美丽的绿鹦鹉，都关在一只美丽的金鸟笼里。鹦鹉和鸟笼都分别只有九只，每位公主都有属于自己的金鸟笼，上面写好了她们的名字。公主们都很为自己的鹦鹉骄傲，每天都要花一个小时训练它们说话（和她们的父亲一样，非常严谨）。很快，每只鹦鹉都会了“天佑国王”（用暹罗人的话来说是很不一样的），其中几只还会用七种东方语言说“漂亮鹦哥”[1]。有一天九月公主去跟自己的鹦鹉问早安，发现它躺在金色鸟笼的底上，已经死了。她顿时嚎啕大哭，侍女们无论说什么都安慰不了她。她哭得太凶了，侍女们不知该怎么办，只好告诉王后，王后说这孩子简直胡闹，晚饭别吃了直接让她睡觉。侍女晚上有派对要去，就很快把公主服侍就寝，把她一个人留在了卧室里。被窝里的九月公主虽然很饿，依然哭个不停，这时她看见一只小鸟跳进了她的房间。公主坐了起来，本来吮在嘴巴里的大拇指也拿了出来。小鸟开始唱歌，那首歌真好听，唱的是国王花园里的一片湖泊，湖水波澜不兴，柳枝欣赏着自己的倒影，金鱼在池水映出的树枝间来回穿梭。小鸟唱完的时候，公主已经不哭了，甚至不太想得起来自己还没有吃晚饭。

“这首歌真好听。”她说。

小鸟微微鞠了一躬，艺术家天生都有风度，也喜欢得到赏识。

“你愿意让我取代你的鹦鹉吗？”小鸟问。“我确实长得没有那么漂亮，但另一方面，我的声音可好听多了。”

九月公主开心地拍起手来，小鸟跳到床尾，用歌声把公主哄睡了。

第二天醒来，小鸟还站在床尾，看公主睁开眼睛，他问了

---

1 原文 Pretty Polly，这也是英国一首著名的民歌《漂亮柏丽》，讲了一个名叫柏丽的女子被一个海员杀害的故事。

早安。侍女们端上来公主的早餐，她让小鸟吃她掌心的米饭，还让他在碟子中洗澡。小鸟还喝了碟子里的水。侍女们说喝自己的洗澡水可有些失礼，但九月公主说艺术家就是不拘小节的。吃完了早饭，小鸟又开始歌唱，侍女们都惊呆了，因为她们从来没听过这么动听的歌声。九月公主非常开心和自豪。

“现在我想让我的八个姐姐也见到你。”公主说。

她伸出右手食指，示意这就是小鸟的栖木，他飞过来站到了手指上。在一队侍女的陪伴下，九月公主在宫殿里走了一圈；她是很懂礼仪的，从一月开始，依次拜见了每一位姐姐，每次见不同的公主，小鸟都会唱一首不一样的歌。而那些鹦鹉只会说“天佑国王”和“漂亮鹦哥”。最后她还把小鸟带到国王、王后跟前，他们很惊讶也很欢喜。

“我那天让你立马去睡觉，不许你吃晚饭，果然很明智。”王后说。

“这只鸟比那些鹦鹉唱歌好听多了。”国王说。

“你每天都听到大家说‘天佑国王’，我总觉得你该听得都烦了，”王后说，“我想不通这些姑娘干吗还要教自己的鹦鹉说这句话。”

“意思是好的，值得赞赏，”国王说，“这句话听多少遍我也不会介意，但那些鹦鹉说‘漂亮鹦哥’我确实听厌了。”

“它们可是能用七种语言说的。”公主们道。

“我也相信它们能说，”国王说道，“但这老是让我想起我的大臣，他们也会把同一个东西说成七个不同的样子，但不管怎么说都毫无意义。”

我也提过那些公主心里面的怨愤是化不开的，听了这话自然着恼，那些鹦鹉脸上也满是郁闷。但九月公主唱着好听的歌，兴高采烈地把宫殿里所有房间都跑了一遍，而那只小鸟就她左右盘旋，歌声如夜莺般动听。其实这只鸟就是一只夜莺。

这样又过去好几天，那八个公主终于凑到一起商量了一番。她们找到九月，在她周围坐下，绕成一个圈，坐姿符合暹罗公主的仪规，不能露出她们的脚。

“可怜的九月，”她们说，“你那只漂亮的鹦鹉死了，我们都很难过，我们都有宠物鸟，只有你没有，真是太糟糕了。所以我们把零花钱凑在一起，会给你买一只可爱的绿黄色的鹦鹉。”

“你们可真会帮忙。”九月说。（这话说得有失教养，但暹罗公主彼此之间有时候是不太客气的。）“我有我的宠物鸟，它会给我唱世上最动人的歌，给我一只绿黄色的鹦鹉，我都不知道要来干吗。”

一月鼻子里发出哼的一声，然后二月哼的一声，然后三月哼的一声；实际上每个公主都依次哼过之后，九月问道：

“你们的鼻子都怎么了？是全都感冒了吗？”

“行了，亲爱的，”她们说，“那个小家伙就依着自己高兴飞进飞出的，你非说那是你的鸟，这不荒唐吗？”她们都朝房间里四下张望，把眉毛耸得那么高，额头都给挤没了。

“你们这样以后皱纹会很吓人的。”九月说。

“你介不介意我们问一声，你的鸟现在在哪儿啊？”她们问。

“他去探望岳父了。”九月公主说。

“你凭什么相信他一定就会回来呢？”其他公主问道。

“他每次都回来的。”九月说。

“这么说吧，亲爱的，”另外八个公主说道，“要是你听姐姐们一句劝，不要冒这样的风险。如果他还会回来，首先得说一句，那你真是运气不错，但他要是真回来了，把他丢到鸟笼里去。只有这样你才能放心。”

“但我喜欢让他在屋子里随便飞呀。”九月公主说。

“安全第一。”她的那些姐姐说道，就像有坏事要降临。

她们起身告辞，走出去的时候一边摇着头，让九月十分忐忑。她想起来，小鸟好像是走了很久了，不知道在干什么。或许真出事了，天上有鹰，地上有猎人的陷阱，总之有各种各样的危险你是预想不到的。再者说，他或许会忘记公主，或许会喜欢上别人；那就太糟糕了；啊，九月真希望鸟儿能安全地回来，然后能住到那个金色的笼子里去。之前侍女们葬了那只死去的鹦鹉之后，鸟笼一直就空在那里，等待着。

突然九月就在耳朵边上听到了鸟鸣，转头发现小鸟就落在她肩头。他飞来的时候好安静，降落也那么轻柔，九月根本没有听到。

“我还在发愁你到底怎么了。”九月说。

“我知道你会担心的，”小鸟说，“实际上我今晚差点就准备不回来了，我岳父开了一个派对，他们都劝我留下，但我觉得你一定会着急。”

这句话偏偏在这个时候说出来，显然是小鸟运气欠佳。

九月听见自己的心在胸腔里怦怦跳着，但她已经决定不能再冒险了。她抬手握住了小鸟，这个动作小鸟并不意外，公主喜欢在掌心里感受他急促的心跳，我想小鸟也喜欢公主温暖的小手。他没有起半点疑心，公主握着他走到鸟笼边，把他丢了进去，锁上了门，小鸟是如此的讶异，一时间想不到要说什么。但稍微过了一会儿，他跳到象牙栖枝上，说道：

“这玩笑我好像没懂。”

“没有开玩笑，”九月说，“只是今天晚上妈妈的几只猫会出来活动，我觉得你在里面更安全一些。”

“我想不通王后为什么需要那么多猫。”小鸟气呼呼地说道。

“这个嘛，你也知道，那些猫都很特别，”公主说道，“它们有蓝色的眼珠，尾巴上有个折起来的地方，是专属于皇家的猫，你懂我意思吗？”

“完全明白，”小鸟说，“可你把我关进来之前干吗什么都不说？这种地方我肯定是不太喜欢的。”

“可要是我不确定你是安全的，我一晚上就不用合眼了。”

“行吧，下不为例，我就忍一下吧，”小鸟说道，“只要你明天一早放我出去。”

他晚饭吃得很尽兴，吃完了开始唱歌，但唱到一半他停了下来。

“我也不知道我这是怎么了，”小鸟说，“但今天晚上我没心情唱歌。”

“没事，”九月说，“那就睡觉吧。”

于是小鸟把头埋到翅膀底下，没有多久就沉沉地睡熟了。九月也去睡了。但天蒙蒙亮的时候，她被叫醒，听见小鸟扯开嗓子在喊她：

“醒一醒，醒一醒，”他说，“把笼子给我打开，放我出去，露水还没散的时候，我想要好好飞一飞。”

“你这样在笼子里待着不是很好吗？”九月说。“你这个金鸟笼多好看啊，是爸爸王国里最厉害的工匠做的，爸爸太满意了，把他的头给割了下来，让他没法再做出这样的鸟笼。”

“放我出去，放我出去。”小鸟说。

“我的侍女会给你送来一日三餐，从早到晚你再也不用担心任何事，只要唱到尽兴就好了。”

“放我出去，放我出去。”小鸟说。他试着从鸟笼的栏杆间挤出去，那当然是挤不出去的，他敲打着笼子的门，当然也不可能打开。这时候八个公主进来了，看着小鸟，跟九月说她接受了姐姐们的建议真是非常明智。她们说过不了几天这只鸟就会适应笼子，甚至想不起来他曾经是自由的。她们在屋子里的时候小鸟什么都没说，但她们一离开他立马嘶吼起来：“放我出去，放我出去。”

“别这么傻乎乎的了，”九月说，“我把你放在笼子里，只是因为喜欢你，我知道在哪里才是对你最好的，我比你自己明白多了。给我唱首小曲吧，我就给你一小块红糖。”

但小鸟就站在笼子一角，看着远处的蓝天，没有发出一个音符。它那天一直到晚上都没有唱歌。

“生闷气有什么用呢？”九月说。“你明明可以唱唱歌，忘了自己的烦恼，不是挺好吗？”

“我现在怎么唱呢？”小鸟回答。“我需要看到树，看到湖，看到稻田里青苗在长高。”

“原来你就想看这些，那我带你去散步就好了。”九月说。

她拎起鸟笼，出皇宫一路走到那片柳树环绕的湖水，她还站在稻田边上，看它一直延伸到视线不可及的地方。

“我每天都会带你出来，”她说，“我爱你，我只想让你开心。”

“这根本就不是一回事，”小鸟说，“这些稻田，这面湖水，湖边的柳树，从笼子的栏杆之间看出去是不一样的。”

于是公主又把他带回来，给他吃晚餐，但小鸟什么都不吃。公主有些焦虑了，问几个姐姐怎么看目前的状况。

“你自己的心志一定要坚定。”她们说。

“可他要是一直不吃东西，会死的。”她回答。

“那他也太忘恩负义了，”她们说，“他应该知道，你做的这一切都是为它好。要是他那么固执，还把自己饿死了，那就是活该，你正好不用再为他烦恼了。”

九月一时没听出来这样做对她自己有多少好处，但她们岁数都比她大，而且是八对一，所以她没有说话。

“或许明天他就适应笼子了。”她说。

第二天醒过来之后，她用欢快的声音喊了声早安，但没有听见应答。她从床里蹦下来，跑到笼子边。她惊呼了一声，因为小鸟侧身躺在笼子底，双眼紧闭，看上去就像死了一样。公主打开鸟笼，伸手进去把小鸟捧出来。她这时因为释然而抽泣了一下，因为她能感觉小鸟的那颗心脏还在跳动。

“醒过来吧，小鸟，醒过来吧。”她说道。

她真的哭起来，眼泪落在小鸟身上：小鸟睁开眼睛，感觉到周围已经没了鸟笼的栏杆。

“我只有自由的时候才能唱歌，要是我不能唱歌，我活不下去。”他说。

公主大哭了一声，说道：

“那就享受你的自由吧，之前把你关在金鸟笼里，是因为我爱你，想把你占为已有。但我从来没想过这样你会死。去吧，飞到湖边的树木之间，飞过绿色的稻田。我真的很爱你，不会阻拦你用自己想要的方式快乐生活。”

她推开窗户，温柔把小鸟放在窗台上。小鸟抖动了一下身子。

“你想来或是想走都随你兴致，小鸟，”公主说，“我再也不会把你放到一个笼子里去了。”

“我会来的，因为我爱你，小公主。”鸟儿说。

“我还会把我知道的最美妙的歌唱给你听，我会飞到很远的地方，但我永远会回来的，我也永远不会忘记你。”它又晃了一下身子。“天呐，我身子真是僵硬啊。”

然后他展开翅膀，飞上蓝天，而小公主顿时泪流满面，把别人的幸福置于你自己的幸福之上是很难的，小鸟飞出视线之外，她突然觉得非常孤单。她的姐姐都知道了怎么回事，嘲笑她，说小鸟肯定不会再回来。但他还是回来了。他还是坐在九月的肩膀上，把她的手掌当餐盘，给她唱动听的歌。他在世界上那些美好的地方飞来飞去，这些歌都是在旅途中学会的。九月的窗从早到晚都开着，这样小鸟不管什么时候想回来，都可以直接进她的房间。开窗对她有好处，九月公主变得如此美丽，到了婚嫁的年纪，她嫁给了柬埔寨国王，坐着白色的大象一路到了他居住的城市。而她的姐姐睡觉从来不开窗户，她们变得丑陋不堪，而且性格也讨厌，到了该嫁人的时候都被送给了大臣们，嫁妆是一磅茶叶和一只暹罗猫。

功利婚姻

A Marriage of Convenience[1]

离开曼谷时，我坐的那艘大概四五百吨的小船很破败，昏暗的交谊厅又用作餐厅，里面就两张长条桌子，几乎从餐厅一头延伸到另外一头，桌边分别摆着两排转椅。舱房在船的深处，也脏到了极致，地板上到处是蟑螂在散步，去水池洗手却看到一只硕大的蟑螂笃悠悠钻出来看你，不论是多沉心静气的人都要被吓坏。

我们沿着一条大河顺流而下，河水慵懒、友善，两岸郁郁葱葱，点缀着的小木屋都架在水边的桩子上。驶过出海口的沙洲；面前是开阔的海面，一片澄净的蔚蓝铺展在眼前，不管是视野还是气味都让我欣喜莫名。

一大早我就上了甲板，发现我被扔进了一个特别怪异的人群中，同行乘客身份之千奇百怪是我以前从来没体验过的。两个法国商贩、一个比利时上校、一个意大利男高音、一个美国马戏

1　作为短篇小说首次收录于 1951 年出版的三卷本《毛姆短篇小说全集》，曾出现在 1930 年出版的游记《客厅里的绅士》中。

团老板和他妻子、一个退休的法国官员和他妻子。那个马戏团老板是他们所谓的交际家，要看你自己心情，有时候你很欢迎这样的人，有时候又避之不及。但那时正好是我非常热爱人生的时候，上船没出一个小时，我们已经在摇骰子喝酒了，而且他还给我看过了他的动物。这是个身材很矮小的胖子，他那件白色的短外套并不太干净，而且彰显出他那壮观的大肚子，而领子又实在太紧，你时常疑惑他怎么还能透气。一张刮得干干净净的红脸蛋，一双喜气的蓝眼睛，一头乱糟糟的浅棕色短发。他那顶破旧的草帽几乎是扣在了后脑勺上。这位马戏团老板名叫威尔金斯，出生于俄勒冈州的波特兰。东方人似乎对马戏很热衷，过去二十年，威尔金斯就在东方到处跑，从塞得港到横滨你都可能见过他的兽笼和旋转木马（亚丁、孟买、马德拉斯、加尔各答、仰光、新加坡、槟榔屿、曼谷、西贡、顺化[1]、河内、香港、上海，这些名称在你念出来的时候都在唇齿间留有余味，在你的想象中填满阳光、怪响和当地人做的五彩斑斓的事）。他的人生是很奇异的一段人生，想必给他奉上了各种非同寻常的经历，但他身上最叫人意外的却是他如此的普通，你总觉得他应该是个修车行的老板，或者是在加利福尼亚一个二流的小镇经营着一家三流的旅店。这条规律实在验证了太多次，我都不知道为什么我还是时常觉得意外：非凡的人生未必能造就一个非凡的人，但反过来，如果一个人是非比寻常的，那就算他的身份乏味到只是一个乡村助

1　Hue，越南中部港市。

理牧师，也能从中活出非比寻常来。我有一次去托雷斯海峡拜访过一个海员，船失事之后他就在那个岛上独居了三十年。写书的时候，你就被关在你主题划定的四面高墙之内，虽然照我自己的心性，离题的闲扯应该能带来一些快乐，我也很想找借口讲一讲那个海员的故事，但到最后我终究会把它删掉，因为我明白封面和封底之间到底该放什么东西。归根结底，我只想说，尽管那个人跟自然和自己的思想有过如此漫长和亲密的交流，但他依然还是刚刚上岛的那个无趣、麻木和粗鄙的蠢人。

那个意大利男高音从我们身边走过，威尔金斯先生跟我说他是那不勒斯人，之前在曼谷染上了疟疾，就和自己的团队分开了，现在他要赶去香港跟他们重新汇合。他长得高大，又很胖，坐进椅子的时候，椅子发出的那吱呀一声充满了怨愤。意大利人摘下草帽，露出一头浓密的鬈发，又长又油腻，然后用戴满戒指的胖手指顺了顺头发。

“他不是很爱交际，”威尔金斯先生说，“我给他的雪茄他拿了，但是不肯一起喝酒。我估摸着这人总藏着什么怪事情。外形就挺可怕，是吧？”

这时一个矮矮胖胖的女子到了甲板上，她穿一身白衣服，手里牵着一只“哇哇猴”[1]。猴子一脸庄重跟她并排走着。

“这位就是威尔金斯太太了，”马戏团老板说道，“还有这位，

1 Wa-wa monkey，似十九世纪欧洲殖民者、旅行者对东南亚某种长臂猿的称呼，用来形容其叫声。

我们最小的儿子。拉一把椅子过来，威尔金斯太太，认识一下这位先生。我还不知道他的名字，但他已经请我喝了两杯酒了，要是他摇骰子摇得还跟刚才一样，你马上也能喝到他请的酒。”

威尔金斯太太坐下，表情很严肃，但显然心思不在这里，她看着蓝色的海面，眼神显然在问为什么她不能喝杯柠檬汽水。

“天呐，真是太热了。”她喃喃道，用摘下的草帽给自己扇风。

“威尔金斯太太怕热，”她丈夫说道，“但也热了二十年了。”

“二十二年半。”威尔金斯太太说，目光还是落在海面上。

“而且到现在还没适应。”

“永远也不会适应，你又不是不知道。”

她和丈夫身高差不多，也几乎一样胖，红红的圆脸跟丈夫一样，浅棕色的乱发也跟丈夫一样。我在想，他们结婚到底是因为实在太像，还是一年年朝夕相对才变得如此惊人的相似。她说话头不动，还是心不在焉看着大海。

“给他看过你那些动物了吗？”她问。

“怎么可能没看过。”

“他觉得波西怎么样？”

“他觉得挺好的。”

这场对话中，我也算是话题之一，却不太合理地被排除在对话之外，所以就问道：

“波西是哪位？”

“波西是我们的大儿子——快看，爱尔默，那里有条鲱鱼——是只大猩猩。今天早上吃饭吃得好吗？”

“还可以。被养起来的猩猩里面，没有比波西更大的了。给我一千美金我也不会出让的。”

“那头大象在你们家里又是谁？”我问。

威尔金斯太太没有看我，蓝色的眼睛还是漠然地盯着海面。

“他不是家里人，”她回答，“只是一个朋友。”

服务生端来了饮料，柠檬汽水是威尔金斯太太的，威士忌苏打是她丈夫的，我的是金汤力。我们摇了骰子；我签了单子。

“要是他摇骰子每次都输，那倒是很费钱的。”威尔金斯太太朝着海岸线喃喃道。

“亲爱的，我猜艾格博特也想来一口你的柠檬汽水。”威尔金斯先生说。

威尔金斯太太微微动了一下头，看着坐在自己大腿上的那只猴子。

“要不要喝一口妈妈的柠檬汽水，艾格博特？”

猴子轻轻地嘶叫了一声，威尔金斯太太一手搂着他，另一只手递过去一根吸管。猴子吸了一小口就喝够了，又躺倒在威尔金斯太太丰满的胸脯上。

“威尔金斯太太爱死这个艾格博特了，”她丈夫说道，“也难怪，这是她最小的儿子。”

威尔金斯太太换了根吸管，若有所思地喝着柠檬汽水。

“艾格博特挺好的，”她评论道，“你挑不出它什么缺点来。”

那个法国官员之前也一直坐着，这时候站了起来在甲板上来回散步。他上船的时候是曼谷的法国公使、皇室的一个亲王送上来的，另外还有一两个秘书。大家好一通鞠躬和握手，船驶离码头的时候，摇帽子、挥手绢又进行了好久。显然这是个大人物，我听船长称呼他为总督先生。

“这船上动静最大的就是他了，”威尔金斯先生说，“是法国一块殖民地的总督，现在准备环游世界。在曼谷他来看过我的马戏团演出。我觉得我得请他喝点东西。亲爱的，我应该怎么称呼他？”

威尔金斯太太缓缓转过头来，看着那个走来走去的法国人，他扣眼里别着的那枚玫瑰纹饰是法国荣誉军团勋章。

“什么都别称呼，”她说，“拿一个圈出来对着他，他立马就钻过去了。”

我忍不住哈哈一笑。总督先生很矮小，比正常身高要矮一大截，而且整个人都像被压缩过似的，一张丑陋的小脸，五官很厚重，简直像个黑人；他有一头浓密的银发，浓密的银灰色眉毛，还有浓密的银灰色的胡须。他确实长得有点像贵宾犬，也有贵宾犬柔和、聪明、明亮的眼神。总督又经过的时候，威尔金斯先生喊道：

“先生，您要喝点什么？[1]”我没有在文字中复制他口音的怪异。“一小杯波尔图红酒吗？”然后他转过来跟我说：“这些外国人，他们都喝波尔图，点这个不会出错。”

“荷兰人就不是，”威尔金斯太太说，朝海面扫了一眼，“他

1　原文为法语。作者之后在转录威尔金斯的法语表达时，保留了一些古怪的发音和低级的语法错误，译文中省略了相应的变化。本篇中仿宋体字，原文皆为法语。

们只喝荷兰人自己的杜松子酒，之外什么都不碰。”

那个高贵的法国人停了下来，颇为困惑地看着威尔金斯先生。于是威尔金斯先生拍着胸脯说道：“我，马戏团老板。你来看过的。”

这时候，出于一种我无法揣度的考虑，威尔金斯先生将双臂绕成一个环状，然后大致做了一个贵宾犬从里面跳过去的动作。再接着他又指了指威尔金斯太太抱在腿上的“哇哇猴”，说：

“我妻子的小儿子。”

总督的脸上突然亮了起来，放声大笑，他的笑声中有种奇特的音乐性，很有感染力。

“没错，没错，”威尔金斯先生喊起来，“我，马戏团老板。一小杯波尔图红酒。行吧，行吧？”

“威尔金斯先生说起法语来就跟母语一样。”威尔金斯太太这样告知从船边经过的海浪。

“我很乐意。”总督说道，还是面带微笑。我拉过来一把椅子给他，他坐下时朝威尔金斯太太鞠了一躬。

“告诉贵宾犬，这位叫艾格博特。”她说道，眼睛还是看着大海。

我喊了服务生，点了一圈饮料。

“单子你签，爱尔默，”他说，“要是这位不知道叫什么的先生每次最多摇出两个三，还有什么好摇的。”

“您懂法语吗，夫人？”总督恭敬地问道。

“他问你会不会说法语，亲爱的。”

“他觉得我是在哪儿长大的，那不勒斯吗？”

这时总督突然口若悬河说了一大通的英文，而且加上非常奔放的手势，但这些英文是如此的怪诞，我要调动我所有的法语知识才猜出他想说什么。

没过多久，威尔金斯先生带他下去看那些动物，又过一会儿，我们聚在那个闷热的交谊厅里吃中饭。总督的夫人也来了，被安排在船长的右手边。总督给她介绍了我们都是谁，她朝大家优雅地点了点头。她是个高大的女人，除了高，体格也很健壮，大概五十五岁，头上戴一顶大大的圆草帽，穿的那身黑丝绸的衣服略显严厉。她的五官太大太规整，身材又如雕像般巍峨，很容易让人想起游行庆典里那些特别魁梧的女人。比如在某些爱国主义表演中，她就很适合哥伦比亚或者布列塔尼亚[1]这样的角色。她高高矗立在自己矮小的丈夫身边，就像小木屋边的摩天大楼。总督说个不停，活泼风趣，每次夫人听到他讲了好笑的话，庄重的面容就会放松下来，咧着嘴微笑，满是宠溺。

“我的朋友，别这么傻了。”她会这样说。接着转过去对船长解释道：“他总是这样乱说话，您一定不要在意。”

这一顿中饭倒吃得非常开心，结束之后我们就分开去自己的房舱里午睡，避开下午的热量。因为船小，同行的乘客认识了之后，只要你出了自己的房间，几乎每一刻都要与他们共同度过，想躲都躲不开。只有一个人对大家爱理不理的，就是那个意

1　哥伦比亚（Columbia）和布列塔尼亚（Britannia）是分别代表美国和英国的女性形象。

大利男高音。他不跟任何人说话，每次都坐得越远越好，拨弄着吉他的琴弦，但声音小到无论你怎么竖起耳朵也听不到几个音。我们在船上始终看得到陆地，海水的色泽就像一桶牛奶。我们换着话题闲扯，看着日光一点点黯淡下去；我们吃晚饭；我们又在星光下坐回到甲板上。两个生意人留在闷热的交谊厅里打皮克牌，而比利时上校则加入到我们这个小团体中。他是个害羞的胖子，难得开口也只是礼节性的话。又过了一会儿，或许是被夜色打动，或许是觉得在黑暗中就像只跟大海独处一般，那个远远坐在船头的意大利人开始用吉他自弹自唱。一开始声音很低，慢慢加强，很快他就沉浸到自己的音乐中，开始全力演唱。他的声音的确很有意大利风情，里面全是通心粉、橄榄油和阳光，他唱的那些那不勒斯歌曲我年轻时曾在圣斐迪南广场[1]听过，然后他又唱了很多歌剧的片段，像是《波希米亚人》[2]《茶花女》[3]和《弄臣》[4]。他唱得投入，但用劲都似乎用错了地方，那些颤音让你想起之前听过的每一个三流意大利男高音，但在那可爱的月夜中有种空旷，让你听着他夸张的演绎只想微笑，而在心中又忍不住升起一股几乎来自肉体本身的慵懒的快感。他或许唱了一个小时，而我

---

1 Piazza San Ferdinando，那不勒斯地标建筑圣斐迪南大教堂前面的广场，位于市中心，现被称作的里雅斯特与特伦托广场（Piazza Trieste e Trento）。

2 *La Bohème*，普契尼名作，剧本根据法国剧作家亨利·穆戈小说《比希米亚人的生涯》改编，表现巴黎拉丁区一些贫穷文艺青年的生活。

3 *La Traviata*，改编自小仲马同名名著，威尔第作曲，表现巴黎一位上流社会女子的爱情悲剧。

4 *Rigoletto*，威尔第作曲，剧本由维克多·雨果的法语戏剧《国王的弄臣》改编而来。

们都不再说话；然后他也安静了，但没有起身走，我们只看到魁梧的身躯在星光下衬出一个暗暗的轮廓。

我看到那个小个子法国总督一直握着他那位高大妻子的手，这场面很滑稽，却又感人。

“你们知不知道，这是我和我妻子第一次见面的纪念日？”他突然打破了沉默。我还从来没有见过比他话更多的人，所以这寂静一定让他很难受。“而且这也是她答应我求婚的纪念日，另外，你们可能想不到的是，这两件事就发生在同一天。”

“你又来了，我的朋友，”夫人说道，“你可不要再提那些旧事，这里的朋友听了肯定觉得特别无聊，真是受不了你。”

但说这句话的时候，她那张坚毅的大脸上，满是笑意，而语气中也透露出她很不介意再听一遍。

“但他们会感兴趣的，我的小心肝。”他总是这样称呼他的妻子，但他这样矮小，却用这个词称呼这样庄严甚至威严的夫人，确实很好笑。“你会感兴趣吗，先生？”他问我。“这是个浪漫故事，谁不喜欢浪漫故事呢，特别是在这样的夜晚？”

我让总督大可放心，我们都很着急地想听故事，而比利时上校也抓住时机又说了一些客气的话。

“这样说吧，我们的婚姻纯粹就是一个功利的婚姻。”

“确实如此，”夫人说道，“要否认这回事就太蠢了，但有时候爱情就是结婚之后才出现的，这样更好，因为更长久。”

我没法不注意到总督深情地捏了捏妻子的手。

“那时吧，我刚从海军退下来，才四十九岁。身体强壮，非常有干劲，着急想找个新的职位。我找了很多地方，托了各种关系。幸运的是我正好有个表亲，在政坛有些影响力，这就是民主政府的优越之处了，一个人本来很可能根本不会被注意到，但只要你有足够的人脉和能力，一般都能获得足够的认可。”

“你太谦虚了，我可怜的朋友。”总督夫人说。

“很快管殖民地的部长就找我去了，问我愿不愿意当某块殖民地的总督。他们想派我去的地方非常遥远，非常荒僻，但我一生都是从一个港口赶到下个港口，所以这一点并不困扰我，开开心心就接受了。部长让我做好准备，一个月之后就要动身。我说对于一个多年的单身汉来说，除了几件衣服几本书，本来在这世上就没有牵绊，随时可以走。

“‘什么，我的中尉，’他喊起来，‘你没有结婚？’

“‘当然了，’我答道，‘而且完全没有结婚的打算。’

“‘这样的话，恐怕我要将这份工作邀请收回了，对于这个职位来说，一个妻子是必不可少的。’

“真要交代背景就复杂了，长话短说，我的前任就是一个单身汉，让一些当地的女孩住进了他的总督府，白人、种植园主，还有各种政府职员的妻子都抱怨、投诉，成了不大不小的丑闻，所以他们决定下一任总督必须道德上毫无瑕疵。我抗议了，我辩驳了，我历数了我对国家的诸多贡献，还提到了接下来几次选举中我那位表亲可以发挥的功用，都无济于事。部长非常坚决。

“‘那我还能怎么办？’我懊丧地大声问道。

“‘你可以结婚啊。’部长说。

“‘可您要知道，部长先生，我没有熟悉的女性朋友，我四十九岁了，从来不是那种会讨很多女性欢喜的男人，你让我到哪里去找一个妻子？’

“‘再简单不过，去报纸上征婚啊。’

“我窘迫得不知道该说什么。

“‘行了，回去考虑吧，’部长说，‘要是这个月能找到老婆，你就可以去，没老婆，没工作。我就言尽于此了。’他微微一笑，似乎觉得这个局面还很有趣，又补了一句：‘要是你想好了要征婚，我推荐《费加罗报》。’

“从部长那里出来，我心里完全是绝望的。他们想派我去的地方我了解，知道我去了会很适应；天气就不算糟，总督府很大，住得会很舒服。总督这个职位本身就让我挺高兴的，本来我只有海军军官的养老金，总督的工资就不是小数目。突然我就下了决心，走去《费加罗报》的编辑部，写了一则启事，让他们插进报纸。但我跟你们说，走出报社，走在香榭丽舍大街上，我的心脏跳得比战舰卸下索具开向敌军时还激烈。”

总督又朝我凑近了一些，而且我记得很清楚，他还把手放在我膝盖上，说道：

“我亲爱的先生，你肯定不会相信的，但我确实收到了四千三百七十二封回复，像雪崩一样，我本来以为只有五六封的，结果就是不打车我根本没法把那些信带回酒店。有四千三百七十二位女士愿意成为总督夫人，和我分担未来的寂寥；真是让你手足无措。什么年纪都有，从十七到七十。有家室无可挑剔、修养登峰造极的少女；有没结婚的女士，曾在社交场中不慎出了些小差错，很想让自己的人生重回正轨；有丈夫死得非常让人痛心的寡妇；还有带着孩子的寡妇，说这些孩子在我年迈时会是巨大的慰藉。有金发的、有黑发的，有高的、有矮的，有胖的、有瘦的；有能说五种语言的，还有一些能弹钢琴的。有些奉上了她们的爱，有些渴望我的爱；有些只能给我坚实的友谊，但其中也会包含着敬意；有些现在就腰缠万贯，有些未来会继承金山银山。看得我总之不知该怎么办，只觉得头晕目眩，我是个容易激动的人，最后就发脾气了，站起来踩那些信和它们夹带的那些照片，然后哭了起来：这些人我一个都不娶。这完全没有希望，剩下一个月都不到了，我肯定来不及去考察四千个应征者。我只觉得要是这些我不是全部见过，余生必定会被某个想法折磨，那就是我错过了那个注定会让我幸福的女人。于是我就承认这件事没有希望，准备放弃了。

"那个房间里已经到处是丢弃的信纸，还有那些照片，场景太可怕了，于是我就去大街上散心，在和平咖啡馆[1]坐下。坐了一会儿有个朋友走过，他朝我点点头，微笑了一下。我也想朝他笑一笑，可我心里太难受了。我意识到我余生都会在土伦[2]或

1 Café de la Paix，创建于1862年，装修风格华丽，它和它所在的巴黎洲际大酒店都是巴黎重要的历史文化地点，此句中提到的"大街"是它们所在的卡普希大街（Boulevard des Capucines）。

2 Toulon，法国东南部港市，海军基地。

者布勒斯特[1]的寄宿公寓里度过，身份就是一个退休的海军军官。呃！我那个朋友就没有往前去，走过来坐下了。

“‘你这个平时最开心的人，怎么这么愁眉苦脸的，我亲爱的朋友？’他问道。

“我挺高兴有人愿意听我的烦心事，就把前前后后都跟他说了。他笑得前仰后合。后来我也能体会到这件事或许是有它滑稽的地方，可那时候，我跟你保证，我完全看不出来这有什么好笑的。我把事情的严重性告诉了我那个朋友，或许言辞有些粗暴，他尽力收敛自己的欢乐，跟我说：‘可是，我的好朋友，你到底是不是真想结婚呢？’听了这话我彻底压不住火气了。

“‘你真是个彻头彻尾的蠢货，’我说，‘要是我不想结婚，而且还是要在两周之内立刻结婚，你觉得我是很乐意一连三天读那些我从来没见过的女人给我写的情书吗？’

“‘你冷静一点，听我说，’他答道，‘我有一个表亲，住在日内瓦，对了，她是瑞士人，他们家是瑞士最受人尊敬的家族。她品行方面绝对挑不出毛病，年龄合适，没有结过婚，因为过去十五年她一直在照顾自己卧床的母亲，最近去世了。她受过很好的教育，还有一个附赠的好处，她长得不丑。’

“‘听上去简直像是按照标准定制的完美女人。’我说。

“‘倒也不能这样说，不过她从小教养都非常好，很符合你到时要给她的身份地位。’

---

1 Brest，法国西南部港市，海军基地。

“‘可你忘了一件事，她凭什么要抛下自己的朋友和习惯的生活，跟一个四十九岁的男人背井离乡呢？更何况这男人长得也不行。’”

总督先生突然中断了他的叙述，朝我们耸了耸肩，可他耸得是如此用力，简直让人觉得是他的头掉到了胸口。

“我的确不好看，这我完全承认。而且我这种丑不让人恐惧或尊重，而只想嘲笑，这种丑是最糟糕的丑。第一次见我的时候，大家要是害怕地想躲开，或许倒反而是某种恭维，但他们见我只想哈哈大笑。我跟你们说，当我们这位了不起的威尔金斯先生今天早上带我去看动物的时候，那个叫波西的猩猩对我张开了双臂，要不是笼子的铁杆拦着，他肯定要把我当成失散多年的兄弟抱进怀里。不开玩笑，有次在巴黎植物园，听说有只类人猿逃了，我马上以最快速度朝出口走，就怕他们误以为我就是那个逃逸者，一把抓住我，也不管我怎么抗议，把我关进猴屋中去。”

“别闹了，我的朋友，”他夫人用深沉的嗓音缓缓说道，“你今天的瞎扯比平时还要荒唐。我也不会说你是个阿波罗那样的男神，你的职位也不需要你长成那样，但你的仪态中自有你的威严和尊贵，女人都会认可你是个很有气派的男人。”

“我继续讲我的故事。听了我那句话，我那个朋友说道：‘女人的心思你永远猜不透，结婚这件事好像对她们有种神秘的吸引力。问她一声没有坏处，说到底，女人都把被求婚当成是一种褒奖。她反正可以拒绝。’

“‘但我不认识你那个表亲，我也想不出来要怎么跟她结识。

总不能直接去她家，说想见她，被领进客厅的时候说：事情是这样，我是来娶你的。她会以为我是个疯子，大喊救命的。另外，我这个人极为羞怯，永远跨不出这样一步。’

“‘我跟你说应该怎么办，’我那个朋友说道，‘你带一盒巧克力去日内瓦，就说是我送的，有我的消息应该会让她高兴的，她会非常愉快地接待你。你们就随便聊聊天，如果你不喜欢她的样子，就起身告辞，谁也没损失。但如果你喜欢她，我们可以再往后讨论，到时你就去正式求婚。’

“这听上去太像孤注一掷了，但也没有其他法子。我们立马去店里买了一盒巨大的巧克力，当天晚上我就坐火车去了日内瓦。一下火车，我马上写了一封信说我是帮她表亲送礼物的人，很希望有这个荣幸把礼物亲手交给她。没出一个小时，我就收到回复，大致就是说她很乐意下午四点钟接待我。等待的时间我全都在照镜子，领带打开、系好一共十七遍。正好四点的时候，我出现在她家门口，很快被带到了客厅。她在那里等我。她表亲只说这位女士长得不算难看，你们就能想象我有多惊讶了，眼前是一位年青姑娘，至少可以说是依旧年青的一位姑娘，那么美好的样貌，有朱诺的气质、维纳斯的脸孔，而且在她的神情中，我看到了密涅瓦的智慧。”

“你太荒唐了，”夫人插话道，“但说到现在这些先生们也知道你的话不能全信。”

“我发誓这些话一点都不夸张，当时我讶异得差点把巧克力都掉在了地上。但我跟自己说：‘士兵只能战死，不能投降。’

我把那盒巧克力递了过去，汇报了她表亲的近况，觉得这位女士非常可爱。我们一共聊了十五分钟。这时候心里念了一句：‘冲吧’，就跟她说道：

“‘女士，我必须坦白，我今天来不只是给你送巧克力的。’

“她微笑了一下，说我来日内瓦当然有比送巧克力更要紧的事。

“‘我来是希望有这个荣幸能和你结为夫妻。’她吓了一跳。

“‘可是，先生，你是疯了吗？’她说。

“‘我恳请你在我陈述因由之前先不要答复，’我先是打断了她的话，她还来不及说第二句，我已经把整件事讲完了。我跟她讲了在《费加罗报》登征婚启事的后果，她笑到眼泪都流了下来。这时我再一次求了婚。

“‘你是认真的吗？’她问。

“‘我一辈子都没有像现在这么认真过。’

“‘我不能否认你的请求让我很意外，我已经过了那个年纪，就没有想过要结婚了，但显然你所提的事情，任何一个女人要拒绝都得先慎重考虑。我很荣幸。能给我几天时间想一想吗？’

“‘我现在处境艰难，小姐，’我回复道，‘而且没有时间了。如果你不愿嫁给我，那我只能立马回巴黎，还有一千五到一千八百封信在等着我去研读。’

“‘很显然我不可能立马给你答复。一刻钟之前我都没有见过你。我必须跟我的朋友和家人商量。’

“‘他们跟这件事有什么关系呢？你是个成年人，现在事态紧迫，我等不了。所有的情况我都告诉你了，你那么聪明，本该

是片刻间的判断，反复斟酌又有什么好处呢？’

“‘你难道要我此刻就给答复吗？这也太荒唐了。’

“‘这正是我的请求。再过两个小时，我就要坐火车回巴黎了。’

“她若有所思地看着我。

“‘你显然是个疯子，为了你自己和百姓的安全，应该把你关起来。’

“‘好吧，所以答案是什么？’我问。‘愿意，还是不愿意？’

“她耸了耸肩。

“‘我的老天，’她等了一分钟，我的心都到嗓子眼了，她说：‘愿意。’”

总督朝他夫人做了个手势。

“然后我就有了这位夫人。婚礼就在半个月之后，接着我就成了殖民地的一个总督。我亲爱的先生们，我真是娶到了一个宝贝，我的太太有千里挑一的迷人性格，她有男性的聪明和女性的敏锐，真是一个了不起的女人。”

“别瞎说了，我的朋友，”他的妻子说道，“你要把我说得跟你自己一样可笑了。”

他转过来对着那个比利时上校说道：

“你还单身吗，我的上校？如果是的话，我强烈推荐你去日内瓦。那里简直是最可爱的年轻女士的温床（他用的词是 une pépinière[1]）。你能在那里找到的妻子是别的地方找不到的。而且

1 法语：一个苗圃，很多时候也引申为培养某种人才的地方。

日内瓦本身也是个迷人的城市。一分钟也不要耽误，你去的话我给你写封信，把我妻子的几位侄女介绍给你。”

最后还是夫人总结了这个故事。

“在一场功利的婚姻中，你不会期待那么多，那失望的可能性也就更小。当你不会给对方提那些无理要求的时候，也就没有生气的道理了。你不会寻求完美，于是你也就更能容让对方的缺点。爱的激情是好的，但那个不适合做婚姻的基础。你们看，一个婚姻要幸福，双方必须互相尊敬，有相似的社会地位，而且他们也应该有相似的兴趣，这样的话，如果他们都是正派人，愿意付出和承受，不干涉对方，那他们的结合也应该可以跟我们一样幸福，”她停顿了一下，“但话说回来，我丈夫确实是个非常、非常出众的男人。”

海市蜃楼

Mirage[1]

在东方悠游数月，最后到了海防[2]。这是个生意城，没有多少趣味，但我知道在那里总能找到一条送我去香港的船。于是我便要在海防无所事事地等上几日。诚然，下龙湾[3]并不远，算是印度支那半岛的一大名胜[4]，但我对景点确实提不起什么兴致。能在咖啡馆里坐坐就很好，翻一翻过期的《画报》[5]；这里天气不算太热，可以换掉那些热带装束也让我高兴；为了锻炼身体，我还能快步穿过这里宽阔、笔直的街道。海防是个运河纵横的城市，偶然能在河上看到各种当地的船只，一派多彩多姿的鲜活景象，很让人心动。这边有一条运河两岸都是高高的中式屋宇，河道拐弯

---

1 作为短篇小说首次收录于1951年出版的三卷本《毛姆短篇小说全集》；曾出现在1930年出版的游记《客厅里的绅士》中。

2 Haiphong，越南北部城市。

3 位于河内以东一百七十公里的东京湾内，分布其中的大小岛屿约两千座。

4 原文为德语。

5 *L'illustration*，1843年创刊于巴黎，因为“二战”时和贝当政府合作，1944年被迫停刊；每周发行一期，涉及世界各地的风土人情。

的那个弧度尤其漂亮。那些屋子的外墙都粉刷过，但涂料有些发黄，还沾染了不少污迹，但在苍凉的天空之下，这些墙壁和灰色的屋顶却构成了别致的画面，有种旧水彩画里那种褪色的优雅。这里你感受不到任何一处地方是用力的，一切都是如此轻柔，带着一丝怠懒，让人不免生出一丝忧伤。至于我为何想起了年轻时认识的一位老姑娘，自己也说不出个所以然来，只想起她戴着黑色的丝绸手套，会给穷人织方披巾，而且分颜色，黑色的织给寡妇，白色的织给已婚女子。她年轻时吃过苦，具体是身体本来不好还是相思成疾，就没人知道了。

海防有一份本地报纸，版面不大，印得脏兮兮的，都是密密麻麻的小字，一读墨水都沾在手上。上面有一篇政论、一些无线电收来的消息、几则广告、当地的一些资讯，编辑一定是实在想不出内容了，还登了进出海防的人员名单，不管是欧洲人、中国人，或者本国人，于是我的名字也就位列其中。定好了坐一艘老爷船去香港，临行前一天的上午，我等午餐的时候在酒店的咖啡馆里喝杜本内酒[1],服务生过来说有位先生想见我。海防我是一个人都不认识的，就问他那人是谁。服务生只说他是一个住在海防的英国人，但不知道名字。这个服务生只会一点点法语，我听不太明白他在说什么，只觉得非常困惑，但让他把那位客人领过来。没过一会儿他回来的时候后面跟着一个白人，他指了指我坐在哪里，那个白人朝我看了一眼，走了过来。他个子很高，远不

1 一种法式开胃甜酒。

止六英尺，可以说又胖又肿，红通通的脸刮得很干净，一双浅蓝色的眼睛几乎像是透明的。他身上的卡其短裤很邋遢，短上衣领口没有扣起来，头上一顶破破烂烂的盔帽。我一下推断出这不过是一个海滨上捡漂浮物的流浪汉，来跟我搭讪讨几个小钱，心里盘算着最少出什么价才能把他打发走。

他走到我跟前，伸出一只大手，皮肤红通通的，指甲很脏，很多地方都破了。

"我想你应该记不得我了，"他说，"我叫格罗斯里，跟你一起在圣托马斯医院[1]学过医，报纸上一看到你的名字，我就想起你是谁了，所以就来见你一面。"

我对他一点印象都没有，但还是请他坐下，请他喝了一杯酒。一开始看他的样子，我想他可能会讨十个皮阿斯特，我大概会给五个，现在看起来，他大概会要一百个，而我出五十个能否让他满意也不好说了。这些伸手要钱习惯了的人，往往心里想了一个数目，开口会要两倍，但如果你真照着两倍的数目给他，他反而会不高兴，遗憾自己要得少了。他会觉得是你糊弄了他。

"你是医生吗？"我问。

"不是，在那个混账地方我就待了一年。"

他脱下自己的遮阳盔帽，露出一头浓密的灰白头发，显然是很久没梳头了。他脸上长着奇怪的斑，整个人透露着某种病

1 St. Thomas Hospital，位于泰晤士河南岸，有医学院。毛姆本人 1892 至 1897 年在此学医，同年人学约六十人。

态。牙齿也蛀得厉害，嘴角望进去很多地方都空了。服务生过来的时候，他点了白兰地。

“整瓶拿过来，”他说，“瓶子[1]，听得懂吗？”然后他转过来跟我说：“我在这儿住了五年了，但不知怎么法语就是说不好，我都说东京话[2]。”他往后靠，椅子平衡在两个凳脚上，看着我说道：“你知道吗，我记得你，你那时候总跟那对孪生兄弟进进出出的，他们叫什么来着？跟你比，我应该是大不一样了。我这辈子大部分时间都在中国，你知道的，气候一塌糊涂，把人整得人不人鬼不鬼的。”

我还是对他毫无印象，觉得还是先承认比较好。

“你跟我是同一年去那儿的吗？”

“对啊，九二年。”

“像是好几辈子之前的事了。”

每年医院都要接收大概六十个年轻的男学生，这些人面对着全新的生活大多都很羞怯、困惑，其中不少甚至是第一次到伦敦。在我眼里，他们就是一个个掠过的人影，找不出什么规律和缘由，最后留下白纸一张。第一年结束之后，有些人会出于各种各样的原因退学，第二年开始，你才会逐渐认出一个个同学们的特质。可那些特质也不只是他们自己，而是你跟他们一起听过的课，在一张午餐桌上吃过的司康饼、喝过的咖啡，解剖室里同一

1　原文为法语。

2　Tonkinese，指越南北部地区（古称“东京”）的方言。

张解剖台上做过的实验，在沙福兹贝里剧场的正厅后座一起看过的《纽约美人》[1]。

仆人端来了那瓶白兰地，格罗斯里（他也未必真叫这个名字）给自己倒了一大杯，没有加水或者苏打，一口干下。

“当医生我真的受不了，”他说，“就放弃了。家里人也受够了我，于是我就去了中国。他们给了我一百英镑，让我自生自灭，不瞒你说，能离开家我可高兴坏了，他们受不了我，我也一样受不了他们。反正之后我就再也没有麻烦他们了。”

在我记忆深处冒出一个浅浅的念头，就像趴到了意识的边缘，就像海水上了沙滩又退下去，准备加入下一个潮头更有气势地涌来。一开始我似乎想起了某个很不堪的小丑闻，甚至上了报纸。然后我见到了一张男孩的脸，于是一些事渐渐地涌上来——我想起他是谁了。他当时应该不叫格罗斯里，好像是一个单音节的名字，但这点我无法确定。他个子很高（那个形象已经颇为清晰了），人很消瘦，喜欢微微弓着身子，他当时只有十八岁，长得太快，就显得很纤弱。头发是漂亮的棕色鬈发，五官的尺寸都偏大（现在看不出来可能是因为脸又胖又肿），气色特别好，皮肤白里透红，像个姑娘。我想在很多人眼里，他那时长得非常英俊，尤其是女人，但在我们眼里，他就是个笨手笨脚的粗人罢

---

1 *The Belle of New York*，1897 年于百老汇上演；1898 在伦敦沙福兹贝里剧场上演，大致讲了一个姑娘用计让爱人重新获得他父亲遗产的故事，红极一时，在这里共演出 697 场。此处所指的沙福兹贝里剧场指运营于 1888 和 1941 年间的剧场，和今日伦敦的同名剧场不同。

了。除此之外，我还记得他很少来上课，啊，这确切来说应该不是我的记忆，当时大教室里学生太多，很难想起谁来了谁没来。但我记得解剖室里的情形，他的解剖台就在我旁边，他几乎碰都没碰自己面前那条腿；我忘了为什么分到其他部位的一些同学埋怨他不干活，想必是影响了他们。当年解剖某些部位大家私下里聊了不少，隔着三十年有些话又在我耳边响起。后来就有人传格罗斯里花天酒地的故事；他嗜酒如命，而且浪荡不堪。那些学生大多数很单纯，进医学院时头脑中带着的观念都是之前家里、学校里灌输的；有些古板的学生不免为之骇然；另一些专心向学的，则会问他这样要怎么通过考试；但更多人很佩服他，为他而心潮起伏，因为那些事情他们也想做，只是没有那个胆量。格罗斯里有一群崇拜者，你时常看到一圈人围着他，张大嘴巴听他那些出入脂粉堆的传奇故事。回忆层层叠叠朝我压过来。没过多久，他就不再羞涩，一副在花花世界中游刃有余的样子。一个皮肤粉嫩、勉强成年的男孩，摆出那副派头一定很滑稽。周围那些自称为“男人”的同学传递着他的事迹，基本把他塑造成了一个英雄人物。经过医疗展览室，看到那些认真复习解剖学的学生，他会说些尖刻的话嘲笑他们。只有到了酒馆里，他才觉得自在，跟女招待也打得火热。我想他之前在乡村饱受父母和学校的监护，一下沉醉于伦敦的自由自在和激动人心。不过，他的放纵并不害人，一下子忘乎所以，只是年轻人的心性罢了。

可那时我们都穷，格罗斯里那么艳丽的玩乐是很费钱的，我们都在猜他怎么付得起。格罗斯里的父亲是个乡村医生，我们好像都知道他给儿子一个月多少生活费。他去天篷剧院的交际区[1]找女伴，那点钱肯定是不够的，也不必说在标准酒吧[2]他请朋友们喝的酒。我们私下里聊起来，都说他肯定债台高筑，语气倒分明都是敬畏。当然典当东西是可以的，但我们都干过，知道一个显微镜不过三镑，而一具骨架才三十先令；我们都在算，格罗斯里一个礼拜的开销最少十英镑。我们那时想象力不足，格罗斯里的生活在我们看来就是最奢靡的生活了。后来是他的一个朋友给我们解了谜——格罗斯里发现了一个财源滚滚的神奇办法，听得我们又好玩又佩服。我们之中肯定没有一个人有那样的头脑，但即使想到了也没有胆量付诸实施。格罗斯里先是去参加一些拍卖会，当然不是佳士得那样的，而是斯特兰德街[3]、牛津街[4]的一些古董行，或是一些私人的拍卖会，有好转手的东西如果价钱便宜，他就买下来，拿到当铺去，能当到的钱比他的竞拍价能高十先令到一英镑。所以他每周都有收入，大概四到五英镑，还说要放弃学医，把这当全职来做。我们那些学生活到现在都还没赚过一分钱，所以心里对格罗斯里都有些崇拜。

“我的天，他脑子真是好使。”我们会这样说。

“应该找不到比他更精的了。”

---

1 Promenade，当时的演出场所很多在二层设有交际区，可以看到舞台，没有座位，供宾客社交，当时此类区域的娼妓越来越多，成了一个社会问题。

2 Criterion，位于皮卡迪利广场，1873 年开业的餐厅和剧院。

3 Strand，伦敦中部街道，十九世纪末期应是酒馆和剧场林立的娱乐街。

4 Oxford Street，伦敦西区街道，十九世纪末从住宅区转型为购物街。

“百万富翁年轻时候什么样，就是像他这样的。”

我们那时十八岁，都觉得自己很懂这个世界，人生中那些还无法了解的部分，我们都很确信懂不懂是无所谓的。可惜考官提问的时候，我们会紧张到答案立马从头脑中消失，或者护士要我们帮忙寄一封信，我们就面红耳赤。后来渐渐传开，校长找了格罗斯里，将他好好地训了一通，警告他如果继续这样大张旗鼓地不顾学业，医学院有各种各样的惩罚措施。格罗斯里气坏了，说他以前上学的时候就受够了这些鬼东西，骂校长是个马脸阉人，别想再把他当成了小孩。他都快十九了，见鬼去吧，他还有什么东西需要别人来教？校长说他喝酒喝太多了，真是狗眼看人低，他的酒量在同龄人之中是翘楚，上周六喝高了又怎么样，这周六他还是打算喝高，谁要是看不顺眼，那就该干吗干吗去。格罗斯里的朋友都很同意，男人不能被这么羞辱。

最终的打击还是来了。我记得很清楚，当时我们都多么震惊。估计格罗斯里又有两三天没有见人，但他那一段时间来医院本就越来越随便，所以我们并不奇怪，就算提起，也只说他肯定又喝酒作乐去了；再过一两天，他肯定又脸色苍白地走进来，精彩纷呈地报告他勾搭了怎样一个女子，又过了怎样销魂的一段时光。解剖课是早上九点开始的，为了不迟到还有些手忙脚乱。讲课的老师对自己精致的遣词造句功夫明显非常得意，那天在描述人类骨架的哪个部分我记不清了，教室里专心听讲的人也不多，因为大家都在兴奋地窃窃私语，还有一份报纸偷偷地在长椅间转手。突然老师停了下来。他很会讽刺学生，假装不知道我们叫什么名字。

“很不好意思，恐怕我打扰那位绅士读报了。解剖学是一门无比枯燥的学科，但很遗憾，皇家外科医生学会给了我这个任务，不得已请你们略微上点心，好通过解剖学的考试。但哪位绅士如果实在办不到，也完全可以到教室外面去尽情地阅览那份报纸。”

正好挨到那一通话的男生可怜极了，头皮都红了，一时之间紧张地要把报纸塞进口袋里。解剖学教授冷冷地盯着他看。

“据我判断，先生，你的口袋怕是容纳不下这份报纸的，”他评论道，“你何不大方一些，把它转交给我好了。”

报纸从后往前经过一排一排的学生，传到了阶梯教室的中心，这位声名远播的外科医生似乎认为那个男生还不够窘迫，拿到报纸之后又问道：

“我可否问一声，那位先生是在报纸上发现了什么，才会看得如此聚精会神？”

最后把报纸递给他的那位学生也没有回答，只是点了一下我们刚才都在读的那一段话。我们默默看着教授把它读完，放下报纸，继续讲课。那条新闻的标题是“医学院学生被捕”。格罗斯里赊账买东西，再把它们当掉，最后被带到了地方治安厅，看起来他已经触犯了法律，被法官押候一周，不能保释。大概之前在拍卖会买古玩再当掉的法子长期运用收入不够稳定，他发现还是典当不用付账的东西来钱更快。我们一下课就兴奋地议论起来，我必须承认，我们那时候根本谈不上有什么私产，所以也并不觉得它有那么不可侵犯，没有谁把格罗斯里的罪行看得有多严重；但另一方面，年轻人天生热爱惨剧，大家也都认定他的判决最少是两到七年的苦役。

也不知道为什么，格罗斯里后来的命运我一无所知。可能事发正好是在学期末，我们都放假了才宣判的。我也不清楚是地方治安厅的执法者直接处理了此事，还是真的上了法庭。我似乎朦胧有个印象，因为他的越轨之举实在不可胜数，好像还是入狱了，但刑期不长，或许六个星期之类的；但有一点我记得，就是在那之后他没有出现过，又过一段时间，也没有人再想起他来。这么多年之后，居然能回忆起这么多当时的情形我自己也有些意外，好比是翻老相册的时候，突然在某张照片里发现一段本来早就忘却的往事。

当然，如果只是面对着这个粗鄙的老头，看着他的白头发和满是斑纹的红脸蛋，我一定认不出当年那个面色红润的瘦长男生。他看上去有六十岁，虽然我很清楚他应该远远没到那个岁数。不知道这么些年他都做了些什么，但至少看起来没有飞黄腾达。

“你在中国做什么呢？”我问他。

“我在海关港口当一个稽查员。”

“是吗？”

这也不算一个多么值得夸耀的职位，但我还是尽量不在语气中透露出惊讶来。海关稽查员受雇于中国海关，在各个通商港口工作，职责似乎就是登上船只查有没有走私的鸦片。他们之中很多都是皇家海军退休的一等水兵，和一些没有军衔的退伍军人。扬子江很多地方我都见过他们上船；这些人跟引航员、轮机长关系更好，常有说有笑，但船长对他们就不算特别客气。他们的中文比大多数欧洲人说得都好，而且经常会娶中国女子为妻。

“我离开英格兰的时候，发誓不发财绝不回去——可惜后来就是没发财。那时候他们缺稽查员，随便找到一个人都高兴得不得了，当然我指的人是白人了，所以就没打听我之前的事，根本就不在乎你是谁。说实话，能找到那个工作我也开心极了，因为那时候我已经身无分文。本来只打算先做着，找到更好的就换，但后来就一直做了下去，这职位挺适合我的。我的目标就是赚钱，后来发现海关稽查只要找对了门路油水是很足的。我在中国海关干了将近二十五年，走的时候我很乐意打个赌，大部分去那儿当官的都没有我存下的钱多。”

他朝我使了个奸诈狡猾的眼神，我大致猜得出他言下之意是什么。但有件事我总想快些有个了断，要是他正盘算着怎么问我要一百皮阿斯特（我已经接受这个数目了），我觉得长痛不如短痛。

“希望那些钱你真存下来了。”我说。

“当然了，我把所有钱都存在上海了，离开中国的时候全都换成了美国铁路债券。我的信条就是安全第一。骗子我见得太多了，自己绝不会冒险的。”

最后那句话我听了舒心不少，就问他愿不愿意留下跟我一起吃午饭。

“不不，这就不用了，本来我就不太吃午餐，而且家里也做好了菜等着我呢，我该走了。”他站起来之后我得仰头听他说话。“我说，你晚上去我那儿坐坐吧？我娶了一个海防姑娘，还生了宝宝。我能跟人聊起伦敦的机会很少。不过最好不要在饭点来，我们吃的都是些当地的东西，你大概是吃不惯的，要不就九点钟过来吧，怎么样？”

“好啊。”我说。

我之前就跟他说过我明天就要离开海防。他让一个服务生找一张纸，好让他把地址写下来。他写字很费劲，像是十四岁的小孩。

“让酒店的门僮跟你的黄包车夫说清楚具体位置，我在第二层，没有门铃，你只管敲门就行，好了，晚上见。”

他走了出去，我去用午餐了。

晚餐之后我喊了一辆黄包车，门僮帮忙跟车夫说清楚了地址。之前提过有一段拐弯的运河，两边的房子让我想起褪色的维多利亚时代的水彩，很快我发现车夫就带着我跑在那段路上，突然他停了下来，指了指一扇门。那幢房子太破旧了，周围的环境也是如此污秽，我觉得车夫是不是弄错了，下车时迟疑了一会儿。格罗斯里应该不会住在这么破败的屋子里，而且深陷在当地人的社区中。我让车夫先别走，推开了临街的门，前面是一条暗黢黢的楼梯。附近一个人都没有，街道整个是空的，简直像是后半夜。我划了一根火柴，小心翼翼上了楼，到了二层又划了一根，发现迎面是一扇棕色的大门。我敲了敲门，没过一会儿一个东京女子开门了，手里拿着一根蜡烛。她穿着这里穷苦人的土黄色衣服，黑色的小头巾裹得很紧；她嘴唇和嘴唇周围都是红色的，应该是嚼了蒌叶[1]，张嘴说话的时候我看到了黑色的牙齿和牙床，当地人的样貌常毁在这里。她说了几句当地的话，然后我就听到了格罗斯里的声音：

“快进来吧，我正在想，你是不是今天不来了。”

我在黑暗中穿过一个小小的前厅，到了一个大房间，显然窗口对着运河。格罗斯里本来躺在一张长椅上，我进去的时候起来了。他旁边的桌子上有盏煤油灯，之前在读香港出的报纸。

“请坐，”他说，“可以把脚搁起来。”

“我怎么能占你的位子呢？”

“没事的，我坐这边。”

他拖过一把厨房用的椅子，坐下去之后把脚搁在躺椅边缘。

“这是我妻子，”他用大拇指示意刚刚跟我进来的那位东京女子，“孩子在那边角落里。”

我顺着他的目光望过去，靠着墙有个孩子睡在竹席上，盖着一层毯子。

“醒了之后吵死人，要是你能看到他顽皮的样子就好了；她马上要生第二个。”

我转头瞧了一眼，他妻子的身形的确再明显不过。她个子

1 应指嚼槟榔时常混合蒌叶和蚌粉，会产生红色汁液。

不高，手和脚都很小，脸是扁扁的，皮肤很灰暗。她看上去不是很开心，但也可能只是怕生。她走出房间，很快回来，带着一瓶威士忌、两只酒杯、一瓶苏打水。我朝周围看了看，再往里走有面屏风，用没有上漆的深色木头做的，我想应该是后面还有一个房间，屏风中间钉着一幅从画报剪下来的肖像，图片中的人物是约翰·高尔斯华绥[1]。作家看上去庄重、温和，像个绅士，但我想不出来他和这户人家有什么关系。另外三面墙都粉刷过，但除了有些发黄,还沾染了不少污迹。墙上还钉着从《画报》[2]和《伦敦新闻画报》[3]上剪下来的图片。

“图片都是我钉上去的，”格罗斯里说，“就觉得能让这地方看上去更像个家。”

“怎么会想到要钉一张高尔斯华绥的呢？你喜欢读他的书吗？”

“不是，我都不知道他是个写书的。只是喜欢他那张脸。”

地板上还铺了几张破旧的藤席，角落里一大堆《香港时报》。能算得上家具的，只有一个洗手池架子，两三张厨房椅，两张桌子，还有一张柚木大床，是当地的样式。这个家污秽、凄惨，也毫无生活的喜气。

---

1 John Galsworthy（1867—1933），英国小说家，最有名的作品是多部以福尔赛一家为题材的家族纪事。

2 *The Graphic*，每周出版的英国画报，创立于1869年，在艺术世界影响深远，1932年停刊。

3 *The Illustrated London News*，创刊于1842年的周报，是历史上最早出现的“新闻画报”。

“这地方还不错，是不是？”格罗斯里说。“我是挑不出什么毛病。有几回也想过搬家，但恐怕我是会一辈子住这儿了。”他呵呵一笑。“我到海防只准备停四十八小时的，结果一待就是五年。我当时正要往上海去。”

他沉默了。我想不到要说什么话，也就没出声。那个小巧的东京女子跟他说了一句什么，我当然听不懂当地话，格罗斯里答了一句。他又沉默了一两分钟，我觉得他看我的时候像是要问我一件事，但不晓得在犹豫什么。

“你在东方到处旅行的时候，有没有试过抽鸦片？”他最后终于问了，像是很随意。

“就抽过一次，在新加坡，我就觉得应该体验一下。”

“结果如何？”

“说实话，没觉得有什么激动人心的。原先还以为我会体验最美妙的情绪，会见到德·昆西说的幻象，但唯一的感受就是一种舒服，像你从土耳其蒸汽浴室出来，躺在散热房里，然后我头脑中起了些奇异的变化，似乎所有的意识都变得极为清晰。”

“我明白。”

“我当时感觉到二加二真的就等于四，这件事不可能再有丝毫疑问了。可第二天一早——我的头都快裂开了，吐得昏天黑地，从早吐到晚，把我的魂都吐出来了，一边吐我一边痛苦地对自己说：居然有那么多人把这当享受。”

格罗斯里一仰，靠在椅背上，低沉地笑了几声，听不出开心。

“我想你抽的应该是劣质烟，要么就是你一下子上得太狠了。

他们看你什么都不懂，就给你一些已经被抽过的烂东西，谁都会反胃的。你想现在再试一次吗？我这儿有些烟保证是好东西。”

“不用了，对我来说一次就足够了。”

“我现在抽一筒你介意吗？这种天气真的是需要鸦片，能让你不得痢疾，我一般每天这个时候都会抽两口。”

“请自便。”我说。

他又跟他妻子说了些什么，那个女子提起嗓子刺耳地喊了一声。木屏风后面有人答应，过了一两分钟一个老太太出来了，端着一个盘子。这已经是个完全干瘪、枯瘦的老人，进来之后朝我客气地笑了笑，她的嘴唇也一样沾了颜色。格罗斯里站起来，走过去躺在床上。老太太把托盘放在床上，上面是一盏酒精灯、一杆烟枪、一根长长的针，还有一个小圆盒子，里面是鸦片。她蹲坐在床上，格罗斯里的妻子也上了床，背靠着墙盘腿坐下。格罗斯里看着老太太用针插着一颗鸦片丸子放在火上烤，直到它滋滋作响，然后把它塞在烟枪里。她把烟枪递给格罗斯里，他接过来深深地吸了一口，含了一会儿，吐出一大团灰色的烟云。他把烟枪递回给老太太，她又接着做起了第二筒烟。没有人说话。格罗斯里连着抽了三回，然后又重重地坐回到他的椅子上。

“天呐，我觉得舒服多了，前面觉得累坏了。那老婆娘，做得一手好烟。你确定不来一口吗？”

“很确定。”

“随便你，那就喝点茶吧。”

他跟他妻子说了句话，她爬下床，出了房间，很快端来了一个小瓷壶，两只中国碗。

“你也知道，这里很多人都抽鸦片，要是不过量的话，一点害处都没有。我每天不会超过二十到二十五筒。要是能控制在这个量上，可以抽好多好多年。有些法国人每天要抽四十到五十筒，这就太多了。我从来不这么抽，除非有时候想要犒赏一下自己。抽鸦片对我从来没坏处，这是实话。”

我们一起喝着茶，是一种隐约带着些香味的淡茶，喝在嘴巴里觉得清爽。他的妻子又回到床上，没过一会儿就蜷缩在格罗斯里脚边睡着了。格罗斯里每次都连抽两到三筒烟，抽的时候完全心无旁骛，但不抽的时候话又特别多。我提了几回想走，他都不让。夜渐渐深了，有几回他抽烟的时候我也瞌睡了一下。格罗斯里一直在说，把他的事全都告诉了我，而我开口只是偶尔接个话罢了。我没有办法把他的话照搬过来，他不停在重复自己，除了啰唆，讲得也乱七八糟，后面的事提几句，再早先的事提几句，时间脉络要我自己整理；有时候我也看出来，他怕自己吐露太多了，故意将某些事按下不表；有时候他撒了谎，只能从他给我的微笑和眼神里推断实情。他不知道该怎么形容自己的感受，只丢出一堆陈词滥调、粗话脏话，或者是俚俗的比喻，意思也只能靠揣测。我心里一直在追究他真名叫什么，就在嘴边，但始终想不起来，让我颇为烦躁，也说不上来这到底有什么要紧的。一开始他对我有些猜忌，我想了想才明白还是他当年在伦敦的妄行和入狱，这些年来一直是种见不得人的折磨，有朝一日被人发现的恐惧始终纠缠着他。

“你到现在还想不起来我在医院里的样子吗？”他说道，眼神就像要看穿我。“你记性肯定很糟糕。”

“见鬼去吧，那可是三十年前的事了，想想看，这三十年我见了多少人，想不起来很正常，就像你也不怎么记得我一样。”

“说得对，恐怕是挺正常的。”

他似乎安心了，抽足了鸦片之后，那个老妇人给自己也烧了一颗烟丸，抽完之后躺到了孩子睡觉的席子上，缩在孩子身侧。她一动不动，我想应该是一倒下就睡着了。等我终于出了那户人家，车夫也蜷缩在黄包车的踏板上睡着了，而且睡得很香，我推了推才醒。那里的路我认识，想要活动腿脚，呼吸一些新鲜空气，就给了他两个皮阿斯特，让他先走。

而我带走的这个故事很不寻常。

格罗斯里跟我讲了他在中国的那二十年，我听的时候只觉得可怕。他说他赚了些钱，具体多少没说，但听他的口气，应该在一万五到两万英镑之间。对于一个海关稽查员来说，确实算发财了。这个数目不可能是光明正大得来的，对于他的工作，具体的细节我知之甚少，但从那些突然的缄口不言，和那些奸笑和暗示，我多少猜得出，只要回报足够诱人，没有哪种下作的交易是他看不上的。而回报最丰厚的我想就是走私鸦片了，而且他既然在那个职位上，不但来钱容易，又很安全。听他说，上级时常觉得他有猫腻，但又始终证据不足，无法采取行动。他们只把格罗斯里在不同的港口间调来调去，以为能限制他，其实根本没有用；他们也一直在暗中监察，但格罗斯里对他们来说太聪明了。

我发现他说的时候也很为难，一方面是怕说得太多，暴露本性，一方面又很渴望跟我炫耀他有多狡猾。中国人非常信任他，这让格罗斯里很得意。

“他们明白我是靠谱的，”他说，“这让我得了不少便宜，但我从来没有骗过一个中国人的钱。”

说到此处，他似乎在得意自己有多正直。中国人发现他喜欢文玩，就时常送他、卖他一些小玩意儿；他从来不问这些东西的来历，只要便宜就行。存了一些就寄到北京去卖，盈利很是可观。我想起他的商业之路起步就是在拍卖会上买古董拿去典当。靠这些不光彩的运作和琐碎的蒙骗，他二十年如一日，集腋成裘，每一镑挣来都投资到了上海去。他平常过得很清贫，一半的收入都能存下来，放假从来不回国，因为不想浪费钱。他也不跟中国女子有任何往来，因为任何难以脱身的牵绊都要避免。他不喝酒。心里唯一的渴盼就是存够了钱回英国去，青少年时期被硬生生地拽走，他要夺回那种生活。除此之外他什么也不需要。在中国的日子就像活在一个梦里，他对周遭的生活毫不关心，那些五彩斑斓和光怪陆离，对他毫无意义。在他的眼前，永远是一片伦敦的海市蜃楼，那里有标准酒吧，他正站在吧台边，一只脚踩在踏栏上；那里有帝国音乐厅[1]和天篷剧场的交际区，和他挑中

1 Empire，位于伦敦莱斯特广场，1884 年开业，是当时最热门的演出场所之一。

的风流女子；那里有音乐厅里的“正喜剧”[1]和喜乐剧场[2]的音乐喜剧。这才是生活，才是爱，才是冒险。这才是浪漫。这才是他全心渴望的东西。他像隐士一般生活了这么多年，心心念念的生活却如此粗鄙，简直让人刮目相看，心志软弱的人可是做不到的。

“你看，”他对我说，“那时候放假就算能回英国我也没回，我要等到不用再出来的时候，风风光光地回去。”

他想象自己每天晚上都能穿正装出门，纽孔里插着一朵栀子花；他想象自己穿着大衣、带着棕色的帽子出现在德比马赛[3]上，如何潇洒地将小望远镜挂在肩头；他想象自己扫了一眼那些姑娘，挑了一个自己心仪的。他已经想好了，回伦敦的第一晚要喝得人事不省。过去二十年他都没有喝醉过，因为工作的关系，他必须时刻耳聪目明、保持清醒。而且他得小心，回去的船上也不能喝醉，要把它留给伦敦。啊，那会是怎样的一个夜晚！他想那一晚想了二十年。

我不知道格罗斯里后来离开中国海关是为了什么，或许是那里警觉起来，不好下手了，或许是正常的工作年限本就到了，或许是他存到了心里设下的数额，但不管怎样，他终于启程回国

---

1 Serio-comic，演员交替表演严肃和滑稽的歌曲，穿插闲聊和与观众互动，可以说是脱口秀的一种原始形态。

2 Gaiety，1864 年建成，1868 年更名为“喜乐剧场”，十九世纪后期在“音乐喜剧”上影响力巨大。

3 Derby，始于 1780 年的英国传统马赛之一，每年六月在萨里郡埃普瑟姆丘陵举行。

了。他坐的是二等舱，到伦敦之前不准备花钱。他在杰明大街[1]找了一个住处，这么多年他一直想住到这条街上来，然后立马找了一家裁缝店订了一套衣服。派头是最要紧的。之后他在城里转了转，发现跟记忆中不一样了，车多了不少，让他没了方向。他去标准酒吧，发现他之前闲坐、喝酒的酒吧已经没有了。以前手里有闲钱的时候，他喜欢去莱斯特广场的一家餐厅吃饭，这回也找不到，想必是拆掉了。到了天篷剧场，气坏了，女人都没有，接着去了帝国音乐厅，一看连交际区也没了。这个打击不小，他只觉得困惑，但二十年过去了，有些变化也很正常，算了，要是什么都做不了，喝醉总可以吧。之前在中国得过几次热病，回国天气一变，他又不太舒服了，四五杯下肚，他只想着躺下睡觉。

后面很多天都像是照着第一天复刻的。哪里都不对。格罗斯里跟我讲他如何接二连三地失望，声音都变得尖利、怨毒。老地方都没了，脸都是陌生的，他发现交朋友变得很不容易，居然会觉得孤单，之前怎么会想到在伦敦这么大的城市里会孤单。他找到问题所在了，伦敦变得太大了，这已经不是九十年代初他所认识的那个欢快、亲切的地方。这个城市已经毁了。他也找了几个姑娘，但她们都不像记忆里那般可爱，那般有意思了，而且他慢慢意识到，这些姑娘都觉得他是个不入流的家伙。他那年刚过四十，但在大家眼里已经是个老头，他想要结交酒吧里的那些年轻人，但没人搭理他。那些年轻人再怎么自以为是，一个个的都

1 Jermyn Street，位于伦敦中部，与皮卡迪利街相邻，传统上有很多男性服饰的商铺。

不会喝酒，格罗斯里要让他们见识见识什么叫酒量。他每晚都喝醉——这么个破地方不喝酒又能干吗？只不过第二天又太难受了。他觉得这都是被中国的天气害的，学医的时候，他可以每晚一瓶威士忌，第二天依旧清新得像朵小雏菊。他越来越多地想到中国，想起的好多东西他都不知道自己曾留意过。在中国的那些年他其实过得不赖。非要远离那些中国姑娘，或许是他犯傻了，其中有几个还是挺漂亮的，而且也不像这些英国姑娘那样会装腔作势。有他的财力，不管是谁在中国都能过得很开心，他可以养一个中国女子，参加当地的俱乐部，里面有不少值得往来的朋友，大家可以一起喝酒、打桥牌、打桌球。他记得那些中国店铺，想起街上的喧嚷，那些负重的苦力，港口林立的帆船，还有河岸上的宝塔。之前在中国的时候，他似乎从来不会想到它，可现在，说真的，他脑子里全是这个国家，简直成了一个心结。真是件滑稽的事。他慢慢觉得伦敦不是一个适合白人生活的地方。说得简单点——这城市已经完蛋了，有一天他突然生出个念头，觉得回中国也不错。当然这很胡闹，他像个奴隶似的苦干了二十年，就为了在伦敦享受一番，结果又回中国生活，岂不是荒唐。凭他的积蓄，不管到了世界任何地方都应该能活得很自在才对。但不知怎么的，他脑子里除了中国，别的什么想法都没有。那天去电影院，看到一个场景拍的是上海，这事就算定下来了。伦敦他受够了，他讨厌这里，本来就想走，这回一走，他就不准备再回来了。回英国一年半，却好像比在东方那二十年都来得长。他坐上了从马赛开出的一艘法国船，看着欧洲一点点没入地平线，他长长地舒了一口气。到了苏伊士，第一丝东方的气息迎上来的时候，他知道自己的决定是对的。欧洲完了。你只能往东方去。

他在吉布提[1]上过岸，在科伦坡和新加坡也下了船，他们在西贡停了两天，但他却一直留在船上。酒喝得太多了，身体总觉得有些不畅快。可船到海防，他知道要停四十八个小时，心想不如就上岸去看看。海防是抵达中国前的最后一站了，他们的目的地是上海，等到了那里，他想好了先找家酒店，到处看看，之后就找个住处，包养个女子。他还要买一两匹马，参加跑马赛。在东方交朋友会很容易，他们不像伦敦人那么傲慢、冷漠。在海防下了船，他去一家酒店吃了饭，饭后坐上一辆黄包车，跟车夫说他要找个女人。车夫就把他送到那幢我坐了好久的破房子里，见到了那个老太太，还有那个已经替他生儿育女的姑娘。过了一会儿，老太太问他要不要抽大烟。之前他对鸦片心有忌惮，从来没试过，但现在他想不出为什么还要躲着。那一晚他感觉不错，那个姑娘也让人高兴、惹人怜惜，她有点像中国姑娘，身材小巧，面容娇美，像个仙子。于是，他就抽了几筒烟，心绪祥和、通体舒泰。他那一晚都没有走，也没有入睡，只是躺在那里，既是休息，也想了很多事。

“我的船要往香港去了，我还留在那屋里，”他说，“船走了，我一直没走。”

“你的行李怎么办？”我问。

1　Djibouti，非洲东北部国家。

我常有这样不上台面的好奇，很关心那种浪漫的人生是如何跟实际的细节相牵绊的。小说里，身无分文的情侣开着加长跑车翻山越岭，我总忍不住要问，他们哪来的车和油费；亨利·詹姆斯笔下的人万般细腻地权衡他们的处境，我却在想，他们中间是否需要休息，如何解决生理所需。

“我就一个装衣服的箱子，其实我这人，除了身上一套衣服，别的什么都不需要，不过我还是跟这姑娘坐黄包车去取了行李，想着等下一班船来了再走。你看，离中国这么近了，可以稍微等一等，适应一下，你懂吧？”

我懂，这最后几句话让我把他看明白了。我知道，中国近在咫尺的时候，他害怕了。英国给他的失望本就很难承受，他不敢再让中国经受类似的考验。要是再失败，他将一无所有。这么多年来，英国都是沙漠中的海市蜃楼，但终于不再抗拒诱惑，走到它跟前时，那闪亮的水潭、绿莹莹的棕榈树和草地都不过是翻滚的沙丘。现在他至少还有中国，只要不见到它，它就一直在那里。

“不知怎么的，我就住下来了。你知道吗，日子过得好快，你想都想不到。想做的事情一大半都来不及做。归根结底，我在这儿很舒服。这老太婆做的烟确实好，还有我那姑娘，也让我很开心，还有那孩子，这小混球好玩得很。如果你在一个地方过得很开心，再去别的地方意义何在？”

我又四下看了看这个空荡荡的房子，到处是污秽，没有一丝温馨，你总觉得他该有一两件私人物品，能给他一点点家的意味，我也找不出来。这本是个花柳之地，让欧洲人抽鸦片的烟馆，格罗斯里租下了这个暧昧的屋子，依旧让这老妇人管着，一切维持原样，而他自己，与其说是生活在这里，更像是找了个歇脚的地方，好像第二天就要打包些随身的东西离开。过了一会儿他回答了我的一个问题：

“我这辈子，还没有像现在这么开心过。也时常想到或许哪天就去了上海，但大概是永远不会去了。至于英国，对天发誓，我是绝不可能再回去的。”

“没有人聊天有时候不会太寂寞吗？”

“不会的，时不时会有中国的商船靠岸，船长可能是英国人，轮机长可能是苏格兰人，我就上船跟他们聊聊过去的事情。镇子上还有个老头，法国人，之前在海关做事，能讲英语，我有时候也会去找他。但实际上，我并不是很需要别人。我很喜欢想事情，这时候被打扰我会很难受。你知道，我的烟瘾不大的，早上抽一两筒，肚子舒服一些，然后要到晚上再抽。然后我就想事情。”

“想什么呢？”

“哦，各种各样的事，有时候想想伦敦，我还是个小孩的时候是什么样的，不过大多数时候想的是中国。想到那些开心的时候，我是怎么赚钱的，想起我认识的那些朋友，还有那些中国人。好几回都只差那么一点点，但我还是逃脱了。还会想到，当时我可以找的那些姑娘，要是真跟她们住在一起会怎样。一个个都那么娇小可人。现在有些后悔当时躲那么远了。中国，那真是个了不起的国家，我太喜欢那些店铺了，都有一个老头蹲在那儿抽水烟，还有那些店招。那些寺庙。天呐，男人就该住在那种地方，那才是活着。”

海市蜃楼在他眼前闪耀。幻象支撑着他。

他是幸福的。我不知道他会有怎样的结局。不管怎样，结局还很遥远，或许人生之中这是他第一次把握住了此时此刻。

信

The Letter[1]

外面，阳光恶狠狠地砸在码头上。大路上车水马龙，来来往往是各种汽车、运货车和巴士，私人轿车和出租车，每个司机都在摁喇叭；黄包车在拥塞中灵巧地穿行；那些看似喘不上气的苦力依然有办法高声呼喊，他们背着沉重的包裹，侧着身子快步小跑，一边吼着要路人闪避；流动商贩吆喝着他们的商品。新加坡是五方杂处之地，各种肤色的人扯着嗓子交流：黑皮肤的泰米尔人、黄皮肤的中国人、棕色的马来人、亚美尼亚人、犹太人、孟加拉人。可进了“雷普利、乔伊斯、奈落先生律师事务所”的办公室，就凉快多了，街上是耀眼的尘土飞扬，相比之下屋里就暗了，外面是无休无止的喧嚣，里面就静得让人舒服。乔伊斯先生在他自己的办公室里，坐在桌子边，一台电扇对着他已经开到最大。他靠着椅背，手肘搁在左右扶手上，双手张开，对应的指尖都非常精准地互相抵着。他的目光落在对面长长的架子上，上

1 首次发表于 1924 年，收录于 1926 年出版的短篇小说集《木麻黄树》。

面是一本本陈旧的《判例汇编》。一个柜子上放着上了漆的方形锡盒，盒子外面写着客户的名字。

有人敲门。

“进来。”

一个中国职员开了门，他穿着一身干净的白色帆布衣服。

“克罗斯比先生来了，先生。”

他说一口漂亮的英文，每个字的轻重都分毫不差，而且乔伊斯先生到现在还琢磨不透他的词汇量到底有多大。翁志成[1]是广东人，之前在格雷律师学院[2]念书，他会在“雷普利、乔伊斯、奈落先生”这里待一两年，为以后独立经营法律业务做准备。他工作勤奋，对人客气，而且品行也无可挑剔。

“让他进来。”乔伊斯先生说。

乔伊斯先生站起跟到访之人握手，请对方坐下。客人坐下之后，正好被光线照到，而乔伊斯先生依然在暗处，他性情中本就是个不爱说话的人，现在他看了罗伯特·克罗斯比快一分钟，没有出声。克罗斯比身材高大，绝不止六英尺，肩膀宽阔，肌肉发达。他是种橡胶的，每天在园子里来回走，再加上每天劳作完了之后的放松是打网球，所以身体非常硬朗。他的皮肤晒得很黑，手上汗毛浓密，双脚的尺寸也很惊人，还套着很不轻便的靴子，乔伊斯先生不自觉地想到，克罗斯比那个拳头，要是打在哪

1　原文 Ong Chi Seng，中文姓名仅为译者根据读音推测。

2　Grey’s Inn，伦敦最主要的四所律师培养机构之一。

个脆生生的泰米尔人身上，能把他打死。但克罗斯比的蓝眼睛里没有一丝凶恶，里面全是柔和的倾诉之意，而且那张大脸虽然五官长得平淡模糊，却那么坦诚。不过，只在此时，这张脸被极度的沮丧拉长、扭曲了，显得分外憔悴。

“你看上去像是这两天没怎么睡觉啊。”乔伊斯先生说。

“没有睡着。”

乔伊斯先生此时才注意到克罗斯比放在桌上的帽子，是个旧的毛毡帽，有可以翻折的宽檐；然后他的目光游移到对方那条卡其短裤上，露出红通通的大腿和腿毛，网球衫领口打开着，没有领带，卡其外套很脏，袖口是卷起的。他看上去就像在橡胶林里跋涉了半天才到这里，乔伊斯先生微微皱了下眉头。

“你得振作起来，知道吗？脑子不能乱。”

“啊，我没事的。”

“今天见过你太太吗？”

“没有，下午要见她。你知道吗，他们逮捕她可真太不像话了。”

“在我看来，他们也只能如此。”乔伊斯说话还是那么平和、轻柔。

“我还以为可以把她保释出来的。”

“指控的罪名太严重了。”

“太可恶了，任何一个正派女子在那种情况下都会那样做的。只不过她们十有八九没那样的勇气罢了。莱斯利是这个世上最好的女人，她连一只苍蝇都不肯伤害的。见鬼了，我跟你说啊，我们结婚已经十二年了，难道我还不了解她吗？天呐，那男人要是落到我手里，我先拧断他的脖子，半点犹豫都没有。要换了你，也一定跟我一样。”

“老朋友，所有人都是站在你这边的，没人为哈蒙德说过一句好话。我们一定让她没事，不管是法官还是庭上的陪审推事，肯定开庭前就拿定主意要判无罪了。”

“整件事就是胡闹，”克罗斯比说得满是愤恨，“他们一开始就不应该逮捕她，她太可怜了，经历了那样的事，还要承受开庭审判这样的折磨，混蛋透顶。从我来到新加坡，不管见到的男人女人，都告诉我莱斯利所做的完全正当。把她在监狱里关这么多个星期真的是可怕。”

“法律终究是法律，说到底，她自己也承认那个男人是她杀的。确实很糟糕，对你对她我都感到非常遗憾。”

“提我做什么。”克罗斯比打断道。

“但事情就是这样，既然杀了人，在一个文明的社会总要有个审判的过程。”

“拍死一只毒虫也算谋杀？她开枪的时候就等同于枪毙一条疯狗。”

乔伊斯先生靠回到椅背上，左右手的指尖又那样顶了起来，让人想起屋顶的骨架。他沉默了片刻。

“作为你的法律顾问，有件事我得提醒一下，否则就是我失职了，”他终于说道，语调平稳，一双冷静的棕色眼睛对着他的客户，“这件事还是让我略微有些焦虑。如果你妻子只朝哈蒙德开了一枪，整件事就只是走过场，问题就在于她开了六枪。”

“她解释过了，非常简单的道理，在那样的情况下谁都会那样的。”

“恐怕是这样，”乔伊斯先生说，“我也自然觉得那个解释相当合理。但忽略事实是没有用的，事先把你放到对方的位置思考一下不会错；我要承认，如果是我代表王国政府提起公诉，这个点一定是我质询的核心。”

“我的老朋友，这也太蠢了。”

乔伊斯先生严厉地扫了罗伯特·克罗斯比一眼，棱角分明的嘴唇浮现出半分笑意。克罗斯比是个正直的好人，但实在谈不上有什么头脑。

“我敢说，这一点无关紧要，”这位律师说道，“只是觉得还是需要提一下。反正也不用等很久了，等事情结束，我建议你和你太太找个地方去旅行一次，把这一切都忘了。虽然无罪判决几乎是板上钉钉的事情，这样的案子总是让人心焦的，你们都应该休息休息。”

克罗斯比第一次露出笑容，他的脸居然会因为微笑变得不一样了，你会忘记这是个粗汉，只看到他心底的善良。

“我觉得我比莱斯利还需要休息，你不得不赞叹她有多坚强。说真的，你到哪里去找比她更勇敢的女子？”

“确实，我也惊讶于她的定力，”律师说，“我之前绝对猜不出她有这样的心志。”

自从克罗斯比太太被捕，作为她的法律顾问，职责所在，乔伊斯先生跟她面谈过多次。虽然大家都尽量善待她，但毕竟是坐牢，等着谋杀罪名的判决，如果精神崩溃大家也不会意外。但克罗斯比太太似乎是气定神闲地承受着这份苦难。很多时候她都在看书，想方设法锻炼身体，而且监狱方格外关照，允许她用线轴织法[1]编织蕾丝，克罗斯比太太之前空闲时经常以此为乐。乔伊斯先生见她的时候，她穿着一身清爽的连衣裙，简单又干净，头发梳理得很仔细，连指甲都是精心修剪过的。她的仪态也没有任何慌乱，对于她此刻处境所带来的不便之处，她甚至能开些玩笑。聊起那场悲剧，她语气略显随意，这在乔伊斯先生听来，只觉得她虽然被这非同小可的危机缠身，可若不是教养太好，一定会直言这件事有些荒唐可笑。这让乔伊斯先生意想不到，他之前从来不觉得克罗斯比太太是有幽默感的人。

他认识克罗斯比太太很多年了，虽然交往是断断续续的。她来新加坡的时候，一般都会跟乔伊斯夫妇吃一顿饭，偶尔还会在他们海边的木屋里过周末。乔伊斯太太也去他们的庄园住过，和克罗斯比太太共处了半个月，见过好几回杰弗里·哈蒙德。这两家人虽然说不上是多交心的朋友，但向来友善，也正是因为这样，灾祸发生时罗伯特·克罗斯比才急忙赶到新加坡，求乔伊斯先生亲自为他那位不幸的妻子辩护。

克罗斯比太太第一次见到律师就把当时经过讲了一遍，之后再讲，一丁点更改都没有。不管是惨剧过后才几个小时，还是

1 Pillow lace，即 bobbin lace，因为在编织过程中需要很多线轴，往往坐下的编织者会在腿上或桌上放一个枕头，线轴会排列在枕头上。

最近，她都说得一样镇定。陈述的过程很连贯，语调平稳，只提到其中一两个情节时微微脸红，才看得出她心里也有些杂乱。这样的事情，你绝对猜不到会发生在这样一位女士身上。她现在三十出头，不高不矮，非常纤弱，算不上漂亮，只能说很优雅。她的手腕脚踝都长得精致，只是人太瘦了，手上的蓝色血管那么明显，隔着皮肤还能看到骨骼。她脸上没有色彩，除了微微透出一点土灰色，连嘴唇也显得苍白。你也不会注意到她眼珠是什么颜色。她有一头浓密的浅棕色头发，略带些自然卷，这种头发稍加装点就会非常好看，但你无法想象克罗斯比太太会诉诸那样的手段。她是个不爱出声的朴实女子，她的态度就很让人觉得舒服、愿意亲近，如果说她朋友不多，也只是因为她有点害羞。这是很好理解的，因为种植园里的生活本就很孤寂，但只要是在自己家里跟认识的人相处，她虽然低调，其实很有魅力。乔伊斯夫人跟她相处半个月之后回家，跟丈夫报告莱斯利当女主人很会让客人开心。她说，莱斯利绝不止大家以为的那样，一旦熟悉了，你会惊讶她看了多少书，可以多么有趣。

像这样一位女士是绝不可能杀人的。

乔伊斯先生尽可能找了让罗伯特·克罗斯比宽心的话，让他走人，办公室终于又空了，他翻着案情综述。但翻页不过是下意识的动作，因为其中的细节他早已烂熟于胸了。这个案子那时太耸人听闻，整个半岛，从新加坡到槟榔屿，所有的俱乐部里、所有的餐桌上，大家都在聊。克罗斯比太太提供的事实很简单。丈夫去了新加坡办事，她夜里一个人在家。晚饭吃得晚，是在九点缺一刻，之后就一个人在客厅织蕾丝。开门出去是个外廊。仆人都回住处去休息了，在整个院落的后方，所以木屋里除了她也没有别人。突然听到花园的石子路上有脚步声，而且是靴子的声音，说明是白人，可因为没有听到汽车驶近，她有些惊讶，想不出这么晚了谁会来找她。那个人踏上几级台阶，到了木屋，又穿过外廊，站在门口。因为屋里只有一盏灯，套着灯罩，到访者背对黑暗站着，一开始她没有认出来。

“我能进来吗？”他问。

她甚至没有听出是谁的声音。

“是谁？”她问。

编织的时候她戴着眼镜，开始说话她就把眼镜摘下来了。

“杰夫·哈蒙德。”

“当然了，快进来喝点东西。”

她站起来跟哈蒙德握手，彼此很友善，但她还是有些不解，因为哈蒙德虽然是邻居，但最近她和罗伯特都跟他有些疏远，上次见他也是好几个星期之前。哈蒙德管的橡胶园离他们有八英里远，她不明白为什么哈蒙德要选在这个钟点来做客。

“罗伯特不在，”她说，“他去新加坡有事，晚上不回来了。”

或许是他也意识到应该解释一下为何会此时出现，说道：

“很抱歉，我今晚觉得太寂寞了，所以就过来看看你们在干吗。”

“可你是怎么来的呢？我没听到汽车的声音。”

“停在前面路边了，因为我想你们可能已经睡了。”

这听上去合情合理，种植园主天蒙蒙亮就要起来，给工人考勤，所以他们是不介意吃过晚饭就躺下的。后来发现哈蒙德的车确实就在离木屋四分之一英里的地方。

因为罗伯特出门了，所以客厅里没有威士忌和苏打水，仆人大概睡觉了，所以莱斯利也没有喊他，自己去取了酒水。客人自己调了酒，给烟斗里加好了烟草。

杰夫 · 哈蒙德在殖民地有不少朋友。他还是少年时就离开英国，现在都快四十了。当初战争一打响，他是最早志愿参军的一批人，而且在军队表现很好。两年之后膝盖受伤，只得退伍，但回到马来联邦的时候，他是戴着"优异服务勋章"和"军功十字勋章"的。杰夫是殖民地中最厉害的台球手之一，曾经舞技高超，网球也打得很棒，现在不能跳舞了，膝盖不灵了之后，网球场上自然也受影响，但他有让人喜欢的天赋，到哪里都受欢迎。这是个高挑、英俊的男人，一双迷人的蓝眼睛，一头漂亮的黑色鬈发。老资历的人见得多些，说他唯一有个毛病，就是太贪恋女色，出了事之后，他们摇摇头，非要别人相信他们早就料到哈蒙德会栽这样的跟头。

他现在跟莱斯利开始聊天，聊地方上的新闻、马上会在新加坡举行的跑马赛、橡胶的价格，还有最近据说看到一只老虎在附近出没，哈蒙德在分析他有多大把握射杀这只老虎。而莱斯利着急的是她的蕾丝，因为要寄回国作为母亲的生日礼物，她必须在某个日期之前把它做完；于是她又戴上了眼镜，把那张小桌子拖到她坐的椅子跟前，桌上就是编织用的枕头。

"我可不喜欢你戴这么一副牛角眼镜，"他说，"我不明白一个漂亮的女人为什么总想方设法掩盖这一点。”

听到这样的话，让她有些不知所措。哈蒙德之前从来没用过这样的腔调跟她说话。她想最好的办法就是把它当作玩笑。

“只是我不觉得自己是个绝色美人，你懂吗，要是你非要问的话，我只能说，我完全不关心你觉得我好看还是不好看。”

“我可从没说你不好看，我觉得你漂亮极了。”

“你人真好，”她带着讥讽说道，“但如果你这么想，我只能觉得你是个笨蛋了。”

他呵呵笑起来，站起来坐到莱斯利旁边的椅子上。

“你这双手真是世界上最好看的手，这一点你总没有脸再否认了吧。”他说着作势要去握莱斯利的手；她把他的手拍开。

“别犯傻，坐回你原来的地方去，说些正常的话，否则我要送客了。”

他没有动。

“你不知道我一直深深爱着你吗？”他说。

“我不知道，我也一秒钟都不会相信，就算是真的我也完全不想听到。”

她觉得非常讶异，和哈蒙德认识也有七年了，但他从来没有对莱斯利殷勤过。从战场刚回来的时候，他们见面不少，有次生病了，罗伯特还去把他接过来，留在他们的小木屋里养病。当时哈蒙德在这里住了两个星期。但莱斯利和他的兴趣不沾边，所以两人的交往从来没有演化成友谊。过去两三年克罗斯比夫妇见哈蒙德本身就很少，有时候他会过来打几下网球，或者哪个种植园主办了派对，正巧碰到，但有时候一个月没有见过这个人，也是常有的。

这时哈蒙德又去倒了一杯威士忌加苏打。莱斯利在琢磨他来之前是不是也喝酒了，今天总觉得这个人有点不正常，心里担心起来。看着他自说自话倒酒，莱斯利有些反感。

“换了是我，就不会再喝了。”她说话的语气依然是轻松的。

哈蒙德把酒一口干了，放下杯子。

“你觉得我跟你说这些话是因为喝醉了吗？”他突然问道。

“这是最显而易见的解释了，不是吗？”

“胡扯。自从认识你开始，我就爱上你了。我一直忍着什么都没说，现在我不得不说出来，我爱你，我爱你，我爱你。”

她站起来，小心把枕头放到一边。

“再见。”她说。

“我现在不会走的。”

她终于收不住脾气了。

“你这个蠢货看不出来吗，除了罗伯特我从来没爱过别人，就算我不爱罗伯特，你也是我最不可能喜欢的人。”

“这有什么所谓，罗伯特又不在。”

“要是你不立刻离开，我要喊仆人把你丢出去了。”

“他们听不到的。”

她现在已经满是怒气，像是要冲到外廊上去，如果能在门外喊，男仆肯定可以听到，但哈蒙德抓住了她的手臂。

“放开我。”她愤怒地吼道。

“不可能了，你已经被我逮住了。”

她张嘴喊起来：“仆人！仆人！”但哈蒙德立刻捂住了她的嘴。莱斯利还没弄明白哈蒙德想要干吗，已经被他抱住，还被狂热地亲吻着。她不停挣扎，把脸扭开，不让哈蒙德灼热的嘴碰到自己的嘴唇。

“不要，不要，不要，”她喊着，“放开我。我不会的。”

接下来发生了什么她有些模糊；之前所说的这些她都记得很清楚，可现在哈蒙德的话在憎恶和惊惧的雾霭中向她的耳膜袭来。他似乎在求爱，又突然会爆发一阵狂躁的表白。因为哈蒙德很强壮，莱斯利的双臂被牢牢地扣在身体两侧，非常无助；那些挣扎没有一点用，她觉得自己渐渐没了力气，怕自己会昏倒，哈蒙德燥热的呼吸吹在她脸上，让她觉得恶心到了极点。哈蒙德吻她的嘴唇、她的眼睛、她的脸颊和头发，他手臂力量太大，夹得她很痛。现在他已经把莱斯利抱了起来。莱斯利想踢他，但他只抱得更紧了。他抱着莱斯利正在移动。他已经不说话，但莱斯利知道他的脸色一定很苍白，他的眼睛里一定都是欲望。他正把她往卧室抱去。他现在已经从文明人退化成了一个野人。但哈蒙德小跑起来的时候，没有看到前面有张桌子，因为膝盖的伤，走路本就不稳，再加上抱着一个女人，撞到桌子之后就摔倒了。稍纵即逝的工夫，她挣脱出来，跑到沙发后面。哈蒙德也瞬间起了身，又扑过来。桌上有把手枪。莱斯利不是一个会莫名紧张的人，但罗伯特既然晚上不回来，她本来准备睡觉前把枪放到卧室的。这就是为什么枪会出现在那里。她现在已经吓得六神无主，根本不知道自己在做什么。她听见“砰”的一声，接着看到哈蒙德开始站不住，喊了一声。他还说了些什么，但莱斯利没有听清。哈蒙德踉跄冲出屋子，到了外廊上。莱斯利心里已经完全乱了，控制不住自己，就跟着哈蒙德也出去了，对，是这样，她一定是跟出去了，虽然她不记得，但一定是在哈蒙德身后又不由自主地开了一枪又一枪，直到六个枪膛都空了。哈蒙德倒在外廊上，鲜血淋漓地蜷成一团。

仆人听见枪响，吓得立马跑了过来，看到女主人就站在哈蒙德旁边，手里还握着那把手枪。哈蒙德已经死了。她怔怔看了仆人们一会儿，没有说话，这些人都倚靠在一起，吓坏了。枪从女主人手里掉到地板上，她还是一言不发，转身进了客厅。他们看着她进了卧室，转动钥匙把门锁上了。谁都不敢碰尸体，都只恐惧地盯着，压低声音激动地交谈。还是领班男仆最先镇定下来，这是个头脑冷静的中国人，跟了克罗斯比夫妇很多年。罗伯特是骑摩托车去新加坡的，汽车还在车库里。他让车夫把车开过来，他们必须马上去找地区副长官，告诉他发生的事情。他还把手枪捡了起来，放进口袋里。地区副长官是一个叫维瑟斯的人，住在临近一个小镇的郊区，离这里有三十五英里。车子开了一个半小时，终于到了，大家都在睡觉，他们还得先去喊醒仆人。没过一会维瑟斯出来，他们解释了为什么来找他。仆人领班还拿出了手枪，证明他没有瞎说。副长官让人把车开来，进去换了衣服，很快就跟着那两个仆人在无人的路上往回开了。赶到克罗斯比的木屋，天刚有点光亮，他快步跑上外廊，一下子定住了，因为哈蒙德的尸体就在之前倒下的地方。副长官摸了一下脸，已经凉透了。

“女主人在哪儿？”他问领班。

那个中国人就指了指卧室，维瑟斯走过去敲了敲门，没有回应。他又敲了敲门。

“克罗斯比太太。”他喊道。

“是谁？”

“维瑟斯。”

又一段沉默之后，门锁动了一下，门缓缓打开。莱斯利站在维瑟斯面前。她没有睡觉，穿的还是吃饭时那身茶歇裙[1]。她就站在卧室门口，静静地看着地区副长官。

“你的领班把我找来的，”他说，“哈蒙德……你们怎么回事？”

“他试图强奸我，我开枪打死了他。”

“我的天呐，那个，你最好先出来，把全部事情完整给我讲一遍。”

“现在不行，我讲不了。你得给我一点时间。先派人把我丈夫找来吧。”

维瑟斯是个年轻人，这个意外状况超出他的日常职责太远，他也不太确定该怎么办。莱斯利什么都不肯说，直到罗伯特终于回来了。然后她把之前描述的情况跟两个男人讲了一遍，之后虽

---

1 Tea gown，女性在家中或非正式的聚会场合穿的连衣裙，设计舒适实用，十九世纪中叶开始流行。

然重复过很多次，但讲述的内容没有丝毫的变化。

乔伊斯先生反复考虑的那个点就是最后的枪击。莱斯利开了不是一枪，而是六枪，作为律师，他始终有些不自在，而且尸检也表明其中有四枪是离身体很近的地方射出的。一种推测是哈蒙德倒下之后，莱斯利就站在旁边，把剩余的子弹全都打在了他身上。关于之前发生的事，莱斯利的记忆很精确，但她承认她想不起开枪是什么情形了。她的头脑是一片空白。实际情况表明开枪人的怒火已经失控，但看着这个娴静的女子，你绝对想不出来她会失控成那样。乔伊斯先生认识她很多年了，一直觉得她是个不太动感情的人；悲剧发生之后的几个星期，她的沉稳简直让人赞叹。

乔伊斯先生耸了耸肩。

“确实得承认，”他想道，“在最体面的女人心里，你也猜不出究竟藏着什么，竟能爆发出如此的残暴。”

有人敲门。

“进来。”

那个中国职员进门之后，又关上了门。他关门的动作很轻柔、很小心，可又带着一些坚决，然后他走到乔伊斯先生坐着的桌边。

“先生，我有几句私下的话想打扰您，不知方不方便？”他问。

这位职员英文里的那种繁缛和讲究一直让乔伊斯先生觉得有些好玩，现在他忍不住微笑道：

“不打扰，志成。”

“我执意要与您谈起的这件事，先生，颇为微妙，不宜声张。”

“请说。”

两人目光相接，乔伊斯先生看到了下属机敏的眼神。翁志成的穿着还跟平时一样，全是当地最时髦的，一双非常亮眼的漆革皮鞋，露出非常鲜艳的丝绸袜子，黑色的领带，珍珠和红宝石的领带夹，左手无名指上是一枚钻戒。挺括的白色外套口袋里插着一支金色的钢笔和一支金色的铅笔，他还戴着一块金色的腕表，鼻梁上是一副无框夹鼻眼镜。他先轻轻咳嗽了一声。

“这件事与皇室诉克罗斯比先生的案子有关，先生。”

“是吗？”

“我了解到一个新的情况，先生，在我看来似乎改变了整个局面。”

“什么情况？”

“我知晓了一封信的存在，写信人是本案的被告，收信人是悲剧中那位不幸的受害者。”

“这一点也不奇怪，过去七年我相信克罗斯比太太经常需要写信给哈蒙德先生。”

乔伊斯先生对这位下属的头脑向来评价甚高，刚刚那句话有意隐藏了他此时的真实想法。

“您说的的确有道理，先生。克罗斯比太太一定与死者有过不少交流，比如请他来吃饭，或提议打一场网球，等等。当我最初被告知那个情况时，这也是我的第一反应。只不过，那封信是写在已故哈蒙德先生遇难当天的。”

乔伊斯先生连眼睫毛都没有动一下，平时听翁志成说话，他总是带着饶有兴致的微笑，现在也维持住了这个表情。

“这件事是谁告诉你的？”

“这一情况之所以能引起我的注意，先生，主要是因为我的一个朋友。”

乔伊斯先生自然知道不用追问了。

“您当然记得，先生，克罗斯比太太说过，那一夜的惨剧发生之前，她与死者有好几周没有交流过。”

“信在你身上吗？”

“不在，先生。”

“信里说了什么。”

“我的朋友抄录了一份，您是否需要过目，先生？”

“我需要。”

翁志成从衣服内侧的口袋里掏出一只鼓鼓的大钱包，里面塞满了纸片、新加坡钞票和烟画[1]，从这一大团乱糟糟的东西中，他很快抽出半张便条纸，放到了乔伊斯先生的桌上。这封信内容如下：

R 今晚不回来。你无论如何要来见我一下。我十一点钟等你。我已经不顾一切了，要是你不来，后果自负。把车停远点。——L.

1　旧时香烟包内附赠的广告小画片。

信是用一种标准的连写体抄的，中国人上的外国学校里都会教这种书法，因为太标准了，和这些话中透露的不祥反差极大。

“你为什么觉得这封信是克罗斯比太太写的呢？”

“我没有理由怀疑这一份信息的提供者，先生，”翁志成答道，“这个情况也很容易验证，克罗斯比太太自然可以亲自告诉你，这封信是不是她写的。”

从这场对话一开始，乔伊斯先生的目光就没有离开过这位下属庄重的神色，但现在他也吃不准是否从这张脸上读出了某种嘲讽。

“无法想象克罗斯比太太有任何缘由去写这样一封信。”乔伊斯先生说。

“如果这是您的最终意见，那么这个情况自然就不用考虑了，先生。我的朋友之所以向我提及此事，只因为我在您的事务所工作，在有人向公诉人代表沟通之前，您或许会对这封信的存在感兴趣。”

“原件在谁手上？”乔伊斯先生的语气变得锐利了。

如果你只观察翁志成，会觉得他根本没有从问题和语气中听出乔伊斯先生态度有何不同。

“先生您自然记得，哈蒙德先生去世之后，他们发现他跟一位中国女子有关系。这封信现在在那个女子手上。”

哈蒙德的公众形象极速跌落，这就是原因之一：大家发现有一个中国女子在他家里已经住了好几个月。

他们两人一时间都没有说话，其实是话都说完了，他们彼此都完全了解对方的意思。

“非常感谢你，志成，我会仔细考虑这件事。”

“好的，先生，需不需要我把类似的意思也转达给我的朋友？”

“能和他保持联系总是好的。”乔伊斯先生郑重地答道。

“好的，先生。”

他悄无声息地走出办公室，还是那么小心地关上了门。乔伊斯先生一个人思绪纷繁，他盯着那张便条纸，还有那些干净的、不带感情的字迹，朦胧的疑惑困扰着他，他是如此的心烦意乱，以至于要刻意让自己不去想这封信。肯定有一个简单的解释，而且莱斯利也毫无疑问能一下子把这件事说清楚，但，真是要命，他迫切需要这个解释。乔伊斯先生站起来，把便条放进口袋，拿起了他的草帽。走出办公室，看到翁志成在他自己桌上奋笔写着什么。

“我稍微出去一下，志成。”他说。

“乔治·里德先生约了十二点钟会来，先生，我应该说你去了哪里？”

乔伊斯先生朝他淡淡地笑了笑。

“你可以说你完全不知道。”

但他很清楚，翁志成其实心知肚明他这是要去监狱。虽然犯罪现场是在贝兰达[1]，开庭是在新贝兰达，但因为那里要囚禁白

1 Belanda，马来语中指“荷兰”，位置不详；同句中“新贝兰达”原文为 Belanda Bharu。

人女性根本就没有必要的设施，克罗斯比太太被带到了新加坡。

乔伊斯先生在一个房间里等着，莱斯利被领进来的时候，她伸出那只纤瘦、高贵的手，朝乔伊斯先生微微一笑，很是亲切。她穿得永远都这么简单、干净，浓密的浅色头发也梳理得很用心。

“今天早上我可没想到你会来。”她优雅地说道。

她简直就像在自己家里，乔伊斯先生觉得她马上就要喊仆人过来，让他给客人倒一杯苦琴酒。

“你怎么样？”他问。

“身体状况好极了，谢谢你。”她眼神里突然闪过一丝笑意，说道：“这儿真是静养疗法的最佳地点。”

陪同她的狱卒退了出去，只剩他们两人。

“先坐下吧。”莱斯利说。

他找了张椅子，不知道该从哪里说起；对着如此云淡风轻的一个人，他预备要说的那些话似乎根本说不出口。莱斯利虽然不漂亮，但她的容貌之中有种特质能让你看着很舒畅。她很优雅，可她的优雅又没有社交场的扭捏作态，完全就是因为好的教养。你只需看她一眼，就知道她是在怎样的人中间长大的，知道她以前生活的是怎样的环境。而她的纤弱给了她一种别样的精致，即使是最朦胧的低劣揣测，你也没法和眼前这个人联系起来。

“我很期待今天下午见到罗伯特，”她说，还是那种轻松的、愉快的声调。（听她说话是种享受，不管是嗓音还是口音，都很能代表她的阶层。）“这个可怜人，最近这些事对他真是场折磨，还好，再过几天就一切正常了。”

“只剩五天了。”

“对啊，每天早上一醒来，我就对自己说，‘又少一天’，”她微笑了一下，“就像以前上学的时候等着放假。”

“顺便问一句，我再确认一下，在惨剧发生前，你和哈蒙德已经有好几周没有任何形式的联系、交流？”

“对，我还是挺确定的，最后一次见面是在麦克法伦家的网球派对上。那天我跟他说的话应该不超过两个字，你知道，他们家有两块球场，我们正好没有在一起。”

“你也没有写过信给他？”

“没有啊。”

“你确定吗？”

“很确定，”她答道，带着一点微笑，“要写信无非就是请他来吃饭或者打网球，但这两件事我也好几个月没干过了。”

“有一度你们跟他关系还是不错的，后来怎么就完全不再请他来做客了？”

克罗斯比太太耸了耸她瘦弱的肩膀。

“来往久了总会厌倦的；我跟他没有什么共同的兴趣。当然了，他生病的时候罗伯特和我都全心全意地照顾他，最近这一两年他身体很不错，又很受欢迎，邀约本来就安排不过来，我们就没有必要再加一堆邀请在他头上了。”

“你确定没有其他原因了？”

克罗斯比太太犹豫了一下。

“好吧，我不妨就明说了，我们也的确听到他跟一个中国女人住在一起，罗伯特说他不想让这个人再进我们家门。这个女子我也见过。”

乔伊斯先生坐在一个直背的扶手椅中，一手托着下巴，眼睛没有离开过莱斯利。说刚刚这句话的时候，也不知是不是律师的幻觉，她黑色的眼珠在一瞬间突然充满了某种黯淡的红光。这个变化太惊人了，乔伊斯先生不由得动了动他的坐姿；他又将左右手指尖对顶起来，字斟句酌地说道：

“我觉得我应该告诉你，现在出来一封信，是你的字迹，收信人是杰夫·哈蒙德。”

乔伊斯先生仔细地观察着莱斯利，她没有任何动作，脸上也没有新的色彩，但等了好久才回答：

“过去我给他写过好多便条，请他来干这个那个的，或者我知道他要来新加坡，就会写信让他带点东西。”

“这封信是请他过去见你，因为罗伯特要来新加坡。”

“不可能，我从来没有写过这样的信。”

“你还是自己读一下吧。”

他把那张便条纸从口袋里取出，交给了莱斯利。她扫了一眼，鄙夷地笑了一下，递了回来。

“这不是我的字迹。”

“我知道，据说是逐字抄下来的。”

现在她开始读内容，一种可怕的变化在她身上弥漫开来。她本来洁白的脸渐渐变成绿色，似乎血肉突然被抽空，皮肤被抽紧在头骨上，惨不忍睹。她的嘴唇也收起来，露出牙齿，像是疼痛时的表情。她瞪着乔伊斯先生的眼珠似乎快要从眼眶中飞出。这几乎是一张癫狂的僵尸的脸。

“这是什么意思？”她轻声问道。

她的嗓子太干了，只能吐出几个粗哑的声响，已经不像人类的说话声。

“这需要你来告诉我了。”他答道。

“我没有写过这封信，我发誓没有写过。”

“考虑清楚了再说，如果原件是你的字迹，否认是没有用的。”

“那一定是伪造的。”

“证明伪造很难，但要证明是真的却很容易。”

她纤弱的身躯整个颤了一颤，但巨大的汗珠依旧停在她额头。从包里她取出一块手绢，擦了擦手心。她又瞄了一眼那个副本，余光打量了一下乔伊斯先生。

“信上没有日期，或许是我写了又忘记了，很可能是好多年以前的事。如果你让我好好想一想，我尽量回忆当时的情形。”

“我也注意到了没有日期。如果这封信到了公诉人手里，他们会审问那些仆人，很快就会知道哈蒙德遇难当天有没有人送过信。”

克罗斯比太太猛地将手攥在一起，身子往后一靠，乔伊斯先生还以为她要晕过去。

“我对你发誓，我没有写过那封信。”

乔伊斯先生沉默了一会儿，将目光从那张痛苦的脸上移开，看着地板。他想了想。

“既然如此，我们也不用继续探究了，”他最终打破沉默，缓缓说道，“如果这封信的持有者认为有必要交给公诉方，你要做好心理准备。”

这些话似乎表明今天的见面已经结束了，但他没有起身要走的意思。他还在等着。对他来说，好像又过了很久。他没有看莱斯利，但知道她一动不动就坐在对面。她也没有声音。最后还是律师先开口。

“如果你也没有什么要说的，我想我应该回办公室了。”

“读了这封信的人会怎么想？”她问道。

“会认定你故意撒了谎。”乔伊斯先生答得很直接。

“什么谎？”

“你之前确定无疑地说过，和哈蒙德在过去三个月没有沟通过。”

“整件事对我心理震动太大了，那个可怕的夜晚，一幕幕都像是噩梦，如果有哪个细节我没有想起来，也不奇怪吧。”

“哈蒙德遇难当晚来木屋见你，是因为你明确地表达了这样的愿望，你可以从记忆中调取会面的所有细节，却偏偏把这么重要的一点给忘记了，不免让人遗憾。”

“我没有忘记，事情发生之后，我不敢提起它，怕你们知道他是被我邀请来的，就没有人会相信那晚上发生的事了。确实，是我太蠢了，是我当时糊涂，但我既然说了跟哈蒙德没有过交流，后来也就没办法改口了。”

这时候莱斯利已经恢复了那种让人赞赏的沉着，乔伊斯先生审视她的时候，她可以坦然地以目光相迎。她的柔和能一下消解别人的敌意。

“那你就必须得解释一下，你为什么要让哈蒙德在罗伯特出门的那一晚去见你。”

她现在已经把视线完全对准了律师，之前他以为这双眼睛长得平庸，是不对的，它们很漂亮，而且如果他没看错的话，这双眼睛还因为泪光而闪亮起来。莱斯利说话时声音有些异样：

“这是我给罗伯特准备的一个惊喜，他生日是在下个月，我知道他一直想要一杆新枪，但你也知道打猎之类的事情我是完全不懂的，就想跟杰夫聊一聊，或许还能让他帮我订购一支。”

“或许信中的措辞你记得不太清楚了，需不需要再看一下？”

“我不想看了。”她立刻回道。

“一位女士向一个交往不深的男子咨询买枪的事情，你觉得她写的信读起来是这样的吗？”

“恐怕这封信确实有些浮夸，有些太激动了，但我写信、说话有时候是这样的，我并不否认这信写得太蠢了，”她微笑道，“话说回来，杰夫·哈蒙德跟我们的交往也不能说不深，他生病的时候我把他当成儿子照看。可罗伯特不让他再来，我只好找了这样的机会。”

乔伊斯先生用同一个姿势坐得乏了，站起来在房间里来回踱了两次，在头脑中斟酌词句；然后他撑在刚才坐的那张椅子的椅背上，用极为严肃的口吻缓缓说道：

“克罗斯比太太，我接下来的话是非常、非常郑重的。这个案子本是相当直截了当的案子。在我看来，或许只有一点需要解释，那就是根据我的判断，你在哈蒙德躺倒在地之后，又朝他开了不止四枪。一个瘦弱、温柔、高雅的女子，从来都非常克制、沉稳，而且受了惊吓，很难让人相信她会突然狂躁、失控到这个地步。不过可能性自然是有的。你在解释中陈述了死者的所做所为，虽然杰夫·哈蒙德很受欢迎，大家对他的评价大体上也很高，我已经打算好如何证明像他这样的人，的确有可能犯下那样的罪行。他死后被揭露的情况，也就是他一直跟一位中国女子同居，更让我们有了很切实的依据。之前对他生出的任何同情，现在也被抹掉了。在他那个体面的阶层里，这样的个人关系会让他永远沾上一种不耻，我们本就打定主意要利用这种恶名。今天早上我跟你丈夫说，我很确定法庭会判你无罪，这样说不只是让他宽心，我确实不认为陪审员会需要离场讨论。"

他们彼此对视，克罗斯比太太纹丝不动，显得有些怪异，她就像一只因为被蛇盯上而动弹不得的小鸟。乔伊斯先生继续不动声色地说道：

"但这封信完全改变了局势。我是你的律师，我会是你在法庭上的代言人。我会把你跟我说的情况当作事实，我会根据你所说的情况为你辩护。或许我相信你的陈述，或许我不相信，都有可能；律师的职责是说服法庭，证明给出的证据不足以判定有罪，他私下里认为自己的委托人是否有罪根本无关紧要。"

这时他居然看到莱斯利的眼睛里闪过一丝微笑，既觉得震惊，又像是因为被轻视而觉得气闷，干巴巴地继续说道：

"所以，你并不否认，邀请哈蒙德的那封信写得非常急切，甚至可以说是歇斯底里的？”

克罗斯比太太迟疑了一下，似乎是在思考。

“他们可以查出信是一个男仆送去的，他骑自行车去了他的木屋。”

“你绝不能假设别人都比你蠢，这封信会让他们起一些之前谁都没有起过的疑心。我不想告诉你看到这封信的时候我想到了什么。我也不需要你告诉我额外的讯息，只要那些能让我保住你性命的。”

克罗斯比太太尖叫一声，噌地站起来，吓得脸色煞白。

“难道你觉得他们会处死我？”

“如果他们的结论是你杀死哈蒙德并非出于自卫，那么陪审员的职责所在，就是判你有罪。罪名是谋杀。而法官的职责所在，是判你死刑。”

“可他们能证明什么呢？”她深吸一口气。

“我不知道他们能证明什么，也不想知道。但你很清楚。一旦他们起了疑心，开始打听，去审问那些当地人——他们能发现些什么事情？”

莱斯利突然瘫倒在地，乔伊斯先生来不及扶她。她晕了过去。乔伊斯先生想要一点水，房间里都没有，他也不想引外人进来。他让莱斯利在地板上躺平，跪在旁边等她醒过来。莱斯利睁开双眼时，其中的恐惧让他看了也心神不宁。

“先不要动，”他说，“马上就会缓过来的。”

“不要让他们处死我。”她轻声说。

她开始尖叫，发了疯似的，而乔伊斯先生依然在轻声劝慰她。

“见鬼的，你给我镇定一点。”他说。

“等我一下。”

她的意志力真的非同小可，乔伊斯先生眼见着她是如何努力掌控自己的，很快又平静下来。

“扶我起来。”

乔伊斯先生伸手帮助莱斯利站了起来，搀着她的手臂把她扶到椅子边。她疲惫地坐下。

“给我一点点时间，先不要跟我说话。”她说。

“好的。”

等到她开口的时候，她说的话乔伊斯先生没有预料到。莱斯利轻轻叹了口气说：

“恐怕我真的把事情搞砸了。”

乔伊斯先生没有说话，房间里又只是寂静。

“有没有可能拿到那封信？”她终于问道。

“我想，如果手上有这封信的人不是准备要卖它，应该就不会有人传消息给我了。”

“信在谁那里？”

“那个住在哈蒙德家里的中国女人。”莱斯利的脸颊上有红光一闪又消失了。

“她提了很可怕的数目吗？”

“依我看，她很精明，深知这封信的价值，如果不出大价钱大概很难到手。”

"你会让他们处死我吗？"

"你以为掌控一份不利证据就那么容易吗？这已经无异于收买一个证人了。你没有权利向我提任何类似的建议。"

"那我会怎么样？"

"法律自有裁决。"

她脸上血色全无，从头到脚微微颤抖了一下。

"我的命运如何，就全交给你了，当然，我没有资格要你做任何出格的事。"

因为莱斯利以往总那么镇定，乔伊斯先生听她嗓音里那一点点异样还是有些措手不及，觉得太过可怜。那双卑微的眼睛，乔伊斯先生心想，若此时不管，或许一辈子都摆脱不了这目光中的乞求了。说到底，可怜的哈蒙德无法死而复生。不知道那封信背后到底是怎样的故事，只从信上推断，要说哈蒙德什么都没做就被杀了，对莱斯利也不公平。哈蒙德在东方住得太久，言行规矩和二十年前相比或许是有些放纵了。他直愣愣盯着地板，拿定了主意。他知道自己要做的事不正当，好像什么东西卡在嗓子眼，对莱斯利感到一种朦胧的厌恶，要说接下去的话也感到有些尴尬。

"我不太知道你丈夫的财务状况，具体怎么样？"

莱斯利脸红了一阵，扫了律师一眼。

"他在锡矿里买了不少股份，两三个香蕉庄园里也投了钱。我想他应该能筹集一笔资金的。"

"但他得先知道这比资金是用来干吗的。"

她沉默了片刻，似乎在思考。

“他依然爱着我，为了救我他可以做出任何牺牲。他真的需要见到那封信吗？”

乔伊斯先生皱了皱眉头，莱斯利眼尖，马上继续说道：

“罗伯特是你的老朋友，从来没对你做过任何不好的事，我现在不是求你为我做任何事，而是求你不要让这么一个单纯、善良的人承受那些可能的伤痛。”

乔伊斯先生没有回复，起身要走，克罗斯比太太的优雅早已是本能，站起来伸出手。刚才这场对话对她震动不小，她的面容也很憔悴，但送别客人的礼仪她依然坚强地要完成。

“你太好了，愿意为我经受这么多麻烦，我完全无法表达心里的感激。”

乔伊斯先生回到事务所，坐在自己的办公室里，没有准备干活，只是一动不动坐着想事情。在他的假想中，凭空出来了很多奇异的场面，让他不禁打了个冷战。终于响起几下谨慎的敲门声，这在他的预料之中。翁志成进来了。

“我正准备去吃中饭，先生。”他说。

“去吧。”

“走之前来问您一声有什么需要我做的吗，先生？”

“应该没有，你有没有跟里德先生另约时间？”

“是的，他三点钟来。”

“好的。”

翁志成转身走向门口，纤细的手指已经握在门把手上，又似乎是突然想到了什么事，转了回来。

“先生，您有什么话要带给我那位朋友吗？”

虽然翁志成英文说得如此可圈可点，他发“R”这个音还是有点吃力，会把“friend”（朋友）这个词发成“fliend”。

“哪个朋友？”

“是关于克罗斯比太太写给已故的哈蒙德的那封信，先生。”

“啊，我忘记了，我跟克罗斯比太太提了这封信，她说她根本没有写过类似的东西。显然是伪造的。”

乔伊斯先生从口袋里掏出那份手抄的版本，递给翁志成。翁志成视若未见。

“既然如此，先生，我那位朋友想要把信交给公诉人代表，也没有人反对吧？”

“完全没有，但我看不出来你的朋友这样做对他有什么好处？”

“先生，我的朋友认为事关法律和正义，这是他义不容辞的。”

“谁要维护法律和正义，志成，我是最不可能阻拦他的人了。”

律师和中国职员的目光相接，两人脸上半丝笑意都找不出，但完全听懂对方的心思。

“我很明白，”翁志成说，“但我研究了一下皇室诉克罗斯比的案子，认为举出这样一封书信对我们的客户不利。”

“我一直认为你的法律判断非常敏锐，志成。”

“我也想到，先生，如果我能说服我的朋友，让他去劝导那位中国女士，把那封信送到我们手里，就能省下很多麻烦了。”

乔伊斯先生在吸墨纸上随手画着人脸。

“你那位朋友想必是个生意人了，你觉得在怎样的情况下他会愿意交出那封信呢？”

“那封信不在他那里，在那位中国女士的手中。他只是那位女士的亲戚。那位女士很无知，是我那位朋友说了，她才知道这封信的价值。”

“他说这封信值多少钱？”

“一万元，先生。”

“老天爷！你觉得克罗斯比太太到哪里能弄到这一万元！我跟你说了，这封信是伪造的。”

他说这些话的时候抬眼看着翁志成。面对突然的喝问，这位职员全然不为所动，他只是冷静、文雅地站在桌前，很留心地观察着。

“克罗斯比先生有木中[1]橡胶园八分之一的股份，和塞兰坦河橡胶园六分之一的股份，如果他愿意抵押，我有一个朋友愿意借这笔钱给他。”

“你认识的人可真不少，志成。”

“是的，先生。”

“行吧，你可以告诉他们都见鬼去吧。这封信太好解释了，最多值五千，我绝不会建议克罗斯比先生多出一分钱。”

“那位中国女士并不想出售这封信，先生。我的朋友花了很

---

1 Betong，位于马来西亚砂拉越州（旧称沙捞越）西北部。后文塞兰坦河（Selatan River）所指不详。

久才说服她的，出价如果低于刚刚提到的数目，恐怕没有用。”

乔伊斯先生盯着翁志成最起码看了三分钟，被如此审视，这位职员也没有局促起来。他站得很恭敬，眼神也只对着桌面。这个人乔伊斯先生是了解的，志成，多聪明的一个年轻人，他这样想道，不知道这笔钱他能分得多少。

“一万元是很大一笔钱。”

“为了不眼睁睁看着他妻子被处死，克罗斯比先生一定会付的，先生。”

乔伊斯先生又停了一下，除了已经说出来的这些，这个职员还知道多少事？一分钱都不让的姿态，显然是对自己掌握的情况非常笃定。不管谁是背后运筹帷幄的人，之所以定下这个价格，是因为他很清楚这是罗伯特·克罗斯比能筹集到的最大数目。

“那位中国女士现在在哪里？”乔伊斯先生问。

“她住在我那位朋友家里，先生。”

“她愿意来一趟吗？”

“我想还是您去找她更好，先生。我可以今天晚上带您过去，她就会把信给您。她是个非常无知的女人，先生，不懂支票之类的东西。”

“我没有想过要给她一张支票，我会带着钞票去的。”

“时间宝贵，先生，如果数目不足一万的话，我们就不用去了。”

“我了解了。”

“吃完中饭之后，我会去告诉我那个朋友一声，先生。”

“很好，那你就今晚十点在俱乐部外面跟我碰头吧。”

“非常乐意，先生。”翁志成说道。

他朝乔伊斯先生微微鞠了一躬，走出了办公室。乔伊斯先生也出去吃了中饭，然后到了俱乐部，果然不出所料，罗伯特·克罗斯比也在。他坐的那张桌子旁边有很多人，乔伊斯先生找地方坐的时候，经过克罗斯比先生身后，拍了一下他的肩膀。

“你走之前我有几句话跟你说。”他说。

“没问题，你空了之后喊我一声。”

乔伊斯先生想好了要怎么跟克罗斯比交涉。吃完中饭，他打了一轮桥牌，就为了让俱乐部先空下来。这件事他不想在自己办公室里谈。很快克罗斯比就进了牌室，一直在旁边看到结束。其他几位牌友都有其他事走了，房间里只剩他们两个人。

“有件很不幸的事情发生，老兄，”乔伊斯先生尽量把话说得非常轻巧，“看起来，哈蒙德被杀当晚，你妻子写了一封信给他，请他到你家里去。”

“那不可能啊，”克罗斯比喊道，“她一直说跟哈蒙德没有往来，我自己都知道，她已经大概有两个月没见过这个人了。”

“可确确实实有那封信，就在那个跟哈蒙德同居的女士手里。你妻子本意是想送你一个生日礼物，想要哈蒙德帮忙去买。悲剧发生之后，情绪起伏太大，她完全忘记了这回事，又因为否认了跟哈蒙德有过任何交涉，也不敢改口。当然了，这是很让人遗憾的，但恐怕也是人之常情。”

克罗斯比没有说话。那双红色的大脸上是彻底茫然的表情，他的不解让乔伊斯先生既感到释然，也很是生气。这个人太笨了，而乔伊斯先生向来对笨人没有耐心。但惨剧之后克罗斯比的难受一直让律师颇为触动，后来克罗斯比太太求他帮忙的时候，说不是为了她，而是为了她丈夫，确实也是乔伊斯先生听得进去的话。

“不用我多说，要是这封信到了控诉官的手里，就很麻烦了。你妻子说了谎，他们会要她作出解释。如果哈蒙德是接受了邀请，而不是硬闯进来的不速之客，确实就略有不同了。在陪审员的心里很容易产生一些摇摆。”

乔伊斯先生有些犹豫，此刻正是他面临决断的最后关头。为了面前这个人，他接下来要跨出的这一步是何等的严峻，但克罗斯比对此是懵然无知的，若是事态再轻松些，乔伊斯先生甚至都想笑出来。至于克罗斯比，这位种植园主就算真的多想了一想，恐怕也以为乔伊斯先生所做的不过是律师的例行公事罢了。

“亲爱的罗伯特，你不只是我的委托人，也是我的朋友。我认为我们必须把那封信拿到手，为此只能付一大笔钱。若非事已至此，我宁可不跟你提起有这样的一封信。”

“要多少钱？”

“一万元。”

“你说一大笔钱可真不开玩笑。最近不景气，又花了一两笔钱，这几乎是我全部身家了。”

“你立马能拿得出来吗？”

“应该可以。因为我有一些锡矿的股份，还有两个种植园的股份，如果抵押的话，老查理·梅多斯应该会把钱给我的。”

“那你愿意拿出来吗？”

“不拿绝对不行？”

“要想你妻子无罪的话就不行。”

克罗斯比面色更红了，嘴唇奇怪地塌了下来。

“可……”他找不到合适的字词，脸已经憋紫了。“可我不懂啊，她能说明白的，你的意思难道他们会判她有罪吗？拍死了一只毒虫子，他们不可能为了这个判她死刑的。”

“当然不会是死刑，但或许会判她故意杀人，大概要在牢里待两三年。”

克罗斯比腾地站起来，那张红脸因为惊恐都变了形。

“三年。”

这时在他迟钝的头脑中似乎闪现了什么，就像一大片黑暗中劈下一道闪电，纵然接下去的黑暗和之前一样深沉，但霎时瞥见的东西就算没有完全看清，依然留下了印象。克罗斯比那双大手因为干过各种各样艰辛的粗活，皮肤也是红的，乔伊斯先生看见这双手在抖。

“她要送我什么礼物？”

“她说她想给你一把新的枪。”

那张红色的大脸又一次变成深红色。

“那笔钱必须几点之前备齐？”

他的声音现在有些奇怪，就好像有一双看不见的手正掐着他的喉咙。

“今晚十点，我想你可以大概六点的时候把钱带到我办公室。”

“那个女人会去找你吗？”

“不是，我去找她。”

“我会把钱带来的。我跟你一起去。”

乔伊斯先生瞪了他一眼。

“你觉得这有任何必要吗？我觉得最好还是让我一个人处理这件事吧。”

“钱是我的，不是吗？我得去。”

乔伊斯先生耸了耸肩。他们站起来握手；乔伊斯好奇地打量了几下克罗斯比。

十点钟的时候他们在没有人的俱乐部里碰头了。

“都准备好了吗？”乔伊斯先生问。

“好了，钱在我口袋里。”

“那我们走吧。”

他们走下台阶，那个钟点的广场特别安静，乔伊斯先生的车就停在那里，快走近的时候，翁志成从旁边一幢房子的阴影中走了出来。他坐在副驾驶座指路。一路经过欧罗巴大酒店、海员之家，开进了维多利亚街，这里中国人的店铺还开着，到处晃悠着无事之人，路上有黄包车、汽车、出租马车，好像给此时的场景添了几分忙碌。突然车停了下来，翁志成转过来说道：

“先生，我想接下来还是步行更好。”

下了车，志成朝前走，他们跟着。走了一会，他示意两人留步。

“先生，请稍等一会儿，我进去跟我朋友说一下。”

他进的那家店铺，临街开着门，三四个中国人站在柜台后面。这种店铺很奇怪，什么都不展示，也看不出来是卖什么的。就看到志成跟一个粗壮的人说了几句话，那个人穿帆布西服，胸口挂着粗大的金链子，朝这边的夜色中扫了一眼。他给了志成一把钥匙，志成就出来了，招呼了一下在外面等着的两个人，钻进了店铺侧方的一道边门。乔伊斯先生和克罗斯比跟着进去，到了一个楼梯跟前。

“再请稍等片刻，我点根火柴，”他说，这个职员总是事事周到，“请上楼吧。”

他在前头举着那根日本火柴，但也没有驱散多少黑暗，另外两人就小心地跟在后面。到了二楼，他用钥匙开了门，进去之后点着了煤油灯。

“请进。”他说。

这是个方形的小屋子，只有一扇窗，两张中式矮床上铺着席子，除此之外就没什么家具了。角落里放着一个柜子，用的锁看着非常繁复精巧，柜子上有个旧托盘，托盘里是鸦片烟枪和一个灯台。屋子里有一股淡淡的烟味，却又刺鼻。他们坐下来，翁志成递了烟。没过一会儿，之前站在柜台后面的那个胖子进来了，跟他们问好，英文说得很不错，然后坐在自己同胞的旁边。

“那个中国女人马上就到。”志成说道。

一个下人用托盘送了茶壶、茶杯进来，那个胖子给他们倒茶，克罗斯比拒绝了。两个中国人低声交谈着，但克罗斯比和乔伊斯先生完全不作声。终于外面起了声音，有人轻轻地喊了一声，后到的那个中国人去开门，说了两句什么，把一个女子领了进来。乔伊斯先生看着她。哈蒙德死了之后，听了不少关于这个女人的事，但从来没有见过本人。她不算年轻了，略微有些胖，一张宽脸上全是淡漠。粉底和腮红都有，眉毛是淡淡的两条黑线，但看着她，你会觉得这一定是个内心强硬的女人。她身上是一件淡蓝色的外套，白色的裙子，不是欧洲人的打扮，也算不得中式，脚上倒是一双小小的中国丝绸拖鞋。她脖子上挂着粗重的金链子，手腕上是金镯子，还有金耳环和头发上华丽的金发卡。进来的时候她步子不快，像是很笃定的样子，但脚步声中还是有些沉重，然后坐在床沿翁志成旁边。翁志成跟她说了一句什么，她点点头，随便瞧了两个白人一眼，像是并不关心这两人是谁。

“信在她身上吗？”乔伊斯先生问。

“是的，先生。”

克罗斯比没有说话，只拿出一卷五百元的钞票。他点出二十张，交给了翁志成。

“看一下对不对。”

这位职员点了钱之后交给了那个胖中国人。

“没有错，先生。”

胖中国人又点了一遍，放进口袋。中国女人听了他的话之后从胸口取出那封信，给了翁志成。翁志成看了一遍。

“正是这份文件，先生。”他说着要递给乔伊斯先生，但克罗斯比一下夺了过去。

“我看一下。”他说。

乔伊斯先生看着他读信，朝他摊开手。

“最好还是由我保管。”

克罗斯比仔细地将信折好，放进了自己口袋。

“为它花了这么多钱，我得自己留着。”

乔伊斯先生没有再提异议。这一小段对话，三个中国人只是看着，他们心里想了什么，或者有没有想，只从那几张无动于衷的脸孔上，是一点也看不出来的。乔伊斯先生站了起来。

“今天晚上还需要我做其他事吗，先生？”翁志成问。

“没有了。”他知道自己的职员想留下来拿他应得的那笔钱。律师转过来问克罗斯比：“可以走了吗？”

克罗斯比没有回答，也站了起来。胖中国人走到门口，替他们开门，翁志成找到一小截蜡烛，替他们照楼梯。两个中国人陪着他们往大街上走，那个中国女子一个人坐在床边静静地抽烟。到了街边，中国人告辞，又上楼去了。

“你准备怎么处置那封信？”乔伊斯先生问。

“留着。”

车在等他们，走到车边乔伊斯先生说要带他一程，克罗斯比摇摇头。

“我要走走路，”他沉吟片刻，鞋底蹭着路面，“哈蒙德死的那个晚上，我去新加坡，部分原因就是我认识一个人要处理掉一把枪，我想去买。晚安。”

他很快隐入夜色中。

至于法庭审判，乔伊斯先生的判断很准。陪审团走进法庭的时候，就已经想好了克罗斯比太太是无罪的。她作了陈述，简单明了。检察官是个和善的人，明显看得出对自己今天的任务也颇不情愿。必要的问题都问了，但都带着自责的意味，最后控诉词简直像是为嫌疑人辩护，而陪审团用了不到五分钟的时间，就达成一致，给出了大家都很认可的判决。法庭里挤满了人，听到判决的时候大家都不顾场合轰然鼓起掌来。法官祝贺克罗斯比太太重获自由。

对于哈蒙德的所做所为，没有人比乔伊斯太太更愤慨的了；她是非常靠得住的朋友，一定要克罗斯比夫妇在庭审之后住到她家里来，等安排好了再走；这当然也因为她跟所有人一样，早就认定了判决结果。可怜的、亲爱的、勇敢的莱斯利无论如何不能再回那个出事的小木屋。法官宣布无罪是十二点半，回到乔伊斯家的时候丰盛的午餐已经准备好了。鸡尾酒也调好了；乔伊斯太太的“百万美元鸡尾酒”[1]在整个马来联邦都有名，她举杯给莱斯利送祝福。乔伊斯太太是个爱说话、有活力的女人，而她也很久没有像今天这么高兴了。也亏得她的好状态，因为其他三个人都很沉默。乔伊斯太太并不意外，首先她的丈夫从来就话不多，而另外两位苦熬了这么久，自然疲惫不堪。用午餐的时候，只听得她一个人聊得神采飞扬。这时咖啡端上来了。

“我的宝贝们，”她说话总是这么欢快、热闹，“到你们休息

---

1 Million-dollar cocktail，很可能是一位德国调酒师（Louis Eppinger）十九世纪末在日本发明的，但也有说法称其最早源自新加坡。主要由荷兰杜松子酒和菠萝汁调成。

的时间了，用过下午茶，我开车带你们去海边。”

乔伊斯先生没有特殊情况是不在家里吃中饭的，现在肯定是要回去工作了。

克罗斯比这时说道：“恐怕我去不了了，乔伊斯太太，我现在就得回庄园去。”

“今天就不用了吧？”她喊道。

“没办法，现在就得走，庄园荒废太久了，有些紧急的事要处理。但我们决定下一步之前，我非常感激你能收留莱斯利。”

乔伊斯太太又要挽留，被她丈夫阻止了。

“要是他有急事必须走，那也没办法，不用说了。”

乔伊斯太太听出丈夫这句话语气有些异样，瞄了他一眼。她没有接话，房间里突然静下来。克罗斯比开口道：

“请见谅，那我这就动身了，可以在天黑之前赶到。”他从桌边站起身。“莱斯利，你可以送我一下吗？”

“当然。”

克罗斯比夫妇一起走出餐厅。

“我觉得他太不懂得体贴了，”乔伊斯太太说，“莱斯利现在最需要的就是他的陪伴，这他都不懂吗？”

“如果不是没有办法，我想他肯定会留下的。”

“算了，我去看看莱斯利的房间准备好了没有。首先她当然是要彻底地休息，然后就要让她好好开心一下。”

太太走出房间，乔伊斯先生又坐了下来。很快他听到克罗斯比的摩托引擎声，然后是轮胎在花园小路上碾出的巨大声响。

他站起来，走进客厅。克罗斯比太太站在客厅中间，眼神是空的，手里一张打开的信纸。他认出了那封信。进客厅的时候，克罗斯比太太朝他这边看了一眼，乔伊斯先生看到那张脸上死一般的惨白。

“他知道了。”克罗斯比太太轻声道。

乔伊斯先生走过去，取过信纸，划了一根火柴把它点着了。克罗斯比太太看着它燃烧。烧到拿不住了，乔伊斯先生让它掉落在瓷砖地板上，两人就看着它卷起、变黑。然后律师用鞋底把它踩成了灰。

“他知道什么了？”

克罗斯比太太瞪着他，看了好久，眼睛里浮起一种奇怪的神色。那是鄙夷吗？还是绝望？乔伊斯先生分辨不出。

“他知道了杰夫是我的情人。”

乔伊斯先生没有动，也没有出声。

“他是我情人已经很多年了，几乎是从他战场刚回来就开始了。我们知道要万分小心才行。成了情人之后，我假装受不了他，罗伯特在的时候他很少来。我那时候会开车去一个我们都知道的地方，他会去那里找我，一个星期见两三次。罗伯特去新加坡的时候，他会等仆人都走了，很晚到木屋来。我们时常在一起，没有停过，但谁也没有起过一点疑心。但最近，这一年来，他不一样了。我不知道是怎么回事。我没法相信他已经不喜欢我了，他也矢口否认。但我变得非常狂躁，会跟他大闹。有时候我觉得他已经在恨我了。啊，你不知道我承受着怎样的痛苦。那是地狱。我知道他不要我了，但我就是不放手。煎熬，真是煎熬！我那么爱他，可以把一切都给他，他就是我的命。然后我就听说了，有个中国女人住在他那里。我没法相信。我也不愿意相信。到后来，我亲眼见到了她，走在村子里，戴着她那些金镯子、金项链，一个中国胖女人，一个中国老女人——她比我还老。太可怕了！村子里都知道那是他的情人。每次遇到，她会看我，我就知道她知道我也是他的情人。我就写信要他来一趟，说我必须要见他。那封信你也读了，我真是疯了，才会写那封信。我根本不知道自己在做什么。我已经顾不得了。那时候我已经十天没有见他，就好像过了一百年。而且上次我们道别的时候，他把我抱进怀里，亲吻我，要我不要瞎担心。然后他就从我怀里直接去了那个女人的怀里。”

她用低沉的声音疾风骤雨地说了这些，停了下来，双手绞在一起。

“那封该死的信。我们向来都是那么小心，每次我给他寄了什么，他读完就会撕碎的。谁料到他会把这一封留下来。后来他就来了，我说我知道中国女人的事了。他不承认。他说只是造谣。我情绪失控，不知道自己说了些什么。啊，那时我也恨他，所有刺痛他的话我都说了，把他骂得体无完肤。我不停地羞辱他，只差朝他脸上吐唾沫了。然后他的态度也变了，说他对我厌恶至极，以后再也不想见我。说我无趣到让他想死。然后他承认了，说中国女人的事都是真的，他们认识了很多年，从打仗之前就开始的，这是唯一让他动了真情的女人，其他都是消遣而已。

还说我知道了这回事他很高兴，终于可以放过他了。然后我就不知道怎么了，我一定怒火攻心，发了疯。我的手抓过那把枪，就开了火。他喊了一声，我发现我打中了他。他蹒跚着往外廊冲，我追上去又开了一枪。他倒在地上，我站在他旁边不停开枪，直到听到‘咔嗒’‘咔嗒’的声音，我明白枪里已经没有子弹。”

她终于说完了，喘着粗气。那张脸已经没有了人味，全被残忍、愤怒和痛苦扭曲了。之前谁也不会想到，这么一个安静优雅的女士能燃起这样如鬼如魔的气焰。乔伊斯先生不由得退了一步，眼前这个女人实在太让人惊恐。那已经不是一张脸，而是一副喷射着疯狂的丑恶面具。然后从另一个房间传来响亮的喊声，那么友善和高兴。是乔伊斯太太。

“快来吧，莱斯利，亲爱的，你房间好了。你一定要累趴下了吧。”

克罗斯比太太的表情慢慢沉静下来，那些喷薄的情绪，片刻前还如此鲜明，很快被抹平了，就像用手掌抹平一张纸上的褶皱，没过多时，她的脸上又全是宁静，平滑得连皱纹都没了。确实面色还略显苍白，但嘴唇已经化成一个亲切的微笑。她又变回了那个体面甚至尊贵的女人了。

“这就来，亲爱的多萝西，给你添这么多麻烦真是抱歉。”

偏远驻地

The Outstation[1]

新的副手下午就要到了。有人来告诉驻扎官沃伯顿先生，他们已经看得到那艘马来帆船，他戴上太阳帽，朝码头走去。码头边有八个卫兵，都是矮小的迪雅克人[2]，在驻扎官走过的时候立正致意。他们的动作是训练有素的，制服整洁、合身，枪都擦得锃亮，沃伯顿很满意，这些事彰显他是怎样的一个驻扎官。站在码头上，他看着河道拐弯的地方，过一会儿就会有船从那里飞驰而出。驻扎官身上是洁白如新的帆布衣服和鞋子，很有派头，胳膊下夹着一根马六甲白藤手杖，纯金的握把，是霹雳州[3]一个苏丹送的。有新的人来他心情复杂。这地区事务繁重，一个人肯定忙不过来，每隔一段时间出去巡视，让当地人代管他的职位也很不方便；只是这个地方太久没有第二个白人，眼看着第二个就

---

1 首次发表于 1924 年，收录于 1926 年出版的短篇小说集《木麻黄树》。

2 Dyak，加里曼丹或沙捞越的土著居民。

3 Perak，马来联邦州名，位于马来西亚半岛西北部，“perak”本意是银，指最初这里被误认有银矿。

要到了，他心里总觉得哪里不对。沃伯顿不怕寂寞，他习惯了，打仗的时候有那么三年，一张英国脸都没见过；接到过命令要在这里接待一个造林官，他自然是把一切都先打点得很好，等那个陌生人快到的时候，他慌张到只留了一张条子说上游有急事必须去处置，竟然跑了，而且要等到消息传来，确认客人已经离开，他才回去。

现在他已经看到帆船了，乘着侧后方的风驶来。船上划桨的都是囚犯，这些迪雅克人犯了各种各样的事，码头上还有两个狱卒等着带他们回牢房。这些都是水性极好的壮汉，划船很有力。船靠了岸，棕榈叶的船篷下钻出一个男人，跨到岸上。卫兵都持枪敬礼。

"终于到了，天呐，在船上蜷缩了一路，把我憋坏了。我还把你的邮件带过来了。"

他说话时热情洋溢，沃伯顿先生礼貌地伸出手。

"应该是库珀先生吧？"

"猜得没错，难道还有别人要来？"

这问题本来是为了逗乐的，但驻扎官没有微笑。

"我是沃伯顿。现在带你去你的住处，行李他们会带过来的。"

他走在库珀前面，两人沿着一条小径走到一个院落，中间是一个小小的木屋。

"之前让人造这个屋子的时候，我就尽量让它住起来舒服一些，但的确很多年没有人住过了。"

屋子建在木桩上，里面有一个长长的客厅，打开门是宽阔的外廊，客厅后面有个走廊，两边分别是一个卧室。

“这房子肯定够我住了。”库珀说。

“我想你现在恐怕急着洗澡换衣服。如果你今晚愿意和我共进晚餐，我会非常高兴。八点方便吗？”

“随便几点我都行。”

驻扎官礼貌地笑了笑，退了出来；笑容里有一丝不安。驻扎官的宅邸在“营地”，他回到家里。艾伦·库珀目前给他留下的印象并不太好，但他是个公平的人，知道匆匆几瞥之间，不能对人下判断。库珀似乎三十岁上下，又高又瘦，灰黄的脸上色调很统一，一点血色也没有。他有一个巨大的鹰钩鼻，蓝眼睛。进屋的时候，他脱下草帽抛给了等在一边的仆人，他一头棕色的短发，沃伯顿先生注意到他的脑袋很大，显得下巴小得可怜。他穿着卡其短裤和卡其衬衫，但又旧又脏，草帽也被压得不成样子，显然好几天没有清理过。沃伯顿先生并没忘记这个年轻人先是在沿岸汽轮上待了一星期，过去四十八小时又只能躺在一条马来帆船的舱底。

“就看他来吃饭的时候是什么样子了。”

他进了自己房间，所有物件都像是有一位英国贴身男仆替他收拾过一样，沃伯顿脱了衣服，沿台阶走到屋子下方的浴室，用凉水冲洗了一番。他对天气唯一的妥协就是把无尾礼服换成白色，但除此之外，衬衫一定是前胸上浆的衬衫，硬衬衫领、绸袜和漆革皮鞋都不能少，这身穿戴就像他要去蓓尔美尔街[1]自己的

1 Pall Mall，伦敦街道，以俱乐部多著称。

俱乐部吃饭。他是个仔细的东道主，先去餐厅检查餐桌的布置。因为摆了兰花，桌上的色彩煞是好看，银器光彩夺目，银色的烛架上，蜡烛隔着罩子散发柔和的光。餐巾也叠成了精巧的形状。沃伯顿先生微笑表示认可，回客厅等他的客人。客人很快到了。库珀还是穿着他上岸时那身卡其裤子、卡其衬衫和皱巴巴的外套。沃伯顿先生迎客的微笑冻结在他脸上。

“你好啊，你穿得好正式，”库珀说，“我没想到你会穿成这样，我差一点点就想围一条莎笼过来了。”

“完全没有关系，我想你的仆人今天应该很忙。”

“你其实不用为了我穿正装的。”

“不是因为你，我每天都穿正装用餐。”

“即使是你一个人的时候？”

“尤其是我一个人的时候。”沃伯顿先生瞪着眼睛，毫无表情地回道。

他发现库珀的眼神中闪过一丝笑意，沃伯顿因为怒气上涌，脸红了一下。驻扎官是个急脾气，看他的模样就猜得出来，面颊是红的，五官像是随时准备吵架，渐渐有些发白的红头发，蓝眼睛一向闪着寒光，但也可以随时喷出怒火。可他也很明白为人处事之道，自诩是个公正的人，明白他要尽力和眼前这个人好好相处。

“我住在伦敦时，平时来往的圈子就是这样，要是每天晚上不穿正装上餐桌，就跟早上没有洗澡一样古怪。到了婆罗洲，我觉得这么好的习惯没有理由废弃。战时那三年，我一个白人都没见过，但只要身体健康，可以上桌吃饭，我就一定换好衣服。你在这个国家待的时间还不算很长，首先你要看得起自己，要保持骄傲最好的办法就是这样。一个白人若是向身边的环境妥协，即使是只妥协分毫，很快他就会失掉自尊，一旦他失掉自尊，你放心，当地人也很快不会再尊重他。”

“我只能说，这么热的天，要是你期待我会穿上上浆的衬衫、戴上硬衬衫领，恐怕你肯定要失望了。”

“如果是在你自己的木屋里吃饭，当然想怎么穿都可以，但如果你赏光来这里用餐，或许到时会认可，穿文明社会的服装毕竟礼貌一些。”

两个马来仆人端来了酒和小吃。他们都围着莎笼，戴着当地的椭圆形无边帽，穿着讲究的带铜扣的白色外套，其中一个端着苦琴酒，另一个的托盘上是橄榄和鳀鱼。接着主人和宾客进了餐厅。沃伯顿先生自诩拥有整个婆罗洲最好的厨师，是个中国人，花了很多心思，克服种种困难，最大限度地发挥了手头的食材。

“你想要看一眼菜单吗？”他说着把菜单递了过来。

上面都是法文，菜名一个个都不同凡响。餐厅里除了两个侍餐的仆人，两个相对的角落里分别还有一个人，挥舞着巨大的扇子，让餐厅里湿热的空气动了起来。这一餐非常奢华，香槟也是一流的。

“你每天都这么招待自己吗？”库珀说。

沃伯顿先生随便地扫了菜单一眼。

“今天的菜跟平日里好像没什么不同，”他说，“我自己吃得很少，但我很在意每天要给我上一整套像样的晚餐，这样厨师不会生疏，仆人们也不会忘了规矩。”

餐桌上的对话进行得很费力。沃伯顿先生的言辞客气到简直花哨，或许是他发现这样说话会让面前的客人很不自在，在其中越发找到一种带着恶意的趣味。他问起在吉娑勒[1]的一些朋友，但库珀在森布鲁国[2]待了不过几个月，那些人也很快就聊完了。

“说起来，”沃伯顿先生又问道，“有一个小孩叫亨纳利你见过吗？他应该是最近才过来的。”

“啊没错，他在警局上班。是个王八蛋。”

“我倒很难想象他会是这样的人。他的舅舅巴拉克拉夫爵士是我的朋友，就几天之前我还收到巴拉克拉夫夫人一封信，让我多多关照他。”

“我的确听说他有个什么亲戚，大概就是靠这个拿到那份工作的吧。他去过伊顿和牛津，时时刻刻提起，就怕你不知道。”

“你这话我很意外，”沃伯顿先生说，“他们家族，几百年来没有人不是伊顿、牛津的，照理应该视为理所应当才是啊。”

“我觉得这人就是只会他妈装腔作势而已。”

“你是什么学校的？”

“我生在巴巴多斯[3]，读的都是那边的学校。”

“啊，我明白了。”

沃伯顿先生的回答虽然只有寥寥几个字，但加进去的轻蔑

---

1 Kuala Solor，毛姆虚构的地点，应为马来语，本意“太阳湾”。

2 Sembulu，毛姆虚构的国家。

3 Barbados，拉丁美洲国家，小安的列斯群岛最东部，原为英国殖民地，1966 年独立。

厚重到库珀脸红了一下，一时半刻没有说话。

“我从吉娑勒收到过两三封信，”沃伯顿先生继续说道，“给了我这么一个印象，就是亨纳利非常受欢迎，他们都说他是一流的运动家。”

“啊，这话一点没错，他正是那种在吉娑勒会吃香的人。一流运动家在我眼里倒没有什么了不起的。说到底，一个人在高尔夫和网球场上比别人厉害一些又有多大的意义呢？桌球一杆能打七十五分，谁在乎啊？在英格兰，他们对这些东西太当真了一些。”

“你真是这么想的？在我印象里，似乎一流的运动家在战争中的表现至少不比任何人差吧。”

“哦，要是你要聊战争，那我说话就真的有根有据了，我跟亨纳利是一个兵团的，我可以负责任地说，那些士兵没有一个受得了他。”

“你怎么知道？”

“因为我就是其中之一啊。”

“哦，你没有军衔是吧？”

“我要是有军衔那真是见鬼了，我是他们所谓的殖民地出身，没有上过公学，上面也不认识什么人。从头到尾我就是一个士兵。”

库珀皱了皱眉头，他似乎又忍不住要破口大骂起来。沃伯顿先生注视着他；驻扎官眯起了那双蓝色的小眼睛，看着库珀，他对这个人已经有了一个判断。他换了话题，聊起库珀之后要干哪些活，时钟到了十点，他站了起来。

“那好，我不多留你了。你应该一路劳顿也很辛苦。”

他们握了握手。

“哦，说起来，有件事，”库珀说，“不知道你能不能帮我找个仆人，我从吉婆勒出发的时候，我那个仆人一直没见人影。我那些行李都是他帮我搬上船的，然后就不见了，船都开出一段了我才发现他不在。”

“我问一声我的仆人领班，他肯定有人的。”

“那好，就告诉他，让那个仆人来找我，我看着可以的话就会留下他。”

那晚明月当空，不需要灯笼，库珀从“营地”一路走回了家。

“我真是想不通他们为什么派了这样一个家伙给我，”沃伯顿先生想道，“要是现在出来的人都这样，我是看不下去的。”

他下坡走到自己的花园里。“营地”建在一座小山的山顶上，花园一直延伸到河岸，岸边他搭了一个结满藤蔓的木亭子，吃完晚餐他习惯在这里抽一根方头雪茄。再往下就是那条河了，从河面经常飘来马来人的声音，都是些羞怯到日光之下不太现身的人，往往是一声抱怨或者一句斥责，悠悠飘进他的耳朵，里面或许带着什么消息，或者有用的暗示，在正式的场合他是听不到的。他沉沉地坐进一张藤制的躺椅中。库珀！一个妒忌心重、没有教养的家伙，太口无遮拦、自以为是了。但沃伯顿先生心里的恼怒还是输给了宁谧的夜色之美。亭子入口处那棵树开了花，空气里都是甜美的花香，萤火虫发着幽暗的光，在黑暗中缓缓划出银色的轨迹。大河上月光铺成一条小路，等候着湿婆之妻[1]轻捷的脚步，对岸一排棕榈树，在夜空之下的剪影是如此精致。平和潜入了沃伯顿先生的灵魂。

这位驻扎官是个古怪的人，职业生涯也很不寻常。二十一岁的时候他继承了一大笔钱，二十万英镑，出了牛津就投身于寻欢作乐之中，那个时候（沃伯顿先生今年四十五了），那样的生活对家境优越的年轻人是唾手可得的。他在芒特街[2]有自己的公寓，有自己的双轮双座马车，在沃里克郡有自己的狩猎小屋。时髦的人聚集的地方，你都看得到他。他英俊、有趣、慷慨，九十年代的伦敦社交圈，沃伯顿是个人物。那时候的社交场还没有失掉它的光彩，不是什么人都能进的，布尔战争[3]虽然震动了它，但没有人在意，后来摧毁它的"一战"，当时也只有很悲观的人才发出过预警。那个时候，年少多金真的是挺高兴的一件事，到了社交季，沃伯顿先生的壁炉台上堆满了各种聚会、宴会的邀请，他展示邀请是因为他得意，他得意是因为他势利。他的势利不是那种畏畏缩缩的势利，不会因为崇拜身份的尊贵心里还有些羞愧；他的势利不是想亲近政坛的抢手货或者新近声名大噪的艺术家；他的势利也不是为有钱人的挥金如土而倾倒；他的势利是一种赤裸裸的、纯粹的势利，就是最常见不过的对贵族发自内心

1 雪山神女，代表印度至高女神萨克蒂仁慈的一面。（湿婆是印度教所崇奉的主神。）

2 Mount Street，伦敦西区高级社区梅费尔最早的购物街之一。

3 Boer War，1880 年至 1902 年英国与布尔人之间为争夺南非殖民地而发生的两次战争。布尔人主要指荷兰殖民者的后裔。

的迷恋。沃伯顿先生脾气很大，在他面前说话都要小心，但他宁可被一个权贵羞辱，也不要听平头百姓的溢美之词。《伯克贵族名谱》查得到他，虽然他跟某个贵族家庭的关联几乎微不足道，可你若是当年听他谈起自己的高贵血统，其中的语言艺术实在令人叹服。他母亲叫顾宾斯小姐，通过母亲，他从一位光明正大的利物浦工厂主继承来了那一大笔财产，但这位工厂主他一个字都没有提过。出入上流社会的那些年，他心里最怕的，就是哪天他正陪着一个女公爵甚至亲王在考斯[1]或者阿斯科特[2]这种地方，他母亲那一路的某个亲戚会与他相认。

他的缺憾太过明显，很快就人尽皆知了，但好就好在他的真实背景落差实在太大，反倒不至于让人只觉得可鄙。那些他崇拜的大人物都嘲笑他，但其实在他们心里，也并不认为这种崇拜完全都是做作。可怜的沃伯顿的确势利得可怕，但说到底还是个好人。一个潦倒的贵族若是有笔账付不出来，他总是愿意帮忙的，要是你手头太紧，找他借一百英镑他也不会回绝。他家的宴会从不丢人。他打惠斯特牌技术很糟，但只要牌桌上坐的都是有头有脸的人物，他不会介意输了多少钱。他喜欢赌博，手气不行，但风度不错，一晚上输五百英镑面不改色，不由得你不佩服。他对牌局的热爱不亚于他对贵族头衔的迷恋，也就踏上了一条不归路。沃伯顿的生活方式本就奢靡，赌场里的损失更是非

1 Cowes，“世界游艇之都”，有各种各样跟航海有关的庆祝活动。

2 Ascot，指英国伯克郡阿斯科特的赛马场，这里会举行一年一度的阿斯科特赛马会。

同小可，于是他变本加厉地砸钱在赛马上，后来又去炒股。他性情单纯，那些无耻之徒觉得自己找到了一个再天真不过的猎物。我不知道沃伯顿是否意识到他那些时髦的朋友都在背后笑话他，但我认为，他隐隐地感觉到他只能摆出一副挥金如土的派头，否则只会更糟。后来他就落入了放债者的手中。三十四岁的时候，他破产了。

他的心态完全就是他那个阶级的心态，毫不犹豫地知道了自己接下来该去哪里。他所来往的那群人，只要钱糟蹋完了，就往殖民地走。没有人听到沃伯顿先生抱怨。哪个贵族朋友建议他做了个血本无归的投机买卖，他不会去追究；任何人问他借了钱，他都不会去讨要；他还清了欠债（他自己大概没有意识到，那位利物浦制造商的血统被他如此不耻，但在这种时候却显现无疑），没有向任何人求助，之前一辈子没有干过一点活的人，现在开始要想办法谋生了。他依旧是他自己，喜气洋洋、漫不经心，还是很会开玩笑。此后遇到任何人，他都从来没有想过要历数自己的不幸遭遇让对方尴尬。沃伯顿先生确实势利，但他也是个绅士。

他跟那些了不起的大人物朝夕相处这么多年，只请他们帮过一个忙，就是给他介绍工作。当时森布鲁的苏丹是个厉害的人物，雇佣了沃伯顿。登船前一晚他在自己的俱乐部吃最后一餐。

“听说你要走，沃伯顿。”赫里福德老公爵问他。

“是，我马上就要去婆罗洲了。”

“天呐，你去那儿干吗？”

“哦，我破产了。”

“哦，你破产了吗？真遗憾。行吧，等你回来的时候告诉我们一声。希望你在那里过得愉快。”

“肯定会的，你也知道，可以整天打猎。”

公爵点点头走开了。几个小时之后，沃伯顿看着英格兰的海岸隐入雾霭中，他把所有那些让活着有意义的事也都留在那里。

二十年过去了。他和几个身份尊贵的夫人鱼雁往来非常频繁，而沃伯顿的信东拉西扯，读起来都很有意思。他对贵族的爱从来没有丢过，《泰晤士报》出版之后六周会到他手中，他就认真补习那些贵族最近的行踪。有一栏会记录他们的出生、死亡和婚娶，他读得尤为仔细，随时准备好了恭贺或慰问的信函。画报上有他们的模样，每隔一段时间回英格兰，他都能接上话茬，好像他从来没有离开过；任何一个社交场上的新人，只要冒过头，他全清楚。对那个衣香鬓影的世界，他的兴致完全没有消减，就好像他依旧是其中的一号人物。这在他看来，是世上唯一要紧的事。

但不知不觉间，他的生活中有另一种兴趣出现了。目前他的职权很能满足他的虚荣心；他不再是那个趋炎附势、只求贵人一笑的下等角色了，在这里，他成了统治者，他的话就是法律。每次走过时，迪雅克士兵持枪敬礼让他很是畅快。他喜欢对人褒贬与夺。能化解两个敌对酋长间的争执，让他非常得意。早年间，部落中割敌人首级作为战利品的事情并不少见，他去惩戒犯事者之时，那种对自己的钦佩一定很过瘾。他是如此看重面子的人，很难不具备一往无前的勇猛。在这一点上，还有一个很值得炫耀的故事，当年有个嗜血的海盗躲在一个有栅栏防卫的村庄里，他单枪匹马冲了进去，要求村民交人，当时他的镇静被传颂很久。沃伯顿先生后来成了一个颇有手段的管理者，严格、公平、正直。

慢慢地他对治下的马来人生出很深的感情。他觉得需要了解当地的风俗习惯，听他们聊天从来不觉得厌倦。他欣赏马来人的美德，对他们的陋习则只耸耸肩、笑一笑，觉得没有什么大不了的。

“想当年，”他会说，“我和英格兰最了不起的几位绅士是至交，但若论绅士风度，我认识的那几位出身高贵的马来人依然是出类拔萃的，能成为他们的朋友我很骄傲。”

他喜欢这些人的礼貌和精致的姿态，他们的温柔和突然爆发的激情。沃伯顿先生凭着直觉就知道要如何与他们往来。他对马来人所感到的温情是发自内心的，但他也从来没有忘记自己是个英国绅士，完全不能接受那些向当地风俗妥协的白人；他绝不投降。他没有学无数白人找一个当地女子做妻子，像这样上不了台面的男女之情，不管如何因为见怪不怪而显得正当了，在他眼里，不仅丑恶，也毫无尊严。一个被威尔士亲王阿尔伯特·爱德华叫过乔治的人，无法想象和当地女子有那种关系。现在去一趟英国，回婆罗洲的时候，心里或多或少带着一些释然。他的朋友们跟他一样，不再年轻了，圈子里有一代新人，在他们眼里，他就是一个讨人嫌的老头。英格兰当年那些让他迷恋的东西，现在似乎都丢得差不多了。但婆罗洲始终如一。现在这里是他的家了。他决心在岗位上干得越久越好，心里暗暗藏着一个期待，最好在被迫退休之前就死掉。他已经在遗嘱里写好了，不管死在哪里，遗体都应该带回森布鲁，葬在一个轻柔的河水声能传到的地方，永远留在他热爱的民众之间。

但人前他是不会显露这些情感的；看到他体格如此健壮，打扮如此体面，看到那张刮得干干净净的脸和发白的头发，谁也不会想到他心里藏着如此深厚的柔情。

他知道自己的分内事是什么，接下来几天里都疑虑重重地观察着自己的副手。很快他就看出来库珀是个勤奋而且能干的人，唯一能找到的缺点就是他对当地人有些粗暴。

“马来人比较羞怯、敏感，”他跟库珀说，“我想你到时就会明白，要是能多些礼貌、耐心、和善，效果会更好。”

库珀哈地一笑，声音很刺耳。

“我是在巴巴多斯出生的，在非洲打过仗，关于黑鬼，我不知道的事情没有几件。”

“我一件都不知道，”沃伯顿先生尖刻地说，“但现在不是在聊他们，我们在聊马来人。”

“马来人不是黑鬼吗？”

“你很无知。”沃伯顿先生答道。

他不再往下说了。

库珀到来之后的第一个星期天，沃伯顿先生请他来吃饭。每个细节他都做得很考究，虽然前一天刚在办公室见过，后来六点钟又在“营地”的外廊上喝过一杯苦琴酒，他还是差仆人送了一张客气的帖子去了小木屋。库珀虽然不情愿，还是穿着礼服来了，沃伯顿先生高兴的是自己的愿望得到尊重，但马上满心鄙夷地发现这个年轻人的衣服剪裁拙劣，衬衫也不合身。不过那一晚沃伯顿先生心情很不错。

“对了，”握手时他对库珀说，“我跟我领班说了，让他给你找个仆人，他推荐了自己的侄子。我见过那个小孩，很聪明，也很勤快。你愿意见一见吗？”

“可以啊。”

“他现在就等在外面。”

沃伯顿先生喊来了自己的仆人，让他把侄子带过来。没过一会儿，一个消瘦的年轻人到了面前。二十岁上下，黑色的大眼睛，侧脸看着很顺眼。他裹着莎笼，一件白色的小外套，紫红色的丝绒非斯帽，不带黑缨，一副干干净净的样子。他叫阿巴斯。沃伯顿先生看他的目光中带着肯定，跟他说起了流利、地道的马来语，态度不自觉间就变得柔和了。他跟白人说话容易语带讥讽，但对马来人的居高临下之中往往融入了很多善意，让人觉得舒服。他在这里的地位相当于苏丹，非常清楚如何一方面维护自己的尊严，一方面让当地人放松下来。

“他能用吗？”沃伯顿先生转过来问库珀。

“可以，我猜他也不会比其他那些家伙更混蛋。”

沃伯顿先生告诉那个男孩他被雇用了，打发了他。

“你能找到这样的仆人运气不错，”他告诉库珀，“他的家世很好，他们从马六甲到这里已经快一百年了。”

“一个帮我清理鞋子、端茶送水的仆人，我可不在乎是不是名门望族出来的，我唯一的要求就是能照我吩咐干活，手脚利索些。”

沃伯顿先生抿紧了嘴唇，没有回复。

他们进了餐厅，晚餐精美可口，红酒也很好。两人很快都起了变化，聊天不仅没了尖刻，甚至融洽起来。沃伯顿先生是很会善待自己的，到了周日晚上，照惯例他会再多奖赏自己一些。他开始觉得自己之前对库珀多有不公。当然库珀不是绅士，但这不是他的错，真的了解了这个人之后，说不定会发现他并没有那么差劲。库珀的问题或许就是仪态举止欠缺了些，但至少工作上是很合格的，机敏、勤奋，而且做事周到缜密。吃到甜点的时候沃伯顿先生对全人类都满是好意。

“这是你来的第一个周日，我要请你喝一杯很特别的波尔图葡萄酒。我自己就只剩大概二十几瓶了，都是留给特别场合的。”

他吩咐了仆人几句，很快一瓶酒就拿了过来。沃伯顿先生看着仆人开酒。

“这种波尔图葡萄酒是我从一个老朋友查尔斯·霍林顿那里弄来的。他藏了四十年，我也放了好些年了。他的酒窖很有名，据说是全英格兰最好的酒窖。”

“他是个红酒商吗？”

“称不上称不上，”沃伯顿微笑道，“我说的这位是卡斯尔雷爵士霍林顿，英格兰最有钱的贵族之一。跟我是很多年的老朋友了。我之前在伊顿跟他兄弟是同学。”

这样的机会沃伯顿先生不忍看它溜走，于是讲了一则轶事，似乎唯一的主旨就是他认识某位伯爵。那瓶波尔图自然是好酒，第一杯喝完之后第二杯也快见底了，沃伯顿先生开始忘乎所以；他已经好几个月没有跟白人聊过天了，开始讲故事，开始描绘自己在权贵之间的情境。听他说话，你会以为英国政府的某些部门就是因为他而开设的，某些政策是因为他在某个女公爵耳中的一句悄悄话而确立的，或者他在餐桌上随口一个论断，被王室的某个秘密顾问感激地拿去实施了。他又活在了阿斯科特、古德伍德[1]、考斯的旧日时光里。又是一杯波尔图。现在他又到了约克郡和苏格兰的派对上，那些豪宅里的聚会都是大场面，他每年都要去的。

“之前我这儿有一个叫福尔曼的人，是我用过的最好的贴身男仆，你知道他后来为什么离开我了吗？你知道他们在楼下一起吃饭的时候，夫人们的女仆、先生们的男仆是根据主人的尊贵程度排座次的，福尔曼跟我说，他受不了了，一个接一个的派对，每次都只有我没有贵族称号，也就意味他每次都坐在餐桌末尾，一个菜传到他那里都只有别人挑剩下的。我把这件事跟赫里福德老公爵说了，他哈哈大笑。‘说真的，先生，’他说，‘如果我是英格兰的国王，就封你一个子爵，只为了让你的男仆吃一口好菜。’‘让他跟着你吧，公爵，’我说，‘他是我用过的最好的贴身男仆。’‘啊，沃伯顿，’他说，‘如果你都觉得他可以，我也

1 Goodwood，英格兰苏塞克斯郡古德伍德公园附近举行的赛马会。

一定觉得可以。让他来吧。'”

然后又说到蒙特卡洛，沃伯顿先生和菲奥多大公联手把庄家的钱都赢光了；还有马里昂巴德[1]，沃伯顿先生曾在这里跟爱德华七世打过巴卡拉[2]。

“当然，他那时还只是威尔士亲王。我记得他跟我说过：'乔治，要是你“见五要牌”，会倾家荡产的。'他那话说对了；我觉得这是他一辈子说过最准确的话。他真的是个妙不可言的人。我一直说他才是欧洲最了不起的外交官。但那时候我是个年轻的蠢货，没有听他的。要是我听了他的话，要是我没有'见五要牌'，恐怕今天也不会在这里了。”

库珀一直在注视着他，深深的眼窝里那双棕色的眼睛目光冷峻、高傲，他的唇角是一抹轻蔑的微笑。在吉娑勒他就听了很多关于沃伯顿先生的事，都说他不是坏人，他的地区被他治理得像钟表一般毫无差池，可他的势利真是让人吃不消啊！不过他们笑话沃伯顿先生也没有恶意，因为他太慷慨、太仁厚了，再怎么样也讨厌不起来。那个威尔士亲王和巴卡拉的故事，库珀也早就听过了。但餐桌上库珀一点没有纵容迁就的心思。从一开始他就讨厌驻扎官的这一套做派。库珀是个敏感的人，沃伯顿那种彬彬

---

1 Marienbad，十九世纪末、二十世纪初著名的矿泉疗养地，位于现在的捷克。爱德华七世曾在这里长住。

2 Baccarat，可以多人参与的纸牌游戏，庄家发两副牌，各两张，参与者只能押其中一方，看哪方两张牌点数相加更接近九点。是否要第三张的规则较复杂，各地不尽相同，后文中“见五要牌”，应指两张牌相加为五点时，选手可选择是否再多要一张牌。

有礼的讽刺让他浑身不舒服；沃伯顿有一个本领，就是听到他不喜欢的话，可以用沉默杀伤你。库珀在英格兰生活的时间很少，对英格兰人有种异乎寻常的反感，尤其讨厌那些公学出来的男人，因为总担心他们又要摆出一副居高临下的假客气。库珀很怕别人对他装腔作势，怕到他自己会先摆出一副目空一切的样子，让很多人都难以忍受。

“总之呢，这场仗也算做了件好事，”他终于说道，“把贵族阶级摧毁了。从布尔战争开始，到了1914年，终于把这帮贵族给收拾了。”

“英格兰那些了不起的家族是注定要以悲剧收场的，”沃伯顿先生语气中带着得意的忧伤，就好像一个法国大革命时的逃亡贵族在回忆路易十五的宫廷，“他们已经没有办法继续生活在那样奢华的宫殿里，那种如帝王家般的宾客云集也只是回忆了。”

“要我说，真是干得好。”

“我的好库珀，你可知道当时的奢华和盛大不输希腊、罗马？[1]”

沃伯顿先生做了一个手势，示意有多奢华和盛大，他的目光一时间朦胧起来，仿佛看到了过去。

“那你就信我一句，那些烂东西我们早就受够了。我们想要的是一帮做事的人组成一个做事的政府。我是英国殖民地出生的，也可以说我一辈子都在殖民地度过，一个贵族对我来说什么

1　沃伯顿引用了了爱伦坡的《致海伦》（*To Helen*），原作中指海伦的美让诗人想起了希腊的荣耀和罗马的恢弘。

都不是。英格兰坏就坏在势利上了。要说真有什么让我受不了的，那就是一个势利鬼。”

势利鬼！沃伯顿先生的脸一下紫了，眼睛里能喷出火来。这个词围追堵截了他一辈子。年轻的时候，他在一些尊贵的女子身边度过了不少欢愉的时光，那些夫人们并不觉得沃伯顿对她们的迷恋有多少可鄙之处，但即使是那么尊贵的女子也有失态的时候，不止一次她们把这个可怕的词直愣愣地砸在了沃伯顿的脸上。他当然知道有一些糟糕的人在背后喊他势利鬼——他怎么可能不知道——但这多不公平啊！明明他最厌恶的一种陋习就是势利，他说到底不过就是喜欢和自己同一阶层的人待在一起而已，只有在那些人身边他才觉得自在，真是见鬼，怎么会有人说这是势利呢？不是物以类聚，人以群分吗？

“我很同意，”他答道，“一个势利的人会因为别人的社会地位比他高，就崇拜或者鄙夷那个人，这算是英国中产阶级最粗俗的缺憾了。”

他看到库珀的眼神闪了一下，似乎是觉得什么事很好玩；库珀嘴巴张大了要笑，又抬手遮挡，只能让这种表情更加惹眼。沃伯顿先生的手微微有些颤抖。

或许库珀并不知道他的无礼让上司多么难受，他自己是个敏感的人，但很奇怪，对别人的感受却好像很迟钝。

因为工作的关系，他们白天时不时地就要相处几分钟，然后六点会在沃伯顿先生的外廊上喝一杯酒。这是历史悠久的地方传统，沃伯顿先生无论如何不会去改的。但他们晚餐不在一起吃，库珀回他的木屋，而沃伯顿先生留在“营地”。办公室的活儿干完之后，他们会去散步直到天暗下来，也是分开走的。这个地方原始森林和村子里的各种植被连在一起，路并不多，每次沃伯顿先生看到他的副手松松垮垮地走来，会绕道而行。因为举止太无礼，因为太过自以为是，太偏执，库珀已经很叫沃伯顿心烦了；但直到他入职两三个月之后，发生了一件事，让驻扎官对他的嫌弃变成了咬牙切齿的恨。

沃伯顿先生要往内地走一趟，视察不少地方，于是把管理权交给了库珀；这一回他放心多了，因为有一个判断还是无法动摇的，那就是库珀是个能力出众的人。他唯一不喜欢库珀的一点就是后者太不宽容。他诚实、公正、勤奋，但对当地的百姓没有同情心。沃伯顿先生发现，这个人总觉得自己不比任何人差，却又把这么多人看作天生低他一等；每每想到这一点，他觉得有趣之余，也带着几分恼怒。库珀很严厉，对当地人的想法非常不耐烦，而且常蛮横地让他们屈从。沃伯顿先生很快就意识到马来人不喜欢库珀，又非常怕他。这也挺好，如果自己的副手在民众间更受欢迎，沃伯顿先生也开心不起来。沃伯顿先生出门前要准备的东西非常复杂，接着就去视察了；三个星期之后，他回到了家。不在的时候，到了一批邮件，进了客厅他第一眼就注意到桌上摊开了一大堆报纸。库珀刚才迎接他，两人是一起进屋的。沃伯顿先生转过来很严厉地问一个没有跟他出门的仆人，这些打开的报纸是怎么回事，库珀立马解释道：

“我想要读沃尔夫汉普顿谋杀案的报道，就借了你的《泰晤士报》，已经都还回来了，我知道你不会介意的。”

沃伯顿先生转过来正对着他，气得脸都白了。

“可我介意，我非常介意。”

“抱歉，”库珀沉稳地答道，“说实话我就是着急想看，要等你回来太久了。”

“是不是我的信你也拆开读一读好了？”

库珀面对着长官的愤怒，依旧不为所动，微笑着答道：

“啊，那可不一样，说到底，我确实没想到你会介意我看你的报纸，这上面并没有什么私人的东西。”

“我非常介意我的报纸被别人先读到。”他走到桌前，这里堆着大概有三十期。“我觉得你这样做无礼至极。它们全乱了。”

“这很容易整理好的。”库珀也走了过来。

“不许碰。”沃伯顿先生吼道。

“说真的，为这样一件小事发这样的脾气真是有些幼稚了。”

“你怎么敢这么跟我说话。”

“哦，见鬼去吧。”库珀说着扭头走了。

沃伯顿先生一个人看着自己的报纸，心情动荡到人都在发抖。他生活中最大的乐趣被那双粗糙、野蛮的手给毁了。住在偏远地方的人，收到邮包大多都很着急，会粗暴地打开最近的一份，扫一眼国内新发生了什么大事。但沃伯顿先生不是这样的。他的报刊经售人收到过指令，所有发给沃伯顿先生的报纸，包装上都要写好日期，收到那个大包裹之后，沃伯顿先生会根据那些日期用他的蓝色铅笔编号。而他的仆人领班也有指令，就是每天把早茶端到外廊上的时候，根据数字放一期报纸在旁边。喝着茶，扯开包装读那一份早报，是沃伯顿先生的一大享受，让他有种生活在英国的幻觉。每周一的早晨，他都会读到六个星期之前周一的《泰晤士报》，以此类推，一个星期下来，周日他读的就是《观察家》[1]。这就跟换正装吃饭一样，是他跟文明社会的联系。无论新闻多么扣人心弦，他都从来没有屈服于那份诱惑，从来没有在预定时间之前打开任何一期报纸，这是他引以为傲的。战争期间，悬念着实难以抵御，读到进攻发起的消息，那种欲知后事的煎熬他其实很容易化解，只需去几步之远的书架上打开后面一期报纸就行。这是他面对过的最严峻也是最艰难的考验，但他依然能克敌制胜。可现在这些精心包装好的报纸全都被粗暴地打开了，就因为那个蠢货要看某个可怕的女人是不是杀了她那个恶心的丈夫。

沃伯顿先生喊来了仆人，让他拿些包装纸来。他无比用心地把报纸折好，包装起来，编上号码。但这个活干得很忧伤。

"我永远不会原谅他，"他说，"永远不会。"

之前出去考察，他的领班仆人自然也跟着去了，沃伯顿先生可不是那种在雨林中赶路就愿意放弃享受的人，所以到哪里都带着他的领班，因为只有领班最清楚每件事怎样做他才满意。回来之后，领班从其他仆人那里听来了一些闲聊，知道库珀跟自己的仆人之间出了点问题。除了阿巴斯那个小伙子，其他仆人都走

---

1 *Observer*，每周日上市的英国报纸。创立于 1791 年，是世界上最早的周日报纸。

了。阿巴斯也不想留下，但叔叔是照驻扎官的吩咐派他来的，不敢擅自离开。

“老爷，我跟他说了，他做得很对，”领班跟沃伯顿先生说道，“但他很不开心，他说那个地方不好，想问他能不能跟其他人一样，也走？”

“不行，他得留下，那个老爷不能没有仆人。那些仆人离开之后有没有补上？”

“没有，老爷，没人愿意去。”

沃伯顿先生皱了皱眉头，库珀是个傲慢无礼的笨蛋，但他也是政府官员，必须给他配备好足够的仆人，要是他的日常生活乱七八糟的，影响很坏。

“那些跑掉的仆人都去哪儿了？”

“他们就在村子里，老爷。”

“晚上去见一下他们，就说我要他们明天天亮的时候出现在库珀老爷的家门口。”

“他们说了他们不会再去的。”

“这是我的命令，他们还不去吗？”

这个仆人跟了沃伯顿先生十五年，主人的每一种语调他都熟悉。他并不怕老爷，因为他们已经一起经历了太多事，有一次在雨林里驻扎官救过他的命，还有一次在急流中翻船，要不是他，驻扎官就淹死了。但他清楚老爷的哪句话不能讨价还价。

“我晚上去村子里。”他说。

沃伯顿先生还以为他的下属会第一时间为他的失礼而道歉，

但教养不好的人是不会表达后悔的；第二天上午在办公室碰到，库珀就像什么事都没发生过一样。因为沃伯顿先生离开了三周，所以两人工作交接谈了好一会儿，结束了之后，沃伯顿先生示意库珀可以走了。

“好像是没其他事了，多谢。”库珀转身正要离开，沃伯顿先生喊住了他。“据我所知，你跟你的仆人之间，不是很和谐。”

库珀刺耳地笑了一声。

“他们想要靠逃跑来威胁我，真是够无耻的，除了那个没用的家伙，阿巴斯，他倒知道待在我那儿才是聪明之举。不过我可不会让步，果然他们又乖乖听命了。”

“你指什么？”

“今天早上，他们全回来各干各的活儿了，中国厨子也回了。你就看他们在那心安理得的样子，就好像这房子是他们的一样。我想他们应该还是想明白了，我可没那么好摆布。”

“完全不是这么回事，是我明确要求他们回去的。”

库珀微微脸红了一下。

“还请你不要干涉我的私事。”

“这不是你的私事。如果你的仆人跑了，你就会显得很可笑。你要自己犯傻随便你，但其他人让你出丑我只能插手。你家里没有足够的人手是很不好看的。我一听说你的仆人走了，就让人告诉他们今天天亮必须回去。行了，就这样吧。”

沃伯顿先生点点头，示意他们的谈话结束了。库珀没有理睬。

“想不想知道他们现在怎么样了？我把这帮混球召集起来，

限他们十分钟之内离开我的院子，再也不用回来了。”

沃伯顿先生耸了耸肩。

“你凭什么觉得还能找到别的仆人呢？”

“我让我的下属去办了。”

沃伯顿先生想了想。

“我觉得你的处理方式很不聪明。主人做好了，仆人才会尽职，记住这一点对你以后有好处。”

“你还有什么课要给我上吗？”

“我还想让你有教养一些，但这个目标太艰巨，我没有那么闲。你找仆人的事我来管吧。”

“请不要因为我给您添任何麻烦。找仆人我自己完全没问题。”

沃伯顿先生冷冷地一笑，他感觉得到库珀对他的厌恶，跟他自己讨厌库珀恐怕不相上下，他也明白，要从一个你厌恶的人那里接受恩情，没有什么比这更屈辱的。

“请允许我说一句，目前这个情况，你是不太可能再找到马来或者中国用人了，可能性跟你现在要找英国男仆和法国厨师差不多。除了我下命令，否则没人会去的。你要我下令吗？”

“不用。”

“随便你。再见。”

沃伯顿先生看着局势发展，心里多少带着点幸灾乐祸。库珀的下属说服不了任何一个马来人、迪雅克人、中国人进到那么一个主人的家里。只有阿巴斯对他不离不弃，但这个男孩只会做当地菜，库珀不习惯精细的食物，日复一日地只吃米饭让他作呕。而且那样的天气一天总得洗好几回澡，他却没了人替他送水。库珀整天骂阿巴斯，但阿巴斯也会抵抗，就是板着脸只做他的分内事。知道这个男孩留在这里只因为沃伯顿不许他走，这对库珀也是种羞辱。这样过了大概半个月，一天早上，他发现之前轰走的仆人又都回来了。他勃然大怒，发了一通脾气，但这回他也聪明了一些，没有多说什么，让他们留下了。他吞下了这份羞辱；之前只是受不了沃伯顿先生那些做作和怪癖，现在变成了心里翻涌的愤恨——驻扎官玩的这一手非常阴险，让他成了所有当地人的笑柄。

这两人彼此间已经没有交流了。在这个驻地，只要有白人来，不管互相间如何讨厌对方，到了六点，总会一起喝杯酒。这个古老的传统也被废弃了。他们就待在自己家里，假装对方不存在。而且库珀对工作也熟悉了，两人在办公室几乎可以互不相干地做事。沃伯顿先生有什么话就派一个跑腿传递，有指示则会写正规的书信。他们彼此还是时常见到，这是躲不掉的，但可以一个星期说不过五六个字。但对方总是在眼前出现还是让他们心情恶劣，那股敌意成了一种怨念，沃伯顿先生每天都要散步，但那段路上脑子里除了讨厌自己的副手之外，别的什么也想不到。

但这件事最麻烦的地方，就在于他们大概会一直这样不共戴天地朝夕相对下去，直到沃伯顿先生放假。那可能要到三年之后了。他没有投诉的理由：库珀的工作表现相当不错，而且目前的情势也不容易找到新的人。有些朦朦胧胧的抱怨确实也听到过，都是当地人说库珀太严厉，大家普遍对他不太满意是实情，但具体的案例沃伯顿先生也了解过，真要指摘，也只能说有些可以温和的时候，库珀太严酷；有些驻扎官或许能同情的地方，库珀太无情。总之，这个副手并没有干出什么值得大加惩戒的事。但沃伯顿先生一直在观察。恨意经常会让人耳聪目明，他总有一种感觉，库珀一直对当地人肆意妄为，却又从来不触犯律法，是因为库珀知道这样做会惹恼沃伯顿。或许有一天他会越界。沃伯顿先生最清楚，无休无止的酷热下是多么容易发火，而一夜无眠之后，又多么容易失控。他自顾自微笑了一下。库珀迟早会落在他手里。

机会终于到来时，沃伯顿先生笑出了声。库珀的一项职责是管理囚犯；这些人要修路、建棚屋，用马来帆船时会找他们划桨，他们还要维持镇子的整洁卫生，除此之外他们可以自己找事情做，有几个表现良好，甚至当过家仆。库珀把他们压榨得非常辛苦。他不喜欢看犯人闲下来，可能只是为了自己高兴，给他们设计了各种各样的任务；但囚犯很快就发现长官逼他们干的都是没意义的活儿，就开始偷懒。库珀又惩罚他们，延长了工时。这就违反了规定，沃伯顿先生得知之后也没有再去跟这位下属探讨，直接下命令恢复之前的时间。库珀出来散步，看到犯人正朝牢房走去，大为震惊，他之前给的指令是黄昏之前不许下工。他上前去问负责的狱卒怎么回事，被告知这是驻扎官的意思。

他怒不可遏往“营地”走去。沃伯顿先生下午是要散步的，正准备出门，已经换上了洁白如新的帆布衣服和漂亮的草帽，拿着他的手杖，后面跟着他的狗。之前他看到库珀往河边那条路走去了，此时见他三步两步从台阶上来，一直到了驻扎官跟前。

“我想知道，你撤我的命令是他妈的想干吗？我让他们干到六点的。”他气得已经口不择言了。

沃伯顿先生那双冷冷的蓝眼睛瞪得很大，做出一副讶异的样子。

“你是疯了吗？你已经无知到连怎么跟上级说话都不会了吗？”

“啊，见鬼去吧。管囚犯是我的事，你没权力插手。你把你的工作做好就行了，我的工作不用劳烦大驾。我想问的是，你这么让我出丑到底是要怎么样？这里所有人都会知道我的命令被你作废了。”

沃伯顿先生非常冷静。

“你没有权力下那样的命令，之所以撤销，是因为那个命令太严酷，太为所欲为。你要明白，你说是我让你出丑，其实是你让自己出丑，相比之下，我的作用根本不算什么。”

“从我到这里的第一刻起，你就讨厌我；就因为我不会拍你马屁，你想尽一切办法让我待不下去；就因为我不会捧着你，你就拿刀子捅我。”

库珀气急败坏地一路骂着，快要接近危险地带了，沃伯顿先生的眼神突然变得更冷峻、更犀利。

“你错了，我确实觉得你是个无赖，但对你的工作我是完全满意的。”

“你这个势利鬼。你这个不折不扣的势利鬼。你觉得我是无赖就因为我没有去过伊顿。啊，这些事吉婆勒人早就警告过我了。哈，难道你不知道自己是全国人的笑柄吗？你讲的那个威尔士亲王的故事，还有谁没听过？我简直忍不住要笑得喷出来。你都想象不出来俱乐部里他们说起这件事笑成了什么样。只要不变成你这种势利鬼，要我多无赖都行。”

他戳到了沃伯顿先生的痛处。

“要是下一秒钟你还没从我家出去，我就要动手了。”

对面的这位走得更近了些，凑近了沃伯顿的脸。

“动手啊，动手啊，”他说，“说真的，我好想看你打我是什么样的。要我再说一遍吗？势利鬼。势利鬼。”

库珀比沃伯顿先生高了三英寸，是个壮实的、有肌肉的年轻人。沃伯顿先生是五十四岁的胖子。他握紧的拳头挥了出来。库珀抓住他的手臂，把他推开了。

“别这么蠢了，你要记得，我可不是什么绅士，我们知道这双手该怎么用。”

他发出欢呼似的笑声，脸色依旧苍白，但瘦削的脸上都是笑容，轻快地蹦下台阶。沃伯顿先生颓丧地坐进椅子，心脏带着愤怒砰砰砰地跳着。他身上痒了起来，就像突然发了痱子。有那么一瞬间他害怕自己要哭出来。但突然沃伯顿先生意识到他的仆人领班也到了外廊上，下意识地就收住了情绪。仆人走上前来，给他倒了一杯威士忌苏打。沃伯顿先生一言不发接过来，一口喝得见了底。

“你要跟我说什么？”他想要微笑一下，但嘴唇动得很勉强。

“老爷，那位助手老爷不好。阿巴斯又说要走。”

“让他再等一等，我会给吉娑勒写一封信，让他们把库珀老爷派到其他地方去。”

“库珀老爷对马来人很不好。”

“退下去吧。”

仆人默默地走开了，只剩沃伯顿先生一个人，思绪万千。他想象得出吉娑勒的俱乐部是什么场面，暗下来的天色把高尔夫球场和网球场上的人都赶了进来，他们穿着法兰绒衬衫，坐在窗前，桌上是威士忌和苦琴酒，讲起了威尔士亲王和他在马里昂巴德的故事，所有人都在笑。沃伯顿先生因为耻辱和痛苦全身发热。势利鬼！他们都认定他是个势利鬼。之前他还觉得这些人都不错，虽然身份、地位实在不值一提，但他多么绅士，从来不计较。现在他恨那些人；但对那些人的恨根本比不上他对库珀的恨。要是刚才真的动起手来，他会被打得很难看。羞辱的泪水从他红通通的胖脸滚落，他只是坐在那里不停地抽烟，一连坐了好几个小时，他觉得自己死了才好。

终于仆人回来了，问他晚餐要不要换衣服。这还用问吗？上晚餐桌他哪次不换衣服？他吃力地从椅子里站起来，穿上了浆好的衬衫和假领。餐桌装点得非常漂亮，跟往常一样，有两个仆人侍餐，还有两个摇着巨大的扇子。而两百码之外，库珀在他的木屋里忍受了一顿让人作呕的饭菜，他身上大概只穿着莎笼和巴汝，赤着脚，吃饭的时候也可能还在读着一本侦探小说。吃完饭之后，沃伯顿先生坐下来写信。苏丹出门了，但他写的是一封不宜外传的私人信件，给苏丹的代理人。他写道：库珀的工作很出色，但不可否认，他们两人彼此厌恶，无法共处，若是能把库珀调到其他岗位上去，他会非常感激。

第二天，他特别找人把信送了出去，半个月之后，回信跟着邮船来了。那其实是一张私人的便条，内容如下：

亲爱的沃伯顿先生，

我认为官方回复你的这封信并不妥当，所以就以个人名义做一个简单的答复。当然，如果你坚持，我可以把这件事提呈到苏丹面前，但我建议你还是算了吧。我知道库珀表面上是个粗人，但其实很有能力，而且战争中吃了不少苦，我们都应该尽力地善待他。我想你还是对一个人的社会地位过于看重了些，要知道，时代变了，一个人若是绅士固然很好，但能干、勤勉本身更值得称道。我认为如果你能更宽容一些，会跟库珀相处得很好。

您非常真挚的，

理查德·藤普尔

信从沃伯顿先生的手中掉了下来。字里行间的意思太好懂了。迪克·藤普尔[1]的家庭是他们郡里有名的世家，和沃伯顿相识已经二十年了，可就是这样一个迪克·藤普尔也觉得他势利，而且就因为这个原因根本不愿理睬他的诉求。沃伯顿突然间对生

1 “迪克”是“理查德”的亲切叫法。

命感到失望，曾经他的那个世界消逝了，未来属于更刻薄的一代人。库珀就代表着新的世界，而还有什么样的人能让他更加讨厌？他伸手要去倒酒，看到主人的动作，仆人领班立马走上前来。

“我不知道你在。”

仆人捡起地上的信。啊，原来他也在等着这个消息。

“老爷，库珀老爷要走了吗？”

“不走。”

“会有不幸发生的。”

疲乏之中的沃伯顿一时间听不出这几个字是什么意思。但片刻间他就听懂了。他在椅子里直起身子，看着仆人，已经全神贯注地想知道接下来对方会说什么。

“什么意思？”

“库珀老爷不可以这样对阿巴斯。”

沃伯顿先生耸耸肩，像库珀这种人怎么会懂该如何对待仆人呢？沃伯顿先生了解他们：一会儿亲近得失了规矩，一会儿又粗暴得不近人情。

“让阿巴斯回去吧。”

“库珀老爷为了不让他逃跑，扣了他的工钱，阿巴斯已经三个月没领到一分钱了。我让他再等一等，但他很生气，我们劝他根本听不进去。要是那位老爷再这样欺负他，会有不幸发生的。”

“你把这件事告诉我是对的。”

那个蠢货！他对马来人难道真的如此一无所知吗？他以为这样伤害当地人他们不会反击吗？哪一天要是真有人给他背后

插上一把马来短剑，那也是他罪有应得。马来短剑。沃伯顿先生的心咯噔一下，他只要让事情自然发展下去，摆脱库珀的好日子迟早会自己到来的。他想到一个词：高明的无为，不禁微笑起来。现在他的心跳又加速了，因为想象到了仇人背上插着短剑、扑在森林小径上的样子。一个无赖和恶棍就应该是这样的下场。沃伯顿先生叹了一口气。但警告库珀是他的职责，当然还是要那样做。他写了一封简短而正式的便条，让库珀立刻来“营地”找他。

十分钟之后，库珀已经站在了他的面前。自从那天沃伯顿先生出手想打他，之后两人就再没有说过话。他没有请库珀坐下。

“你找我？”库珀问。

他依然是不修边幅的样子，甚至有些脏兮兮的，手上和脸上都是蚊子块，很多都被抓出了血。瘦长的脸上是愠怒的神色。

“我了解到你和你的仆人之间又出了问题。我那个领班的侄子阿巴斯，说你已经三个月没发工资。在我看来，这未免太为所欲为了。那个小孩想离开你，我认为实在情有可原，而且我必须强调一句，他应得的酬劳你不能再拖欠了。”

“又不是我让他走的。我留着他的工资是抵押，让他好好干活。”

“你不了解马来人的性格，他们一旦被人伤害或者戏弄，对这类事情特别敏感。而且他们很冲动，很爱报复。我职责所在，必须提醒你，一旦欺负这小孩过了头，你会很危险的。”

库珀呵呵一笑，满是不屑。

“你觉得他能干吗？”

“我觉得他会杀了你。”

“那你有什么好介意的？”

“哦，我一点都不介意，”沃伯顿先生说，轻轻笑了一声，“我会无比坚韧地挺过去的。但我的确有这个职责给你足够的警示。”

“你觉得我会怕他妈一个黑鬼吗？”

“你怕不怕黑鬼我毫不关心。”

“行，我告诉你，我知道该怎么保护自己。那小孩阿巴斯就是一个偷鸡摸狗的混球，要是他想在我身上弄出些什么鬼把戏，我对天发誓会拧断他的脖子。”

“要跟你说的话我已经说完了，”沃伯顿先生说，“再见。”

沃伯顿先生微微点了点头，示意库珀可以走了。库珀涨红了脸一时间也不知道该说什么、做什么，转过身，脚步杂乱地走了出去。看他出门的样子，沃伯顿先生嘴角挂着冷冷的微笑，该做的事情他已经做了。可他不会知道，库珀回到那个如此寂静又阴郁的木屋，扑倒在床上，再也压抑不住寂寞的痛楚，任由哭泣撕扯着胸膛，任由泪珠从他消瘦的脸颊上滚落——若是沃伯顿先生看到这个场面，他会是什么表情？

在那之后，沃伯顿先生很少见到库珀，也再也没有跟他说过话。他每天早上读《泰晤士报》，每天去办公室干活、锻炼身体、换正装、吃晚餐，最后到河边抽他的方头雪茄。要是不巧遇上了库珀，他假装视而不见。两人每时每刻都意识到对方就在附近，却又要假装另外这个人根本不存在。时间丝毫没有消减他们的敌意。他们观察着对方，完全知道对方在做什么。虽然沃伯顿先生年轻时酷爱射击，但岁数一大，就有些厌恶朝森林里的野生动物开枪了，但每到周日和其他假期，库珀就会带上枪出门：要是打到了什么，就算他赢了沃伯顿一局；要是空手而归，沃伯顿就会耸耸肩，呵呵一笑——这些小商小贩，还在这里冒充什么运动家！圣诞节两个人都不好过，都只在自己的院子里孤单地吃饭，故意把自己灌醉。方圆两百英里，只有他们两个白人；而且他们两个房子近得谁喊一声对方都听得到。新年伊始，库珀发烧，卧床不起，沃伯顿再次见到他吓了一跳，库珀现在太瘦了，而且看着身体并没有好，非常憔悴。他的孤寂本是可以避免的，但正是由于这一点，就更加显得不对劲，更让他心烦意乱。沃伯顿先生也是如此，开始经常失眠，躺在那里心事翻涌。库珀喝酒越来越厉害，这样喝下去是撑不了多久的；不过在跟当地人打交道的时候，他很是小心，尽量不干任何会让驻扎官趁机发作的事情。他们打的是一场无声而凶险的战争。拼的是谁能撑得更久。几个月过去了，两个人都没有松懈的迹象。他们俩像住进了永恒的黑夜里，那种天不会再为他们亮起的预感压迫着灵魂，似乎他们就会这样一直活下去，活在麻木、单调、丑恶的愤恨之中。

那件终要发生的事终于发生时，沃伯顿先生还是为之震惊，好像完全在意料之外。库珀指控阿巴斯偷了衣服，男孩否认，库珀扭住他的领子，一脚把他从木屋的台阶上踹了下去。男孩站起来讨要工资，库珀把头脑中所有难听的话都朝他骂去，还说要是一个小时之后阿巴斯还在这院子里，就把他扭送到警局。第二天早上库珀去“营地”上班，男孩埋伏在路边，还是讨薪，库珀握紧拳头捶在他脸上。男孩被击倒在地，爬起来的时候不住地流着鼻血。

库珀往前走，到了办公室开始干活。但他集中不了精神。刚刚那一拳消了火气，他知道自己这次做得过了头。他有些担心，觉得难受、痛苦，心里有些垮了。沃伯顿就坐在旁边的办公室里，他有冲动去告诉长官自己做了什么，在椅子里动了一下，又想到沃伯顿听他讲述的时候，心里会是怎样冷如冰霜的鄙夷。他会露出那种施舍般的笑容。又有片刻间，他心里隐隐有些不安和恐惧，想到阿巴斯会怎么报复。沃伯顿的确是警告过他的。他叹了口气。自己做出的事情真是太不聪明了！不过他又不耐烦地耸了耸肩，管他呢，反正活着也没什么滋味了。都是沃伯顿的错，要不是沃伯顿这么气他，这些都不会发生。追根溯源，是沃伯顿把他的生活变成了地狱。这个势利鬼。但其实他们那些人没一个好到哪里去——就因为他库珀是殖民地出身。打仗的时候他没挣到军衔真是他妈太可惜了，他不比任何人差。都是因为那帮卑鄙的势利鬼。要是他们就想这样让他认输那可真见鬼了。刚刚发生的事沃伯顿自然是听到了，这老头子什么事都知道。可他不怕。他不可能怕婆罗洲的任何一个马来人，沃伯顿也可以见鬼去。

有一点他的确猜对了，沃伯顿先生知道早晨发生了什么，是午餐时他的仆人领班告诉他的。

“你的侄子呢？”

“不知道，老爷，他不见了。”

沃伯顿先生没有说话。午餐之后照例他会午睡一会儿，但今天他发现自己精神特别好，眼神不自觉地飘向库珀那个木屋，副手应该正在屋里休息。

那个蠢货！沃伯顿先生也有过几丝摇摆，那个人知不知道自己现在有多危险？沃伯顿先生觉着他还是应该再叫库珀来一趟。但每次他跟库珀讲道理，只换来一通辱骂。他心里的怒火又升腾起来，愈演愈烈，直到他太阳穴青筋暴起，握紧了拳头。他已经警告过那个无赖，接下来就让库珀自己承担后果吧。这本来就跟他没关系，真出了什么事也不是他的过错。或许吉娑勒的那帮人还会后悔没听取他的建议，早知道就把库珀派到其他驻地去了。

那一晚他心里尤为不安，吃完晚餐在外廊上来回走动。男仆领班要回他自己屋子的时候，沃伯顿先生问有没有人见过阿巴斯。

“没有，老爷，我猜他可能回他舅舅的村子去了。”

沃伯顿先生凌厉地扫了他一眼，但仆人一直看着地上，两人都没看到对方的眼神。驻扎官又走到河边，坐在他的木亭子里，但心是静不下来了。缓缓流动的河水散发着不祥之意，像一条大蛇慵懒地滑向大海。雨林的树朝着河面倚过来，满是威胁，让人喘不过气。没有鸟鸣。肉桂树的叶子动都不动。他周围的一切都像在等待着什么。

他穿过花园走到路边，那个地方看得清库珀的木屋。客厅里亮着灯，拉格泰姆的音乐隔着路飘来。他在放留声机。沃伯顿先生抖了一下，他对那个机器的厌恶是与生俱来的，之后也从来没真正改观过，要不是那个声音，他大概就会去找库珀说几句话了。沃伯顿先生转过身，回了自己的屋子。那天夜里他看书看到很晚，但最后还是睡了。但睡得并不久，他做了些可怕的梦，似乎还被一声尖叫惊醒。当然这也是在梦里，比方说那个木屋真发出尖叫声，肯定也是传不到他房间里的。他就醒着躺在床里，一直等到天亮。这时他听见匆忙的脚步，还有一群人的说话声，他的领班突然冲进了房间，头上连非斯帽也没戴，沃伯顿先生的心跳都停住了。

“老爷，老爷。”

沃伯顿先生从床里跳下来。

“我立马过来。”

他穿上拖鞋，身上只裹着莎笼，套着睡袍，穿过自己的院子，到了库珀的屋子里。库珀躺在床上，嘴巴张开着，心口插着一把马来短剑。他是睡梦里被杀的。沃伯顿先生还是大吃一惊，但惊的不是眼前这一幕太出乎意料，而是他发现自己心头突然洋溢着狂喜。肩头的一副重担卸下了。

库珀的身体已经凉透了。沃伯顿先生从伤口拔出短剑，出剑之人使了很大的劲，拔出来还费了不少力气。他看着那柄剑，认了出来，几个星期之前有个卖剑的人跟他推销过，后来他知道是库珀买下的。

“阿巴斯在哪里？”他严厉地问道。

“阿巴斯正在他舅舅的村子里。”

当地警方的一个队长就站在床尾。

“带两个人去那个村子逮捕他。”

有些事情必须是立马要办的，沃伯顿先生板着脸给了一些指示，他的话都非常简短，不容置辩。然后他回到“营地”，刮胡子，洗澡，穿好衣服，走进了餐厅。餐盘旁边，包好的《泰晤士报》在等着他。他吃了几口水果。领班给他倒了茶，另一个仆人端上来一盘鸡蛋。沃伯顿先生胃口不错。仆人领班等在一边。

“有事吗？”沃伯顿先生问。

“老爷，阿巴斯，我的侄子，一晚上都在他舅舅屋子里。可以证明的。他舅舅发誓那小孩没离开过村子。”

沃伯顿先生皱着眉头抬起头，说道：

“库珀老爷是阿巴斯杀的，我清楚，你比我更清楚。必须依法办理。”

“老爷，你不会要吊死他吧？”

沃伯顿先生犹豫了片刻，虽然他的声音依旧威严，但眼神中有了一些异样，虽然只是一闪，但那个马来人立马注意到了，他的眼神中也有回应，表示他听懂了。

“阿巴斯的确受了很大刺激，应该会判一个有期徒刑。”沃伯顿先生停了一下，舀了一勺橘子酱。“在监狱里关上一段时间之后，他可以到我这里当个仆人，你要好好训练他，在库珀老爷的家里他必定沾染上了一些坏习惯。”

“阿巴斯应该自首吗，老爷？”

“如果他聪明的话。”

仆人走开了。沃伯顿先生拿起他的《泰晤士报》，细致地撕开包装。打开报纸时的那种厚重感，和那个窸窸窣窣的声音，最让他享受。今天早晨是如此清新、如此凉爽，实在让人舒泰，他柔和的目光在花园里游走了一圈，心头压着的那个东西消失了。他看到公告出生、死亡和婚姻的那一栏；这是他每天最先阅读的部分。一个名字引起了他的注意。奥姆西克夫人终于生了一个儿子，天呐，老夫人肯定高兴坏了！他要写封信祝贺她，下次邮船来的时候寄出去。

阿巴斯会是个非常出色的家仆。

那个库珀太傻了！

绅士肖像

The Portrait of a Gentleman[1]

到首尔[2]的时候，天都快暗了，从北京启程的火车坐得太累，为了活动一下发麻的双腿，出去散了散步。这条窄路是我随便选的，却还颇为繁荣，来来去去的韩国人穿着他们的白色长衫，带着他们那种白色的小帽子，看着有些好玩，而从店门外就可以看得到很多销售的货品，时常能让我这双外国眼睛移不开。没走多远，到了一家二手书店，里面有好几个书架塞满了英文书，就进去看了看。扫了几眼书名，我就灰心了。很多是对《圣经·旧约》的解读，有关于“保罗十三书”[3]的专著，还有一些神学家和牧师的布道文和传记，自然都是非常显赫的大人物，只是我没有听过——我是个很无知的人。据我揣测，这应该是一个传教士的藏书，他为主奔波，半道升入天国，书就被一个日本书商买去

1　首次发表于 1925 年，收录于 1936 年出版的短篇小说集《四海为家之人》。

2　此故事背景应为日据时期的韩国，曾将此城市改名为“京城府”。

3　一般认为《新约》中有十三本书是保罗用书信体写成的，包括后文提到的“哥林多前后书”。

了。日本人都很机敏的，但我也难以想象在首尔有人会买三卷本的“哥林多前后书”研究。但就在我要转过身去的时候，注意到一本小书，用纸包了书皮，夹在那套专著的第二、第三卷之间。我也不知道我怎么会想要把它取出来的，但拿在手里看到封面上的书名是《扑克手面面观》，还画着一只手举着四张 Ace。我翻到书名页，作者叫约翰·布拉克里奇先生，是一个保险精算师和法律顾问，序言后面有日期：1879 年。不知道这样一本书是怎么混入传教士的收藏的，我又翻了其他几本，但没有找到这个传教士的名字。或许这本书只是意外出现在这里。或许这是一个受困赌徒的全部藏书，他把自己东西卖光付旅店账单的时候，这本书就辗转到了这里。但我更愿意想象它就是那个传教士的书，当他研读神圣之事有些困倦的时候，就在这些生动的书页间放松头脑。或许在韩国的某个地方，在某个布道站寂寥的夜晚，他真的一遍遍发牌，就为了检验同花顺出现的概率是不是六万五千分之一。但我发现书店老板看我的目光似乎很是嫌弃，就转过去问他这书多少钱。他鄙夷地扫了一眼是什么书，说二十钱[1]可以拿走。我把书塞进了口袋。

我想不起哪一回我花了这么少的钱却换来这么多的快乐。因为约翰·布拉克里奇先生在这本书中做了一件没有哪个作家能刻意完成的事，而这件事只有无心偶得，才能给作品一种珍贵的风味。那就是他给自己绘制了一幅无比真实的肖像。他是如此鲜

1　Sen，日本旧钱币名。

明地站在读者身前，我一直坚信卷首插图中有一幅他的木刻印版肖像，那天又去翻了翻书，发现完全没有这样的插图。他在我脑海中明明白白就是一个中年男人，穿礼服大衣、戴烟囱管帽和黑色的丝绸领圈，胡子刮得很干净，方方正正的下颚，薄嘴唇，眼神疲惫；脸上皮肤灰黄，或许还有好些皱纹，面容可能略显得严厉了些，但等他讲了个什么故事，或者说了句他那种不动声色的玩笑话，眼睛却会亮起来，而他的微笑会很有魅力。他觉得勃艮第葡萄酒是好东西，但我无法相信他会喝到干扰自己的犀利判断。在牌桌上他不能算是个仁慈的牌手，随时准备严厉惩罚各种托大和冒进。他很少有一厢情愿的错觉，因为生活教会了他一些事情，比方说："人会憎恶那些被自己伤害的人，爱那些受到自己恩惠的人"；比方说："人会下意识避开他们的恩人"；还有，"所有人都是被自私推动的；感恩是敏锐地感知到了某些潜在的好处；接受承诺的人从不忘记承诺，容易忘记它们的是那些做出承诺的人"。

可以大致推断他是个南方人。说到"累积赌注[1]"的时候，他评论说这种想要让游戏更有趣的做法是很轻浮的，在南方并不流行。"这种'不流行'，"他写道，"给人以希望，因为南方是这个国家中保守的那一部分，在社会问题上它往往是理智最后坚守

1 Jack pot，此称法之后有多种变化和延伸，但最初发明时，大致为某位选手必须有大于两个 J 的牌才能开局，于是开局所下的筹码就会累积起来。

的地方，值得信赖。革命家科苏特[1]从里士满[2]往南就无所作为了，不论唯灵论、自由性爱还是共产主义，都未曾在南方讨得一丝青睐；正是出于这个原因，我们非常看重南方人对‘累计赌注’下的判决。”这是他那个时代的发明，但是他的批判不留余地。“现在暗扑克[3]的规则已经发展到了这样一个状态，再增添任何变化都是画蛇添足；这种游戏已经完备了。发明‘累积赌注’的是一些胆大妄为的牌手（在俄亥俄州的托莱多），他们想以此弥补一些在对阵谨慎牌手时遭受的损失；其中所展露出的理念就像本来是打惠斯特桥牌去赢得奖金的，但没过几分钟要停下来去买几张彩票，或者去摇骰子赢火鸡[4]，又或者是跟着别人在基诺牌[5]里下个注。”

扑克是绅士的游戏（他从不介意使用“绅士”这个常被滥用和误解的称谓；在他生活的时代，绅士不仅有特权，也有约束），而同花顺是一副好牌不仅因为它能赢钱（“我还从来没有见过谁靠同花顺发财的。”他写道），也因为“它让任何牌面都无法在绝对意义上‘必胜’，从而也让绅士不必在‘必胜’的局面中下注了。如果扑克中没有顺子，从而也就没有了同花顺，四

---

1 Lajos Kossuth（1802—1894），匈牙利民族解放运动领袖，1851 年去美国募集资金，虽然刻意避开了废奴问题，依然在南方受到冷遇。

2 Richmond，弗吉尼亚州城市（靠近美国东海岸，大致南北分界处）。

3 Draw poker，各发五张暗牌，下注后可要求换发手中不需要的牌，一般不超过三张。

4 十九世纪在酒吧、沙龙的小聚会中流行的赌博形式，通过游戏赢得火鸡或者其他小奖品。

5 Keno，一种纸牌游戏，大致是就选数字，看开出的数字是不是正好一样。

张 Ace 就不可能输，绅士除了自己叫‘看牌’没有别的办法”。我必须承认他这段完全戳中了我的痛处，我这辈子只拿过一次同花顺，一直在加注，是别人叫的“看牌”。

约翰 · 布拉克里奇先生的风度、正直、幽默和理性都是非常真切的。“不管是民法的制定者，还是社会交往中那些不成文的规矩，都没有认清人类自娱的重要性。”他这样写道。不少人谴责赌博，就因为这个人类发明的最惬意的消遣有风险，布拉克里奇先生对那些人很不耐烦。他的观察是正确的：生活中每一桩交易都带着风险，每一桩都牵涉到获益和损失。“入夜上床就寝是一种被无数先例证实的习惯，也普遍被认为是明智和必需的。但这个习惯就被各种风险包围着。”历数了这些风险之后，他用几句有理有据的话总结自己的观点：“银行家和商人为了获利，公平地冒险，这是他们维持生计的方式，而有些人只是偶尔让自己涉险，只为了一点点娱乐，如果社交圈能够热情接纳银行家和商人，有什么道理他们不能容忍那后一种人呢？”接下来这段话明白展现了他的理性头脑：“体验了二十年的纽约，有些是工作（你一定不能忘记他是保险精算师和法律顾问），有些是观察研习社会生活，让我确信一个美国大城市中的普通男士花在娱乐上的钱，一年不会超过三千美金。花三分之一的资金在牌局上算多算少呢？我想每年花一千美金在某一项消遣上，应该没有人会嫌弃太少，所以，假设每年花一千美金去打暗扑克，下注的上限要定在什么数目，才能让一位普通的男士不但能打得尽兴，还可以放心他输了能付得起、赢了也能收到钱呢？”布拉克里奇认为答案是二点五美金，对此他确信无疑。“扑克应该是智力的游戏，而不是情绪的较量；如果输赢过大，未免触及内心，就很难再将情绪阻隔了。”从这句引文中可以看出在布拉克里奇先生眼中，运气只是扑克无关轻重的一方面。他认为一个打扑克的人必须性格坚毅、头脑敏锐、评断果决，还要洞悉人性，而且所有这些方面的要求都不比治理国家或率兵打仗更低，我甚至隐隐觉得，在他看来，与后面这些大事相比，一个男人头脑和心力就该用在牌桌上才更明智。

我几乎想无止境地引用下去，因为布拉克里奇先生没有一句不是他饱满的性情，文笔也很出色；字里行间那种格调很符合他的主题和社会地位（他从不忘记自己是个绅士），得体、清晰，却每每正中靶心。探讨全人类和他们的缺憾时，他用的辞句覆盖面积很大，但他也可以直接、简明到让人无话可说。这一句是形容牌桌上出老千的人，寥寥数笔，却很到位：“他是个非常英俊的男人，四十岁左右，从长相上看，像是过着那种平静却内心丰富的人生。”他这本书格言警句实在太多，我也不打算强求，只随机挑一些放在这里：

“你不用说话，筹码就是你的发言。一个沉默的牌手是一个谜，一个谜总是让人害怕的。”

“这项游戏中，除了非做不可的事，别的事一概不做；但对于义务，要高高兴兴完成。”

“在暗扑克中，只要不是规则必需的陈述，或目光能够验证的表达，都可算作虚构；它们的作用是在游戏中装点那条通往真相之路，就像大道边夏日的落花。”

“损失的钱从来赢不回来。输了之后，下次的确可能会赢，但赢的钱不是上回输的那些带来的。”

“绅士打牌，从不以能如何常胜、绝不落败为目标。”

“绅士永远乐意按照合理的价格为自己的娱乐买单。”

“……人的思维总习惯于低估别人的智力，并同时高估他们的运气。”

“资金一旦受了损失，纵然下回获得了同等金额的收益，也无法弥补那次损失所造成的伤害。”

“运气不佳时，牌手往往奋勇向前，信奉坏打法加坏运气等于胜利。些许饮料造成的微醺会让此类推断更显不可颠覆。”

“尤克牌[1]是一种低贱的游戏。”

“小牌和下等人一样，只有互相配合或数量过剩时才有用，其他任何情况下都不可信赖。”

“举着四张 Ace 时要保持手的稳定，不比举着一个对子那么容易，但桌面要担起四 Ace 的重负，会和顶着一对二同样镇定自若。”

论及好运和坏运：“为这样的事而情绪起伏不该是男人所为；要表达出来就更是不堪了。但之所以不用再多费言辞，是因为这样的行径出现在别人身上，所有人都会鄙夷；而在某些自省的时

1 Euchre，二人或四人间进行的纸牌游戏，大致为每人手上持五张牌，经过一定的换牌程序之后，每次出一张牌比大小，赢得墩数多的一组对家获胜。

刻，也都为自己汗颜。”

“为你朋友担保是坏习惯，但借钱打牌要更低劣百倍……扑克这项高级智力游戏中的计算应该永远与‘借’和‘贷’无关。”

一个选手通过修炼，可以用逻辑的眼光审视这个游戏中的准则和现象，作者在评论这样的人时，词句间有深远的回响：“于是在种种跌宕的变化中，他始终能体验到那种恒定的安全感，同时他也能克制自己，不去欺压那些无知或智力稍欠的对手，虽然为了演示对牌局的正确态度或惩罚冒进、托大的打法，有时出手严厉些也是难免。”

最后的话还是留给约翰·布拉克里奇先生，我能想象他带着宽厚的微笑，温柔地说出这句：

“因为除了承认人性就是如此，我们别无他法。”

素材

Raw Material[1]

想写一部小说，主角是一个以赌牌行骗为生之人，这个念头在我心里放了很久了；天南地北地游荡，我一直留意着这个行当的从业者。或许是这一行不太光彩的观点过于普遍，以此谋生的人也很少公开承认。千手们对自己的事业是如此讳莫如深，你要跟这些人非常熟络，甚至打过两三回牌，才发现他们是用什么办法养活自己的。甚至到了那个时候，他们还是不太情愿细说这门手艺的奥妙之处。他们总要伪造一个身份，似乎格外青睐骑兵、推销员、房东。正因为这种见外的做派，让他们成了小说家最不好研究的一群人。我很幸运，还是认识了几位这样的先生，觉得他们很和善、客气、儒雅，但只要我提起自己的那份好奇心，就是想了解一下他们那份手艺的细节，不管我表达得如何隐晦（其实说到底，我也只是工作需要），他们就一下变得羞涩、缄默了。只要我一提在洗牌时做手脚，不管怎样轻描淡写，他们

1　最初发表于 1923 年，收录于 1936 年出版的短篇小说集《四海为家之人》。

立刻扮演起一只紧闭的蛤蜊。经验多了之后，我知道直来直往是问不出什么来的，就开始旁敲侧击。我会装得很天真，而且把话都说得很寡淡。我发现他们不介意跟我聊天，甚至会向我施与同情。尽管大方承认我写的东西他们一个字都没有看过，但对我的作家身份还是很感兴趣，我想他们是隐隐有种感觉：我也和他们一样，干着一份不被普罗大众赏识的事业。于是我搜集讯息只能靠大胆揣测，也少不了耐心和勤奋。

不久之前我结识了两位先生，似乎能大大添补我在这方面尚嫌单薄的材料，期盼和兴奋可想而知。当时我从海防出发，坐一艘法国班轮往东行，他们是在香港上船的。他们去香港赌马，现在回上海。我也正好要去上海，从那里再去北京。很快我就了解到，他们从纽约来旅游，也要去北京，而且他们回美国的那班船，我也订了票，这个巧合实在让人大喜过望。他们本就是很好相处的人，自然而然我就跟他们熟悉起来，直到有位同行的乘客警告我，说他们是职业赌徒，我开始尽情享受和他们共处的时光。我并不指望他们会开诚布公地谈论自己那个有趣的职业，但难免会让我捕捉到散落的暗示和戏言，从中辨别出很有用的信息。

其中一个名叫坎贝尔，快四十了，个子很小，但很苗条，身材比例好到看着并不觉得矮，一双忧郁的大眼睛，手也长得好看。要不是头发掉得太早，应该是个出众的美男子。他衣服穿得考究，说话慢条斯理，声音低沉，一举一动都不随便。另一个就完全是另一套模子做出来的。身材魁梧，红通通的脸，黑色鬈发，手脚粗壮，一脸孔武有力要打架的样子。他的名字叫皮特森。

这样的组合好处是显见的。精致优雅的坎贝尔心思细腻，一双巧手，知道怎么看人；但千手的生活总有各种不测，真起了什么争斗，皮特森的拳头就是一对无价宝了。我也不知道船上怎么一下就传开的，说还没有皮特森一拳不能撂倒的人。但从香港到上海这短短几日里，他们甚至从来不曾提到过要打牌。或许是在香港的跑马周赚了不少，觉得该给自己放个假。终于到了不禁酒的地方，他们确实很抓紧时机，要是我说他们大部分时候都是醉醺醺的，应该不算污蔑。他们都不聊自己，但很乐意谈对方。坎贝尔说皮特森是纽约最出类拔萃的矿业工程师之一；皮特森非要我相信坎贝尔确实是个显赫的大银行家。他说坎贝尔富可敌国。我又凭什么不去天真地相信这些话呢？只是，坎贝尔或许还是大意了，没有佩戴更名贵一些的珠宝首饰，而在我看来，他给自己配的那个银烟盒也实在是不够用心。

我在上海待了不过一天，在北京又碰到了他们两位，但我诸事缠身，跟他们没有什么交流。有一点略显怪异，那就是坎贝尔所有时间都待在酒店里，好像都没有去过天坛。但北京对他们来说不是个好地方，其实我多少可以理解，所以也不意外他们后来回了上海，因为我知道富商们在那里都玩得很大。后来是在横渡太平洋的船上又见到了他们，乘客们都不爱赌博，让我不免对这两位朋友有些同情。船上也没有什么有钱人，大多都很无趣。坎贝尔确实提议过玩两局扑克，但没人下注愿意超过二十美金，皮特森显然是觉得不值得费这个工夫，没有上场。这一路上，每天下午和晚上都会开局，但只到了最后一天，皮特森才坐下来玩了一会儿。我推断，他大概是觉得不如就把酒吧里赊的那些账给挣了，果然起身之前就达成了目标。但坎贝尔显然热爱这项活动本身。不过话又说回来，即使是养活自己的那份手艺，你也只有真心热爱它，才能成功。我们牌局上的输赢，对他来说肯定可以忽略不计，但他还是没日没夜地打着牌。他用那双精致的手发牌，动作很慢，好整以暇，我时常看得出神。他的目光似乎可以从每张牌的背面穿透过去。他喝酒喝得很凶，但话不多，举止克制，尤其是脸上，什么表情都没有。在我的评判标准里，他就是一个完美的牌手，多希望他拿出真本事的时候我也在场。休闲放松也能这么认真，让我对他更高看了几眼。

我是在维多利亚[1]跟他俩道别的，明白以后恐怕再也不会相见了。

到了纽约之后，一个老朋友邀请我去丽兹酒店午餐。到了之后她跟我说：

“一个很小的聚会，有个客人我想你会喜欢的，他是很有名气的银行家，还会带一个朋友来。”

这几句话还没说完，我就看见坎贝尔和皮特森朝我们走过来了：坎贝尔真的是富得流油的银行家，而皮特森真的是个出色的工程师。他们根本就不是什么以赌牌为生的人。或许是我吹牛

1　Victoria，加拿大西南部温哥华岛的南端。

了，但我还是不动声色地跟他们打着招呼，只是握手时嘴巴里愤怒地嘟囔了一句：

“冒牌货！”

同花顺

Straight Flush[1]

我在海上不算是很差劲的人，天气所迫，牌局散场时，我没有躲到下层甲板去。那时候我们经常扑克打到后半夜，大家和气，输赢很小，但那天风从早上就开始吹，暗下来的时候，眼见就是狂风的架势了。我们这帮人里，有一两个已经承认不太舒服，还有一两个打得心不在焉。可就算没有晕船，海上遭遇恶劣天气总是烦心的。暴风雨中，有人会在甲板上腾腾腾来回踏步，宣称他就怕风雨来得不够猛烈，我讨厌这种傻子。每当木板吱呀作响，杯子砸碎在地板，每当船左右倾倒，你被抛出座椅，每当风声咆哮，巨浪轰然砸在侧舷上，我还是很想念土地的。那天牌局，有人说他撑不下去了，大家都同意打最后一轮，我相信没有人还意犹未尽。之所以留在了抽烟室里，是我知道风浪会吵得我没法入睡，北太平洋的巨浪拍打在舷窗上，我也难以在床上安心看书。不过抽烟室里已经没有别人了。我洗了洗刚刚牌局用的两

1　最初发表于 1929 年，收录于 1936 年出版的短篇小说集《四海为家之人》。

副牌，给自己摆了一盘很复杂的接龙。

玩了大概十分钟，门开了，带进来的风把我的牌都吹得七零八落，两个人急匆匆进了吸烟室，大口喘着气。船上客人不算多，而且离开香港已经十天，所以我对每个人都颇为熟悉。刚刚进来的两位，我跟他们也聊过好几回了，他们看我一个人坐着，便走了过来。

他们两位岁数都很大了，或许这正是他们友谊的缘起。因为在香港上船之前，两人并不认识，但现在他们每天大部分时间就一起坐在吸烟室里，中间摆着一瓶维希矿泉水，也不多说话，只觉得跟对方并排坐着很自在。两个老头都非常有钱，这也是他们之间的纽带。有钱人跟有钱人在一起更放松，他们懂得一个人的财富与他的品质成正比这个道理。过去的经验告诉他们：一个缺钱的人总还缺一点别的什么。穷人的确崇拜富人，而被崇拜总是开心的，但他们也妒忌富人，所以那种崇拜就变得没那么真诚。罗森鲍姆先生是个小个子犹太人，弓着背，耸着肩，人太虚了，衣服总觉得空荡荡的，命若琴弦般随时要崩断，那具古老、枯瘦的身躯好像预先承受起了入土之后的腐蚀。他脸上唯一的表情就是狡诈，这也纯粹只是多年来精明惯了，他其实很和善，很友好，请人喝酒抽雪茄都非常大方，而他的慈善事业是全球知名的。另外一位叫唐纳森，是个苏格兰人，但很小的时候就去了加利福尼亚，靠矿业发了财。他又矮又胖，放光的红脸蛋刮得干净，目光很柔和，头发几乎掉光了，只剩后脑勺靠近脖子的地方一把银色的镰刀。之前在尘世中披荆斩棘的能量被岁月耗尽，现在他已经完全是个慈祥的化身。

“还以为你们早就回去睡了。”我说道。

“是应该这样，”苏格兰人说道，“可罗森鲍姆先生非要跟我聊从前。”

“又睡不着，到床上去有什么用？”罗森鲍姆先生说。

“明天早上跟我一起在甲板上来回走十趟，保证你睡得好。”

“锻炼身体这件事我这辈子就没干过，更不可能这个岁数开始。”

“那叫笨，你以前要是把身体练好了，成就得再翻一倍。你看看我，肯定猜不出我已经七十九了，是吧？”

罗森鲍姆先生打量着唐纳森先生。

“确实猜不出，你保养得很好。我才七十六，但你看着更年轻。可我确实一直没办法好好照顾自己。”

这时候服务员走了过来。

“先生们，酒吧马上结束了，你们还需要什么吗？”

“大风大雨之夜，”罗森鲍姆先生说，“我们来瓶香槟吧。”

“给我一小瓶维希水。”唐纳森先生说。

“好吧好吧，我也要一小瓶维希。”

服务员走开了。

“但话得说明白，”罗森鲍姆先生带着些烦躁说道，“你放弃的那些东西我是没法放弃的，就算拿全世界的钱来换都不行。”

唐纳森先生还是那样朝我温和地笑了笑。

“罗森鲍姆先生对这点一直耿耿于怀，就因为我已经有五十七年没有碰过牌、沾过酒了。”

“我就要问了，这算活着吗？”

“我年轻的时候喝酒很凶，而且赌瘾大到可以什么都不管，后来发生了一件很糟糕的事。我接受了教训。”

“跟他说说吧，”罗森鲍姆先生说，“他是个作家，说不定写出来就能把这回的船票钱给挣了。”

“这个故事就是到了现在，我还是不喜欢讲。长话短说吧。我和其他三个人一起弄了一块地，都是朋友，最大的都没到二十五岁。除了我和我的搭档，另外两个是一对兄弟，姓麦克德默特，不过比起兄弟，他们更像是好朋友，任何东西都不分你我，一个人进城，另一个一定也去，而且就一直说说笑笑的，很开心。两兄弟都有六英尺，长得英俊，看着就很正派。不过当时我们玩得很疯，运气也好，赚了钱就花。就说到有一天晚上了，我们喝了很多酒，开始打扑克。我现在回想，当时我们喝得有多醉，自己肯定是不知道了。总之呢，突然麦克德默特兄弟就吵起来了，其中一个说另一个作弊。杰米吼道：‘这话你给我收回去。’艾迪说：‘你死之前就别想了。’我和我的搭档还没反应过来，杰米已经掏出枪把艾迪打死了。”

船很剧烈地晃了一下，我们都尽力抓住自己的座位。听得见酒吧的储物间里酒瓶、酒杯在架子上滑动，哐啷啷一片响声。这个恐怖的小故事，听这么一位温和的老头讲出来有些诡异。它只能发生在遥远的过去，看着这张红彤彤的脸，看他又矮又胖的身姿，再加上那一小片银色的头发，还有礼服和衬衫胸前的两颗大珍珠，实在难以想象他也在那个故事里。

“后来怎么样？”我问。

“我们很快清醒过来，一开始杰米不能相信艾迪已经死了，抱着他不停喊：‘艾迪，醒过来，哥们儿，醒过来。’他哭了一晚上，第二天我们跟他一起骑马进城。那有四十英里的路，我在他这一侧，我的搭档在他另一侧，到了之后我们把他交给了警官。跟他握手道别的时候，我也哭了。我告诉我那个搭档，我有生之年不会再碰纸牌和酒精，后来我的确没有，以后也不会。”

唐纳森垂下目光，嘴唇在颤抖。多年前的场面似乎又在他眼前出现了。有一个问题我本来很想问，但他心情太动荡，就忍住了。当时他和他的那个搭档带年轻人去自首，就好像这是天底下最自然不过的事情，一点犹豫都没有。说明他们当年再怎么粗野、狂浪，但尊重法律似乎还是一种本能。我不禁微微打了一个冷战。唐纳森先生一口喝尽他的维希水，潦草地道别之后就走了。

“这老头有点小孩子脾气，”罗森鲍姆先生说，“我想他一辈子都不是个聪明人吧。”

“那要说起来，不聪明怎么赚到那么多钱的？”

“这要看怎么赚，那时候在加利福尼亚，赚钱根本不需要脑子，只需要运气。这方面我很清楚。如果是去了约翰内斯堡，不聪明就不行了。所谓八十年代的约堡，可不得了。当时我们那帮人都是狠角色，真的，每个人都为自己拼命，谁管哪个笨蛋遭殃。”

他若有所思地抿了一口他的维希水。

“你们爱聊什么板球、棒球，还有你们那些高尔夫、网球、足球，当然可以玩，男孩子打打球挺好的，但我问你，成年男人跑来跑去追个球像话吗？唯一适合成年人的游戏只有扑克。你手上那副牌的对手是所有人，而所有人都拿着他们的牌对付你。团队合作？谁发财是靠团队合作的？想要获得财富只有一个办法，就是把跟你作对的那个家伙干倒。”

“我都不知道你那么热衷于扑克，”我插了一句，“下次晚上有牌局你也加入吧？”

“我已经不打了。我也戒了扑克，但男人戒牌只可以出于我这个原因。我没法想象自己因为一个倒霉朋友被杀就不打牌了。要是一个人笨到会被杀，那也不值得把他当朋友。想当年啊！要是你想见识真正的扑克，应该去那时候的南非。那是我见过最大的牌局了。而且那些人都太会打牌了；没有一种花招是他们不会的。不得了。给你举个例子，一天晚上我在打牌，同桌的都是约翰内斯堡最厉害的人物，我有事必须走开一会儿。底池里有两千英镑！‘牌给我发着，我不会让你们等的。’我说。‘行，’他们说，‘不着急。’确实，我一分钟之内就回来了，拿起牌一看，是到 Q 的同花顺。我什么话都没有，直接弃牌了。我知道桌上都是怎样的人。可你知道吗，我猜错了。”

“什么意思，我没听懂。”

“原来这里根本没有猫腻，那一局最大的牌是三个七。我怎么知道呢？我想当然地以为肯定有一副到 K 的同花顺在等我。当时那手牌就很像那种会让我输几十万磅的牌面。”

“真遗憾。”我说。

“我几乎都要中风了。但我戒扑克是因为另一副牌，也是上手就同花顺，我一辈子大概就拿过四五回。”

“我记得概率大概是六万六千比一。”

“那是在旧金山，前年的事。那一晚我运气不行，输的钱倒不多，因为我都几乎没怎么下过注。连一个对子都很少，就算有对子，牌看到最后还就是那个对子。这时候我又拿了两张烂牌，就弃了，我旁边的那位也弃了，我就给他看我的牌，说：‘我整个晚上拿到的都是这种东西。’他看了一眼，说：‘我不知道你还想要什么，一般我们拿到同花顺都是必跟的。’‘你说什么？’我喊了一声，身体抖得好比风中的叶子。我又看了我的牌，之前以为就是两三张小点数的红心，和两三张小点数的方片，但其实有红心的同花顺在里面，我没看出来。就是眼睛不行了。我知道这意味着什么。老了。我很少哭的，不是那种类型的人，但当时就没忍住。我也努力想控制情绪，但泪水从我脸颊上滚落。接着我站了起来。‘我就到此为止了，各位先生。’我说。‘眼神糊到手上有同花顺也看不见的人，就该离开牌桌了。今天是给我的一个暗示，我要接受它。我有生之年不会再玩扑克了。’我留了一块筹码，把剩余的全兑换了，离开了赌场。那之后我就没有再玩过。”

罗森鲍姆先生从他马甲的口袋取出一个筹码，给我看了看。

“我一直带在身上做纪念。这个老头确实太多愁善感了，我知道，但你得明白，扑克曾经是我唯一在乎的事。现在我只剩另一件事了。”

“是什么？”我问。

在他那张狡猾的脸上有笑意闪过，厚厚的镜片后面是一双雾蒙蒙的双眼，我看到其中亮起的欢愉似乎带着嘲讽。他此刻看上去有种难以置信的精明和恶意。他发出一声老年人被逗乐时才有的尖细的笑声，只回答了一个词：“公益。”

逃亡的终点

The End of the Flight[1]

我和船长握了握手，他祝我好运。然后就到了下层甲板，这里挤满了乘客，马来人、中国人、迪雅克人，从他们中间穿过，到了梯子口。从船舷上看下去，我的行李已经都在小船里了。这小船并不算小，看着很笨重，有一面巨大的方形船帆，是用竹子编的，里面也塞满了打着各种手势的当地人。我笨拙地爬上船，他们给我空出了一个位子。我们离岸还有三英里，空中有股强风一直在吹。开得近了些，看到椰树快长到了跟潮水相碰的地方，枝叶繁茂，村庄的棕色屋顶就在椰树林中。一个会讲英文的中国人指给我看，一个白色的平房就是地区长官的住处。地区长官还不知道我今天要住到他家里去，我的口袋里带着一封介绍信。

上岸之后，我站在一片发光的海滩上，行李都在旁边，突然心里一阵落寞。这个婆罗洲的北方小镇太过偏远，何况我接下

---

1 首次发表于 1926 年，收录于 1936 年出版的短篇小说集《四海为家之人》。

来要去一个素昧平生的人家里，告诉他，我要睡在他的屋子里，吃他的饭菜，喝他的威士忌，等下一班船载我要去的港口。想到这个场景，不免有些畏怯。

但这些担心其实大可不必，到了那个平房，让人把信递进去，没过多久就有一个脸红通通的壮汉兴高采烈地跑出来，热情地欢迎我。他大概三十五岁的样子，握手的时候，就喊他的仆人把酒拿上来，又喊另一个人照看我的行李。我的歉意还没说出几个字就被打断了。

“天呐，朋友，你都想不出来我见到你有多高兴。不用觉得招待你是我帮忙，感恩的人其实是我；你住多久都行，住一年吧！”

我笑起来。他把当天的工作都推掉了，倒在一张躺椅上，反复让我放心，说他没有任何事不能等到明天再处理的。我们就一直聊天、喝酒、聊天。白天暑气散去，我们去雨林中散步，走了很远，回来衣服全湿透了。正好洗澡、换衣服，也很畅快，之后我们一起用了晚餐。显然我的主人是愿意聊一个通宵的，但我精疲力竭，只能向他告饶说我得去休息了。

“那好，我跟你去房间看看还缺什么。”

那个房间很大，两侧都有外廊，没有什么装饰，中间一张大床，有蚊帐罩着。

“这张床有点硬，你受得了吗？”

“完全没关系，我少翻来覆去就好了。”

我的主人若有所思地看着那张床。

“上次睡在这里的还是一个荷兰人，有个故事很有意思，你想听吗？”

其实我更想躺下睡觉，但我确实还住在这个人的家里，而且我自己时不时地也算个幽默作家，当你有个好玩的故事却找不到听众的时候，确实很难受。

“他跟你坐的是同一艘船，就是这艘船上一回沿着这片海岸开过来的时候，他到了我办公室，问我驿站在哪儿，我说这里没有驿站，但要是他没有歇脚的地方我可以接待他。他二话不说就答应了。我让他把行李什么的先送过去。

“‘我没别的东西了。’他说。

“他举了下手里一只油光光的黑色小提箱，这似乎也太简单了些，但反正不关我的事，我就让他先去家里，我工作一结束就回去。我正说话的时候，办公室的门开了，一个下属走了进来。这个荷兰人本来背对着门，大概是我那下属进得有些突然，总之吧，荷兰人大喊一声，蹦了足足三尺高，还拔出了一支左轮手枪。

“‘你这是要干吗？’我问他。

“等他看到只是我的职员，整个人垮下来，靠着桌子大口喘气，而且我一点不夸张，就像发了热病一样浑身发抖。

“‘实在抱歉，’他说，‘我太紧张了，太容易被吓着了。’

“‘我也看出来了。’我说。

“我当时不怎么客气，说实话，我开始后悔让他住到家里去了。看他的样子，也不像喝了很多酒，于是我有些怀疑他是什么逃犯。可真要是逃犯，像这样自投罗网也太蠢了。

“‘你最好去睡一觉。’我说。

“于是他就走了，我回到这里的时候看到他很平静地坐在外廊上，但坐姿非常端正，背是挺直的。他已经洗了一个澡，还换上了干净衣服，看上去一点也不邋遢了。

“‘你怎么坐在外廊中间？’我问。‘还坐得那么端正，靠在那边的躺椅里不是舒服很多吗？’

“‘我更喜欢坐起来。’他说。

“这人有点怪，我当时心想。这么热的天，不过他要是喜欢坐挺了，不愿躺下，那也是他自己遭罪。他的样子倒也寻常，算是个高个子，很厚实，方方正正的脑袋，粗硬的头发，剪得很短。照我推测，他大概四十岁。我当时觉得最不寻常的就是他的表情，他有一双蓝色的眼睛，眼睛不大，里面有种神色我完全捉摸不透是什么；他的脸整个耷拉下来，让你觉得他马上就要哭了。他有个习惯动作，就是飞快地扭头往左后方看一眼，就好像他突然听到了什么一样。说真的，我是没见过这么紧张的人。我们喝了两杯酒之后，他倒渐渐聊开了。这人英文非常好，要不是还有那么一点点口音，你都听不出这是个外国人，而且我不得不说他很会聊天。什么地方都去过，书也读了不少。听他说话很享受。

“下午我们喝了三四杯威士忌，后来还喝了不少苦琴酒，等到开饭的时候，我们高兴得已经有点上头了，我心下说，这还真是个有意思的家伙。当然餐桌上我们又喝了点威士忌，我还正好有一瓶本尼迪克特甜酒，于是晚餐之后我们又喝了点甜酒，应该两个人都喝醉了。

“到最后他终于告诉我他怎么会到这个地方来的。那真是一个离奇的故事。”

我的主人停了下来，嘴巴微微张开，瞪着我，就好像他想起那个故事，又被它的“离奇”给吓住了。

“那个荷兰人是从苏门答腊来的，他在那儿干了件什么事，有个阿奇人[1]就发誓要杀了他。一开始他不以为意，但那阿奇人尝试了两三次，确实挺烦人的，于是他就想离开一段时间。他去了巴达维亚，想要好好玩一玩，散散心。在那里待了差不多一个礼拜，他看到那个阿奇人贴着墙鬼鬼祟祟跟在后面。我的天，他居然跟过去了，看上去他发的誓真的是要兑现的。荷兰人就意识到，这已经不是什么玩笑了，最好的办法就是再逃到泗水[2]去。好了，那一天他在泗水散步，你也知道那里街上人多得不得了，他一转身的时候突然发现那个阿奇人就悄无声息地跟在身后。他真是吓了一大跳——换了谁都会吓死的吧？

“荷兰人直接回了酒店，打包好行李，乘了第一班轮船去了新加坡。当然他就住在范维克酒店里，他们荷兰人都住哪儿，有一天他在酒店前的院子里喝酒，那个阿奇人就大摇大摆地走进来，盯着他看了一会儿，又走了出去。荷兰人跟我说他当时无法

1　Achinese，苏门答腊岛的主要种族之一，居住在岛屿北部。

2　原文 Soerabaya，也作 Surabaja 或 Surabaya，苏腊巴亚，爪哇岛东北岸港市。

动弹，要是那家伙拔出一把短剑刺过来，他根本连抬手抵挡的力气都没有。荷兰人知道那个人正在等待时机，他从那双眼睛里看得出来，那个可恶的阿奇人已经打定主意要杀死他。他就精神崩溃了。”

“可他为什么不去报警呢？”我问。

“我不知道，可能他觉得这件事不能让警察掺和进来吧。”

“他对那个阿奇人到底干了些什么？”

“这我也不知道，他不肯告诉我，但我问他的时候，从表情上看得出来，应该是很糟糕的事情，我当时有这么一个印象，就是他自己都觉得，不管那个阿奇人怎么报复，都是他罪有应得。”

我的主人点了一支烟。

“后来怎么样？”我问。

“范维克酒店里还住了一个船长，他的船在新加坡和古晋[1]这两个地方来回跑，早晨出发。荷兰人想到了一个摆脱阿奇人的办法，他跟船长一起走去码头，行李还留在酒店里，就好像只是送别一样。只是开船的时候他也一起走了。他被追得心乱如麻，已经不管不顾了，只要能摆脱掉那个阿奇人就行。到了古晋，他觉得安心了不少，在一个客栈里要了一个房间，到中国人的店里买了几件西服和衬衫。但是他跟我说他晚上睡不着，做梦会梦到那个男人，好几次惊醒就是他觉得有短剑划过喉咙的感觉。天呐，我还真挺可怜这个人的。之前注意到他的那个眼神，现在懂了。

1 Kuching，马来亚沙捞越州首府。

你记得吗，我之前说他脸上的表情有些古怪，猜不透是什么。说白了就是恐惧。

“有一天，他正在古晋的一家俱乐部里，从窗口看出去，那个阿奇人就坐在那儿，两人的眼神交汇了。荷兰人全身一软，晕了过去。恢复神智之后，他想到的第一件事就是赶快走。啊，你也知道，古晋那边进出的人不多的，要赶快逃离的话，也只有你坐的那艘船了。他上了船，很确信那个阿奇人不在船上。”

“那他怎么又会到这儿来的？”

“啊，那艘破船在海岸上有十几个地方要停靠，阿奇人肯定猜不出他在哪里下的船。当时他也只是看到送乘客上岸的小船只有一条，里面也就坐了十个人左右，他才决定坐上去的。

“‘不管怎样，至少一段时间内是安全，’他说，‘要是能让我安静地待一会儿，至少我不会那么疑神疑鬼了。’

“‘你想待多久都可以，’我说，‘在这儿你可以放心，至少那艘船要下个月才会再来，需要的话，我们可以到时去看谁下了船。’

“他当时别提有多感激了，很显然我那两句话让他大大松了一口气。

“当时已经很晚了，是我提出来的，该睡觉了。把他带到他的房间，我想确认是不是都准备妥当了。虽然我跟他说了没有危险，他还是锁了通往浴室的门，插好了百叶窗，我走了之后，还听到他把房间门也锁上了。

“第二天一早，仆人给我上茶的时候，我问他有没有喊荷兰人，他说他正准备去。然后我就听到他反反复复地敲了几遍那个房间的门，我觉得有点古怪，仆人又朝门上重重地捶了几下，但里面没有回应。我微微有些紧张，站起来走了过去，也敲了一通门。我们敲门的声音死人也被吵醒了，但那个荷兰人还在睡。我把门凿坏，进了房间，床周围蚊帐还是整整齐齐掖好着，我拉开蚊帐，荷兰人睁大了眼睛躺在那里，已经死透了。喉咙口那把短剑还留在那儿，你肯定说我在扯谎，随便你怎么想，但我对天发誓这绝对是真的，而且他身上也没有其他伤口。房间是空的。

“挺好笑的，是吧？”

“这完全取决于你觉得什么样的事情好笑。”我回答道。

主人扫了我一眼。

“你不介意睡在这张床里吧？”

“不介意，但我宁愿你是明天早上给我讲的这个故事。”

一时情动

A Casual Affair[1]

虽然跟故事没有什么关联，我还是决定用第一人称讲述，为的是不让读者误会，以为我还知道一些别的情况。确知的事只有我写下的这些，至于背后的缘由我也只能揣度，或许读者看过之后会觉得我想错了，只是真正的解答并没有人知道。可要是你对人性好奇，猜测某些行为背后的动机总是有趣的。那件不幸的事，我也是凑巧才听闻了一些细枝末节。当时我在婆罗洲北海岸以北的一个小岛上停留两三天，地区长官很客气，让我住到他家去。我已经在路途中辛苦多时，能休息一下也很高兴。那个小岛一度是个重要的位置，有自己的总督，但今非昔比，除了总督府那个恢弘的宅邸，当年的荣光已经看不到多少了。现在地区长官就住在那幢房子里，还怨声不断，因为实在大得毫无必要。但临时住进来却很舒畅，客厅就大到惊人，餐厅坐得下四十个人，还有不少房顶很高的宽敞卧室。整个房

1 收录于 1947 年出版的短篇小说集《环境的产物》。

子有种破败感，因为在新加坡的掌权者看得很明白，在这个岛上尽量省了开销；但我倒是很喜欢，这些为总督准备的家具很是凝重，让屋子有种无精打采的庄严，我总觉得有意思。花园也太广阔了，地区长官没法打理，所以热带植物野蛮生长，全都交缠在了一起。地区长官名叫亚瑟·洛，是个安静的小个子男人，快四十了，有妻子和两个孩子。他们一家人并没有把这恢弘的别墅当家，而是像家园被摧毁的逃难者，只是临时暂居，随时等着派去下一个岗位，或许环境更舒适一些，他们才能住得安心。

我对他们一下就有了好感。地区长官举止之间总让人觉得轻松、好玩。他在完成自己各项工作的时候，我毫不怀疑是尽心尽责的，但他似乎又在想尽办法不让自己有官员的派头。他说话用很多俗语，而且尖刻得很让人开心。看他跟两个小孩玩耍更是让人心生欢喜，有些男人认为婚姻是件大好事，显然他就属于那一类人。洛夫人是个无比亲切的小个子女人，微微发胖，精致的眉毛下是一双黑色的眼睛，不算漂亮，但毫无疑问有她的魅力。她看着非常健康，而且精力一直都很旺盛。洛夫妇整天就开彼此玩笑，而且觉得对方好笑得不得了。他们那些笑话既不高级也不新鲜，但这两人觉得那些段子是如此的无可抵御，你也只能跟着他们一起笑。

我想他们见到我应该是高兴的，尤其是洛太太，因为她平时除了照看一眼房子和孩子并无事可做，只能自己想法子消磨时间。岛上白人太少，社交生活很快就用到见底了；我到他们的屋檐下还没过二十四小时，她就已经在敦促我要留一周、一个月、一年。到的那一晚，他们办了一场宴会，岛上带官职的都收到了邀请：政府监督员、医生、校长、警局局长，但第二天晚上就只是我们三人吃饭。宴会的时候客人都带了自己的家仆来帮忙，但第二晚侍餐的就只有洛家唯一的仆人和跟着我旅行的那个用人。他们端上了咖啡之后就退下了。洛和我点着了方头雪茄。

“你知道吗，我之前见过你。”洛太太说。

“在哪里？”我问。

“伦敦，在一个派对上，我听见有人跟另一个人说，那就是你。是在卡尔顿府联排街，卡斯特兰夫人家里。”

“哦，那是什么时候？”

“上次我们放假回国的时候，那晚还有俄罗斯舞者。”

“记起来了，大概两三年前。怎么想得到你们会在那里！”

“我们那时候就跟对方说了一模一样的话，”洛说，慢慢绽开一个亲切的微笑，“我们一辈子都没有去过那样的派对。”

“当时很轰动的，你们也知道，”我说，“是那个社交季最受瞩目的一场了。你们玩得开心吗？”

“我讨厌那一晚的每一分钟。”洛太太说。

“我们不要忘记，是你非要去的，比依，”洛说，“我就知道在那些时髦的人中间，我们根本融入不了。我那身礼服还是我在剑桥时候的衣服，而且大学时候就不太合身。”

"我还特地去皮特·罗宾逊[1]买了一身连衣裙，在店里我可好看了。但后来真后悔花了那么多钱，在派对上我一辈子没觉得我有那么土。"

"我们在不在其实关系不大，没有人把我们介绍给任何人。"

那场派对我印象很深。卡尔顿府联排街那些漂亮的大屋子都用黄玫瑰做了奢美的花饰，那间宽阔的客厅一头搭了一个舞台。他们给舞者按摄政期风格特别设计了服装，当晚有两场迷人的芭蕾舞表演，音乐也是一个新潮的作曲家特意为那一晚创作的。看着当时的排场，你的脑中很难不泛起一些粗鄙的心思，就觉得主人真的是肯花钱。卡斯特兰夫人不但长得很美，也是个出色的派对主人，但我想谁也不会觉得她是个特别面慈心善的人，主要是朋友太多，每个人自然很难分到多少好意；我忍不住疑惑她为何要请洛夫妇去那样一个大场面，这是从遥远殖民地难得回国的无名之辈，也没有什么身份可言。

"你们认识卡斯特兰夫人很久了吗？"我问。

"我们完全不认识她。她给我们递来了一张卡片，我们之所以接受邀请，只因为我想看看她是个什么样的人。"洛夫人说。

"她是个很厉害的女人。"我说。

"我也这么想。男管家报我们名字的时候，她根本不知道我们是谁，但一下子就想起来了。'啊，对，'她说，'你们是杰克

---

1 Peter Robinson's，最早是一家1833年创立的布店，二十世纪初期在牛津广场建成大型百货商场。

的朋友，可怜的杰克。你们可以去找两个看得见表演的座位。里法儿[1]太棒了，你们一定会爱上他的。’然后她就跟后面的人的打招呼了。但她又瞄了我一眼，肯定在打量我知道多少，然后她一眼就看出来我什么都知道。”

“亲爱的，别瞎说，”洛说，“只看了一眼，她怎么可能像你说的那样知道那么多事，而且你怎么可能知道她在想什么。”

“真的，你们信我，那个眼神里我们把该说的话都说了，除非是我完全搞错，但我觉得她看我的那一眼把她那一晚全都毁了。”

洛太太的话有种大仇得报的得意劲，她丈夫哈哈笑起来，我微笑听着。

“比依，你说话太不收敛了。”

“她是你的好朋友吗？”洛太太问我。

“不算，只是过去十五年我们时常在不同地方碰到。在她家我也参加过不少派对。她很会当女主人，而且经常能让你见到想见的人。”

“你觉得她怎么样？”

“她差不多算是伦敦一个举足轻重的人物了，跟她聊天很有趣，而且人也长得好看。她为艺术和音乐也做了不少事。你觉得她怎么样？”

“我觉得她是个混账女人。”洛太太说，语气很轻松，但又

---

1 Serge Lifar，俄罗斯出生的法国舞蹈家、编舞家。1925 年起担任俄罗斯芭蕾舞团首席舞蹈演员，后加入巴黎歌剧院芭蕾舞团，担任首席舞蹈演员和芭蕾教师。

那么真挚。

“那这就算盖棺论定了。”我说。

“跟他说说，亚瑟。”

洛先生迟疑了一下。

“我不知道该不该说。”

“你要是不说我来。”

“比依确实挺恨她的，”他微笑道，“很糟糕的一段故事。”

他吐了一个完美的烟圈，自己出神地看着。

“开始吧，亚瑟。”洛夫人说。

“行吧，那是我们上次快要回国的时候，我在雪兰莪当地区长官，他们来告诉我有个白人死了，在沿河往上游去一两个小时的地方。我都不知道有白人住在那里。我想还是得去看一下，就坐上汽艇去了。到了之后打听，警察对这个人一无所知，就知道他这两年跟一个中国女人住在市场里。那个市场就像这里的风景画一样，两边都是高房子，建在河岸边的木桩子上，中间是木板铺的路，头顶有遮篷挡住日光。我让两个警察带我过去，到了这幢房子跟前，一楼的店铺是卖铜制器具的，二楼的房间出租。店铺老板带我上楼，黑黢黢的，两段楼梯都吱呀作响，各种中式生活的臭味直冲鼻子，楼梯走到顶那个老板喊了一声，门开了，是一个中年的中国妇女，我看她脸都哭肿了。她没有说话，侧身让我们进屋。这不算什么屋子，就是一间阁楼，一扇迎街的小窗，但外面的遮篷把光线挡得很暗。屋里的家具只有一张软木材拼的桌子，一把厨房用的椅子，靠背还是坏的。靠墙一张席子，死者就躺在上面。我进去第一件事就是开窗，屋旦全是霉臭，我干呕了几下，而且还有很浓重的鸦片味。桌上有盏小油灯，旁边一根长长的针，我自然知道这是派什么用的。烟枪被收起来了。死者仰面躺着，下身只裹着一条莎笼，上身一件抗脏的汗衫。那头长发本来是棕色的，有些变得灰白，留着短胡子。的确是白人，这肯定没错。我非常仔细地检查了一遍，判断是否是自然死亡。首先没有暴力的痕迹。这人已经只剩皮包骨，甚至说他就是饿死的我也相信。我问了店铺的人和那个女子几个问题，警察也证实了他们的话。似乎死者先是咳得很严重，不时地带出血来，而当时也看得出不少肺结核的症状。楼下的那个中国男人说他是个鸦片瘾很重的人。我看不出有什么疑点。幸好这样的案子的确罕见，但也不是闻所未闻——白人沉沦了之后，有些就慢慢落到了最低点。似乎这个中国女人很喜欢他，靠自己可怜的收入养了他两年。有几个指示是我必须要下的，当然我得知道他是谁，估计是某个英国公司的职员，或者是新加坡或者吉隆坡某家英国商店的助理。我问那个中国女人，他是否留下什么财产。看他们这穷困不堪的样子，这问题似乎问得莫名其妙，但她去角落里拿出一个破旧的旅行箱，把箱子打开，递给我一个方形的包裹，用旧报纸包着，差不多是两本小说叠在一起的大小。我又查看了一下那个旅行箱，里面没什么有价值的东西，就接过了那个包裹。”

洛的方头雪茄已经熄了，他用桌上的一根蜡烛重新点着。

“我把旧报纸打开，里面又是一层包装，上面用很有教养的工整字迹，写道：给地区长官——居然就是给我的——然后是：

请亲手交给子爵夫人卡斯特兰，地址：伦敦西南卡尔顿府联排街五十三号。这确实出乎意料，而我肯定也得检查里面有什么。我剪断了包裹上的绳子，最先看到的是一个纯金和白金拼搭的烟盒。你可以想象我当时有多么困惑。照我当时听到的所有讯息，死者和这个中国女人几乎都没有东西填肚子，而这个烟盒看上去价值连城。除了烟盒，里面只剩一捆信，都没有信封。信上的字迹和刚刚包装上的指示一样匀整，最后署名就一个字母J。一共有四五十封。在那个地方我没法仔细读信，但扫了一眼就看得出来，这是一个男人写的情书。我把那个中国女人喊过来，问死者的姓名；要么是她不知道，要么就是她不肯说。我吩咐他们把死者下葬，又坐上快艇回家了。我把这么一回事告诉了比依。"

他朝妻子温柔地笑了笑。

"我那时没办法，只有对亚瑟强硬，"她说，"因为他一开始不让我读信，但我肯定不会理他这些乱七八糟的道理。"

"信里写了什么不关我们的事。"

"如果可能的话，你当然要调查出这人是谁啊。"

"所以这其中到底有你什么事？"

"哈，开什么玩笑，"她笑道，"要是你不让我读信我会发疯的。"

"后来你找出他是谁了吗？"我问。

"没有。"

"也没有地址？"

"有的，但很出乎意料，大部分信都是用外交部的信纸写的。"

"确实蹊跷。"

“我有点想不好该怎么办，甚至想过写信给子爵夫人卡斯特兰，说明这些情况，但我也担心引来无法料想的麻烦；包裹上的指示是要我亲手递交，所以我就把它们全都包好，放进了保险柜。我们春天有个假期准备回国，所以我想最好的策略就是到时再说。这些信可能会让人声誉受损。”

“你这话真客气，”洛太太咯咯笑着说道，“实际上，它们完全就揭穿了某些人的真面目。”

“我觉得我们没有必要再深入下去了。”洛先生说道。

他们夫妇略略争辩了一番，但在我看来，洛先生这样做也是表面功夫，因为他心里一定清楚，他作为官员想要谨言慎行的愿望，根本就不可能对抗他妻子想要告诉我一切的决心。她对卡斯特兰夫人满心的憎恶，言辞根本不加收敛，她是站在J那一边的。洛已经尽力了，妻子做了什么鲁莽的论断他就把它收回来一些，妻子夸张了他就修正一下，他让洛太太稍微控制一下自己的想象，不要解读出信里没有的东西。这的确是有可能的，显然她当时受了很深的触动，而从她生动的陈述，再加上洛先生插进来的话，我也大致理清了信中发生的事。至少有一点是肯定的，这些信写得非常感人。

“当时比依如饥似渴读信的样子，别提多恶心了。”洛先生说。

“那些是我读过最美妙的信，你从来没给我写过那样的信。”

“要是我真写了，你肯定要骂我犯什么傻。”他微笑道。

妻子给了他一个充满爱意的迷人微笑。

“可能我是该写写信的，老天做证我有多爱你，但真是见鬼，我什么道理都说不上来。”

那段往事倒是一读信就明白了。写信的人（那个神秘的J）应该是外交部的一个职员，爱上了卡斯特兰夫人，夫人也爱上了他。他们成了情人，最初的那些信爱意澎湃，都快写成了诗。他们那么幸福。他们期待这段爱情能延续到永远。他会在两人刚一道别之后就写信，说自己有多爱她，以及她对他有多么重要；她没有一刻不在他的念想中。似乎卡斯特兰夫人也是一样的神魂颠倒，有一封信是J自辩，因为她责备J明知道她要去什么地方，却没有去见她。J说因为突然有一份工作把他拖住了，本来他是如此急切地盼望着那次相见，还描绘了他当时心里是何等的煎熬。

然后便是灾难发生。如何发生或者为何发生没有人知道，总之他们被卡斯特兰子爵发现了。他不仅猜到了妻子的不忠，还拿到了证据。当时他们闹起来的场面很吓人，子爵夫人直接离家，住到了她父亲那里。卡斯特兰子爵宣称要和她离婚。那些信的气氛完全变了。J立刻写信要见她，但她乞求J不要去；她父亲坚持两人不该见面。J为她的痛苦而痛苦，也很自责给她带去了这么多麻烦，深深同情她在家里要承受父母的怒火；但信里也明显读得出危机的爆发对他也是一种释然。除了彼此相爱，还有什么要紧事呢？他说他讨厌卡斯特兰，让子爵把威胁付诸行动好了，她越早自由，他们就越早能结婚。这些书信都是单向的，里面没有那位夫人的信，我们必须从J的回复中知道她大概说了些什么。她显然被吓坏了，J无论说什么都安抚不了。当然外交部是肯定待不下去了，但他宽慰卡斯特兰夫人这对他一点影响也没有。他可以在别的地方找个工作，比如去殖民地，赚的钱会多得多。他毫不怀疑自己可以让她幸福。当然往后他们会被说很多闲话，但大家很快就会忘记，而且出了英格兰，那边的人根本不会在意。他求她要鼓起勇气；然后卡斯特兰夫人大概回了一封怯懦的信。她讨厌离婚，而子爵不愿接受过错在他一方，成为离婚诉讼中的被告；她也不想离开伦敦，她所有的生活都在这里，不想被埋到世界背面一个荒僻的角落里。J 的回信很痛苦，说要他做什么都可以，求卡斯特兰夫人还是像之前那样爱他，他想到这次灾祸似乎改变了她对他的感情，就痛不欲生。卡斯特兰夫人说是他把局面弄得一团糟，他没有自辩，很愿意承认过错全在他一个人。接着好像是某些更高层的人给卡斯特兰子爵施加了压力，整件事又出现了一条退路。不管子爵夫人写了一封怎样的信，总之似乎把 J——那位不知名的 J——逼到了绝境。他的回信几乎言不成句。他求她见他一面，求她要坚强，重复说她对他意味着一切，J 担心她让周围的人影响了她的判断，要她破釜沉舟，先跟他逃到巴黎去。只在信里就看出他焦躁得要发狂。然后她似乎有好多天没有写信。J 无法理解。不确定自己寄出的信她是否收到。在无比痛苦中，打击来了。她一定写了一封信，告诉 J，如果他能从外交部辞职，离开英格兰，卡斯特兰子爵答应让她回去。J 的回信满纸的心碎。

“他从始至终没有看透那个女人。”洛太太说。

“看透了会明白什么？”我问。

“你猜不出她那封信是怎么写的吗？我知道。”

“别丢人了，比依，你不可能真的知道。”

“丢你自己的人去吧，我当然知道。她把这个局面丢给了他。她把自己的死活交给他去定夺。她会把自己的父母牵扯进来，会把自己的小孩牵扯进来；我敢说这几个孩子出生之后，这是母亲第一次想到他们。她知道他太爱她了，可以为她做任何事，这其中就包括失去她。她知道他为了她可以放弃自己的生命、自己的爱、自己的职业生涯，于是她就让他做出这些牺牲。而且她要让他提出这个方案，要让J反过来说服她。”

洛太太说这些的时候，我脸上一直挂着微笑，但其实听得非常专心。她是女人，凭直觉能感知在这种局面下一个女人会如何行动。她嘴上骂着这有多可恶，但骨子里明白若换作她恐怕也会这样做。当然这都是臆想，只有J的书信作为推断的依据，但我隐隐觉得实情大概就是这样。

这是那捆信里的最后一封。

听故事的时候我很讶异。我认识卡斯特兰夫人很多年了，但交往很浅，而对她的丈夫了解更少。卡斯特兰子爵完全沉浸在政务中，我只在他家里见过他几面，比如之前提到洛夫妇和我都去了的盛大晚宴，当时他是内政部的副部长。卡斯特兰夫人久负美人盛名，她个子很高，身材虽好，但略嫌魁梧。她有迷人的皮肤；蓝眼睛很大，分得有些太开，脸也太宽，面相总让人略微想到奶牛。她还有好看的淡棕色头发，一举一动都很有风致。她一直都是个遇事镇静自若的女人，我很讶异她会让自己陷入书信中所描绘的忘我情恋中。她也很有野心，大家都明白她对卡斯特兰在政坛的成功贡献不小。我本以为她从不会让自己有一丝言行失检的地方。仔细搜索记忆，我朦胧想起多年前听闻卡斯特兰夫妇感情不好，却也从没听到过什么细节，每次见到他们，似乎关系都很融洽。卡斯特兰子爵是个面色红润的大个子，油光光的黑头发，人很开朗，说话很大声，但一双小眼睛很有神，一直在观察和评断。他工作勤奋，演讲效果不差，但有些浮夸。他从不会忘记自己的官衔和财富，也不会让你忘记；对那些不比自己重要的人，他往往还有种屈尊降贵的姿态。

当他发现自己的妻子和外交部一个小职员有婚外情的时候，我完全可以想见那一架吵得有多惨烈。卡斯特兰夫人的父亲很多年来一直是外交部的常任副部长，如果女儿是因为跟自己的一个下属有了私情而离婚，对他来说可不是普通一句“丢脸”能形容的。就我所了解的情况来看，卡斯特兰是爱自己的妻子的，一种天然的醋意或许不无它新鲜有趣的地方，但他又是个骄傲的男人，幽默感不足，怕被人嘲笑，“被蒙蔽的丈夫”这个角色很难演出威严。可我想他也不愿出一个丑闻，危及自己的政治前程。卡斯特兰夫人身边有给她出主意的人，或许曾威胁要对簿公堂，家丑外扬的场面大概让子爵惊恐万分。也很可想见的是他受到了一些压力，如果能完全抹掉那个第三者，那让妻子回来无疑是最容易接纳的方案。我毫不怀疑卡斯特兰夫人应允了丈夫那一方提出的所有要求。

她一定被吓得不轻。对她的所做所为我的评判不像洛太太那么严厉。她还那么年轻，现在也不过三十五岁。谁能说得清她是怎么阴差阳错地成了J的情人？我想她那时甚至未必知道自己想要什么样的人生，懵懂间就突然陷入了一场婚外恋情。她肯定一直是这样一个冷漠、镇静的女人，但人性和命运最爱用稀奇古怪的方式捉弄这样的人。我倾向于相信她当时确实被爱情冲昏了头脑。我们没有办法知晓卡斯特兰是怎么发现的，但她仔细保留了J的书信就说明她已经爱到顾不得小心了。亚瑟·洛也提到那个男人留下的是他自己的信，而不是对方的，有些奇怪，但在我看来道理很简单。灾祸降临时，这些信交回到男人手上无疑是要拿回她写的那一些。而更无疑问的是J肯定也把那些信保存得很好。读信可以让他重温那段对他意味着所有人生的爱。

卡斯特兰夫人被一时情热吞没时，我想她一定没有考虑过被发现会怎样，所以打击来临时她会吓得慌了神，这并不奇怪。过那种生活的女人，对子女的照料都不会比她更上心多少，但即使如此也并不意味着她愿意失去自己的孩子。我也不觉得她有多爱自己的丈夫，但根据我对她的了解，那个姓氏和那份家产想必也有让她动心的魅力。未来在她眼中太灰暗了。她会失去一切：地位、安逸和那栋卡尔顿联排街的豪宅，她父亲一定不会再给钱，而她的情人还得去找一份生计。屈服于家人的恳请或许不够英勇，但可以体谅。

我心里想着这些事的时候，亚瑟·洛正把故事继续往下讲：

“我都想不好该怎么跟卡斯特兰夫人取得联络，不知道那位老兄姓甚名谁总是挺难办的。不过我们回到英国之后，我还是写了一封信给她，表明了我是谁，说有位先生在我管辖的区域去世了，应他要求，要转交给她一些信件和一个纯金加白金材质的烟盒。我还说死者特别要求我必须亲手递交。我还揣测她或许根本不会理我，或许找一个初级律师跟我打交道。但她就正常回复了我，跟我约定某天早上在卡尔顿联排大街那个地方见面。说来也可笑，当我最终站到那个门口、按了门铃之后，还有些紧张。一个男管家开了门，我说我跟卡斯特兰夫人有约，一个男仆接过了我的帽子和大衣。我被领到二楼一间巨大的客厅。

"'我会告诉夫人您已经到了，先生。'男管家说道。

"他走出去之后，我端坐在椅子里，四下打量。墙上有尺寸极大的绘画，都是肖像，我也不知道画家是谁，可能是雷诺兹[1]，要么就是罗姆尼[2]，还有很多东方的瓷器，不少镀金的螺形托脚小桌和镜子。排场真是太大了，让我觉得自己实在太邋遢、太卑微了。我的西服还有樟脑的味道，西裤膝盖的地方被撑大了；领带也太张扬。男管家又进来，让我跟他走。他打开了一扇门，不是我们进来的那一扇，我发现又通往另一个房间，比之前的客厅稍微小一点，但依然很大，而且一样奢华。一位贵夫人站在房间另一头的壁炉边上，我进去的时候她看着我，微微一欠身。走过去路好远，我觉得真是尴尬得要命，而且害怕绊到什么家具。我当时觉得自己蠢透了，只希望没有完全表现出来。她并没有请我坐下。

1 Sir Joshua Reynolds（1723—1792），英国肖像画家、艺术理论家，1768年创建皇家美术院并任校长。

2 George Romney（1734—1802），英国新古典主义风格肖像画家。

“‘我了解你有一些物品想要亲手交给我，’她说，‘真是谢谢你不嫌麻烦。’

“她没有一点笑容，看上去完全就是镇定自若的样子，但我也感觉到她在掂量我是怎样的人。说实话，我有些被惹恼了，感觉自己就像是一个司机正在求职，总是不太舒服。

“‘不用客气，’我说，语气很僵硬，‘都是小事，常有的。’

“‘那些东西你带着吗？’她问。

“我没有接话，只打开一个公文包，把信取了出来，递给了她。她一言不发接了过去，扫了一眼。她脸上的妆很浓，但我发誓她底下的面色唰的白了。不过她的神色没有变化；我看了看她的手，微微有些发抖。然后她似乎又镇定了下来。

“‘哦，抱歉，’她说，‘你请坐一会儿吧。’

“我找了张椅子坐了下来。片刻间，她似乎不知道要怎么办，只是手里拿着那些信。我是知道那些信里写着什么的，好奇此时她心里的感受，但至少表面上看不出什么来。壁炉边有张写字桌，她拉开一个抽屉，把信放了进去。然后她在我对面坐下，请我抽烟。我把我胸前口袋里那个烟盒递给了她。

“‘那位先生要我把这个也给你。’我说。

“她接过烟盒，看着它，有好一会儿都没有说话，我就等着，心里在想我是不是应该起身走了。

“‘你跟杰克熟悉吗？’她突然问。

“‘我完全不认识他，’我答道，‘在他离世前，我根本没有见过他。’

"'我是收到你的消息才知道他已经去世了，'她说，'我已经好久都不知道他跑去了哪里，当然，我们是很多年的朋友了。'

"我不太清楚她是以为我没有读过那些信，还是已经忘记那些信里写的是什么了。如果说刚见到那些信时的确有些震动，她现在已经恢复过来，几乎像在闲聊。

"'他到底是因为什么死的？'她问道。

"'肺结核，鸦片，饥饿。'我答道。

"'真可怕啊。'她说。

"但这句话听上去就是照惯例大家都应该这样说而已，不管她心里想到了什么，至少是不会让我看出来的。她太镇定自若了，但也可能只是我的臆想，我总觉得她调动起了全部心智在仔细观察我，琢磨我知道多少。我想她会不惜代价想要确认这个'多少'。

"'那你是因为怎样的机缘拿到这些东西的？'她问我。

"'是在他死后拿到的，'我解释道，'那是一个包裹，上面有指示让我交给你。'

"'当时需要把包裹打开吗？'

"她当时想要把这个问题问得极为淡漠和傲慢，我真的形容不出来，但我的脸一下子白了，而且我还没有化妆品替我遮一遮。我说我当时认为有职责弄清楚死者的身份，因为想要通知他家人。

"'我明白了。'她说。

"她看着我，就好像这次会面已经结束，我应该站起来告辞。

但是我没有，觉得可以小小地回敬她一下，就说了我是怎么被喊去的，发现他时是什么情形。我描绘得很详细，还说了就我所见，除了一个中国妇女，死者到最后连一个可怜、同情他的人都没有。突然这时门打开了，我们同时转头去看。一个高大的中年男子走了进来，看到我时停住了脚步。

"'抱歉，'他说，'我不知道你这里有客人。'

"'进来吧，'她说，那个人走近之后，又介绍道，'这位是洛先生。这位是我的丈夫。'

"卡斯特兰子爵朝我点点头。

"'我只是想问你一声。'他话说到一半突然定住了。

"他注意到了卡斯特兰夫人手掌上托着的烟盒。我不确定卡斯特兰夫人是否看到丈夫那个质询的眼神，但她只是朝他友善地一笑——这女子对自己的情绪甚至一颦一笑都掌控自如，真令人惊叹——说道：

"'洛先生刚从马来联邦回国，可怜的杰克·阿尔蒙德去世了，把他的烟盒留给了我。'

"'真的吗？'卡斯特兰子爵问道，'他什么时候死的？'

"'大概六个月之前。'我说。

"卡斯特兰夫人站了起来。

"'好吧，我不多留你了，想必你还有很多事要忙。非常感谢你完成了杰克的愿望。'

"'要是我听到的情况都属实，马来联邦那里的情况很不乐观啊。'卡斯特兰子爵说。

“我跟他们两个都握了握手，卡斯特兰夫人摇了铃。

“‘你打算在伦敦待多久？’我正要走的时候她问道，‘下个星期我要开一个小派对，不知道你愿不愿意赏光。’

“‘我跟我妻子一起回来的。’我说。

“‘哦，那太好了，我给你们寄邀请函。’

“几分钟之后，我站在了大街上，庆幸自己终于能独处了。刚刚我也被惊得回不过神来。卡斯特兰夫人一提名字，我就想起来了。在那个中国吊脚楼里饿死的穷光蛋，那个恶心的瘾君子，居然就是杰克·阿尔蒙德。我之前跟他还挺熟的。但从来没有想到过会是他。你想啊，我们一起吃过饭、打过牌，还一起打过网球。想到他在离我那么近的地方死掉，而我居然完全不知情，真是太难受了。他肯定知道只要递一条消息给我，我无论如何都会帮忙的。我走到圣詹姆斯公园坐了下来，想好好理一下心情。”

亚瑟·洛发现那个死掉的废人居然是杰克·阿尔蒙德，他会那样吃惊我可以理解，因为这也完全在我的意料之外。巧合的是我也认识这个人，虽然不算亲密，但总是在派对上见到，去某个乡下大房子里度周末，也时不时会偶遇。确实我有好多年没有想到过这个人了，但之前几个信息那么明显，只能说是我脑子太慢，才没有认出他的身份。名字一出现，很多关于他的记忆一下涌到了脑海中。怪不得他当年突然放弃了自己那么热爱的一份志业！那时候战争刚结束，我正好认识几个外交部的人；在他们身边的那些年轻人当中，都说杰克·阿尔蒙德是最聪明的那个，外交事业中的最高职位对他来说也是切实的目标。当然这要熬很多年，但他突然抛弃这样的前程就为了去远东做生意，确实有些荒唐。他的朋友各尽所能地劝他不要这样。他说他亏了钱，只领工资活不下去了。但大家都觉得他东拼西凑怎样也能捱到经济状况好转。他那时的样子我记得很清楚，又高身材又好，穿戴可能过于讲究了一些，但足够年轻，所以他那些品位无可挑剔的衣服倒也穿出了潇洒。油亮的深棕色头发打理得很利落，蓝色的眼睛，长睫毛，他就是理想中一个健康青年人该有的样子，脸上焕发出一种清新的光泽。他有趣、热情，谈话非常机智，我还没有见过这么有魅力的人。但魅力也是种危险的特质，某些有魅力的人总觉得可以用它换来更多的东西，不需要再做别的努力便可赢得人生；他们还是小心一点的好。但在杰克·阿尔蒙德身上，魅力只是他温柔、慷慨性情的自然流露而已。他能让人开心是因为他自己就很开心，时时刻刻都不需要任何伪装矫饰。他有语言天分，讲法语和德语没有一丝的口音，而且举手投足之中还那么风度翩翩。你一定会留下这样的印象：再过些年，他一定可以作为大使前往某个重要国家，而且把这个角色演得光芒四射。没有人会不喜欢他。卡斯特兰夫人疯狂爱上了他并不意外。我的想象一下就飘得远了——有什么比年轻的爱更动人的？在初夏某个和煦的黄昏，这对璧人一起在伦敦某个公园里散步；两人会一起去那些舞会，让他可以揽她在臂弯中；餐桌上偶尔的眼神交汇因为心照不宣而叫人沉醉；还有在那些隐秘的约会地点，他们可以完全把自己交出，填满彼此的渴望，纵然那么仓促而危险，但值得为此万劫不复。他们饮下的是天堂的甘泉。

最后居然是那样骇然的悲惨结局！

“你是怎么认识他的？”我问亚瑟·洛。

“他替德克斯特和法米罗干活，啊，就是搞船运的一帮人。他那时的工作不错，就是把邮件带给总督之类的事。我当时在新加坡。可能最早是在俱乐部认识的，他什么运动、游戏都在行，打马球，还是个厉害的网球选手。你没法不喜欢他。”

“他喝酒吗？还是有别的事？”

“没有，”亚瑟·洛很强调这一点，“没人比他更可靠。女人都为他神魂颠倒，这也情有可原，因为他真是我见过最出众的男人之一了。”

我转过来问洛太太：

“你认识他吗？”

“几面之缘，和亚瑟结婚之后，我们就去霹雳州了。他很讨人喜欢,这一点我记得。而且我也从来没见过男人的睫毛能那么长。”

“他出来了很多年，都没有回国。大概有五年吧，我觉得。有些词确实听着太俗套了，但我也想不出别的说法，只能说他真的是有口皆碑。之前他靠关系被硬塞进了一个好职位，有几个家伙是很讨厌他的，但到后来他们也只能承认他的成功确实是应得的。我们都知道他之前在外交部待过之类的，但从来不装腔作势。”

“我想，他打动我的地方，”洛太太插话道，“是他的生命力那么旺盛，你只跟他说两句话都能提神。”

“他放假回国的时候那场欢送会也特别开心，我正好那几天去新加坡办事，他临行前一晚在欧罗巴大酒店有场宴会，我去了。我们都喝高了，真是尽兴。启航的时候还有一群人去跟他告别，他只是回去半年而已，我想每个人都在盼着他回来。要是他没回来就好了。”

“怎么了，后来发生了什么事？”

“具体的我不清楚，因为我又被调动了，去了很北边的地方。”

这真是恼人！在自己头脑中编故事要容易多了，可一旦涉及真人真事，你不仅要猜测动机，而且在关键时刻他们做了些什么你还一无所知。

“这家伙人确实很好，但他从来不算是跟我们要好的朋友，你也知道新加坡的人际交往多讲究圈子，而他出入的圈子比我们要高一些；我们去北方之后就把他给忘了。可有一天，我听到两个家伙在聊天，叫沃尔顿和肯宁。沃尔顿刚从新加坡来，说那里刚打了场马球赛，场面很大。

“‘阿尔蒙德打了吗？’肯宁问道。

“‘他怎么可能会打？’沃尔顿说。‘上个赛季他就被踢出球队了。’

“我马上凑过去问：

“‘你说什么？怎么会有这种事？’

“‘你不知道吗？’沃尔顿说。‘这家伙已经完全废掉了，好惨。’

“‘怎么会的？’我问。

“‘喝酒。’

“‘他们说还吸毒。’肯宁说。

“‘是，我也听说了，’沃尔顿说，‘照那个样子，他也撑不

了多久。鸦片是吧？’

“‘要是他不赶紧醒过来，马上连工作都要没有了。’肯宁说。

“我想不明白，”洛继续说道，“会走上这条路的人，我怎么猜也不会想到杰克·阿尔蒙德。他是那种地道的英国人脾气，也是个绅士，守着那些规矩之类的。好像杰克假期结束回来的时候，沃尔顿跟他坐了同一艘船。杰克是马赛上的船，情绪很低落，但这没什么奇怪的，很多人离家又要去辛苦忙碌的时候心情都不会太好。他喝了很多酒。这也不足为奇。但沃尔顿还说了件值得注意的事情，他说杰克在船上似乎没了活气。这太显眼了，因为他一直是兴致那么高昂的人。之前大家好像朦胧了解到他在英格兰跟一个姑娘订婚了，所以船上的人都揣测一定是那姑娘甩了他。”

“亚瑟跟我说的时候，我也是这么猜想的，”洛太太说，“要让一个姑娘等五年也太久了。”

“不管怎么样，他们都觉得他开始工作之后就会走出来的，只可惜他没有。他只是越来越糟。很多人都喜欢他，都想方设法劝他要振作起来，但什么办法都没有用，他只告诉他们不要多管闲事。他说话变得恶声恶气，举止也很粗鲁，这本身就很怪异，因为他之前对所有人都那么友善。沃尔顿说你简直无法相信这是同一个人。总督的办事机构辞了他，接着很多地方也不用他了。总督的太太叫奥蒙德夫人，为人挺势利的，她清楚阿尔蒙德很有人脉，所以要不是情况实在太糟，不会那样怠慢他。杰克真的是个很好的小伙，居然能把自己搞成这样实在太可惜了。我的确感到遗憾，可你也知道，我也不会因此影响胃口或者睡不着觉之类的。几个月之后，我正好在新加坡，去俱乐部的时候就打听了一下他的近况。当然他丢了工作，据说他会一连两三天不去上班；还听说有人让他去管苏门答腊的一个橡胶园，希望他远离了新加坡的诱惑，可以找回自己。你看，所有人都喜欢他，都没法眼睁睁看他沉沦下去，总得争取一下。但这也完全没起作用。他的鸦片瘾已经深了。苏门答腊的工作他没有坚持多久，很快又回到了新加坡。听说在那之后你见到他也认不出来了。从前的杰克向来那么时髦、精致，现在衣服破破烂烂的，也不洗漱，眼神狂躁。几个俱乐部的朋友聚在一起，商量着得再给杰克一次机会，就把他送到了沙捞越。但也没有用。在我看来，实际情况就是他根本不想别人帮他，他只想按自己的方式下地狱，而且在努力下得越快越好。然后他就消失了；有人说他回了英国；总之大家都忘了他。你也知道在马来，人很容易不见的。我想，这也是为什么当时我根本没有想到是他——那个地方多偏僻啊，去哪都有三十英里的路，进了那个难闻的中国小阁楼，我看见一个围着莎笼、留着胡子的尸体，我完全没有想到会是杰克·阿尔蒙德。这个名字我就有好多年没有听到了。”

“我只想到这些年他经历了什么。”洛太太说，眼睛里都是泪光，她真的有一颗良善、柔软的心。

“整件事没法解释。”洛说道。

“为什么？”我问。

“你想啊，他要崩溃的话，为什么一开始出来的时候不崩溃呢？最初的五年他好好的啊，简直是这里最积极向上的人了。要是这次婚外情真的摧毁了他，那应该是刚结束的时候吧。可那段时间他跟一只小鸟一样快活，你会觉得他什么忧虑都没有。从我听到的情况来看，他放假回来就是个不一样的人了。”

“在伦敦的六个月发生了什么事，”洛太太说，“肯定是这样。”

“我们永远也不会知道了。”洛叹了口气说。

“但我们可以猜，”我微笑道，“这时候就用得上小说家了，要不要听一下我觉得在伦敦发生了什么？”

“请讲。”

“是这样，我想最初的五年，有一种心情鼓舞着他，那就是他做出的牺牲。他有种骑士精神，放弃了对他来说所有让生活值得一过的东西，为了救那个他爱得胜过世间一切的女人。我想那种激昂的心绪一直在他的胸膛里。他一直爱着那个女子，而且是全心全意地爱着；我们大多数人的爱都来去匆匆的，但有些男人只能爱一次，我觉得他就是这样的人。所以，在某种古怪的意思上，他那时是幸福的，因为他为了一个人牺牲了自己的幸福，而那个人配得上这种牺牲。我想那个人也一直就在他的念想中。然后就到了他回国的时候。我想那时候他的爱就跟以往任何时候一样强烈，而在我看来，他从来没有怀疑过对方的爱也跟他一样强烈和持久。我不知道他期待着什么。或许他想过，那个女子会发现抵抗这种冲动并没有用，就跟他私奔了。也可能只要他了解对方还爱着他，他也能心满意足。当然他们一定会碰到的，毕竟是活在同一个圈子里的人。他就发现自己在那个人心里已经一文不值了。他发现那个热恋中的女孩已经成了精明世故、在社交场里游刃有余的贵夫人，他发现对方从不像他以为的那样爱过他，而当年为了救她所做的牺牲，他也很可能开始疑心是对方冰冷的计谋。他一次次在派对中见到那个女子，如此镇静，如此无往不利。那些赋予在她身上的可爱品质，他现在终于醒悟，不过是自己的一厢情愿而已；她不过是个普通的女子，只是一时间陷入热恋忘乎所以罢了，很快就醒了过来，回到了真正属于她的生活。一个了不起的姓氏、财富、社会地位、世俗意义上的成功——她看重的是这些。他牺牲了一切——他的朋友、他熟悉的环境、他的事业、他的才能——牺牲了所有赋予生命意义的东西，但全是无谓的牺牲。他被骗了，这让他崩溃。你那位朋友沃尔顿说的没错，你自己也注意到了，他没了活气。确实是这样。在那之后，他已经不在乎怎么活着了，或许最糟糕的是他虽然看透了卡斯特兰夫人，却依然还爱着她。全心地爱一个人，不管如何奋力地想抽身，却依然爱着那个你知道不值一爱的人，我想不到还有什么事比这一件更能把人压垮。或许这也是为什么他开始吸鸦片。为了忘记，也为了回忆。”

我这段发言很长，终于说完了。

“这也都是臆测而已。”洛说道。

“我知道是臆测，”我回答，“但似乎跟种种情况都能互相印证。”

“他性情里一定有脆弱的一面，否则像这样的心病他还是可以抗争、制服的。”

“或许吧。或许像他那样有魅力的人总有脆弱的地方，或许没有几个人能爱得像他那样毫无保留。或许他不想抗争和制服。而且我也不忍心去怪他。”

还有一句话我没有说，怕他们觉得我太犬儒了。那就是杰克·阿尔蒙德若是没有那些无与伦比的长睫毛，他大概还活得好好的，正在某个大国出任外交使节，在通往驻巴黎大使的康庄大道上阔步前行。

“我们去会客厅吧，”洛太太说，“桌子仆人会收拾的。”

杰克·阿尔蒙德的人生便这样告了尾声。

瑞德

Red[1]

船长伸手探进自己的裤子口袋还有些吃力，因为口袋不在侧面，在身前，而船长是个有些富态的人。他从口袋里掏出一枚硕大的银表，看了眼，又瞄了一眼落日。掌舵的卡那卡人[2]也看了他一眼，但没有说话。船长的眼睛正盯着前方的小岛，一条水沫连成的白线标记着暗礁的位置。船长知道暗礁有个缺口足够让船通过，再靠近一些他必然能找到缺口在哪。还有大概一个小时的日光可以借用。潟湖的水很深，下锚方便。岛上的椰林中他们已经能望见那个村子，村长是大副的好朋友，晚上在岛上应该能过得很开心。正好这时大副来了，船长转过去跟他说：

“我们带一瓶酒上岸，晚上找些姑娘一起跳舞。”

“我找不到暗礁的缺口。”大副说。

他是个卡那卡人，皮肤黝黑，面容英俊，似乎有点像罗马

---

1 收录于 1921 年出版的短篇小说集《颤动的叶子》（*Trembling of a Leaf*）。

2 Kanaka，夏威夷语中指“人”，英语中一般用来指代夏威夷土著或南太平洋诸岛土人。

帝国后期的某位皇帝，容易长胖，但脸上的线条还是颇为精致的。

“我打包票那个缺口就在这儿，”船长用望远镜望了望，“不知道为什么就是找不到。派个小伙子上桅杆瞧一眼。”

大副喊了一个水手过来，下了命令。船长看着卡那卡人爬上桅杆，等着听他说什么；但这个水手说他只看到水沫连成的线，根本没有断开的地方。船长说萨摩亚语[1]就像当地人一样，骂起人来也很流利。

“要不要让他留在上面？”大副问。

“留他在上面他妈有什么用？”船长答道。“那个蠢货连个屁都看不到。你可以把你身家性命全赌上，要是我上去了肯定能找到缺口。”

他愤怒地看着那根纤细的桅杆，当地人爬了一辈子的椰子树当然不在话下，他就是太胖了。

“滚下来，”他吼着，“你还没一条死狗有用。我们只好沿着暗礁绕过去，直到找出缺口。”

这是一条七十吨的纵帆船，装着煤油发动机，不逆风的时候每小时能开四五海里。它很破旧，刷成白色还是很久之前的事，涂料都斑驳了，而且又脏又黯淡。船上始终有一股浓烈的煤油味，一般还夹杂着干椰子仁的味道，因为运的货通常就是干椰子仁。他们现在离暗礁不过一百英尺了，船长让舵手沿着暗礁航

1 萨摩亚（Samoa）为南太平洋群岛，位于夏威夷东南2300英里。“一战”之后，1962年独立之前，由新西兰管辖；后文提到的阿皮亚，从十九世纪中期开始一直是萨摩亚非正式的首都。

行，直到发现缺口。可他们走了好几英里，船长才意识到他们错过了缺口，又掉头慢慢往回找。白色的水沫连绵不断，此时日头也快落下去了。船长骂了句船员有多蠢，决定放弃，等到明日天亮再说。

“往海里开一开，”他说，“这里没法下锚。”

船往海中开了一小段，很快天就暗了。他们抛锚停了船。收帆之后船晃得厉害，在阿皮亚，他们总说这船总有一天要翻掉。船主是个德裔美国人，管着当地最大的一个商铺，他就说给他多少钱也不会上这艘船。这时候中国厨子来了，穿着一条又脏又破的白裤子，薄薄的一件紧身短上衣，说晚饭已经准备好；船长进舱房的时候发现轮机长已经坐在了餐桌边。轮机长是个高个子，很瘦，细长的脖子皮包骨。他穿了条蓝色的工装裤，一件无袖的紧身套衫，露出两条纤细的胳膊，从手肘到手腕全是刺青。

“在外面过夜真是太遭罪了。”船长道。

轮机长没有接话，那顿饭吃得很安静。舱房中一盏油灯，光线昏暗。最后一道菜是杏子罐头，之后中国佬还给他们一人倒了一杯茶。船长点了雪茄走到上层甲板。夜色中远处的小岛只看得出黑黑的一团，星光倒是璀璨，什么声音都没有，只听得见海浪不停拍碎在岸上。船长懒懒地坐进一张甲板椅中，悠闲地抽着雪茄。没过一会儿，有三四个船员也到他旁边坐下，其中一个拿了班卓琴，另一个拿了六角手风琴，演奏起来，其中一人还唱起了歌。当地人的歌谣用这些乐器演奏有些怪异，然后一男一女伴着歌声跳起舞来。这是一种原始的舞蹈，充满野性，手脚的动作和身体的扭曲都极快，表现得似乎是肉身的欢愉，甚至让人想到性爱，却又是不带感情的性爱。人在这样的舞蹈中退化成动物，非常直白，诡异却不神秘，说到底就是发乎天性，甚至可说是幼稚的。跳到后来他们终于累了，摊开在甲板上睡着了。一切又归于平静。船长回到自己的舱房中，脱下衣服，爬进自己的铺位，躺在那里。夜里热量依旧不散，闷得他简直要大口喘气。

可第二天一早，黎明偷偷爬上了平静的海面，昨晚寻不着的暗礁缺口很快发现了，就在他们往东不远处。帆船进了潟湖，水面上涟漪都没有，珊瑚深处看得到彩色的小鱼在游来游去。下锚泊船之后，船长吃了早餐，走上了甲板。阳光从无云的空中洒落下来，但时候尚早，空气依旧凉爽，送来一阵快意。那是个星期天，周围有种静谧，像是大自然正在休息，让他觉得格外舒适。他坐在那里看着林木葱茏的海岸，懒洋洋的很是自在。又只过了一会儿，他唇间缓缓露出笑容，把抽剩下的雪茄扔进了水中。

“我觉得我应该上岸了，”他说，“把小船放下去。”

他沿梯子笨拙地爬到小船里，船员把他划到一个小港湾之中。椰树一棵一棵排到了水边，也并没有整齐的行列，但还是像芭蕾舞团一样，站位有一定的规矩；其中的舞者都是些未婚的名门女子，岁数大了，却依然洒脱，透露着过去那个时代的风姿，优雅中带着一种做作的笑意。椰树间有条蜿蜒的小径，浅得几乎看不见，他沿着小径漫步而行，很快到了一条宽阔的溪流前。溪上有座小桥，但那是由十几株椰树的树干首尾相接而成的，连接的地方就靠分叉的树枝插进水底托着。桥面是圆的，既窄又光滑，而且也没有扶手，要过这样的桥不但脚下得稳健，心里也不能畏缩。船长犹豫了一下，但溪流对岸的树木掩映着一幢白人的房子，他心一横，小心翼翼地走上了独木桥。他非常仔细地看着脚下，可两根树干相接处总有些落差，他每次都走得不太稳。走到最后一根树干，他长舒了一口气，然后终于踏上了坚实的土地。独木桥走得不易，他专心到未曾发现有人正看着他，突然听到说话声船长吓了一跳。

“没有走惯的话，过这样的桥需要胆量。”

船长抬头看到那人就站在他面前，显然就是从之前看到的那幢房子里走出来的。

“我看到你犹豫了一会儿，”那个男人继续说道，带着微笑，“我就等着看你掉下去。”

“绝不可能。”船长说道，心里还有些后怕。

“我之前就掉下去过，记得是一天晚上打猎回来，枪啊什么的，全掉水里了。现在我都让仆人替我背枪。”

这人有些岁数了，留着一点小胡子，微微有些变白，脸很消瘦。身上就一件汗衫，一条帆布裤子，没穿鞋，也没穿袜子。他的英文略带一点口音。

“你是尼尔森吗？”船长问。

“我是。”

“听说过你，好像记着你就住在这附近。”

船长跟主人进了那个小木屋，主人指了指一张椅子请他坐下，他就笨重地坐下了。尼尔森出去拿威士忌和杯子，他四下看了看这个屋子，满心压抑，因为他一辈子没见过这么多书。

四面墙都是书架，从地板到屋顶，架上塞满了书。大钢琴上乱七八糟都是乐谱，一张大圆桌，桌上也堆满了书和杂志。坐在这样的屋子里，船长越发觉得局促，想起来尼尔森是个怪人。他在这片群岛间住了这么多年，没有人特别了解他，而认识他的都同意他很怪。他是个瑞典人。

“你这儿可真是弄了好一大堆书啊。”尼尔森回来的时候船长说道。

“它们也没什么害处。”尼尔森微笑道。

“你都读过吗？”船长问。

“大部分。”

“我平时也爱读点什么，订了《周六晚报》，让他们定期给我寄来。”

尼尔森给客人倒了好一大杯威士忌，还给了他一支雪茄。船长主动交代了一些情况。

“我昨晚就到了，但找不到上岸的口子，只能在海上下锚。这条线路我没走过，但我们那边有人要送些东西过来。一个叫格雷的人，你认识吗？”

“知道，他有一个铺子，离这儿不远。”

“他要了不少罐头，还有一些干椰子仁。反正我在阿皮亚也无所事事，他们说还不如跑这么一趟。一般我都是走阿皮亚和帕果帕果之间的航线，不过那边最近发天花，也没什么生意。”

他喝了一口威士忌，点着了雪茄。船长本是个不爱说话的人，但尼尔森身上有种什么感觉，让他紧张，他一紧张就话多。这个瑞典人长着一双黑色的大眼睛，一直在看着他。

“你住的这个小屋子还挺像样。”

“我已经尽力了。”

“你那些树一定赚了不少钱吧？看着打理得很好。现在干椰子仁又值钱。我自己以前也有个小种植园，在乌波卢岛[1]，后来没办法，只能卖了。”

他又四下看了看，那么多的书让他感到一种难以理解的敌意。

“我想你住在这儿一定也觉得有点寂寞吧。”他说。

“习惯了，我在这儿已经住了二十五年。”

这时船长想不出还能说什么，只静静地抽烟。尼尔森似乎也无意打破沉默。他看着这位客人，若有所思。船长个子很高，超过六英尺，非常壮硕。他的红脸蛋上都是斑，还有紫色的血管结了网，眼睛充血，因为太胖，五官陷在肉里，脖子也只是几圈肥肉。他后脑勺有一圈头发，几乎都白了，又长又卷，但其他地方基本都是秃的；硕大的脑门闪闪发亮，在别人脑袋上或许能营造几分聪明的假象，但在船长这里却只体现出格外低下的智力。他穿着一件蓝色法兰绒的衬衣，领口袒开露出胖胖的胸脯和一团红色胸毛，腿上是一条非常旧的蓝色哔叽裤。他坐在椅子里，整个姿态显得很吃力，肚子腆在前面，两条胖腿分开着，四肢已经没有任何灵活可言了。尼尔森无意间开始琢磨这位客人年轻时是

1 Upolu，西萨摩亚的主岛之一。

什么样子，眼前这个庞然大物必然曾经也是一个奔跑着的少年，但你看着他是不可能想象出来那个样子的。船长把杯子里的威士忌喝完，尼尔森把酒瓶朝他推了一推。

“自己随便倒。”

船长探出身子，一只大手抓起了酒瓶。

“可你一开始又是怎么会到这儿来的呢？”他问。

“哦，我到这些岛屿上来是养病的，我的肺很糟，当初他们说我活不过一年，显然是他们判断有误。”

“其实我是想问，你是怎么选在这块地方住了这么久的。”

“我是个感情用事的人。”

“是吗！”

尼尔森知道船长根本就不明白他的意思，黑色的眼睛里光芒闪动，像是开起了眼前这个客人的玩笑。或许正因为面前坐着一个如此粗鄙、无趣的人，他一时间来了兴致，决定多说一些。

“这块地方很多人觉得挺漂亮的，你之前过桥的时候心思都在如何保持平衡上，大概没有注意到。”

“你这个小木屋的确挺可爱的。”

“啊，但我刚来的时候可没有这个木屋。当时有一个当地人的小屋，周围只有柱子，上面是个半圆形的屋顶，被一棵大树遮蔽着，树上开着红色的花；周围变叶木的灌木丛把它围了起来，叶子是黄色、红色和金色的，所以就像一个色彩缤纷的围栏。再往外就是椰树了，站在那里如女子一般有种飘渺的美，也和女子一般自恋；它们整日都在水边欣赏自己的倒影。我那时还年轻——天呐，已经是四分之一个世纪之前了——坠入黑暗之前我已经时日无多，想尽可能欣赏这世间的美。我当时就觉得这是我见过最美的地方。第一次来的时候，我心里一颤，觉得自己都快哭了。那时我还不到二十五岁，虽然尽量表现得不以为意，毕竟不想死，可这里的美不知怎么让我觉得接受命运没有那么难了。到这里来之后，我觉得过去的人生就消散了——斯德哥尔摩、斯德哥尔摩的大学，之后是波恩——好像经历它们的并不是我。我是研究哲学的，哲学的大学者们探讨了这么多所谓的‘现实’，我觉得在这里我终于获得了那个‘现实’。我不禁对自己喊道：‘一年，我还有一年，剩下的时间能在这里度过，我也死而无憾了。’

“二十五的时候，我们都很蠢，以为自己活在情节夸张的文艺作品之中，可二十五岁的时候不这样，恐怕五十岁的时候也会因此少几分智慧吧。

“喝酒，朋友，不要让我这些胡言乱语打扰了你喝酒的兴致。”

他朝酒瓶挥了挥手，船长把他杯中剩下的酒一口干了。

“你都没喝啊。”船长伸手去拿威士忌酒瓶的时候说。

“我一般都不喝酒，”瑞典人笑道，“我用别的方式让自己沉醉，我总觉得那些办法更美妙一些，但或许只是我的虚荣。不管如何，我的沉醉更持久，留下的伤害也更小。”

“他们说美国现在有不少人吸可卡因。”船长说。

尼尔斯呵呵笑起来。

“但我很少见到白人，”船长继续说道，“难得喝一口威士忌对我没什么坏处。”

他倒了一点点威士忌，加了点苏打，抿了一口。

“很快我就明白了，这个地方为什么美得如此不似人间。爱情曾在这里逗留过，就像候鸟在海中央遇到一艘船，它会收起疲惫的翅膀暂歇片刻。美好而强烈的爱散发一种芬芳，浮在这里的空气中，让我想起家乡的牧场，每到五月就会有山楂树开花的香味。一个地方只要有人真正的爱过、痛苦过，我总觉得会留下一丝风味，像是有什么东西没有完全陨灭。就好像这些地方获取了一些通往灵魂的能量，从中经过的人会受到神秘的触动。这些意思很难说清，”他微微一笑，“但我即使真的能说清，也很难想象你会理解吧。”

他停顿了一下。

“这个地方之所以这么美，我想是曾有一段痴恋把美赋予了这片土地。”这时他耸了耸肩。“但或许只是巧合，年轻的爱和合适的场景搭配在一起，正好符合我的美学。”

尼尔森的这些话越发晦涩，听者就算没有船长这么痴騃，也难免听得云里雾里。因为尼尔森似乎自己都在嘲笑自己说的话，就好像逼他说出这几段话的，都是些在他自己的头脑听来都觉得荒唐的感触。他刚才自己也说他感情用事，而感情用事的人再加上处处存疑的心智，那真是要命的组合。

他沉默片刻，看着船长的眼神中突然满是困惑。

“你知道吗，我忍不住总在想是不是在哪里见过你。”他说。

“但我说不上来对你有什么印象。”船长回道。

“我有种奇怪的感觉，好像对你的脸很熟悉；刚才一直为此疑惑。可这种熟悉我又联想不起任何时间或者地点。”

船长耸了耸自己肥胖的肩膀，幅度很大。

“我到这些岛屿来已经三十年了，这么长的时间，谁也不可能把遇到的人全都记住。”

瑞典人摇摇头。

“你知道有时候到了一个你从没去过的地方，却有种不可思议的熟悉之感，我看到你似乎也有这样的感觉。”他像是没来由地微笑了一下。“或许我前世认得你，或许，或许你是古罗马战舰上发号施令的人，而我是个划桨的奴隶。你到这里三十年了吗？”

“满打满算的三十年。”

“不知道你认不认识一个叫瑞德的人。”

“瑞德？”

“我只知道他这个名字。我和他本人没有来往过，甚至没有见过他，但在我眼里他的样子却比很多人更清晰。比如我和我的几个兄弟朝夕相处了很多年，但他们却都比瑞德要模糊。瑞德在我的想象中鲜活得如同保罗·马拉特斯塔[1]和罗密欧。但我想你大概没有读过但丁或者莎士比亚吧？”

“我只能说确实没有。”船长说。

尼尔森抽着雪茄，靠在椅背上，房间里没有风，他眼神空

1 Paolo Malatesta（1246—1285），意大利贵族子弟，在兄长的婚礼中扮演自己残疾的兄长，新娘不知，两人一见钟情，多年后，兄长发现奸情，将两人杀死。但丁《神曲》中描绘这对情人在地狱受苦，但也将两人的爱情故事讲得格外动人。

洞地看着停在空中的烟圈。他的唇间似笑非笑，但眼神沉重。然后他看向船长。在船长的臃肿不堪之中，有种无比让人作呕的特质，最胖的那群人中常有过剩的自得自满，船长就是这样。这太让人难以忍受了，尼尔森甚至为此有些躁动不安。但眼前的人和心里想到的人反差又是如此强烈，给他一阵快意。

“据说瑞德是你能想象的最好看的人。我跟不少人聊过，都是当年见过他的白人，都众口一词地说见瑞德第一面，他的俊美能让你呼吸停滞。他们喊他‘瑞德’[1]，是因为他的头发有火焰般的颜色。他是天然的鬈发，又留长了，拉斐尔前派那些画家沉迷那种瑰丽的红色，想必瑞德的头发就是那样。我想他不是个自恋的人，他太纯真了，但如果他对自己的外貌有些虚荣心，谁也不会怪他。他身材高大，总有六英尺再加一两英寸吧，他们当年住的土著房子就在这个位置，支撑屋顶的那个中心的柱子上有刻度，是他用小刀把身高刻在上面的。他的身材就像希腊的天神，肩膀宽阔，到肋部又收起来，就像一个人间的阿波罗，还有普拉克西泰勒斯[2]刻画阿波罗时的那种圆润。他还带着一点女性的阴柔、优雅，仿佛蕴藏着一种让人不安的神秘感。他的皮肤也像女人的皮肤，白得让人目眩，像牛奶，像绸缎。”

“我小的时候皮肤也挺白的。”船长说道，眨了眨他充血的双眼。

1 Red，即红色。

2 Paraxiteles，公元前四世纪希腊雕塑家，其作品常表现神话人物的优美姿态。

尼尔森没有理他，他决心要讲这个故事了，被打断这一下让他心烦。

“他的脸孔也跟身体一样美好。他有一双蓝色的大眼睛，蓝得很深，所以很多人说他眼睛是黑色的。跟很多红头发的人不同，他眉毛和睫毛都是黑的，睫毛很长。他的五官是最端正的五官，嘴唇像是鲜红色的伤口。他那年二十岁。”

说到这里，瑞典人觉得为了戏剧效果该有个停顿；他喝了一小口威士忌。

“他是独一无二的，从来没有人像他这样俊美。这样的人为何存在呢？就像一棵野生的植物开出一朵绝美的花，没有道理。瑞德是造化之中一个美好的意外。

“有一天他在那边的小港湾中靠岸了，就是你今天早上到的那里。他是个美国水手，本来在阿皮亚的一艘军舰上服役，但当了逃兵。有一艘独桅纵帆船正好从阿皮亚开往萨佛图[1]，他劝服一些好说话的当地人载了他一程，到了这座小岛，有一条独木舟把他送上了岸。我不知道他为什么要当逃兵。或许军舰上规矩太多，他厌烦了，或许是他惹了麻烦，或许南太平洋上这些岛屿浪漫的海风吹入了他的骨髓。时不时就会有人被这样俘获，奇怪得就像苍蝇落入蜘蛛网。或许他品性中本就有柔和的因子，这里青翠的山、柔软的风、蔚蓝的海，把他北方的硬气全抽走了，就

1 原文 Safoto，常见拼写为 Safotu，萨摩亚的一个村庄，位于萨伏依岛北岸。

像在大利拉怀中的那个拿撒勒人一样[1]。不管如何，他就是想躲起来，觉得在这与世隔绝的地方就安全了，只需等他的那艘军舰驶离萨摩亚就行。

“他那时站在小湾的岸上，不知何去何从，不远处有个土著人的小屋，一个年轻的姑娘走了出来，邀请他进屋。当地的土话他最多只会两个单字，而那个姑娘的英文也一样糟糕，但瑞德很明白对方的微笑在表达什么，还有那些可爱的手势。于是就跟着进了屋。他在一张席子上坐下，姑娘给他切了一片片的菠萝。说起瑞德，我全是听来的，但这个姑娘我见过，当时距离她初见瑞德过去了三年，这才刚到十九岁。你无法想象这是多么美轮美奂的一个女孩，有木槿花那样饱满的色彩和热烈的优雅。她个子挺高的，身材纤细，有她那个种族的精致五官，一双大眼睛像棕榈树下静静的池水。黑色的鬈发从背上垂下去，头顶的花环还散发着花香。她的手长得很美，那么小巧、那么精致，美得简直让你揪心。那时候她很爱笑，那样的笑容太美好了，看得你腿都会发软。她的皮肤就像夏日里成熟的玉米田。天呐，我根本没法描述她，她美得就像一场梦幻。

“这两个年轻人，女孩十六，男孩二十，第一眼就相爱了。那是真正的爱，这样的爱不是因为同情、共同的兴趣或者心智上彼此投契，那就是简单而纯粹的爱。亚当在伊甸园中醒来，发现

1 《圣经》故事：拿撒勒人（Nazarite）指参孙（Samson），对抗非利士人，保护以色列。他的情人大利拉（Delilah）被买通，打听出参孙的力量来自头发，等参孙睡着便让人来把他头发剪去。

夏娃一双天真无邪的眼睛正在看着自己，他当时心中生出的爱就是这样的。动物彼此吸引，天神彼此吸引，都是因为这样的爱。这样的爱让世界成了一场奇迹。这样的爱让生命饱含意义。有一个很有智慧但也很犬儒的法国公爵你应该没有听过，他说两个人相爱的时候，永远都是一个人在爱，另一个人让自己被爱；我们大多数人都不再挣扎，认可了这条苦涩的真理。但时不时就会出现这样两个人，他们一起爱，也一起让自己被爱，这时我们就觉得太阳停在空中，不再往西，就像约书亚祈祷上帝替他达成的那样[1]。

“即使现在，这么多年过去了，想到他们那么年轻、那么美好、那么简单，回想起他们之间的爱，我心里还是猝然刺痛。就像某些夜晚，我看着圆月从无云的夜空中照亮了潟湖，我也感到心碎。欣赏没有缺憾的美总是伴随着痛苦。

“他们那时还都是小孩。她正直、甜美、和善。他是怎样的人我完全不知道，但我愿意这样去想，就是不管如何他当时也应该是真诚坦率的。我愿意相信他的灵魂也跟肉身一样美。创世之初，蓄着胡须的半人半马兽刚刚离去，几只小鹿腾跃着掠过林间空地，林中有生灵用芦苇做笛子，在山涧中洗澡；我想，瑞德若有所谓的灵魂，不会比这些生灵更多。灵魂是个麻烦的东西，人一旦开始拥有它，就要交出他的伊甸园。

1　约书亚（Joshua）是以色列人的领袖，他祈祷上帝可以让太阳、月亮停止，让他们在日光下继续战斗；上帝应允，他们也赢得了战役。

“瑞德上岛的时候，不久前刚有一场大的传染病，就是白人带给南太平洋这些岛屿的灾祸之一，三分之一的岛民都死了。好像那个姑娘最亲近的人都死了，她现在住的这个房子属于她的远房表亲。现在这家里有两个风烛残年的老太太，佝偻着身子，满脸的皱纹，两个更年轻一些的女人，一个男人，一个小男孩。瑞德就在他们家住了几天。或许是因为离海岸太近，他怕遇到白人，暴露了自己的行踪；或许这对情人觉得相处的欢愉每一刻都太宝贵了，不想被他人剥夺。有一天早晨，他们带着姑娘的几件私人物品出发了，沿着椰树下一条长满青草的小径走到了你之前看到的溪流。他们也要走你之前走的那座独木桥，女孩笑得可开心了，因为瑞德不敢走。女孩牵着他的手刚走完第一根树干，他又吓坏了，非要往回走。到最后他只能脱光了衣服冒这个险，女孩过桥的时候把他的衣服用头顶着。他们就在那个空屋子里住了下来。这房子归不归那个女孩（在这些岛上土地的归属向来复杂），还是房主得了传染病死了，不得而知，但至少没有人来质问他们，这对情人就把它当成了自己的家。屋子里家具只有两张他们用来睡觉的草席，一块碎镜子，可能还有一两只碗。在这片幸福的土地上，有这些就足够他们开始过日子了。

“他们说，幸福的人没有过往，而幸福的恋情肯定不需要过往。他们每天都无事可做，却又嫌时光走得太快。那个姑娘自然有当地人的名字，但瑞德叫她萨利，土话不难，他学得很快，就躺在草席上听姑娘开开心心跟他闲扯，一听就好几个小时过去了。瑞德话不多，或许是不太爱动脑筋。姑娘用当地的烟草和露兜树的叶子给他卷烟，他就抽个不停。他还喜欢看她手指灵巧地编草席。邻居们常来，讲很长的故事，都关于岛上曾经如何因为部落战争动荡不安。有时候他会去礁石上钓鱼，带回家满满一桶五彩斑斓的热带鱼。有时候晚上他会打着灯笼去抓龙虾。他们吃得很简朴，屋子周围长了些大蕉，萨利就去摘了烤来吃。她会用椰子做出很好吃的菜，溪流边的面包果树也是他们的食物来源。到了节日，他们就杀一头小猪，用滚烫的石头烤着吃。他们一起在溪水中游泳；或者晚上去潟湖划船，他们的独木舟旁边加了好大一个木架子，是为了让船更平衡的浮体。海是深蓝色的，日落时一片酒红，像到了荷马笔下的希腊[1]；潟湖中的水则有万千种变化，水绿、黛蓝、紫翡，直到落日在片刻间把它融成了流动的黄金。珊瑚的色彩不得不提，棕色、白色、粉色、红色、紫色，还能变幻出让人惊叹的形态。这像是个有魔力的花园，匆匆游过的鱼就像蝴蝶。有些地方，珊瑚围成水池，很适合游泳，底下是白沙，水清澈到晃眼。太阳快下山了，暮色中两人凉爽而快活地朝溪边走去，手挽着手，脚下小径上的青草格外柔软，头顶椰树间鹩哥喧闹不已。到了晚上，满是金光的夜空似乎比欧洲的天穹更开阔，软软的风吹进他们敞开的小屋，长夜也显得太短。她十六岁，他还没到二十岁。黎明从小屋的木桩间溜进来，看着两个相拥而眠的孩子。大蕉树宽阔的树叶乱糟糟地交叠着，太阳躲在

1　荷马将海水描绘成“如红酒般深暗”（wine-dark），对于他所描绘的具体是怎样的颜色，向来有争议。

后面，不愿打扰这对情人；又过一会儿，一道金光射出，直接打在他们脸上，像一只看似凶恶的波斯猫，张牙舞爪中其实都是顽皮。他们睁开眼睛，隔着朦胧的睡意看到彼此，微笑着迎接新的一天。几周渐渐延伸成几个月，然后一年过去了。他们的爱和第一次相遇时没有什么改变，我想说还像最开始那样激情澎湃，但激情这个词似乎总带着一丝忧伤、一丝苦涩和心伤，但他们的爱的确还像那时一样全心全意、纯粹自然。初见之时，他们就明白对方身上藏着自己的神。

“如果你当时问他们，我毫不怀疑他们会告诉你，这份爱是不可能终止的。我们难道还需提醒，爱最本质的元素不就是坚信自己的永恒？或许在瑞德心里已经藏下了非常微小的一颗种子，他自己不知道，女孩也从未疑心，但假以时日会慢慢长成倦怠。有一天，住在那个小港湾的一个当地人过来告诉他们，沿海岸不远处的一个停泊地，刚开来一艘英国的捕鲸船。

“‘太好了，’他说，‘不知道我能不能用坚果和大蕉去跟他们换一两磅的烟草。’

“萨利用露兜树叶给他卷烟并不觉得辛苦、麻烦，抽起来也足够醇厚，但他总觉得不够过瘾。突然他渴望真正的烟草，口感粗糙，味道浓烈、刺鼻。他已经有好多个月没有抽上烟斗了。想到这里，他简直要流口水。或许你期待着萨利能有些不祥的预感，说服瑞德不要去，但她完全沉溺在爱恋中，完全想不到这世上还有什么力量能把他夺走。他们一起上山采了一大篮子的野橘，皮虽然是绿的，但甘甜多汁；他们在屋子周围摘了大蕉、椰子、面包果和芒果；一起把它们搬到了小海湾，装进那个摇摇晃晃的独木舟里，瑞德和之前给他们送去消息的当地男孩一起划桨，小舟划上了礁石之外的海面。

“这是她最后一次见到瑞德。

“第二天另外那个男孩一个人回来了，泪流满面。接下去这段是他告诉萨利的。他们划船划了好一段路，到了大船下面，瑞德喊了一声，一个白人从船舷边探出身来，让他们上船。他们把带来的水果都搬到了甲板上，瑞德和白人聊了一会儿，似乎达成了什么协议。一个白人到下面去拿了烟草上来，瑞德马上取了一些，点着了烟斗。男孩模仿瑞德当时兴奋的样子，吐出好大一团烟雾。然后他们对瑞德说了一些什么，他就进了舱房。那个男孩好奇，从开着的门看进去，有人拿出了一瓶酒和几个杯子。瑞德一边喝酒一边抽烟。他们似乎问了他什么事，他摇摇头，笑了起来。最早跟他们说话的那个人也笑起来，又给瑞德的杯子倒满了酒。外面的男孩很快就觉得没劲了，舱房里的人只是喝酒、聊天，他看了也是白看，于是蜷缩在甲板上睡着了。他是被人踢醒的，一个激灵就站了起来，发现船正缓缓地驶出潟湖。瞥见瑞德还坐在桌边，头沉沉地枕在手臂上，睡得很香。他正要去叫醒他，一只手粗暴地拽住他的胳膊，扭头看见一个人恶狠狠地说了一些他不懂的话，朝船舷指了指。他大声喊着瑞德，立刻就被举起，扔下了船。那只独木舟被水流带开了，小男孩无助地游过去，把小船推到礁石上，一路哭着爬进小船，划回了岛上。

“发生了什么事也很好猜，捕鲸船上船员逃走或者生病是常事，他们缺了人手，瑞德上船的时候被问到愿不愿意加入，看他拒绝，船长就把他灌醉，绑架了他。

“萨利伤心得快疯了，一连嚎哭了三天。村民想各种办法安慰她，都没有用。她不肯吃饭。最后精疲力竭，整个人阴沉沉地好像没了活气。她去那个小港湾，一坐就是大半天，望着潟湖，一厢情愿地盼着瑞德用某种方法逃脱了。她坐在白沙上，一个个小时过去，只有泪水从她脸颊滚落；到了晚上，她拖着疲惫的身子走过独木桥，回到让她曾经如此幸福的小屋。瑞德上岛之前跟她同住的那些人让她回去，但她不愿意，她坚信瑞德一定会回来的，希望瑞德回来的时候看到她还在原地等着他。四个月之后，她生下了一个死胎，待产期间来照顾她的老太太没有走，一直留在小屋里陪她。她的生命中再也没有欢欣了。如果说随着时间推移，她的苦痛不再那么锥心刺骨，那也是换成了一股化不开的惆怅。这里的人感情时常很激烈，却也易逝。你想不到一个土生土长的女子可以痴情这么久。她心底深信瑞德迟早会回来的，从来没有丢失这个信念。她一直在守望着，每次有人踏过那座纤细的椰树桥，她都急忙看一下。或许这回真的是他。”

尼尔森停了下来，轻轻叹了口气。

“最后她怎么样了？”船长问。

尼尔森苦涩地笑了笑。

“啊，三年之后她接受了一个白人。”

船长发出了肥腻的、犬儒的笑声。

“这些女人一般都是这样的。”他说。

瑞典人憎恶地瞪了他一眼，不明白为什么这个粗鄙的胖男人会让他如此作呕。但他的思绪飘散开去，发现自己脑海中全是过往的回忆。那要追溯到二十五年前了。那时他厌倦了阿皮亚，厌倦了那里的酒气熏天，厌倦了赌博和猥琐的肉欲，他拖着病躯第一次到了这个岛上，虽然那份职业曾让他满是野心和想象，但人生已经没有任何未来可言，他想让自己坦然面对这个事实。他下定决心把那些希望都抛在脑后，不再期待扬名立万，而是面对剩下的几个月的生命，小心翼翼地、知足地把它过完。除此之外不作他想。离这边几英里的地方，在村子边上，有一个混血商贩临海开的店铺，他就寄宿在那里。有一天，他漫无目的地沿着椰树林中的小径闲逛，就走到了萨利住的那个小屋。眼前的景致实在太美，他沉醉到几乎感觉到一阵疼痛，这时他又看到了萨利。他从没见过这么可爱的人，那双美不胜收的黑眼睛里饱含哀愁，又让他产生了某些奇异的感触。南太平洋的岛民是一个好看的族群，在他们身上时不时就能发现美，但那种美无关人性，是动物获得了合适形态的美，是空洞的。可那双悲情的眼睛黑漆漆的全是神秘，你能在其中感觉到一个惶然的灵魂，和这个灵魂交缠的苦涩。那个商贩把萨利的故事告诉了他，他很受打动。

“你觉得他还会回来吗？”尼尔森问。

“不可能的。你想啊，那艘船完成任务也是两年之后了，到时他已经把这姑娘忘光了。我敢说他醒过来的时候发现自己被绑架，一定气坏了，十有八九是要跟人打一架的。但最后也只能苦笑着接受这么一回事，再过一个月，我猜他会觉得离开这个岛是他这辈子最棒的事情。”

但这段故事让尼尔森念念不忘。或许是因为他生了病，身子虚弱，瑞德光芒四射的健康体魄触发了他的想象。他自己是个丑陋的人，外貌不值一提，于是就对别人的好看分外看重。他从来没有激情澎湃地爱过谁，更没有被谁激情澎湃地爱过。品味那两个年轻人如何彼此吸引，他会感受到一种别样的喜悦；他们的相爱有“绝对”这类哲学理念的无以言表的美。他又去了一次溪边的小屋。他是个有语言天分的人，勤于思考，习惯了用功，所以已经花了不少时间学习当地的土话。旧习惯依然强大，他正在收集材料，想写一篇关于萨摩亚口语的论文。那个跟萨利同住的老太婆请他进屋，要他坐下，给他递烟，倒卡瓦酒[1]。她很高兴有个人来陪她聊天，她说话的时候，尼尔森一直在看萨利。这个姑娘让他想起在那不勒斯博物馆里见过的普绪客[2]，脸上的线条都是那么干净、纯粹，虽然她生过孩子，却依然有处子般的样貌。

尼尔森见过她两三次之后，才引得萨利开口；不过她只是想问，尼尔森在阿皮亚有没有见过一个叫瑞德的男人。瑞德消失已经两年，但显然这个姑娘无时无刻不在想着他。

尼尔森没有花太长时间就发现自己爱上了她。若不是强忍住，他几乎每天都想往小溪那边走去，而身体没去的时候，他的念头一直跟萨利待在一起。一开始他明白自己是个将死之人，

1 Kava，太平洋诸岛有一种叫作卡瓦胡椒的植物，用它的根可以酿酒。

2 Psyche，希腊神话和罗马神话中人类灵魂的化身，以长着翅膀的少女形象出现，与爱神丘比特相恋。

唯一的愿望就是多看看她，偶尔能听她说几句话，但这份爱让他无比快乐。这种纯粹让他心旌神摇。对于萨利他没有别的想法，只求能借这样一个仙子般的人物，在她周围连缀起一些美好的遐想。但新鲜的空气、温和的气温、充足的休息、简单的饮食，在他身上发挥了出人意料的效果，晚上他的体温再也不会可怕地飙升，咳嗽好多了，体重也在增加；接下来他有半年没有吐血；突然他意识到自己是有可能活下去的。之前他仔细研究过这个病，现在突然萌生出一种希望，那就是如果多加小心，或许病情是可以控制住的。能够再次展望未来让他兴奋不已。他做了一些计划。很显然任何激烈的生活都是不可能的，但他可以在岛上住下去，微薄的收入去其他地方不够，但在这里应该活得下去。他可以种椰子树，这样又有了事情可做，他会写信让人把他的书和钢琴运来，但他本来就是个思维敏捷的人，一下就发现这些计划不过是掩饰，不让自己想到那个始终在纠缠他的欲望。

他想要的是萨利。他爱的不仅是这个女子的美，在那双痛苦的双眼背后，他揣摩出一颗晦暗的灵魂，他也爱上了这颗灵魂，他想用自己的激情让她暂时忘却痛苦，直到最终抛下过往。他曾经也以为自己无法再开怀了，现在却神奇地拥有了这样的喜悦，在某些放纵自我的狂想中，他觉得自己也能带给她这样的欢欣。

他向她提出跟自己同住。她拒绝了。这点在他预料之中，所以并未灰心，因为他很确信她迟早会松口的。他的爱不可阻挡。他把自己的愿望告诉了那个老太婆，让他始料未及的，不仅是这个老太婆和周围的邻居早猜出了他的想法，而且他们都很拼命地劝萨利接受他。说到底，没有哪个土著不想替白人管家的，按照岛上的标准，尼尔森还是个有钱人。之前给他提供食宿的店家来找萨利，要她别再犯傻，这样的机会不会再有，而且过去了这么久，她怎么还相信瑞德会回来？女孩的抗拒只让尼尔森更为渴求，之前很纯粹的迷恋成了难熬的激情。他下了决心，不成功决不罢休；萨利完全躲不开他。不仅仅是因为他的坚持，也因为周围人或恳切或气愤的规劝，她终于同意了。第二天，他欣喜若狂去见她，却发现昨天夜里她把小屋烧了，因为这是她和瑞德曾经的家。老太婆朝他跑来的时候，一个劲地骂着萨利，但他挥挥手让她不必如此；这无关紧要，小屋空出来的地方，他们可以再建一个欧洲式的房子，否则钢琴和那么多书运过来也不好放。

这个木屋于是就建起来了，他后来住了很多年，萨利也成了他的妻子。最初的几周是狂喜，他满足于她能给他的东西，而几周之后他就几乎再没有什么开心的时候。她的确不再抗拒，因为她也疲惫了，但她交出的那部分是她根本不在意的部分。那个隐隐约约瞥见的灵魂始终在尼尔森无法触及的地方。他明白她对他根本就没有一点动心。她还爱着瑞德，自始至终就在等着他。尼尔森很清楚，不管他有多爱她，对她多么温柔、同情、慷慨，只要有瑞德的任何消息，萨利会毫不犹豫抛下他。他的伤心难过甚至不会出现在她的头脑中。他整日备受煎熬，为了让她打开自我而反复冲击，但那颗阴郁的心始终对他是隔绝的。他的爱带上了愤恨。他试图用温柔融化萨利的心，但那颗心的坚硬没有减去分毫；他假装心灰意冷，但她根本就没注意。有时候他控制不住脾气，甚至会动手，她就安静地哭。有时候他觉得她就是个骗子，那颗所谓的灵魂都是他自己臆想出来的，之所以他进不了妻子心的圣所，因为那个圣所本就不存在。他的爱成了一座监狱，他想要逃，却没有力气打开那扇牢门——其实只差打开那扇门了——走到外面去。这成了一场折磨，到最后他变得麻木和绝望，火焰燃尽，等他再发现她的双眼在独木桥上停留了片刻，他心里已不是震怒，而是厌烦。他们在一起住了很多年，绑着他们的只是习惯和方便，现在回望当年的痴情，他是带着微笑的。她已经成了一个老女人，因为岛上的女子老得都很快；可现在如果说他对她已经感觉不到爱，至少也感觉不到怨愤了。她不会打扰他，他有钢琴和书过得心满意足。

这些想法又让他想说话了。

“现在再回头看，回想瑞德和萨利之间那段短暂的激情，我想，在感情最炽烈的时候，他们或许应该感谢残忍的命运让他们分离。他们确实承受了痛苦，但那个痛苦是美的；他们躲开了爱情真正的悲剧。”

“我好像不太明白你究竟想说什么。”船长道。

“死亡和分离并非爱情真正的悲剧。你觉得他们还能这样爱多久，直到其中一个再也没有了动心的感觉？啊，如果你全心地爱过一个女人，完全不能忍受她离开你的视线，但有一天你意识到即使再也见不到她也没有关系，这是多么苦涩的时刻。爱情真正的悲剧是无动于衷。”

他说着这些话的时候，一件奇异的事情发生了。虽然他一直对着船长，但其实这些话不是对船长说的，而是为了自己把那些想法转换成语言。尼尔森的眼睛虽然盯着眼前的人，但其实并没有看到他。但此时他眼前出现了一个形象，不是他看着的这个人，而是另外一个。就好像那种哈哈镜，会把你变得矮胖无比或者狭长得吓人，但此刻一种相反的变化正在发生，在这个肥胖、丑陋的老头身上，他隐约见到一个青年人的影子。他飞快地检视了船长一番。为什么随意闲逛正巧把他带到了这里？尼尔森心里微微一颤，呼吸都急促起来，头脑中被一个荒唐的猜疑塞满。这个想法绝不可能是真的，可它或许偏偏就是事实。

“你叫什么名字？”他突然问道。

船长做出一个挤眉弄眼的怪表情，发出的笑声听上去很狡猾，此时他忽然散发着恶意，粗鄙到让人恐惧。

“上次听到这个名字真太他妈久了，我自己都快忘了。但在这些小岛上活了三十年，他们都叫我瑞德。”

他发出低沉到几乎听不见的笑声，庞大的身躯都抖动了起来。看上去太丑恶了，尼尔森一阵颤栗，而瑞德则觉得好玩极了，从他充血的眼睛泪水沿着脸颊不住滚落。

这时候一个女人进屋了，尼尔森倒吸一口凉气。她是个当地女子，很有气势，偏壮实但还说不上胖，当地人岁数越大皮肤越黑，她也是这样，头发则全变白了。她穿一件宽大的女式黑罩衣，料子太薄，显出她下垂的大胸脯。这一刻终于来了。

她跟尼尔森报告了一些家务事，尼尔森答了几句。在他自己耳朵里，他的声音是很不自然的，不知道她有没有听出来。她朝窗边椅子里的那个人冷漠地扫了一眼，又出去了。这一刻来了，又走了。

尼尔森一时间没法说话，身子古怪地颤抖起来。这时他说道：

“你要是愿意再留一会儿，跟我一起吃个饭，我会很高兴的。都是些家常便饭。”

“我就不吃了吧，”瑞德说，“还得去找这个叫格雷的家伙。把东西给他之后我又得上路了。明天得回到阿皮亚。”

“我派个仆人给你指路。”

“那也好。”

瑞德费力地从椅子里站起来，瑞典人喊来一个在种植园里干活的仆人，告诉他船长要去哪里，那个仆人就上桥往前走了。瑞德正要跟上去。

“别掉水里了。”尼尔森说。

“别做梦了。”

尼尔森看着他过了桥，消失在椰树林中；但他还是怔怔地看着。然后他颓然坐回到椅子中。刚刚那个就是让他这么多年无法快乐的人吗？刚刚那个就是萨利爱了这么多年，又等得死心塌地的人吗？这一切都太荒诞不经了。他突然怒气攻心，有冲动想跳起来把身边的东西全都砸烂。他上当了。这两个人终于见到了彼此，但根本就没意识到。他笑了起来，笑声里毫无喜悦可言，但越来越响，直到歇斯底里。天上的神仙给他开了一个残忍的玩笑。而他已经老了。

萨利进来了，告诉他饭菜已经准备好。他坐在她对面，想要好好吃饭，但心里还是在琢磨，要是告诉她那个坐着的胖老头是谁，她会怎样；她依然还带着年轻时忘乎所以的爱想着这个情人吧。很多年前，他会很乐意说出来的，当时他因为这个女人让他如此痛苦而憎恶她，他想要把受到的伤害还给她，那全是因爱生出的恨。但现在他已经不在乎了。他无精打采地耸耸肩。

“刚刚那个人来干吗？”这时萨利问道。

他没有立刻回答。她是个又老又胖的土著女子。他不明白自己当初为何爱她爱得那么痴狂，他把自己灵魂中所有珍贵的东西都献给了她，但她弃若敝屣。太浪费了，真的太浪费了！现在看着她，尼尔森只感到鄙夷，他的耐心终于耗完了。他回答萨利的问题：

“他是一条纵帆船的船长，从阿皮亚来。”

“好吧。”

“他带了一条我老家的消息，我的大哥病得很厉害，必须得回去一趟。”

“你要去很久吗？”

他耸了耸肩。

尼尔 · 麦克亚当

Neil MacAdam[1]

船长布雷顿是个很好说话的人。吉婆勒有个博物馆，馆长叫安格斯 · 蒙罗，最近招了一个助手叫尼尔 · 麦克亚当，蒙罗告诉船长，他已经推荐新助手到了新加坡之后住到范戴克酒店去，大概是要住几天的，请船长费心多照看两眼，不要让这小子惹祸，船长说他一定尽力。布雷顿船长管着一艘叫作“苏丹艾哈迈德”的船，每次在新加坡上岸总归都住在范戴克酒店。他娶了位日本太太，酒店专门给他留了一个房间。范戴克酒店算是他的家了。这一回在婆罗洲沿岸走了半个月，进酒店，荷兰经理说尼尔已经在这里住了两天。年轻人正在酒店灰扑扑的花园里读过期的《海峡时报》[2]，船长打量了他一眼，走了过去。

“你是麦克亚当吧？”

尼尔站了起来，害羞得头皮都红了，答道：“我是。”

1　首次发表于 1932 年，收录于 1933 年出版的短篇小说集《阿金》。

2　*Straits Times*，1865 年创立于新加坡的地方性英文报纸。

“我叫布雷顿，是‘苏丹艾哈迈德’的船长，下周二你跟着我的船走。蒙罗让我照看你。来杯‘司腾佳’怎么样，你应该已经弄清楚这是什么东西了吧？”

“非常感谢，但我不喝酒。”

他的苏格兰口音很重。

“不怪你，这个国家的确有不少人，好端端的都让酒精给毁了。”

他喊来了中国服务生，给自己点了双份的威士忌和一小杯苏打水。

“到了之后都干了些什么？”

“就四处逛了逛。”

“新加坡没什么可看的。”

“我倒发现了不少。”

他第一个去的地方自然是博物馆。展品基本在国内都见过，但那些野兽、飞鸟、爬行动物、蛾子、蝴蝶、昆虫都是当地土生土长的物种，这就让他很是兴奋。吉婆勒是婆罗洲一个省的省会，博物馆专门给这个省的动植物辟了一个区域，接下来三年，尼尔的心思都要花在这些物种上了，所以看得尤为仔细。但最激动人心的还是街上的场面，尼尔是个非常王经、沉稳的年轻人，否则肯定要高兴地大笑。什么都看着那么新鲜。他走到脚都疼了。有一条繁忙的街道，他站在街角看一长列黄包车，看那些小个子男人抓着两侧的杆子跑得那么坚定，这已经让他惊叹了。他站在桥头，看着运河里的独木筏都抵在一起，像罐子里的沙丁鱼。在维多利亚大街上有些中国店铺，他望进去看到那么多稀奇古怪的商品。孟买过来的生意人喜欢站在店门口，又胖又热情，一直向他推销丝绸和华而不实的珠宝首饰。他观察走过的泰米尔人，一副寂寥又心事重重的样子，步伐里有种杀气腾腾的优雅；还有留着大胡子、戴着白色无檐帽的阿拉伯人，全是目中无人的姿态。太阳照在这片让人眼花缭乱的场面之上，亮得坚硬、冷峻。尼尔觉得有些晕，这个世界未免太过多姿多彩，恐怕要住上好多年才会觉得安心自在。

吃完晚饭之后，布雷顿问他要不要在城里转转。

“既然来了，也得见识见识这里的热闹。”他说。

他们坐上了一辆黄包车，到了中国区。船长在海上是不喝酒的，为了奖赏自己的这份克制，他白天已经喝了不少，此时兴致正高。黄包车停在一条巷子里，他们敲了敲门。门开了之后，他们穿过一条狭窄的走廊，进到一间大屋子，旁边摆了一圈长椅，铺着红色长毛绒的毯子。有些女子四散坐着，有法国人、意大利人、美国人。一台机械钢琴吃力地奏出音乐，听上去有些刺耳，寥寥几对舞伴正在跳舞。布雷顿船长点了酒。两三个女子抛了好些媚眼过来，等着他们邀请。

“啊，年轻人，有看得中的吗？”船长逗他。

“你是说要同她睡觉吗？没有。”

“你去的地方可没有白人女子，知道吗？”

“没有就没有吧。”

“想见见当地人吗？”

“可以啊。”

船长付了酒钱，他们出门一路走，到了另一个屋子。这里的姑娘都是中国人，小巧玲珑，双脚尤其小，一双手像两朵花，身上穿着绣花的丝绸衣服。只是她们化了妆的脸就像面具，黑眼珠见到生客总带着嘲弄的神色，她们很奇怪，不像是有血有肉的人。

“我带你到这儿来是觉得你应该看看这个地方，”船长布雷顿说，好像正履行他的天职，“但看看就行了，不知为什么中国人不喜欢我们。有些中国人的场子甚至不准白人进来。实话告诉你，他们说我们身上臭，奇怪吧？他们说我们闻起来有尸体的味道。”

“我们有尸体的味道？”

“给我换日本人就行，”船长说，“他们不错。我老婆就是日本人。你继续跟我走，我带你去个有日本姑娘的地方，你要是在那儿还挑不出喜欢的，随便你拿我怎么样。”

黄包车就等在外面，他们坐上去。船长说了地址，两个车夫跑了起来。门口迎接他们的一个日本中年妇人，进屋的时候鞠躬鞠得很深。船长和尼尔被带到一个房间里，非常整洁，除了地上几张席子，其他什么都没有。坐下之后，很快一个小女孩端着托盘进来，上面是两碗茶，茶色清淡，她羞涩地鞠了一躬，把茶分给了他们两人。船长跟中年妇人说了几句话，她瞧了尼尔一眼，咯咯笑起来。她跟那个女孩嘱咐了一句，女孩出去，没过一会儿，四个姑娘脚步轻盈地进来了。她们都身材矮小，胖胖的，穿着和服都分外可爱，发亮的黑色头发扎得精巧，眼睛里笑意盈盈，进来的时候深深鞠躬，很客气地喃喃打着招呼。她们说话像鸟鸣。四个姑娘跪坐在地板上，两位客人左右各有一位，调情很有手段，转眼间布雷顿的手臂就绕上了她们纤细的腰肢，非常开心地聊个不停。尼尔觉得船长身边的两个姑娘似乎在取笑他，她们两双明亮的眼睛一直调皮地朝他这里看，他脸红了。但另外两个姑娘一直微笑着往他身上靠，说的都是日语，就像每一个字他都能听懂一样。她们看上去是那么开心和真挚，他也忍不住笑起来。她们照顾客人极其殷勤，先是把碗递过来让他喝茶，喝了一口马上又接过去，怕他端着碗太辛苦。她们会帮他点烟，甚至伸出一只小巧的、精致的手接着烟灰，不让烟灰掉在衣服上。她们抚摸尼尔光滑的脸孔，好奇地欣赏着他年轻的大手掌。她们顽皮得像两只小猫。

“看中了哪一个？”过了一会儿船长问道。“选好了没有？”

“选什么？”

“我先等你选定了，我再选。”

“啊，这两个我都不要。准备回家睡觉了。”

“什么，这算什么事，你不是怕了吧？”

“没什么好怕的，就是没兴趣，你好好玩，别让我扫了兴。我自己回酒店就行。”

“要是你这就结束了，那我也结束。我只是过来给你做个伴的。”

他跟中年妇人说了句话，屋里的姑娘都吃惊地看着尼尔。妇人回了话，船长耸了耸肩。其中一个姑娘评点了一句，大家都笑起来。

“她说什么？”尼尔问。

“她在开你玩笑。”船长微笑着说。

他别有深意地扫了尼尔一眼。之前那个引大家发笑的姑娘，现在直接对着尼尔说了些什么，但尼尔听不懂，只看到她眼神中的嘲讽之意，这让他脸红着皱起了眉头。他不喜欢自己成为笑柄。然后那姑娘哈哈笑起来，抱住尼尔的脖子轻轻地吻了他一下。

“行了，我们走吧。”船长说。

下了黄包车，走进酒店，尼尔问船长：

“刚刚那姑娘说了句话，你们都笑了，她说的是什么？”

“她说你是个处男。”

“这有什么好笑的。”尼尔用他那缓慢的苏格兰口音说道。

“她说对了吗？”

“确实如此。”

“你多大了？”

“二十二。”

“那你在等什么。”

“等我结婚。”

船长沉默了。走到楼梯顶上，他伸出手，跟尼尔道别的时候眼神闪了一下，但尼尔的目光也没有回避，依然平和、诚恳，见不到丝毫的困扰。

三天之后，船启航了；乘客中只有尼尔一个白人。船长没空的时候他就看书，最近他又在重读华莱士的《马来群岛》[1]。这本书他少年时就读过，但现在读来又有别样的引人入胜。船长闲下来，他们就一起打克里比奇牌[2]，或者坐在甲板椅上抽烟、聊天。尼尔的父亲是个乡村医生，自从记事起，他就对博物学感兴趣。中学毕业后去了爱丁堡大学，成绩优异地拿了一个理学士的学位。当时正在找工作，准备去当一个生物讲师，偶然间看到《自然》里一则启事，吉娑勒的博物馆缺一个馆长助理。尼尔的叔叔是个格拉斯哥的生意人，曾经和馆长安格斯·蒙罗在爱丁堡做过同学，就写信问能否给他侄子一个试用的机会。尼尔最感兴趣的是昆虫学，但他的专业是动物标本剥制师，《自然》的启事特别提到这是应聘者的必备技能。叔叔从尼尔以前的老师那里要来了各种证书，也装进信封，还提到尼尔是大学足球队的选手。几周之后，收到电报，尼尔被聘用了，两周之后他坐上了去远东的船。

“蒙罗先生是怎样一个人？”尼尔问。

“挺好一个人，大家都喜欢他。”

“我查过他在科学杂志发过的论文，最新一期的《鹮》[3]就有

1 华莱士（Alfred Russel Wallace，1823—1913），英国博物学家，1858 年提出生物进化的自然选择学说。《马来群岛》（*Malay Archipelago*，1869）记录了他 1854 年至 1862 年间在马来群岛南部岛屿的考察。

2 Cribbage，通常两人对玩的纸牌游戏，按牌面组合计分，用插在有孔的狭长计分板的小钉计分，先得一百二十一分为胜。

3 *The Ibis*，英国鸟类家学会会刊。

他一篇关于‘裸节螈’[1]的文章。”

“这我就完全不知道了，我知道他娶了个俄国老婆，这里的人都不怎么喜欢他太太。”

“我在新加坡收到他一封信，说可以先住在他家里，让我到处看看，想好了再搬。”

船在河上高速前行，河口有个渔村，零零散散的木屋立在水中的木桩上，河岸上是茂密的聂帕榈和虬结的红树，后面就是原始森林，只见一片葱茏的绿。蓝天中横着一条暗色的轮廓，全是棱角，那是远处的群山。尼尔心里有股难以抑制的兴奋，如饥似渴地欣赏着眼前的景致。这景致出乎他的预料，他熟读康拉德，几乎能背，还以为这片土地会饱含着一种阴森的神秘之感。这蓝到浓稠的天空让他措手不及。地平线上一朵朵白云像是停在风平浪静处的船帆，在阳光中极是明亮。绿森林也在夺目的光芒中闪耀着。往河岸上望去，不时见到马来人的茅草屋顶，舒舒服服地钻在果树之间。当地人划独木舟都站在船中，往上游去了。尼尔没有觉得自己被禁闭在一个狭小的地方，心头也没有什么阴郁，在这耀眼的清晨，他只感受到广阔和自由。初来乍到，他觉得在这个国家受到了款待，知道以后在这里会过得开心。布雷顿船长在驾驶台，往下方瞥了一眼，目光很亲切，船走了四天，他已经有些喜欢这个年轻人了。尼尔的确不喝酒，而且你开玩笑的时候他多半要当真话来听，但他的正经里有些很让人欢喜的成

1 原文 Gymnathidaw，疑为 Gymnarthridae，裸节螈科，已经灭绝的两栖动物（形似蝾螈）。

分；所有事对他来说都是有趣和重要的——当然这也是为什么他不觉得你的笑话好笑；但就算他没有听懂，也会笑起来，因为他感觉到你正等着笑声，也因为他觉得活在世上可高兴的事真是太多，每一件你告诉他的小事他都感恩在心。他很讲礼貌。要你递给他一样什么东西，从来不忘加一个“请”字，拿到了也总会说一声“谢谢”。还有一件事是谁都不会反驳的，那就是尼尔长得好看。此时他没有戴帽子，正双手撑着栏杆，看后退的河岸。他身材高挑，有六尺二,四肢修长、灵活，肩膀宽阔，腰身却窄，姿态中总有种迷人的小马驹似的气质，好像随时要跑起来。头发是棕色的鬈发，又加了一层说不上来的奇妙光泽，有时光线凑巧，满头的金色光芒。一双大眼睛非常蓝，神采中全是好脾气，看出来他心境一向是愉悦的。鼻子短小，圆鼻头，大嘴巴，下巴很坚毅，脸有些宽大。但尼尔最引人注意的是他的皮肤，那么白又那么光洁，脸颊上又是两片可爱的红晕，女人也少见这么好的肤质，船长每天早上都要开他同样的玩笑。

“啊，小伙子，今天刮胡子了吗？”

尼尔摸了摸下巴。

“没有，你觉得我该刮胡子了？”

船长每次听到这句都要哈哈笑起来。

“你用得着吗？皮肤好得跟婴儿的屁股一样。”

尼尔也是每次听到这句都不好意思，头皮都红起来。

“我每周都刮胡子的。”他反驳道。

但他招人喜欢的不只是长相，也是他的天真，他的直率，还有世界给他的那股新鲜感。虽然他对待任何事都那么认真、严肃，而且什么话题都要争一争，但他又透露出一种单纯，让你觉得矛盾，船长就一直想不明白到底尼尔给他的是种什么感觉。

“是不是因为他还没找过女人，”他想道，“有意思，照理说，那样的皮肤和气色，姑娘们应该整天缠着他才对啊。”

前方河道拐弯，“苏丹艾哈迈德”到那一转就能看到吉娑勒了，船长事忙，打断了他的思绪。他下扶梯去了轮机舱。船减至半速，吉娑勒铺在左岸，一个干干净净的白色镇子，右岸是座小山，山上有堡垒和苏丹的宫殿。这天有风，苏丹的彩旗在高高的旗杆顶端飘扬。船停在河中间，医生和一个警官坐着政府的汽艇上了船。有一个穿着白色帆布衣服的瘦长男子陪着他们。船长站在舷梯顶上跟他们握手，然后对着最后上船的那位说道：

“好了，我已经把这个前程似锦的年轻人给你好端端地送到了这里。”然后朝尼尔扫了一眼，说：“这就是蒙罗。”

这个又高又瘦的人主动跟尼尔握手，打量着他。尼尔脸红了一下，微笑起来，牙齿很好看。

“你好啊，先生。”

蒙罗笑起来嘴唇不笑，只是灰色的眼睛里有淡淡的笑意。他的脸颊是凹陷的，窄窄的鹰钩鼻，苍白的嘴唇，皮肤被晒得很黑。他一脸疲态，但表情和蔼，尼尔立刻感觉这个人值得信任。船长引见了医生和警官，提议一起喝杯酒。大家坐下来，服务员端来了几瓶啤酒，蒙罗摘下了帽子，尼尔看到他棕色的头发渐渐转成银灰色，剃得很短。蒙罗四十岁上下，话少，很沉稳镇定，有知识分子的派头，和其他人完全不一样，医生是个活泼的小个子，警官体态笨重，把自己当成了个大人物。

“麦克亚当不喝酒。”船长见服务员倒出四杯啤酒，说道。

“真不错，”蒙罗说，“希望你最近没有把他引入歧途吧？”

“在新加坡的时候试了试，”船长回道，眼神中一个闪动，“可惜完全失败了。”

蒙罗喝完了杯子里的啤酒，转过来对尼尔说：

“我们该上岸了吧？”

尼尔把行李交给了蒙罗的仆人，和蒙罗坐上了一条舢板。两人上了岸。

“你想直接回去，还是先兜一圈看看？离午饭还有两个小时。”

“我们能不能先去博物馆？”

蒙罗的双眼又和蔼地笑起来，心里很高兴。尼尔羞涩，蒙罗也不是个爱说话的人，两人就静静地走。河边都是当地人的木屋，里面住着马来人，上演着他们源远流长的生活。居民都在忙碌着，但不着急，涌动着一种幸福的日常之感，其中似乎有一种生命的节奏，以出生、死亡、爱恋和其他一切人类共通的事情制定节拍。他们走到集市上，是几条头顶有遮蔽的窄街，里面挤满了中国人，干活、吃饭，和其他地方的中国人一样，说话很大声，像是永不知疲惫似的奋斗着。

“见过了新加坡，这里的确没什么可看的，”蒙罗说，“不过我倒觉得也挺别致。”

他的口音不像尼尔那么重，但苏格兰人颤动舌尖的那个r还是很明显，让尼尔听得安心。听英格兰人说英文，总觉得他们在装腔作势。

博物馆是个漂亮的石头建筑，进大门的时候蒙罗不自觉地挺直了身子。门口的保安见到蒙罗行了礼，蒙罗说了几句马来话，显然是在解释尼尔的身份，因为保安朝尼尔笑了笑，也行了一个礼。相比于屋外，博物馆里凉快多了，而且街上一路都太耀眼，室内的光线也舒服很多。

“你大概会失望的，”蒙罗说，“我们到现在都受制于资金有限，本该拥有的藏品最起码少了一半。但总算物尽其用吧。请不要太苛责。”

尼尔走进展馆，像一个游泳的人自信满满地纵身跃入夏日的海水中。展品的摆放都很高明，蒙罗不但要传授知识，也想让参观者看得高兴，不管是鸟、兽、爬行动物，都尽量展示在它们本来的生活环境之中，很让人信以为真。尼尔抛开了他的羞涩，像个激动的孩子一样问了无数问题，聊到了各种话题。他兴奋极了。两个人都忘了时间，蒙罗看表的时候吓了一跳。他们坐上黄包车，回到了家。

蒙罗领着年轻人进了客厅。一个女子躺在沙发上看书，这时缓缓起身。

“这位是我妻子。达丽雅，抱歉我们回得太迟了。”

“这有什么关系？”她微笑道。“还有什么比时间更不要紧的事？”

她朝尼尔伸出手，端详了尼尔片刻，但神情是友善的。她的手有些大。

“我猜你是带他去看了博物馆吧？”

蒙罗的妻子三十五岁的样子，中等个子，浅棕色皮肤，但没有气色，一脸的苍白。眼睛是淡蓝色的。头发也是浅棕色，颜色特别，质感让人想起飞蛾；从中间分开，在脑后盘了一个发髻，但显然没有精心打理。她的脸是宽脸，颧骨偏高，鼻子也是肉鼓鼓的。这不能算是个好看的女子，但在她舒缓的举止中，带着一丝性感的优雅，只要不是特别无趣的人，都会觉得她那些漫不经心的动作很有意思。她穿着一条绿棉布做的连衣裙。英语说得除了一点点口音，挑不出任何毛病。

他们一起坐下来用午餐。尼尔又因为害羞而局促不安起来，但达丽雅似乎没有在意，天南地北聊得很放松。她问起了他的行程，问他对新加坡的印象，也介绍了尼尔在当地肯定要见的那些人。苏丹不在，当天下午蒙罗就会带他去拜访驻扎官，晚些时候再去俱乐部，到时就什么人都会见到了。

“你会很受欢迎的。”她说道，那双淡蓝色的眼睛一直在关注着他。尼尔太单纯了，换一个比他多一丁点心思的男人，大概都会注意到面前的这位女士正评鉴他的身材、年轻的阳刚之气、闪亮的鬈发和精致的皮肤。“那些人看不上我们。”

“别瞎说了，达丽雅，你太敏感了，那只不过因为他们都是英国人，没别的道理。”

“安格斯是个科学家，他们觉得这可滑稽得不得了，我是个俄国人，他们就觉得我很粗鄙。我无所谓。这些人都是蠢货。是我命运多舛，要和他们生活在一起，他们是我认识的最平庸、最狭隘、最循规蹈矩的人。”

“麦克亚当今天刚到，你不要扫他的兴。到时他就知道，那些人是很和气很热情的。”

“你教名是什么？”她问这个年轻人。

“尼尔。”

“我就叫你尼尔，你一定要叫我达丽雅。我讨厌别人称呼我‘蒙罗太太’，感觉就像嫁给了一个牧师。”

尼尔脸红了一下，蒙罗太太这么快就跟他说话如此熟络，让他有些窘迫。她继续说道。

“有几个男人还不算太糟。”

“他们自己的工作都干得很好，这本来就是他们到这里来的目的。”蒙罗说。

“他们打猎、踢球、打网球和板球，我跟他们还算合得来。但我受不了那些女人，满心的妒忌和怨愤，又懒得要命。说的话一点内容都没有。如果你提起什么需要些智识的话题，她们翻的那些白眼，就像你说了什么下流话一样。她们对什么都不感兴趣，能聊些什么呢？你聊身体，她们觉得你不得体，你聊灵魂，她们又觉得你假正经。”

“我妻子的话你千万不要太当真了，”蒙罗微笑道，还是他那副温和、宽厚的样子，“这里的外国人，跟东方任何地方都一样，不算太聪明，也不算太笨，就是一群和气、良善的人。这就很不错了。”

“我不要他们和气、良善，我要他们有活力和激情。我要他们对人类感兴趣。我希望他们对心灵上的事能多在意一些，这至少比苦琴酒或者咖喱饭更要紧一些吧？我希望艺术对他们是重要的，还有文学。”突然她对着尼尔说道：“你有灵魂吗？”

“啊，我不知道，我不太明白你具体指什么。”

“我刚问你的时候你为什么脸红呢？你为自己的灵魂感到羞耻吗？一个人最要紧的就是灵魂了。跟我说说你的灵魂吧。我对你感兴趣，想多了解一些。”

被一个初次见面的人如此盘问，让尼尔觉得无比尴尬。他以前从来没遇到过这样的人。但他是个一本正经的年轻人，既然别人提了直截了当的问题，他一定尽力回答。只是蒙罗就在旁边听着，让他很不好意思。

“我不知道你口中的灵魂指什么。如果你指的是造物主在物质世界之外创造了一种独立的精神实体，跟我们的肉身暂时结合了起来，那我的回答就是：没有，我没有这样的灵魂。在我看来，这种对人格的理解太过二元对立了，任何人，只要平心静气地审视现有的证据，都无法替这样的立场辩护。但另一方面，如果你说的灵魂指的是一些精神元素的集合，这些精神元素构成了一个人所谓的性情，那当然我是有的。”

“你很可爱，又那么俊俏，”她微笑着说道，“不是，我指的是人的心和心里的渴望，指的是身体和身体里的欲望，还有我们每个人蕴藏着的‘无穷’。告诉我，来的路上你看了什么书，还是只顾着打甲板网球了？”

这句回复如此随便，让尼尔有些讶异，若不是对方眼神如此亲切，神态又如此放松，或许尼尔甚至会觉得自己被侮慢了。蒙罗静静地微笑着，看着这个年轻人的茫然。他微笑的时候，从鼻翼到嘴角的皱纹成了深深的沟壑。

“我读了很多康拉德。”

“是因为有趣还是为了增长见识？”

“都是。我非常喜欢他。”

达丽雅夸张地甩起双臂，表示抗议。

“那个波兰人，”她高声说道，“你们英国人怎么会被这么个啰唆的骗子蒙在鼓里呢？他完全展现了那个民族的肤浅。那样的口若悬河，那些个缠绕的句子，卖弄辞藻，故作深刻——你要是能看穿这些东西，真的弄懂了他在说什么，除了一些无关紧要的大白话，还有什么呢？他就是个二流的演员，套上了一件华贵的戏服，慷慨激昂地朗诵着雨果的台词。前五分钟你会说，这好有英雄气概啊，然后你整个灵魂感到一阵恶心，只想高呼，不对，这都是假的，假的，假的。”

她说得如此激情澎湃，尼尔从来没听过谁聊起艺术和文学会这么动情。她的脸颊本来一点色彩都没有，此时泛出一点红晕，淡淡的眼睛里都是光芒。

“没有人能像康拉德一样传递氛围，”尼尔说，“我可以闻到、感觉到他笔下的东方。”

“胡扯，你对东方了解多少？谁都知道他犯了很多最可笑的错误，不信你问安格斯。”

“他自然不是每一处都那么精确的，”蒙罗还是用他那字斟句酌的语调说道，“他写的婆罗洲跟我们了解的婆罗洲不是同一个地方。他的观察是从一条商船的甲板上得来的，而且就算是他亲眼所见的东西，也观察得不够仔细。但这真的要紧吗？我不觉得小说就一定要受制于真实。他创造了一个国家，那是一个黑暗的、邪恶的、浪漫的灵魂之国，也是很了不起的。”

“你太多愁善感了，我可怜的安格斯。”然后她又对尼尔说道：“你一定要读屠格涅夫，要读托尔斯泰，要读陀思妥耶夫斯基。”

尼尔完全不知道该如何面对达丽雅·蒙罗这个人。她完全跳过了人与人往来的最初几个阶段，刚认识就把尼尔当成了一生的至交。这让尼尔很困惑。这样做未免太鲁莽了。他跟人往来，一上来凭本能就会非常小心。他的确与人为善，但前方的路看清楚之前，不愿意走太远。有些话，没有充分的理由，是没法跟陌生人说的。但在达丽雅面前你不由自主地就说出来了，她几乎是逼你说出了心底藏着的事情。大多数人只有自己知道的情绪和想法，她一股脑地倾吐出来，就像浪荡子把金币抛洒向人群。她的说话方式、行事方式，都是尼尔从来没有听过、见过的。她根本不在意自己说了什么，她会提到人体的一些动物功能，让尼尔一下脸红起来。这又会招来达丽雅的嘲讽。

“啊，你真是个扭捏的人！这有什么不堪入耳的吗？要是我要吃一颗通便的药，为什么不能说出来呢？如果我觉得你也需要一颗，为什么不能告诉你呢？”

尼尔永远都很讲道理，说：“理论上你应该是对的。”

她让尼尔聊起他的父母，他的兄弟，他在中学、大学里的生活，也跟尼尔说了很多她自己的事。她父亲是个将军，死在战场上，她母亲是个公爵小姐，姓卢切科夫。他们本来住在俄国东部，布尔什维克夺取政权之后，就逃到了横滨；日子过得艰难，他们抢救出了一些首饰和艺术品，就靠典卖这些东西勉强度日。也是在横滨她嫁给了一个一起流亡出来的俄国人。但她婚姻不幸福，两年之后离了婚。母亲去世，身无分文的她只能尽己所能养活自己。她在一个美国急救组织上过班，在一个教会学校教过课，还在医院工作过。她还会说起在她困苦无助之时，那些男人如何借机要占她便宜，这既让尼尔怒不可遏，也让他非常尴尬，因为达丽雅说起那些事常在细节上毫无保留。

“禽兽。”尼尔说。

“啊，所有的男人都那样。”她耸了耸肩说道。

她还讲到有一回她举起了一支左轮手枪，才保住了自己的身子。

“我警告他再进一步我就杀了他，当时如果他真的走了那一步，我一定像杀一条狗一样，开枪毙了他。”

“天呐！”尼尔说。

她就是在横滨认识安格斯的。安格斯那次是去日本过他的假期。他明显是个正派的人，不拐弯抹角，又温柔又体贴，一下就迷住了她。他不是生意人，是科学家，而科学跟艺术就算不是亲兄弟，也是同一个母亲抚养长大的。他能给她平静的生活，能让她安心。而且她也厌倦了日本。婆罗洲是一片神秘的土地。现在算来，他们结婚也有五年了。

她把她推荐的那些俄罗斯小说家的书给尼尔去读,《父与子》《安娜·卡列尼娜》《卡拉马佐夫兄弟》。

“这是我们文学的三座巅峰。读一读吧。人类没有比它们更伟大的小说了。”

听达丽雅的口吻，就跟她很多同胞一样，似乎只有他们国家的文学才算文学，似乎因为那几部小说和几个短篇，一些无关痛痒的诗歌，再加上五六部不错的戏剧，就让世界上其他民族的文学创作可以忽略不计了。尼尔既觉得难以理解，又不禁为之倾倒。

“你就很像阿辽沙[1]，尼尔，”她说道，用温柔的眼神看着尼尔，“一个苏格兰的阿辽沙，带着苏格兰的阴沉、多疑、谨慎，压抑了你的灵魂，你内在的美就出不来了。”

“我一点都不像阿辽沙。”尼尔局促地回道。

“你自己是什么样的你不懂，你对自己根本一无所知。为什么你就成了一个博物学家？为了钱吗？你本可以去你叔叔在格拉斯哥的公司上班，钱肯定能多赚不少。你身上有些不一样的东西，是超凡脱俗的，我简直可以跪倒在你脚边，就像佐西马长老对德米特里那样。[2]”

---

1 陀思妥耶夫斯基《卡拉马佐夫兄弟》中的主要人物之一，代表神性、纯粹、良善，他是卡拉马佐夫兄弟中最年轻的一个，串起小说的众多故事线。

2 德米特里是卡拉马佐夫兄弟中的另外一位，是个风流的浪子，与父亲的冲突是小说中的一条主线；佐西马长老是阿辽沙的导师，德米特里与父亲激烈争执时，佐西马长老突然朝他跪倒，据长老自己说，暗示了德米特里“日后的苦难”。

“请千万别跪。”尼尔带着微笑说道，但也有点脸红。

但他读了那些小说之后，达丽雅似乎就没那么奇怪了。达丽雅的一些特质，若是放在他认识的一些苏格兰女子身上，比如他的母亲，或是叔叔在格拉斯哥的那几位女儿，都会很不寻常，但那些俄罗斯小说创造了一种氛围，尼尔频频在一些人物身上认出与达丽雅的相通之处。以前他总觉得不可思议，达丽雅熬夜可以坐到那么晚，喝那么多杯茶，几乎从早到晚就躺在沙发上看书，一支接一支不停地抽烟，但现在他不觉得那么奇怪了。她可以接连好几天什么事都不做，但一点不觉得无聊。她把慵懒和热忱很奇妙地集于一身。她喜欢说自己是东方人，出生在欧洲只是偶然，只是意外；说这句话的时候经常还会耸耸肩。她特有的那种优雅，让人想到猫，也由此的确让人想到东方。她很不爱干净，客厅里到处是烟头、旧报纸、空罐头，也似乎不以为意。尼尔觉得她有点像安娜·卡列尼娜，读小说时觉得这人物可怜，就把同情转移到了达丽雅身上。她的傲慢他也理解。当地的外国女士尼尔慢慢熟悉起来，达丽雅看不起她们也没有那么不可理喻了；她们的确太平凡，达丽雅比她们更聪明，更有文化，她的心思精微细敏到仿佛不堪世事的惊扰，就比得其他女人如此黯淡无光。而她也没花费任何心思讨好她们。虽然在家里经常只穿莎笼和巴汝，邋邋遢遢的，但每次和安格斯出去吃饭都打扮得光彩照人，和周围的场景简直有些格格不入。她不介意让人注意到她丰满的胸脯和线条优美的背脊，画的腮红和眼妆就像她面前的灯光都是舞台的脚灯。这样的服饰和妆容难免招来一些讪笑和不耻，尼尔每次发现旁人有那样的神色都很气愤，但心里也不免遗憾，觉得她又何必非要让自己成为众矢之的。她看上去自然很耀眼，但如果你不认识她，恐怕真要怀疑她不是什么体面正派的女人。她的一些做法尼尔始终没法适应。比如她胃口极大，吃得比尼尔和安格斯加起来都多，尼尔对此一直耿耿于怀。还有一件事情他不可能适应，就是达丽雅聊起男女之事格外直白。她觉得尼尔在家乡、在爱丁堡一定和众多女子有过风流韵事，非要他详细描述其中细节。苏格兰人擅长冷面幽默，让尼尔足以抵挡达丽雅的刺探，而且他天生小心，一直躲闪着对方的问题。达丽雅一直笑他不爱说话。

有时候他也会被达丽雅弄得手足无措。她喜欢夸赞他的外貌，用词很不收敛，这他已经习惯了，比如她说他俊美得就像北欧传说中的天神，他就没有什么反应，恭维如同水落鸭背，已经影响不了他。但达丽雅会把她那双大手插进他的鬈发间，温柔地拨弄他的头发，还微笑着抚摸他平滑的脸颊，这就让尼尔很烦恼，他受不了别人对他动手动脚。有一天，她要喝两口汤力水，拿起桌上的杯子就倒。尼尔忙说：

“那是我的杯子，我刚刚喝过。”

“那又没关系，你染了梅毒吗，没有吧？”

“只是我自己很讨厌喝别人的杯子。”

抽烟这件事上，她也不像话。那时他来还没多久，刚点着一支烟，达丽雅走过，说：

“这烟给我抽吧。”

于是就从他嘴里把烟夹走，放进自己嘴里，抽了两三口，她又说不想抽了，递还给了尼尔，烟嘴上都是口红。尼尔根本就不愿意再接着抽，但又怕马上丢掉是失礼。这多少让他有些恶心。很多时候达丽雅问他要烟抽，他递过去，达丽雅会说：

“啊，能帮我点着吗？”

他点着了烟，再递过去，达丽雅会张着嘴巴，让尼尔把烟放到她唇间。点烟的时候，很难不沾上口水，他难以想象一支他嘴里出来的烟，达丽雅怎么还能抽得下去。这个过程实在亲昵得让他受不了。他想，蒙罗见了也肯定不会高兴。甚至在俱乐部里她也这样干过几回，尼尔知道自己当时一定脸都红得发紫了。他时常觉得达丽雅的这些习惯真是叫人不舒服，要是能改掉就好了，但俄罗斯人的做派恐怕就是这样，而且你不得不承认有达丽雅在身边，的确很让人开心。听她说话，很容易就头脑活跃起来，跟香槟一样，“只是打个比方”（尼尔尝过一回香槟，觉得难喝极了）。没有什么话题是达丽雅不能聊的。她聊天跟男人不一样，你一般能猜出来男人接下来要说什么，但达丽雅你永远猜不到。她随兴而起的念头都那么奇妙，让你浮想联翩。她拓宽你的思路，激发你的想象。尼尔觉得自己从没有像现在这么有生机。他似乎每一步都踩在山巅之上，望出去，心灵的视野无边无际。有时候尼尔停下来回味时不禁有些自得，觉得他俩的思想交汇在何等高妙的层面上，能参与这样的对话，那些肉身的欢愉再如何被吹捧，也显得不足道了。在很多方面（尼尔生性慎重，做任何判断，即使只在心里想一想，都要加上这样那样的限定词），达丽雅都是他见过的最聪明的女人。而且，他还是蒙罗的妻子。

尼尔对达丽雅的欣赏或许还有所保留，但对蒙罗，尼尔的佩服是不折不扣的；因为爱屋及乌，不管谁是蒙罗的妻子，除非比达丽雅平庸糟糕一大截，否则总能从这样诚挚的佩服中获益。对于蒙罗，尼尔完全是五体投地的，这样的感觉他之前对任何人都不曾有过。蒙罗是如此理智，如此稳重，如此宽厚。这完全就是尼尔心目中自己老了之后理想的样子。他话不多，但只要开口都说得很有道理。他很睿智。他那种冷冷的幽默感尼尔能听得懂，相比之下，俱乐部里那些英格兰人的欢畅就显得那么空洞。他很和蔼，很耐心。他有那样的气度，你很难想象任何人在他面前放肆、无礼。但他并不装腔作势，也不很肃穆，只是诚恳，绝对不说假话。尼尔仰慕的不仅是他的人格气度，同样爱他的学术。他有想象力，细致、勤奋，虽然兴趣在科研，但博物馆的日常工作他依旧是巨细靡遗的。那个时候，他对竹节虫非常感兴趣，着手在写一篇论文，研究它们的孤雌生殖能力。当时有个插曲，就跟这项研究有关，给尼尔留下了深刻的印象。某天一只小猩猩挣脱了铁链，吃光了竹节虫的幼虫，把蒙罗的证据统统毁掉。尼尔都快哭了。安格斯·蒙罗抱住那只猩猩，一边抚摸着它，一边微笑，引用牛顿道：

“钻石啊钻石，你可不知道自己给我造成了多少损失。”[1]

---

1 据说，牛顿在研究和写作《自然哲学的数学原理》（提出了牛顿运动定律和万有引力定律）时，他的狗“钻石”撞翻了桌子，蜡烛引发大火，烧掉了牛顿的手稿，当时他就说了这样一句话。

他同时还在研究“拟态”，对这个争议颇大的课题很感兴趣，又把这种兴趣灌输给了尼尔。他们聊起“拟态”就没完没了。馆长太博学了，活生生的一本百科全书，常让尼尔惊叹不已，也让他对自己的无知很惭愧。他也一样爱听馆长聊起那些深入内陆、收集标本的旅程，这时候蒙罗的热情最能打动人。那才是理想中的人生——充满艰难困苦，生活必需品经常匮乏，偶尔还会身陷险境，但它的回馈是那么诱人：发现珍稀物种甚至新物种时的欣喜，风光之美，自然的亲近，最重要的，还有那份切断一切羁绊的自由感。之前雇佣尼尔的时候，主要考虑的也是这方面的工作。蒙罗的精力主要被研究占据，很难接连好几周在外奔走，而且达丽雅也一直不愿陪他出门。她莫名地惧怕森林；怕野兽、蛇和有毒的昆虫。蒙罗不知跟她说过多少回，只要你不骚扰、惊吓动物，它们不会来伤害你，但她的恐惧不受理智支配。他不愿意把妻子一个人留在家里，知道她看不上当地的外国人，自己走了，她一定会无聊得发疯。可苏丹对自然科学、博物史非常关心，很希望博物馆能完整呈现这个地方的生物谱系。为了让尼尔能学习考察时要做些什么，蒙罗的确要跟他一起出一次门；计划已经讨论了几个月，尼尔活到现在还从来没有像这样期待过任何事。

这几个月来，他还在学习马来语，零零散散记住了一些今后路上能用到的方言俚语。他也打网球、踢足球，很快认识了社群中所有人。足球场上，他抛开了自己对科学的痴迷和对俄罗斯小说的兴趣，完全沉浸在这项运动的快乐之中。他身体强壮、动作迅捷、不惜体力。比赛结束，冲个澡，喝着一大杯汤力水，跟球友们一起讨论刚才的比赛，也真是一大享受。尼尔寄宿在蒙罗家只是权宜之计，从来没想过要一直住下去。吉娑勒有一家旅社，房间很多，但有一条规矩，一个客人最多只能住半个月，很多单身汉如果没有公派的宿舍，就几个伙伴凑在一起，租一个房子。尼尔刚到的时候，这样合租的房子正好没有空缺。四个月之后的一天晚上，打完网球，坐在一起的还有沃林和琼森，他们告诉尼尔，有一个跟他们合租的人要回国，如果尼尔愿意，他们很欢迎尼尔加入。沃林和琼森也都是一起踢球的年轻人，跟尼尔差不多岁数，尼尔也很喜欢他们两个。沃林在海关上班，琼森在警局。他二话不说就答应了。两人说了大概需要多少钱，问了他什么时候方便搬家，定在了两周之后。

那天晚餐的时候他告诉了蒙罗夫妇。

“你们让我住了这么久，实在太客气了，这样赖在你们家里很让我过意不去，很惭愧，现在我终于没有借口了。”

“但我们很喜欢你住在这里啊，”达丽雅说，“你不需要借口。”

“但也不可能没有止境地一直住下去。”

“这有什么不可以的。你那一点点凄惨的工资，何必要浪费在食宿上？跟沃林和琼森在一起你会无聊死的。两个蠢货。脑袋里除了听留声机和踢两脚球，就没有别的东西了。”

这也是实情，抹去了这些生活开销的确让他轻松不少，大部分工资都存了下来。他骨子里是个节俭的人，没必要的时候，向来是不怎么花钱的。可他也有自尊心，不能总白吃白住。达丽雅静静地看着他，她那双眼睛很会看人。

“我和安格斯已经习惯你在家里了。你走了，我觉得我们会想你的。如果你坚持，可以付一点食宿费。其实我们根本没有为你多花钱，但如果能让你好受些，我可以让厨房算算清楚你多吃了几块钱，你付给我们就行了。”

“家里多了个陌生人一定很头疼吧。”他犹犹豫豫地回道。

“你住到那里去一定会很痛苦的，他们吃的东西多恶心啊，我的天呐。”

蒙罗家的饭菜比吉娑勒任何地方都要美味，这也是不争的事实。尼尔隔三岔五地会在别的地方用餐，可即使到了驻扎官的家里，你也吃不到什么美食。达丽雅是个爱吃的人，对厨师的要求从来都不放松。厨师做的是俄国菜，每次都让人胃口大开。达丽雅的白菜汤值得你为它走五英里。但蒙罗并没有发话。

“你愿意住下去的话，我会很高兴的，”他终于说道，“随时能喊你真是非常方便，有任何事，我们可以当场讨论。沃林和琼森这两个小伙子都不错，但我敢说，相处一段时间，你会发现他们有他们的局限。”

“啊，那行吧，我非常愿意。住在这里天知道我只是怕打扰了你们，但其实哪里都不愿去的。”

第二天下起了瓢泼大雨，网球和足球都玩不了，快到六点的时候尼尔套上雨衣，去了俱乐部。俱乐部里除了驻扎官之外，一个人都没有。他正坐在扶手椅里读《双月评论》[1]。驻扎官名叫

1 *The Fortnightly*，1865 年由安东尼 · 特罗洛普（Anthony Trollope）等人创立，关注政治、文化、哲学、科学等各个领域，在十九世纪末、二十世纪初影响巨大。

特雷维利扬[1]，据他自己说，跟那位拜伦的好友有亲戚关系。他又高又胖，白头发剃得很短，一张红通通的大脸，像舞台上的喜剧人物。他也喜欢业余剧场，专演一些犬儒的公爵，和自以为幽默的贴身男侍。他是个单身汉，但大家都知道他很喜欢跟姑娘勾搭在一起，也喜欢饭前喝几口苦琴酒。他能得到这个职位，主要仰仗他跟苏丹的友谊。这是一个松松垮垮、自以为是的人，很会聊天，不怎么爱干活，总想着所有事都能流畅运转，谁也不要给他惹麻烦。虽然社群里的人都不觉得他如何能干，但驻扎官为人随便、热情，还是很受欢迎，若是换了个雷厉风行的人，恐怕生活没有这般自在。他朝尼尔点了点头。

“啊，年轻人，今天怎么样啊？”

“被天气影响了，先生。”尼尔郁闷地说。

“确实，确实。”

没过一会儿，沃林、琼森，还有另一个叫毕肖普的人走了进来。毕肖普也是政府派来的文职人员，因为尼尔不打桥牌，毕肖普走过来问驻扎官。

“我们三缺一，先生，愿意凑个数吗？”他问道。“今天俱乐部里没什么人。”

驻扎官朝另外这几个人看了看。

“行，我把这篇文章看完就来找你们。给我五分钟，你们先发牌。”

1 Trevelyan。拜伦有一位著名友人叫作特雷洛尼（Trelawny，1792—1881），英国传记作家、小说家、探险家。

尼尔走到那三人旁边。

“啊，有件事，沃林，非常谢谢你们，但我还是不能搬过来了。蒙罗夫妇邀请我一直住下去。”

沃林脸上笑得非常开心。

“这谁能想得到呢？”

“他们人真不错，对吧？留我的时候非常认真，我实在没法拒绝。”

“我跟你们说什么来着？”毕肖普说。

“我怎么忍心责怪这个小伙子呢？”沃林说。

他说这句话的时候怪里怪气的，三人都似乎觉得很好笑，尼尔听着不太舒服。他脸红了。

“你们到底在说什么啊？”他大声问道。

“行了，别装了，”毕肖普说，“达丽雅我们都知道，跟像你这样长得不错的小伙子找找乐子，你不是第一个，也一定不会是最后一个。”

这些话还没说完，尼尔握紧的拳头已经扫了过来，正砸在毕肖普脸上，他砰的一声摔倒在地。眼见尼尔已经疯了似的，琼森马上扑过来把他拦腰抱住。

“放开我，”尼尔吼道，“他不把这句话收回去，我要杀了他。”

驻扎官被这一阵吵嚷吓了一跳，抬头一看，站起来，脚步郑重地走过来。

“怎么回事？怎么回事？你们这几个小子在搞什么？”

他们也惊住了。之前都忘了驻扎官就在旁边，这可是他们的顶头上司。琼森放开尼尔，毕肖普也爬了起来。驻扎官皱着眉头，严厉地问尼尔：

“你想干吗？是你打了毕肖普吗？”

“是的，先生。”

“为什么打人？”

“他含沙射影，要毁一位女士的名声。”尼尔话说得大义凛然，虽然面色还是气得煞白。

驻扎官的目光闪动了一下，但郑重的表情没有变。

“哪位女士？”

“我拒绝回答。”尼尔仰起头，挺直了身子。

只可惜他比驻扎官矮了两英寸，而且瘦弱得多，气势大打折扣。

“别给我这么一副愣头青的样子。”

“达丽雅·蒙罗。”琼森说。

“你说了什么，毕肖普？”

“具体什么话我忘了，意思就是她跟这里很多小青年上过床，也猜她没有放过麦克亚当。”

“这种揣测太不尊重人了。请你们互相致歉并握手言和。你们两个都是。”

“我可挨了好重一拳，这只眼睛待会儿肯定惨不忍睹。我只是说了实话，真是见鬼了，道什么歉。”

“你岁数也不小了，应该明白，你说的话若是真的，那就更是一种侮辱，至于那只眼睛，我听说生牛排在这种时候会非常有效。虽然我之前只是表达了我的愿望，请你们两个互相致歉，那只是我说话客气，其实这是一道命令。”

大家沉默了片刻。驻扎官面无表情等着。

“我为我刚才的话道歉。”毕肖普忿忿地说。

“轮到你了，麦克亚当。”

“我不应该打他的，先生。我也道歉。”

“握手。”

两个年轻人板着脸握了握手。

“希望这件事到此为止，否则对蒙罗不好。我想你们都是喜欢蒙罗这个人的。你们都会守口如瓶的吧，能保证吗？”

他们点了点头。

“你们可以走了。麦克亚当，你留下，我有几句话要说。”

屋里只剩下他们两个了，驻扎官坐下来，点了一支方头雪茄。他递了一支给尼尔，但尼尔只抽纸烟。

“你这个年轻人很凶悍啊，”驻扎官带着微笑说，“我不喜欢我的官员在公共场合闹出这样的事来。”

“蒙罗太太是我的好朋友，她对我只有善意，我决不可能听任别人说她坏话。”

“那你在这儿住下去，恐怕有好多活儿要干了。”

尼尔沉默了片刻。他站在驻扎官跟前，瘦瘦高高的一个年轻人，情绪全在那张严肃的脸上。他不服气地仰着头，因为激动，苏格兰口音比平时更重了：

“我在蒙罗家里住了四个月，以我的名誉发誓，刚刚那个禽兽所说的话里没有一丝一毫是真的。蒙罗太太对我，没有任何所谓的过分亲昵。她没有任何一句话、任何一个举动，让我揣测她头脑中有出格的想法，完全没有。她对我就像一个母亲或者姐姐。”

驻扎官看着他的眼神里别有一番意味。

“听你这么说我挺高兴的，很久以来都没有听到对她这么高的评价了。”

“先生，但你知道我说的是实情，对吧？”

“当然，或许你改造了她。”他喊了一声仆人，让他上一杯苦琴酒，又对尼尔说道：“就这样吧，要是你想走的话可以走了，但提醒一句，不准再打架，否则我让你滚蛋。”

尼尔走回蒙罗家的一路上，雨已经停了，丝绒般的夜空中星光璀璨。花园里的萤火虫只见暗中这里一闪，那里一闪，辨不出踪迹。土地里升起一股好闻的热气，你只觉得自己要是停下来，一定能听得见周围花草肆意生长的声响。这里夜间会开一种白色的花，香得让人晕眩。外廊上蒙罗正在打字机上打一些笔记，达丽雅舒展地躺在一张躺椅上，正在看书。灯从她脑后照过来，烟灰色的头发亮起来像头顶的光环。她抬头看见尼尔，把书放下，微笑起来。她的笑很和善。

“刚去哪儿了，尼尔？”

“在俱乐部。”

“今天还有谁啊？”

眼前的这一幕家庭景象是如此温馨，达丽雅的态度又是如此宁静，如此笃定，你心里没法不生出一丝感动。这对夫妻在这里专心做着自己的事，看上去那么圆满，他们的亲密又是如此自然，看到的人不可能怀疑他们在彼此身上找到了最完美的配偶。毕肖普的话，还有驻扎官的言下之意，尼尔一个字都不信。那完全不可想象。说到底，他们也在怀疑他尼尔，这就不是真的，所以凭什么要相信其余的那些呢？那些家伙心里太脏，就因为自己是一群猪猡，就觉得其他人一定也跟他们一样下流。他指节还有些疼；但很高兴刚刚打了那一拳。他好想找出到底这些谣言的始作俑者是谁，一定拧断他的脖子。

那个讨论了好久的考察之旅，蒙罗终于把日子定下来了，而他一贯地小心仔细，早早开始做起了准备，这样不会到最后时刻遗漏了什么。计划是沿河而上，一直到无法行船的地方，穿过森林，在一座很少人知道的希坦山上寻找样本。他们预期要离开两个月。出发的日子渐渐临近，蒙罗的情绪一天好似一天，虽然没有说什么，还是缄默、自制一如往常，但你可以从他眼睛里的光芒和脚步的轻盈中看出他有多么期待。一天早上，在博物馆看到他，几乎可以用矍铄来形容。

“我有个好消息要告诉你，”检查完当时正在进行的几个实验，他突然对尼尔说道，“达丽雅会跟我们一起去。”

“她真的要去吗？那太棒了。”

尼尔很高兴，这次考察更完美了。

“这是我第一次说动她陪我一起出门。我一直跟她说，她会很喜欢的，但达丽雅从来都不信。这些女人，你还真是猜不透她们，我后来都放弃了，这回根本就没想过要邀请她，昨晚，她突然毫无征兆地说想一起来。”

“我真是开心极了。”

“出门这么久，要把她一个人留在家里，我之前就有些担心，现在好了，都在一起，随便出去多久都没事。”

到了出发的那天，他们走得很早，一共四条马来帆船，船员都是马来人，坐船的除了他们，还有仆人和四个迪雅克猎手。船篷之下，他们三个并排躺在软垫上；中国仆人和迪雅克人在其他三艘船里。他们带着整个队伍吃的米，各种必需品，衣服、书，还有考察时要用到的东西。把文明世界抛在身后是件很美妙的事，他们都很兴奋。他们聊天，他们抽烟，他们阅读。船下河水的起伏细腻得可以抚慰人心。他们在岸边的草地上吃午餐。暮色降下来，他们泊了船，准备在一个长屋[1]过夜。屋子的主人是迪雅克人，为了庆祝客人到来，他们端出了亚力酒[2]，说了各种欢迎的话，还跳了段奇幻的舞蹈。第二天，河道更窄了，那种勇敢深入未知的感受更为强烈，河岸上奇花异草全簇拥到水边，就好像后面有一大伙贼人在驱赶它们，看得尼尔心驰神漾，呼吸都不顺畅了。多么奇妙！多么畅快！第三天，因为航道太浅，水流太急，他们换了更轻便的船，但没走多远，水已经湍急到桨都用不上了，船员用杆子撑船，逆流而上，动作如此有力而潇洒。时不时他们遇到湍滩，必须下船、卸货，把船扛过布满乱石的水道。

1 Long house，指马来西亚、印度尼西亚等地常见的农舍。

2 Arak，或 arrack，亚洲特有的烈酒，原料为椰子汁、糖蜜、米或枣子。

五天之后，到了船无法继续前行的地方；旁边有个政府造的小木屋，他们会在这里休整一两晚，接下去就是深入内陆。蒙罗还要做些安排，他要找几个背行李的驮工，还要找人到了希坦山之后造一个房子。蒙罗需要跟附近村子的头人碰个面，与其派人把他喊来，倒不如自己去一趟节省时间，所以下船第二天，天蒙蒙亮的时候，他就带着一个向导和两个迪雅克人出发了，预计几个小时之后就回来。送走蒙罗之后，尼尔心想不如去游个泳。小屋不远处有个水塘，清澈到水底沙地上每一颗沙子都辨得出。连着的小河很窄，树冠掩过来正好盖在河上，风光秀丽。这让尼尔想起来了小时候在苏格兰，他也在这样的小河和水塘里游泳，却又不太一样，只是说不上来哪里不同。这里带着一股神秘，一种大自然未经污浊的原始气息，让他心里充满着难以解析的触动。他的确细想了一番，但剖析幸福、愉悦本就不容易，比他成熟得多的头脑也都试过，却只是徒劳。树枝上停着一只翠鸟，那团鲜明的蓝色在透明的水里构成一团蓝色的光影。尼尔脱下莎笼和巴汝，爬入水中，翠鸟飞走，拍打的翅羽间一阵珠光宝气。水不算冷，却又提神，他在水塘里到处扑腾了一会儿，享受自己有力的四肢在水中划动。他浮在水面上，看着枝叶间透过的蓝天，还有散落的阳光在水面撒上了金色的光点。突然他听见了人声。

“你身体真白啊，尼尔。”

他惊呼一声，沉入水中，扭过身，看见达丽雅就站在岸边。

“嘿，我什么衣服都没穿。”

“我看见了，游泳不穿衣服要舒服得多。等一下，这里看上去不错，我也想下水。”

她身上本也是莎笼和巴汝，尼尔急忙把头转开，因为他发现达丽雅正要脱衣服。然后就听到她跃入水中的声音。他划了几下，腾出地方，让达丽雅可以自在游泳，又不会接近他。但达丽雅游了过来。

“水接触皮肤真是太舒服了，是吧？”她说。

她笑着把水拍打在尼尔脸上。他太尴尬了，根本不知道眼睛该往哪里看。在这么清澈的水里，无论如何你都看得到达丽雅是赤身裸体的。目前还不算太糟，但他不由得想到，等会儿上岸会多麻烦。达丽雅倒是游得很开心。

“头发湿就湿了吧。”她说。

她翻过身来仰泳，划水十分有力，在水塘里游来游去。尼尔想到，等会儿她要上岸的时候，我就转过身，等她穿好衣服离开，我再起来。达丽雅似乎完全不觉得当下的局面有什么尴尬。尼尔有些恼火，她这样做真的太放肆了。达丽雅还不停地跟他聊天，就好像他们穿好了衣服已经回到家了一样。她甚至还要让尼尔看她。

“我头发是不是看上去很可怕？我的头发太细太软了，湿了之后跟老鼠尾巴一样。你能托一下我肩膀吗？我想把头发盘起来。”

“不用，现在挺好的，”他说，“你随它去吧。”

“我饿得不行了，”她没过一会儿又说道，“我们去吃早饭吧？”

“那你先上岸吧，穿上衣服，我马上就来。”

“那好。”

她划了几下，到了岸边，尼尔羞涩地转开了头，知道达丽雅会光着身子从水里出来。

“我上不去，”她喊道，“你得帮我一下。”

池岸比水面高一些，下水固然轻松，但上岸得借助横着的树枝把自己拉上去。

“我没法帮你，我什么都没穿。”

“我知道啊，别那么苏格兰。你先上岸，拉我一把。”

也只能如此。尼尔吊着树枝到了岸上，把达丽雅也拉了上来。她的莎笼就放在尼尔的衣服旁边，她拿起来擦身上的水，看不出一点尴尬。尼尔也只能照做，但还是碍于规矩体面，背过身去。

“你的皮肤真的太好了，”她说，“又白又光滑，像女人一样，但你的身材又很有男人气概，很不相称。而且你胸口一根毛都没有。”

尼尔围上莎笼，把胳膊伸进巴汝。

“我们可以走了吗？”

达丽雅早饭喝了粥，吃了鸡蛋、培根、冷盘肉，还有果酱。尼尔有些烦恼。达丽雅几乎有些太俄罗斯了。早上她的行事方式简直愚蠢；当然那也不算什么伤天害理的要紧事，但就是因为这些举动，那些人才会对她有那样的误会。最糟糕的就是你还不能提醒她，再旁敲侧击，还是只会被她笑话。但有一点不可否认，他们之前不穿衣服游泳、上岸，要是被吉娑勒那些男人看到，无论说什么他们都不会相信这对男女之间没有不正当的关系。尼尔是个实事求是的人，承认他们会这么想并不过分。这都是达丽雅的错。她没有权利让一个男人陷入那样的局面中。他觉得自己蠢透了。而且，不管你怎么想，那都是有伤风化的事。

第二天早上，他们上路了。一长队驮工走在前面，每人都背着一个鱼篓，装着东西；一起走的还有他们的仆人、向导和猎手。希坦山麓都是丘陵，他们先要翻过这些小山，穿过灌木和长草，有时候遇到溪流，还能找到吱吱呀呀的竹桥。阳光炽烈，下午他们发现了一片竹林，之前一路曝晒，此刻的阴凉让人感念，一棵棵纤细的竹子看着优雅，却能长到不可思议的高度，筛下来的绿光让他们觉得身在海底。最终他们到了原始森林，参天巨树全裹在繁茂的藤蔓中，一切都交缠在一起，这些人心里全是畏叹。他们用刀斧开路，穿过灌木丛。头顶树叶太茂密了，只难得瞥见一两眼阳光，一路都在幽暗之中。他们既没见到人，也没见到野兽，丛林的住户都很羞怯，一听到脚步声就躲起来了。高高的树上能听见鸟声，但看得到的只有在小树丛间飞来飞去的太阳鸟，正叽叽喳喳地跟野花调情。他们停下来准备过夜了。驮工们用树枝铺成了一小块平地，再铺上一层防水布。中国厨师做了一顿饭，然后他们就睡下了。

这是尼尔第一次睡在原始森林中，他睡不着。周围的暗太深邃了。无数昆虫发出的声音极其喧嚣，但跟大城市里的车水马龙一样，虽然吵，因为没有变化，很快就像一团无法穿透的寂静，但突然他会听到大概是猴子被蛇逮住时的嘶叫，或者夜间出没的鸟类发出尖利的鸟鸣声，都几乎吓破了他的胆。他有种神秘的感受，就是各种生物在周围观察着他们。远处，在篝火照不到的地方，野蛮的战争已经打响，但他们三人就躺在树枝铺成的床上，面对自然惊悚的力量毫无防备。身边蒙罗已经酣睡，听得到他缓缓的呼吸声。

“你还醒着吗，尼尔？”达丽雅悄声问道。

“对，有事吗？”

“我很害怕。”

“没事的，没什么好怕的。”

“这种寂静太吓人了，我后悔出来了。”

她点了一支烟。

尼尔后来终于睡着了。他是被啄木鸟“嗵嗵嗵”的凿木声吵醒的，还有它从一棵树飞到另一棵树的时候那种得意的笑，仿佛很看不起贪睡的懒虫。匆匆吃了早饭，队伍又上路了。长臂猿在树枝间甩来甩去，喝树叶上收集起的露珠，它们的叫声很奇特，像鸟一样。达丽雅的恐惧已经给日光驱散，虽然一夜未眠，又变得敏锐和开心。他们还在往山上攀登。下午的时候到了一个地方，向导说适合扎营，蒙罗决定就在这里造个房子。带来的人立马开工。他们有长长的小刀，适合切割棕榈叶和幼树的树干，很快一个两居室的吊脚木屋就立了起来。不但建得精致，而且满是绿意，看在眼里很清新，还有好闻的味道。

蒙罗夫妇到哪里都是自在的，丈夫是习惯使然，而妻子曾经在世界各地游荡多年，有一种像猫一般的天赋，不管何时何地都能让自己舒服起来。不出一天，所有东西都整理妥当，他们就安安心心地住了下来。每天的安排都一样，早上尼尔和蒙罗分头出门搜寻。下午用来把昆虫钉到盒子里，把蝴蝶夹在两张纸中间收藏好，还有就是剥鸟类的毛皮做标本。傍晚时分，他们会去捉飞蛾。达丽雅在小屋里忙着使唤仆人，自己做针线活、看书、抽无数根烟。日子一天天都过得很愉快，虽然单调却充实。尼尔每天都沉醉其中，山上每个地方他都要去探察。有一天，他发现了一种新的竹节虫，让他无比自豪，蒙罗将之命名为“Cuniculina MacAdami[1]”。麦克亚当将留名史册了。尼尔（才二十二岁）意识到自己这辈子没有白活。不过还有一天，他差点被一条蟒蛇咬了。那条蛇是绿色的，他没有发现，多亏一个迪雅克猎手猛地扑过去，才救了他。他们杀死了蟒蛇，带回营地。达丽雅一见浑身发抖，她最怕森林里的野生动物，这下简直被吓疯了。她从不敢跨出营地超过两三步，就怕自己走丢。

一天晚上吃完饭，他们静静地坐在一起，她突然问尼尔道：“安格斯有没有告诉过你，他那回是怎么走丢的？”

“那可不是什么有意思的事。”尼尔微笑着说。

“跟他说说吧，安格斯。”

他犹豫了一下，这段往事他不太愿意去回想。

“那是好几年前了，那天我带着捕蝴蝶的网出来，运气不错，好几个我找了很久的品种，那天被我发现了。过了一会儿，我觉得饿了，就往回走。走着走着，突然意识到，原来我之前离开营地这么远了。又走了一段，忽然发现了一个空的火柴盒，这是我

---

1 拉丁学名，含有“暗·麦克亚当”之意。

开始往回走的时候扔下的，我一定兜了圈子，回到一小时之前的地方了。我心里有些烦躁，但还是观察了四周之后又走了起来。那天热得吓人，我简直就是浑身在滴水。营地大致的方向我是知道的，就在路上找一些痕迹，看我是不是走对了。我觉得还是找到了一些证据，就颇有信心地朝前走去。而且我那时候都快渴死了。继续走，地上都是绊脚的树桩、残枝，头顶是各种垂蔓植物，前进都很艰难，突然我明白我已经迷路了。我走了这么久，如果方向是对的，肯定已经发现了营地。的确，我被吓得不轻。我知道自己不能慌，就坐下来分析目前的状况。口渴已经成了一种折磨。中午早过了，再过三四个小时天就会暗。我完全不想在森林里过一夜。当时也只想出了一个办法，就是找到一条溪流，如果沿着它走，它一定连着一条更大的溪流，迟早能找到那条大河。但这样可能要找好几天。我骂自己怎么会这么蠢，但也没有更好的办法了，就继续走。不管怎样，只要找到一条小溪，最起码我能喝点水。但我一丁点水的动静都没找到，就算最不起眼的涓流也能替我引路，可我什么都没发现。我开始有些紧张了，想象着自己一路瞎走，直到精疲力竭而倒下。我知道森林里有不少野兽，如果撞到一头犀牛，我就完蛋了。最气人的，就是我知道自己离营地不会超过十英里。我强迫自己冷静下来。天光一点点在暗下去，森林深处已经开始入夜了。要是我带了一把枪出来，还可以开枪，营地里的人一定会意识到我已经迷路，就会来找我。那些灌木太茂密了，最多只能看到前面六英尺的距离。没过多久，也不知道是不是我太紧张了，总觉得有动物在我旁边偷偷地跟着我。我停下，它也停下；我继续走，它也跟了上来。我看不到它，灌木丛中什么动静也没有。我甚至听不到树枝断裂或者树叶被蹭到的声音，但我知道有些野兽行动时可以多么安静，很肯定我被跟踪了。我的心跳得太剧烈了，简直要撞碎在肋骨上。我已经吓得六神无主，要动用所有的自制力才没有奔跑起来。我知道一旦跑起来我就完了，不出二十码，我就会被虬结的树根绊倒，那只野兽就会扑上来。而且就算跑起来，天知道我会跑到哪里去。我必须节省体力。我觉得自己快要哭了，还有那难以忍受的干渴。一辈子都没这么害怕过。相信我，当时要是有一把左轮手枪，我一定把自己脑袋打爆，那种感觉太难熬了，我只想要个了结。我的体力也没了，连拖着步子往前走都很艰难。就算有什么不共戴天的仇人，我也不忍让他承受那样的折磨。突然我听到了两声枪响。我的心跳都停了。他们在找我。这时我的确不冷静了，朝着枪声跑去，声嘶力竭地喊。摔倒了，爬起来，继续跑，我喊到觉得肺都要炸了，这时又有一声枪响，更近了，我又喊起来，听到有喊声回应我；灌木丛里有人往这边钻过来。片刻之间，我身边都是迪雅克猎人。他们紧紧抓起我的手亲吻，边笑边哭。我差点也哭出来。我已经一点力气也不剩了，他们给我喝了一口水。我们离营地只有三英里，回去的时候已经一片漆黑。天呐，那次真的太险了。”

达丽雅不由自主身子颤了一下。

“相信我，我可不想在森林里再迷路了。”

“要是他们没找到你会怎么样？”

“我可以告诉你，我会疯掉。我可能会被蛇咬，被犀牛攻击，如果都没有，就会没有方向地乱走，把体力耗尽。我可能会饿死。可能先渴死。野兽会吃掉我的肉。骨头被蚂蚁清理得干干净净。”

大家都沉默了。

该来的还是来了，虽然蒙罗每天让他服用奎宁，但在希坦山上待了将近一个月之后，尼尔发烧了。病情不算严重，但他非常灰心、难过，只能待在床上。达丽雅看护着他。他觉得这么麻烦达丽雅非常羞愧，但那些抗议她并没有理睬。她的确非常能干。后来尼尔也不再推辞，虽然有些事情其实让中国仆人来做也是一样的。他的事不管大小达丽雅都很上心，这让尼尔非常感动。热度最高的时候，她用海绵沾了凉水替他从头擦到脚，虽然那种凉爽是种难以言表的纾解，他还是觉得无比尴尬。达丽雅坚持每天早晚都要替他擦一次身子。

“我在横滨的英国医院干了六个月，护理病人有哪些基本流程我还是懂的。”她微笑着说道。

每次擦完她都会亲一下尼尔，而且是吻在嘴唇上。那只是她表达关切，的确让人觉得温暖。尼尔也不觉得是什么大事，反倒很喜欢这个仪式，还开起了玩笑，这对他来说是很难得的。

“你在医院也每次都吻你的病人吗？”他问达丽雅。

“你不喜欢我吻你？”她微笑道。

“反正对我没坏处。”

“甚至能让你恢复得更快些。”她逗他道。

一天晚上，尼尔梦到了达丽雅，被惊醒，出了一身汗。那种释然的感觉很美妙，他知道自己的体温降下去了。他的病好了。但他心里完全顾不上这件事了，刚刚的那个梦让他无地自容。他觉得自己太可怕了，居然会有这样的想法——尽管只是在梦里——也让他非常懊悔。他一定是个卑鄙下流的禽兽。天亮了起来，他听见蒙罗起来了；他和达丽雅就住在隔壁的房间。达丽雅起得晚，所以蒙罗会很小心不去吵醒她。经过尼尔的房间时，尼尔低声喊住了蒙罗。

“啊，早啊，你醒了吗？”

“是啊，危机过去了，我的病好了。”

“那就好，你今天最好还是不要下床，明天你就活蹦乱跳了。”

“你吃完早饭让阿谭过来吧？”

“没问题。”

他听见蒙罗出发的声音，中国仆人进来问他有什么需要。一个小时之后达丽雅醒了，进来问他早安。尼尔几乎没法正眼看她。

“我去吃个早饭，然后就来给你擦身。”她说。

“已经擦过了，我让阿谭擦的。”

“为什么？”

“不想这么麻烦你。”

“这不是麻烦，我喜欢干这个活儿。”

她走到床边，弯下腰来要亲他，但尼尔把脸转开了。

“别这样了。”

“这样怎么了？”

“这样很蠢。”

达丽雅有点讶异地盯着他看了一会儿，微微耸了耸肩，走开了。没过多久，她回来看尼尔还需要些什么。尼尔假装在睡觉。达丽雅很温柔地抚着他的脸颊。

“天呐，别这样。”他喊道。

“我还以为你睡着了，你今天怎么回事？”

“没什么。”

“那为什么对我态度这么恶劣？是我做了什么事冒犯你了吗？”

“没有。”

“告诉我怎么回事。”

她坐在床边，握住了他的手。尼尔太羞耻了，简直忘了该怎么说话。

“你似乎忘了我也是个男人，把我当成了十二岁的小孩。”

“是吗？”

他已经满脸通红，既是气自己，也怪达丽雅太恼人，有些事干吗非要讲出来呢？尼尔紧张地扯着床单。

“我知道这对你来说根本就没有什么，我也不该多想。我身体健康、有事情干的时候的确没关系。虽说做梦不受人控制，但它至少说明了潜意识里藏着什么想法。”

“你是梦到我了吗？那我可没觉得这有什么坏处啊。”

他把头转过来，看着达丽雅。达丽雅的眼睛里在放光，但尼尔的眼神很昏沉，全是悔恨。

“你不了解男人。”他说。

她咯咯笑了两声，弯腰抱住了他的脖子。她身上只穿了莎笼和巴汝。

“你太可爱了，”她喊道，“说说看，你梦到什么了？”

他吓了一大跳，猛地把达丽雅推开了。

“你在干吗？疯了吗？”

他几乎已经跳下床来。

“你不知道我已经疯狂地爱上你了吗？”她说。

“你到底在胡说些什么？”

他坐在床沿，心里只是一片茫然。她又呵呵笑起来。

“你觉得我是为什么非要到这么一个可怕的地方来？为了跟你在一起啊，笨蛋。难道你不知道我怕森林怕得要死吗？就算在屋子里我都担心会有蛇啊、蝎子啊之类的。但我喜欢你。”

“你不可以跟我说这样的话。”他严厉地说道。

“啊，别这么古板了。”她微笑道。

“我们出去吧。”

他走到外廊上，她跟了出来。尼尔找了张椅子，疲惫地坐下。达丽雅跪在旁边，想要握他的手，但尼尔抽走了。

“你肯定是疯了。我真心希望你刚刚只是说笑。”

“没有说笑，每一个字都是认真的。”她微笑道。

她似乎完全不觉得她的告白是骇人听闻的，这让他很是恼火。

“你把你丈夫忘了吗？”

“哦，跟他有什么关系？”

“达丽雅。”

“我现在可顾不上安格斯了。”

“我不得不说，你是个很邪恶的女人。”他说得很慢，精致的眉毛皱起来，眉宇间全是阴沉。

她呵呵笑道：

“就因为我爱上了你吗？亲爱的，那全要怪你自己英俊得不像话。”

“看在老天的分上，别笑了。”

“我忍不住，你太好玩了——但还是那么迷人。我爱上了你的白皮肤，你闪亮的鬈发。我也爱你那么古板，那么苏格兰，那么没有幽默感。我爱你的强壮。爱你的年轻。”

她双眼放射着光芒，呼吸也急促起来。她弯下腰，亲吻尼尔光着的脚。他吼了一声，飞快地把脚抽走，动作太激烈了，差点把椅子都顶翻。

“你这个女人，疯了吗？你不觉得羞耻吗？”

“不觉得。”

“你到底想要我怎么样？”他凶狠地问道。

“爱我。”

“你把我当成了什么样的男人？”

“我只是把你当成了一个男人。”她平静地答道。

“安格斯·蒙罗为我做了这么多，你觉得我会禽兽不如地跟他妻子捣鬼吗？他是我一辈子最佩服的人。他很了不起。把十几个我和十几个你加到一起，也不配跟他相提并论。要我背叛他，还不如把我杀了。我不知道你心里是怎么想的，觉得我能干得出这么无赖的事。”

“啊，亲爱的，不要说这么没有意义的话。这对他有什么坏处呢？你不能把这样的事想成悲剧。说到底，人生是很短暂的，要是能从中获得一些乐趣却放弃，就太蠢了。”

“一件错的事不管你怎么去说它，也不能把它变成对的。”

“未必吧，这个观点我觉得很值得商榷。”

尼尔看着她，觉得不可思议。达丽雅就坐在他脚边，不管怎么看都是一副镇定自若的样子，似乎很享受眼前的局面，并不觉得有多严重。

“你知不知道我在俱乐部把一个家伙打倒在地，就因为他说了句羞辱你的话？”

“谁？”

“毕肖普。”

“那个混账。他说什么了？”

“说你跟男人偷情。”

“我很不明白，为什么大家都喜欢多管闲事。说到底，谁又会在意他们说了什么呢？我爱的是你。我从来没有像爱你一样爱过任何一个人，对你的爱快要把我压垮了。”

“别说了，别说了。”

“听我说，今天晚上，安格斯睡着之后我会偷偷溜进你房间。他睡觉很沉，像块石头一样。没有危险。”

“你绝对不可以做这种事。”

“为什么不行？”

“不行，不行，不行。”

他吓得手足无措。突然达丽雅腾地站起来，进了屋子。

蒙罗是中午回来的，下午的时候他们还是跟平日一样忙碌。达丽雅有时候会帮忙，今天也是如此。她兴致很高，蒙罗看她开心的样子，说达丽雅也开始享受这样的生活了。

“不算太糟，”她承认道，“我今天就是觉得开心。”

她一直在挑逗尼尔，似乎没有注意到尼尔始终沉默不语，眼睛也在故意避开她。

“尼尔今天话很少啊，”蒙罗说，“大概是身子还有些虚吧？”

“也不是，就是不太想说话。”

他很苦恼。他知道达丽雅是什么事都做得出来的。他还记得《白痴》里面娜斯塔霞[1]能如何的歇斯底里，而达丽雅也可以一样偏执。尼尔不止一次见过她朝着某个中国仆人大发脾气，明白她可以一时间完全听命于情绪的掌控。反抗只会惹恼她。她想要的东西若是没有立刻到手，怒火能让她几乎变成一个疯子。还好她会对那个东西很快失去兴趣，就跟她本来非要它不可一样突然，你要是能让她的心思转移个一时半刻，她会把这回事完全忘记。类似情形发生时，尼尔无比佩服蒙罗的处事手腕，他既狡诈，又温柔，对发脾气的女人效果卓著，尼尔常看得偷偷想发笑。他现在会如此怒不可遏也是为了蒙罗。蒙罗是个圣人，曾经

1　陀思妥耶夫斯基小说《白痴》的女主人公，是大众眼中因为被欺凌而心理扭曲的反叛者。

达丽雅是在怎样屈辱、穷苦，以及如浮萍般飘摇的生活里，她被蒙罗救出来，成了他的妻子。达丽雅现在拥有的一切都多亏了蒙罗。蒙罗这个姓氏保护了她。让她变得体面。她但凡有一丁点最寻常的感恩之心，头脑里也生不出那天早上表达的想法。男人求爱是正常的，他们就那么回事，但换作女人，真的让人恶心。尼尔是个规规矩矩的人，完全受不了。他看到了达丽雅脸上的欲望，姿态中的放浪，感到极其不耻。

不知道之前是不是吓唬他，达丽雅难道真的会到他房间里来吗？尼尔觉得她不敢。但到了晚上，大家都睡下了，他害怕得睡不着，躺在那里不安地听着。唯一撕破寂静的是猫头鹰的叫声，单调地重复着。他们之间只隔着一面棕榈叶结成的薄墙，听得见蒙罗平稳的呼吸声。突然他意识到有人潜进了他的房间。他早就想好了要怎么办。

“蒙罗先生，是你吗？”他大声问道。

达丽雅突然停下；蒙罗醒了。

“有人在我房间，我还以为是你。”

“没事没事，”达丽雅说，“是我，我睡不着，就想到外廊上去抽根烟。”

“这样啊？”蒙罗说。“当心着凉。”

她穿过尼尔的房间，出去了。尼尔看见她点着了烟。很快她又进了屋，他听见她回去睡了。

第二天一早两人没有相见，尼尔趁她没起床就出门采集标本去了，而且他很小心地等到蒙罗肯定在家的钟点再回去。他一直避免跟达丽雅独处，但天黑之后蒙罗要下台阶去花几分钟整理捕飞蛾的装置。

“为什么你昨天晚上要叫醒安格斯？”她愤怒地低声问道。

他耸了耸肩继续干活，没有回答。

“你是在害怕吗？”

“我还知道什么叫无耻。”

“不要这么没劲行吗？”

“我宁可没劲，也不想下流。”

“我讨厌你。”

“那就别来烦我了。”

她没有说话，但张开了手，狠狠地甩了尼尔一个巴掌。尼尔脸红了一下，但没有说话。蒙罗回来，他们假装很专心地在做自己手头上的事。

接下来几天，除了饭桌上和吃完晚饭那段时间，达丽雅从来不跟尼尔说话。并没有事先说好，但两人都努力不让蒙罗看出来他们之间关系紧张。也是蒙罗太放心，否则达丽雅频频陷入沉思，又强迫自己打破沉默，一定会觉得可疑。而且她有时候忍不住对尼尔言辞刻薄，表面上是开玩笑，但那些玩笑里都带着刺，她知道尼尔的痛点在哪里。但尼尔很小心地掩饰自己的反应，因为他知道他越是做出无所谓、好脾气的样子，达丽雅就越生气。

有一天尼尔出去采集标本，虽然尽力拖延，直到午餐前最后一分钟才到家，却惊讶地发现蒙罗不在。达丽雅正躺在外廊的一个垫子上，啜着一杯苦琴酒，抽着烟。没过一会儿，中国仆人到他房间来说午饭准备好了。他走了出来，问道：

“蒙罗先生在哪里？”

“他不在，”达丽雅说，“他送了条消息过来，说今天去的地方太棒了，晚上才回。”

蒙罗那天早上是朝山顶去的。之前采集点纬度不够高，他们在哺乳动物方面收获不大，蒙罗的想法是，如果能在更高的地方找到合适的位置，要把营地再搬过去。尼尔和达丽雅一言不发地吃着饭。午餐结束，尼尔进了屋，戴着草帽，拿着采集工具又出来了。他下午是很少出去的。

“你要去哪里？”她突然问道。

“出去。”

“为什么要出去？”

“我不觉得累，下午也没有别的事情可干。”

突然她哭起来。

“你怎么能对我这么狠心？”她抽泣道。“这么对我真的是太残忍了。”

尼尔身材很高，低头看着他，那张英俊又多少有些古板的脸上，此刻是纠结的表情。

“我怎么对你了？”

“你对我太没人性了。我再坏也不至于受这样的苦。我什么都为你做了，你倒说说看，有哪件事不是我心甘情愿为你做的？我好难受啊。”

尼尔尴尬地不知道该怎么站才好。听到这样的话太糟糕了。他憎恶又惧怕这个女人，但长久以来对她的敬重也还在，不止因为她是女人，也因为她是安格斯·蒙罗的妻子。她开始放开了嚎啕大哭。还好迪雅克猎手那天早上都跟蒙罗一起出去了，营地里只剩三个中国仆人，他们中饭之后去午睡了，住处在五十码以外。这里只有尼尔和达丽雅。

“我也不愿让你难受。这件事整个莫名其妙。像你这样的女子爱上我这样一个男人，本来就很荒唐，让我显得那么蠢。你就没有一点自制力吗？”

“天呐，自制力！”

“我的意思是，要是你真的关心我，肯定不希望我干出这么无赖的事情。你丈夫毫无保留地信任我们，这难道对你一点触动都没有吗？他就这样让我们独处，只这一件事，就已经是要求我们要对得起自己。他是个连只苍蝇都不肯伤害的人。要是我背叛了他对我的信任，从此以后我再也无法面对自己了。”

她突然抬起头。

“你为什么觉得他不会伤害一只苍蝇。这么多瓶子、盒子，都是些没有害处的动物，被他杀了。”

“这是为了科学，两码事。”

“啊，你这个笨蛋，这个笨蛋。”

“好吧，如果我是笨蛋，那我也没有办法。你何必还要为我烦恼？”

“你觉得是我想要爱上你吗？”

“你应该为自己感到羞耻。”

“羞耻？多蠢啊！我的天，我到底做错了什么，要为这么一个虚伪的混蛋心如刀绞啊？”

“你说起你为我做的事，可蒙罗为你做了多少？”

“蒙罗让我觉得无聊透顶，我太厌烦他了，厌烦到死。”

“所以我不是第一个了？”

自从她那段不可思议的告白以来，尼尔一直想起吉娑勒那些男人说的话，备受煎熬，觉得那些话可能是真的。之前他是一个字都不相信的，即使是现在，他也没法说服自己，达丽雅是这样一个道德败坏的荡妇。他也想到蒙罗，如此温厚，满心的信任，却要活在虚幻的幸福中，这是多么可怕。达丽雅不可能那么糟糕吧。可她误会了尼尔的问话，在泪光中微笑起来。

“当然不是，你怎么会这么笨呢？亲爱的，别这么拘谨了。我爱你。”

这么说，那些事都是真的。之前他还试图说服自己，达丽雅对他的感情不过是一时心意迷乱，是难得的例外，他们可以一起想办法克服。原来她只是水性杨花而已。

“你不怕蒙罗发现吗？”

她已经不再哭了。她喜欢谈论自己，还感觉已经诱得尼尔对她产生了新的兴趣。

“有时候我也怀疑他是不是真的不知道，即使头脑中没察觉，心里或许感应到了。他有女人的直觉，像女人那样敏感。有时候我敢肯定他起了疑心，而且在他的煎熬中，我感受到他的心里升起某种奇异的狂喜。我总揣测，他在自己的痛苦中发现了某种无比精妙的愉悦。你知道，有些灵魂会在撕裂和苦难中体会到销魂蚀骨的快感。”

“太可怕了！”这些牵强的怪想法尼尔听不下去了。“你只有一条理由可以为自己开脱，那就是你已经疯了。”

她现在更自信了，给了尼尔一个狂放的神色。

“你没有对我动心吗？很多男人都会的。你在苏格兰拥有的那些女人，有几个身材比我迷人呢？”

她低头看了眼自己性感的曲线，笃定而自豪。

“我从来没有拥有过女人。”他严肃地说。

“为什么没有？”

她惊讶地站了起来。尼尔耸了耸肩。他现在没有心思告诉达丽雅他想到那件事就觉得恶心，在爱丁堡他有很多同学都有过凌乱的男女之情，他觉得那都如此丑恶。他在自己的纯洁中感受到某种神秘的快乐。爱是神圣的。性爱是可怕的。唯一的理由是繁衍后代，唯一的许可是婚姻。但达丽雅全身都僵硬了，呼吸急促地瞪着尼尔，突然她哭喊着跪了下来，声音中同时带着狂喜和喷薄的欲望，她夺过尼尔的手狂热地亲吻着，在喘息声中念道：

“阿辽沙。阿辽沙。”

这时她瘫软地缩在尼尔脚边，边哭边笑，喉咙发出奇怪的响声，几乎不像人类的声音，全身上下止不住地颤抖，你也不知她是一次又一次被电击，还是歇斯底里症或是癫痫发作。

“别这样！”尼尔喊道。“别这样！”

他用强壮的手臂提起她放进椅子里。但她不让他起身，搂住他的脖子，把他的脸亲了个遍。他不停挣扎，把脸转开，伸手隔开她的嘴唇。突然她狠狠地咬住了他的手。这一下太疼了，他来不及多想，朝她挥了一拳。

“你这个妖怪。”他吼道。

刚刚那一下力气不小，两人就分开了。他抬手一看，牙齿咬在手掌肉多的那一侧，正在流血。她两眼放光，又精神了。

“我受够了。我走了。”他说。

她噌地站了起来。

“我跟你一起去。”

他戴上草帽，一言不发抓起他采集标本的装备，转身就走。屋子建在木桩上，离地面有三级台阶，他一步就跨了下来。她跟着他。

“我要进森林。”他说。

“我不在乎。”

她此刻脑中全是如狼似虎般的欲望，忘光了自己对森林的恐惧，她已经无所谓毒蛇和野兽，也不介意树枝打在她脸上，藤蔓缠住她的脚。过去一个月尼尔都在探索这片森林，每一步都很熟悉。他心里念着，她要跟来就让她吃点苦头，不管不顾地穿过一片又一片灌木丛，走得飞快；她一路都跟着，虽然很踉跄但很决绝；他愤怒得几乎看不见方向，只听见咔嚓咔嚓踩断的树枝，她也一样踩着树枝跟在后面。她一直都在说话，但他没有听。她让他可怜可怜她，哀叹自己太苦命。不停求饶。她一边绞着自己的双手一边哭喊。她想要哄得他睬她，语言像溪流一样从她嘴中奔涌而出。她像个疯女人。最后在一小片空地上他突然停了下来，转过来面对她。

“这样下去肯定不行，”他喊道，“我受够了，等安格斯回来，我一定跟他说我要走了，明天一早我就回吉娑勒，然后回家。”

“他不会放你走的，他需要你，把你当宝贝一样。”

“我管不了那么多，我会想个理由的。”

“什么理由？”

他误会了她的意思。

“啊，你不用害怕，我不会把真相告诉他的。你要是想伤他的心，随便你，我不会这样做。”

“你把他当神一样，是不是？那个无趣、冷漠的人。”

“论活着的价值，他比你高出百倍。”

“要是我跟他说，你要走是因为你向我求爱被我拒绝了，会不会很有意思？”

他微微一惊，抬头看她是不是认真的。

“别犯傻了，你觉得他会相信吗？他知道我连这样的念头也不会有。”

“别那么肯定。”

这些话她都是随口说的，没有什么特别的用意，只是为了斗嘴，但她发现他很害怕，那丝残忍的本能让她乘胜追击。

“你觉得我会放过你吗？你那么羞辱我，把我当尘土，根本不是人能承受的。我发誓，只要你敢提你要走，我直接去跟安格斯说，你趁他不在，试图强暴我。”

“我可以否认。说到底，你的也只是一面之词。”

“确实，但我的一面之词有用，我可以证明。”

“什么意思？”

“我很容易留瘀青，我可以给他看你打我的地方，你再看看你的手。”尼尔低头看了看自己的手。“那些牙齿印是哪来的？”

他呆呆地望着达丽雅，脸上没有什么血色了。他如何解释这瘀青和伤口呢？要是非为自己辩护不可，他可以把实情说出来，但安格斯会信吗？安格斯把达丽雅当女神，对他来说，任何人的话都没有他妻子的话有分量。蒙罗如此爱护他，这会是多么无耻的背叛啊，他那么信任他，却换来这样的卑鄙伎俩！他会觉得尼尔就是一只恶心的臭虫，而且从蒙罗的角度看，这样想又有什么不对？他是可以为蒙罗牺牲性命的，想到蒙罗会从此讨厌他，这个念头摧毁了尼尔。他太难受了，纵然他讨厌流眼泪，觉得这太阴柔了，泪水还是涌了上来。达丽雅看出他已经崩溃了。她好高兴。之前尼尔让她如此痛苦，她报仇了。掌控权到了她的手里，这个男人已经任由她摆布了。在尼尔的痛苦之中，达丽雅心里在大笑，因为尼尔真的是好蠢。那一刻，达丽雅已经分不清自己是爱他还是鄙视他。

“你会好好听话了吗？”她问。

他抽泣了一声，也不知要做什么，只是本能想逃离这个恶心的女人，拔腿就跑，全力冲刺。他像一只受伤的野兽，不管方向，只在森林里横冲直撞，直到气也喘不上来了。这时他停下来，掏出手帕擦汗，汗水全流进他眼睛里，几乎什么都看不见了。他累坏了，坐下来休息。

“我得小心不要迷路了。”他跟自己说道。

相比回去之后的困境，这都是小事了，但他还是很庆幸自己口袋里带着一个小指南针。他知道自己该往哪个方向去。他重重地叹了一口气，疲惫地站了起来，开始往回走。他注意着方向和脚下，但头脑中另一块地方很痛苦地问自己该怎么办。达丽雅的那些威胁，他相信她一定做得出。在这个鬼地方还要待三周。他不敢走；也害怕留下。脑子里天旋地转。现在唯一能做的就是先回营地，好好想个对策。大概十五分钟之后，他回到一个他有印象的地方。又走三刻钟，他回到了木屋，痛苦地瘫坐在椅子上。这时候他想到的全是安格斯。他的心在为安格斯流血。之前藏在阴影里的各种各样的事，现在尼尔都看得分明了，那种醒悟是很苦涩的。现在他知道为什么吉娑勒的女人都对达丽雅有如此的敌意，为什么看安格斯的眼神都那么古怪。她们对待安格斯的态度，轻佻中带着几分关爱，之前尼尔还以为在蠢人的眼里，科学家都是有些荒唐的。现在懂了，她们是可怜他，同时又觉得他可笑。达丽雅让他成了大家眼中的笑柄。如果说有任何一个男人不该被女人亏待，那就是安格斯了。突然尼尔倒抽一口凉气，浑身发抖，因为他想起达丽雅不知道走出森林的路。之前尼尔在绝望之中完全是慌不择路的。万一她回不来怎么办？她会被吓坏的。安格斯讲过那个在森林迷路的故事，想起就毛骨悚然。尼尔的第一反应是回去找她，一下站了起来。突然他又是一阵怒不可遏：让她自生自灭吧。之前是她自己跟去的，那就让她自己想办法回来。这是个可恶的女人，一切都是罪有应得。尼尔不忿地仰起头，年轻人两条精致的眉毛因为怒气扭在一起。他握紧双手。不要怕。他拿定了主意。她不回来对安格斯是好事。他坐下来开始做山上一种咬鹃的标本，但这种鸟的毛皮就像浸湿了的纸巾，而他的手又止不住地发抖。他试图把精神集中到手头的工作，思绪却像罩子里的那些飞蛾，拼命地扑腾着，根本无法控制。森林里怎么样了？他之前突然跑掉的时候她在做什么？他告诉自己不要这样，但还是忍不住抬头看。达丽雅随时会出现在门前的空地上，若无其事地走进屋子。这不关他的事。天意。他打了个寒颤。乌云在天空汇聚，夜色很快降了下来。

傍晚刚过，蒙罗回来了。

"回来得及时，"他说，"马上这场暴风雨可不得了。"

他今天心情特别好。早晨上山发现了一片他很心仪的平地，随处是泉流、水塘，还能见到壮观的海景。此外，他今天还找到了两三种珍稀的蝴蝶，一种飞鼠。他满脑子都是计划，想把营地搬到那里去，那个地方周围他见到了大量动物活动的痕迹。回来之后，他很快走进屋子脱下厚重的山地靴，立马又走了出来。

"达丽雅在哪儿？"

尼尔硬逼自己做出自然的样子。

"她不在屋子里吗？"

"不在，可能是去仆人那边拿什么东西了。"

蒙罗走下台阶，往那边跨了几步，喊起来：

“达丽雅！达丽雅！”没有回应。然后他喊了仆人。

一个中国仆人跑了过来，安格斯问他女主人在哪里。他说午餐之后就没有见过。

“她能去哪儿呢？”蒙罗走过来时自问道，很不解。

他绕到屋后去喊了几声。

“她不可能出去的，没有地方去啊。尼尔，你最后见到她是什么时候？”

“我吃完中饭就去采集标本了。我一上午都没什么收获，想下午再碰碰运气。”

“奇怪。”

他们在营地周围都找遍了，蒙罗想她可能找了个什么舒服的地方，结果睡着了。“她有点不像话了，把大家吓唬成这样。”

所有人都开始找达丽雅。蒙罗开始有些担心。

“她不可能散步散到森林中去又迷路了，我们到了这儿之后，我知道她从来没走到离屋子一百码以外的地方。”

尼尔看到了蒙罗眼神中的恐惧，低头看向地面。

“我们还是把所有人都找来，开始搜救吧。有件事可以确定，她不可能走远。她明白一旦迷路，最好的办法就是待在原地，让别人来找你。可怜的姑娘，她一定被吓坏了。”

他喊来了迪雅克猎手，让中国仆人把灯笼拿出来。他开了一枪作为信号。他们分成两队，蒙罗带一队，尼尔带一队，过去一个月他们来来去去大致踩出了两条小径，分头去找。说好了谁先找到就间隔很短地连开三枪。尼尔走在森林里，脸上除了严峻没有别的表情。他没有良心不安。就好像他手里正握着世间公义颁给他的一道密令。他知道达丽雅肯定是找不到的。两队人碰头了。你不必看蒙罗的脸就知道他已经六神无主。尼尔觉得此时他就像一个外科医生，必须要做一个危险的手术，既没有助手也没有设备，而一个他爱的人是死是活就看这个手术了。他必须意志坚定。

“她不可能走这么远的，”蒙罗说，“我们必须往回走，从住处往外辐射一英里，在这个范围内一寸一寸地检索森林。唯一的解释就是她被什么东西吓着了，可能晕了过去，或者是被蛇咬了。”

尼尔没有接话。他们再次出发，设定了一条条路线，仔细地检查灌木丛。他们不断呼喊，时不时地开枪，听有没有什么微弱的声音在回应。举着灯笼走过时会惊动夜间的鸟，翅膀扑打得很快；还有一些动物，鹿、熊、犀牛——有些确实是看见的，有些是猜的——听他们走近也吓跑了。暴雨突然倾泻下来。狂风呼啸，闪电撕破黑暗，像女人在痛苦中的呼号，曲折的光束一个紧接着一个扭动着落下夜空，像恶魔在跳狂躁的苏格兰里尔舞。森林的恐惧这样揭示在眼前，的确不像人间。雷声也轰隆隆地破空而来，一阵接着一阵，如同远古的浪涛撞击在永恒的海岸。可怕的声响在空中回荡，好像声音也有体积和分量。雨水砸下来如同急流。大石、大树从山坡滚落。周围天翻地覆，迪雅克猎手都吓得蜷缩起来，不知在念叨些什么，像是在乞求暴风雨中愤怒的神灵，但蒙罗催他们继续搜寻。雨下了一夜，一夜都是电闪雷鸣，直到天亮也没有停。回到营地，他们全都湿透了，都在发抖。所有人都精疲力竭。吃完饭，蒙罗还想继续搜索，但他自己也知道已经没有希望。他们再也不会见到活着的达丽雅了。他疲惫地瘫坐下来。苍白的脸上都是疲惫和痛苦。

“可怜的姑娘。可怜的姑娘。”

图书在版编目(CIP)数据

绅士肖像 / (英) 毛姆著；陈以侃译.
—桂林：广西师范大学出版社, 2020.7（2020.11 重印）
（毛姆短篇小说全集；4）

ISBN 978-7-5598-2958-0

Ⅰ.①绅… Ⅱ.①毛…②陈… Ⅲ.①短篇小说–小说集–英国–现代
Ⅳ.①I561.45

中国版本图书馆CIP数据核字(2020)第099857号

广西师范大学出版社出版发行
广西桂林市五里店路 9 号　邮政编码：541004
网址：www.bbtpress.com

出 版 人：黄轩庄
责任编辑：雷　韵
装帧设计：陆智昌
内文制作：陈基胜
全国新华书店经销
发行热线：010-64284815
山东韵杰文化科技有限公司

开本：787mm × 1092mm　1/32
印张：21.375　字数：450千字
2020年7月第1版　2020年11月第2次印刷
定价：72.00元（精装）